Harry Potter

y

el cáliz de fuego

J.K. ROWLING

Harry Potter
y
el cáliz de fuego

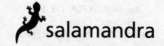

salamandra

Título original: *Harry Potter and the Goblet of Fire*

Traducción: Adolfo Muñoz García y Nieves Martín Azofra

Ilustración: Dolores Avendaño

Publicaciones y Ediciones Salamandra, S.A.
Mallorca, 237 - 08008 Barcelona - Tel. 93 215 11 99

ISBN: 84-7888-645-1
Depósito legal: B-17.355-2001

1ª edición, marzo de 2001
4ª edición, abril de 2001
Printed in Spain

Impresión: GRAFOS, S.A.
Sector C, Calle D, nº 36
08040 Zona Franca, Barcelona

Para Peter Rowling,
en recuerdo del señor Ridley,
y para Susan Sladden,
que ayudó a Harry a salir de su alacena

1

La Mansión de los Ryddle

Los aldeanos de Pequeño Hangleton seguían llamándola «la Mansión de los Ryddle» aunque hacía ya muchos años que los Ryddle no vivían en ella. Erigida sobre una colina que dominaba la aldea, tenía cegadas con tablas algunas ventanas, al tejado le faltaban tejas y la hiedra se extendía a sus anchas por la fachada. En otro tiempo había sido una mansión hermosa y, con diferencia, el edificio más señorial y de mayor tamaño en un radio de varios kilómetros, pero ahora estaba abandonada y ruinosa, y nadie vivía en ella.

En Pequeño Hangleton todos coincidían en que la vieja mansión era siniestra. Medio siglo antes había ocurrido en ella algo extraño y horrible, algo de lo que todavía gustaban hablar los habitantes de la aldea cuando los temas de chismorreo se agotaban. Habían relatado tantas veces la historia y le habían añadido tantas cosas, que nadie estaba ya muy seguro de cuál era la verdad. Todas las versiones, no obstante, comenzaban en el mismo punto: cincuenta años antes, en el amanecer de una soleada mañana de verano, cuando la Mansión de los Ryddle aún conservaba su imponente apariencia, la criada había entrado en la sala y había hallado muertos a los tres Ryddle.

La mujer había bajado corriendo y gritando por la colina hasta llegar a la aldea, despertando a todos los que había podido.

—¡Están allí echados con los ojos muy abiertos! ¡Están fríos como el hielo! ¡Y llevan todavía la ropa de la cena!

Llamaron a la policía, y toda la aldea se convirtió en un hervidero de curiosidad, de espanto y de emoción mal disimulada. Nadie hizo el menor esfuerzo en fingir que le apenaba la muerte de los Ryddle, porque nadie los quería. El señor y la señora Ryddle eran ricos, esnobs y groseros, aunque no tanto como Tom, su hijo ya crecido. Los aldeanos se preguntaban por la identidad del asesino, porque era evidente que tres personas que gozan, aparentemente, de buena salud no se mueren la misma noche de muerte natural.

El Ahorcado, que era como se llamaba la taberna de la aldea, hizo su agosto aquella noche, ya que todo el mundo acudió para comentar el triple asesinato. Para ello habían dejado el calor de sus hogares, pero se vieron recompensados con la llegada de la cocinera de los Ryddle, que entró en la taberna con un golpe de efecto y anunció a la concurrencia, repentinamente callada, que acababan de arrestar a un hombre llamado Frank Bryce.

—¡Frank! —gritaron algunos—. ¡No puede ser!

Frank Bryce era el jardinero de los Ryddle y vivía solo en una humilde casita en la finca de sus amos. Había regresado de la guerra con la pierna rígida y una clara aversión a las multitudes y a los ruidos fuertes. Desde entonces, había trabajado para los Ryddle.

Varios de los presentes se apresuraron a pedir una bebida para la cocinera, y todos se dispusieron a oír los detalles.

—Siempre pensé que era un tipo raro —explicó la mujer a los lugareños, que la escuchaban expectantes, después de apurar la cuarta copa de jerez—. Era muy huraño. Debo de haberlo invitado cien veces a una copa, pero no le gustaba el trato con la gente, no señor.

—Bueno —dijo una aldeana que estaba junto a la barra—, el pobre Frank lo pasó mal en la guerra, y le gusta la tranquilidad. Ése no es motivo para...

—¿Y quién aparte de él tenía la llave de la puerta de atrás? —la interrumpió la cocinera levantando la voz—. ¡Siempre ha habido un duplicado de la llave colgado en la casita del jardinero, que yo recuerde! ¡Y anoche nadie forzó la puerta! ¡No hay ninguna ventana rota! Frank no tuvo más que subir hasta la mansión mientras todos dormíamos...

Los aldeanos intercambiaron miradas sombrías.

—Siempre pensé que había algo desagradable en él, desde luego —dijo, gruñendo, un hombre sentado a la barra.

—La guerra lo convirtió en un tipo raro, si os interesa mi opinión —añadió el dueño de la taberna.

—Te dije que no me gustaría tener a Frank de enemigo. ¿A que te lo dije, Dot? —apuntó, nerviosa, una mujer desde el rincón.

—Horroroso carácter —corroboró Dot, moviendo con brío la cabeza de arriba abajo—. Recuerdo que cuando era niño...

A la mañana siguiente, en Pequeño Hangleton, a nadie le cabía ninguna duda de que Frank Bryce había matado a los Ryddle.

Pero en la vecina ciudad de Gran Hangleton, en la oscura y sórdida comisaría, Frank repetía tercamente, una y otra vez, que era inocente y que la única persona a la que había visto cerca de la mansión el día de la muerte de los Ryddle había sido un adolescente, un forastero de piel clara y pelo oscuro. Nadie más en la aldea había visto a semejante muchacho, y la policía tenía la convicción de que eran invenciones de Frank.

Entonces, cuando las cosas se estaban poniendo peor para él, llegó el informe forense y todo cambió.

La policía no había leído nunca un informe tan extraño. Un equipo de médicos había examinado los cuerpos y llegado a la conclusión de que ninguno de los Ryddle había sido envenenado, ahogado, estrangulado, apuñalado ni herido con arma de fuego y, por lo que ellos podían ver, ni siquiera había sufrido daño alguno. De hecho, proseguía el informe con manifiesta perplejidad, los tres Ryddle parecían hallarse en perfecto estado de salud, pasando por alto el hecho de que estaban muertos. Decididos a encontrar en los cadáveres alguna anormalidad, los médicos notaron que los Ryddle tenían una expresión de terror en la cara; pero, como dijeron los frustrados policías, ¿quién había oído nunca que se pudiera aterrorizar a tres personas hasta matarlas?

Como no había la más leve prueba de que los Ryddle hubieran sido asesinados, la policía no tuvo más remedio que dejar libre a Frank. Se enterró a los Ryddle en el cementerio de Pequeño Hangleton, y durante una temporada sus tumbas siguieron siendo objeto de curiosidad. Para sorpresa de todos y en medio de un ambiente de desconfianza, Frank Bryce volvió a su casita en la mansión.

—Para mí él fue el que los mató, y me da igual lo que diga la policía —sentenció Dot en El Ahorcado—. Y, sabiendo que sabemos que fue él, si tuviera un poco de vergüenza se iría de aquí.

Pero Frank no se fue. Se quedó cuidando el jardín para la familia que habitó a continuación en la Mansión de los Ryddle, y luego para los siguientes inquilinos, porque nadie permaneció mucho tiempo allí. Quizá era en parte a causa de Frank por lo que cada nuevo propietario aseguró que se percibía algo horrendo en aquel lugar, el cual, al quedar deshabitado, fue cayendo en el abandono.

El potentado que en aquellos días poseía la Mansión de los Ryddle no vivía en ella ni le daba uso alguno; en el pueblo se comentaba que la había adquirido por «motivos fiscales», aunque nadie sabía muy bien cuáles podían ser esos motivos. Sin embargo, el potentado continuó pagando a Frank para que se encargara del jardín. A punto de cumplir los setenta y siete años, Frank estaba bastante sordo y su pierna rígida se había vuelto más rígida que nunca, pero todavía, cuando hacía buen tiempo, se lo veía entre los macizos de flores haciendo un poco de esto y un poco de aquello, si bien la mala hierba le iba ganando la partida.

Pero la mala hierba no era lo único contra lo que tenía que bregar Frank. Los niños de la aldea habían tomado la costumbre de tirar piedras a las ventanas de la Mansión de los Ryddle, y pasaban con las bicicletas por encima del césped que con tanto esfuerzo Frank mantenía en buen estado. En una o dos ocasiones habían entrado en la casa a raíz de una apuesta. Sabían que el viejo jardinero profesaba veneración a la casa y a la finca, y les divertía verlo por el jardín cojeando, blandiendo su cayado y gritándoles con su ronca voz. Frank, por su parte, pensaba que los niños querían castigarlo porque, como sus padres y abuelos, creían que era un asesino. Así que cuando se despertó una noche de agosto y vio algo raro arriba en la vieja casa, dio por supuesto que los niños habían ido un poco más lejos que otras veces en su intento de mortificarlo.

Lo que lo había despertado era su pierna mala, que en su vejez le dolía más que nunca. Se levantó y bajó cojeando por la escalera hasta la cocina, con la idea de rellenar la botella de agua caliente para aliviar la rigidez de la rodilla. De pie ante la pila, mientras llenaba de agua la tetera, levantó la vista hacia la Mansión de los Ryddle y vio luz en las ventanas superiores. Frank entendió de inmediato lo que sucedía: los niños habían vuelto a entrar en la Mansión de los Ryddle y, a juzgar por el titileo de la luz, habían encendido fuego.

Frank no tenía teléfono y, de todas maneras, desconfiaba de la policía desde que se lo habían llevado para interrogarlo por la muerte de los Ryddle. Así que dejó la tetera y volvió a subir la escalera tan rápido como le permitía la pierna mala; regresó completamente vestido a la cocina, y cogió una llave vieja y herrumbrosa del gancho que había junto a la entrada. Tomó su cayado, que estaba apoyado contra la pared, y salió de la casita en medio de la noche.

La puerta principal de la Mansión de los Ryddle no mostraba signo alguno de haber sido forzada, ni tampoco ninguna de las ventanas. Frank fue cojeando hacia la parte de atrás de la casa hasta llegar a una entrada casi completamente cubierta por la hiedra, sacó la vieja llave, la introdujo en la cerradura y abrió la puerta sigilosamente.

Penetró en la cavernosa cocina. A pesar de que hacía años que Frank no pisaba en ella y de que la oscuridad era casi total, recordaba dónde se hallaba la puerta que daba al vestíbulo y se abrió camino hacia ella a tientas, mientras percibía el olor a decrepitud y aguzaba el oído para captar cualquier sonido de pasos o de voces que viniera de arriba. Llegó al vestíbulo, un poco más iluminado gracias a las amplias ventanas divididas por parteluces que flanqueaban la puerta principal, y comenzó a subir por la escalera, dando gracias a la espesa capa de polvo que cubría los escalones porque amortiguaba el ruido de los pies y del cayado.

En el rellano, Frank torció a la derecha y vio de inmediato dónde se hallaban los intrusos: al final del corredor

13

había una puerta entornada, y una luz titilante brillaba a través del resquicio, proyectando sobre el negro suelo una línea dorada. Frank se fue acercando pegado a la pared, con el cayado firmemente asido. Cuando se hallaba a un metro de la entrada distinguió una estrecha franja de la estancia que había al otro lado.

Pudo ver entonces que estaba encendido el fuego en la chimenea, cosa que lo sorprendió. Se quedó inmóvil y escuchó con toda atención, porque del interior de la estancia llegaba la voz de un hombre que parecía tímido y acobardado.

—Queda un poco más en la botella, señor, si seguís hambriento.

—Luego —dijo una segunda voz. También ésta era de hombre, pero extrañamente aguda y tan fría como una repentina ráfaga de viento helado. Algo tenía aquella voz que erizó los escasos pelos de la nuca de Frank—. Acércame más al fuego, Colagusano.

Frank volvió hacia la puerta su oreja derecha, que era la buena. Oyó que posaban una botella en una superficie dura, y luego el ruido sordo que hacía un mueble pesado al ser arrastrado por el suelo. Frank vislumbró a un hombre pequeño que, de espaldas a la puerta, empujaba una butaca para acercarla a la chimenea. Vestía una capa larga y negra, y tenía la coronilla calva. Enseguida volvió a desaparecer de la vista.

—¿Dónde está *Nagini*? —dijo la voz fría.

—No... no lo sé, señor —respondió temblorosa la primera voz—. Creo que ha ido a explorar la casa...

—Tendrás que ordeñarla antes de que nos retiremos a dormir, Colagusano —dijo la segunda voz—. Necesito tomar algo de alimento por la noche. El viaje me ha fatigado mucho.

Frunciendo el entrecejo, Frank acercó más la oreja buena a la puerta. Hubo una pausa, y tras ella volvió a hablar el hombre llamado Colagusano.

—Señor, ¿puedo preguntar cuánto tiempo permaneceremos aquí?

—Una semana —contestó la fría voz—. O tal vez más. Este lugar es cómodo dentro de lo que cabe, y todavía no podemos llevar a cabo el plan. Sería una locura hacer algo antes de que acaben los Mundiales de quidditch.

Frank se hurgó la oreja con uno de sus nudosos dedos. Sin duda debido a un tapón de cera, había oído la palabra «quidditch», que no existía.

—¿Los... los Mundiales de quidditch, señor? —preguntó Colagusano. Frank se hurgó aún con más fuerza—. Perdonadme, pero... no comprendo. ¿Por qué tenemos que esperar a que acaben los Mundiales?

—Porque en este mismo momento están llegando al país magos provenientes del mundo entero, idiota, y todos los mangoneadores del Ministerio de Magia estarán al acecho de cualquier signo de actividad anormal, comprobando y volviendo a comprobar la identidad de todo el mundo. Estarán obsesionados con la seguridad, para evitar que los muggles se den cuenta de algo. Por eso tenemos que esperar.

Frank desistió de intentar destaponarse el oído. Le habían llegado con toda claridad las palabras «magos», «muggles» y «Ministerio de Magia». Evidentemente, cada una de aquellas expresiones tenía un significado secreto, y Frank pensó que sólo había dos tipos de personas que hablaran en clave: los espías y los criminales. Así pues, aferró el cayado y aguzó el oído.

—¿Debo entender que Su Señoría está decidido? —preguntó Colagusano en voz baja.

—Desde luego que estoy decidido, Colagusano. —Ahora había un tono de amenaza en la fría voz.

Siguió una ligera pausa, y luego habló Colagusano. Las palabras se le amontonaron por la prisa, como si quisiera acabar de decir la frase antes de que los nervios se lo impidieran:

—Se podría hacer sin Harry Potter, señor.

Hubo otra pausa, ahora más prolongada, y luego se escuchó musitar a la segunda voz:

—¿Sin Harry Potter? Ya veo...

—¡Señor, no lo digo porque me preocupe el muchacho! —exclamó Colagusano, alzando la voz hasta convertirla en un chillido—. El chico no significa nada para mí, ¡nada en absoluto! Sólo lo digo porque si empleáramos a otro mago o bruja, el que fuera, se podría llevar a cabo con más rapidez. Si me permitierais ausentarme brevemente (ya sabéis que

15

se me da muy bien disfrazarme), podría regresar dentro de dos días con alguien apropiado.

—Podría utilizar a cualquier otro mago —dijo con suavidad la segunda voz—, es cierto...

—Muy sensato, señor —añadió Colagusano, que parecía sensiblemente aliviado—. Echarle la mano encima a Harry Potter resultaría muy difícil. Está tan bien protegido...

—¿O sea que te prestas a ir a buscar un sustituto? Me pregunto si tal vez... la tarea de cuidarme se te ha llegado a hacer demasiado penosa, Colagusano. ¡Quién sabe si tu propuesta de abandonar el plan no será en realidad un intento de desertar de mi bando!

—¡Señor! Yo... yo no tengo ningún deseo de abandonaros, en absoluto.

—¡No me mientas! —dijo la segunda voz entre dientes—. ¡Sé lo que digo, Colagusano! Lamentas haber vuelto conmigo. Te doy asco. Veo cómo te estremeces cada vez que me miras, noto el escalofrío que te recorre cuando me tocas...

—¡No! Mi devoción a Su Señoría...

—Tu devoción no es otra cosa que cobardía. No estarías aquí si tuvieras otro lugar al que ir. ¿Cómo voy a sobrevivir sin ti, cuando necesito alimentarme cada pocas horas? ¿Quién ordeñará a *Nagini*?

—Pero ya estáis mucho más fuerte, señor.

—Mentiroso —musitó la segunda voz—. No me encuentro más fuerte, y unos pocos días bastarían para hacerme perder la escasa salud que he recuperado con tus torpes atenciones. ¡Silencio!

Colagusano, que había estado barbotando incoherentemente, se calló al instante. Durante unos segundos, Frank no pudo oír otra cosa que el crepitar de la hoguera. Luego volvió a hablar el segundo hombre en un siseo que era casi un silbido.

—Tengo mis motivos para utilizar a ese chico, como te he explicado, y no usaré a ningún otro. He aguardado trece años. Unos meses más darán lo mismo. Por lo que respecta a la protección que lo rodea, estoy convencido de que mi plan dará resultado. Lo único que se necesita es un poco de valor por tu parte... Un valor que estoy seguro de que encontrarás, a menos que quieras sufrir la ira de lord Voldemort.

—¡Señor, dejadme hablar! —dijo Colagusano con una nota de pánico en la voz—. Durante el viaje le he dado vueltas en la cabeza al plan... Señor, no tardarán en darse cuenta de la desaparición de Bertha Jorkins. Y, si seguimos adelante, si yo echo la maldición...

—¿«Si»? —susurró la otra voz—. Si sigues el plan, Colagusano, el Ministerio no tendrá que enterarse de que ha desaparecido nadie más. Lo harás discretamente, sin alboroto. Ya me gustaría poder hacerlo por mí mismo, pero en estas condiciones... Vamos, Colagusano, otro obstáculo menos y tendremos despejado el camino hacia Harry Potter. No te estoy pidiendo que lo hagas solo. Para entonces, mi fiel vasallo se habrá unido a nosotros.

—Yo también soy un vasallo fiel —repuso Colagusano con una levísima nota de resentimiento en la voz.

—Colagusano, necesito a alguien con cerebro, alguien cuya lealtad no haya flaqueado nunca. Y tú, por desgracia, no cumples ninguno de esos requisitos.

—Yo os encontré —contestó Colagusano, y esta vez había un claro tono de aspereza en su voz—. Fui el que os encontró, y os traje a Bertha Jorkins.

—Eso es verdad —admitió el segundo hombre, aparentemente divertido—. Un golpe brillante del que no te hubiera creído capaz, Colagusano. Aunque, a decir verdad, ni te imaginabas lo útil que nos sería cuando la atrapaste, ¿a que no?

—Pen... pensaba que podía serlo, señor.

—Mentiroso —dijo de nuevo la otra voz con un regocijo cruel más evidente que nunca—. Sin embargo, no niego que su información resultó enormemente valiosa. Sin ella, yo nunca habría podido maquinar nuestro plan, y por eso recibirás tu recompensa, Colagusano. Te permitiré llevar a cabo una labor esencial para mí; muchos de mis seguidores darían su mano derecha por tener el honor de desempeñarla...

—¿De... de verdad, señor? —Colagusano parecía de nuevo aterrorizado—. ¿Y qué...?

—¡Ah, Colagusano, no querrás que te lo descubra y eche a perder la sorpresa! Tu parte llegará al final de todo... pero te lo prometo: tendrás el honor de resultar tan útil como Bertha Jorkins.

—Vos... Vos... —La voz de Colagusano sonó repentinamente ronca, como si se le hubiera quedado la boca completamente seca—. Vos... ¿vais a matarme... también a mí?

—Colagusano, Colagusano —dijo la voz fría, que ahora había adquirido una gran suavidad—, ¿por qué tendría que matarte? Maté a Bertha porque tenía que hacerlo. Después de mi interrogatorio ya no servía para nada, absolutamente para nada. Y, sin duda, si hubiera vuelto al Ministerio con la noticia de que te había conocido durante las vacaciones, le habrían hecho unas preguntas muy embarazosas. Los magos que han sido dados por muertos deberían evitar encontrarse con brujas del Ministerio de Magia en las posadas del camino...

Colagusano murmuró algo en voz tan baja que Frank no pudo oírlo, pero lo que fuera hizo reír al segundo hombre: una risa completamente amarga, y tan fría como su voz.

—¿Que podríamos haber modificado su memoria? Es verdad, pero un mago con grandes poderes puede romper los encantamientos desmemorizantes, como te demostré al interrogarla. Sería un insulto a su recuerdo no dar uso a la información que le sonsaqué, Colagusano.

Fuera, en el corredor, Frank se dio cuenta de que la mano que agarraba el cayado estaba empapada en sudor. El hombre de la voz fría había matado a una mujer, y hablaba de ello sin ningún tipo de remordimiento, con regocijo. Era peligroso, un loco. Y planeaba más asesinatos: aquel muchacho, Harry Potter, quienquiera que fuese, se hallaba en peligro.

Frank supo lo que tenía que hacer. Aquél era, sin duda, el momento de ir a la policía. Saldría sigilosamente de la casa e iría directo a la cabina telefónica de la aldea. Pero la voz fría había vuelto a hablar, y Frank permaneció donde estaba, inmóvil, escuchando con toda su atención.

—Una maldición más... mi fiel vasallo en Hogwarts... Harry Potter es prácticamente mío, Colagusano. Está decidido. No lo discutiremos más. Silencio... Creo que oigo a *Nagini*...

Y la voz del segundo hombre cambió. Comenzó a emitir unos sonidos que Frank no había oído nunca; silbaba y escupía sin tomar aliento. Frank supuso que le estaba dando un ataque.

Y entonces Frank oyó que algo se movía detrás de él, en el oscuro corredor. Se volvió a mirar, y el terror lo paralizó.

Algo se arrastraba hacia él por el suelo y, cuando se acercó a la línea de luz, vio, estremecido de pavor, que se trataba de una serpiente gigante de al menos cuatro metros de longitud. Horrorizado, Frank observó cómo su cuerpo sinuoso trazaba un sendero a través de la espesa capa de polvo del suelo, aproximándose cada vez más. ¿Qué podía hacer? El único lugar al que podía escapar era la habitación en la que dos hombres tramaban un asesinato, y, si se quedaba donde estaba, sin duda la serpiente lo mataría.

Antes de que hubiera tomado una decisión, la serpiente había llegado al punto del corredor en que él se encontraba e, increíble, milagrosamente, pasó de largo; iba siguiendo los sonido siseantes, como escupitajos, que emitía la voz al otro lado de la puerta y, al cabo de unos segundos, la punta de su cola adornada con rombos había desaparecido por el resquicio de la puerta.

Frank tenía la frente empapada en sudor, y la mano con que sostenía el cayado le temblaba. Dentro de la habitación, la fría voz seguía silbando, y a Frank se le ocurrió una idea extraña, una idea imposible: que aquel hombre era capaz de hablar con las serpientes. No comprendía lo que pasaba. Hubiera querido, más que nada en el mundo, hallarse en su cama con la botella de agua caliente. El problema era que sus piernas no parecían querer moverse. De repente, mientras seguía allí temblando e intentando dominarse, la fría voz volvió a utilizar el idioma de Frank.

—*Nagini* tiene interesantes noticias, Colagusano —dijo.

—¿De... de verdad, señor?

—Sí, de verdad —afirmó la voz—. Según *Nagini*, hay un muggle viejo al otro lado de la puerta, escuchando todo lo que decimos.

Frank no tuvo posibilidad de ocultarse. Oyó primero unos pasos, y luego la puerta de la habitación se abrió de golpe.

Un hombre bajo y calvo con algo de pelo gris, nariz puntiaguda y ojos pequeños y llorosos apareció ante él con una expresión en la que se mezclaban el miedo y la alarma.

—Invítalo a entrar, Colagusano. ¿Dónde está tu buena educación?

La fría voz provenía de la vieja butaca que había delante de la chimenea, pero Frank no pudo ver al que hablaba. La serpiente estaba enrollada sobre la podrida alfombra que había al lado del fuego, como una horrible parodia de perro hogareño.

Con una seña, Colagusano ordenó a Frank que entrara. Aunque todavía profundamente conmocionado, éste agarró el cayado con más fuerza y pasó el umbral cojeando.

La lumbre era la única fuente de luz en la habitación, y proyectaba sobre las paredes largas sombras en forma de araña. Frank dirigió la vista al respaldo de la butaca: el hombre que estaba sentado en ella debía de ser aún más pequeño que su vasallo, porque Frank ni siquiera podía vislumbrar la parte de atrás de su cabeza.

—¿Lo has oído todo, muggle? —dijo la fría voz.

—¿Cómo me ha llamado? —preguntó Frank desafiante, porque, una vez dentro y llegado el momento de hacer algo, se sentía más valiente. Así le había ocurrido siempre en la guerra.

—Te he llamado muggle —explicó la voz con serenidad—. Quiere decir que no eres mago.

—No sé qué quiere decir con eso de mago —dijo Frank, con la voz cada vez más firme—. Todo lo que sé es que he oído cosas que merecerían el interés de la policía. ¡Usted ha cometido un asesinato y planea otros! Y le diré otra cosa —añadió, en un rapto de inspiración—: mi mujer sabe que estoy aquí, y si no he vuelto...

—Tú no tienes mujer —cortó la fría voz, muy suave—. Nadie sabe que estás aquí. No le has dicho a nadie que venías. No mientas a lord Voldemort, muggle, porque él sabe... él siempre sabe...

—¿Es verdad eso? —respondió Frank bruscamente—. ¿Es usted un lord? Bien, no es que sus modales me parezcan muy refinados, milord. Vuélvase y dé la cara como un hombre. ¿Por qué no lo hace?

—Pero es que yo no soy un hombre, muggle —dijo la fría voz, apenas audible por encima del crepitar de las llamas—. Soy mucho, mucho más que un hombre. Sin embargo... ¿por qué no? Daré la cara... Colagusano, ven a girar mi butaca.

El vasallo profirió un quejido.

—Ya me has oído, Colagusano.

Lentamente, con el rostro crispado como si prefiriera hacer cualquier cosa antes que aproximarse a su señor y a la alfombra en que descansaba la serpiente, el hombrecillo dio unos pasos hacia delante y comenzó a girar la butaca. La serpiente levantó su fea cabeza triangular y profirió un silbido cuando las patas del asiento se engancharon en la alfombra.

Y entonces Frank tuvo la parte delantera de la butaca ante sí y vio lo que había sentado en ella. El cayado se le resbaló al suelo con estrépito. Abrió la boca y profirió un grito. Gritó tan alto que no oyó lo que decía la cosa que había en el sillón mientras levantaba una varita. Vio un resplandor de luz verde y oyó un chasquido antes de desplomarse. Cuando llegó al suelo, Frank Bryce ya había muerto.

A trescientos kilómetros de distancia, un muchacho llamado Harry Potter se despertó sobresaltado.

2

La cicatriz

Harry se hallaba acostado boca arriba, jadeando como si
hubiera estado corriendo. Acababa de despertarse de un
sueño muy vívido y tenía las manos sobre la cara. La antigua cicatriz con forma de rayo le ardía bajo los dedos como si
alguien le hubiera aplicado un hierro al rojo vivo.

Se incorporó en la cama con una mano aún en la cicatriz
de la frente y la otra buscando en la oscuridad las gafas, que
estaban sobre la mesita de noche. Al ponérselas, el dormitorio se convirtió en un lugar un poco más nítido, iluminado
por una leve y brumosa luz anaranjada que se filtraba por
las cortinas de la ventana desde la farola de la calle.

Volvió a tocarse la cicatriz. Aún le dolía. Encendió la
lámpara que tenía a su lado y se levantó de la cama; cruzó el
dormitorio, abrió el armario ropero y se miró en el espejo
que había en el lado interno de la puerta. Un delgado muchacho de catorce años le devolvió la mirada con una expresión
de desconcierto en los brillantes ojos verdes, que relucían
bajo el enmarañado pelo negro. Examinó más de cerca la cicatriz en forma de rayo del reflejo. Parecía normal, pero seguía escociéndole.

Harry intentó recordar lo que soñaba antes de despertarse. Había sido tan real... Aparecían dos personas a las
que conocía, y otra a la que no. Se concentró todo lo que
pudo, frunciendo el entrecejo, tratando de recordar...

Vislumbró la oscura imagen de una estancia en penumbra. Había una serpiente sobre una alfombra... un hombre

pequeño llamado Peter y apodado Colagusano... y una voz fría y aguda... la voz de lord Voldemort. Sólo con pensarlo, Harry sintió como si un cubito de hielo se le hubiera deslizado por la garganta hasta el estómago.

Apretó los ojos con fuerza e intentó recordar qué aspecto tenía lord Voldemort, pero no pudo, porque en el momento en que la butaca giró y él, Harry, lo vio sentado en ella, el espasmo de horror lo había despertado... ¿o había sido el dolor de la cicatriz?

¿Y quién era aquel anciano? Porque ya tenía claro que en el sueño aparecía un hombre viejo: Harry lo había visto caer al suelo. Las imágenes le llegaban de manera confusa. Se volvió a cubrir la cara con las manos e intentó representarse la estancia en penumbra, pero era tan difícil como tratar de que el agua recogida en el cuenco de las manos no se escurriera entre los dedos. Voldemort y Colagusano habían hablado sobre alguien a quien habían matado, aunque no podía recordar su nombre... y habían estado planeando un nuevo asesinato: el suyo.

Harry apartó las manos de la cara, abrió los ojos y observó a su alrededor tratando de descubrir algo inusitado en su dormitorio. En realidad, había una cantidad extraordinaria de cosas inusitadas en él: a los pies de la cama había un baúl grande de madera, abierto, y dentro de él un caldero, una escoba, una túnica negra y diversos libros de embrujos; los rollos de pergamino cubrían la parte de la mesa que dejaba libre la jaula grande y vacía en la que normalmente descansaba *Hedwig*, su lechuza blanca; en el suelo, junto a la cama, había un libro abierto. Lo había estado leyendo por la noche antes de dormirse. Todas las fotos del libro se movían. Hombres vestidos con túnicas de color naranja brillante y montados en escobas voladoras entraban y salían de la foto a toda velocidad, arrojándose unos a otros una pelota roja.

Harry fue hasta el libro, lo cogió y observó cómo uno de los magos marcaba un tanto espectacular colando la pelota por un aro colocado a quince metros de altura. Luego cerró el libro de golpe. Ni siquiera el quidditch (en opinión de Harry, el mejor deporte del mundo) podía distraerlo en aquel momento. Dejó *Volando con los Cannons* en su mesita de noche, se fue al otro extremo del dormitorio y retiró las cortinas de la ventana para observar la calle.

El aspecto de Privet Drive era exactamente el de una respetable calle de las afueras en la madrugada de un sábado. Todas las ventanas tenían las cortinas corridas. Por lo que Harry distinguía en la oscuridad, no había un alma en la calle, ni siquiera un gato.

Y aun así, aun así... Nervioso, Harry regresó a la cama, se sentó en ella y volvió a llevarse un dedo a la cicatriz. No era el dolor lo que le incomodaba: estaba acostumbrado al dolor y a las heridas. En una ocasión había perdido todos los huesos del brazo derecho, y durante la noche le habían vuelto a crecer, muy dolorosamente. No mucho después, un colmillo de treinta centímetros de largo se había clavado en aquel mismo brazo. Y durante el último curso, sin ir más lejos, se había caído desde una escoba voladora a quince metros de altura. Estaba habituado a sufrir extraños accidentes y heridas: eran inevitables cuando uno iba al Colegio Hogwarts de Magia y Hechicería, y él tenía una habilidad especial para atraer todo tipo de problemas.

No, lo que a Harry le incomodaba era que la última vez que le había dolido la cicatriz había sido porque Voldemort estaba cerca. Pero Voldemort no podía andar por allí en esos momentos... La misma idea de que lord Voldemort merodeara por Privet Drive era absurda, imposible.

Harry escuchó atentamente en el silencio. ¿Esperaba sorprender el crujido de algún peldaño de la escalera, o el susurro de una capa? Se sobresaltó al oír un tremendo ronquido de su primo Dudley, en el dormitorio de al lado.

Harry se reprendió mentalmente. Se estaba comportando como un estúpido: en la casa no había nadie aparte de él y de tío Vernon, tía Petunia y Dudley, y era evidente que ellos dormían tranquilos y que ningún problema ni dolor había perturbado su sueño.

Cuando más le gustaban los Dursley a Harry era cuando estaban dormidos; despiertos nunca constituían para él una ayuda. Tío Vernon, tía Petunia y Dudley eran los únicos parientes vivos que tenía. Eran muggles (no magos) que odiaban y despreciaban la magia en cualquiera de sus formas, lo que suponía que Harry era tan bienvenido en aquella casa como una plaga de termitas. Habían explicado sus largas ausencias durante el curso en Hogwarts los últimos tres años diciendo a todo el mundo que estaba internado en el Centro de Seguridad San Bruto para Delincuentes Juveniles Incurables. Los Dursley estaban al corriente de que, como mago menor de edad, a Harry no le permitían hacer magia fuera de Hogwarts, pero aun así le echaban la culpa de todo cuanto iba mal en la casa. Harry no había podido confiar nunca en ellos, ni contarles nada sobre su vida en el mundo de los magos. La sola idea de explicarles que le dolía la cicatriz y que le preocupaba que Voldemort pudiera estar cerca, le resultaba graciosa.

Y sin embargo había sido Voldemort, principalmente, el responsable de que Harry viviera con los Dursley. De no ser por él, Harry no tendría la cicatriz en la frente. De no ser por él, Harry todavía tendría padres...

Tenía apenas un año la noche en que Voldemort (el mago tenebroso más poderoso del último siglo, un brujo que había ido adquiriendo poder durante once años) llegó a su casa y mató a sus padres. Voldemort dirigió su varita hacia Harry, lanzó la maldición con la que había eliminado a tantos magos y brujas adultos en su ascensión al poder e, increíblemente, ésta no hizo efecto: en lugar de matar al bebé, la maldición había rebotado contra Voldemort. Harry había sobrevivido sin otra lesión que una herida con forma de rayo en la frente, en tanto que Voldemort quedaba reducido a algo que apenas estaba vivo. Desprovisto de su poder y casi moribundo, Voldemort había huido; el terror que había atenazado a la comunidad mágica durante tanto tiempo se disipó, sus seguidores huyeron en desbandada y Harry se hizo famoso.

Fue bastante impactante para él enterarse, el día de su undécimo cumpleaños, de que era un mago. Y aún había resultado más desconcertante descubrir que en el mundo de los magos todos conocían su nombre. Al llegar a Hogwarts, las cabezas se volvían y los cuchicheos lo seguían por dondequiera que iba. Pero ya se había acostumbrado: al final de aquel verano comenzaría el cuarto curso. Y contaba los días que le faltaban para regresar al castillo.

Pero todavía quedaban dos semanas para eso. Abatido, volvió a repasar con la vista los objetos del dormitorio, y sus ojos se detuvieron en las tarjetas de felicitación que sus dos mejores amigos le habían enviado a finales de julio, por su cumpleaños. ¿Qué le contestarían ellos si les escribía y les explicaba lo del dolor de la cicatriz?

De inmediato, la voz asustada y estridente de Hermione Granger le vino a la cabeza:

¿Que te duele la cicatriz? Harry, eso es tremendamente grave... ¡Escribe al profesor Dumbledore! Mientras tanto yo iré a consultar el libro Enfermedades y dolencias mágicas frecuentes... *Quizá encuentre algo sobre cicatrices producidas por maldiciones...*

Sí, ése sería el consejo de Hermione: acudir sin demora al director de Hogwarts, y entretanto consultar un libro. Harry observó a través de la ventana el oscuro cielo entre negro y azul. Dudaba mucho que un libro pudiera ayudarlo en aquel momento. Por lo que sabía, era la única persona viva que había sobrevivido a una maldición como la de Voldemort, así que era muy improbable que encontrara sus síntomas en *Enfermedades y dolencias mágicas frecuentes*. En cuanto a lo de informar al director, Harry no tenía la más remota idea de adónde iba Dumbledore en sus vacaciones de verano. Por un instante le divirtió imaginárselo, con su larga barba plateada, túnica talar de mago y sombrero puntiagudo, tumbándose al sol en una playa en algún lugar del mundo y dándose loción protectora en su curvada nariz. Pero, dondequiera que estuviera Dumbledore, Harry estaba seguro de que *Hedwig* lo encontraría: la lechuza de Harry nunca había dejado de entregar una carta a su destinatario, aunque careciera de dirección. Pero ¿qué pondría en ella?

Querido profesor Dumbledore: Siento molestarlo, pero la cicatriz me ha dolido esta mañana. Atentamente, Harry Potter.

Incluso en su mente, las palabras sonaban tontas.

Así que intentó imaginarse la reacción de su otro mejor amigo, Ron Weasley, y al instante el pecoso rostro de Ron, con su larga nariz, flotaba ante él con una expresión de desconcierto:

¿Que te duele la cicatriz? Pero... pero no puede ser que Quien-tú-sabes esté ahí cerca, ¿verdad? Quiero decir... que te habrías dado cuenta, ¿no? Intentaría liquidarte, ¿no es cierto? No sé, Harry, a lo mejor las cicatrices producidas por maldiciones duelen siempre un poco... Le preguntaré a mi padre...

El señor Weasley era un mago plenamente cualificado que trabajaba en el Departamento Contra el Uso Incorrecto de los Objetos Muggles del Ministerio de Magia, pero no tenía experiencia en materia de maldiciones, que Harry supiera. En cualquier caso, no le hacía gracia la idea de que toda la familia Weasley se enterara de que él, Harry, se había preocupado mucho a causa de un dolor que seguramente duraría muy poco. La señora Weasley alborotaría aún más que Hermione; y Fred y George, los gemelos de dieciséis años hermanos de Ron, podrían pensar que Harry estaba perdiendo el valor. Los Weasley eran su familia favorita: esperaba que pudieran invitarlo a quedarse algún tiempo con ellos (Ron le había mencionado algo sobre los Mundiales de quidditch), y no quería que esa visita estuviera salpicada de indagaciones sobre su cicatriz.

Harry se frotó la frente con los nudillos. Lo que realmente quería (y casi le avergonzaba admitirlo ante sí mismo) era alguien como... alguien como un padre: un mago adulto al que pudiera pedir consejo sin sentirse estúpido, alguien que lo cuidara, que hubiera tenido experiencia con la magia oscura...

Y entonces encontró la solución. Era tan simple y tan obvia, que no podía creer que hubiera tardado tanto en dar con ella: Sirius.

Harry saltó de un brinco de la cama, fue rápidamente al otro extremo del dormitorio y se sentó a la mesa. Sacó un trozo de pergamino, cargó de tinta la pluma de águila, escribió «Querido Sirius», y luego se detuvo, pensando cuál sería la mejor forma de expresar su problema y sin dejar de extrañarse de que no se hubiera acordado antes de Sirius. Pero bien mirado no era nada sorprendente: al fin y al cabo, hacía menos de un año que había averiguado que Sirius era su padrino.

Había un motivo muy simple para explicar la total ausencia de Sirius en la vida de Harry: había estado en Azkaban, la horrenda prisión del mundo mágico vigilada por unas criaturas llamadas dementores, unos monstruos ciegos que absorbían el alma y que habían ido hasta Hogwarts en persecución de Sirius cuando éste escapó. Pero Sirius era inocente, ya que los asesinatos por los que lo habían condenado eran en realidad obra de Colagusano, el secuaz de Voldemort a quien casi todo el mundo creía muerto. Harry, Ron y Hermione, sin embargo, sabían que la verdad era otra: el curso anterior habían tenido a Colagusano frente a frente, aunque luego sólo el profesor Dumbledore les había creído.

Durante una hora de gloriosa felicidad, Harry había creído que podría abandonar a los Dursley, porque Sirius le había ofrecido un hogar una vez que su nombre estuviera rehabilitado. Pero aquella oportunidad se había esfumado muy pronto: Colagusano se había escapado antes de que hubieran podido llevarlo al Ministerio de Magia, y Sirius había tenido que huir volando para salvar la vida. Harry lo había ayudado a hacerlo sobre el lomo de un hipogrifo llamado *Buckbeak*, y desde entonces Sirius permanecía oculto. Harry se había pasado el verano pensando en la casa que habría tenido si Colagusano no se hubiera escapado. Había resultado especialmente duro volver con los Dursley sabiendo que había estado a punto de librarse de ellos para siempre.

No obstante, y aunque no pudiera estar con Sirius, éste había sido de cierta ayuda para Harry. Gracias a Sirius, ahora podía tener todas sus cosas con él en el dormitorio. Antes, los Dursley no lo habían consentido: su deseo de hacerle la vida a Harry tan penosa como fuera posible, unido al miedo que les inspiraba su poder, habían hecho que todos los veranos precedentes guardaran bajo llave el baúl escolar de Harry en la alacena que había debajo de la escalera. Pero su actitud había cambiado al averiguar que su sobrino tenía como padrino a un asesino peligroso (oportunamente, Harry había olvidado decirles que Sirius era inocente).

Desde que había vuelto a Privet Drive, Harry había recibido dos cartas de Sirius. No se las había entregado una lechuza, como era habitual en el correo entre magos, sino unos pájaros tropicales grandes y de brillantes colores. A *Hedwig* no le habían hecho gracia aquellos llamativos intrusos y se había resistido a dejarlos beber de su bebedero antes de volver a emprender el vuelo. A Harry, en cambio, le habían gustado: le habían hecho imaginarse palmeras y arena blanca, y esperaba que dondequiera que se encontrara Sirius (él nunca decía dónde, por si interceptaban la carta) se lo estuviera pasando bien. Harry dudaba que los dementores sobrevivieran durante mucho tiempo en un lugar muy soleado. Quizá por eso Sirius había ido hacia el sur. Las cartas de su padrino (ocultas bajo la utilísima tabla suelta que había debajo de la cama de Harry) mostraban un tono alegre, y en ambas le insistía en que lo llamara si lo necesitaba. Pues bien, en aquel momento lo necesitaba...

La lámpara de Harry pareció oscurecerse a medida que la fría luz gris que precede al amanecer se introducía en el dormitorio. Finalmente, cuando los primeros rayos de sol daban un tono dorado a las paredes y empezaba a oírse ruido en la habitación de tío Vernon y tía Petunia, Harry despejó la mesa de trozos estrujados de pergamino y releyó la carta ya acabada:

Querido Sirius:

Gracias por tu última carta. Vaya pájaro más grande: casi no podía entrar por la ventana.

Aquí todo sigue como siempre. La dieta de Dudley no va demasiado bien. Mi tía lo descubrió ayer escondiendo en su habitación unas rosquillas que había traído de la calle. Le dijeron que tendrían que rebajarle la paga si seguía haciéndolo, y él se puso como loco y tiró la videoconsola por la ventana. Es una especie de ordenador en el que se puede jugar. Fue algo bastante tonto, realmente, porque ahora ni siquiera puede evadirse con su Mega—Mutilation, tercera generación.

Yo estoy bien, sobre todo gracias a que tienen muchísimo miedo de que aparezcas de pronto y los conviertas en murciélagos.

Sin embargo, esta mañana me ha pasado algo raro. La cicatriz me ha vuelto a doler. La última vez que ocurrió fue porque Voldemort estaba en Hogwarts. Pero supongo que es imposible que él ronde ahora por aquí, ¿verdad? ¿Sabes si es normal que las cicatrices producidas por maldiciones duelan años después?

Enviaré esta carta en cuanto regrese *Hedwig*. Ahora está por ahí, cazando. Recuerdos a *Buckbeak* de mi parte.

Harry

«Sí —pensó Harry—, no está mal así.» No había por qué explicar lo del sueño, pues no quería dar la impresión de que estaba muy preocupado. Plegó el pergamino y lo dejó a un lado de la mesa, preparado para cuando volviera *Hedwig*. Luego se puso de pie, se desperezó y abrió de nuevo el armario. Sin mirar al espejo, empezó a vestirse para bajar a desayunar.

3

La invitación

Los tres Dursley ya se encontraban sentados a la mesa cuando Harry llegó a la cocina. Ninguno de ellos levantó la vista cuando él entró y se sentó. El rostro de tío Vernon, grande y colorado, estaba oculto detrás de un periódico sensacionalista, y tía Petunia cortaba en cuatro trozos un pomelo, con los labios fruncidos contra sus dientes de conejo.

Dudley parecía furioso, y daba la sensación de que ocupaba más espacio del habitual, que ya es decir, porque él siempre abarcaba un lado entero de la mesa cuadrada. Cuando tía Petunia le puso en el plato uno de los trozos de pomelo sin azúcar con un temeroso «Aquí tienes, Dudley, cariñín», él la miró ceñudo. Su vida se había vuelto bastante más desagradable desde que había llegado con el informe escolar de fin de curso.

Como de costumbre, tío Vernon y tía Petunia habían logrado encontrar disculpas para las malas notas de su hijo: tía Petunia insistía siempre en que Dudley era un muchacho de gran talento incomprendido por sus profesores, en tanto que tío Vernon aseguraba que no quería «tener por hijo a uno de esos mariquitas empollones». Tampoco dieron mucha importancia a las acusaciones de que su hijo tenía un comportamiento violento. («¡Es un niño un poco inquieto, pero no le haría daño a una mosca!», dijo tía Petunia con lágrimas en los ojos.)

Pero al final del informe había unos bien medidos comentarios de la enfermera del colegio que ni siquiera tío

Vernon y tía Petunia pudieron soslayar. Daba igual que tía Petunia lloriqueara diciendo que Dudley era de complexión recia, que su peso era en realidad el propio de un niñito saludable, y que estaba en edad de crecer y necesitaba comer bien: el caso era que los que suministraban los uniformes ya no tenían pantalones de su tamaño. La enfermera del colegio había visto lo que los ojos de tía Petunia (tan agudos cuando se trataba de descubrir marcas de dedos en las brillantes paredes de su casa o de espiar las idas y venidas de los vecinos) sencillamente se negaban a ver: que, muy lejos de necesitar un refuerzo nutritivo, Dudley había alcanzado ya el tamaño y peso de una ballena asesina joven.

Y de esa manera, después de muchas rabietas y discusiones que hicieron temblar el suelo del dormitorio de Harry y de muchas lágrimas derramadas por tía Petunia, dio comienzo el nuevo régimen de comidas. Habían pegado a la puerta del frigorífico la dieta enviada por la enfermera del colegio Smeltings, y el frigorífico mismo había sido vaciado de las cosas favoritas de Dudley (bebidas gaseosas, pasteles, tabletas de chocolate y hamburguesas) y llenado en su lugar con fruta y verdura y todo aquello que tío Vernon llamaba «comida de conejo». Para que Dudley no lo llevara tan mal, tía Petunia había insistido en que toda la familia siguiera el régimen. En aquel momento le sirvió su trozo de pomelo a Harry, quien notó que era mucho más pequeño que el de Dudley. A juzgar por las apariencias, tía Petunia pensaba que la mejor manera de levantar la moral a Dudley era asegurarse de que, por lo menos, podía comer más que Harry.

Pero tía Petunia no sabía lo que se ocultaba bajo la tabla suelta del piso de arriba. No tenía ni idea de que Harry no estaba siguiendo el régimen. En cuanto éste se había enterado de que tenía que pasar el verano alimentándose de tiras de zanahoria, había enviado a *Hedwig* a casa de sus amigos pidiéndoles socorro, y ellos habían cumplido maravillosamente: *Hedwig* había vuelto de casa de Hermione con una caja grande llena de cosas sin azúcar para picar (los padres de Hermione eran dentistas); Hagrid, el guardabosque de Hogwarts, le había enviado una bolsa llena de bollos de frutos secos hechos por él (Harry ni siquiera los había tocado: ya había experimentado las dotes culinarias de Hagrid); en cuanto a la señora Weasley, le había enviado a la lechuza de la familia, *Errol*, con un enorme pastel de frutas y pastas variadas. El pobre *Errol*, que era viejo y débil, tardó cinco días en recuperarse del viaje. Y luego, el día de su cumpleaños (que los Dursley habían pasado olímpicamente por alto), había recibido cuatro tartas estupendas enviadas por Ron, Hermione, Hagrid y Sirius. Todavía le quedaban dos, y por eso, impaciente por tomarse un desayuno de verdad cuando volviera a su habitación, empezó a comerse el pomelo sin una queja.

Tío Vernon dejó el periódico a un lado con un resoplido de disgusto y observó su trozo de pomelo.

—¿Esto es el desayuno? —preguntó de mal humor a tía Petunia.

Ella le dirigió una severa mirada y luego asintió con la cabeza, mirando de forma harto significativa a Dudley, que había terminado ya su parte de pomelo y observaba el de Harry con una expresión muy amarga en sus pequeños ojos de cerdito.

Tío Vernon lanzó un intenso suspiro que le alborotó el poblado bigote y cogió la cuchara.

Llamaron al timbre de la puerta. Tío Vernon se levantó con mucho esfuerzo y fue al recibidor. Veloz como un rayo, mientras su madre preparaba el té, Dudley le robó a su padre lo que le quedaba de pomelo.

Harry oyó un murmullo en la entrada, a alguien riéndose y a tío Vernon respondiendo de manera cortante. Luego se cerró la puerta y oyó rasgar un papel en el recibidor.

Tía Petunia posó la tetera en la mesa y miró a su alrededor preguntándose dónde se había metido tío Vernon. No tardó en averiguarlo: regresó un minuto después, lívido.

—Tú —le gritó a Harry—. Ven a la sala, ahora mismo.

Desconcertado, preguntándose qué demonios había hecho en aquella ocasión, Harry se levantó, salió de la cocina detrás de tío Vernon y fue con él hasta la habitación contigua. Tío Vernon cerró la puerta con fuerza detrás de ellos.

—Vaya —dijo, yendo hasta la chimenea y volviéndose hacia Harry como si estuviera a punto de pronunciar la sentencia de su arresto—. Vaya.

A Harry le hubiera encantado preguntar «¿Vaya qué?», pero no juzgó prudente poner a prueba el humor de tío Vernon tan temprano, y menos teniendo en cuenta que éste se encontraba sometido a una fuerte tensión por la carencia de alimento. Así que decidió adoptar una expresión de cortés desconcierto.

—Acaba de llegar esto —dijo tío Vernon, blandiendo ante Harry un trozo de papel de color púrpura—. Una carta. Sobre ti.

El desconcierto de Harry fue en aumento. ¿Quién le escribiría a tío Vernon sobre él? ¿Conocía a alguien que enviara cartas por correo?

Tío Vernon miró furioso a Harry; luego bajó los ojos al papel y empezó a leer:

Estimados señor y señora Dursley:

No nos conocemos personalmente, pero estoy segura de que Harry les habrá hablado mucho de mi hijo Ron.

Como Harry les habrá dicho, la final de los Mundiales de quidditch tendrá lugar el próximo lunes por la noche, y Arthur, mi marido, acaba de conseguir entradas de primera clase gracias a sus conocidos en el Departamento de Deportes y Juegos Mágicos.

Espero que nos permitan llevar a Harry al partido, ya que es una oportunidad única en la vida. Hace treinta años que Gran Bretaña no es la anfitriona de la Copa y es extraordinariamente difícil conseguir una entrada. Nos encantaría que Harry pudiera quedarse con nosotros lo que queda de vacaciones de verano y acompañarlo al tren que lo llevará de nuevo al colegio.

Sería preferible que Harry nos enviara la respuesta de ustedes por el medio habitual, ya que el cartero muggle nunca nos ha entregado una carta y me temo que ni siquiera sabe dónde vivimos.

Esperando ver pronto a Harry, se despide cordialmente

Molly Weasley

P. D.: Espero que hayamos puesto bastantes sellos.

Tío Vernon terminó de leer, se metió la mano en el bolsillo superior y sacó otra cosa.

—Mira esto —gruñó.

Levantó el sobre en que había llegado la carta, y Harry tuvo que hacer un esfuerzo para contener la risa. Todo el sobre estaba cubierto de sellos salvo un trocito, delante, en el que la señora Weasley había consignado en letra diminuta la dirección de los Dursley.

—Creo que sí que han puesto bastantes sellos —comentó Harry, como si cualquiera pudiera cometer el error de la señora Weasley.

Hubo un fulgor en los ojos de su tío.

—El cartero se dio cuenta —dijo entre sus dientes apretados—. Estaba muy interesado en saber de dónde procedía la carta. Por eso llamó al timbre. Daba la impresión de que le parecía divertido.

Harry no dijo nada. Otra gente podría no entender por qué tío Vernon armaba tanto escándalo porque alguien hubiera puesto demasiados sellos en un sobre, pero Harry había vivido demasiado tiempo con ellos para no comprender hasta qué punto les molestaba cualquier cosa que se saliera de lo ordinario. Nada los aterrorizaba tanto como que alguien pudiera averiguar que tenían relación (aunque fuera lejana) con gente como la señora Weasley.

Tío Vernon seguía mirando a Harry, que intentaba mantener su expresión neutra. Si no hacía ni decía ninguna tontería, podía lograr que lo dejaran asistir al mejor espectáculo de su vida. Esperó a que tío Vernon añadiera algo, pero simplemente seguía mirándolo. Harry decidió romper el silencio.

—Entonces, ¿puedo ir? —preguntó.

Un ligero espasmo cruzó el rostro de tío Vernon, grande y colorado. Se le erizó el bigote. Harry creía saber lo que tenía lugar detrás de aquel mostacho: una furiosa batalla en la que entraban en conflicto dos de los instintos más básicos en tío Vernon. Permitirle marchar haría feliz a Harry, algo contra lo que tío Vernon había luchado durante trece años. Pero, por otro lado, dejar que se fuera con los Weasley lo que quedaba de verano equivalía a deshacerse de él dos semanas antes de lo esperado, y tío Vernon aborrecía tener a

Harry en casa. Para ganar algo de tiempo, volvió a mirar la carta de la señora Weasley.

—¿Quién es esta mujer? —inquirió, observando la firma con desagrado.

—La conoces —respondió Harry—. Es la madre de mi amigo Ron. Lo estaba esperando cuando llegamos en el expreso de Hog... en el tren del colegio al final del curso.

Había estado a punto de decir «expreso de Hogwarts», y eso habría irritado a tío Vernon. En casa de los Dursley no se podía mencionar el nombre del colegio de Harry.

Tío Vernon hizo una mueca con su enorme rostro como si tratara de recordar algo muy desagradable.

—¿Una mujer gorda? —gruñó por fin—. ¿Con un montón de niños pelirrojos?

Harry frunció el entrecejo pensando que tenía gracia que tío Vernon llamara gordo a alguien cuando su propio hijo, Dudley, acababa de lograr lo que había estado intentando desde que tenía tres años: ser más ancho que alto.

Tío Vernon volvió a examinar la carta.

—Quidditch —murmuró entre dientes—, quidditch. ¿Qué demonios es eso?

Harry sintió una segunda punzada de irritación.

—Es un deporte —dijo lacónicamente— que se juega sobre esc...

—¡Vale, vale! —interrumpió tío Vernon casi gritando.

Con cierta satisfacción, Harry observó que su tío tenía expresión de miedo. Daba la impresión de que sus nervios no aguantarían el sonido de las palabras «escobas voladoras» en la sala de estar. Disimuló volviendo a examinar la carta. Harry descubrió que movía los labios formando las palabras «que nos enviara la respuesta de ustedes por el medio habitual».

—¿Qué quiere decir eso de «el medio habitual»? —preguntó irritado.

—Habitual para nosotros —explicó Harry y, antes de que su tío pudiera detenerlo, añadió—: Ya sabes, lechuzas mensajeras. Es lo normal entre magos.

Tío Vernon parecía tan ofendido como si Harry acabara de soltar una horrible blasfemia. Temblando de enojo, lanzó una mirada nerviosa por la ventana; parecía temeroso de ver a algún vecino con la oreja pegada al cristal.

—¿Cuántas veces tengo que decirte que no menciones tu anormalidad bajo este techo? —dijo entre dientes. Su rostro había adquirido un tono ciruela vivo—. Recuerda dónde estás, y recuerda que deberías agradecer un poco esa ropa que Petunia y yo te hemos da...

—Después de que Dudley la usó —lo interrumpió Harry con frialdad; de hecho, llevaba una sudadera tan grande para él que tenía que dar cinco vueltas a las mangas para poder utilizar las manos y que le caía hasta más abajo de las rodillas de unos vaqueros extremadamente anchos.

—¡No consentiré que se me hable en ese tono! —exclamó tío Vernon, temblando de ira.

Pero Harry no pensaba resignarse. Ya habían pasado los tiempos en que se había visto obligado a aceptar cada una de las estúpidas disposiciones de los Dursley. No estaba siguiendo el régimen de Dudley, y no se iba a quedar sin ir a los Mundiales de quidditch por culpa de tío Vernon si podía evitarlo. Harry respiró hondo para relajarse y luego dijo:

—Vale, no iré a los Mundiales. ¿Puedo subir ya a mi habitación? Tengo que terminar una carta para Sirius. Ya sabes... mi padrino.

Lo había hecho, había pronunciado las palabras mágicas. Vio cómo la colorada piel de tío Vernon palidecía a ronchas, dándole el aspecto de un helado de grosellas mal mezclado.

—Le... ¿le vas a escribir, de verdad? —dijo tío Vernon, intentando aparentar tranquilidad. Pero Harry había visto cómo se le contraían de miedo los diminutos ojos.

—Bueno, sí... —contestó Harry, como sin darle importancia—. Hace tiempo que no ha tenido noticias mías y, bueno, si no le escribo puede pensar que algo va mal.

Se detuvo para disfrutar el efecto de sus palabras. Casi podía ver funcionar los engranajes del cerebro de tío Vernon debajo de su grueso y oscuro cabello peinado con una raya muy recta. Si intentaba impedir que Harry escribiera a Sirius, éste pensaría que lo maltrataban. Si no lo dejaba ir

37

a los Mundiales de quidditch, Harry se lo contaría a Sirius, y Sirius *sabría* que lo maltrataban. A tío Vernon sólo le quedaba una salida, y Harry pudo ver esa conclusión formársele en el cerebro como si el rostro grande adornado con el bigote fuera transparente. Harry trató de no reírse y de mantener la cara tan inexpresiva como le fuera posible. Y luego...

—Bien, de acuerdo. Puedes ir a esa condenada... a esa estúpida... a esa Copa del Mundo. Escríbeles a esos... a esos Weasley para que vengan a recogerte, porque yo no tengo tiempo para llevarte a ningún lado. Y puedes pasar con ellos el resto del verano. Y dile a tu... tu padrino... dile... dile que vas.

—Muy bien —asintió Harry, muy contento.

Se volvió y fue hacia la puerta de la sala, reprimiendo el impulso de gritar y dar saltos. Iba a... ¡Se iba con los Weasley! ¡Iba a presenciar la final de los Mundiales! En el recibidor estuvo a punto de atropellar a Dudley, que acechaba detrás de la puerta esperando oír una buena reprimenda contra Harry y se quedó desconcertado al ver su amplia sonrisa.

—¡Qué buen desayuno!, ¿verdad? —le dijo Harry—. Estoy lleno, ¿tú no?

Riéndose de la cara atónita de Dudley, Harry subió los escalones de tres en tres y entró en su habitación como un bólido.

Lo primero que vio fue que *Hedwig* ya había regresado. Estaba en la jaula, mirando a Harry con sus enormes ojos ambarinos y chasqueando el pico como hacía siempre que estaba molesta. Harry no tardó en ver qué era lo que le molestaba en aquella ocasión.

—¡Ay! —gritó.

Acababa de pegarle en un lado de la cabeza lo que parecía ser una pelota de tenis pequeña, gris y cubierta de plumas. Harry se frotó con fuerza la zona dolorida al tiempo que intentaba descubrir qué era lo que lo había golpeado, y vio una lechuza diminuta, lo bastante pequeña para ocultarla en la mano, que, como si fuera un cohete buscapiés, zumbaba sin parar por toda la habitación. Harry se dio cuenta entonces de que la lechuza había dejado caer a sus pies una carta. Se inclinó para recogerla, reconoció la letra de Ron y abrió el sobre. Dentro había una nota escrita apresuradamente:

Harry: ¡MI PADRE HA CONSEGUIDO LAS ENTRADAS! Irlanda contra Bulgaria, el lunes por la noche. Mi madre les ha escrito a los muggles para pedirles que te dejen venir y quedarte. A lo mejor ya han recibido la carta, no sé cuánto tarda el correo muggle. De todas maneras, he querido enviarte esta nota por medio de Pig.

Harry reparó en el nombre «Pig», y luego observó a la diminuta lechuza que zumbaba dando vueltas alrededor de la lámpara del techo. Nunca había visto nada que se pareciera menos a un cerdo. Quizá no había entendido bien la letra de Ron. Siguió leyendo:

Vamos a ir a buscarte tanto si quieren los muggles como si no, porque no te puedes perder los Mundiales. Lo que pasa es que mis padres pensaban que era mejor pedirles su consentimiento. Si dicen que te dejan, envía a Pig *inmediatamente con la respuesta, e iremos a recogerte el domingo a las cinco en punto. Si no te dejan, envía también a* Pig *e iremos a recogerte de todas maneras el domingo a las cinco.*

Hermione llega esta tarde. Percy ha comenzado a trabajar: en el Departamento de Cooperación Mágica Internacional. No menciones nada sobre el extranjero mientras estés aquí a menos que quieras que te mate de aburrimiento.

Hasta pronto,

Ron

—¡Cálmate! —dijo Harry a la pequeña lechuza, que revoloteaba por encima de su cabeza gorjeando como loca (Harry supuso que era a causa del orgullo de haber llevado la carta a la persona correcta)—. ¡Ven aquí! Tienes que llevar la contestación.

La lechuza revoloteó hasta posarse sobre la jaula de *Hedwig*, que le echó una mirada fría, como desafiándola a que se acercara más. Harry volvió a coger su pluma de águila y un trozo de pergamino, y escribió:

Todo perfecto, Ron: los muggles me dejan ir. Hasta mañana a las cinco. ¡Me muero de impaciencia!

Harry

Plegó la nota hasta hacerla muy pequeña y, con inmensa dificultad, la ató a la diminuta pata de la lechuza, que aguardaba muy excitada. En cuanto la nota estuvo asegurada, la lechuza se marchó: salió por la ventana zumbando y se perdió de vista.

Harry se volvió hacia *Hedwig*.

—¿Estás lista para un viaje largo? —le preguntó.

Hedwig ululó henchida de dignidad.

—¿Puedes hacerme el favor de llevar esto a Sirius? —le pidió, cogiendo la carta—. Espera: tengo que terminarla.

Volvió a desdoblar el pergamino y añadió rápidamente una postdata:

Si quieres ponerte en contacto conmigo, estaré en casa de mi amigo Ron hasta el final del verano. ¡Su padre nos ha conseguido entradas para los Mundiales de quidditch!

Una vez concluida la carta, la ató a una de las patas de *Hedwig*, que permanecía más quieta que nunca, como si quisiera mostrar el modo en que debía comportarse una lechuza mensajera.

—Estaré en casa de Ron cuando vuelvas, ¿de acuerdo? —le dijo Harry.

Ella le pellizcó cariñosamente el dedo con el pico y, a continuación, con un zumbido, extendió sus grandes alas y salió volando por la ventana.

Harry la observó mientras desaparecía. Luego se metió debajo de la cama, tiró de la tabla suelta y sacó un buen trozo de tarta de cumpleaños. Se lo comió sentado en el suelo, disfrutando de la felicidad que lo embargaba: tenía tarta, mientras que Dudley sólo tenía pomelo; era un radiante día de verano; se iría de casa de los Dursley al día siguiente, la cicatriz ya había dejado de dolerle e iba a presenciar los Mundiales de quidditch. Era difícil, precisamente en aquel momento, preocuparse por algo. Ni siquiera por lord Voldemort.

4

Retorno a La Madriguera

A las doce del día siguiente, el baúl de Harry ya estaba lleno de sus cosas del colegio y de sus posesiones más apreciadas: la capa invisible heredada de su padre, la escoba voladora que le había regalado Sirius y el mapa encantado de Hogwarts que le habían dado Fred y George el curso anterior. Había vaciado de todo comestible el espacio oculto debajo de la tabla suelta de su habitación y repasado dos veces hasta el último rincón de su dormitorio para no dejarse olvidados ninguna pluma ni ningún libro de embrujos, y había despegado de la pared el calendario en que marcaba los días que faltaban para el 1 de septiembre, el día de la vuelta a Hogwarts.

El ambiente en el número 4 de Privet Drive estaba muy tenso. La inminente llegada a la casa de un grupo de brujos ponía nerviosos e irritables a los Dursley. Tío Vernon se asustó mucho cuando Harry le informó de que los Weasley llegarían al día siguiente a las cinco en punto.

—Espero que le hayas dicho a esa gente que se vista adecuadamente —gruñó de inmediato—. He visto cómo van. Deberían tener la decencia de ponerse ropa normal.

Harry tuvo un presentimiento que le preocupó. Muy raramente había visto a los padres de Ron vistiendo algo que los Dursley pudieran calificar de «normal». Los hijos a veces se ponían ropa muggle durante las vacaciones, pero los padres llevaban generalmente túnicas largas en diversos estados de deterioro. A Harry no le inquietaba lo que pensaran los vecinos, pero sí lo desagradables que podían resultar los Dursley con los Weasley si aparecían con el aspecto que aquéllos reprobaban en los brujos.

Tío Vernon se había puesto su mejor traje. Alguien podría interpretarlo como un gesto de bienvenida, pero Harry sabía que lo había hecho para impresionar e intimidar. Dudley, por otro lado, parecía algo disminuido, lo cual no se debía a que su dieta estuviera por fin dando resultado, sino al pánico. La última vez que Dudley se había encontrado con un mago adulto salió ganando una cola de cerdo que le sobresalía de los pantalones, y tía Petunia y tío Vernon tuvieron que llevarlo a un hospital privado de Londres para que se la extirparan. Por eso no era sorprendente que Dudley se pasara todo el tiempo restregándose la mano nerviosamente por la rabadilla y caminando de una habitación a otra como los cangrejos, con la idea de no presentar al enemigo el mismo objetivo.

La comida (queso fresco y apio rallado) transcurrió casi en total silencio. Dudley ni siquiera protestó por ella. Tía Petunia no probó bocado. Tenía los brazos cruzados, los labios fruncidos, y se mordía la lengua como masticando la furiosa reprimenda que hubiera querido echarle a Harry.

—Vendrán en coche, espero —dijo a voces tío Vernon desde el otro lado de la mesa.

—Ehhh... —Harry no supo qué contestar.

La verdad era que no había pensado en aquel detalle. ¿Cómo irían a buscarlo los Weasley? Ya no tenían coche, porque el viejo Ford Anglia que habían poseído corría libre y salvaje por el bosque prohibido de Hogwarts. Sin embargo, el año anterior el Ministerio de Magia le había prestado un coche al señor Weasley. ¿Haría lo mismo en aquella ocasión?

—Creo que sí —respondió al final.

El bigote de tío Vernon se alborotó con su resoplido. Normalmente hubiera preguntado qué coche tenía el señor Weasley, porque solía juzgar a los demás hombres por el tamaño y precio de su automóvil. Pero, en opinión de Harry, a tío Vernon no le gustaría el señor Weasley aunque tuviera un Ferrari.

Harry pasó la mayor parte de la tarde en su habitación. No podía soportar la visión de tía Petunia escudriñando a través de los visillos cada pocos segundos como si hubieran avisado que andaba suelto un rinoceronte. A las cinco menos cuarto Harry volvió a bajar y entró en la sala. Tía Petunia colocaba y recolocaba los cojines de manera compulsiva. Tío Vernon hacía como que leía el periódico, pero no movía los minúsculos ojos, y Harry supuso que en realidad escuchaba con total atención por si oía el ruido de un coche. Dudley estaba hundido en un sillón, con las manos de cerdito puestas debajo de él y agarrándose firmemente la rabadilla. Incapaz de aguantar la tensión que había en el ambiente, Harry salió de la habitación y se fue al recibidor, a sentarse en la escalera, con los ojos fijos en el reloj y el corazón latiéndole muy rápido por la emoción y los nervios.

Pero llegaron las cinco en punto... y pasaron. Tío Vernon, sudando ligeramente dentro de su traje, abrió la puerta de la calle, escudriñó a un lado y a otro, y volvió a meter la cabeza en la casa.

—¡Se retrasan! —le gruñó a Harry.

—Ya lo sé —murmuró Harry—. A lo mejor hay problemas de tráfico, yo qué sé.

Las cinco y diez... las cinco y cuarto... Harry ya empezaba a preocuparse. A las cinco y media oyó a tío Vernon y a tía Petunia rezongando en la sala de estar.

—No tienen consideración.

—Podríamos haber tenido un compromiso.

—Tal vez creen que llegando tarde los invitaremos a cenar.

—Ni soñarlo —dijo tío Vernon. Harry lo oyó ponerse en pie y caminar nerviosamente por la sala—. Recogerán al chico y se irán. No se entretendrán. Eso... si es que vienen. A lo mejor se han confundido de día. Me atrevería a decir que la gente de su clase no le da mucha importancia a la puntualidad. O bien es que en vez de coche tienen una cafetera que se les ha averia... ¡Ahhhhhhhhhhhhh!

Harry pegó un salto. Del otro lado de la puerta de la sala le llegó el ruido que hacían los Dursley moviéndose aterrorizados y descontroladamente por la sala. Un instante

44

después, Dudley entró en el recibidor como una bala, completamente lívido.

—¿Qué pasa? —preguntó Harry—. ¿Qué ocurre?

Pero Dudley parecía incapaz de hablar y, con movimientos de pato y agarrándose todavía las nalgas con las manos, entró en la cocina. En el interior de la chimenea de los Dursley, que tenía empotrada una estufa eléctrica que simulaba un falso fuego, se oían golpes y rasguños.

—¿Qué es eso? —preguntó jadeando tía Petunia, que había retrocedido hacia la pared y miraba aterrorizada la estufa—. ¿Qué es, Vernon?

La duda sólo duró un segundo. Desde dentro de la chimenea cegada se podían oír voces.

—¡Ay! No, Fred... Vuelve, vuelve. Ha habido algún error. Dile a George que no... ¡Ay! No, George, no hay espacio. Regresa enseguida y dile a Ron...

—A lo mejor Harry nos puede oír, papá... A lo mejor puede ayudarnos a salir...

Se oyó golpear fuerte con los puños al otro lado de la estufa.

—¡Harry! Harry, ¿nos oyes?

Los Dursley rodearon a Harry como un par de lobos hambrientos.

—¿Qué es eso? —gruñó tío Vernon—. ¿Qué pasa?

—Han... han intentado llegar con polvos *flu* —explicó Harry, conteniendo unas ganas locas de reírse—. Pueden viajar de una chimenea a otra... pero no se imaginaban que la chimenea estaría obstruida. Un momento...

Se acercó a la chimenea y gritó a través de las tablas:

—¡Señor Weasley! ¿Me oye?

El martilleo cesó. Alguien, dentro de la chimenea, chistó: «¡Shh!»

—¡Soy Harry, señor Weasley...! La chimenea está cegada. No podrán entrar por aquí.

—¡Maldita sea! —dijo la voz del señor Weasley—. ¿Para qué diablos taparon la chimenea?

—Tienen una estufa eléctrica —explicó Harry.

—¿De verdad? —preguntó emocionado el señor Weasley—. ¿Has dicho *ecléctica*? ¿Con enchufe? ¡Santo Dios! ¡Eso tengo que verlo...! Pensemos... ¡Ah, Ron!

La voz de Ron se unió a la de los otros.

—¿Qué hacemos aquí? ¿Algo ha ido mal?

—No, Ron, qué va —dijo sarcásticamente la voz de Fred—. Éste es exactamente el sitio al que queríamos venir.

—Sí, nos lo estamos pasando en grande —añadió George, cuya voz sonaba ahogada, como si lo estuvieran aplastando contra la pared.

—Muchachos, muchachos... —dijo vagamente el señor Weasley—. Estoy intentando pensar qué podemos hacer... Sí... el único modo... Harry, échate atrás.

Harry se retiró hasta el sofá, pero tío Vernon dio un paso hacia delante.

—¡Esperen un momento! —bramó en dirección a la chimenea—. ¿Qué es lo que pretenden...?

¡BUM!

La estufa eléctrica salió disparada hasta el otro extremo de la sala cuando todas las tablas que tapaban la chimenea saltaron de golpe y expulsaron al señor Weasley, Fred, George y Ron entre una nube de escombros y gravilla suelta. Tía Petunia dio un grito y cayó de espaldas sobre la mesita del café. Tío Vernon la cogió antes de que pegara contra el suelo, y se quedó con la boca abierta, sin habla, mirando a los Weasley, todos con el pelo de color rojo vivo, incluyendo a Fred y George, que eran idénticos hasta el último detalle.

—Así está mejor —dijo el señor Weasley, jadeante, sacudiéndose el polvo de la larga túnica verde y colocándose bien las gafas—. ¡Ah, ustedes deben de ser los tíos de Harry!

Alto, delgado y calvo, se dirigió hacia tío Vernon con la mano tendida, pero tío Vernon retrocedió unos pasos para alejarse de él, arrastrando a tía Petunia e incapaz de pronunciar una palabra. Tenía su mejor traje cubierto de polvo blanco, así como el cabello y el bigote, lo que lo hacía parecer treinta años más viejo.

—Eh... bueno... disculpe todo esto —dijo el señor Weasley, bajando la mano y observando por encima del hombro el estropicio de la chimenea—. Ha sido culpa mía: no se me ocurrió que podía estar cegada. Hice que conectaran su chimenea a la Red Flu, ¿sabe? Sólo por esta tarde, para que pudiéramos recoger a Harry. Se supone que las chimeneas de los muggles no deben conectarse... pero tengo un conocido en el Equipo de Regulación de la Red Flu que me ha hecho el favor. Puedo dejarlo como estaba en un segundo, no se preocupe. Encenderé un fuego para que regresen los muchachos, y repararé su chimenea antes de desaparecer yo mismo.

Harry sabía que los Dursley no habían entendido ni una palabra. Seguían mirando al señor Weasley con la boca abierta, estupefactos. Con dificultad, tía Petunia se alzó y se ocultó detrás de tío Vernon.

—¡Hola, Harry! —saludó alegremente el señor Weasley—. ¿Tienes listo el baúl?

—Arriba, en la habitación —respondió Harry, devolviéndole la sonrisa.

—Vamos por él —dijo Fred de inmediato. Él y George salieron de la sala guiñándole un ojo a Harry. Sabían dónde estaba su habitación porque en una ocasión lo habían ayudado a fugarse de ella en plena noche. A Harry le dio la impresión de que Fred y George esperaban echarle un vistazo a Dudley, porque les había hablado mucho de él.

—Bueno —dijo el señor Weasley, balanceando un poco los brazos mientras trataba de encontrar palabras con las que romper el incómodo silencio—. Tie... tienen ustedes una casa muy agradable.

Como la sala habitualmente inmaculada se hallaba ahora cubierta de polvo y trozos de ladrillo, este comentario no agradó demasiado a los Dursley. El rostro de tío Vernon se tiñó otra vez de rojo, y tía Petunia volvió a quedarse boquiabierta. Pero tanto uno como otro estaban demasiado asustados para decir nada.

El señor Weasley miró a su alrededor. Le fascinaba todo lo relacionado con los muggles. Harry lo notó impaciente por ir a examinar la televisión y el vídeo.

—Funcionan por *eclectricidad*, ¿verdad? —dijo en tono de entendido—. ¡Ah, sí, ya veo los enchufes! Yo colecciono enchufes —añadió dirigiéndose a tío Vernon—. Y pilas. Tengo una buena colección de pilas. Mi mujer cree que estoy chiflado, pero ya ve.

Era evidente que tío Vernon era de la misma opinión que la señora Weasley. Se movió ligeramente hacia la derecha para ponerse delante de tía Petunia, como si pensara que el señor Weasley podía atacarlos de un momento a otro.

Dudley apareció de repente en la sala. Harry oyó el golpeteo del baúl en los peldaños y comprendió que el ruido había hecho salir a Dudley de la cocina. Fue caminando pegado a la pared, vigilando al señor Weasley con ojos desorbitados, e intentó ocultarse detrás de sus padres. Por desgracia, las dimensiones de tío Vernon, que bastaban para ocultar a la delgada tía Petunia, de ninguna manera podían hacer lo mismo con Dudley.

—¡Ah, éste es tu primo!, ¿no, Harry? —dijo el señor Weasley, tratando de entablar conversación.

—Sí —dijo Harry—, es Dudley.

Él y Ron se miraron y luego apartaron rápidamente la vista. La tentación de echarse a reír fue casi irresistible. Dudley seguía agarrándose el trasero como si tuviera miedo de que se le cayera. El señor Weasley, en cambio, parecía sinceramente preocupado por el peculiar comportamiento de Dudley. Por el tono de voz que empleó al volver a hablar, Harry comprendió que el señor Weasley suponía a Dudley tan mal de la cabeza como los Dursley lo suponían a él, con la diferencia de que el señor Weasley sentía hacia el muchacho más conmiseración que miedo.

—¿Estás pasando unas buenas vacaciones, Dudley? —preguntó cortésmente.

Dudley gimoteó. Harry vio que se agarraba aún con más fuerza el enorme trasero.

Fred y George regresaron a la sala, transportando el baúl escolar de Harry. Miraron a su alrededor en el momento en que entraron y distinguieron a Dudley. Se les iluminó la cara con idéntica y maligna sonrisa.

—¡Ah, bien! —dijo el señor Weasley—. Será mejor darse prisa.

Se remangó la túnica y sacó la varita. Harry vio a los Dursley echarse atrás contra la pared, como si fueran uno solo.

—¡*Incendio!* —exclamó el señor Weasley, apuntando con su varita al orificio que había en la pared.

De inmediato apareció una hoguera que crepitó como si llevara horas encendida. El señor Weasley se sacó del bolsillo un saquito, lo desanudó, cogió un pellizco de polvos de dentro y lo echó a las llamas, que adquirieron un color verde esmeralda y llegaron más alto que antes.

—Tú primero, Fred —indicó el señor Weasley.

—Voy —dijo Fred—. ¡Oh, no! Esperad...

A Fred se le cayó del bolsillo una bolsa de caramelos, y su contenido rodó en todas direcciones: grandes caramelos con envoltorios de vivos colores.

Fred los recogió a toda prisa y los metió de nuevo en los bolsillos; luego se despidió de los Dursley con un gesto de la mano y avanzó hacia el fuego diciendo: «¡La Madriguera!» Tía Petunia profirió un leve grito de horror. Se oyó una especie de rugido en la hoguera, y Fred desapareció.

—Ahora tú, George —dijo el señor Weasley—. Con el baúl.

Harry ayudó a George a llevar el baúl hasta la hoguera, y lo puso de pie para que pudiera sujetarlo mejor. Luego, gritó «¡La Madriguera!», se volvió a oír el rugido de las llamas y George desapareció a su vez.

—Te toca, Ron —indicó el señor Weasley.

—Hasta luego —se despidió alegremente Ron. Tras dirigirle a Harry una amplia sonrisa, entró en la hoguera, gritó «¡La Madriguera!» y desapareció.

Ya sólo quedaban Harry y el señor Weasley.

—Bueno... Pues adiós —les dijo Harry a los Dursley.

Pero ellos no respondieron. Harry avanzó hacia el fuego; pero, justo cuando llegaba ante él, el señor Weasley lo sujetó con una mano. Observaba atónito a los Dursley.

—Harry les ha dicho adiós —dijo—. ¿No lo han oído?

—No tiene importancia —le susurró Harry al señor Weasley—. De verdad, me da igual.

Pero el señor Weasley no le quitó la mano del hombro.

—No va a ver a su sobrino hasta el próximo verano —dijo indignado a tío Vernon—. ¿No piensa despedirse de él?

El rostro de tío Vernon expresó su ira. La idea de que un hombre que había armado aquel estropicio en su sala de estar le enseñara modales era insoportable. Pero el señor Weasley seguía teniendo la varita en la mano, y tío Vernon clavó en ella sus diminutos ojos antes de contestar con tono de odio:

—Adiós.

—Hasta luego —respondió Harry, introduciendo un pie en la hoguera de color verde, que resultaba de una agradable tibieza. Pero en aquel momento oyó detrás de él un horrible sonido como de arcadas y a tía Petunia que se ponía a gritar.

Harry se dio la vuelta. Dudley ya no trataba de ocultarse detrás de sus padres, sino que estaba arrodillado junto a la mesita del café, resoplando y dando arcadas ante una cosa roja y delgada de treinta centímetros de largo que le salía de la boca. Tras un instante de perplejidad, Harry comprendió que aquella cosa era la lengua de Dudley... y vio que delante de él, en el suelo, había un envoltorio de colores brillantes.

Tía Petunia se lanzó al suelo, al lado de Dudley, agarró el extremo de su larga lengua y trató de arrancársela; como es lógico, Dudley gritó y farfulló más que antes, intentando que ella desistiera. Tío Vernon daba voces y agitaba los brazos, y el señor Weasley no tuvo más remedio que gritar para hacerse oír.

—¡No se preocupen, puedo arreglarlo! —chilló, avanzando hacia Dudley con la mano tendida.

Pero tía Petunia gritó aún más y se arrojó sobre Dudley para servirle de escudo.

—¡No se pongan así! —dijo el señor Weasley, desesperado—. Es un proceso muy simple. Era el caramelo. Mi hijo Fred... es un bromista redomado. Pero no es más que un encantamiento aumentador... o al menos eso creo. Déjenme, puedo deshacerlo...

Pero, lejos de tranquilizarse, los Dursley estaban cada vez más aterrorizados: tía Petunia sollozaba como una histérica y tiraba de la lengua de Dudley dispuesta a arrancársela; Dudley parecía estar ahogándose bajo la doble presión de su madre y de su lengua; y tío Vernon, que había perdido completamente el control de sí mismo, cogió una figura de porcelana del aparador y se la tiró al señor Weasley con todas sus fuerzas. Éste se agachó, y la figura de porcelana fue a estrellarse contra la descompuesta chimenea.

—¡Vaya! —exclamó el señor Weasley, enfadado y blandiendo la varita—. ¡Yo sólo trataba de ayudar!

Aullando como un hipopótamo herido, tío Vernon agarró otra pieza de adorno.

—¡Vete, Harry! ¡Vete ya! —gritó el señor Weasley, apuntando con la varita a tío Vernon—. ¡Yo lo arreglaré!

Harry no quería perderse la diversión, pero un segundo adorno le pasó rozando la oreja izquierda, y decidió que sería mejor dejar que el señor Weasley resolviera la situación. Entró en el fuego dando un paso, sin dejar de mirar por encima del hombro mientras decía «¡La Madriguera!». Lo último que alcanzó a ver en la sala de estar fue cómo el señor Weasley esquivaba con la varita el tercer adorno que le arrojaba tío Vernon mientras tía Petunia chillaba y cubría con su cuerpo a Dudley, cuya lengua, como una serpiente pitón larga y delgada, se le salía de la boca. Un instante después, Harry giraba muy rápido, y la sala de estar de los Dursley se perdió de vista entre el estrépito de llamas de color esmeralda.

5

Sortilegios Weasley

Harry dio vueltas cada vez más rápido con los codos pegados al cuerpo. Borrosas chimeneas pasaban ante él a la velocidad del rayo, hasta que se sintió mareado y cerró los ojos. Cuando por fin le pareció que su velocidad aminoraba, estiró los brazos, a tiempo para evitar darse de bruces contra el suelo de la cocina de los Weasley al salir de la chimenea.

—¿Se lo comió? —preguntó Fred ansioso mientras le tendía a Harry la mano para ayudarlo a levantarse.

—Sí —respondió Harry poniéndose en pie—. ¿Qué era?

—Caramelo *longuilinguo* —explicó Fred, muy contento—. Los hemos inventado George y yo, y nos hemos pasado el verano buscando a alguien en quien probarlos...

Todos prorrumpieron en carcajadas en la pequeña cocina; Harry miró a su alrededor, y vio que Ron y George estaban sentados a una mesa de madera desgastada de tanto restregarla, con dos pelirrojos a los que Harry no había visto nunca, aunque no tardó en suponer quiénes serían: Bill y Charlie, los dos hermanos mayores Weasley.

—¿Qué tal te va, Harry? —preguntó el más cercano a él, dirigiéndole una amplia sonrisa y tendiéndole una mano grande que Harry estrechó. Estaba llena de callos y ampollas. Aquél tenía que ser Charlie, que trabajaba en Rumania con dragones. Su constitución era igual a la de los gemelos, y diferente de la de Percy y Ron, que eran más altos y delgados. Tenía una cara ancha de expresión bonachona, con la piel curtida por el clima de Rumania y tan llena de pecas que parecía bronceada; los brazos eran musculosos, y en uno de ellos se veía una quemadura grande y brillante.

Bill se levantó sonriendo y también le estrechó la mano a Harry, quien se sorprendió. Sabía que Bill trabajaba para Gringotts, el banco del mundo mágico, y que había sido Premio Anual de Hogwarts, y siempre se lo había imaginado como una versión crecida de Percy: quisquilloso en cuanto al incumplimiento de las normas e inclinado a mandar a todo el mundo. Sin embargo, Bill era (no había otra palabra para definirlo) *guay*: era alto, tenía el pelo largo y recogido en una coleta, llevaba un colmillo de pendiente e iba vestido de manera apropiada para un concierto de rock, salvo por las botas (que, según reconoció Harry, no eran de cuero sino de piel de dragón).

Antes de que ninguno de ellos pudiera añadir nada, se oyó un pequeño estallido y el señor Weasley apareció de pronto al lado de George. Harry no lo había visto nunca tan enfadado.

—¡No ha tenido ninguna gracia, Fred! ¿Qué demonios le diste a ese niño muggle?

—No le di nada —respondió Fred, con otra sonrisa maligna—. Sólo lo dejé caer... Ha sido culpa suya: lo cogió y se lo comió. Yo no le dije que lo hiciera.

—¡Lo dejaste caer a propósito! —vociferó el señor Weasley—. Sabías que se lo comería porque estaba a dieta...

—¿Cuánto le creció la lengua? —preguntó George, con mucho interés.

—Cuando sus padres me permitieron acortársela había alcanzado más de un metro de largo.

Harry y los Weasley prorrumpieron de nuevo en una sonora carcajada.

—¡No tiene gracia! —gritó el señor Weasley—. ¡Ese tipo de comportamiento enturbia muy seriamente las relaciones entre magos y muggles! Me paso la mitad de la vida luchando contra los malos tratos a los muggles, y resulta que mis propios hijos...

—¡No se lo dimos porque fuera muggle! —respondió Fred, indignado.

—No. Se lo dimos porque es un asqueroso bravucón —explicó George—. ¿No es verdad, Harry?

—Sí, lo es —contestó Harry seriamente.

—¡Ésa no es la cuestión! —repuso enfadado el señor Weasley—. Ya veréis cuando se lo diga a vuestra madre.

—¿Cuando me digas qué? —preguntó una voz tras ellos.

La señora Weasley acababa de entrar en la cocina. Era bajita, rechoncha y tenía una cara generalmente muy amable, aunque en aquellos momentos la sospecha le hacía entornar los ojos.

—¡Ah, hola, Harry! —dijo sonriéndole al advertir que estaba allí. Luego volvió bruscamente la mirada a su marido—. ¿Qué es lo que tienes que decirme?

El señor Weasley dudó. Harry se dio cuenta de que, a pesar de estar tan enfadado con Fred y George, no había tenido verdadera intención de contarle a la señora Weasley lo ocurrido. Se hizo un silencio mientras el señor Weasley observaba nervioso a su mujer. Entonces aparecieron dos chicas en la puerta de la cocina, detrás de la señora Weasley: una, de pelo castaño y espeso e incisivos bastante grandes, era Hermione Granger, la amiga de Harry y Ron; la otra, menuda y pelirroja, era Ginny, la hermana pequeña de Ron. Las dos sonrieron a Harry, y él les sonrió a su vez, lo que provocó que Ginny se sonrojara: Harry le había gustado desde su primera visita a La Madriguera.

—¿Qué tienes que decirme, Arthur? —repitió la señora Weasley en un tono de voz que daba miedo.

—Nada, Molly —farfulló el señor Weasley—. Fred y George sólo... He tenido unas palabras con ellos...

—¿Qué han hecho esta vez? —preguntó la señora Weasley—. Si tiene que ver con los «Sortilegios Weasley»...

—¿Por qué no le enseñas a Harry dónde va a dormir, Ron? —propuso Hermione desde la puerta.

—Ya lo sabe —respondió Ron—. En mi habitación. Durmió allí la última...

—Podemos ir todos —dijo Hermione, con una significativa mirada.

—¡Ah! —exclamó Ron, cayendo en la cuenta—. De acuerdo.

—Sí, nosotros también vamos —dijo George.

54

—¡Vosotros os quedáis donde estáis! —gruñó la señora Weasley.

Harry y Ron salieron despacio de la cocina y, acompañados por Hermione y Ginny, emprendieron el camino por el estrecho pasillo y subieron por la desvencijada escalera que zigzagueaba hacia los pisos superiores.

—¿Qué es eso de los «Sortilegios Weasley»? —preguntó Harry mientras subían.

Ron y Ginny se rieron, pero Hermione no.

—Mi madre ha encontrado un montón de cupones de pedido cuando limpiaba la habitación de Fred y George —explicó Ron en voz baja—. Largas listas de precios de cosas que ellos han inventado. Artículos de broma, ya sabes: varitas falsas y caramelos con truco, montones de cosas. Es estupendo: nunca me imaginé que hubieran estado inventando todo eso...

—Hace mucho tiempo que escuchamos explosiones en su habitación, pero nunca supusimos que estuvieran fabricando algo —dijo Ginny—. Creíamos que simplemente les gustaba el ruido.

—Lo que pasa es que la mayor parte de los inventos... bueno, todos, en realidad... son algo peligrosos y, ¿sabes?, pensaban venderlos en Hogwarts para sacar dinero. Mi madre se ha puesto furiosa con ellos. Les ha prohibido seguir fabricando nada y ha quemado todos los cupones de pedido... Además está enfadada con ellos porque no han conseguido tan buenas notas como esperaba...

—Y también ha habido broncas porque mi madre quiere que entren en el Ministerio de Magia como nuestro padre, y ellos le han dicho que lo único que quieren es abrir una tienda de artículos de broma —añadió Ginny.

Entonces se abrió una puerta en el segundo rellano y asomó por ella una cara con gafas de montura de hueso y expresión de enfado.

—Hola, Percy —saludó Harry.

—Ah, hola, Harry —contestó Percy—. Me preguntaba quién estaría armando tanto jaleo. Intento trabajar, ¿sabéis? Tengo que terminar un informe para la oficina, y resulta muy difícil concentrarse cuando la gente no para de subir y bajar la escalera haciendo tanto ruido.

—No hacemos tanto ruido —replicó Ron, enfadado—. Estamos subiendo con paso normal. Lamentamos haber entorpecido los asuntos reservados del Ministerio.

—¿En qué estás trabajando? —quiso saber Harry.

—Es un informe para el Departamento de Cooperación Mágica Internacional —respondió Percy con aires de suficiencia—. Estamos intentando estandarizar el grosor de los calderos. Algunos de los calderos importados son algo delgados, y el goteo se ha incrementado en una proporción cercana al tres por ciento anual...

—Eso cambiará el mundo —intervino Ron—. Ese informe será un bombazo. Ya me lo imagino en la primera página de *El Profeta*: «Calderos con agujeros.»

Percy se sonrojó ligeramente.

—Puede que te parezca una tontería, Ron —repuso acaloradamente—, pero si no se aprueba una ley internacional bien podríamos encontrar el mercado inundado de productos endebles y de culo demasiado delgado que pondrían seriamente en peligro...

—Sí, sí, de acuerdo —interrumpió Ron, y siguió subiendo.

Percy cerró la puerta de su habitación dando un portazo. Mientras Harry, Hermione y Ginny seguían a Ron otros tres tramos, les llegaban ecos de gritos procedentes de la cocina. El señor Weasley debía de haberle contado a su mujer lo de los caramelos.

La habitación donde dormía Ron en la buhardilla de la casa estaba casi igual que el verano anterior: los mismos pósters del equipo de quidditch favorito de Ron, los Chudley Cannons, que daban vueltas y saludaban con la mano desde las paredes y el techo inclinado; y en la pecera del alféizar de la ventana, que antes contenía huevas de rana, había una rana enorme. Ya no estaba *Scabbers*, la vieja rata de Ron, pero su lugar lo ocupaba la pequeña lechuza gris que había llevado la carta de Ron a Privet Drive para entregársela a Harry. Daba saltos en una jaulita y gorjeaba como loca.

—¡Cállate, *Pig*! —le dijo Ron, abriéndose paso entre dos de las cuatro camas que apenas cabían en la habitación—. Fred y George duermen con nosotros porque Bill y Charlie ocupan su cuarto —le explicó a Harry—. Percy se queda la habitación toda para él porque tiene que trabajar.

—¿Por qué llamas *Pig* a la lechuza? —le preguntó Harry a Ron.

—Porque es tonto —dijo Ginny—. Su verdadero nombre es *Pigwidgeon*.

—Sí, y ése no es un nombre tonto —contestó sarcásticamente Ron—. Ginny lo bautizó. Le parece un nombre adorable. Yo intenté cambiarlo, pero era demasiado tarde: ya no responde a ningún otro. Así que ahora se ha quedado con *Pig*. Tengo que tenerlo aquí porque no gusta a *Errol* ni a *Hermes*. En realidad, a mí también me molesta.

Pigwidgeon revoloteaba veloz y alegremente por la jaula, gorjeando de forma estridente. Harry conocía demasiado a Ron para tomar en serio sus palabras: siempre se había quejado de su vieja rata *Scabbers*, pero cuando creyó que *Crookshanks*, el gato de Hermione, se la había comido, se disgustó muchísimo.

—¿Dónde está *Crookshanks*? —preguntó Harry a Hermione.

—Fuera, en el jardín, supongo. Le gusta perseguir a los gnomos; nunca los había visto.

—Entonces, ¿Percy está contento con el trabajo? —inquirió Harry, sentándose en una de las camas y observando a los Chudley Cannons, que entraban y salían como balas de los pósters colgados en el techo.

—¿Contento? —dijo Ron con desagrado—. Creo que no habría vuelto a casa si mi padre no lo hubiera obligado. Está obsesionado. Pero no le menciones a su jefe. «Según el señor Crouch... Como le iba diciendo al señor Crouch... El señor Crouch opina... El señor Crouch me ha dicho...» Un día de éstos anunciarán su compromiso matrimonial.

—¿Has pasado un buen verano, Harry? —quiso saber Hermione—. ¿Recibiste nuestros paquetes de comida y todo lo demás?

—Sí, muchas gracias —contestó Harry—. Esos pasteles me salvaron la vida.

—¿Y has tenido noticias de...? —comenzó Ron, pero se calló en respuesta a la mirada de Hermione.

Harry se dio cuenta de que Ron quería preguntarle por Sirius. Ron y Hermione se habían involucrado tanto en la fuga de Sirius que estaban casi tan preocupados por él como

Harry. Sin embargo, no era prudente hablar de él delante de Ginny. A excepción de ellos y del profesor Dumbledore, nadie sabía cómo había escapado Sirius ni creía en su inocencia.

—Creo que han dejado de discutir —dijo Hermione para disimular aquel instante de apuro, porque Ginny miraba con curiosidad tan pronto a Ron como a Harry—. ¿Qué tal si bajamos y ayudamos a vuestra madre con la cena?

—De acuerdo —aceptó Ron.

Los cuatro salieron de la habitación de Ron, bajaron la escalera y encontraron a la señora Weasley sola en la cocina, con aspecto de enfado.

—Vamos a comer en el jardín —les dijo en cuanto entraron—. Aquí no cabemos once personas. ¿Podríais sacar los platos, chicas? Bill y Charlie están colocando las mesas. Vosotros dos, llevad los cubiertos —les dijo a Ron y a Harry. Con más fuerza de la debida, apuntó con la varita a un montón de patatas que había en el fregadero, y éstas salieron de sus mondas tan velozmente que fueron a dar en las paredes y el techo—. ¡Dios mío! —exclamó, apuntando con la varita al recogedor, que saltó de su lugar y empezó a moverse por el suelo recogiendo las patatas—. ¡Esos dos! —estalló de pronto, mientras sacaba cazuelas del armario. Harry comprendió que se refería a Fred y a George—. No sé qué va a ser de ellos, de verdad que no lo sé. No tienen ninguna ambición, a menos que se considere ambición dar tantos problemas como pueden.

Depositó ruidosamente en la mesa de la cocina una cazuela grande de cobre y comenzó a dar vueltas a la varita dentro de la cazuela. De la punta salía una salsa cremosa conforme iba removiendo.

—No es que no tengan cerebro —prosiguió irritada, mientras llevaba la cazuela a la cocina y encendía el fuego con otro toque de la varita—, pero lo desperdician, y si no cambian pronto, se van a ver metidos en problemas de verdad. He recibido más lechuzas de Hogwarts por causa de ellos que de todos los demás juntos. Si continúan así terminarán en el Departamento Contra el Uso Indebido de la Magia.

La señora Weasley tocó con la varita el cajón de los cubiertos, que se abrió de golpe. Harry y Ron se quitaron de en medio de un salto cuando algunos de los cuchillos salieron del cajón, atravesaron volando la cocina y se pusieron a cortar las patatas que el recogedor acababa de devolver al fregadero.

—No sé en qué nos equivocamos con ellos —dijo la señora Weasley posando la varita y sacando más cazuelas—. Llevamos años así, una cosa detrás de otra, y no hay manera de que entiendan... ¡OH, NO, OTRA VEZ!

Al coger la varita de la mesa, ésta lanzó un fuerte chillido y se convirtió en un ratón de goma gigante.

—¡Otra de sus varitas falsas! —gritó—. ¿Cuántas veces les he dicho a esos dos que no las dejen por ahí?

Cogió su varita auténtica, y al darse la vuelta descubrió que la salsa humeaba en el fuego.

—Vamos —le dijo Ron a Harry apresuradamente, cogiendo un puñado de cubiertos del cajón—. Vamos a echarles una mano a Bill y a Charlie.

Dejaron sola a la señora Weasley y salieron al patio por la puerta de atrás.

Apenas habían dado unos pasos cuando *Crookshanks*, el gato color canela y patizambo de Hermione, salió del jardín a toda velocidad con su cola de cepillo enhiesta y persiguiendo lo que parecía una patata con piernas llenas de barro. Harry recordó que aquello era un gnomo. Con su palmo de altura, golpeaba en el suelo con los pies como los palillos en un tambor mientras corría a través del patio, y se zambulló de cabeza en una de las botas de goma que había junto a la puerta. Harry oyó al gnomo riéndose a mandíbula batiente mientras *Crookshanks* metía la pata en la bota intentando atraparlo. Al mismo tiempo, desde el otro lado de la casa llegó un ruido como de choque. Comprendieron qué era lo que había causado el ruido cuando entraron en el jardín y vieron que Bill y Charlie blandían las varitas haciendo que dos mesas viejas y destartaladas volaran a gran altura por encima del césped, chocando una contra otra e intentando hacerse retroceder mutuamente. Fred y George gritaban entusiasmados, Ginny se reía y Hermione rondaba por el seto, aparentemente dividida entre la diversión y la preocupación.

La mesa de Bill se estrelló contra la de Charlie con un enorme estruendo y le rompió una de las patas. Se oyó entonces un traqueteo, y, al mirar todos hacia arriba, vieron a Percy asomando la cabeza por la ventana del segundo piso.

—¿Queréis hacer menos ruido? —gritó.

—Lo siento, Percy —se disculpó Bill con una risita—. ¿Cómo van los culos de los calderos?

—Muy mal —respondió Percy malhumorado, y volvió a cerrar la ventana dando un golpe. Riéndose por lo bajo, Bill y Charlie posaron las mesas en el césped, una pegada a la otra, y luego, con un toquecito de la varita mágica, Bill volvió a pegar la pata rota e hizo aparecer por arte de magia unos manteles.

A las siete de la tarde, las dos mesas crujían bajo el peso de un sinfín de platos que contenían la excelente comida de la señora Weasley, y los nueve Weasley, Harry y Hermione tomaban asiento para cenar bajo el cielo claro, de un azul intenso. Para alguien que había estado alimentándose todo el verano de tartas cada vez más pasadas, aquello era un paraíso, y al principio Harry escuchó más que habló mientras se servía empanada de pollo con jamón, patatas cocidas y ensalada.

Al otro extremo de la mesa, Percy ponía a su padre al corriente de todo lo relativo a su informe sobre el grosor de los calderos.

—Le he dicho al señor Crouch que lo tendrá listo el martes —explicaba Percy dándose aires—. Eso es algo antes de lo que él mismo esperaba, pero me gusta hacer las cosas aún mejor de lo que se espera de mí. Creo que me agradecerá que haya terminado antes de tiempo. Quiero decir que, como ahora hay tanto que hacer en nuestro departamento con todos los preparativos para los Mundiales, y la verdad es que no contamos con el apoyo que necesitaríamos del Departamento de Deportes y Juegos Mágicos... Ludo Bagman...

—Ludo me cae muy bien —dijo el señor Weasley en un tono afable—. Es el que nos ha conseguido las entradas para la Copa. Yo le hice un pequeño favor: su hermano, Otto, se vio metido en un aprieto a causa de una segadora con poderes sobrenaturales, y arreglé todo el asunto...

—Desde luego, Bagman es una persona muy agradable —repuso Percy desdeñosamente—, pero no entiendo cómo pudo llegar a director de departamento. ¡Cuando lo comparo con el señor Crouch...! Desde luego, si se perdiera un miembro de nuestro departamento, el señor Crouch intentaría averiguar qué ha sucedido. ¿Sabes que Bertha Jorkins lleva desaparecida ya más de un mes? Se fue a Albania de vacaciones y no ha vuelto...

—Sí, le he preguntado a Ludo —dijo el señor Weasley, frunciendo el entrecejo—. Dice que Bertha se ha perdido ya un montón de veces. Aunque, si fuera alguien de mi departamento, me preocuparía...

—Por supuesto, Bertha es un caso perdido —siguió Percy—. Creo que se la han estado pasando de un departamento a otro durante años: da más problemas de los que resuelve. Pero, aun así, Ludo debería intentar encontrarla. El señor Crouch se ha interesado personalmente... Ya sabes que ella trabajó en otro tiempo en nuestro departamento, y creo que el señor Crouch le tiene estima. Pero Bagman no hace más que reírse y decir que ella seguramente interpretó mal el mapa y llegó hasta Australia en vez de Albania. En fin —Percy lanzó un impresionante suspiro y bebió un largo trago de vino de saúco—, tenemos ya bastantes problemas en el Departamento de Cooperación Mágica Internacional para que intentemos encontrar al personal de otros departamentos. Como sabes, hemos de organizar otro gran evento después de los Mundiales. —Se aclaró la garganta como para llamar la atención de todos, y miró al otro extremo de la mesa, donde estaban sentados Harry, Ron y Hermione, antes de continuar—: Ya sabes de qué hablo, papá —levantó ligeramente la voz—: el asunto ultrasecreto.

Ron puso cara de resignación y les susurró a Harry y a Hermione:

—Ha estado intentando que le preguntemos de qué se trata desde que empezó a trabajar. Seguramente es una exposición de calderos de culo delgado.

En el medio de la mesa, la señora Weasley discutía con Bill a propósito de su pendiente, que parecía ser una adquisición reciente.

—... con ese colmillazo horroroso ahí colgando... Pero ¿qué dicen en el banco?

—Mamá, en el banco a nadie le importa un comino lo que me ponga mientras ganen dinero conmigo —explicó Bill con paciencia.

—Y tu pelo da risa, cielo —dijo la señora Weasley, acariciando su varita—. Si me dejaras darle un corte...

—A mí me gusta —declaró Ginny, que estaba sentada al lado de Bill—. Tú estás muy anticuada, mamá. Además, no tienes más que mirar el pelo del profesor Dumbledore...

Junto a la señora Weasley, Fred, George y Charlie hablaban animadamente sobre los Mundiales.

—Va a ganar Irlanda —pronosticó Charlie con la boca llena de patata—. En las semifinales le dieron una paliza a Perú.

—Ya, pero Bulgaria tiene a Viktor Krum —repuso Fred.

—Krum es un buen jugador, pero Irlanda tiene siete estupendos jugadores —sentenció Charlie—. Ojalá Inglaterra hubiera pasado a la final. Fue vergonzoso, eso es lo que fue.

—¿Qué ocurrió? —preguntó interesado Harry, lamentando más que nunca su aislamiento del mundo mágico mientras estaba en Privet Drive. Harry era un apasionado del quidditch. Jugaba de buscador en el equipo de Gryffindor desde el primer curso, y tenía una Saeta de Fuego, una de las mejores escobas de carreras del mundo.

—Fue derrotada por Transilvania, por trescientos noventa a diez —repuso Charlie con tristeza—. Una actuación terrorífica. Y Gales perdió frente a Uganda, y Escocia fue vapuleada por Luxemburgo.

Antes de que tomaran el postre, helado casero de fresas, el señor Weasley hizo aparecer mediante un conjuro unas velas para alumbrar el jardín, que se estaba quedando a oscuras, y para cuando terminaron, las polillas revoloteaban sobre la mesa y el aire templado olía a césped y a madreselva. Harry había comido maravillosamente y se sentía en paz con el mundo mientras contemplaba a los gnomos que saltaban entre los rosales, riendo como locos y corriendo delante de *Crookshanks*.

Ron observó con atención al resto de su familia para asegurarse de que estaban todos distraídos hablando y le preguntó a Harry en voz muy baja:

—¿Has tenido últimamente noticias de Sirius?

Hermione vigilaba a los demás mientras no se perdía palabra.

—Sí —dijo Harry también en voz baja—, dos veces. Parece que está muy bien. Anteayer le escribí. Es probable que envíe la contestación mientras estamos aquí.

Recordó de pronto el motivo por el que había escrito a Sirius y, por un instante, estuvo a punto de contarles a Ron y a Hermione que la cicatriz le había vuelto a doler y el sueño que había tenido... pero no quiso preocuparlos precisamente en aquel momento en que él mismo se sentía tan tranquilo y feliz.

—Mirad qué hora es —dijo de pronto la señora Weasley, consultando su reloj de pulsera—. Ya tendríais que estar todos en la cama, porque mañana os tendréis que levantar con el alba para llegar a la Copa. Harry, si me dejas la lista de la escuela, te puedo comprar las cosas mañana en el callejón Diagon. Voy a comprar las de todos los demás porque a lo mejor no queda tiempo después de la Copa. La última vez el partido duró cinco días.

—¡Jo! ¡Espero que esta vez sea igual! —dijo Harry entusiasmado.

—Bueno, pues yo no —replicó Percy en tono moralista—. Me horroriza pensar cómo estaría mi bandeja de asuntos pendientes si faltara cinco días del trabajo.

—Desde luego, alguien podría volver a ponerte una caca de dragón, ¿eh, Percy? —dijo Fred.

—¡Era una muestra de fertilizante proveniente de Noruega! —respondió Percy, poniéndose muy colorado—. ¡No era nada personal!

—Sí que lo era —le susurró Fred a Harry, cuando se levantaban de la mesa—. Se la enviamos nosotros.

6

El *traslador*

Cuando, en la habitación de Ron, la señora Weasley lo zarandeó para despertarlo, a Harry le pareció que acababa de acostarse.

—Es la hora de irse, Harry, cielo —le susurró, dejándolo para ir a despertar a Ron.

Harry buscó las gafas con la mano, se las puso y se sentó en la cama. Fuera todavía estaba oscuro. Ron decía algo incomprensible mientras su madre lo levantaba. A los pies del colchón vio dos formas grandes y despeinadas que surgían de sendos líos de mantas.

—¿Ya es la hora? —preguntó Fred, más dormido que despierto.

Se vistieron en silencio, demasiado adormecidos para hablar, y luego, bostezando y desperezándose, los cuatro bajaron la escalera camino de la cocina.

La señora Weasley removía el contenido de una olla puesta sobre el fuego, y el señor Weasley, sentado a la mesa, comprobaba un manojo de grandes entradas de pergamino. Levantó la vista cuando los chicos entraron y extendió los brazos para que pudieran verle mejor la ropa. Llevaba lo que parecía un jersey de golf y unos vaqueros muy viejos que le venían algo grandes y que sujetaba a la cintura con un grueso cinturón de cuero.

—¿Qué os parece? —preguntó—. Se supone que vamos de incógnito... ¿Parezco un muggle, Harry?

—Sí —respondió Harry, sonriendo—. Está muy bien.

—¿Dónde están Bill y Charlie y Pe... Pe... Percy? —preguntó George, sin lograr reprimir un descomunal bostezo.

—Bueno, van a aparecerse, ¿no? —dijo la señora Weasley, cargando con la olla hasta la mesa y comenzando a servir las gachas de avena en los cuencos con un cazo—, así que pueden dormir un poco más.

Harry sabía que aparecerse era algo muy difícil; había que desaparecer de un lugar y reaparecer en otro casi al mismo tiempo.

—O sea, que siguen en la cama... —dijo Fred de malhumor, acercándose su cuenco de gachas—. ¿Y por qué no podemos aparecernos nosotros también?

—Porque no tenéis la edad y no habéis pasado el examen —contestó bruscamente la señora Weasley—. ¿Y dónde se han metido esas chicas?

Salió de la cocina y la oyeron subir la escalera.

—¿Hay que pasar un examen para poder aparecerse? —preguntó Harry.

—Desde luego —respondió el señor Weasley, poniendo a buen recaudo las entradas en el bolsillo trasero del pantalón—. El Departamento de Transportes Mágicos tuvo que multar el otro día a un par de personas por aparecerse sin tener el carné. La aparición no es fácil, y cuando no se hace como se debe puede traer complicaciones muy desagradables. Esos dos que os digo se escindieron.

Todos hicieron gestos de desagrado menos Harry.

—¿Se escindieron? —repitió Harry, desorientado.

—La mitad del cuerpo quedó atrás —explicó el señor Weasley, echándose con la cuchara un montón de melaza en su cuenco de gachas—. Y, por supuesto, estaban inmovilizados. No tenían ningún modo de moverse. Tuvieron que esperar a que llegara el Equipo de Reversión de Accidentes Mágicos y los recompusiera. Hubo que hacer un montón de papeleo, os lo puedo asegurar, con tantos muggles que vieron los trozos que habían dejado atrás...

Harry se imaginó en ese instante un par de piernas y un ojo tirados en la acera de Privet Drive.

—¿Quedaron bien? —preguntó Harry, asustado.

—Sí —respondió el señor Weasley con tranquilidad—. Pero les cayó una buena multa, y me parece que no van a repetir la experiencia por mucha prisa que tengan. Con la aparición no se juega. Hay muchos magos adultos que no quieren utilizarla. Prefieren la escoba: es más lenta, pero más segura.

—¿Pero Bill, Charlie y Percy sí que pueden?

—Charlie tuvo que repetir el examen —dijo Fred, con una sonrisita—. La primera vez se lo cargaron porque apareció ocho kilómetros más al sur de donde se suponía que tenía que ir. Apareció justo encima de unos viejecitos que estaban haciendo la compra, ¿os acordáis?

—Bueno, pero aprobó a la segunda —dijo la señora Weasley, entre un estallido de carcajadas, cuando volvió a entrar en la cocina.

—Percy lo ha conseguido hace sólo dos semanas —dijo George—. Desde entonces, se ha aparecido todas las mañanas en el piso de abajo para demostrar que es capaz de hacerlo.

Se oyeron unos pasos y Hermione y Ginny entraron en la cocina, pálidas y somnolientas.

—¿Por qué nos hemos levantado tan temprano? —preguntó Ginny, frotándose los ojos y sentándose a la mesa.

—Tenemos por delante un pequeño paseo —explicó el señor Weasley.

—¿Paseo? —se extrañó Harry—. ¿Vamos a ir andando hasta la sede de los Mundiales?

—No, no, eso está muy lejos —repuso el señor Weasley, sonriendo—. Sólo hay que caminar un poco. Lo que pasa es que resulta difícil que un gran número de magos se reúnan sin llamar la atención de los muggles. Siempre tenemos que ser muy cuidadosos a la hora de viajar, y en una ocasión como la de los Mundiales de quidditch...

—¡George! —exclamó bruscamente la señora Weasley, sobresaltando a todos.

—¿Qué? —preguntó George, en un tono de inocencia que no engañó a nadie.

—¿Qué tienes en el bolsillo?

—¡Nada!

—¡No me mientas!

La señora Weasley apuntó con la varita al bolsillo de George y dijo:

—¡*Accio!*

Varios objetos pequeños de colores brillantes salieron zumbando del bolsillo de George, que en vano intentó agarrar algunos: se fueron todos volando hasta la mano extendida de la señora Weasley.

—¡Os dijimos que los destruyerais! —exclamó, furiosa, la señora Weasley, sosteniendo en la mano lo que, sin lugar a dudas, eran más caramelos *longuilinguos*—. ¡Os dijimos que os deshicierais de todos! ¡Vaciad los bolsillos, vamos, los dos!

Fue una escena desagradable. Evidentemente, los gemelos habían tratado de sacar de la casa, ocultos, tantos caramelos como podían, y la señora Weasley tuvo que usar el encantamiento convocador para encontrarlos todos.

—¡*Accio!* ¡*Accio!* ¡*Accio!* —fue diciendo, y los caramelos salieron de los lugares más imprevisibles, incluido el forro de la chaqueta de George y el dobladillo de los vaqueros de Fred.

—¡Hemos pasado seis meses desarrollándolos! —le gritó Fred a su madre, cuando ella los tiró.

—¡Ah, una bonita manera de pasar seis meses! —exclamó ella—. ¡No me extraña que no tuvierais mejores notas!

El ambiente estaba tenso cuando se despidieron. La señora Weasley aún tenía el entrecejo fruncido cuando besó en la mejilla a su marido, aunque no tanto como los gemelos, que se pusieron las mochilas a la espalda y salieron sin dirigir ni una palabra a su madre.

—Bueno, pasadlo bien —dijo la señora Weasley—, y portaos como Dios manda —añadió dirigiéndose a los gemelos, pero ellos no se volvieron ni respondieron—. Os enviaré a Bill, Charlie y Percy hacia mediodía —añadió, mientras el señor Weasley, Harry, Ron, Hermione y Ginny se marchaban por el oscuro patio precedidos por Fred y George.

Hacía fresco y todavía brillaba la luna. Sólo un pálido resplandor en el horizonte, a su derecha, indicaba que el amanecer se hallaba próximo. Harry, que había estado pensando en los miles de magos que se concentrarían para ver los Mundiales de quidditch, apretó el paso para caminar junto al señor Weasley.

—Entonces, ¿cómo vamos a llegar todos sin que lo noten los muggles? —preguntó.

—Ha sido un enorme problema de organización —dijo el señor Weasley con un suspiro—. La cuestión es que unos cien mil magos están llegando para presenciar los Mundiales, y naturalmente no tenemos un lugar mágico lo bastante grande para acomodarlos a todos. Hay lugares donde no pueden entrar los muggles, pero imagínate que intentáramos meter a miles de magos en el callejón Diagon o en el andén nueve y tres cuartos... Así que teníamos que encontrar un buen páramo desierto y poner tantas precauciones antimuggles como fuera posible. Todo el Ministerio ha estado trabajando en ello durante meses. En primer lugar, por supuesto, había que escalonar las llegadas. La gente con entradas más baratas ha tenido que llegar dos semanas antes. Un número limitado utiliza transportes muggles, pero no podemos abarrotar sus autobuses y trenes. Ten en cuenta que los magos vienen de todas partes del mundo. Algunos se aparecen, claro, pero ha habido que encontrar puntos seguros para su aparición, bien alejados de los muggles. Creo que están utilizando como punto de aparición un bosque cercano. Para los que no quieren aparecerse, o no tienen el carné, utilizamos *trasladores*. Son objetos que sirven para transportar a los magos de un lugar a otro a una hora prevista de antemano. Si es necesario, se puede transportar a la vez un grupo numeroso de personas. Han dispuesto doscientos puntos trasladores en lugares estratégicos a lo largo de Gran Bretaña, y el más próximo lo tenemos en la cima de la colina de Stoatshead. Es allí adonde nos dirigimos.

El señor Weasley señaló delante de ellos, pasado el pueblo de Ottery St. Catchpole, donde se alzaba una enorme montaña negra.

—¿Qué tipo de objetos son los trasladores? —preguntó Harry con curiosidad.

—Bueno, pueden ser cualquier cosa —respondió el señor Weasley—. Cosas que no llamen la atención, desde luego, para que los muggles no las cojan y jueguen con ellas... Cosas que a ellos les parecerán simplemente basura.

Caminaron con dificultad por el oscuro, frío y húmedo sendero hacia el pueblo. Sólo sus pasos rompían el silencio; el cielo se iluminaba muy despacio, pasando del negro impenetrable al azul intenso, mientras se acercaban al pueblo. Harry tenía las manos y los pies helados. El señor Weasley miraba el reloj continuamente.

Cuando emprendieron la subida de la colina de Stoatshead no les quedaban fuerzas para hablar, y a menudo tropezaban en las escondidas madrigueras de conejos o resbalaban en las matas de hierba espesa y oscura. A Harry le costaba respirar, y las piernas le empezaban a fallar cuando por fin los pies encontraron suelo firme.

—¡Uf! —jadeó el señor Weasley, quitándose las gafas y limpiándoselas en el jersey—. Bien, hemos llegado con tiempo. Tenemos diez minutos...

Hermione llegó en último lugar a la cresta de la colina, con la mano puesta en un costado para calmarse el dolor que le causaba el flato.

—Ahora sólo falta el traslador —dijo el señor Weasley volviendo a ponerse las gafas y buscando a su alrededor—. No será grande... Vamos...

Se desperdigaron para buscar. Sólo llevaban un par de minutos cuando un grito rasgó el aire.

—¡Aquí, Arthur! ¡Aquí, hijo, ya lo tenemos!

Al otro lado de la cima de la colina, se recortaban contra el cielo estrellado dos siluetas altas.

—¡Amos! —dijo sonriendo el señor Weasley mientras se dirigía a zancadas hacia el hombre que había gritado. Los demás lo siguieron.

El señor Weasley le dio la mano a un mago de rostro rubicundo y barba escasa de color castaño, que sostenía una bota vieja y enmohecida.

—Éste es Amos Diggory —anunció el señor Weasley—. Trabaja para el Departamento de Regulación y Control de las Criaturas Mágicas. Y creo que ya conocéis a su hijo Cedric.

Cedric Diggory, un chico muy guapo de unos diecisiete años, era capitán y buscador del equipo de quidditch de la casa Hufflepuff, en Hogwarts.

—Hola —saludó Cedric, mirándolos a todos.

Todos le devolvieron el saludo, salvo Fred y George, que se limitaron a hacer un gesto de cabeza. Aún no habían perdonado a Cedric que venciera al equipo de Gryffindor en el partido de quidditch del año anterior.

—¿Ha sido muy larga la caminata, Arthur? —preguntó el padre de Cedric.

—No demasiado —respondió el señor Weasley—. Vivimos justo al otro lado de ese pueblo. ¿Y vosotros?

—Hemos tenido que levantarnos a las dos, ¿verdad, Ced? ¡Qué felicidad cuando tenga por fin el carné de aparición! Pero, bueno, no nos podemos quejar. No nos perderíamos los Mundiales de quidditch ni por un saco de galeones... que es lo que nos han costado las entradas, más o menos. Aunque, en fin, no me ha salido tan caro como a otros...

Amos Diggory echó una mirada bonachona a los hijos del señor Weasley, a Harry y a Hermione.

—¿Son todos tuyos, Arthur?

—No, sólo los pelirrojos —aclaró el señor Weasley, señalando a sus hijos—. Ésta es Hermione, amiga de Ron... y éste es Harry, otro amigo...

—¡Por las barbas de Merlín! —exclamó Amos Diggory abriendo los ojos—. ¿Harry? ¿Harry Potter?

—Ehhh... sí —contestó Harry.

Harry ya estaba acostumbrado a la curiosidad de la gente y a la manera en que los ojos de todo el mundo se iban inmediatamente hacia la cicatriz en forma de rayo que tenía en la frente, pero seguía sintiéndose incómodo.

—Ced me ha hablado de ti, por supuesto —dijo Amos Diggory—. Nos ha contado lo del partido contra tu equipo, el año pasado... Se lo dije, le dije: esto se lo contarás a tus nietos... Les contarás... ¡que venciste a Harry Potter!

A Harry no se le ocurrió qué contestar, de forma que se calló. Fred y George volvieron a fruncir el entrecejo. Cedric parecía incómodo.

—Harry se cayó de la escoba, papá —masculló—. Ya te dije que fue un accidente...

—Sí, pero tú no te caíste, ¿a que no? —dijo Amos de manera cordial, dando a su hijo una palmada en la espalda—. Siempre modesto, mi Ced, tan caballero como de costumbre... Pero ganó el mejor, y estoy seguro de que Harry diría lo mismo, ¿a que sí? Uno se cae de la escoba, el otro aguanta en ella... ¡No hay que ser un genio para saber quién es el mejor!

—Ya debe de ser casi la hora —se apresuró a decir el señor Weasley, volviendo a sacar el reloj—. ¿Sabes si esperamos a alguien más, Amos?

—No. Los Lovegood ya llevan allí una semana, y los Fawcett no consiguieron entradas —repuso el señor Diggory—. No hay ninguno más de los nuestros en esta zona, ¿o sí?

—No que yo sepa —dijo el señor Weasley—. Queda un minuto. Será mejor que nos preparemos.

Miró a Harry y a Hermione.

—No tenéis más que tocar el traslador. Nada más: con poner un dedo será suficiente.

Con cierta dificultad, debido a las voluminosas mochilas que llevaban, los nueve se reunieron en torno a la bota vieja que agarraba Amos Diggory.

Todos permanecieron en pie, en un apretado círculo, mientras una brisa fría barría la cima de la colina. Nadie habló. Harry pensó de repente lo rara que le parecería aquella imagen a cualquier muggle que se presentara en aquel momento por allí: nueve personas, entre las cuales había dos hombres adultos, sujetando en la oscuridad aquella bota sucia, vieja y asquerosa, esperando...

—Tres... —masculló el señor Weasley, mirando al reloj—, dos... uno...

Ocurrió inmediatamente: Harry sintió como si un gancho, justo debajo del ombligo, tirara de él hacia delante con una fuerza irresistible. Sus pies se habían despegado de la tierra; pudo notar a Ron y a Hermione, cada uno a un lado, porque sus hombros golpeaban contra los suyos. Iban todos a enorme velocidad en medio de un remolino de colores y de una ráfaga de viento que aullaba en sus oídos. Tenía el índice pegado a la bota, como por atracción magnética. Y entonces...

Tocó tierra con los pies. Ron se tambaleó contra él y lo hizo caer. El traslador golpeó con un ruido sordo en el suelo, cerca de su cabeza.

Harry levantó la vista. Cedric y los señores Weasley y Diggory permanecían de pie aunque el viento los zarandeaba. Todos los demás se habían caído al suelo.

—Desde la colina de Stoatshead a las cinco y siete —anunció una voz.

7

Bagman y Crouch

Harry se desembarazó de Ron y se puso en pie. Habían llegado a lo que, a través de la niebla, parecía un páramo. Delante de ellos había un par de magos cansados y de aspecto malhumorado. Uno de ellos sujetaba un reloj grande de oro; el otro, un grueso rollo de pergamino y una pluma de ganso. Los dos vestían como muggles, aunque con muy poco acierto: el hombre del reloj llevaba un traje de tweed con chanclos hasta los muslos; su compañero llevaba falda escocesa y poncho.

—Buenos días, Basil —saludó el señor Weasley, cogiendo la bota y entregándosela en mano al mago de la falda, que la echó a una caja grande de trasladores usados que tenía a su lado. Harry vio en la caja un periódico viejo, una lata vacía de cerveza y un balón de fútbol pinchado.

—Hola, Arthur —respondió Basil con voz cansina—. Has librado hoy, ¿eh? Qué bien viven algunos... Nosotros llevamos aquí toda la noche... Será mejor que salgáis de ahí: hay un grupo muy numeroso que llega a las cinco y quince del Bosque Negro. Esperad... voy a buscar dónde estáis... Weasley... Weasley...

Consultó la lista del pergamino.

—Está a unos cuatrocientos metros en aquella dirección. Es el primer prado al que llegáis. El que está a cargo del campamento se llama Roberts. Diggory... segundo prado... Pregunta por el señor Payne.

—Gracias, Basil —dijo el señor Weasley, y les hizo a los demás una seña para que lo siguieran.

Se encaminaron por el páramo desierto, incapaces de ver gran cosa a través de la niebla. Después de unos veinte minutos encontraron una casita de piedra junto a una verja. Al otro lado, Harry vislumbró las formas fantasmales de miles de tiendas dispuestas en la ladera de una colina, en medio de un vasto campo que se extendía hasta el horizonte, donde se divisaba el oscuro perfil de un bosque. Se despidieron de los Diggory y se encaminaron a la puerta de la casita. Había un hombre en la entrada, observando las tiendas. Nada más verlo, Harry reconoció que era un muggle, probablemente el único que había por allí. Al oír sus pasos se volvió para mirarlos.

—¡Buenos días! —saludó alegremente el señor Weasley.

—Buenos días —respondió el muggle.

—¿Es usted el señor Roberts?

—Sí, lo soy. ¿Quiénes son ustedes?

—Los Weasley... Tenemos reservadas dos tiendas desde hace un par de días, según creo.

—Sí —dijo el señor Roberts, consultando una lista que tenía clavada a la puerta con tachuelas—. Tienen una parcela allí arriba, al lado del bosque. ¿Sólo una noche?

—Efectivamente —repuso el señor Weasley.

—Entonces ¿pagarán ahora? —preguntó el señor Roberts.

—¡Ah! Sí, claro... por supuesto... —Se retiró un poco de la casita y le hizo una seña a Harry para que se acercara—. Ayúdame, Harry —le susurró, sacando del bolsillo un fajo de billetes muggles y empezando a separarlos—. Éste es de... de... ¿de diez libras? ¡Ah, sí, ya veo el número escrito...! Así que ¿éste es de cinco?

—De veinte —lo corrigió Harry en voz baja, incómodo porque se daba cuenta de que el señor Roberts estaba pendiente de cada palabra.

—¡Ah, ya, ya...! No sé... Estos papelitos...

—¿Son ustedes extranjeros? —inquirió el señor Roberts en el momento en que el señor Weasley volvió con los billetes correctos.

—¿Extranjeros? —repitió el señor Weasley, perplejo.

—No es el primero que tiene problemas con el dinero —explicó el señor Roberts examinando al señor Weasley—.

Hace diez minutos llegaron dos que querían pagarme con unas monedas de oro tan grandes como tapacubos.

—¿De verdad? —exclamó nervioso el señor Weasley.

El señor Roberts rebuscó el cambio en una lata.

—El cámping nunca había estado así de concurrido —dijo de repente, volviendo a observar el campo envuelto en niebla—. Ha habido cientos de reservas. La gente no suele reservar.

—¿De verdad? —repitió tontamente el señor Weasley, tendiendo la mano para recibir el cambio. Pero el señor Roberts no se lo daba.

—Sí —dijo pensativamente el muggle—. Gente de todas partes. Montones de extranjeros. Y no sólo extranjeros. Bichos raros, ¿sabe? Hay un tipo por ahí que lleva falda escocesa y poncho.

—¿Qué tiene de raro? —preguntó el señor Weasley, preocupado.

—Es una especie de... no sé... como una especie de concentración —explicó el señor Roberts—. Parece como si se conocieran todos, como si fuera una gran fiesta.

En ese momento, al lado de la puerta principal de la casita del señor Roberts, apareció de la nada un mago que llevaba pantalones bombachos.

—¡*Obliviate!* —dijo bruscamente apuntando al señor Roberts con la varita.

El señor Roberts desenfocó los ojos al instante, relajó el ceño y un aire de despreocupada ensoñación le transformó el rostro. Harry reconoció los síntomas de los que sufrían una modificación de la memoria.

—Aquí tiene un plano del campamento —dijo plácidamente el señor Roberts al padre de Ron—, y el cambio.

—Muchas gracias —repuso el señor Weasley.

El mago que llevaba los pantalones bombachos los acompañó hacia la verja de entrada al campamento. Parecía muy cansado. Tenía una barba azulada de varios días y profundas ojeras. Una vez que hubieron salido del alcance de los oídos del señor Roberts, le explicó al señor Weasley:

—Nos está dando muchos problemas. Necesita un encantamiento desmemorizante diez veces al día para tenerlo calmado. Y Ludo Bagman no es de mucha ayuda. Va de un lado para otro hablando de bludgers y quaffles en voz bien alta. La seguridad antimuggles le importa un pimiento. La verdad es que me alegraré cuando todo haya terminado. Hasta luego, Arthur.

Y, sin más, se desapareció.

—Creía que el señor Bagman era el director del Departamento de Deportes y Juegos Mágicos —dijo Ginny sorprendida—. No debería ir hablando de las bludgers cuando hay muggles cerca, ¿no os parece?

—Sí, es verdad —admitió el señor Weasley mientras los conducía hacia el interior del campamento—. Pero Ludo siempre ha sido un poco... bueno... laxo en lo referente a seguridad. Sin embargo, sería imposible encontrar a un director del Departamento de Deportes con más entusiasmo. Él mismo jugó en la selección de Inglaterra de quidditch, ¿sabéis? Y fue el mejor golpeador que han tenido nunca las Avispas de Wimbourne.

Caminaron con dificultad ascendiendo por la ladera cubierta de neblina, entre largas filas de tiendas. La mayoría parecían casi normales. Era evidente que sus dueños habían intentado darles un aspecto lo más muggle posible, aunque habían cometido errores al añadir chimeneas, timbres para llamar a la puerta o veletas. Pero, de vez en cuando, se veían tiendas tan obviamente mágicas que a Harry no le sorprendía que el señor Roberts recelara. En medio del prado se levantaba una extravagante tienda en seda a rayas que parecía un palacio en miniatura, con varios pavos reales atados a la entrada. Un poco más allá pasaron junto a una tienda que tenía tres pisos y varias torretas. Y, casi a continuación, había otra con jardín adosado, un jardín con pila para los pájaros, reloj de sol y una fuente.

—Siempre es igual —comentó el señor Weasley, sonriendo—. No podemos resistirnos a la ostentación cada vez que nos juntamos. Ah, ya estamos. Mirad, éste es nuestro sitio.

Habían llegado al borde mismo del bosque, en el límite del prado, donde había un espacio vacío con un pequeño letrero clavado en la tierra que decía «Weezly».

—¡No podíamos tener mejor sitio! —exclamó muy contento el señor Weasley—. El estadio está justo al otro lado de ese bosque. Más cerca no podíamos estar. —Se desprendió la mochila de los hombros—. Bien —continuó con entusiasmo—, siendo tantos en tierra de muggles, la magia está absolutamente prohibida. ¡Vamos a montar estas tiendas manualmente! No debe de ser demasiado difícil: los muggles lo hacen así siempre... Bueno, Harry, ¿por dónde crees que deberíamos empezar?

Harry no había acampado en su vida: los Dursley no lo habían llevado nunca con ellos de vacaciones, preferían dejarlo con la señora Figg, una vecina anciana. Sin embargo, entre él y Hermione fueron averiguando la colocación de la mayoría de los hierros y de las piquetas, y, aunque el señor Weasley era más un estorbo que una ayuda, porque la emoción lo sobrepasaba cuando trataba de utilizar la maza, lograron finalmente levantar un par de tiendas raídas de dos plazas cada una.

Se alejaron un poco para contemplar el producto de su trabajo. Nadie que viera las tiendas adivinaría que pertenecían a unos magos, pensó Harry, pero el problema era que cuando llegaran Bill, Charlie y Percy serían diez. También Hermione parecía haberse dado cuenta del problema: le dirigió a Harry una risita cuando el señor Weasley se puso a cuatro patas y entró en la primera de las tiendas.

—Estaremos un poco apretados —dijo—, pero cabremos. Entrad a echar un vistazo.

Harry se inclinó, se metió por la abertura de la tienda y se quedó con la boca abierta. Acababa de entrar en lo que parecía un anticuado apartamento de tres habitaciones, con baño y cocina. Curiosamente, estaba amueblado de forma muy parecida al de la señora Figg: las sillas, que eran todas diferentes, tenían cojines de ganchillo, y olía a gato.

—Bueno, es para poco tiempo —explicó el señor Weasley, pasándose un pañuelo por la calva y observando las cuatro literas del dormitorio—. Me las ha prestado Perkins, un compañero de la oficina. Ya no hace cámping porque tiene lumbago, el pobre.

Cogió la tetera polvorienta y la observó por dentro.

—Necesitaremos agua...

—En el plano que nos ha dado el muggle hay señalada una fuente —dijo Ron, que había entrado en la tienda detrás de Harry y no parecía nada asombrado por sus dimensiones internas—. Está al otro lado del prado.

—Bien, ¿por qué no vais por agua Harry, Hermione y tú? —El señor Weasley les entregó la tetera y un par de cazuelas—. Mientras, los demás buscaremos leña para hacer fuego.

—Pero tenemos un horno —repuso Ron—. ¿Por qué no podemos simplemente...?

—¡La seguridad antimuggles, Ron! —le recordó el señor Weasley, impaciente ante la perspectiva que tenían por delante—. Cuando los muggles de verdad acampan, hacen fuego fuera de la tienda. ¡Lo he visto!

Después de una breve visita a la tienda de las chicas, que era un poco más pequeña que la de los chicos pero sin olor a gato, Harry, Ron y Hermione cruzaron el campamento con la tetera y las cazuelas.

Con el sol que acababa de salir y la niebla que se levantaba, pudieron ver el mar de tiendas de campaña que se extendía en todas direcciones. Caminaban entre las filas de tiendas mirando con curiosidad a su alrededor. Hasta entonces Harry no se había preguntado nunca cuántas brujas y magos habría en el mundo; nunca había pensado en los magos de otros países.

Los campistas empezaban a despertar, y las más madrugadoras eran las familias con niños pequeños. Era la primera vez que Harry veía magos y brujas de tan corta edad. Un pequeñín, que no tendría dos años, estaba a gatas y muy contento a la puerta de una tienda con forma de pirámide, dándole con una varita a una babosa, que poco a poco iba adquiriendo el tamaño de una salchicha. Cuando llegaban a su altura, la madre salió de la tienda.

—¿Cuántas veces te lo tengo que decir, Kevin? No... toques... la varita... de papá... ¡Ay!

Acababa de pisar la babosa gigante, que reventó. El aire les llevó la reprimenda de la madre mezclada con los lloros del niño:

—¡Mamá mala!, ¡«rompido» la babosa!

Un poco más allá vieron dos brujitas, apenas algo mayores que Kevin. Montaban en escobas de juguete que se elevaban lo suficiente para que las niñas pasaran rozando el húmedo césped con los dedos de los pies. Un mago del Ministerio que parecía tener mucha prisa los adelantó, y lo oyeron murmurar ensimismado:

—¡A plena luz del día! ¡Y los padres estarán durmiendo tan tranquilos! Como si lo viera...

Por todas partes, magos y brujas salían de las tiendas y comenzaban a preparar el desayuno. Algunos, dirigiendo miradas furtivas en torno de ellos, prendían fuego con sus varitas. Otros frotaban las cerillas en las cajas con miradas escépticas, como si estuvieran convencidos de que aquello no podía funcionar. Tres magos africanos enfundados en túnicas blancas conversaban animadamente mientras asaban algo que parecía un conejo sobre una lumbre de color morado brillante, en tanto que un grupo de brujas norteamericanas de mediana edad cotilleaba alegremente, sentadas bajo una destellante pancarta que habían desplegado entre sus tiendas, que decía: «Instituto de las brujas de Salem.» Desde el interior de las tiendas por las que iban pasando les llegaban retazos de conversaciones en lenguas extranjeras, y, aunque Harry no podía comprender ni una palabra, el tono de todas las voces era de entusiasmo.

—Eh... ¿son mis ojos, o es que se ha vuelto todo verde? —preguntó Ron.

No eran los ojos de Ron. Habían llegado a un área en la que las tiendas estaban completamente cubiertas de una espesa capa de tréboles, y daba la impresión de que unos extraños montículos habían brotado de la tierra. Dentro de las tiendas que tenían las portezuelas abiertas se veían caras sonrientes. De pronto oyeron sus nombres a su espalda:

—¡Harry!, ¡Ron!, ¡Hermione!

Era Seamus Finnigan, su compañero de cuarto curso de la casa Gryffindor. Estaba sentado delante de su propia tienda cubierta de trébol, junto a una mujer de pelo rubio cobrizo que debía de ser su madre, y su mejor amigo, Dean Thomas, también de Gryffindor.

—¿Os gusta la decoración? —preguntó Seamus, sonriendo, cuando los tres se acercaron a saludarlos—. Al Ministerio no le ha hecho ninguna gracia.

—El trébol es el símbolo de Irlanda. ¿Por qué no vamos a poder mostrar nuestras simpatías? —dijo la señora Finnigan—. Tendríais que ver lo que han colgado los búlgaros en sus tiendas. Supongo que estaréis del lado de Irlanda —añadió, mirando a Harry, Ron y Hermione con sus brillantes ojillos.

Se fueron después de asegurarle que estaban a favor de Irlanda, aunque, como dijo Ron:

—Cualquiera dice otra cosa rodeado de todos ésos.

—Me pregunto qué habrán colgado en sus tiendas los búlgaros —dijo Hermione.

—Vamos a echar un vistazo —propuso Harry, señalando una gran área de tiendas que había en lo alto de la ladera, donde la brisa hacía ondear una bandera de Bulgaria, roja, verde y blanca.

En aquella parte las tiendas no estaban engalanadas con flora, pero en todas colgaba el mismo póster, que mostraba un rostro muy hosco de pobladas cejas negras. La fotografía, por supuesto, se movía, pero lo único que hacía era parpadear y fruncir el entrecejo.

—Es Krum —explicó Ron en voz baja.

—¿Quién? —preguntó Hermione.

—¡Krum! —repitió Ron—. ¡Viktor Krum, el buscador del equipo de Bulgaria!

—Parece que tiene malas pulgas —comentó Hermione, observando la multitud de Krums que parpadeaban, ceñudos.

—¿Malas pulgas? —Ron levantó los ojos al cielo—. ¿Qué más da eso? Es increíble. Y es muy joven, además. Sólo tiene dieciocho años o algo así. Es genial. Esperad a esta noche y lo veréis.

Ya había cola para coger agua de la fuente, así que se pusieron al final, inmediatamente detrás de dos hombres que estaban enzarzados en una acalorada discusión. Uno de ellos, un mago muy anciano, llevaba un camisón largo estampado. El otro era evidentemente un mago del Ministerio: tenía en la mano unos pantalones de mil rayas y parecía a punto de llorar de exasperación.

—Tan sólo tienes que ponerte esto, Archie, sé bueno. No puedes caminar por ahí de esa forma: el muggle de la entrada está ya receloso.

—Me compré esto en una tienda muggle —replicó el mago anciano con testarudez—. Los muggles lo llevan.

—Lo llevan las mujeres muggles, Archie, no los hombres. Los hombres llevan esto —dijo el mago del Ministerio, agitando los pantalones de rayas.

—No me los pienso poner —declaró indignado el viejo Archie—. Me gusta que me dé el aire en mis partes privadas, lo siento.

A Hermione le dio tal ataque de risa en aquel momento que tuvo que salirse de la cola, y no volvió hasta que Archie se fue con el agua.

Volvieron por el campamento, caminando más despacio por el peso del agua. Por todas partes veían rostros familiares: estudiantes de Hogwarts con sus familias. Oliver Wood, el antiguo capitán del equipo de quidditch al que pertenecía Harry, que acababa de terminar en Hogwarts, lo arrastró hasta la tienda de sus padres para que lo conocieran, y le dijo emocionado que acababa de firmar para formar parte de la reserva del Puddlemere United. Cerca de allí se encontraron con Ernie Macmillan, un estudiante de cuarto de la casa Hufflepuff, y luego vieron a Cho Chang, una chica muy guapa que jugaba de buscadora en el equipo de Ravenclaw. Cho Chang le hizo un gesto con la mano y le sonrió. Al devolverle el saludo, Harry se volcó encima un montón de agua. Para que Ron dejara de reírse, Harry señaló a un grupo de adolescentes a los que no había visto nunca.

—¿Quiénes serán? —preguntó—. No van a Hogwarts, ¿verdad?

—Supongo que estudian en el extranjero —respondió Ron—. Sé que hay otros colegios, pero no conozco a nadie que vaya a ninguno de ellos. Bill se escribía con un chico de Brasil... hace una pila de años... Quería hacer intercambio con él, pero mis padres no tenían bastante dinero. El chico se molestó mucho cuando se enteró de que Bill no iba a ir, y le envió un sombrero encantado que hizo que se le cayeran las orejas para abajo como si fueran hojas mustias.

Harry se rió, y no confesó que le sorprendía enterarse de que existían otros colegios de magia. Al ver a representantes de tantas nacionalidades en el cámping, pensó que había sido un tonto al creer que Hogwarts sería el único. Observó que Hermione no parecía nada sorprendida por la información. Sin duda, ella había tenido noticia de otros colegios de magia al leer algún libro.

—Habéis tardado siglos —dijo George, cuando llegaron por fin a las tiendas de los Weasley.

—Nos hemos encontrado a unos cuantos conocidos —explicó Ron, dejando la cazuela—. ¿Aún no habéis encendido el fuego?

—Papá lo está pasando bomba con los fósforos —contestó Fred.

El señor Weasley no lograba encender el fuego, aunque no porque no lo intentara. A su alrededor, el suelo estaba lleno de fósforos consumidos, pero parecía estar disfrutando como nunca.

—¡Vaya! —exclamaba cada vez que lograba encender un fósforo, e inmediatamente lo dejaba caer de la sorpresa.

—Déjeme, señor Weasley —dijo Hermione amablemente, cogiendo la caja para mostrarle cómo se hacía.

Al final encendieron fuego, aunque pasó al menos otra hora hasta que se pudo cocinar en él. Sin embargo, había mucho que ver mientras esperaban. Habían montado las tiendas delante de una especie de calle que llevaba al estadio, y el personal del Ministerio iba por ella de un lado a otro apresuradamente, y al pasar saludaban con cordialidad al señor Weasley. Éste no dejaba de explicar quiénes eran, sobre todo a Harry y a Hermione, porque sus propios hijos sabían ya demasiado del Ministerio para mostrarse interesados.

—Ése es Cuthbert Mockridge, jefe del Instituto de Coordinación de los Duendes... Por ahí va Gilbert Wimple, que está en el Comité de Encantamientos Experimentales. Ya hace tiempo que lleva esos cuernos... Hola, Arnie... Arnold Peasegood es *desmemorizador*, ya sabéis, un miembro del Equipo de Reversión de Accidentes Mágicos... Y aquéllos son Bode y Croaker... son *inefables*...

—¿Qué son?

—Inefables: del Departamentos de Misterios, secreto absoluto. No tengo ni idea de lo que hacen...

Al final consiguieron una buena fogata, y acababan de ponerse a freír huevos y salchichas cuando llegaron Bill, Charlie y Percy, procedentes del bosque.

—Ahora mismo acabamos de aparecernos, papá —anunció Percy en voz muy alta—. ¡Qué bien, el almuerzo!

Estaban dando cuenta de los huevos y las salchichas cuando el señor Weasley se puso en pie de un salto, sonriendo y haciendo gestos con la mano a un hombre que se les acercaba a zancadas.

—¡Ajá! —dijo—. ¡El hombre del día! ¡Ludo!

Ludo Bagman era con diferencia la persona menos discreta que Harry había visto hasta aquel momento, incluyendo al anciano Archie con su camisón. Llevaba una túnica larga de quidditch con gruesas franjas horizontales negras y amarillas, con la imagen de una enorme avispa estampada sobre el pecho. Su aspecto era el de un hombre de complexión muy robusta en decadencia, y la túnica se le tensaba en torno de una voluminosa barriga que seguramente no había tenido en los tiempos en que jugaba en la selección inglesa de quidditch. Tenía la nariz aplastada (probablemente se la había roto una bludger perdida, pensó Harry); pero los ojos, redondos y azules, y el pelo, corto y rubio, lo hacían parecer un niño muy crecido.

—¡Ah, de la casa! —les gritó Bagman, contento. Caminaba como si tuviera muelles en los talones, y resultaba evidente que estaba muy emocionado—. ¡El viejo Arthur! —dijo resoplando al llegar junto a la fogata—. Vaya día, ¿eh? ¡Vaya día! ¿A que no podíamos pedir un tiempo más perfecto? Vamos a tener una noche sin nubes... y todos los preparativos han salido sin el menor tropiezo... ¡Casi no tengo nada que hacer!

Detrás de él pasó a toda prisa un grupo de magos del Ministerio muy ojerosos, señalando los indicios distantes pero evidentes de algún tipo de fuego mágico que arrojaba al aire chispas de color violeta, hasta una altura de seis o siete metros.

Percy se adelantó apresuradamente con la mano tendida. Aunque desaprobaba la manera en que Ludo Bagman dirigía su departamento, quería causar una buena impresión.

—¡Ah... sí! —dijo sonriendo el señor Weasley—. Éste es mi hijo Percy, que acaba de empezar a trabajar en el Ministerio... y éste es Fred... digo George, perdona... Fred es este de aquí... Bill, Charlie, Ron... mi hija Ginny... y los amigos de Ron: Hermione Granger y Harry Potter.

Bagman apenas reaccionó al oír el nombre de Harry, pero sus ojos se dirigieron como era habitual hacia la cicatriz que Harry tenía en la frente.

—Éste es Ludo Bagman —continuó presentando el señor Weasley—. Ya lo conocéis: gracias a él hemos conseguido unas entradas tan buenas.

Bagman sonrió e hizo un gesto con la mano como diciendo que no tenía importancia.

—¿No te gustaría hacer una pequeña apuesta, Arthur? —dijo con entusiasmo, haciendo sonar en los bolsillos de su túnica negra y amarilla lo que parecía una gran cantidad de monedas de oro—. Roddy Pontner ya ha apostado a que Bulgaria marcará primero, y yo me he jugado una buena cantidad, porque los tres delanteros de Irlanda son los más fuertes que he visto en años... Y Agatha Timms se ha jugado la mitad de las acciones de su piscifactoría de anguilas a que el partido durará una semana.

—Eh... bueno, bien —respondió el señor Weasley—. Veamos... ¿un galeón a que gana Irlanda?

—¿Un galeón? —Ludo Bagman parecía algo decepcionado, pero disimuló—. Bien, bien... ¿alguna otra apuesta?

—Son demasiado jóvenes para apostar —dijo el señor Weasley—. A Molly no le gustaría...

—Apostaremos treinta y siete galeones, quince sickles y tres knuts a que gana Irlanda —declaró Fred, al tiempo que él y George sacaban todo su dinero en común—, pero a que Viktor Krum coge la snitch. ¡Ah!, y añadiremos una varita de pega.

—¡No le iréis a enseñar al señor Bagman semejante porquería! —dijo Percy entre dientes.

Pero Bagman no pensó que fuera ninguna porquería. Por el contrario, su rostro infantil se iluminó al recibirla de manos de Fred, y, cuando la varita dio un chillido y se convirtió en un pollo de goma, Bagman prorrumpió en sonoras carcajadas.

—¡Estupendo! ¡Hacía años que no veía ninguna tan buena! ¡Os daré por ella cinco galeones!

Percy hizo un gesto de pasmo y desaprobación.

—Muchachos —dijo el señor Weasley—, no quiero que apostéis... Eso son todos vuestros ahorros. Vuestra madre...

—¡No seas aguafiestas, Arthur! —bramó Ludo Bagman, haciendo tintinear con entusiasmo las monedas de los bolsillos—. ¡Ya tienen edad de saber lo que quieren! ¿Pensáis que ganará Irlanda pero que Krum cogerá la snitch? No tenéis muchas posibilidades de acertar, muchachos. Os ofreceré una proporción muy alta. Así que añadiremos cinco galeones por la varita de pega y...

El señor Weasley se dio por vencido cuando Ludo Bagman sacó una libreta y una pluma del bolsillo y empezó a anotar los nombres de los gemelos.

—¡Gracias! —dijo George, tomando el recibo de pergamino que Bagman le entregó y metiéndoselo en el bolsillo delantero de la túnica.

Bagman se volvió al señor Weasley muy contento.

—¿Podría tomar un té con vosotros? Estoy buscando a Barty Crouch. Mi homólogo búlgaro está dando problemas, y no entiendo una palabra de lo que dice. Barty sí podrá: habla ciento cincuenta lenguas.

—¿El señor Crouch? —dijo Percy, abandonando de pronto su tieso gesto de reprobación y estremeciéndose palpablemente de entusiasmo—. ¡Habla más de doscientas! Habla sirenio, duendigonza, trol...

—Todo el mundo es capaz de hablar trol —lo interrumpió Fred con desdén—. No hay más que señalar y gruñir.

Percy le echó a Fred una mirada muy severa y avivó el fuego para volver a calentar la tetera.

—¿Sigue sin haber noticias de Bertha Jorkins, Ludo? —preguntó el señor Weasley, mientras Bagman se sentaba sobre la hierba, entre ellos.

—No ha dado señales de vida —repuso Bagman con toda calma—. Ya volverá. La pobre Bertha... tiene la memoria como un caldero lleno de agujeros y carece por completo de sentido de la orientación. Pongo las manos en el fuego a que se ha perdido. Seguro que regresa a la oficina cualquier día de octubre pensando que todavía es julio.

—¿No crees que habría que enviar ya a alguien a buscarla? —sugirió el señor Weasley al tiempo que Percy le entregaba a Bagman la taza de té.

—Es lo mismo que dice Barty Crouch —contestó Bagman, abriendo inocentemente los redondos ojos—. Pero en este momento no podemos prescindir de nadie. ¡Vaya! ¡Hablando del rey de Roma! ¡Barty!

Junto a ellos acababa de aparecerse un mago que no podía resultar más diferente de Ludo Bagman, el cual se había despatarrado sobre la hierba con su vieja túnica de las Avispas. Barty Crouch era un hombre mayor de pose estirada y rígida que iba vestido con corbata y un traje impecablemente planchado. Llevaba la raya del pelo tan recta que no resultaba natural, y parecía como si se recortara el bigote de cepillo utilizando una regla de cálculo. Le relucían los zapatos. Harry comprendió enseguida por qué Percy lo idolatraba: Percy creía ciegamente en la importancia de acatar las normas con total rigidez, y el señor Crouch había observado de un modo tan escrupuloso la norma de vestir como muggles que habría podido pasar por el director de un banco. Harry pensó que ni siquiera tío Vernon se habría dado cuenta de lo que era en realidad.

—Siéntate un rato en el césped, Barty —lo invitó Ludo con su alegría habitual, dando una palmada en el césped, a su lado.

—No, gracias, Ludo —dijo el señor Crouch, con una nota de impaciencia en la voz—. Te he buscado por todas partes. Los búlgaros insisten en que tenemos que ponerles otros doce asientos en la tribuna...

—¿Conque era eso lo que querían? —se sorprendió Bagman—. Pensaba que ese tío me estaba pidiendo doscientas aceitunas. ¡Qué acento tan endiablado!

—Señor Crouch —dijo Percy sin aliento, inclinado en una especie de reverencia que lo hacía parecer jorobado—, ¿querría tomar una taza de té?

—¡Ah! —contestó el señor Crouch, mirando a Percy con cierta sorpresa—. Sí... gracias, Weatherby.

A Fred y a George se les atragantó el té de la risa. Percy, rojo como un tomate, se encargó de servirlo.

—Ah, también tengo que hablar contigo, Arthur —dijo el señor Crouch, fijando en el padre de Ron sus ojos de lince—. Alí Bashir está en pie de guerra. Quiere comentarte lo del embargo de alfombras voladoras.

El señor Weasley exhaló un largo suspiro.

—Justo esta semana pasada le he enviado una lechuza sobre este tema. Se lo he dicho más de cien veces: las alfombras están definidas como un artefacto muggle en el Registro de Objetos de Encantamiento Prohibidos. ¿No habrá manera de que lo entienda?

—Creo que no —reconoció el señor Crouch, tomando la taza que le tendía Percy—. Está desesperado por exportar a este país.

—Bueno, nunca sustituirán a las escobas en Gran Bretaña, ¿no os parece? —observó Bagman.

—Alí piensa que en el mercado hay un hueco para el vehículo familiar —repuso el señor Crouch—. Recuerdo que mi abuelo tenía una Axminster de doce plazas. Por supuesto, eso fue antes de que las prohibieran.

Lo dijo como si no quisiera dejar duda alguna de que todos sus antepasados habían respetado escrupulosamente la ley.

—¿Así que has estado ocupado, Barty? —preguntó Bagman en tono jovial.

—Bastante —contestó secamente el señor Crouch—. No es pequeña hazaña organizar trasladores en los cinco continentes, Ludo.

—Supongo que tanto uno como otro os alegraréis de que esto acabe —comentó el señor Weasley.

Ludo Bagman se mostró muy asombrado.

—¿Alegrarme? Nunca lo he pasado tan bien... y, además, no se puede decir que no nos quede de qué preocuparnos. ¿Verdad, Barty? Aún hay mucho que organizar, ¿verdad?

El señor Crouch levantó las cejas mirando a Bagman.

—Hemos acordado no decir nada hasta que todos los detalles...

—¡Ah, los detalles! —dijo Bagman, haciendo un gesto con la mano para echar a un lado aquella palabra como si fuera una nube de mosquitos—. Han firmado, ¿no es así? Se han mostrado conformes, ¿no es así? Te apuesto lo que quieras a que muy pronto estos chicos se enterarán de algún modo. Quiero decir que, como es en Hogwarts donde va a tener lugar...

—Ludo, te recuerdo que tenemos que buscar a los búlgaros —dijo de forma cortante el señor Crouch—. Gracias por el té, Weatherby.

Le devolvió a Percy la taza, que continuaba llena, y aguardó a que Ludo se levantara. Apurando el té que le quedaba, Bagman se puso de pie con esfuerzo acompañado del tintineo de las monedas que llevaba en los bolsillos.

—¡Hasta luego! —se despidió—. Estaréis conmigo en la tribuna principal. ¡Yo seré el comentarista! —Saludó con la mano; Barty Crouch hizo un breve gesto con la cabeza, y tanto uno como otro se desaparecieron.

—¿Qué va a pasar en Hogwarts, papá? —preguntó Fred de inmediato—. ¿A qué se referían?

—No tardaréis en enteraros —contestó el señor Weasley, sonriendo.

—Es información reservada, hasta que el ministro juzgue conveniente levantar el secreto —añadió Percy fríamente—. El señor Crouch ha hecho lo adecuado al no querer revelar nada.

—Cállate, Weatherby —le espetó Fred.

Conforme avanzaba la tarde la emoción aumentaba en el cámping, como una neblina que se hubiera instalado allí. Al oscurecer, el aire aún estival vibraba de expectación, y, cuando la noche llegó como una sábana a cubrir a los miles de magos, desaparecieron los últimos vestigios de disimulo: el Ministerio parecía haberse resignado ya a lo inevitable y dejó de reprimir los ostensibles indicios de magia que surgían por todas partes.

Los vendedores se aparecían a cada paso, con bandejas o empujando carros en los que llevaban cosas extraordinarias: escarapelas luminosas (verdes de Irlanda, rojas de Bulgaria) que gritaban los nombres de los jugadores; sombreros puntiagudos de color verde adornados con tréboles que se movían; bufandas del equipo de Bulgaria con leones estampados que rugían realmente; banderas de ambos países que entonaban el himno nacional cada vez que se las agitaba; miniaturas de Saetas de Fuego que volaban de verdad y figuras coleccionables de jugadores famosos que se paseaban por la palma de la mano en actitud jactanciosa.

—He ahorrado todo el verano para esto —le dijo Ron a Harry mientras caminaban con Hermione entre los vendedores, comprando recuerdos. Aunque Ron se compró un sombrero con tréboles que se movían y una gran escarapela verde, adquirió también una figura de Viktor Krum, el buscador del equipo de Bulgaria. La miniatura de Krum iba de un lado para otro en la mano de Ron, frunciendo el entrecejo ante la escarapela verde que tenía delante.

—¡Vaya, mirad esto! —exclamó Harry, acercándose rápidamente hasta un carro lleno de montones de unas cosas de metal que parecían prismáticos excepto en el detalle de que estaban llenos de botones y ruedecillas.

—Son *omniculares* —explicó el vendedor con entusiasmo—. Se puede volver a ver una jugada... pasarla a cámara lenta, y si quieres te pueden ofrecer un análisis jugada a jugada. Son una ganga: diez galeones cada uno.

—Ahora me arrepiento de lo que he comprado —reconoció Ron, haciendo un gesto desdeñoso hacia el sombrero con los tréboles que se movían y contemplando los omniculares con ansia.

—Deme tres —le dijo Harry al mago con decisión.

—No... déjalo —pidió Ron, poniéndose colorado. Siempre le cohibía el hecho de que Harry, que había heredado de sus padres una pequeña fortuna, tuviera mucho más dinero que él.

—Es mi regalo de Navidad —le explicó Harry, poniéndoles a él y a Hermione los omniculares en la mano—. ¡De los próximos diez años!

—Conforme —aceptó Ron, sonriendo.

—¡Gracias, Harry! —dijo Hermione—. Yo compraré unos programas...

Con los bolsillos considerablemente menos abultados, regresaron a las tiendas. Bill, Charlie y Ginny llevaban también escarapelas verdes, y el señor Weasley tenía una bandera de Irlanda. Fred y George no habían comprado nada porque le habían entregado todo el dinero a Bagman.

Y entonces se oyó el sonido profundo y retumbante de un gong al otro lado del bosque, y de inmediato se iluminaron entre los árboles unos faroles rojos y verdes, marcando el camino al estadio.

—¡Ya es la hora! —anunció el señor Weasley, tan impaciente como los demás—. ¡Vamos!

8

Los Mundiales de quidditch

Cogieron todo lo que habían comprado y, siguiendo al señor Weasley, se internaron a toda prisa en el bosque por el camino que marcaban los faroles. Oían los gritos, las risas, los retazos de canciones de los miles de personas que iban con ellos. La atmósfera de febril emoción se contagiaba fácilmente, y Harry no podía dejar de sonreír. Caminaron por el bosque hablando y bromeando en voz alta unos veinte minutos, hasta que al salir por el otro lado se hallaron a la sombra de un estadio colosal. Aunque Harry sólo podía ver una parte de los inmensos muros dorados que rodeaban el campo de juego, calculaba que dentro podrían haber cabido, sin apretujones, diez catedrales.

—Hay asientos para cien mil personas —explicó el señor Weasley, observando la expresión de sobrecogimiento de Harry—. Quinientos funcionarios han estado trabajando durante todo el año para levantarlo. Cada centímetro del edificio tiene un repelente mágico de muggles. Cada vez que los muggles se acercan hasta aquí, recuerdan de repente que tenían una cita en otro lugar y salen pitando... ¡Dios los bendiga! —añadió en tono cariñoso, encaminándose delante de los demás hacia la entrada más cercana, que ya estaba rodeada de un enjambre de bulliciosos magos y brujas.

—¡Asientos de primera! —dijo la bruja del Ministerio apostada ante la puerta, al comprobar sus entradas—. ¡Tribuna principal! Todo recto escaleras arriba, Arthur, arriba de todo.

Las escaleras del estadio estaban tapizadas con una suntuosa alfombra de color púrpura. Subieron con la multitud, que poco a poco iba entrando por las puertas que daban a las tribunas que había a derecha e izquierda. El grupo del señor Weasley siguió subiendo hasta llegar al final de la escalera y se encontró en una pequeña tribuna ubicada en la parte más elevada del estadio, justo a mitad de camino entre los dorados postes de gol. Contenía unas veinte butacas de color rojo y dorado, repartidas en dos filas. Harry tomó asiento con los demás en la fila de delante y observó el estadio que tenían a sus pies, cuyo aspecto nunca hubiera imaginado.

Cien mil magos y brujas ocupaban sus asientos en las gradas dispuestas en torno al largo campo oval. Todo estaba envuelto en una misteriosa luz dorada que parecía provenir del mismo estadio. Desde aquella elevada posición, el campo parecía forrado de terciopelo. A cada extremo se levantaban tres aros de gol, a unos quince metros de altura. Justo enfrente de la tribuna en que se hallaban, casi a la misma altura de sus ojos, había un panel gigante. Unas letras de color dorado iban apareciendo en él, como si las escribiera la mano de un gigante invisible, y luego se borraban. Al fijarse, Harry se dio cuenta de que lo que se leía eran anuncios que enviaban sus destellos a todo el estadio:

La Moscarda: una escoba para toda la familia: fuerte, segura y con alarma antirrobo incorporada... Quitamanchas mágico multiusos de la Señora Skower: adiós a las manchas, adiós al esfuerzo... Harapos finos, moda para magos: Londres, París, Hogsmeade...

Harry apartó los ojos de los anuncios y miró por encima del hombro para ver con quiénes compartían la tribuna. Hasta entonces no había llegado nadie, salvo una criatura diminuta que estaba sentada en la antepenúltima butaca de la fila de atrás. La criatura, cuyas piernas eran tan cortas que apenas sobresalían del asiento, llevaba puesto a modo de toga un paño de cocina y se tapaba la cara con las manos. Aquellas orejas largas como de murciélago le resultaron curiosamente familiares...

—¿Dobby? —preguntó Harry, extrañado.

La diminuta figura levantó la cara y separó los dedos, mostrando unos enormes ojos castaños y una nariz que tenía la misma forma y tamaño que un tomate grande. No era Dobby... pero no cabía duda de que se trataba de un elfo doméstico, como había sido Dobby, el amigo de Harry, hasta que éste lo liberó de sus dueños, la familia Malfoy.

—¿El señor acaba de llamarme Dobby? —chilló el elfo de forma extraña, por el resquicio de los dedos. Tenía una voz aún más aguda que la de Dobby, apenas un chillido flojo y tembloroso que le hizo suponer a Harry (aunque era difícil asegurarlo tratándose de un elfo doméstico) que era hembra. Ron y Hermione se volvieron en sus asientos para mirar. Aunque Harry les había hablado mucho de Dobby, nunca habían llegado a verlo personalmente. Incluso el señor Weasley se mostró interesado.

—Disculpe —le dijo Harry a la elfina—, la he confundido con un conocido.

—¡Yo también conozco a Dobby, señor! —chilló la elfina. Se tapaba la cara como si la luz la cegara, a pesar de que la tribuna principal no estaba excesivamente iluminada—. Me llamo Winky, señor... y usted, señor... —En ese momento reconoció la cicatriz de Harry, y los ojos se le abrieron hasta adquirir el tamaño de dos platos pequeños—. ¡Usted es, sin duda, Harry Potter!

—Sí, lo soy —contestó Harry.

—¡Dobby habla todo el tiempo de usted, señor! —dijo ella, bajando las manos un poco pero conservando su expresión de miedo.

—¿Cómo se encuentra? —preguntó Harry—. ¿Qué tal le sienta la libertad?

—¡Ah, señor! —respondió Winky, moviendo la cabeza de un lado a otro—, no quisiera faltarle al respeto, señor, pero no estoy segura de que le hiciera un favor a Dobby al liberarlo, señor.

—¿Por qué? —se extrañó Harry—. ¿Qué le pasa?

—La libertad se le ha subido a la cabeza, señor —dijo Winky con tristeza—. Tiene raras ideas sobre su condición, señor. No encuentra dónde colocarse, señor.

—¿Por qué no? —inquirió Harry.

Winky bajó el tono de su voz media octava para susurrar:

—Pretende que le paguen por trabajar, señor.

—¿Que le paguen? —repitió Harry, sin entender—. Bueno... ¿por qué no tendrían que pagarle?

La idea pareció espeluznar a Winky, que cerró los dedos un poco para volver a ocultar parcialmente el rostro.

—¡A los elfos domésticos no se nos paga, señor! —explicó en un chillido amortiguado—. No, no, no. Le he dicho a Dobby, se lo he dicho, ve a buscar una buena familia y asiéntate, Dobby. Se está volviendo un juerguista, señor, y eso es muy indecoroso en un elfo doméstico. Si sigues así, Dobby, le digo, lo próximo que oiré de ti es que te han llevado ante el Departamento de Regulación y Control de las Criaturas Mágicas, como a un vulgar duende.

—Bueno, ya era hora de que se divirtiera un poco —opinó Harry.

—La diversión no es para los elfos domésticos, Harry Potter —repuso Winky con firmeza desde detrás de las manos que le ocultaban el rostro—. Los elfos domésticos obedecen. No soporto las alturas, Harry Potter... —Miró hacia el borde de la tribuna y tragó saliva—. Pero mi amo me manda venir a la tribuna principal, y vengo, señor.

—¿Por qué te manda venir tu amo si sabe que no soportas las alturas? —preguntó Harry, frunciendo el entrecejo.

—Mi amo... mi amo quiere que le guarde una butaca, Harry Potter, porque está muy ocupado —dijo Winky, inclinando la cabeza hacia la butaca vacía que tenía a su lado—. Winky está deseando volver a la tienda de su amo, Harry Potter, pero Winky hace lo que le mandan, porque Winky es una buena elfina doméstica.

Aterrorizada, echó otro vistazo al borde de la tribuna, y volvió a taparse los ojos completamente. Harry se volvió a los otros.

—¿Así que eso es un elfo doméstico? —murmuró Ron—. Son extraños, ¿verdad?

—Dobby era aún más extraño —aseguró Harry.

Ron sacó los omniculares y comenzó a probarlos, mirando con ellos a la multitud que había abajo, al otro lado del estadio.

—¡Sensacional! —exclamó, girando el botón de retroceso que tenía a un lado—. Puedo hacer que aquel viejo se vuelva a meter el dedo en la nariz una vez... y otra... y otra...

Hermione, mientras tanto, leía con interés su programa forrado de terciopelo y adornado con borlas.

—Antes de que empiece el partido habrá una exhibición de las mascotas de los equipos —leyó en voz alta.

—Eso siempre es digno de ver —dijo el señor Weasley—. Las selecciones nacionales traen criaturas de su tierra para que hagan una pequeña exhibición.

Durante la siguiente media hora se fue llenando lentamente la tribuna. El señor Weasley no paró de estrechar la mano a personas que obviamente eran magos importantes. Percy se levantaba de un salto tan a menudo que parecía que tuviera un erizo en el asiento. Cuando llegó Cornelius Fudge, el mismísimo ministro de Magia, la reverencia de Percy fue tan exagerada que se le cayeron las gafas y se le rompieron. Muy embarazado, las reparó con un golpe de la varita y a partir de ese momento se quedó en el asiento, echando miradas de envidia a Harry, a quien Cornelius Fudge saludó como si se tratara de un viejo amigo. Ya se conocían, y Fudge le estrechó la mano con ademán paternal, le preguntó cómo estaba y le presentó a los magos que lo acompañaban.

—Ya sabe, Harry Potter —le dijo muy alto al ministro de Bulgaria, que llevaba una espléndida túnica de terciopelo negro con adornos de oro y parecía que no entendía una palabra de inglés—. ¡Harry Potter...! Seguro que lo conoce: el niño que sobrevivió a Quien-usted-sabe... Tiene que saber quién es...

El búlgaro vio de pronto la cicatriz de Harry y, señalándola, se puso a decir en voz alta y visiblemente emocionado cosas que nadie entendía.

—Sabía que al final lo conseguiríamos —le dijo Fudge a Harry cansinamente—. No soy muy bueno en idiomas; para estas cosas tengo que echar mano de Barty Crouch. Ah, ya veo que su elfina doméstica le está guardando el asiento. Ha hecho bien, porque estos búlgaros quieren quedarse los mejores sitios para ellos solos... ¡Ah, ahí está Lucius!

Harry, Ron y Hermione se volvieron rápidamente. Los que se encaminaban hacia tres asientos aún vacíos de la segunda fila, justo detrás del padre de Ron, no eran otros que los antiguos amos de Dobby: Lucius Malfoy, su hijo Draco y una mujer que Harry supuso que sería la madre de Draco.

Harry y Draco Malfoy habían sido enemigos desde su primer día en Hogwarts. De piel pálida, cara afilada y pelo rubio platino, Draco se parecía mucho a su padre. También su madre era rubia, alta y delgada, y habría parecido guapa si no hubiera sido por el gesto de asco de su cara, que daba la impresión de que, justo debajo de la nariz, tenía algo que olía a demonios.

—¡Ah, Fudge! —dijo el señor Malfoy, tendiendo la mano al llegar ante el ministro de Magia—. ¿Cómo estás? Me parece que no conoces a mi mujer, Narcisa, ni a nuestro hijo, Draco.

—¿Cómo está usted?, ¿cómo estás? —saludó Fudge, sonriendo e inclinándose ante la señora Malfoy—. Permítanme presentarles al señor Oblansk... Obalonsk... al señor... Bueno, es el ministro búlgaro de Magia, y, como no entiende ni jota de lo que digo, da lo mismo. Veamos quién más... Supongo que conoces a Arthur Weasley.

Fue un momento muy tenso. El señor Weasley y el señor Malfoy se miraron el uno al otro, y Harry recordó claramente la última ocasión en que se habían visto: había sido en la librería Flourish y Blotts, y se habían peleado. Los fríos ojos del señor Malfoy recorrieron al señor Weasley y luego la fila en que estaba sentado.

—Por Dios, Arthur —dijo con suavidad—, ¿qué has tenido que vender para comprar entradas en la tribuna principal? Me imagino que no te ha llegado sólo con la casa.

Fudge, que no escuchaba, dijo:

—Lucius acaba de aportar una generosa contribución para el Hospital San Mungo de Enfermedades y Heridas Mágicas, Arthur. Ha venido aquí como invitado mío.

—¡Ah... qué bien! —dijo el señor Weasley, con una sonrisa muy tensa.

El señor Malfoy observó a Hermione, que se puso algo colorada pero le devolvió la mirada con determinación. Harry comprendió qué era lo que provocaba aquella mueca de desprecio en los labios del señor Malfoy: los Malfoy se enorgullecían de ser de *sangre limpia*; lo que quería decir que consideraban de segunda clase a cualquiera que procediera de familia muggle, como Hermione. Sin embargo, el señor Malfoy no se atrevió a decir nada delante del ministro de Magia. Con la cabeza hizo un gesto desdeñoso al señor Weasley, y continuó caminando hasta llegar a sus asientos. También Draco lanzó a Harry, Ron y Hermione una mirada de desprecio, y luego se sentó entre sus padres.

—Asquerosos —murmuró Ron cuando él, Harry y Hermione se volvieron de nuevo hacia el campo de juego.

Un segundo más tarde, Ludo Bagman llegaba a la tribuna principal como si fuera un indio lanzándose al ataque de un fuerte.

—¿Todos listos? —preguntó. Su redonda cara relucía de emoción como un queso de bola grande—. Señor ministro, ¿qué le parece si empezamos?

—Cuando tú quieras, Ludo —respondió Fudge complacido.

Ludo sacó la varita, se apuntó con ella a la garganta y dijo:

—¡*Sonorus*! —Su voz se alzó por encima del estruendo de la multitud que abarrotaba ya el estadio y retumbó en cada rincón de las tribunas—. Damas y caballeros... ¡bienvenidos! ¡Bienvenidos a la cuadringentésima vigésima segunda edición de la Copa del Mundo de quidditch!

Los espectadores gritaron y aplaudieron. Ondearon miles de banderas, y los discordantes himnos de sus naciones se sumaron al jaleo de la multitud. El enorme panel que tenían enfrente borró su último anuncio (*Grageas multisabores de Bertie Bott: ¡un peligro en cada bocado!*) y mostró a continuación: BULGARIA: 0; IRLANDA: 0.

—Y ahora, sin más dilación, permítanme que les presente a... ¡las mascotas del equipo de Bulgaria!

Las tribunas del lado derecho, que eran un sólido bloque de color escarlata, bramaron su aprobación.

—Me pregunto qué habrán traído —dijo el señor Weasley, inclinándose en el asiento hacia delante—. ¡Aaah! —De pronto se quitó las gafas y se las limpió a toda prisa en la tela de la túnica—. ¡Son *veelas*!

—¿Qué son *vee*...?

Pero un centenar de veelas acababan de salir al campo de juego, y la pregunta de Harry quedó respondida. Las veelas eran mujeres, las mujeres más hermosas que Harry hubiera visto nunca... pero no eran (no podían ser) humanas. Esto lo desconcertó por un momento, mientras trataba de averiguar qué eran realmente: qué podía hacer brillar su piel de aquel modo, con un resplandor plateado; o qué era lo que hacía que, sin que hubiera viento, el pelo dorado se les abriera en abanico detrás de la cabeza. Pero en aquel momento comenzó la música, y Harry dejó de preguntarse sobre su carácter humano. De hecho, no se hizo ninguna pregunta en absoluto.

Las veelas se pusieron a bailar, y la mente de Harry se quedó totalmente en blanco, sólo ocupada por una suerte de dicha. En ese momento, lo único que en el mundo merecía la pena era seguir viendo a las veelas; porque, si ellas dejaban de bailar, ocurrirían cosas terribles...

A medida que las veelas aumentaban la velocidad de su danza, unos pensamientos desenfrenados, aún indefinidos, se iban apoderando de la aturdida mente de Harry. Quería hacer algo muy impresionante, y tenía que ser en aquel mismo instante. Saltar desde la tribuna al estadio parecía una buena idea... pero ¿sería suficiente?

—Harry, ¿qué haces? —le llegó la voz de Hermione desde muy lejos.

Cesó la música. Harry cerró los ojos y volvió a abrirlos. Se había levantado del asiento, y tenía un pie sobre la pared de la tribuna principal. A su lado, Ron permanecía inmóvil, en la postura que habría adoptado si hubiera pretendido saltar desde un trampolín.

El estadio se sumió en gritos de protesta. La multitud no quería que las veelas se fueran, y lo mismo le pasaba a Harry. Por supuesto, apoyaría a Bulgaria, y apenas acertaba a comprender qué hacía en su pecho aquel trébol grande y verde. Ron, mientras tanto, hacía trizas, sin darse cuenta, los tréboles de su sombrero. El señor Weasley, sonriendo, se inclinó hacia él para quitárselo de las manos.

—Lamentarás haberlos roto en cuanto veas a las mascotas de Irlanda —le dijo.

—¿Eh? —musitó Ron, mirando con la boca abierta a las veelas, que acababan de alinearse a un lado del terreno de juego.

Hermione chasqueó fuerte la lengua y tiró de Harry para que se volviera a sentar.

—¡Lo que hay que ver! —exclamó.

—Y ahora —bramó la voz de Ludo Bagman— tengan la bondad de alzar sus varitas para recibir a... ¡las mascotas del equipo nacional de Irlanda!

En aquel momento, lo que parecía ser un cometa de color oro y verde entró en el estadio como disparado, dio una vuelta al terreno de juego y se dividió en dos cometas más pequeños que se dirigieron a toda velocidad hacia los postes de gol. Repentinamente se formó un arco iris que se extendió de un lado a otro del campo de juego, conectando las dos bolas de luz. La multitud exclamaba «¡ooooooooh!» y luego «¡aaaaaaah!», como si estuviera contemplando un castillo de fuegos de artificio. A continuación se desvaneció el arco iris, y las dos bolas de luz volvieron a juntarse y se abrieron: formaron un trébol enorme y reluciente que se levantó en el aire y empezó a elevarse sobre las tribunas. De él caía algo que parecía una lluvia de oro.

—¡Maravilloso! —exclamó Ron cuando el trébol se elevó sobre el estadio dejando caer pesadas monedas de oro que rebotaban al dar en los asientos y en las cabezas de la multitud. Entornando los ojos para ver mejor el trébol, Harry apreció que estaba compuesto de miles de hombrecitos diminutos con barba y chalecos rojos, cada uno de los cuales llevaba una diminuta lámpara de color oro o verde.

—¡Son *leprechauns*! —explicó el señor Weasley, alzando la voz por encima del tumultuoso aplauso de los espectadores, muchos de los cuales estaban todavía buscando monedas de oro debajo de los asientos.

—¡Aquí tienes! —dijo Ron muy contento, poniéndole a Harry un montón de monedas de oro en la mano—. ¡Por los omniculares! ¡Ahora me tendrás que comprar un regalo de Navidad, je, je!

El enorme trébol se disolvió, los leprechauns se fueron hacia el lado opuesto al que ocupaban las veelas, y se sentaron con las piernas cruzadas para contemplar el partido.

—Y ahora, damas y caballeros, ¡demos una calurosa bienvenida a la selección nacional de quidditch de Bulgaria! Con ustedes... ¡Dimitrov!

Una figura vestida de escarlata entró tan rápido montada sobre el palo de su escoba que sólo se pudo distinguir un borrón en el aire. La afición del equipo de Bulgaria aplaudió como loca.

—¡Ivanova!

Una nueva figura hizo su aparición zumbando en el aire, igualmente vestida con una túnica de color escarlata.

—¡Zograf!, ¡Levski!, ¡Vulchanov!, ¡Volkov! yyyyyyyyy... ¡Krum!

—¡Es él, es él! —gritó Ron, siguiendo a Krum con los omniculares. Harry se apresuró a enfocar los suyos.

Viktor Krum era delgado, moreno y de piel cetrina, con una nariz grande y curva y cejas negras y muy pobladas. Semejaba una enorme ave de presa. Costaba creer que sólo tuviera dieciocho años.

—Y recibamos ahora con un cordial saludo ¡a la selección nacional de quidditch de Irlanda! —bramó Bagman—. Les presento a... ¡Connolly!, ¡Ryan!, ¡Troy!, ¡Mullet!, ¡Moran!, ¡Quigley! yyyyyyyyy... ¡Lynch!

Siete borrones de color verde rasgaron el aire al entrar en el campo de juego. Harry dio vueltas a una ruedecilla lateral de los omniculares para ralentizar el movimiento de los jugadores hasta conseguir ver la inscripción «Saeta de Fuego» en cada una de las escobas y los nombres de los jugadores bordados en plata en la parte de atrás de las túnicas.

—Y ya por fin, llegado desde Egipto, nuestro árbitro, el aclamado Presimago de la Asociación Internacional de Quidditch: ¡Hasán Mustafá!

Entonces, caminando a zancadas, entró en el campo de juego un mago vestido con una túnica dorada que hacía juego con el estadio. Era delgado, pequeño y totalmente calvo salvo por el bigote, que no tenía nada que envidiar al de tío Vernon. Debajo de aquel bigote sobresalía un silbato de plata; bajo un brazo llevaba una caja de madera, y bajo el otro, su escoba voladora. Harry volvió a poner en velocidad normal sus omniculares y observó atentamente a Mustafá mientras éste montaba en la escoba y abría la caja con un golpe de la pierna: cuatro bolas quedaron libres en ese momento: la quaffle, de color escarlata; las dos bludgers negras, y (Harry la vio sólo durante una fracción de segundo, porque inmediatamente desapareció de la vista) la alada, dorada y minúscula snitch. Soplando el silbato, Mustafá emprendió el vuelo detrás de las bolas.

—¡Comieeeeeeeeenza el partido! —gritó Bagman—. Todos despegan en sus escobas y ¡Mullet tiene la quaffle! ¡Troy! ¡Moran! ¡Dimitrov! ¡Mullet de nuevo! ¡Troy! ¡Levski! ¡Moran!

Aquello era quidditch como Harry no había visto nunca. Se apretaba tanto los omniculares contra los cristales de las gafas que se hacía daño con el puente. La velocidad de los jugadores era increíble: los cazadores se arrojaban la quaffle unos a otros tan rápidamente que Bagman apenas tenía tiempo de decir los nombres. Harry volvió a poner la ruedecilla en posición de «lento», apretó el botón de «jugada a jugada» que había en la parte de arriba y empezó a ver el juego a cámara lenta, mientras los letreros de color púrpura brillaban a través de las lentes y el griterío de la multitud le golpeaba los tímpanos.

Formación de ataque «cabeza de halcón», leyó en el instante en que los tres cazadores del equipo irlandés se juntaron, con Troy en el centro y ligeramente por delante de Mullet y Moran, para caer en picado sobre los búlgaros. *Finta de Porskov*, indicó el letrero a continuación, cuando Troy hizo como que se lanzaba hacia arriba con la quaffle, apartando a la cazadora búlgara Ivanova y entregándole la quaffle a Moran. Uno de los golpeadores búlgaros, Volkov, pegó con su pequeño bate y con todas sus fuerzas a una bludger que pasaba cerca, lanzándola hacia Moran. Moran se apartó para evitar la bludger, y la quaffle se le cayó. Levski, elevándose desde abajo, la atrapó.

—¡TROY MARCA! —bramó Bagman, y el estadio entero vibró entre vítores y aplausos—. ¡Diez a cero a favor de Irlanda!

—¿Qué? —gritó Harry, mirando a un lado y a otro como loco a través de los omniculares—. ¡Pero si Levski acaba de coger la quaffle!

—¡Harry, si no ves el partido a velocidad normal, te vas a perder un montón de jugadas! —le gritó Hermione, que botaba en su asiento moviendo los brazos en el aire mientras Troy daba una vuelta de honor al campo de juego.

Harry miró por encima de los omniculares, y vio que los leprechauns, que observaban el partido desde las líneas de banda, habían vuelto a elevarse y a formar el brillante y enorme trébol. Desde el otro lado del campo, las veelas los miraban mal encaradas.

Enfadado consigo mismo, Harry volvió a poner la ruedecilla en velocidad normal antes de que el juego se reanudara.

Harry sabía lo suficiente de quidditch para darse cuenta de que los cazadores de Irlanda eran soberbios. Formaban un equipo perfectamente coordinado, y, por las posiciones que ocupaban, parecía como si cada uno pudiera leer la mente de los otros. La escarapela que llevaba Harry en el pecho no dejaba de gritar sus nombres: «¡Troy... Mullet... Moran!» Al cabo de diez minutos, Irlanda había marcado otras dos veces, hasta alcanzar el treinta a cero, lo que había provocado mareas de vítores atronadores entre su afición, vestida de verde.

El juego se tornó aún más rápido pero también más brutal. Volkov y Vulchanov, los golpeadores búlgaros, aporreaban las bludgers con todas sus fuerzas para pegar con ellas a los cazadores del equipo de Irlanda, y les impedían hacer uso de algunos de sus mejores movimientos: dos veces se vieron forzados a dispersarse y luego, por fin, Ivanova logró romper su defensa, esquivar al guardián, Ryan, y marcar el primer tanto del equipo de Bulgaria.

—¡Meteos los dedos en las orejas! —les gritó el señor Weasley cuando las veelas empezaron a bailar para celebrarlo.

Harry además cerró los ojos: no quería que su mente se evadiera del juego. Tras unos segundos, se atrevió a echar una mirada al terreno de juego: las veelas ya habían dejado de bailar, y Bulgaria volvía a estar en posesión de la quaffle.

—¡Dimitrov! ¡Levski! ¡Dimitrov! Ivanova... ¡¡eh!! —bramó Bagman.

Cien mil magos y brujas ahogaron un grito cuando los dos buscadores, Krum y Lynch, cayeron en picado por en medio de los cazadores, tan veloces como si se hubieran tirado de un avión sin paracaídas. Harry siguió su descenso con los omniculares, entrecerrando los ojos para tratar de ver dónde estaba la snitch...

—¡Se van a estrellar! —gritó Hermione a su lado.

Y así parecía... hasta que en el último segundo Viktor Krum frenó su descenso y se elevó con un movimiento de espiral. Lynch, sin embargo, chocó contra el suelo con un golpe sordo que se oyó en todo el estadio. Un gemido brotó de la afición irlandesa.

—¡Tonto! —se lamentó el señor Weasley—. ¡Krum lo ha engañado!

—¡Tiempo muerto! —gritó la voz de Bagman—. ¡Expertos medimagos tienen que salir al campo para examinar a Aidan Lynch!

—Estará bien, ¡sólo ha sido un castañazo! —le dijo Charlie en tono tranquilizador a Ginny, que se asomaba por encima de la pared de la tribuna principal, horrorizada—. Que es lo que andaba buscando Krum, claro...

Harry se apresuró a apretar el botón de retroceso y luego el de «jugada a jugada» en sus omniculares, giró la ruedecilla de velocidad, y se los puso otra vez en los ojos.

Vio de nuevo, esta vez a cámara lenta, a Krum y Lynch cayendo hacia el suelo. *Amago de Wronski: un desvío del buscador muy peligroso*, leyó en las letras de color púrpura impresas en la imagen. Vio que el rostro de Krum se contorsionaba a causa de la concentración cuando, justo a tiempo, se frenaba para evitar el impacto, mientras Lynch se estrellaba, y comprendió que Krum no había visto la snitch: sólo se había lanzado en picado para engañar a Lynch y que lo imitara. Harry no había visto nunca a nadie volar de aquella manera. Krum no parecía usar una escoba voladora: se movía con tal agilidad que más bien parecía ingrávido. Harry volvió a poner sus omniculares en posición normal, y enfocó a Krum, que volaba en círculos por encima de Lynch, a quien en esos momentos los medimagos trataban de reanimar con tazas de poción. Enfocando aún más de cerca el rostro de Krum, Harry vio cómo sus oscuros ojos recorrían el terreno que había treinta metros más abajo. Estaba aprovechando el tiempo para buscar la snitch sin la interferencia de otros jugadores.

Finalmente Lynch se incorporó, en medio de los vítores de la afición del equipo de Irlanda, montó en la Saeta de Fuego y, dando una patada en la hierba, levantó el vuelo. Su recuperación pareció otorgar un nuevo empuje al equipo de Irlanda. Cuando Mustafá volvió a pitar, los cazadores se pusieron a jugar con una destreza que Harry no había visto nunca.

En otros quince minutos trepidantes, Irlanda consiguió marcar diez veces más. Ganaban por ciento treinta puntos a diez, y los jugadores comenzaban a jugar de manera más sucia.

Cuando Mullet, una vez más, salió disparada hacia los postes de gol aferrando la quaffle bajo el brazo, el guardián del equipo búlgaro, Zograf, salió a su encuentro. Fuera lo que fuera lo que sucedió, ocurrió tan rápido que Harry no pudo verlo, pero un grito de rabia brotó de la afición de Irlanda, y el largo y vibrante pitido de Mustafá indicó falta.

—Y Mustafá está reprendiendo al guardián búlgaro por juego violento... ¡Excesivo uso de los codos! —informó Bagman a los espectadores, por encima de su clamor—. Y... ¡sí, señores, penalti favorable a Irlanda!

Los leprechauns, que se habían elevado en el aire, enojados como un enjambre de avispas cuando Mullet había sufrido la falta, se apresuraron en aquel momento a formar las palabras: «¡JA, JA, JA!» Las veelas, al otro lado del campo, se pusieron de pie de un salto, agitaron de enfado sus melenas y volvieron a bailar.

Todos a una, los chicos Weasley y Harry se metieron los dedos en los oídos; pero Hermione, que no se había tomado la molestia de hacerlo, no tardó en tirar a Harry del brazo. Él se volvió hacia ella, y Hermione, con un gesto de impaciencia, le quitó los dedos de las orejas.

—¡Fíjate en el árbitro! —le dijo riéndose.

Harry miró el terreno de juego. Hasán Mustafá había aterrizado justo delante de las veelas y se comportaba de una manera muy extraña: flexionaba los músculos y se atusaba nerviosamente el bigote.

—¡No, esto sí que no! —dijo Ludo Bagman, aunque parecía que le hacía mucha gracia—. ¡Por favor, que alguien le dé una palmada al árbitro!

Un medimago cruzó a toda prisa el campo, tapándose los oídos con los dedos, y le dio una patada a Mustafá en la espinilla. Mustafá volvió en sí. Harry, mirando por los omniculares, advirtió que parecía muy embarazado y que les estaba gritando a las veelas, que habían dejado de bailar y adoptaban ademanes rebeldes.

—Y, si no me equivoco, ¡Mustafá está tratando de expulsar a las mascotas del equipo búlgaro! —explicó la voz de Bagman—. Esto es algo que no habíamos visto nunca... ¡Ah, la cosa podría ponerse fea...!

Y, desde luego, se puso fea: los golpeadores del equipo de Bulgaria, Volkov y Vulchanov, habían tomado tierra uno a cada lado de Mustafá, y discutían con él furiosamente señalando hacia los leprechauns, que acababan de formar las palabras: «¡JE, JE, JE!» Pero a Mustafá no lo cohibían los búlgaros: señalaba al aire con el dedo, claramente pidiéndoles que volvieran al juego, y, como ellos no le hacían caso, dio dos breves soplidos al silbato.

—¡Dos penaltis a favor de Irlanda! —gritó Bagman, y la afición del equipo búlgaro vociferó de rabia—. Será mejor que Volkov y Vulchanov regresen a sus escobas... Sí... ahí van... Troy toma la quaffle...

A partir de aquel instante el juego alcanzó nuevos niveles de ferocidad. Los golpeadores de ambos equipos jugaban sin compasión: Volkov y Vulchanov, en especial, no parecían preocuparse mucho si en vez de a las bludgers golpeaban con los bates a los jugadores irlandeses. Dimitrov se lanzó hacia Moran, que estaba en posesión de la quaffle, y casi la derriba de la escoba.

—¡Falta! —corearon los seguidores del equipo de Irlanda todos a una, y al levantarse a la vez, con su color verde, semejaron una ola.

—¡Falta! —repitió la voz mágicamente amplificada de Ludo Bagman—. Dimitrov pretende acabar con Moran... volando deliberadamente para chocar con ella... Eso será otro penalti... ¡Sí, ya oímos el silbato!

Los leprechauns habían vuelto a alzarse en el aire, y formaron una mano gigante que hacía un signo muy grosero dedicado a las veelas que tenían enfrente. Entonces las veelas perdieron el control. Se lanzaron al campo y arrojaron a los duendes lo que parecían puñados de fuego. A través de sus omniculares, Harry vio que su aspecto ya no era bello en absoluto. Por el contrario, sus caras se alargaban hasta convertirse en cabezas de pájaro con un pico temible y afilado, y unas alas largas y escamosas les nacían de los hombros.

—¡Por eso, muchachos —gritó el señor Weasley para hacerse oír por encima del tumulto—, es por lo que no hay que fijarse sólo en la belleza!

Los magos del Ministerio se lanzaron en tropel al terreno de juego para separar a las veelas y los leprechauns, pero con poco éxito. Y la batalla que tenía lugar en el suelo no era nada comparada con la del aire. Harry movía los omniculares de un lado para otro sin parar porque la quaffle cambiaba de manos a la velocidad de una bala.

—Levski... Dimitrov... Moran... Troy... Mullet... Ivanova... De nuevo Moran... Moran... ¡Y MORAN CONSIGUE MARCAR!

Pero apenas se pudieron oír los vítores de la afición irlandesa, tapados por los gritos de las veelas, los disparos de las varitas de los funcionarios y los bramidos de furia de los búlgaros. El juego se reanudó enseguida: primero Levski se hizo con la quaffle, luego Dimitrov...

Quigley, el golpeador irlandés, le dio a una bludger que pasaba a su lado y la lanzó con todas sus fuerzas contra Krum, que no consiguió esquivarla a tiempo: le pegó de lleno en la cara.

La multitud lanzó un gruñido ensordecedor. Parecía que Krum tenía la nariz rota, porque la cara estaba cubierta de sangre, pero Mustafá no hizo uso del silbato. La jugada lo había pillado distraído, y Harry no podía reprochárselo: una de las veelas le había tirado un puñado de fuego, y la cola de su escoba se encontraba en llamas.

Harry estaba deseando que alguien interrumpiera el partido para que pudieran atender a Krum. Aunque estuviera de parte de Irlanda, Krum le seguía pareciendo el mejor jugador del partido. Obviamente, Ron pensaba lo mismo.

—¡Esto tiene que ser tiempo muerto! No puede jugar en esas condiciones, míralo...

—¡Mira a Lynch! —le contestó Harry.

El buscador irlandés había empezado a caer repentinamente, y Harry comprendió que no se trataba del «Amago de Wronski»: aquello era de verdad.

—¡Ha visto la snitch! —gritó Harry—. ¡La ha visto! ¡Míralo!

Sólo la mitad de los espectadores parecía haberse dado cuenta de lo que ocurría. La afición irlandesa se levantó como una ola verde, gritando a su buscador... pero Krum fue detrás. Harry no sabía cómo conseguía ver hacia dónde se dirigía. Iba dejando tras él un rastro de gotas de sangre, pero se puso a la par de Lynch, y ambos se lanzaron de nuevo hacia el suelo...

—¡Van a estrellarse! —gritó Hermione.

—¡Nada de eso! —negó Ron.

—¡Lynch sí! —gritó Harry.

Y acertó. Por segunda vez, Lynch chocó contra el suelo con una fuerza tremenda, y una horda de veelas furiosas empezó a darle patadas.

—La snitch, ¿dónde está la snitch? —gritó Charlie, desde su lugar en la fila.

—¡La tiene...! ¡Krum la tiene...! ¡Ha terminado! —gritó Harry.

Krum, que tenía la túnica roja manchada con la sangre que le caía de la nariz, se elevaba suavemente en el aire, con el puño en alto y un destello de oro dentro de la mano.

El tablero anunció «BULGARIA: 160; IRLANDA: 170» a la multitud, que no parecía haber comprendido lo ocurrido. Luego, despacio, como si acelerara un enorme Jumbo, un bramido se alzó entre la afición del equipo de Irlanda, y fue creciendo más y más hasta convertirse en gritos de alegría.

—¡IRLANDA HA GANADO! —voceó Bagman, que, como los mismos irlandeses, parecía desconcertado por el repentino final del juego—. ¡KRUM HA COGIDO LA SNITCH, PERO IRLANDA HA GANADO! ¡Dios Santo, no creo que nadie se lo esperara!

—¿Y para qué ha cogido la snitch? —exclamó Ron, al mismo tiempo que daba saltos en su asiento, aplaudiendo con las manos elevadas por encima de la cabeza—. ¡El muy idiota ha dado por finalizado el juego cuando Irlanda les sacaba ciento sesenta puntos de ventaja!

—Sabía que nunca conseguirían alcanzarlos —le respondió Harry, gritando para hacerse oír por encima del estruendo, y aplaudiendo con todas sus fuerzas—: los cazadores del equipo de Irlanda son demasiado buenos. Quiso terminar lo mejor posible, eso es todo...

—Ha estado magnífico, ¿verdad? —dijo Hermione, inclinándose hacia delante para verlo aterrizar, mientras un enjambre de medimagos se abría camino hacia él entre los leprechauns y las veelas, que seguían peleándose—. Está hecho una pena...

Harry volvió a mirar por los omniculares. Era difícil ver lo que ocurría en aquel momento, porque los leprechauns zumbaban de un lado para otro por el terreno de juego, pero consiguió divisar a Krum entre los medimagos. Parecía más hosco que nunca, y no les dejaba ni que le limpiaran la sangre. Sus compañeros lo rodeaban, moviendo la cabeza de un lado a otro y con aspecto abatido. A poca distancia, los jugadores del equipo de Irlanda bailaban de alegría bajo una lluvia de oro que les arrojaban sus mascotas. Por todo el estadio se agitaban las banderas, y el himno nacional de Irlanda atronaba en cada rincón. Las veelas recuperaron su aspecto habitual, nuevamente hermosas, aunque tristes.

—«Vueno», hemos luchado «vrravamente» —dijo detrás de Harry una voz lúgubre. Miró hacia atrás: era el ministro búlgaro de Magia.

—¡Usted habla nuestro idioma! —dijo Fudge, ofendido—. ¡Y me ha tenido todo el día comunicándome por gestos!

—«Vueno», eso fue muy «divertida» —dijo el ministro búlgaro, encogiéndose de hombros.

—¡Y mientras la selección irlandesa da una vuelta de honor al campo, escoltada por sus mascotas, llega a la tribuna principal la Copa del Mundo de quidditch! —voceó Bagman.

A Harry lo deslumbró de repente una cegadora luz blanca que bañó mágicamente la tribuna en que se hallaban, para que todo el mundo pudiera ver el interior. Entornando los ojos y mirando hacia la entrada, pudo distinguir a dos magos que llevaban, jadeando, una gran copa de oro que entregaron a Cornelius Fudge, el cual aún parecía muy contrariado por haberse pasado el día comunicándose por señas sin razón.

—Dediquemos un fuerte aplauso a los caballerosos perdedores: ¡la selección de Bulgaria! —gritó Bagman.

Y, subiendo por la escalera, llegaron hasta la tribuna los siete derrotados jugadores búlgaros. Abajo, la multitud aplaudía con aprecio. Harry vio miles y miles de omniculares apuntando en dirección a ellos.

Uno a uno, los búlgaros desfilaron entre las butacas de la tribuna, y Bagman los fue nombrando mientras estrechaban la mano de su ministro y luego la de Fudge. Krum, que estaba en último lugar, tenía realmente muy mal aspecto. Los ojos negros relucían en medio del rostro ensangrentado. Todavía agarraba la snitch. Harry percibió que en tierra sus movimientos parecían menos ágiles. Era un poco patoso y caminaba cabizbajo. Pero, cuando Bagman pronunció el nombre de Krum, el estadio entero le dedicó una ovación ensordecedora.

Y a continuación subió el equipo de Irlanda. Moran y Connolly llevaban a Aidan Lynch. El segundo batacazo parecía haberlo aturdido, y tenía los ojos desenfocados. Pero sonrió muy contento cuando Troy y Quigley levantaron la Copa en el aire y la multitud expresó estruendosamente su aprobación. A Harry le dolían las manos de tanto aplaudir.

Al final, cuando la selección irlandesa bajó de la tribuna para dar otra vuelta de honor sobre las escobas (Aidan Lynch montado detrás de Connolly, agarrándose con fuerza a su cintura y todavía sonriendo como aturdido), Bagman se apuntó con la varita a la garganta y susurró: *¡Quietus!*

—Se hablará de esto durante años —dijo con la voz ronca—. Ha sido un giro verdaderamente inesperado. Es una pena que no haya durado más... Ah, ya... ya... ¿Cuánto os debo?

Fred y George acababan de subirse sobre los respaldos de sus butacas y permanecían frente a Ludo Bagman con una amplia sonrisa y la mano tendida hacia él.

9

La Marca Tenebrosa

—No le digáis a vuestra madre que habéis apostado —imploró a Fred y George el señor Weasley, bajando despacio por la escalera alfombrada de púrpura.

—No te preocupes, papá —respondió Fred muy alegre—. Tenemos grandes planes para este dinero, y no queremos que nos lo confisquen.

Por un momento dio la impresión de que el señor Weasley iba a preguntar qué grandes planes eran aquéllos; pero, tras reflexionar un poco, pareció decidir que prefería no saberlo.

Pronto se vieron rodeados por la multitud que abandonaba el estadio para regresar a las tiendas de campaña. El aire de la noche llevaba hasta ellos estridentes cantos mientras volvían por el camino iluminado de farolas, y los leprechauns no paraban de moverse velozmente por encima de sus cabezas, riéndose a carcajadas y agitando sus faroles. Cuando por fin llegaron a las tiendas, nadie tenía sueño y, dada la algarabía que había en torno a ellos, el señor Weasley consintió en que tomaran todos juntos una última taza de chocolate con leche antes de acostarse. No tardaron en enzarzarse en una agradable discusión sobre el partido. El señor Weasley se mostró en desacuerdo con Charlie en lo referente al comportamiento violento, y no dio por finalizado el análisis del partido hasta que Ginny se cayó dormida sobre la pequeña mesa, derramando el chocolate por el suelo. Entonces los mandó a todos a dormir. Hermione y Ginny se metieron en su tienda, y Harry y el resto de los Weasley se pusieron el pijama y se subieron cada uno a su litera. Desde el otro lado del campamento llegaba aún el eco de cánticos y de ruidos extraños.

—¡Cómo me alegro de haber librado hoy! —murmuró el señor Weasley ya medio dormido—. No me haría ninguna gracia tener que decirles a los irlandeses que se acabó la fiesta.

Harry, que se había acostado en una de las literas superiores, encima de Ron, estaba boca arriba observando la lona del techo de la tienda, en la que de vez en cuando resplandecían los faroles de los leprechauns. Repasaba algunas de las jugadas más espectaculares de Krum, y se moría de ganas de volver a montar en su Saeta de Fuego y probar el «Amago de Wronski». Oliver Wood no había logrado nunca transmitir con sus complejos diagramas la sensación de aquella jugada... Harry se imaginó a sí mismo vistiendo una túnica con su nombre bordado a la espalda e intentó representarse la sensación de oír la ovación de una multitud de cien mil personas cuando Ludo Bagman pronunciaba su nombre ante el estadio: «¡Y con ustedes... Potter!»

Harry no llegaría a saber a ciencia cierta si se había dormido o no (sus fantasías de vuelos en escoba al estilo de Krum podrían muy bien haber acabado siendo auténticos sueños); lo único que supo fue que, de repente, el señor Weasley estaba gritando.

—¡Levantaos! ¡Ron, Harry... deprisa, levantaos, es urgente!

Harry se incorporó de un salto y se golpeó la cabeza con la lona del techo.

—¿Qué pasa? —preguntó.

Intuyó que algo malo ocurría, porque los ruidos del campamento parecían distintos. Los cánticos habían cesado. Se oían gritos, y gente que corría.

Bajó de la litera y cogió su ropa, pero el señor Weasley, que se había puesto los vaqueros sobre el pijama, le dijo:

—No hay tiempo, Harry... Coge sólo tu chaqueta y sal... ¡rápido!

Harry obedeció y salió a toda prisa de la tienda, delante de Ron.

A la luz de los escasos fuegos que aún ardían, pudo ver a gente que corría hacia el bosque, huyendo de algo que se acercaba detrás, por el campo, algo que emitía extraños destellos de luz y hacía un ruido como de disparos de pistola. Llegaban hasta ellos abucheos escandalosos, carcajadas estridentes y gritos de borrachos. A continuación, apareció una fuerte luz de color verde que iluminó la escena.

A través del campo marchaba una multitud de magos, que iban muy apretados y se movían todos juntos apuntando hacia arriba con las varitas. Harry entornó los ojos para distinguirlos mejor. Parecía que no tuvieran rostro, pero luego comprendió que iban tapados con capuchas y máscaras. Por encima de ellos, en lo alto, flotando en medio del aire, había cuatro figuras que se debatían y contorsionaban adoptando formas grotescas. Era como si los magos enmascarados que iban por el campo fueran titiriteros y los que flotaban en el aire fueran sus marionetas, manejadas mediante hilos invisibles que surgían de las varitas. Dos de las figuras eran muy pequeñas.

Al grupo se iban juntando otros magos, que reían y apuntaban también con sus varitas a las figuras del aire. La marcha de la multitud arrollaba las tiendas de campaña. En una o dos ocasiones, Harry vio a alguno de los que marchaban destruir con un rayo originado en su varita alguna tienda que le estorbaba el paso. Varias se prendieron. El griterío iba en aumento.

Las personas que flotaban en el aire resultaron repentinamente iluminadas al pasar por encima de una tienda de campaña que estaba en llamas, y Harry reconoció a una de ellas: era el señor Roberts, el gerente del cámping. Los otros tres bien podían ser su mujer y sus hijos. Con la varita, uno de los de la multitud hizo girar a la señora Roberts hasta que quedó cabeza abajo: su camisón cayó entonces para revelar unas grandes bragas. Ella hizo lo que pudo para taparse mientras la multitud, abajo, chillaba y abucheaba alegremente.

—Dan ganas de vomitar —susurró Ron, observando al más pequeño de los niños muggles, que había empezado a dar vueltas como una peonza, a veinte metros de altura, con la cabeza caída y balanceándose de lado a lado como si estuviera muerto—. Dan verdaderas ganas de vomitar...

Hermione y Ginny llegaron a toda prisa, poniéndose la bata sobre el camisón, con el señor Weasley detrás. Al mismo tiempo salieron de la tienda de los chicos Bill, Charlie y Percy, completamente vestidos, arremangados y con las varitas en la mano.

—Vamos a ayudar al Ministerio —gritó el señor Weasley por encima de todo aquel ruido, arremangándose él también—. Vosotros id al bosque, y no os separéis. ¡Cuando hayamos solucionado esto iré a buscaros!

Bill, Charlie y Percy se precipitaron al encuentro de la multitud. El señor Weasley corrió tras ellos. Desde todos los puntos, los magos del Ministerio se dirigían a la fuente del problema. La multitud que había bajo la familia Roberts se acercaba cada vez más.

—Vamos —dijo Fred, cogiendo a Ginny de la mano y tirando de ella hacia el bosque.

Harry, Ron, Hermione y George los siguieron. Al llegar a los primeros árboles volvieron la vista atrás. La multitud seguía creciendo. Distinguieron a los magos del Ministerio, que intentaban introducirse por entre el numeroso grupo para llegar hasta los encapuchados que iban en el centro: les estaba costando trabajo. Debían de tener miedo de lanzar algún embrujo que tuviera como consecuencia la caída al suelo de la familia Roberts.

Las farolas de colores que habían iluminado el camino al estadio estaban apagadas. Oscuras siluetas daban tumbos entre los árboles, y se oía el llanto de niños; a su alrededor, en el frío aire de la noche, resonaban gritos de ansiedad y voces aterrorizadas. Harry avanzaba con dificultad, empujado de un lado y de otro por personas cuyos rostros no podía distinguir. De pronto oyó a Ron gritar de dolor.

—¿Qué ha sucedido? —preguntó Hermione nerviosa, deteniéndose tan de repente que Harry chocó con ella—. ¿Dónde estás, Ron? Qué idiotez... ¡*Lumos!*

La varita se encendió, y su haz de luz se proyectó en el camino. Ron estaba echado en el suelo.

—He tropezado con la raíz de un árbol —dijo de malhumor, volviendo a ponerse en pie.

—Bueno, con pies de ese tamaño, lo difícil sería no tropezar —dijo detrás de ellos una voz que arrastraba las palabras.

Harry, Ron y Hermione se volvieron con brusquedad. Draco Malfoy estaba solo, cerca de ellos, apoyado tranquilamente en un árbol. Tenía los brazos cruzados y parecía que había estado contemplando todo lo sucedido desde un hueco entre los árboles.

Ron mandó a Malfoy a hacer algo que, como bien sabía Harry, nunca habría dicho delante de su madre.

—Cuida esa lengua, Weasley —le respondió Malfoy, con un brillo en los ojos—. ¿No sería mejor que echarais a correr? No os gustaría que la vieran, supongo...

Señaló a Hermione con un gesto de la cabeza, al mismo tiempo que desde el cámping llegaba un sonido como de una bomba y un destello de luz verde iluminaba por un momento los árboles que había a su alrededor.

—¿Qué quieres decir? —le preguntó Hermione desafiante.

—Que van detrás de los muggles, Granger —explicó Malfoy—. ¿Quieres ir por el aire enseñando las bragas? No tienes más que darte una vuelta... Vienen hacia aquí, y les divertiría muchísimo.

—¡Hermione es bruja! —exclamó Harry.

—Sigue tu camino, Potter —dijo Malfoy sonriendo maliciosamente—. Pero si crees que no pueden distinguir a un *sangre sucia*, quédate aquí.

—¡Te voy a lavar la boca! —gritó Ron. Todos los presentes sabían que sangre sucia era una denominación muy ofensiva para referirse a un mago o bruja que tenía padres muggles.

—No importa, Ron —dijo Hermione rápidamente, agarrándolo del brazo para impedirle que se acercara a Malfoy.

Desde el otro lado de los árboles llegó otra explosión, más fuerte que cualquiera de las anteriores. Cerca de ellos gritaron algunas personas.

Malfoy soltó una risita.

—Qué fácil es asustarlos, ¿verdad? —dijo con calma—. Supongo que papá os dijo que os escondierais. ¿Qué pretende? ¿Rescatar a los muggles?

114

—¿Dónde están tus padres? —preguntó Harry, a quien le hervía la sangre—. Tendrán una máscara puesta, ¿no?

Malfoy se volvió hacia Harry, sin dejar de sonreír.

—Bueno, si así fuera, me temo que no te lo diría, Potter.

—Venga, vámonos —los apremió Hermione, arrojándole a Malfoy una mirada de asco—. Tenemos que buscar a los otros.

—Mantén agachada tu cabezota, Granger —dijo Malfoy con desprecio.

—Vámonos —repitió Hermione, y arrastró a Ron y a Harry de nuevo al camino.

—¡Os apuesto lo que queráis a que su padre es uno de los enmascarados! —exclamó Ron, furioso.

—¡Bueno, con un poco de suerte, el Ministerio lo atrapará! —repuso Hermione enfáticamente—. ¿Dónde están los otros?

Fred, George y Ginny habían desaparecido, aunque el camino estaba abarrotado de gente que huía sin dejar de echar nerviosas miradas por encima del hombro hacia el campamento.

Un grupo de adolescentes en pijama discutía a voces, un poco apartados del camino. Al ver a Harry, Ron y Hermione, una muchacha de pelo espeso y rizado se volvió y les preguntó rápidamente:

—*Où est Madame Maxime? Nous l'avons perdue...*

—Eh... ¿qué? —preguntó Ron.

—¡Oh...!

La muchacha que acababa de hablar le dio la espalda, y, cuando reemprendieron la marcha, la oyeron decir claramente:

—«Ogwarts.»

—Beauxbatons —murmuró Hermione.

—¿Cómo? —dijo Harry.

—Que deben de ser de Beauxbatons —susurró Hermione—. Ya sabéis: la Academia de Magia Beauxbatons... He leído algunas cosas sobre ella en *Evaluación de la educación mágica en Europa*.

—Ah... Ya... —respondió Harry.

—Fred y George no pueden haber ido muy lejos —dijo Ron, que sacó la varita mágica, la encendió como la de Hermione y entrecerró los ojos para ver mejor a lo largo del camino.

Harry buscó la suya en los bolsillos de la chaqueta, pero no la encontró. Lo único que había en ellos eran los omniculares.

—No, no lo puedo creer... ¡He perdido la varita!

—¿Bromeas?

Ron y Hermione levantaron las suyas lo suficiente para iluminar el terreno a cierta distancia. Harry miró a su alrededor, pero no había ni rastro de la varita.

—A lo mejor te la has dejado en la tienda —dijo Ron.

—O tal vez se te ha caído del bolsillo mientras corríamos —sugirió Hermione, nerviosa.

—Sí —respondió Harry—, tal vez...

No solía separarse de su varita cuando estaba en el mundo mágico, y hallarse sin ella en aquella situación lo hacía sentirse muy vulnerable.

Un crujido los asustó a los tres. Winky, la elfina doméstica, intentaba abrirse paso entre unos matorrales. Se movía de manera muy rara, con mucha dificultad, como si una mano invisible la sujetara por la espalda.

—¡Hay magos malos por ahí! —chilló como loca, mientras se inclinaba hacia delante y trataba de seguir corriendo—. ¡Gente en lo alto! ¡En lo alto del aire! ¡Winky prefiere desaparecer de la vista!

Y se metió entre los árboles del otro lado del camino, jadeando y chillando como si tratara de vencer la fuerza que la empujaba hacia atrás.

—Pero ¿qué le pasa? —preguntó Ron, mirando con curiosidad a Winky mientras ella escapaba—. ¿Por qué no puede correr con normalidad?

—Me imagino que no le dieron permiso para esconderse —explicó Harry. Se acordó de Dobby: cada vez que intentaba hacer algo que a los Malfoy no les hubiera gustado, se veía obligado a golpearse.

—¿Sabéis? ¡Los elfos domésticos llevan una vida muy dura! —dijo, indignada, Hermione—. ¡Es esclavitud, eso es lo que es! Ese señor Crouch la hizo subir a lo alto del estadio, aunque a ella la aterrorizara, ¡y la ha embrujado para que ni siquiera pueda correr cuando aquéllos están arra-

116

sando las tiendas de campaña! ¿Por qué nadie hace nada al respecto?

—Bueno, los elfos son felices así, ¿no? —observó Ron—. Ya oíste a Winky antes del partido: «La diversión no es para los elfos domésticos...» Eso es lo que le gusta, que la manden.

—Es gente como tú, Ron —replicó Hermione, acalorada—, la que mantiene estos sistemas injustos y podridos, simplemente porque son demasiado perezosos para...

Oyeron otra fuerte explosión proveniente del otro lado del bosque.

—¿Qué tal si seguimos? —propuso Ron.

Harry lo vio dirigir una mirada inquieta a Hermione. Tal vez fuera cierto lo que Malfoy les había dicho. Tal vez Hermione corría más peligro que ellos. Reemprendieron la marcha. Harry seguía revolviendo en los bolsillos, aunque sabía que la varita no estaba allí.

Siguieron el oscuro camino internándose en el bosque más y más, todavía tratando de encontrar a Fred, George y Ginny. Pasaron junto a unos duendes que se reían a carcajadas, reunidos alrededor de una bolsa de monedas de oro que sin duda habían ganado apostando en el partido, y que no parecían dar ninguna importancia a lo que ocurría en el cámping. Poco después llegaron a una zona iluminada por una luz plateada, y al mirar por entre los árboles vieron a tres veelas altas y hermosas de pie en un claro del bosque, rodeadas por un grupo de jóvenes magos que hablaban a voces.

—Yo gano cien bolsas de galeones al año —gritaba uno de ellos—. Me dedico a matar dragones a cuenta de la Comisión para las Criaturas Peligrosas.

—De eso nada —le gritó su amigo—: tú te dedicas a lavar platos en el Caldero Chorreante. Pero yo soy cazador de vampiros. Hasta ahora he matado a unos noventa...

Un tercer joven, cuyos granos eran visibles incluso a la tenue luz plateada que emitían las veelas, lo cortó:

—Yo estoy a punto de convertirme en el ministro de Magia más joven de todos los tiempos.

A Harry le hizo mucha gracia porque reconoció al de los granos. Se llamaba Stan Shunpike, y en realidad era cobrador en un autobús de tres pisos llamado autobús noc-támbulo.

Se volvió para decírselo a Ron, pero vio que éste había adoptado una extraña expresión relajada, y un segundo después su amigo decía en voz muy alta:

—¿Os he contado que he inventado una escoba para ir a Júpiter?

—¡Lo que hay que oír! —exclamó Hermione con un re-soplido, y entre ella y Harry agarraron firmemente a Ron de los brazos, le dieron media vuelta y siguieron caminando. Para cuando las voces de las veelas y sus tres admiradores se habían apagado, se encontraban en lo más profundo del bosque. Estaban solos, y todo parecía mucho más silencioso.

Harry miró a su alrededor.

—Creo que podríamos aguardar aquí. Podemos oír a cualquiera a un kilómetro de distancia.

Apenas había acabado de decirlo cuando Ludo Bagman salió de detrás de un árbol, justo delante de ellos.

Incluso a la débil luz de las dos varitas, Harry pudo apreciar que Bagman estaba muy cambiado. Había perdido su aspecto alegre, su rostro ya no tenía aquel color sonrosa-do y parecía como si le hubieran quitado los muelles de los pies. Se lo veía pálido y tenso.

—¿Quién está ahí? —dijo pestañeando y tratando de distinguir sus rostros—. ¿Qué hacéis aquí solos?

Se miraron unos a otros, sorprendidos.

—Bueno, en el campamento hay una especie de distur-bio —explicó Ron.

Bagman lo miró.

—¿Qué?

—El cámping. Unos cuantos han atrapado a una fami-lia de muggles...

Bagman lanzó un juramento.

—¡Maldición! —dijo, muy preocupado, y sin otra pala-bra desapareció haciendo «¡plin!».

—No se puede decir que el señor Bagman esté a la úl-tima, ¿verdad? —observó Hermione frunciendo el entre-cejo.

—Pero fue un gran golpeador —puntualizó Ron, que sa-lió del camino para dirigirse a un pequeño claro; se sentó en la hierba seca, al pie de un árbol—. Las Avispas de Wimbourne ganaron la liga tres veces consecutivas estando él en el equipo.

Se sacó del bolsillo la pequeña figura de Krum, lo posó en el suelo y lo observó caminar durante un rato.

Como el auténtico Krum, la miniatura resultaba un poco patosa y encorvada, mucho menos impresionante sobre sus pies que montado en una escoba. Harry permanecía atento a cualquier ruido que llegara del cámping. Todo parecía tranquilo: tal vez el jaleo hubiera acabado.

—Espero que los otros estén bien —dijo Hermione después de un rato.

—Estarán bien —afirmó Ron.

—¿Te imaginas que tu padre atrapa a Lucius Malfoy? —dijo Harry, sentándose al lado de Ron y contemplando la desgarbada miniatura de Krum sobre las hojas caídas en el suelo—. Siempre ha dicho que le gustaría pillarlo.

—Eso borraría la sonrisa de satisfacción de la cara de Draco —comentó Ron.

—Pero esos pobres muggles... —dijo Hermione con nerviosismo—. ¿Y si no pueden bajarlos?

—Podrán —le aseguró Ron—. Hallarán la manera.

—Es una idiotez hacer algo así cuando todo el Ministerio de Magia está por allí —declaró Hermione—. Lo que quiero decir es que ¿cómo esperan salirse con la suya? ¿Creéis que habrán bebido, o simplemente...?

Pero de repente dejó de hablar y miró por encima del hombro. Harry y Ron se apresuraron a mirar también. Parecía que alguien se acercaba hacia ellos dando tumbos. Esperaron, escuchando el sonido de los pasos descompasados tras los árboles. Pero los pasos se detuvieron de repente.

—¿Quién es? —llamó Harry.

Sólo se oyó el silencio. Harry se puso en pie y miró hacia el árbol. Estaba demasiado oscuro para ver muy lejos, pero tenía la sensación de que había alguien justo un poco más allá de donde llegaba su visión.

—¿Quién está ahí? —preguntó.

Y entonces, sin previo aviso, una voz diferente de cualquier otra que hubieran escuchado en el bosque desgarró el silencio. Y no lanzó un grito de terror, sino algo que parecía más bien un conjuro:

—¡MORSMORDRE!

Algo grande, verde y brillante salió de la oscuridad que los ojos de Harry habían intentado penetrar en vano, y se levantó hacia el cielo por encima de las copas de los árboles.

—¿Qué...? —exclamó Ron, poniéndose en pie de un salto y mirando hacia arriba.

Durante una fracción de segundo, Harry creyó que aquello era otra formación de leprechauns. Luego comprendió que se trataba de una calavera de tamaño colosal, compuesta de lo que parecían estrellas de color esmeralda y con una lengua en forma de serpiente que le salía de la boca. Mientras miraban, la imagen se alzaba más y más, resplandeciendo en una bruma de humo verdoso, estampada en el cielo negro como si se tratara de una nueva constelación.

De pronto, el bosque se llenó de gritos. Harry no comprendía por qué, pero la única causa posible era la repentina aparición de la calavera, que ya se había elevado lo suficiente para iluminar el bosque entero como un horrendo anuncio de neón. Buscó en la oscuridad a la persona que había hecho aparecer la calavera, pero no vio a nadie.

—¿Quién está ahí? —gritó de nuevo.

—¡Harry, vamos, muévete! —Hermione lo había agarrado por la parte de atrás de la chaqueta, y tiraba de él.

—¿Qué pasa? —preguntó Harry, sobresaltándose al ver la cara de ella tan pálida y aterrorizada.

—¡Es la Marca Tenebrosa, Harry! —gimió Hermione, tirando de él con toda su fuerza—. ¡El signo de Quien-tú-sabes!

—¿El de Voldemort?

—¡Vamos, Harry!

Harry se volvió, mientras Ron recogía a toda prisa su miniatura de Krum, y los tres se dispusieron a cruzar el claro. Pero tan sólo habían dado unos pocos pasos, cuando una serie de ruiditos anunció la repentina aparición, de la nada, de una veintena de magos que los rodearon.

Harry paseó la mirada por los magos y tardó menos de un segundo en darse cuenta de que todos habían sacado la varita mágica y que las veinte varitas los apuntaban. Sin pensarlo más, gritó:

—¡AL SUELO! —y, agarrando a sus dos amigos, los arrastró con él sobre la hierba.

—¡*Desmaius!* —gritaron las veinte voces.

Hubo una serie de destellos cegadores, y Harry sintió que el pelo se le agitaba como si un viento formidable acabara de barrer el claro. Al levantar la cabeza un centímetro, vio unos chorros de luz roja que salían de las varitas de los magos, pasaban por encima de ellos, cruzándose, rebotaban en los troncos de los árboles y se perdían luego en la oscuridad.

—¡Alto! —gritó una voz familiar—. ¡ALTO! ¡Es mi hijo!

El pelo de Harry volvió a asentarse. Levantó un poco más la cabeza. El mago que tenía delante acababa de bajar la varita. Al darse la vuelta vio al señor Weasley, que avanzaba hacia ellos a zancadas, aterrorizado.

—Ron... Harry... —Su voz sonaba temblorosa—. Hermione... ¿Estáis bien?

—Apártate, Arthur —dijo una voz fría y cortante.

Era el señor Crouch. Él y los otros magos del Ministerio estaban acercándose. Harry se puso en pie de cara a ellos. Crouch tenía el rostro crispado de rabia.

—¿Quién de vosotros lo ha hecho? —dijo bruscamente, fulminándolos con la mirada—. ¿Quién de vosotros ha invocado la Marca Tenebrosa?

—¡Nosotros no hemos invocado eso! —exclamó Harry, señalando la calavera.

—¡No hemos hecho nada! —añadió Ron, frotándose el codo y mirando a su padre con expresión indignada—. ¿Por qué nos atacáis?

—¡No mienta, señor Potter! —gritó el señor Crouch. Seguía apuntando a Ron con la varita, y los ojos casi se le salían de las órbitas: parecía enloquecido—. ¡Lo hemos descubierto en el lugar del crimen!

—Barty... —susurró una bruja vestida con una bata larga de lana—. Son niños, Barty. Nunca podrían haberlo hecho...

—Decidme, ¿de dónde ha salido la Marca Tenebrosa? —preguntó apresuradamente el señor Weasley.

—De allí —respondió Hermione temblorosa, señalando el lugar del que había partido la voz—. Estaban detrás de los árboles. Gritaron unas palabras... un conjuro.

—¿Conque estaban allí? —dijo el señor Crouch, volviendo sus desorbitados ojos hacia Hermione, con la desconfianza impresa en cada rasgo del rostro—. ¿Conque pronunciaron un conjuro? Usted parece muy bien informada de la manera en que se invoca la Marca Tenebrosa, señorita.

Pero, aparte del señor Crouch, ningún otro mago del Ministerio parecía creer ni remotamente que Harry, Ron y Hermione pudieran haber invocado la calavera. Por el contrario, después de oír a Hermione habían vuelto a alzar las varitas y apuntaban a la dirección a la que ella había señalado, tratando de ver algo entre los árboles.

—Demasiado tarde —dijo sacudiendo la cabeza la bruja vestida con la bata larga de lana—. Se han desaparecido.

—No lo creo —declaró un mago de barba escasa de color castaño. Era Amos Diggory, el padre de Cedric—. Nuestros rayos aturdidores penetraron en aquella dirección, así que hay muchas posibilidades de que los hayamos atrapado...

—¡Ten cuidado, Amos! —le advirtieron algunos de los magos cuando el señor Diggory alzó la varita, fue hacia el borde del claro y desapareció en la oscuridad.

Hermione se llevó las manos a la boca cuando lo vio desaparecer.

Al cabo de unos segundos lo oyeron gritar:

—¡Sí! ¡Los hemos capturado! ¡Aquí hay alguien! ¡Está inconsciente! Es... Pero... ¡caray!

—¿Has atrapado a alguien? —le gritó el señor Crouch, con tono de incredulidad—. ¿A quién? ¿Quién es?

Oyeron chasquear ramas, crujir hojas y luego unos pasos sonoros hasta que el señor Diggory salió de entre los árboles. Llevaba en los brazos a un ser pequeño, desmayado. Harry reconoció enseguida el paño de cocina. Era Winky.

El señor Crouch no se movió ni dijo nada mientras el señor Diggory depositaba a la elfina en el suelo, a sus pies. Los otros magos del Ministerio miraban al señor Crouch, que se quedó paralizado durante unos segundos, muy pálido, con los ojos fijos en Winky. Luego pareció despertar.

—Esto... es... imposible —balbuceó—. No...

Rodeó al señor Diggory y se dirigió a zancadas al lugar en que éste había encontrado a Winky.

—¡Es inútil, señor Crouch! —dijo el señor Diggory—. No hay nadie más.

Pero el señor Crouch no parecía dispuesto a creerle. Lo oyeron moverse por allí, rebuscando entre los arbustos.

—Es un poco embarazoso —declaró con gravedad el señor Diggory, bajando la vista hacia la inconsciente Winky—. La elfina doméstica de Barty Crouch... Lo que quiero decir...

—Déjalo, Amos —le dijo el señor Weasley en voz baja—. ¡No creerás de verdad que fue la elfina! La Marca Tenebrosa es una señal de mago. Se necesita una varita.

—Sí —admitió el señor Diggory—. Y ella tenía una varita.

—¿Qué? —exclamó el señor Weasley.

—Aquí, mira. —El señor Diggory cogió una varita y se la mostró—. La tenía en la mano. De forma que, para empezar, se ha quebrantado la cláusula tercera del Código de Uso de la Varita Mágica: «El uso de la varita mágica no está permitido a ninguna criatura no humana.»

Entonces oyeron otro «¡plin!», y Ludo Bagman se apareció justo al lado del padre de Ron. Parecía despistado y sin aliento. Giró sobre sí mismo, observando con los ojos desorbitados la calavera verde.

—¡La Marca Tenebrosa! —dijo, jadeando, y casi pisa a Winky al volverse hacia sus colegas con expresión interrogante—. ¿Quién ha sido? ¿Los habéis atrapado? ¡Barty! ¿Qué sucede?

El señor Crouch había vuelto con las manos vacías. Su cara seguía estando espectralmente pálida, y se le había erizado el bigote de cepillo.

—¿Dónde has estado, Barty? —le preguntó Bagman—. ¿Por qué no estuviste en el partido? Tu elfina te estaba guardando una butaca... ¡Gárgolas tragonas! —Bagman acababa de ver a Winky, tendida a sus pies—. ¿Qué le ha pasado?

—He estado ocupado, Ludo —respondió el señor Crouch, hablando aún como a trompicones y sin apenas mover los labios—. Hemos dejado sin sentido a mi elfina.

—¿Sin sentido? ¿Vosotros? ¿Qué quieres decir? Pero ¿por qué...?

De repente, Bagman comprendió lo que sucedía. Levantó la vista hacia la calavera, luego la bajó hacia Winky y terminó dirigiéndola al señor Crouch.

—¡No! —dijo—. ¿Winky? ¿Winky invocando la Marca Tenebrosa? ¡Ni siquiera sabría cómo hacerlo! ¡Para empezar, necesitaría una varita mágica!

—Y tenía una —explicó el señor Diggory—. La encontré con una varita en la mano, Ludo. Si le parece bien, señor Crouch, creo que deberíamos oír lo que ella tenga que decir.

Crouch no dio muestra de haber oído al señor Diggory, pero éste interpretó su silencio como conformidad. Levantó la varita, apuntó a Winky con ella y dijo:

—¡*Enervate*!

Winky se movió lánguidamente. Abrió sus grandes ojos de color castaño y parpadeó varias veces, como aturdida. Ante la mirada de los magos, que guardaban silencio, se incorporó con movimientos vacilantes y se quedó sentada en el suelo.

Vio los pies de Diggory y poco a poco, temblando, fue levantando los ojos hasta llegar a su cara, y luego, más despacio todavía, siguió elevándolos hasta el cielo. Harry vio la calavera reflejada dos veces en sus enormes ojos vidriosos. Winky ahogó un grito, miró asustada a la multitud de gente que la rodeaba y estalló en sollozos de terror.

—¡Elfina! —dijo severamente el señor Diggory—. ¿Sabes quién soy? ¡Soy miembro del Departamento de Regulación y Control de las Criaturas Mágicas!

Winky se balanceó de atrás adelante sobre la hierba, respirando entrecortadamente. Harry no pudo menos que acordarse de Dobby en sus momentos de aterrorizada desobediencia.

—Como ves, elfina, la Marca Tenebrosa ha sido conjurada en este lugar hace tan sólo un instante —explicó el señor Diggory—. ¡Y a ti te hemos descubierto un poco después, justo debajo! ¡Si eres tan amable de darnos una explicación...!

—¡Yo... yo... yo no lo he hecho, señor! —repuso Winky jadeando—. ¡Ni siquiera hubiera sabido cómo hacerlo, señor!

—¡Te hemos encontrado con una varita en la mano!
—gritó el señor Diggory, blandiéndola ante ella.

Cuando la luz verde que iluminaba el claro del bosque procedente de la calavera dio de lleno en la varita, Harry la reconoció.

—¡Eh... es la mía! —exclamó.

Todo el mundo lo miró.

—¿Cómo has dicho? —preguntó el señor Diggory, sin dar crédito a sus oídos.

—¡Que es mi varita! —dijo Harry—. ¡Se me cayó!

—¿Que se te cayó? —repitió el señor Diggory, extrañado—. ¿Es eso una confesión? ¿La tiraste después de haber invocado la Marca?

—¡Amos, recuerda con quién hablas! —intervino el señor Weasley, muy enojado—. ¿Te parece posible que Harry Potter invocara la Marca Tenebrosa?

—Eh... no, por supuesto —farfulló el señor Diggory—. Lo siento... Me he dejado llevar.

—De todas formas, no fue ahí donde se me cayó —añadió Harry, señalando con el pulgar hacia los árboles que había justo debajo de la calavera—. La eché en falta nada más internarnos en el bosque.

—Así que —dijo el señor Diggory, mirando con severidad a Winky, que se había encogido de miedo— la encontraste tú, ¿eh, elfina? Y la cogiste y quisiste divertirte un rato con ella, ¿eh?

—¡Yo no he hecho magia con ella, señor! —chilló Winky, mientras las lágrimas le resbalaban por ambos lados de su nariz, aplastada y bulbosa—. ¡Yo... yo... yo sólo la cogí, señor! ¡Yo no he conjurado la Marca Tenebrosa, señor, ni siquiera sabría cómo hacerlo!

—¡No fue ella! —intervino Hermione. Estaba muy nerviosa por tener que hablar delante de todos aquellos magos del Ministerio, pero lo hacía con determinación—. ¡Winky tiene una vocecita chillona, y la voz que oímos pronunciar el conjuro era mucho más grave! —Miró a Ron y Harry, en busca de apoyo—. No se parecía en nada a la de Winky, ¿a que no?

—No —confirmó Harry, negando con la cabeza—. Sin lugar a dudas, no era la de un elfo.

—No, era una voz humana —dijo Ron.

—Bueno, pronto lo veremos —gruñó el señor Diggory, sin darles mucho crédito—. Hay una manera muy sencilla de averiguar cuál ha sido el último conjuro efectuado con una varita mágica. ¿Sabías eso, elfina?

Winky temblaba y negaba frenéticamente con la cabeza, batiendo las orejas, mientras el señor Diggory volvía a levantar su varita y juntaba la punta con el extremo de la varita de Harry.

—*¡Prior Incantato!* —dijo con voz potente el señor Diggory.

Harry oyó que Hermione ahogaba un grito, horrorizada, cuando una calavera con lengua en forma de serpiente surgió del punto en que las dos varitas hacían contacto. Era, sin embargo, un simple reflejo de la calavera verde que se alzaba sobre ellos, y parecía hecha de un humo gris espeso: el fantasma de un conjuro.

—*¡Deletrius!* —gritó el señor Diggory, y la calavera se desvaneció en una voluta de humo—. ¡Bien! —exclamó con una expresión incontenible de triunfo, bajando la vista hacia Winky, que seguía agitándose convulsivamente.

—¡Yo no lo he hecho! —chilló la elfina, moviendo los ojos aterrorizada—. ¡No he sido, no he sido, yo ni siquiera sabría cómo hacerlo! ¡Soy una elfina buena, no uso varita, no sé cómo se hace!

—¡Te hemos atrapado con las manos en la masa, elfina! —gritó el señor Diggory—. ¡Te hemos cogido con la varita que ha obrado el conjuro!

—Amos —dijo en voz alta el señor Weasley—, piensa en lo que dices. Son poquísimos los magos que saben llevar a cabo ese conjuro... ¿Quién se lo podría haber enseñado?

—Quizá Amos quiere sugerir que yo tengo por costumbre enseñar a mis sirvientes a invocar la Marca Tenebrosa. —El señor Crouch había hablado impregnando cada sílaba de una cólera fría.

Se hizo un silencio muy tenso. Amos Diggory se asustó.

—No... no... señor Crouch, en absoluto...

—Te ha faltado muy poco para acusar a las dos personas de entre los presentes que son menos sospechosas de invocar la Marca Tenebrosa: a Harry Potter... ¡y a mí mismo! Supongo que conoces la historia del niño, Amos.

—Por supuesto... Todo el mundo la conoce... —musitó el señor Diggory, desconcertado.

—¡Y yo espero que recuerdes las muchas pruebas que he dado, a lo largo de mi prolongada trayectoria profesional, de que desprecio y detesto las Artes Oscuras y a cuantos las practican! —gritó el señor Crouch, con los ojos de nuevo desorbitados.

—Señor Crouch, yo... ¡yo nunca sugeriría que usted tuviera la más remota relación con este incidente! —farfulló Amos Diggory. Su rala barba de color castaño conseguía en parte disimular su sonrojo.

—¡Si acusas a mi elfina me acusas a mí, Diggory! —vociferó el señor Crouch—. ¿Dónde podría haber aprendido la invocación?

—Po... podría haberla aprendido... en cualquier sitio...

—Eso es, Amos... —repuso el señor Weasley—. En cualquier sitio. Winky —añadió en tono amable, dirigiéndose a la elfina, pero ella se estremeció como si él también le estuviera gritando—, ¿dónde exactamente encontraste la varita mágica?

Winky retorcía el dobladillo del paño de cocina tan violentamente que se le deshilachaba entre los dedos.

—Yo... yo la he encontrado... la he encontrado ahí, señor... —susurró—. Ahí... entre los árboles, señor.

—¿Te das cuenta, Amos? —dijo el señor Weasley—. Quienesquiera que invocaran la Marca podrían haberse desaparecido justo después de haberlo hecho, dejando tras ellos la varita de Harry. Una buena idea, no usar su propia varita, que luego podría delatarlos. Y Winky tuvo la desgracia de encontrársela un poco después y de haberla cogido.

—¡Pero entonces ella tuvo que estar muy cerca del verdadero culpable! —exclamó el señor Diggory, impaciente—. ¿Viste a alguien, elfina?

Winky comenzó a temblar más que antes. Sus enormes ojos pasaron vacilantes del señor Diggory a Ludo Bagman, y luego al señor Crouch. Tragó saliva y dijo:

—No he visto a nadie, señor... A nadie.

—Amos —dijo secamente el señor Crouch—, soy plenamente consciente de que lo normal, en este caso, sería que te llevaras a Winky a tu departamento para interrogarla. Sin embargo, te ruego que dejes que sea yo quien trate con ella.

El señor Diggory no pareció tomar en consideración aquella sugerencia, pero para Harry era evidente que el señor Crouch era un miembro del Ministerio demasiado importante para decirle que no.

—Puedes estar seguro de que será castigada —agregó el señor Crouch fríamente.

—A... a... amo... —tartamudeó Winky, mirando al señor Crouch con los ojos bañados en lágrimas—. A... a... amo, se lo ruego...

El señor Crouch bajó la mirada, con el rostro tan tenso que todas sus arrugas se le marcaban profundamente. No había ni un asomo de piedad en su mirada.

—Winky se ha portado esta noche de una manera que yo nunca hubiera creído posible —dijo despacio—. Le mandé que permaneciera en la tienda. Le mandé permanecer allí mientras yo solucionaba el problema. Y me ha desobedecido. Esto merece la prenda.

—¡No! —gritó Winky, postrándose a los pies del señor Crouch—. ¡No, amo! ¡La prenda no, la prenda no!

Harry sabía que la única manera de liberar a un elfo doméstico era que su amo le regalara una prenda de su propiedad. Daba pena ver la manera en que Winky se aferraba a su paño de cocina sollozando a los pies de su amo.

—¡Pero estaba aterrorizada! —saltó Hermione indignada, mirando al señor Crouch—. ¡Su elfina siente terror a las alturas, y los magos enmascarados estaban haciendo levitar a la gente! ¡Usted no le puede reprochar que huyera!

El señor Crouch dio un paso atrás para librarse del contacto de su elfina, a la que miraba como si fuera algo sucio y podrido que le podía echar a perder los lustrosos zapatos.

—Una elfina que me desobedece no me sirve para nada —declaró con frialdad, mirando a Hermione—. No me sirve para nada un sirviente que olvida lo que le debe a su amo y a la reputación de su amo.

Winky lloraba con tanta energía que sus sollozos resonaban en el claro del bosque.

Se hizo un silencio muy desagradable al que puso fin el señor Weasley diciendo con suavidad:

—Bien, creo que me llevaré a los míos a la tienda, si no hay nada que objetar. Amos, esa varita ya no nos puede decir nada más. Si eres tan amable de devolvérsela a Harry...

El señor Diggory se la devolvió a Harry, y éste se la guardó en el bolsillo.

—Vamos, vosotros tres —les dijo en voz baja el señor Weasley. Pero Hermione no quería moverse. No apartaba la vista de la elfina, que seguía sollozando—. ¡Hermione! —la apremió el señor Weasley. Ella se volvió y siguió a Harry y a Ron, que dejaban el claro para internarse entre los árboles.

—¿Qué le va a pasar a Winky? —preguntó Hermione, en cuanto salieron del claro.

—No lo sé —respondió el padre de Ron.

—¡Qué manera de tratarla! —dijo Hermione furiosa—. El señor Diggory, sin dejar de llamarla «elfina»... ¡y el señor Crouch! ¡Sabe que no lo hizo y aun así la va a despedir! Le da igual que estuviera aterrorizada, o alterada... ¡Es como si no fuera humana!

—Es que no lo es —repuso Ron.

Hermione se le enfrentó.

—Eso no quiere decir que no tenga sentimientos, Ron. Da asco la manera...

—Estoy de acuerdo contigo, Hermione —se apresuró a decir el señor Weasley, haciéndole señas de que siguiera adelante—, pero no es el momento de discutir los derechos de los elfos. Me gustaría que estuviéramos de vuelta en la tienda lo antes posible. ¿Qué ocurrió con los otros?

—Los perdimos en la oscuridad —explicó Ron—. Papá, ¿por qué le preocupaba tanto a todo el mundo aquella cosa en forma de calavera?

—Os lo explicaré en la tienda —contestó el señor Weasley con cierto nerviosismo.

Pero cuando llegaron al final del bosque no los dejaron pasar: una multitud de magos y brujas atemorizados se había congregado allí, y al ver aproximarse al señor Weasley muchos de ellos se adelantaron.

—¿Qué ha sucedido?

—¿Quién la ha invocado, Arthur?

—¡No será... él!

—Por supuesto que no es él —contestó el señor Weasley sin demostrar mucha paciencia—. No sabemos quién ha sido, porque se desaparecieron. Ahora, por favor, perdonadme. Quiero ir a dormir.

Atravesó la multitud seguido de Harry, Ron y Hermione, y regresó al cámping. Ya estaba todo en calma: no había ni rastro de los magos enmascarados, aunque algunas de las tiendas destruidas seguían humeando.

Charlie asomaba la cabeza fuera de la tienda de los chicos.

—¿Qué pasa, papá? —le dijo en la oscuridad—. Fred, George y Ginny volvieron bien, pero los otros...

—Aquí los traigo —respondió el señor Weasley, agachándose para entrar en la tienda. Harry, Ron y Hermione entraron detrás.

Bill estaba sentado a la pequeña mesa de la cocina, aplicándose una sábana al brazo, que sangraba profusamente. Charlie tenía un desgarrón muy grande en la camisa, y Percy hacía ostentación de su nariz ensangrentada. Fred, George y Ginny parecían incólumes pero asustados.

—¿Los habéis atrapado, papá? —preguntó Bill de inmediato—. ¿Quién invocó la Marca?

—No, no los hemos atrapado —repuso el señor Weasley—. Hemos encontrado a la elfina del señor Crouch con la varita de Harry, pero no hemos conseguido averiguar quién hizo realmente aparecer la Marca.

—¿Qué? —preguntaron a un tiempo Bill, Charlie y Percy.

—¿La varita de Harry? —dijo Fred.

—¿La elfina del señor Crouch? —inquirió Percy, atónito.

Con ayuda de Harry, Ron y Hermione, el señor Weasley les explicó todo lo sucedido en el bosque. Al finalizar el relato, Percy se mostraba indignado.

—¡Bueno, el señor Crouch tiene toda la razón en querer deshacerse de semejante elfina! —dijo—. Escapar cuando él le mandó expresamente que se quedara... Avergonzarlo ante todo el Ministerio... ¿En qué situación habría quedado él si la hubieran llevado ante el Departamento de Regulación y Control...?

—Ella no hizo nada... —lo interrumpió Hermione con brusquedad—. ¡Sólo estuvo en el lugar equivocado en el momento equivocado!

Percy se quedó desconcertado. Hermione siempre se había llevado muy bien con él... Mejor, de hecho, que cualquiera de los demás.

—¡Hermione, un mago que ocupa una posición como la del señor Crouch no puede permitirse tener una elfina doméstica que hace tonterías con una varita mágica! —declaró Percy pomposamente, recuperando el aplomo.

—¡No hizo tonterías con la varita! —gritó Hermione—. ¡Sólo la recogió del suelo!

—Bueno, ¿puede explicar alguien qué era esa cosa en forma de calavera? —pidió Ron, impaciente—. No le ha hecho daño a nadie... ¿Por qué le dais tanta importancia?

—Ya te lo dije, Ron, es el símbolo de Quien-tú-sabes —explicó Hermione, antes de que pudiera contestar ningún otro—. He leído sobre el tema en *Auge y caída de las Artes Oscuras*.

—Y no se la había vuelto a ver desde hacía trece años —añadió en voz baja el señor Weasley—. Es natural que la gente se aterrorizara... Ha sido casi como volver a ver a Quien-tú-sabes.

—Sigo sin entenderlo —dijo Ron, frunciendo el entrecejo—. Quiero decir que no deja de ser simplemente una señal en el cielo...

—Ron, Quien-tú-sabes y sus seguidores mostraban la Marca Tenebrosa en el cielo cada vez que cometían un asesinato —repuso el señor Weasley—. El terror que inspiraba... No puedes ni imaginártelo: eres demasiado joven. Imagínate que vuelves a casa y ves la Marca Tenebrosa flotando justo encima, y comprendes lo que estás a punto de encontrar dentro... —El señor Weasley se estremeció—. Era lo que más temía todo el mundo... lo peor...

Se hizo el silencio. Luego Bill, quitándose la sábana del brazo para comprobar el estado de su herida, dijo:

—Bueno, quienquiera que la hiciera aparecer esta noche, a nosotros nos fastidió, porque los *mortífagos* echaron a correr en cuanto la vieron. Todos se desaparecieron antes de que nosotros hubiéramos llegado lo bastante cerca para desenmascarar a ninguno de ellos. Afortunadamente, pudimos coger a la familia Roberts antes de que dieran contra el suelo. En estos momentos les están modificando la memoria.

—¿Mortífagos? —repitió Harry—. ¿Qué son los mortífagos?

—Es como se llama a sí mismos los partidarios de Quien-tú-sabes —explicó Bill—. Creo que esta noche hemos visto lo que queda de ellos; quiero decir, los que se libraron de Azkaban.

—Pero no tenemos pruebas de eso, Bill —observó el señor Weasley—, aunque es probable que tengas razón —agregó, desesperanzado.

—Apuesto a que sí —dijo Ron de pronto—. ¡Papá, encontramos a Draco Malfoy en el bosque, y prácticamente admitió que su padre era uno de aquellos chalados de las máscaras! ¡Y todos sabemos lo bien que se llevaban los Malfoy con Quien-tú-sabes!

—Pero ¿qué pretendían los partidarios de Voldemort...? —empezó a decir Harry.

Todos se estremecieron. Como la mayoría de los magos, los Weasley evitaban siempre pronunciar el nombre de Voldemort.

—Lo siento —añadió apresuradamente Harry—. ¿Qué pretendían los partidarios de Quien-vosotros-sabéis, haciendo levitar a los muggles? Quiero decir, ¿para qué lo hicieron?

—¿Para qué? —dijo el señor Weasley, con una risa forzada—. Harry, ésa es su idea de la diversión. La mitad de los asesinatos de muggles que tuvieron lugar bajo el poder de Quien-tú-sabes se cometieron nada más que por diversión. Me imagino que anoche bebieron bastante y no pudieron aguantar las ganas de recordarnos que todavía están ahí y son unos cuantos. Una encantadora reunión para ellos —terminó, haciendo un gesto de asco.

—Pero, si eran mortífagos, ¿por qué se desaparecieron al ver la Marca Tenebrosa? —preguntó Ron—. Tendrían que haber estado encantados de verla, ¿no?

132

—Piensa un poco, Ron —dijo Bill—. Si de verdad eran mortífagos, hicieron lo indecible para no entrar en Azkaban cuando cayó Quien-tú-sabes, y dijeron todo tipo de mentiras sobre que él los había obligado a matar y a torturar a la gente. Estoy seguro de que ellos tendrían aún más miedo que nosotros si volviera. Cuando perdió sus poderes, negaron haber tenido relación con él y se apresuraron a regresar a su vida cotidiana. Imagino que no les guarda mucho aprecio, ¿no crees?

—Entonces... los que hicieron aparecer la Marca Tenebrosa... —dijo Hermione pensativamente— ¿lo hicieron para mostrar su apoyo a los mortífagos o para espantarlos?

—Puede ser cualquier cosa, Hermione —admitió el señor Weasley—. Pero te diré algo: sólo los mortífagos sabían formar la Marca. Me sorprendería mucho que la persona que lo hizo no hubiera sido en otro tiempo un mortífago, aunque no lo sea ahora... Escuchad: es muy tarde, y si vuestra madre se entera de lo sucedido se preocupará muchísimo. Lo que vamos a hacer es dormir unas cuantas horas y luego intentaremos irnos de aquí en uno de los primeros trasladores.

A Harry le zumbaba la cabeza cuando regresó a la litera. Tenía motivos para estar reventado de cansancio, porque eran casi las tres de la madrugada; sin embargo, se sentía completamente despejado... y preocupado.

Hacía tres días (parecía mucho más, pero realmente eran sólo tres días) que había despertado con la cicatriz ardiéndole. Y aquella noche, por primera vez en trece años, había aparecido en el cielo la Marca de lord Voldemort. ¿Qué significaba todo aquello?

Pensó en la carta que le había escrito a Sirius antes de dejar Privet Drive. ¿La habría recibido ya? ¿Cuándo contestaría? Harry estaba acostado de cara a la lona, pero ya no tenía fantasías de escobas voladoras que lo fueran introduciendo en el sueño paulatinamente, y pasó mucho tiempo desde que comenzaron los ronquidos de Charlie hasta que, finalmente, él también cayó dormido.

10

Alboroto en el Ministerio

El señor Weasley los despertó cuando llevaban sólo unas pocas horas durmiendo. Usó la magia para desmontar las tiendas, y dejaron el cámping tan rápidamente como pudieron. Al pasar por al lado del señor Roberts, que estaba a la puerta de su casita, vieron que tenía un aspecto extraño, como de aturdimiento. El muggle los despidió con un vago «Feliz Navidad».

—Se recuperará —aseguró el señor Weasley en voz baja, de camino hacia el páramo—. A veces, cuando se modifica la memoria de alguien, al principio se siente desorientado... y es mucho lo que han tenido que hacerle olvidar.

Al acercarse al punto donde se hallaban los trasladores oyeron voces insistentes. Cuando llegaron vieron a Basil, el que estaba a cargo de los trasladores, rodeado de magos y brujas que exigían abandonar el cámping lo antes posible. El señor Weasley discutió también brevemente con Basil, y terminaron poniéndose en la cola. Antes de que saliera el sol cogieron un neumático viejo que los llevó a la colina de Stoatshead. Con la luz del alba, regresaron por Ottery St. Catchpole hacia La Madriguera, hablando muy poco porque estaban cansados y no pensaban más que en el desayuno. Cuando doblaron el recodo del camino y La Madriguera apareció a la vista, les llegó por el húmedo camino el eco de una persona que gritaba:

—¡Gracias a Dios, gracias a Dios!

La señora Weasley, que evidentemente los había estado aguardando en el jardín delantero, corrió hacia ellos, todavía calzada con las zapatillas que se ponía para salir de la cama, la cara pálida y tensa y un ejemplar estrujado de *El Profeta* en la mano.

—¡Arthur, qué preocupada me habéis tenido, qué preocupada!

Le echó a su marido los brazos al cuello, y *El Profeta* se le cayó de la mano. Al mirarlo en el suelo, Harry distinguió el titular «Escenas de terror en los Mundiales de quidditch», acompañado de una centelleante fotografía en blanco y negro que mostraba la Marca Tenebrosa sobre las copas de los árboles.

—Estáis todos bien —murmuraba la señora Weasley como ida, soltando al señor Weasley y mirándolos con los ojos enrojecidos—. Estáis vivos, niños...

Y, para sorpresa de todo el mundo, cogió a Fred y George y los abrazó con tanta fuerza que sus cabezas chocaron.

—¡Ay!, mamá... nos estás ahogando...

—¡Pensar que os reñí antes de que os fuerais! —dijo la señora Weasley, comenzando a sollozar—. ¡No he pensado en otra cosa! Que si os atrapaba Quien-vosotros-sabéis, lo último que yo os había dicho era que no habíais tenido bastantes TIMOS. Ay, Fred... George...

—Vamos, Molly, ya ves que estamos todos bien —le dijo el señor Weasley en tono tranquilizador, arrancándola de los gemelos y llevándola hacia la casa—. Bill —añadió en voz baja—, recoge el periódico. Quiero ver lo que dice.

Una vez que hubieron entrado todos, algo apretados, en la pequeña cocina y que Hermione hubo preparado una taza de té muy fuerte para la señora Weasley, en el que su marido insistió en echar unas gotas de «whisky envejecido de Ogden», Bill le entregó el periódico a su padre. Éste echó un vistazo a la primera página mientras Percy atisbaba por encima de su hombro.

—Me lo imaginaba —dijo resoplando el señor Weasley—. «Errores garrafales del Ministerio... los culpables en libertad... falta de seguridad... magos tenebrosos yendo por ahí libremente... desgracia nacional...» ¿Quién ha escrito esto? Ah, claro... Rita Skeeter.

—¡Esa mujer la tiene tomada con el Ministerio de Magia! —exclamó Percy furioso—. La semana pasada dijo que perdíamos el tiempo con nimiedades referentes al grosor de los calderos en vez de acabar con los vampiros. Como si no estuviera expresamente establecido en el parágrafo duodécimo de las Orientaciones para el trato de los seres no mágicos parcialmente humanos...

—Haznos un favor, Percy —le pidió Bill, bostezando—, cállate.

—Me mencionan —dijo el señor Weasley, abriendo los ojos tras las gafas al llegar al final del artículo de *El Profeta*.

—¿Dónde? —balbuceó la señora Weasley, atragantándose con el té con whisky—. ¡Si lo hubiera visto, habría sabido que estabas vivo!

—No dicen mi nombre —aclaró el señor Weasley—. Escucha: «Si los magos y brujas aterrorizados que aguardaban ansiosamente noticias del bosque esperaban algún aliento proveniente del Ministerio de Magia, quedaron tristemente decepcionados. Un oficial del Ministerio salió del bosque poco tiempo después de la aparición de la Marca Tenebrosa diciendo que nadie había resultado herido, pero negándose a dar más información. Está por ver si su declaración bastará para sofocar los rumores que hablan de varios cadáveres retirados del bosque una hora más tarde.» Vaya, francamente... —dijo el señor Weasley exasperado, pasándole el periódico a Percy—. No hubo ningún herido, ¿qué se supone que tendría que haber dicho? «Rumores que hablan de varios cadáveres retirados del bosque...» Desde luego, habrá rumores después de publicado esto.

Exhaló un profundo suspiro.

—Molly, voy a tener que ir a la oficina. Habrá que hacer algo.

—Iré contigo, papá —anunció gravemente Percy—. El señor Crouch necesitará todas las manos disponibles. Y podré entregarle en persona mi informe sobre los calderos.

Salió aprisa de la cocina.

La señora Weasley parecía disgustada.

—¡Arthur, te recuerdo que estás de vacaciones! Esto no tiene nada que ver con la oficina. ¿No se las pueden apañar sin ti?

—Tengo que ir, Molly —insistió el señor Weasley—. Por culpa mía están peor las cosas. Me pongo la túnica y me voy...

—Señora Weasley —dijo de pronto Harry, sin poder contenerse—, ¿no ha llegado *Hedwig* trayéndome una carta?

—¿*Hedwig*, cariño? —contestó la señora Weasley como distraída—. No... no, no ha habido correo.

Ron y Hermione miraron a Harry con curiosidad. Harry les dirigió una significativa mirada y dijo:

—¿Te parece bien que deje mis cosas en tu habitación, Ron?

—Sí, claro... Subo contigo —respondió Ron de inmediato—. Hermione...

—Voy con vosotros —se apresuró a contestar ella, y los tres salieron de la cocina y subieron la escalera.

—¿Qué pasa, Harry? —preguntó Ron en cuanto cerraron tras ellos la puerta de la habitación de la buhardilla.

—Hay algo que no os he dicho —explicó Harry—: cuando desperté el domingo por la mañana, la cicatriz me volvía a doler.

La reacción de Ron y Hermione fue muy parecida a como se la había imaginado en su habitación de Privet Drive. Hermione ahogó un grito y comenzó de inmediato a proponer cosas, mencionando varios libros de consulta y a todo el mundo al que se podía recurrir, desde Albus Dumbledore a la señora Pomfrey, la enfermera de Hogwarts.

Ron se había quedado atónito.

—Pero... él no estaba allí... ¿o sí? ¿Estaba por allí Quien-tú-sabes? Quiero decir... la anterior vez que te dolió la cicatriz era porque él estaba en Hogwarts, ¿no?

—Estoy seguro de que esta vez no estaba en Privet Drive —dijo Harry—. Pero yo había estado soñando con él... con él y Peter... ya sabéis, Colagusano. Ahora no puedo recordar todo el sueño, pero sí me acuerdo de que hablaban de matar... a alguien.

Había vacilado un momento antes de decir «me», pero no quiso ver a Hermione aún más asustada de lo que ya estaba.

—Sólo fue un sueño —afirmó Ron para darle ánimos—. Una pesadilla nada más.

—Sí... pero ¿seguro que no fue nada más? —replicó Harry, mirando por la ventana al cielo, que iba poniéndose más brillante—. Es extraño, ¿no? Me duele la cicatriz, y tres días después los mortífagos se ponen en marcha y el símbolo de Voldemort aparece en el cielo.

—¡No... pronuncies... ese... nombre! —dijo Ron entre sus dientes apretados.

—¿Y recordáis lo que dijo la profesora Trelawney al final de este curso? —siguió Harry, sin hacer caso a Ron.

La profesora Trelawney les daba clase de Adivinación en Hogwarts.

Del rostro de Hermione desapareció la expresión de terror, y lanzó un resoplido de burla.

—Harry, ¡no irás a prestar atención a lo que dijo aquel viejo fraude!

—Tú no estabas allí —contestó Harry—. No la oíste. Aquella vez fue diferente. Ya te lo conté, entró en trance. En un trance de verdad. Y dijo que el Señor Tenebroso se alzaría de nuevo... *más grande y más terrible que nunca...* y que lo lograría porque su vasallo iba a regresar con él. Y aquella misma noche escapó Colagusano.

Se hizo un silencio durante el cual Ron hurgaba, sin darse cuenta, en un agujero que había en la colcha de los Chudley Cannons.

—¿Por qué preguntaste si había llegado *Hedwig*, Harry? —preguntó Hermione—. ¿Esperas carta?

—Le escribí a Sirius contándole lo de mi cicatriz —respondió Harry, encogiéndose de hombros—. Espero su respuesta.

—¡Bien pensado! —aprobó Ron, y su rostro se alegró un poco—. ¡Seguro que Sirius sabe qué hay que hacer!

—Esperaba que regresara enseguida —dijo Harry.

—Pero no sabemos dónde está Sirius... Podría estar en África o ve a saber dónde, ¿no? —opinó sensatamente Hermione—. *Hedwig* no va a hacer un viaje así en pocos días.

—Sí, ya lo sé —admitió Harry, pero sintió un peso en el estómago al mirar por la ventana y no ver a *Hedwig*.

—Vamos a jugar a quidditch en el huerto, Harry —propuso Ron—. Vamos, seremos tres contra tres. Jugarán Bill,

Charlie, Fred y George... Puedes intentar el «Amago de Wronski»...

—Ron —dijo Hermione, en tono de «no creo que estés siendo muy sensato»—, Harry no tiene ganas de jugar a quidditch justamente ahora... Está preocupado y cansado. Deberíamos ir todos a dormir.

—Sí que me apetece jugar a quidditch —la contradijo Harry—. Vamos, cogeré mi Saeta de Fuego.

Hermione abandonó la habitación, murmurando algo que sonó más o menos como a: «¡Hombres!»

Ni Percy ni su padre pararon mucho en casa durante la semana siguiente. Se marchaban cada mañana antes de que se levantara el resto de la familia, y volvían cada noche después de la cena.

—Es un absoluto caos —contaba Percy dándose tono, la noche antes del retorno a Hogwarts—. Me he pasado toda la semana apagando fuegos. La gente no ha dejado de enviarnos vociferadores y, claro, si no se abren enseguida, estallan. Hay quemaduras por todo mi escritorio, y mi mejor pluma quedó reducida a cenizas.

—¿Por qué envían tantos vociferadores? —preguntó Ginny mientras arreglaba con celo su ejemplar de *Mil y una hierbas y hongos mágicos* sobre la alfombrilla que había delante de la chimenea de la sala de estar.

—Para quejarse de la seguridad en los Mundiales —explicó Percy—. Reclaman compensaciones por los destrozos en sus propiedades. Mundungus Fletcher nos ha puesto una demanda por una tienda de doce dormitorios con jacuzzi, pero lo tengo calado: sé a ciencia cierta que estuvo durmiendo bajo una capa levantada sobre unos palos.

La señora Weasley miró el reloj de pared del rincón. A Harry le gustaba aquel reloj. Resultaba completamente inútil si lo que uno quería saber era la hora, pero en otros aspectos era muy informativo. Tenía nueve manecillas de oro, y cada una de ellas llevaba grabado el nombre de un miembro de la familia Weasley. No había números alrededor de la esfera, sino indicaciones de dónde podía encontrarse cada miembro de la familia; indicaciones tales como

«En casa», «En el colegio» y «En el trabajo», pero también «Perdido», «En el hospital» «En la cárcel» y, en la posición en que en los relojes normales está el número doce, ponía «En peligro mortal».

Ocho de las manecillas señalaban en aquel instante la posición «En casa», pero la del señor Weasley, que era la más larga, aún seguía marcando «En el trabajo». La señora Weasley exhaló un suspiro.

—Vuestro padre no había tenido que ir a la oficina un fin de semana desde los días de Quien-vosotros-sabéis —explicó—. Lo hacen trabajar demasiado. Si no vuelve pronto se le va a echar a perder la cena.

—Bueno, papá piensa que tiene que compensar de alguna manera el error que cometió el día del partido, ¿no? —repuso Percy—. A decir verdad, fue un poco imprudente al hacer una declaración pública sin contar primero con la autorización del director de su departamento...

—¡No te atrevas a culpar a tu padre por lo que escribió esa miserable de Skeeter! —dijo la señora Weasley, estallando de repente.

—Si papá no hubiera dicho nada, la vieja Rita habría escrito que era lamentable que nadie del Ministerio informara de nada —intervino Bill, que estaba jugando al ajedrez con Ron—. Rita Skeeter nunca deja bien a nadie. Recuerda que en una ocasión entrevistó a todos los rompedores de maldiciones de Gringotts, y a mí me llamó «gilí del pelo largo».

—Bueno, la verdad es que está un poco largo, cielo —dijo con suavidad la señora Weasley—. Si me dejaras tan sólo que...

—No, mamá.

La lluvia golpeaba contra la ventana de la sala de estar. Hermione se hallaba inmersa en el *Libro reglamentario de hechizos, curso 4º*, del que la señora Weasley había comprado ejemplares para ella, Harry y Ron en el callejón Diagon. Charlie zurcía un pasamontañas a prueba de fuego. Harry, que tenía a sus pies el equipo de mantenimiento de escobas voladoras que le había regalado Hermione el día en que cumplió trece años, le sacaba brillo a su Saeta de Fuego. Fred y George estaban sentados en un rincón algo apartado, con las plumas en la mano, cuchicheando con la cabeza inclinada sobre un pedazo de pergamino.

—¿Qué andáis tramando? —les preguntó la señora Weasley de pronto, con los ojos clavados en ellos.

—Son deberes —explicó vagamente Fred.

—No digas tonterías. Todavía estáis de vacaciones —replicó la señora Weasley.

—Sí, nos hemos retrasado bastante —repuso George.

—No estaréis por casualidad redactando un nuevo cupón de pedido, ¿verdad? —dijo con recelo la señora Weasley—. Espero que no se os haya pasado por la cabeza volver a las andadas con los «Sortilegios Weasley».

—¡Mamá! —dijo Fred, levantando la vista hacia ella, con mirada de dolor—. Si mañana se estrella el expreso de Hogwarts y George y yo morimos, ¿cómo te sentirías sabiendo que la última cosa que oímos de ti fue una acusación infundada?

Todos se rieron, hasta la señora Weasley.

—¡Ya viene vuestro padre! —anunció repentinamente, al volver a mirar el reloj.

La manecilla del señor Weasley había pasado de pronto de «En el trabajo» a «Viajando». Un segundo más tarde se había detenido en la indicación «En casa», con las demás manecillas, y lo oyeron en la cocina.

—¡Voy, Arthur! —dijo la señora Weasley, saliendo a toda prisa de la sala.

Un poco después el señor Weasley entraba en la cálida sala de estar, con su cena en una bandeja. Parecía reventado de cansancio.

—Bueno, ahora sí que se va a armar la gorda —dijo, sentándose en un butacón junto al fuego, y jugueteando sin entusiasmo con la coliflor un poco mustia de su plato—. Rita Skeeter se ha pasado la semana husmeando en busca de algún otro lío ministerial del que informar en el periódico, y acaba de enterarse de la desaparición de la pobre Bertha, así que ya tiene titular para *El Profeta* de mañana. Le advertí a Bagman que debería haber mandado a alguien a buscarla hace mucho tiempo.

—El señor Crouch lleva semanas diciendo lo mismo —se apresuró a añadir Percy.

—Crouch tiene suerte de que Rita no se haya enterado de lo de Winky —dijo el señor Weasley irritado—. Habríamos tenido una semana entera de titulares a propósito de que encontraran a su elfina doméstica con la varita con la que se invocó la Marca Tenebrosa.

—Creía que todos estábamos de acuerdo en que esa elfina, aunque sea una irresponsable, no fue quien convocó la Marca —replicó Percy, molesto.

—¡Si te interesa mi opinión, el señor Crouch tiene mucha suerte de que en *El Profeta* nadie sepa lo mal que trata a los elfos! —dijo enfadada Hermione.

—¡Mira por dónde! —repuso Percy—. Hermione, un funcionario de alto rango del Ministerio como es el señor Crouch merece una inquebrantable obediencia por parte de su servicio.

—¡Por parte de su esclava, querrás decir! —contestó Hermione, elevando estridentemente la voz—. Porque a Winky no le pagaba, ¿verdad?

—¡Creo que será mejor que subáis todos a repasar vuestro equipaje! —dijo la señora Weasley, terminando con la discusión—. ¡Vamos, todos, ahora mismo...!

Harry guardó su equipo de mantenimiento de escobas voladoras, se echó al hombro la Saeta de Fuego y subió la escalera con Ron. La lluvia sonaba aún más fuerte en la parte superior de la casa, acompañada del ulular del viento, por no mencionar los esporádicos aullidos del espíritu que habitaba en la buhardilla. *Pigwidgeon* comenzó a gorjear y zumbar por la jaula cuando ellos entraron. La vista de los baúles a medio hacer parecía haberlo excitado.

—Échale unas chucherías lechuciles —dijo Ron, tirándole un paquete a Harry—. Puede que eso lo mantenga callado.

Harry metió las chucherías por entre las barras de la jaula de *Pigwidgeon* y volvió a su baúl. La jaula de *Hedwig* estaba al lado, aún vacía.

—Ya ha pasado más de una semana —comentó Harry, mirando la percha desocupada de *Hedwig*—. No crees que hayan atrapado a Sirius, ¿verdad, Ron?

—No, porque habría salido en *El Profeta* —contestó Ron—. El Ministerio estaría muy interesado en demostrar que son capaces de coger a alguien, ¿no te parece?

—Sí, supongo...

—Mira, aquí tienes lo que mi madre te compró en el callejón Diagon. También te sacó un poco de oro de la cámara acorazada... y te ha lavado los calcetines.

Con cierto esfuerzo puso una pila de paquetes sobre la cama plegable de Harry, y dejó caer al lado la bolsa de dinero y el montón de calcetines. Harry empezó a desenvolver las compras. Además del *Libro reglamentario de hechizos, curso 4º*, de Miranda Goshawk, tenía un puñado de plumas nuevas, una docena de rollos de pergamino y recambios para su equipo de preparar pociones: ya casi no le quedaba espina de pez-león ni esencia de belladona. Estaba metiendo en el caldero la ropa interior cuando Ron, detrás de él, lanzó un resoplido de disgusto.

—¿Qué se supone que es esto?

Había cogido algo que a Harry le pareció un largo vestido de terciopelo rojo oscuro. Alrededor del cuello tenía un volante de puntilla de aspecto enmohecido, y puños de puntilla a juego.

Llamaron a la puerta y entró la señora Weasley con unas cuantas túnicas de Hogwarts recién lavadas y planchadas.

—Aquí tenéis —dijo, separándolas en dos montones—. Ahora lo que deberíais hacer es meterlas con cuidado para que no se arruguen.

—Mamá, me has puesto un vestido nuevo de Ginny —dijo Ron, enseñándoselo.

—Por supuesto que no te he puesto ningún vestido de Ginny —negó la señora Weasley—. En vuestra lista de la escuela dice que este curso necesitaréis túnicas de gala... túnicas para las ocasiones solemnes.

—Tienes que estar bromeando —dijo Ron, sin dar crédito a lo que oía—. No voy a ponerme eso, de ninguna manera.

—¡Todo el mundo las lleva, Ron! —replicó enfadada la señora Weasley—. ¡Van todos así! ¡Tu padre también tiene una para las reuniones importantes!

—Antes voy desnudo que ponerme esto —declaró Ron, testarudo.

—No seas tonto —repuso la señora Weasley—. Tienes que tener una túnica de gala: ¡lo pone en la lista! Le compré otra a Harry... Enséñasela, Harry...

Con cierta inquietud, Harry abrió el último paquete que quedaba sobre la cama. Pero no era tan terrible como se había temido, al menos su túnica de gala no tenía puntillas; de hecho, era más o menos igual que las de diario del colegio, salvo que era verde botella en vez de negro.

—Pensé que haría juego con tus ojos, cielo —le dijo la señora Weasley cariñosamente.

—¡Bueno, ésa está bien! —exclamó Ron, molesto, observando la túnica de Harry—. ¿Por qué no me podías traer a mí una como ésa?

—Porque... bueno, la tuya la tuve que comprar de segunda mano, ¡y no había mucho donde escoger! —explicó la señora Weasley, sonrojándose.

Harry apartó la vista. De buena gana les hubiera dado a los Weasley la mitad de lo que tenía en su cámara acorazada de Gringotts, pero sabía que jamás lo aceptarían.

—No pienso ponérmela nunca —repitió Ron testarudamente—. Nunca.

—Bien —contestó su madre con brusquedad—. Ve desnudo. Y, Harry, por favor, hazle una foto. No me vendrá mal reírme un rato.

Salió de la habitación dando un portazo. Oyeron detrás de ellos un curioso resoplido. *Pigwidgeon* se acababa de atragantar con una chuchería lechucil demasiado grande.

—¿Por qué ninguna de mis cosas vale para nada? —dijo Ron furioso, cruzando la habitación para quitársela del pico.

11

En el expreso de Hogwarts

Cuando Harry despertó a la mañana siguiente, había en el ambiente una definida tristeza de fin de vacaciones. La copiosa lluvia seguía salpicando contra la ventana mientras él se ponía los vaqueros y una sudadera. Se vestirían con las túnicas del colegio cuando estuvieran en el expreso de Hogwarts.

Por fin él, Ron, Fred y George bajaron a desayunar. Acababan de llegar al rellano del primer piso, cuando la señora Weasley apareció al pie de la escalera, con expresión preocupada.

—¡Arthur! —llamó mirando hacia arriba—. ¡Arthur! ¡Mensaje urgente del Ministerio!

Harry se echó contra la pared cuando el señor Weasley pasó metiendo mucho ruido, con la túnica puesta del revés, y desapareció de la vista a toda prisa. Cuando Harry y los demás entraron en la cocina, vieron a la señora Weasley buscando nerviosa por los cajones del aparador («¡Tengo una pluma en algún sitio!», murmuraba) y al señor Weasley inclinado sobre el fuego, hablando con...

Para asegurarse de que los ojos no lo habían engañado, Harry los cerró con fuerza y volvió a abrirlos.

Semejante a un enorme huevo con barba, la cabeza de Amos Diggory se encontraba en medio de las llamas. Hablaba muy deprisa, completamente indiferente a las chispas que saltaban en torno a él y a las llamas que le lamían las orejas.

145

—... Los vecinos muggles oyeron explosiones y gritos, y por eso llamaron a esos... ¿cómo los llaman...?, «pocresías». Arthur, tienes que ir para allá...

—¡Aquí está! —dijo sin aliento la señora Weasley, poniendo en las manos de su marido un pedazo de pergamino, un tarro de tinta y una pluma estrujada.

—... Ha sido una suerte que yo me enterara —continuó la cabeza del señor Diggory—. Tenía que ir temprano a la oficina para enviar un par de lechuzas, y encontré a todos los del Uso Indebido de la Magia que salían pitando. ¡Si Rita Skeeter se entera de esto, Arthur...!

—¿Qué dice Ojoloco que sucedió? —preguntó el señor Weasley, que abrió el tarro de tinta, mojó la pluma y se dispuso a tomar notas.

La cabeza del señor Diggory puso cara de resignación.

—Dice que oyó a un intruso en el patio de su casa. Dice que se acercaba sigilosamente a la casa, pero que los contenedores de basura lo cogieron por sorpresa.

—¿Qué hicieron los contenedores de basura? —inquirió el señor Weasley, escribiendo como loco.

—Por lo que sé, hicieron un ruido espantoso y prendieron fuego a la basura por todas partes —explicó el señor Diggory—. Parece ser que uno de los contenedores todavía andaba por allí cuando llegaron los «pocresías».

El señor Weasley emitió un gruñido.

—¿Y el intruso?

—Ya conoces a Ojoloco, Arthur —dijo la cabeza del señor Diggory, volviendo a poner cara de resignación—. ¿Que alguien se acercó al patio de su casa en medio de la noche? Me parece más probable que fuera un gato asustado que anduviera por allí cubierto de mondas de patata. Pero, si los del Uso Indebido de la Magia le echan las manos encima a Ojoloco, se la ha cargado. Piensa en su expediente. Tenemos que librarlo acusándolo de alguna cosa de poca monta, algo relacionado con tu departamento. ¿Qué tal lo de los contenedores que han explotado?

—Sería una buena precaución —repuso el señor Weasley, con el entrecejo fruncido y sin dejar de escribir a toda velocidad—. ¿Ojoloco no usó la varita? ¿No atacó realmente a nadie?

—Apuesto a que saltó de la cama y comenzó a echar maleficios contra todo lo que tenía a su alcance desde la ventana —contestó el señor Diggory—, pero les costará trabajo demostrarlo, porque no hay heridos.

—Bien, ahora voy —dijo el señor Weasley. Se metió en el bolsillo el pergamino con las notas que había tomado y volvió a salir a toda prisa de la cocina.

La cabeza del señor Diggory miró a la señora Weasley.

—Lo siento, Molly —dijo, más calmado—, siento haber tenido que molestaros tan temprano... pero Arthur es el único que puede salvar a Ojoloco, y se supone que es hoy cuando Ojoloco empieza su nuevo trabajo. ¿Por qué tendría que escoger esta noche...?

—No importa, Amos —repuso la señora Weasley—. ¿Estás seguro de que no quieres una tostada o algo antes de irte?

—Eh... bueno —aceptó el señor Diggory.

La señora Weasley cogió una tostada untada con mantequilla de un montón que había en la mesa de la cocina, la puso en las tenacillas de la chimenea y se la acercó al señor Diggory a la boca.

—«Gacias» —masculló éste, y luego, haciendo «¡plin!», se desvaneció.

Harry oyó al señor Weasley despidiéndose apresuradamente de Bill, Charlie, Percy y las chicas. A los cinco minutos volvió a entrar en la cocina, con la túnica ya bien puesta y pasándose un peine por el pelo.

—Será mejor que me dé prisa. Que tengáis un buen trimestre, muchachos —les dijo el señor Weasley a Harry, Ron y los gemelos, mientras se echaba una capa sobre los hombros y se disponía a desaparecerse—. Molly, ¿podrás llevar tú a los chicos a la estación de King's Cross?

—Por supuesto que sí —asintió ella—. Tú cuida de Ojoloco, que ya nos arreglaremos.

Al desaparecerse el señor Weasley, Bill y Charlie entraron en la cocina.

—¿Alguien mencionó a Ojoloco? —preguntó Bill—. ¿Qué ha hecho ahora?

—Dice que alguien intentó entrar anoche en su casa —explicó la señora Weasley.

—¿*Ojoloco* Moody? —dijo George pensativo, poniéndose mermelada de naranja en la tostada—. ¿No es el chiflado...?

—Tu padre tiene muy alto concepto de él —le recordó severamente la señora Weasley.

—Sí, bueno, papá colecciona enchufes, ¿no? —comentó Fred en voz baja, cuando su madre salió de la cocina—. Dios los cría...

—Moody fue un gran mago en su tiempo —afirmó Bill.

—Es un viejo amigo de Dumbledore, ¿verdad? —dijo Charlie.

—Pero Dumbledore tampoco es lo que se entiende por normal, ¿a que no? —repuso Fred—. Bueno, ya sé que es un genio y todo eso...

—¿Quién es Ojoloco? —preguntó Harry.

—Está retirado, pero antes trabajaba para el Ministerio —explicó Charlie—. Yo lo conocí un día en que papá me llevó con él al trabajo. Era un *auror*: uno de los mejores... un cazador de magos tenebrosos —añadió, viendo que Harry seguía sin entender—. La mitad de las celdas de Azkaban las ha llenado él. Pero se creó un montón de enemigos... sobre todo familiares de los que atrapaba... y, según he oído, en su vejez se ha vuelto realmente paranoico. Ya no confía en nadie. Ve magos tenebrosos por todas partes.

Bill y Charlie decidieron ir a despedirlos a todos a la estación de King's Cross, pero Percy, disculpándose de forma exagerada, dijo que no podía dejar de ir al trabajo.

—En estos momentos no puedo tomarme más tiempo libre —declaró—. Realmente el señor Crouch está empezando a confiar en mí.

—Sí, ¿y sabes una cosa, Percy? —le dijo George muy serio—. Creo que no tardará en aprenderse tu nombre.

La señora Weasley tuvo que habérselas con el teléfono de la oficina de correos del pueblo para pedir tres taxis muggles ordinarios que los llevaran a Londres.

—Arthur intentó que el Ministerio nos dejara unos coches —le susurró a Harry la señora Weasley en el jardín de delante de la casa, mientras observaban cómo los taxistas cargaban los baúles—. Pero no había ninguno libre... Éstos no parecen estar muy contentos, ¿verdad?

Harry no quiso decirle a la señora Weasley que los taxistas muggles no acostumbraban transportar lechuzas nerviosas, y *Pigwidgeon* estaba armando un barullo inaguantable. Por otro lado, no se pusieron precisamente más contentos cuando unas cuantas bengalas fabulosas del doctor Filibuster, que prendían con la humedad, se cayeron inesperadamente del baúl de Fred al abrirse de golpe. *Crookshanks* se asustó con las bengalas, intentó subirse encima de uno de los taxistas, le clavó las uñas en la pierna, y éste se sobresaltó y gritó de dolor.

El viaje resultó muy incómodo porque iban apretujados en la parte de atrás con los baúles. *Crookshanks* tardó un rato en recobrarse del susto de las bengalas, y para cuando entraron en Londres, Harry, Ron y Hermione estaban llenos de arañazos. Fue un alivio llegar a King's Cross, aunque la lluvia caía aún con más fuerza y se calaron completamente al cruzar la transitada calle en dirección a la estación, llevando los baúles.

Harry ya estaba acostumbrado a entrar en el andén nueve y tres cuartos. No había más que caminar recto a través de la barrera, aparentemente sólida, que separaba los andenes nueve y diez. La única dificultad radicaba en hacerlo con disimulo, para no atraer la atención de los muggles. Aquel día lo hicieron por grupos. Harry, Ron y Hermione (los más llamativos, porque llevaban con ellos a *Pigwidgeon* y a *Crookshanks*) pasaron primero: caminaron como quien no quiere la cosa hacia la barrera, hablando entre ellos despreocupadamente, y la atravesaron... y, al hacerlo, el andén nueve y tres cuartos se materializó allí mismo.

El expreso de Hogwarts, una reluciente máquina de vapor de color escarlata, ya estaba allí, y de él salían nubes de vapor que convertían en oscuros fantasmas a los numerosos alumnos de Hogwarts y sus padres, reunidos en el andén. Harry, Ron y Hermione entraron a coger sitio, y no tardaron en colocar su equipaje en un compartimiento de uno de los vagones centrales del tren. Luego bajaron de un salto otra vez al andén para despedirse de la señora Weasley, de Bill y de Charlie.

—Quizá nos veamos antes de lo que piensas —le dijo Charlie a Ginny, sonriendo, al abrazarla.

—¿Por qué? —le preguntó Fred muy interesado.

—Ya lo verás —respondió Charlie—. Pero no le digas a Percy que he dicho nada, porque, al fin y al cabo, es «información reservada, hasta que el ministro juzgue conveniente levantar el secreto».

—Sí, ya me gustaría volver a Hogwarts este año —dijo Bill con las manos en los bolsillos, mirando el tren con nostalgia.

—¿Por qué? —quiso saber George, intrigado.

—Porque vais a tener un curso muy interesante —explicó Bill, parpadeando—. Quizá podría hacer algo de tiempo para ir y echar un vistazo a...

—¿A qué?

Pero en aquel momento sonó el silbato, y la señora Weasley los empujó hacia las puertas de los vagones.

—Gracias por la estancia, señora Weasley —dijo Hermione después de que subieron al tren, cerraron la puerta y se asomaron por la ventanilla para hablar con ella.

—Sí, gracias por todo, señora Weasley —dijo Harry.

—El placer ha sido mío —respondió ella—. Os invitaría también a pasar la Navidad, pero... bueno, creo que preferiréis quedaros en Hogwarts, porque con una cosa y otra...

—¡Mamá! —exclamó Ron enfadado—. ¿Qué es lo que sabéis vosotros tres y nosotros no?

—Esta noche os enteraréis, espero —contestó la señora Weasley con una sonrisa—. Va a ser muy emocionante... Desde luego, estoy muy contenta de que hayan cambiado las normas...

—¿Qué normas? —preguntaron Harry, Ron, Fred y George al mismo tiempo.

—Seguro que el profesor Dumbledore os lo explicará... Ahora, portaos bien, ¿eh? ¿Eh, Fred? ¿Eh, George?

El tren pitó muy fuerte y comenzó a moverse.

—¡Decidnos lo que va a ocurrir en Hogwarts! —gritó Fred desde la ventanilla cuando ya las figuras de la señora Weasley, de Bill y de Charlie empezaban a alejarse—. ¿Qué normas van a cambiar?

Pero la señora Weasley tan sólo sonreía y les decía adiós con la mano. Antes de que el tren hubiera doblado la curva, ella, Bill y Charlie habían desaparecido.

Harry, Ron y Hermione regresaron a su compartimiento. La espesa lluvia salpicaba en las ventanillas con tal fuerza que apenas distinguían nada del exterior. Ron abrió su baúl, sacó la túnica de gala de color rojo oscuro y tapó con ella la jaula de *Pigwidgeon* para amortiguar sus gorjeos.

—Bagman nos quería contar lo que va a pasar en Hogwarts —dijo malhumorado, sentándose al lado de Harry—. En los Mundiales, ¿recordáis? Pero mi propia madre es incapaz de decir nada. Me pregunto qué...

—¡Shh! —susurró de pronto Hermione, poniéndose un dedo en los labios y señalando el compartimiento de al lado.

Los tres aguzaron el oído y, a través de la puerta entreabierta, oyeron una voz familiar que arrastraba las palabras.

—... Mi padre pensó en enviarme a Durmstrang antes que a Hogwarts. Conoce al director. Bueno, ya sabéis lo que piensa de Dumbledore: a ése le gustan demasiado los sangre sucia... En cambio, en el Instituto Durmstrang no admiten a ese tipo de chusma. Pero a mi madre no le gustaba la idea de que yo fuera al colegio tan lejos. Mi padre dice que en Durmstrang tienen una actitud mucho más sensata que en Hogwarts con respecto a las Artes Oscuras. Los alumnos de Durmstrang las aprenden de verdad: no tienen únicamente esa porquería de defensa contra ellas que tenemos nosotros...

Hermione se levantó, fue de puntillas hasta la puerta del compartimiento y la cerró para no dejar pasar la voz de Malfoy.

—Así que piensa que Durmstrang le hubiera venido mejor, ¿no? —dijo irritada—. Me gustaría que lo hubieran llevado allí. De esa forma no tendríamos que aguantarlo.

—¿Durmstrang es otra escuela de magia? —preguntó Harry.

—Sí —dijo Hermione desdeñosamente—, y tiene una reputación horrible. Según el libro *Evaluación de la educación mágica en Europa*, da muchísima importancia a las Artes Oscuras.

—Creo que he oído algo sobre ella —comentó Ron pensativamente—. ¿Dónde está? ¿En qué país?

—Bueno, nadie lo sabe —repuso Hermione, levantando las cejas.

—Eh... ¿por qué no? —se extrañó Harry.

—Hay una rivalidad tradicional entre todas las escuelas de magia. A las de Durmstrang y Beauxbatons les gusta ocultar su paradero para que nadie les pueda robar los secretos —explicó Hermione con naturalidad.

—¡Vamos! ¡No digas tonterías! —exclamó Ron, riéndose—. Durmstrang tiene que tener el mismo tamaño que Hogwarts. ¿Cómo van a esconder un castillo enorme?

—¡Pero si también Hogwarts está oculto! —dijo Hermione, sorprendida—. Eso lo sabe todo el mundo. Bueno, todo el mundo que ha leído *Historia de Hogwarts*.

—Sólo tú, entonces —repuso Ron—. A ver, ¿cómo han hecho para esconder un lugar como Hogwarts?

—Está embrujado —explicó Hermione—. Si un muggle lo mira, lo único que ve son unas ruinas viejas con un letrero en la entrada donde dice: «MUY PELIGROSO. PROHIBIDA LA ENTRADA.»

—¿Así que Durmstrang también parece unas ruinas para el que no pertenece al colegio?

—Posiblemente —contestó Hermione, encogiéndose de hombros—. O podrían haberle puesto repelentes mágicos de muggles, como al estadio de los Mundiales. Y, para impedir que los magos ajenos lo encuentren, pueden haberlo convertido en inmarcable.

—¿Cómo?

—Bueno, se puede encantar un edificio para que sea imposible marcarlo en ningún mapa.

—Eh... si tú lo dices... —admitió Harry.

—Pero creo que Durmstrang tiene que estar en algún país del norte —dijo Hermione reflexionando—. En algún lugar muy frío, porque llevan capas de piel como parte del uniforme.

—¡Ah, piensa en las posibilidades que eso tiene! —dijo Ron en tono soñador—. Habría sido tan fácil tirar a Malfoy a un glaciar y que pareciera un accidente... Es una pena que su madre no quisiera que fuera allí.

La lluvia se hacía aún más y más intensa conforme el tren avanzaba hacia el norte. El cielo estaba tan oscuro y las ventanillas tan empañadas que hacia el mediodía ya habían encendido las luces. El carrito de la comida llegó traqueteando por el pasillo, y Harry compró un montón de pasteles en forma de caldero para compartirlos con los demás.

Varios de sus amigos pasaron a verlos a lo largo de la tarde, incluidos Seamus Finnigan, Dean Thomas y Neville Longbottom, un muchacho de cara redonda extraordinariamente olvidadizo que había sido criado por su abuela, una bruja de armas tomar. Seamus aún llevaba la escarapela del equipo de Irlanda. Parecía que iba perdiendo su magia poco a poco, y, aunque todavía gritaba «¡Troy!, ¡Mullet!, ¡Moran!», lo hacía de forma muy débil y como fatigada. Después de una media hora, Hermione, harta de la inacabable charla sobre quidditch, se puso a leer una vez más el *Libro reglamentario de hechizos, curso 4º*, e intentó aprenderse el encantamiento convocador.

Mientras revivían el partido de la Copa, Neville los escuchaba con envidia.

—Mi abuela no quiso ir —dijo con evidente tristeza—. No compró entradas. Supongo que habrá sido impresionante...

—Lo fue —asintió Ron—. Mira esto, Neville...

Revolvió un poco en su baúl, que estaba colgado en la rejilla portaequipajes, y sacó la miniatura de Viktor Krum.

—¡Vaya! —exclamó Neville maravillado, cuando Ron le puso a Krum en su rechoncha mano.

—Lo vimos muy de cerca, además —añadió Ron—, porque estuvimos en la tribuna principal...

—Por primera y última vez en tu vida, Weasley.

Draco Malfoy acababa de aparecer en el vano de la puerta. Detrás de él estaban Crabbe y Goyle, sus enormes y brutos amigotes, que parecían haber crecido durante el verano al menos treinta centímetros cada uno. Evidentemente, habían escuchado la conversación a través de la puerta del compartimiento, que Dean y Seamus habían dejado entreabierta.

—No recuerdo haberte invitado a entrar, Malfoy —dijo Harry fríamente.

—¿Qué es eso, Weasley? —preguntó Malfoy, señalando la jaula de *Pigwidgeon*. Una manga de la túnica de gala de Ron colgaba de ella balanceándose con el movimiento del tren, y el puño de puntilla de aspecto enmohecido resaltaba a la vista.

Ron intentó ocultar la túnica, pero Malfoy fue más rápido: agarró la manga y tiró de ella.

—¡Mirad esto! —exclamó Malfoy, encantado, enseñándoles a Crabbe y a Goyle la túnica de Ron—. No pensarás ponerte esto, ¿eh, Weasley? Fueron el último grito hacia mil ochocientos noventa...

—¡Vete a la mierda, Malfoy! —le dijo Ron, con la cara del mismo color que su túnica cuando la desprendió de las manos de Malfoy.

Malfoy se rió de él sonoramente. Crabbe y Goyle se reían también como tontos.

—¿Así que vas a participar, Weasley? ¿Vas a intentar dar un poco de gloria a tu apellido? También hay dinero, por supuesto. Si ganaras podrías comprarte una túnica decente...

—¿De qué hablas? —preguntó Ron bruscamente.

—¿Vas a participar? —repitió Malfoy—. Supongo que tú sí, Potter. Nunca dejas pasar una oportunidad de exhibirte, ¿a que no?

—Malfoy, una de dos: explica de qué estás hablando o vete —dijo Hermione con irritación, por encima de su *Libro reglamentario de hechizos, curso 4º*.

Una alegre sonrisa se dibujó en el pálido rostro de Malfoy.

—¡No me digas que no lo sabéis! —dijo muy contento—. ¿Tú tienes en el Ministerio a un padre y un hermano, y no lo sabes? Dios mío, mi padre me lo dijo hace un siglo... Cornelius Fudge se lo explicó. Pero, claro, mi padre siempre se ha relacionado con la gente más importante del Ministerio... Quizá el rango de tu padre es demasiado bajo para enterarse, Weasley. Sí... seguramente no tratan de cosas importantes con tu padre delante.

Volviendo a reírse, Malfoy hizo una seña a Crabbe y Goyle, y los tres se fueron.

Ron se puso en pie y cerró la puerta corredera del compartimiento dando un portazo tan fuerte que el cristal se hizo añicos.

—¡Ron! —le reprochó Hermione. Luego sacó la varita y susurró—: *¡Reparo!* —Los trozos se recompusieron en una plancha de cristal y regresaron a la puerta.

—Bueno... ha hecho como que lo sabe todo y nosotros no —dijo Ron con un gruñido—. «Mi padre siempre se ha relacionado con la gente más importante del Ministerio...» Mi padre podría haber ascendido cuando hubiera querido... pero prefiere quedarse donde está...

—Por supuesto que sí —asintió Hermione en voz baja—. No dejes que te moleste Malfoy, Ron.

—¿Él? ¿Molestarme a mí? ¡Como si pudiera! —replicó Ron cogiendo uno de los pasteles en forma de caldero que quedaban y aplastándolo.

A Ron no se le pasó el malhumor durante el resto del viaje. No habló gran cosa mientras se cambiaban para ponerse la túnica del colegio, y seguía sonrojado cuando por fin el expreso de Hogwarts aminoró la marcha hasta detenerse en la estación de Hogsmeade, que estaba completamente oscura.

Cuando se abrieron las puertas del tren, se oyó el retumbar de un trueno. Hermione envolvió a *Crookshanks* con su capa, y Ron dejó la túnica de gala cubriendo la jaula de *Pigwidgeon* antes de salir del tren bajo el aguacero con la cabeza inclinada y los ojos casi cerrados. La lluvia caía entonces tan rápida y abundantemente que era como si les estuvieran vaciando sobre la cabeza un cubo tras otro de agua helada.

—¡Eh, Hagrid! —gritó Harry, viendo una enorme silueta al final del andén.

—¿Todo bien, Harry? —le gritó Hagrid, saludándolo con la mano—. ¡Nos veremos en el banquete si no nos ahogamos antes!

Era tradición que los de primero llegaran al castillo de Hogwarts atravesando el lago con Hagrid.

—¡Ah, no me haría gracia pasar el lago con este tiempo! —aseguró Hermione enfáticamente, tiritando mientras avanzaban muy despacio por el oscuro andén con el resto del alumnado. Cien carruajes sin caballo los esperaban a la salida de la estación. Harry, Ron, Hermione y Neville subieron agradecidos a uno de ellos, la puerta se cerró con un golpe seco y un momento después, con una fuerte sacudida, la larga procesión de carruajes traqueteaba por el camino que llevaba al castillo de Hogwarts.

12

El Torneo de los tres magos

Los carruajes atravesaron las verjas flanqueadas por estatuas de cerdos alados y luego avanzaron por el ancho camino, balanceándose peligrosamente bajo lo que empezaba a convertirse en un temporal. Pegando la cara a la ventanilla, Harry podía ver cada vez más próximo el castillo de Hogwarts, con sus numerosos ventanales iluminados reluciendo borrosamente tras la cortina de lluvia. Los rayos cruzaban el cielo cuando su carruaje se detuvo ante la gran puerta principal de roble, que se alzaba al final de una breve escalinata de piedra. Los que ocupaban los carruajes de delante corrían ya subiendo los escalones para entrar en el castillo. También Harry, Ron, Hermione y Neville saltaron del carruaje y subieron la escalinata a toda prisa, y sólo levantaron la vista cuando se hallaron a cubierto en el interior del cavernoso vestíbulo alumbrado con antorchas y ante la majestuosa escalinata de mármol.

—¡Caray! —exclamó Ron, sacudiendo la cabeza y poniéndolo todo perdido de agua—. Si esto sigue así, va a terminar desbordándose el lago. Estoy empapado... ¡Ay!

Un globo grande y rojo lleno de agua acababa de estallarle en la cabeza. Empapado y farfullando de indignación, Ron se tambaleó y cayó contra Harry, al mismo tiempo que un segundo globo lleno de agua caía... rozando a Hermione. Estalló a los pies de Harry, y una ola de agua fría le mojó las zapatillas y los calcetines. A su alrededor, todos chillaban y se empujaban en un intento de huir de la línea de fuego.

Harry levantó la vista y vio, flotando a seis o siete metros por encima de ellos, a Peeves el *poltergeist,* una especie de hombrecillo con un gorro lleno de cascabeles y pajarita de color naranja. Su cara, ancha y maliciosa, estaba contraída por la concentración mientras se preparaba para apuntar a un nuevo blanco.

—¡PEEVES! —gritó una voz irritada—. ¡Peeves, baja aquí AHORA MISMO!

Acababa de entrar apresuradamente desde el Gran Comedor la profesora McGonagall, que era la subdirectora del colegio y jefa de la casa de Gryffindor. Resbaló en el suelo mojado y para no caerse tuvo que agarrarse al cuello de Hermione.

—¡Ay! Perdón, señorita Granger.

—¡No se preocupe, profesora! —dijo Hermione jadeando y frotándose la garganta.

—¡Peeves, baja aquí AHORA! —bramó la profesora McGonagall, enderezando su sombrero puntiagudo y mirando hacia arriba a través de sus gafas de montura cuadrada.

—¡No estoy haciendo nada! —contestó Peeves entre risas, arrojando un nuevo globo lleno de agua a varias chicas de quinto, que gritaron y corrieron hacia el Gran Comedor—. ¿No estaban ya mojadas? ¡Esto son unos chorritos! ¡Ja, ja, ja! —Y dirigió otro globo hacia un grupo de segundo curso que acababa de llegar.

—¡Llamaré al director! —gritó la profesora McGonagall—. Te lo advierto, Peeves...

Peeves le sacó la lengua, tiró al aire los últimos globos y salió zumbando escaleras arriba, riéndose como loco.

—¡Bueno, vamos! —ordenó bruscamente la profesora McGonagall a la empapada multitud—. ¡Vamos, al Gran Comedor!

Harry, Ron y Hermione cruzaron el vestíbulo entre resbalones y atravesaron la puerta doble de la derecha. Ron murmuraba entre dientes y se apartaba el pelo empapado de la cara.

El Gran Comedor, decorado para el banquete de comienzo de curso, tenía un aspecto tan espléndido como de costumbre, y el ambiente era mucho más cálido que en el vestíbulo. A la luz de cientos y cientos de velas que flotaban

158

en el aire sobre las mesas, brillaban las copas y los platos de oro. Las cuatro largas mesas pertenecientes a las casas estaban abarrotadas de alumnos que charlaban. Al fondo del comedor, los profesores se hallaban sentados a lo largo de uno de los lados de la quinta mesa, de cara a sus alumnos. Harry, Ron y Hermione pasaron por delante de los estudiantes de Slytherin, de Ravenclaw y de Hufflepuff, y se sentaron con los demás de la casa de Gryffindor al otro lado del Gran Comedor, junto a Nick Casi Decapitado, el fantasma de Gryffindor. De color blanco perla y semitransparente, Nick llevaba puesto aquella noche su acostumbrado jubón, con una gorguera especialmente ancha que servía al doble propósito de dar a su atuendo un tono festivo y de asegurar que la cabeza se tambaleara lo menos posible sobre su cuello, parcialmente cortado.

—Buenas noches —dijo sonriéndoles.

—¡Pues cómo serán las malas! —contestó Harry, quitándose las zapatillas y vaciándolas de agua—. Espero que se den prisa con la Ceremonia de Selección, porque me muero de hambre.

La selección de los nuevos estudiantes para asignarles casa tenía lugar al comienzo de cada curso; pero, por una infortunada combinación de circunstancias, Harry no había estado presente más que en la suya propia. Estaba deseando que empezara.

Justo en aquel momento, una voz entrecortada y muy excitada lo llamó:

—¡Eh, Harry!

Era Colin Creevey, un alumno de tercero para quien Harry era una especie de héroe.

—Hola, Colin —respondió con poco entusiasmo.

—Harry, ¿a que no sabes qué? ¿A que no sabes qué, Harry? ¡Mi hermano empieza este año! ¡Mi hermano Dennis!

—Eh... bien —dijo Harry.

—¡Está muy nervioso! —explicó Colin, casi saltando arriba y abajo en su asiento—. ¡Espero que le toque Gryffindor! Cruza los dedos, ¿eh, Harry?

—Sí, vale —accedió Harry. Se volvió hacia Hermione, Ron y Nick Casi Decapitado—. Los hermanos generalmente van a la misma casa, ¿no? —comentó. Estaba pensando en los Weasley, que eran siete y todos habían pertenecido a Gryffindor.

—No, no necesariamente —repuso Hermione—. La hermana gemela de Parvati Patil está en Ravenclaw, y son idénticas. Uno pensaría que tenían que estar juntas, ¿verdad?

Harry miró la mesa de los profesores. Había más asientos vacíos de lo normal. Hagrid, por supuesto, estaría todavía abriéndose camino entre las aguas del lago con los de primero; la profesora McGonagall se encontraría seguramente supervisando el secado del suelo del vestíbulo; pero había además otra silla vacía, y no caía en la cuenta de quién era el que faltaba.

—¿Dónde está el nuevo profesor de Defensa Contra las Artes Oscuras? —preguntó Hermione, que también miraba la mesa de los profesores.

Nunca habían tenido un profesor de Defensa Contra las Artes Oscuras que les durara más de un curso. Con diferencia, el favorito de Harry había sido el profesor Lupin, que había dimitido el curso anterior. Recorrió la mesa de los profesores de un lado a otro: no había ninguna cara nueva.

—¡A lo mejor no han podido encontrar a nadie! —dijo Hermione, preocupada.

Harry examinó la mesa con más cuidado. El pequeño profesor Flitwick, que impartía la clase de Encantamientos, estaba sentado sobre un montón de cojines al lado de la profesora Sprout, que daba Herbología y que en aquellos momentos llevaba el sombrero ladeado sobre el lacio pelo gris. Hablaba con la profesora Sinistra, del departamento de Astronomía. Al otro lado de la profesora Sinistra estaba Snape, el profesor de Pociones, con su pelo grasiento, su nariz ganchuda y su rostro cetrino: la persona a la que Harry tenía menos aprecio en todo Hogwarts. El odio que Harry le profesaba sólo tenía parangón con el que Snape le profesaba a él, un odio que, si eso era posible, parecía haberse intensificado el curso anterior después de que Harry había ayudado a huir a Sirius ante las desmesuradas narices de Snape. Snape y Sirius habían sido enemigos desde que eran estudiantes.

160

Al otro lado de Snape había un asiento vacío que Harry adivinó que era el de la profesora McGonagall. En la silla contigua, y en el mismo centro de la mesa, estaba sentado el profesor Dumbledore, el director: su abundante pelo plateado y su barba brillaban a la luz de las velas, y llevaba una majestuosa túnica de color verde oscuro bordada con multitud de estrellas y lunas. Dumbledore había juntado las yemas de sus largos y delgados dedos, y apoyaba sobre ellas la barbilla, mirando al techo a través de sus gafas de media luna, como absorto en sus pensamientos. Harry también miró al techo. Por obra de encantamiento, tenía exactamente el mismo aspecto que el cielo al aire libre, aunque nunca lo había visto tan tormentoso como aquel día. Se arremolinaban en él nubes de color negro y morado. Después de oír un trueno, Harry vio que un rayo dibujaba en el techo su forma ahorquillada.

—¡Que se den prisa! —gimió Ron, al lado de Harry—. Podría comerme un hipogrifo.

No había acabado de pronunciar aquellas palabras cuando se abrieron las puertas del Gran Comedor y se hizo el silencio. La profesora McGonagall marchaba a la cabeza de una larga fila de alumnos de primero, a los que condujo hasta la parte superior del Gran Comedor, donde se encontraba la mesa de los profesores. Si Harry, Ron y Hermione estaban mojados, lo suyo no era nada comparado con lo de aquellos alumnos de primero. Más que haber navegado por el lago, parecían haberlo pasado a nado. Temblando con una mezcla de frío y nervios, llegaron a la altura de la mesa de los profesores y se detuvieron, puestos en fila, de cara al resto de los estudiantes. El único que no temblaba era el más pequeño de todos, un muchacho con pelo castaño desvaído que iba envuelto en lo que Harry reconoció como el abrigo de piel de topo de Hagrid. El abrigo le venía tan grande que parecía que estuviera envuelto en un toldo de piel negra. Su carita salía del cuello del abrigo con aspecto de estar al borde de la conmoción. Cuando se puso en fila con sus aterrorizados compañeros, vio a Colin Creevey, levantó dos veces el pulgar para darle a entender que todo iba bien y dijo sin hablar, moviendo sólo los labios: «¡Me he caído en el lago!» Parecía completamente encantado por el accidente.

Entonces la profesora McGonagall colocó un taburete de cuatro patas en el suelo ante los alumnos de primero y, encima de él, un sombrero extremadamente viejo, sucio y remendado. Los de primero lo miraban, y también el resto de la concurrencia. Por un momento el Gran Comedor quedó en silencio. Entonces se abrió un desgarrón que el sombrero tenía cerca del ala, formando como una boca, y empezó a cantar:

Hace tal vez mil años
que me cortaron, ahormaron y cosieron.
Había entonces cuatro magos de fama
de los que la memoria los nombres guarda:

El valeroso Gryffindor venía del páramo;
el bello Ravenclaw, de la cañada;
del ancho valle procedía Hufflepuff el suave,
y el astuto Slytherin, de los pantanos.

Compartían un deseo, una esperanza, un sueño:
idearon de común acuerdo un atrevido plan
para educar jóvenes brujos.
Así nació Hogwarts, este colegio.

Luego, cada uno de aquellos fundadores
fundó una casa diferente
para los diferentes caracteres
de su alumnado.

Para Gryffindor
el valor era lo mejor;
para Ravenclaw,
la inteligencia.

Para Hufflepuff el mayor mérito de todos
era romperse los codos.
El ambicioso Slytherin
ambicionaba alumnos ambiciosos.

Estando aún con vida
se repartieron a cuantos venían,

pero ¿cómo seguir escogiendo
cuando estuvieran muertos y en el hoyo?

Fue Gryffindor el que halló el modo:
me levantó de su cabeza,
y los cuatro en mí metieron algo de su sesera
para que pudiera elegiros a la primera.

Ahora ponme sobre las orejas.
No me equivoco nunca:
echaré un vistazo a tu mente
¡y te diré de qué casa eres!

En el Gran Comedor resonaron los aplausos cuando terminó de cantar el Sombrero Seleccionador.

—No es la misma canción de cuando nos seleccionó a nosotros —comentó Harry, aplaudiendo con los demás.

—Canta una canción diferente cada año —dijo Ron—. Tiene que ser bastante aburrido ser un sombrero, ¿verdad? Supongo que se pasa el año preparando la próxima canción.

La profesora McGonagall desplegaba en aquel momento un rollo grande de pergamino.

—Cuando pronuncie vuestro nombre, os pondréis el sombrero y os sentaréis en el taburete —dijo dirigiéndose a los de primero—. Cuando el sombrero anuncie la casa a la que pertenecéis, iréis a sentaros en la mesa correspondiente. ¡Ackerley, Stewart!

Un chico se adelantó, temblando claramente de la cabeza a los pies, cogió el Sombrero Seleccionador, se lo puso y se sentó en el taburete.

—¡Ravenclaw! —gritó el sombrero.

Stewart Ackerley se quitó el sombrero y se fue a toda prisa a sentarse a la mesa de Ravenclaw, donde todos lo estaban aplaudiendo. Harry vislumbró a Cho, la buscadora del equipo de Ravenclaw, que recibía con vítores a Stewart Ackerley cuando se sentaba. Durante un fugaz segundo, Harry sintió el extraño deseo de ponerse en la mesa de Ravenclaw.

—¡Baddock, Malcolm!

—¡Slytherin!

La mesa del otro extremo del Gran Comedor estalló en vítores. Harry vio cómo aplaudía Malfoy cuando Malcolm se reunió con ellos. Harry se preguntó si Baddock tendría idea de que la casa de Slytherin había dado más brujos y brujas oscuros que ninguna otra. Fred y George silbaron a Malcolm Baddock mientras tomaba asiento.

—¡Branstone, Eleanor!

—¡Hufflepuff!

—¡Cauldwell, Owen!

—¡Hufflepuff!

—¡Creevey, Dennis!

El pequeño Dennis Creevey avanzó tambaleándose y se tropezó en el abrigo de piel de topo de Hagrid al mismo tiempo que éste entraba furtivamente en el Gran Comedor a través de una puerta situada detrás de la mesa de los profesores. Unas dos veces más alto que un hombre normal y al menos tres veces más ancho, Hagrid, con su pelo y barba largos, enmarañados y renegridos, daba un poco de miedo. Una impresión falsa, porque Harry, Ron y Hermione sabían que Hagrid tenía un carácter muy bondadoso. Les guiñó un ojo mientras se sentaba a un extremo de la mesa de los profesores, y observó cómo Dennis Creevey se ponía el Sombrero Seleccionador. El desgarrón que tenía el sombrero cerca del ala volvió a abrirse.

—¡Gryffindor! —gritó el sombrero.

Harry aplaudió con los demás de la mesa de Gryffindor cuando Dennis Creevey, sonriendo de oreja a oreja, se quitó el sombrero, lo volvió a poner en el taburete y se fue a toda prisa junto a su hermano.

—¡Colin, me caí! —dijo de modo estridente, arrojándose sobre un asiento vacío—. ¡Fue estupendo! ¡Y algo en el agua me agarró y me devolvió a la barca!

—¡Tranqui! —repuso Colin, igual de emocionado—. ¡Seguramente fue el calamar gigante, Dennis!

—¡Vaya! —exclamó Dennis, como si nadie, en sus mejores sueños, pudiera imaginar nada mejor que ser arrojado al agua en un lago de varias brazas de profundidad, por una sacudida en medio de una tormenta, y ser sacado por un monstruo marino gigante.

—¡Dennis!, ¡Dennis!, ¿has visto a ese chico? ¡El del pelo negro y las gafas!, ¿lo ves? ¿A que no sabes quién es, Dennis?

Harry miró para otro lado y se fijó en el Sombrero Seleccionador, que en aquel instante estaba ocupándose de Emma Dobbs.

La Selección continuó. Chicos y chicas con diferente grado de nerviosismo en la cara se iban acercando, uno a uno, al taburete de cuatro patas, y la fila se acortaba considerablemente conforme la profesora McGonagall iba llamando a los de la ele.

—¡Vamos, deprisa! —gimió Ron, frotándose el estómago.

—¡Por favor, Ron! Recordad que la Selección es mucho más importante que la comida —le dijo Nick Casi Decapitado, al tiempo que «¡Madley, Laura!» se convertía en miembro de la casa Hufflepuff.

—Por supuesto que sí, si uno está muerto —replicó Ron.

—Espero que la remesa de este año en nuestra casa cumpla con los requisitos —comentó Nick Casi Decapitado, aplaudiendo cuando «¡McDonald, Natalie!» llegó a la mesa de Gryffindor—. No queremos romper nuestra racha ganadora, ¿verdad?

Gryffindor había ganado los tres últimos años la Copa de las Casas.

—¡Pritchard, Graham!

—¡Slytherin!

—¡Quirke, Orla!

—¡Ravenclaw!

Por último, con «¡Whitby, Kevin!» («¡Hufflepuff!»), la Ceremonia de Selección dio fin. La profesora McGonagall cogió el sombrero y el taburete, y se los llevó.

—Se acerca el momento —dijo Ron cogiendo el tenedor y el cuchillo y mirando ansioso su plato de oro.

El profesor Dumbledore se puso en pie. Sonreía a los alumnos, con los brazos abiertos en señal de bienvenida.

—Tengo sólo dos palabras que deciros —dijo, y su profunda voz resonó en el Gran Comedor—: ¡A comer!

—¡Obedecemos! —dijeron Harry y Ron en voz alta, cuando por arte de magia las fuentes vacías de repente aparecieron llenas ante sus ojos.

Nick Casi Decapitado observó con tristeza cómo Harry, Ron y Hermione llenaban sus platos de comida.

—¡Ah, «esdo esdá me'or»! —dijo Ron con la boca llena de puré de patata.

—Tenéis suerte de que haya banquete esta noche, ¿sabéis? —comentó Nick Casi Decapitado—. Antes ha habido problemas en las cocinas.

—¿«Po' gué»? ¿«Gué ha sudedido»? —dijo Harry, con la boca llena con un buen pedazo de carne.

—Peeves, por supuesto —explicó Nick Casi Decapitado, moviendo la cabeza, que se tambaleó peligrosamente. Se subió la gorguera un poco más—. Lo de siempre, ya sabéis. Quería asistir al banquete. Bueno, eso está completamente fuera de cuestión, porque ya lo conocéis: es un salvaje; no puede ver un plato de comida y resistir el impulso de tirárselo a alguien. Celebramos una reunión de fantasmas al respecto. El Fraile Gordo estaba a favor de darle una oportunidad, pero el Barón Sanguinario... más prudentemente, a mi parecer... se mantuvo en sus trece.

El Barón Sanguinario era el fantasma de Slytherin, un espectro adusto y mudo cubierto de manchas de sangre de color plateado. Era el único en Hogwarts que realmente podía controlar a Peeves.

—Sí, ya nos pareció que Peeves estaba enfadado por algo —dijo Ron en tono enigmático—. ¿Qué hizo en las cocinas?

—¡Oh, lo normal! —respondió Nick Casi Decapitado, encogiéndose de hombros—. Alborotó y rompió cosas. Tiró cazuelas y sartenes. Lo encontraron nadando en la sopa. A los elfos domésticos los sacó de sus casillas...

¡Paf!

Hermione acababa de golpear su copa de oro. El zumo de calabaza se extendió rápidamente por el mantel, manchando de color naranja una amplia superficie de tela blanca, pero Hermione no se inmutó por ello.

—¿Aquí hay elfos domésticos? —preguntó, clavando los ojos en Nick Casi Decapitado, con expresión horrorizada—. ¿Aquí, en Hogwarts?

—Claro que sí —respondió Nick Casi Decapitado, sorprendido de la reacción de Hermione—. Más que en ninguna otra morada de Gran Bretaña, según creo. Más de un centenar.

—¡Si nunca he visto a ninguno! —objetó Hermione.

—Bueno, apenas abandonan las cocinas durante el día —explicó Nick Casi Decapitado—. Salen de noche para hacer un poco de limpieza... atender los fuegos y esas cosas... Se supone que no hay que verlos. Eso es lo que distingue a un buen elfo doméstico, que nadie sabe que está ahí.

Hermione lo miró fijamente.

—Pero ¿les pagan? —preguntó—. Tendrán vacaciones, ¿no? Y... y baja por enfermedad, pensiones y todo eso...

Nick Casi Decapitado se rió con tantas ganas que la gorguera se le bajó y la cabeza se le cayó y quedó colgando del fantasmal trocito de piel y músculo que todavía la mantenía unida al cuello.

—¿Baja por enfermedad y pensiones? —repitió, volviendo a colocarse la cabeza sobre los hombros y asegurándola de nuevo con la gorguera—. ¡Los elfos domésticos no quieren bajas por enfermedad ni pensiones!

Hermione miró su plato, que estaba casi intacto, puso encima el tenedor y el cuchillo y lo apartó de ella.

—«Vabos, He'mione» —dijo Ron, rociando sin querer a Harry con trocitos de budín de Yorkshire—. «Va'a», lo siento, «Adry». —Tragó—. ¡Porque te mueras de hambre no vas a conseguir que tengan bajas por enfermedad!

—Esclavitud —dijo Hermione, respirando con dificultad—. Así es como se hizo esta cena: mediante la esclavitud.

Y se negó a probar otro bocado.

La lluvia seguía golpeando con fuerza contra los altos y oscuros ventanales. Otro trueno hizo vibrar los cristales, y el techo que reproducía la tormenta del cielo brilló iluminando la vajilla de oro justo en el momento en que los restos del plato principal se desvanecieron y fueron reemplazados, en un abrir y cerrar de ojos, por los postres.

—¡Tarta de melaza, Hermione! —dijo Ron, dándosela a oler—. ¡Bollo de pasas, mira! ¡Y pastel de chocolate!

Pero la mirada que le dirigió Hermione le recordó hasta tal punto la de la profesora McGonagall que prefirió desistir.

Una vez terminados los postres y cuando los últimos restos desaparecieron de los platos, dejándolos completamente limpios, Albus Dumbledore volvió a levantarse. El rumor de charla que llenaba el Gran Comedor se apagó al instante, y sólo se oyó el silbido del viento y la lluvia golpeando contra los ventanales.

—¡Bien! —dijo Dumbledore, sonriéndoles a todos—. Ahora que todos estamos bien comidos —Hermione lanzó un gruñido—, debo una vez más rogar vuestra atención mientras os comunico algunas noticias:

»El señor Filch, el conserje, me ha pedido que os comunique que la lista de objetos prohibidos en el castillo se ha visto incrementada este año con la inclusión de los yoyós gritadores, los discos voladores con colmillos y los bumeranes-porrazo. La lista completa comprende ya cuatrocientos treinta y siete artículos, según creo, y puede consultarse en la conserjería del señor Filch.

La boca de Dumbledore se crispó un poco en las comisuras. Luego prosiguió:

—Como cada año, quiero recordaros que el bosque que está dentro de los terrenos del castillo es una zona prohibida a los estudiantes. Otro tanto ocurre con el pueblo de Hogsmeade para todos los alumnos de primero y de segundo.

»Es también mi doloroso deber informaros de que la Copa de quidditch no se celebrará este curso.

—¿Qué? —dijo Harry sin aliento.

Miró a Fred y George, sus compañeros del equipo de quidditch. Le decían algo a Dumbledore moviendo sólo los labios, sin pronunciar ningún sonido, porque debían de estar demasiado consternados para poder hablar. Dumbledore continuó:

—Esto se debe a un acontecimiento que dará comienzo en octubre y continuará a lo largo de todo el curso, acaparando una gran parte del tiempo y la energía de los profesores... pero estoy seguro de que lo disfrutaréis enormemente. Tengo el gran placer de anunciar que este año en Hogwarts...

Pero en aquel momento se escuchó un trueno ensordecedor, y las puertas del Gran Comedor se abrieron de golpe.

En la puerta apareció un hombre que se apoyaba en un largo bastón y se cubría con una capa negra de viaje. Todas las cabezas en el Gran Comedor se volvieron para observar al extraño, repentinamente iluminado por el resplandor de un rayo que apareció en el techo. Se bajó la capucha, sacudió una larga melena en parte cana y en parte negra, y caminó hacia la mesa de los profesores.

Un sordo golpe repitió cada uno de sus pasos por el Gran Comedor. Llegó a un extremo de la mesa de los profesores, se volvió a la derecha y fue cojeando pesadamente hacia Dumbledore. El resplandor de otro rayo cruzó el techo. Hermione ahogó un grito.

Aquella luz había destacado el rostro del hombre, y era un rostro muy diferente de cuantos Harry había visto en su vida. Parecía como labrado en un trozo de madera desgastado por el tiempo y la lluvia, por alguien que no tenía la más leve idea de cómo eran los rostros humanos y que además no era nada habilidoso con el formón. Cada centímetro de la piel parecía una cicatriz. La boca era como un tajo en diagonal, y le faltaba un buen trozo de la nariz. Pero lo que lo hacía verdaderamente terrorífico eran los ojos.

Uno de ellos era pequeño, oscuro y brillante. El otro era grande, redondo como una moneda y de un azul vívido, eléctrico. El ojo azul se movía sin cesar, sin parpadear, girando para arriba y para abajo, a un lado y a otro, completamente independiente del ojo normal... y luego se quedaba en blanco, como si mirara al interior de la cabeza.

El extraño llegó hasta Dumbledore. Le tendió una mano tan toscamente formada como su cara, y Dumbledore la estrechó, murmurando palabras que Harry no consiguió oír. Parecía estar haciéndole preguntas al extraño, que negaba con la cabeza, sin sonreír, y contestaba en voz muy baja. Dumbledore asintió también con la cabeza, y le mostró al hombre el asiento vacío que había a su derecha.

El extraño se sentó y sacudió su melena para apartarse el pelo entrecano de la cara; se acercó un plato de salchichas, lo levantó hacia lo que le quedaba de nariz y lo olfateó. A continuación se sacó del bolsillo una pequeña navaja, pinchó una de las salchichas por un extremo y empezó a comérsela. Su ojo normal estaba fijo en la salchicha, pero el azul seguía yendo de un lado para otro sin descanso, moviéndose en su cuenca, fijándose tanto en el Gran Comedor como en los estudiantes.

—Os presento a nuestro nuevo profesor de Defensa Contra las Artes Oscuras —dijo animadamente Dumbledore, ante el silencio de la sala—: el profesor Moody.

Lo normal era que los nuevos profesores fueran recibidos con saludos y aplausos, pero nadie aplaudió aquella vez, ni entre los profesores ni entre los alumnos, a excepción de Hagrid y Dumbledore. El sonido de las palmadas de ambos resonó tan tristemente en medio del silencio que enseguida dejaron de aplaudir. Todos los demás parecían demasiado impresionados por la extraña apariencia de Moody para hacer algo más que mirarlo.

—¿Moody? —le susurró Harry a Ron—. ¿*Ojoloco* Moody? ¿Al que tu padre ha ido a ayudar esta mañana?

—Debe de ser él —dijo Ron, con voz asustada.

—¿Qué le ha ocurrido? —preguntó Hermione en voz muy baja—. ¿Qué le pasó en la cara?

—No lo sé —contestó Ron, observando a Moody con fascinación.

Moody parecía totalmente indiferente a aquella fría acogida. Haciendo caso omiso de la jarra de zumo de calabaza que tenía delante, volvió a buscar en su capa de viaje, sacó una petaca y echó un largo trago de su contenido. Al levantar el brazo para beber, la capa se alzó unos centímetros del suelo, y Harry vio, por debajo de la mesa, parte de una pata de palo que terminaba en una garra.

Dumbledore volvió a aclararse la garganta.

—Como iba diciendo —siguió, sonriendo a la multitud de estudiantes que tenía delante, todos los cuales seguían con la mirada fija en *Ojoloco* Moody—, tenemos el honor de ser la sede de un emocionante evento que tendrá lugar durante los próximos meses, un evento que no se celebraba desde hacía más de un siglo. Es un gran placer para mí informaros de que este curso tendrá lugar en Hogwarts el Torneo de los tres magos.

—¡Se está quedando con nosotros! —dijo Fred en voz alta.

Repentinamente se quebró la tensión que se había apoderado del Gran Comedor desde la entrada de Moody. Casi todo el mundo se rió, y Dumbledore también, como apreciando la intervención de Fred.

—No me estoy quedando con nadie, señor Weasley —repuso—, aunque, hablando de quedarse con la gente, este verano me han contado un chiste buenísimo sobre un trol, una bruja y un leprechaun que entran en un bar...

La profesora McGonagall se aclaró ruidosamente la garganta.

—Eh... bueno, quizá no sea éste el momento más apropiado... No, es verdad —dijo Dumbledore—. ¿Dónde estaba? ¡Ah, sí, el Torneo de los tres magos! Bien, algunos de vosotros seguramente no sabéis qué es el Torneo de los tres magos, así que espero que los que lo saben me perdonen por dar una breve explicación mientras piensan en otra cosa.

»El Torneo de los tres magos tuvo su origen hace unos setecientos años, y fue creado como una competición amistosa entre las tres escuelas de magia más importantes de Europa: Hogwarts, Beauxbatons y Durmstrang. Para representar a cada una de estas escuelas se elegía un campeón, y los tres campeones participaban en tres pruebas mágicas. Las escuelas se turnaban para ser la sede del Torneo, que tenía lugar cada cinco años, y se consideraba un medio excelente de establecer lazos entre jóvenes magos y brujas de diferentes nacionalidades... hasta que el número de muertes creció tanto que decidieron interrumpir la celebración del Torneo.

—¿El número de muertes? —susurró Hermione, algo asustada.

Pero la mayoría de los alumnos que había en el Gran Comedor no parecían compartir aquel miedo: muchos de ellos cuchicheaban emocionados, y el mismo Harry estaba más interesado en seguir oyendo detalles sobre el Torneo que en preocuparse por unas muertes que habían ocurrido hacía más de cien años.

—En todo este tiempo ha habido varios intentos de volver a celebrar el Torneo —prosiguió Dumbledore—, ninguno de los cuales tuvo mucho éxito. Sin embargo, nuestros departamentos de Cooperación Mágica Internacional y de Deportes y Juegos Mágicos han decidido que éste es un buen momento para volver a intentarlo. Hemos trabajado a fondo este verano para asegurarnos de que esta vez ningún campeón se encuentre en peligro mortal.

»En octubre llegarán los directores de Beauxbatons y de Durmstrang con su lista de candidatos, y la selección de los tres campeones tendrá lugar en Halloween. Un juez imparcial decidirá qué estudiantes reúnen más méritos para competir por la Copa de los tres magos, la gloria de su colegio y el premio en metálico de mil galeones.

—¡Yo voy a intentarlo! —dijo entre dientes Fred Weasley, con la cara iluminada de entusiasmo ante la perspectiva de semejante gloria y riqueza. No debía de ser el único que se estaba imaginando a sí mismo como campeón de Hogwarts. En cada una de las mesas, Harry veía a estudiantes que miraban a Dumbledore con expresión de arrebato, o que cuchicheaban con los vecinos completamente emocionados. Pero Dumbledore volvió a hablar, y en el Gran Comedor se hizo otra vez el silencio.

—Aunque me imagino que todos estaréis deseando llevaros la Copa del Torneo de los tres magos —dijo—, los directores de los tres colegios participantes, de común acuerdo con el Ministerio de Magia, hemos decidido establecer una restricción de edad para los contendientes de este año. Sólo los estudiantes que tengan la edad requerida (es decir, diecisiete años o más) podrán proponerse a consideración. Ésta —Dumbledore levantó ligeramente la voz debido a que algunos hacían ruidos de protesta en respuesta a sus últimas palabras, especialmente los gemelos Weasley, que parecían de repente furiosos— es una medida que estimamos necesaria dado que las tareas del Torneo serán difíciles y peligrosas, por muchas precauciones que tomemos, y resulta muy improbable que los alumnos de cursos inferiores a sexto y séptimo sean capaces de enfrentarse a ellas. Me aseguraré personalmente de que ningún estudiante menor de esa edad engañe a nuestro juez imparcial para convertirse en campeón de Hogwarts. —Sus ojos de color azul claro brillaron especialmente cuando los guiñó hacia los rostros de Fred y George, que mostraban una expresión de desafío—. Así pues, os ruego que no perdáis el tiempo presentándoos si no habéis cumplido los diecisiete años.

»Las delegaciones de Beauxbatons y Durmstrang llegarán en octubre y permanecerán con nosotros la mayor parte del curso. Sé que todos trataréis a nuestros huéspedes extranjeros con extremada cortesía mientras están con nosotros, y que daréis vuestro apoyo al campeón de Hogwarts cuando sea elegido o elegida. Y ya se va haciendo tarde y sé lo importante que es para todos vosotros estar despiertos y descansados para empezar las clases mañana por la mañana. ¡Hora de dormir! ¡Andando!

Dumbledore volvió a sentarse y siguió hablando con *Ojoloco* Moody. Los estudiantes hicieron mucho ruido al ponerse en pie y dirigirse hacia la doble puerta del vestíbulo.

—¡No pueden hacer eso! —protestó George Weasley, que no se había unido a la multitud que avanzaba hacia la salida sino que se había quedado quieto, de pie y mirando a Dumbledore—. Nosotros cumpliremos los diecisiete en abril: ¿por qué no podemos tener una oportunidad?

—No me van a impedir que entre —aseguró Fred con testarudez, mirando a la mesa de profesores con el entrecejo fruncido—. Los campeones tendrán que hacer un montón de cosas que en condiciones normales nunca nos permitirían. ¡Y hay mil galeones de premio!

—Sí —asintió Ron, con expresión soñadora—. Sí, mil galeones...

—Vamos —dijo Hermione—, si no nos movemos nos vamos a quedar aquí solos.

Harry, Ron, Hermione, Fred y George salieron por el vestíbulo; los gemelos iban hablando de lo que Dumbledore podía hacer para impedir que participaran en el Torneo los menores de diecisiete años.

—¿Quién es ese juez imparcial que va a decidir quiénes serán los campeones? —preguntó Harry.

—No lo sé —respondió Fred—, pero es a él a quien tenemos que engañar. Supongo que un par de gotas de poción envejecedora podrían bastar, George...

—Pero Dumbledore sabe que no tienes la edad —dijo Ron.

—Ya, pero él no es el que decide quién será el campeón, ¿no? —dijo Fred astutamente—. Me da la impresión de que cuando ese juez sepa quién quiere participar escogerá al mejor de cada colegio y no le importará mucho la edad. Dumbledore pretende que no lleguemos a presentarnos.

—¡Pero ha habido muertos! —señaló Hermione con voz preocupada mientras atravesaban una puerta oculta tras un tapiz y comenzaban a subir otra escalera más estrecha.

—Sí —admitió Fred, sin darle importancia—, pero eso fue hace años, ¿no? Además, ¿es que puede haber diversión sin un poco de riesgo? ¡Eh, Ron!, y si averiguamos cómo engañar a Dumbledore, ¿no te gustaría participar?

—¿Qué te parece? —le preguntó Ron a Harry—. Estaría bien participar, ¿no? Pero supongo que elegirán a alguien mayor... No sé si estamos preparados...

—Yo, desde luego, no lo estoy —dijo desde detrás de Fred y George la voz triste de Neville—. Supongo que a mi abuela le gustaría que lo intentara. Siempre me dice que debería mantener alto el honor de la familia. Tendré que... ¡Ay!

Neville acababa de hundir un pie en un peldaño a mitad de la escalera. En Hogwarts había muchos escalones falsos como aquél. Para la mayor parte de los estudiantes que llevaban cierto tiempo en Hogwarts, saltar aquellos escalones especiales se había convertido en un acto inconsciente, pero la memoria de Neville era nefasta. Entre Harry y Ron lo agarraron por las axilas y le liberaron el pie, mientras una armadura que había al final de la escalera se reía con un tintineo de sus piezas de metal.

—¡Cállate! —le dijo Ron, bajándole la visera al pasar.

Fueron hasta la entrada de la torre de Gryffindor, que estaba oculta tras el enorme retrato de una señora gorda con un vestido de seda rosa.

—¿La contraseña? —preguntó cuando los vio aproximarse.

—«¡Tonterías!» —respondió George—. Es lo que me ha dicho abajo un prefecto.

El retrato se abrió hacia ellos para mostrar un hueco en el muro, a través del cual entraron. Un fuego crepitaba en la sala común de forma circular, abarrotada de mesas y de butacones mullidos. Hermione dirigió una mirada sombría a las alegres llamas, y Harry la oyó murmurar claramente «esclavitud» antes de volverse a ellos para darles las buenas noches y desaparecer por la puerta hacia el dormitorio de las chicas.

Harry, Ron y Neville subieron por la última escalera, que era de caracol, para ir a su dormitorio, que se hallaba al final de la torre. Pegadas a la pared había cinco camas con dosel de color carmesí intenso, cada una de las cuales tenía a los pies el baúl de su propietario. Dean y Seamus se metían ya en la cama. Seamus había colgado la escarapela del equipo de Irlanda en la cabecera de la suya, y Dean había clavado con chinchetas el póster de Viktor Krum sobre la mesita de noche. El antiguo póster del equipo de fútbol de West Ham estaba justo al lado.

—Está pirado —comentó Ron suspirando y moviendo la cabeza de lado a lado ante los futbolistas de papel.

Harry, Ron y Neville se pusieron el pijama y se metieron en la cama. Alguien (un elfo doméstico, sin duda) había colocado calentadores entre las sábanas. Era muy placentero estar allí, en la cama, y escuchar la tormenta que azotaba fuera.

—Podría presentarme —dijo Ron en la oscuridad, medio dormido—, si Fred y George descubren cómo hacerlo... El Torneo... nunca se sabe, ¿verdad?

—Supongo que no... —Harry se dio la vuelta en la cama y una serie de nuevas imágenes deslumbrantes se le formaron en la mente: engañaba a aquel juez imparcial y le hacía creer que tenía diecisiete años... Lo elegían campeón de Hogwarts... Se hallaba en el campo, con los brazos alzados delante de todo el colegio, y sus compañeros lo ovacionaban... Acababa de ganar el Torneo de los tres magos, y de entre la borrosa multitud se destacaba claramente el rostro de Cho, resplandeciente de admiración...

Harry sonrió a la almohada, contento de que Ron no pudiera ver lo que él veía.

13

Ojoloco Moody

A la mañana siguiente la tormenta se había ido a otra parte, aunque el techo del Gran Comedor seguía teniendo un aspecto muy triste. Durante el desayuno, unas nubes enormes del color gris del peltre se arremolinaban sobre las cabezas de los alumnos, mientras Harry, Ron y Hermione examinaban sus nuevos horarios. Unos asientos más allá, Fred, George y Lee Jordan discurrían métodos mágicos de envejecerse y engañar al juez para poder participar en el Torneo de los tres magos.

—Hoy no está mal: fuera toda la mañana —dijo Ron pasando el dedo por la columna del lunes de su horario—. Herbología con los de Hufflepuff y Cuidado de Criaturas Mágicas... ¡Maldita sea!, seguimos teniéndola con los de Slytherin...

—Y esta tarde dos horas de Adivinación —gruñó Harry, observando el horario. Adivinación era su materia menos apreciada, aparte de Pociones. La profesora Trelawney siempre estaba prediciendo la muerte de Harry, cosa que a él no le hacía ni pizca de gracia.

—Tendríais que haber abandonado esa asignatura como hice yo —dijo Hermione con énfasis, untando mantequilla en la tostada—. De esa manera estudiaríais algo sensato como Aritmancia.

—Estás volviendo a comer, según veo —dijo Ron, mirando a Hermione y las generosas cantidades de mermelada que añadía a su tostada, encima de la mantequilla.

—He llegado a la conclusión de que hay mejores medios de hacer campaña por los derechos de los elfos —repuso Hermione con altivez.

—Sí... y además tenías hambre —comentó Ron, sonriendo.

De repente oyeron sobre ellos un batir de alas, y un centenar de lechuzas entró volando a través de los ventanales abiertos. Llevaban el correo matutino. Instintivamente, Harry alzó la vista, pero no vio ni una mancha blanca entre la masa parda y gris. Las lechuzas volaron alrededor de las mesas, buscando a las personas a las que iban dirigidas las cartas y paquetes que transportaban. Un cárabo grande se acercó a Neville Longbottom y dejó caer un paquete sobre su regazo. A Neville casi siempre se le olvidaba algo. Al otro lado del Gran Comedor, el búho de Draco Malfoy se posó sobre su hombro, llevándole lo que parecía su acostumbrado suplemento de dulces y pasteles procedentes de su casa. Tratando de olvidar el nudo en el estómago provocado por la desilusión, Harry volvió a sus gachas de avena. ¿Era posible que le hubiera sucedido algo a *Hedwig* y que Sirius no hubiera llegado a recibir la carta?

Sus preocupaciones le duraron todo el recorrido a través del embarrado camino que llevaba al Invernadero 3; pero, una vez en él, la profesora Sprout lo distrajo de ellas al mostrar a la clase las plantas más feas que Harry había visto nunca. Desde luego, no parecían tanto plantas como gruesas y negras babosas gigantes que salieran verticalmente de la tierra. Todas estaban algo retorcidas, y tenían una serie de bultos grandes y brillantes que parecían llenos de líquido.

—Son *bubotubérculos* —les dijo con énfasis la profesora Sprout—. Hay que exprimirlas, para recoger el pus...

—¿El qué? —preguntó Seamus Finnigan, con asco.

—El pus, Finnigan, el pus —dijo la profesora Sprout—. Es extremadamente útil, así que espero que no se pierda nada. Como decía, recogeréis el pus en estas botellas. Tenéis que poneros los guantes de piel de dragón, porque el pus de un bubotubérculo puede tener efectos bastante molestos en la piel cuando no está diluido.

Exprimir los bubotubérculos resultaba desagradable, pero curiosamente satisfactorio. Cada vez que se reventaba uno de los bultos, salía de golpe un líquido espeso de color amarillo verdoso que olía intensamente a petróleo. Lo fueron introduciendo en las botellas, tal como les había indicado la profesora Sprout, y al final de la clase habían recogido varios litros.

—La señora Pomfrey se pondrá muy contenta —comentó la profesora Sprout, tapando con un corcho la última botella—. El pus de bubotubérculo es un remedio excelente para las formas más persistentes de acné. Les evitaría a los estudiantes tener que recurrir a ciertas medidas desesperadas para librarse de los granos.

—Como la pobre Eloise Migden —dijo Hannah Abbott, alumna de Hufflepuff, en voz muy baja—. Intentó quitárselos mediante una maldición.

—Una chica bastante tonta —afirmó la profesora Sprout, moviendo la cabeza—. Pero al final la señora Pomfrey consiguió ponerle la nariz donde la tenía.

El insistente repicar de una campana procedente del castillo resonó en los húmedos terrenos del colegio, señalando que la clase había finalizado, y el grupo de alumnos se dividió: los de Hufflepuff subieron al aula de Transformaciones, y los de Gryffindor se encaminaron en sentido contrario, bajando por la explanada, hacia la pequeña cabaña de madera de Hagrid, que se alzaba en el mismo borde del bosque prohibido.

Hagrid los estaba esperando de pie, fuera de la cabaña, con una mano puesta en el collar de *Fang*, su enorme perro jabalinero de color negro. En el suelo, a sus pies, había varias cajas de madera abiertas, y *Fang* gimoteaba y tiraba del collar, ansioso por investigar el contenido. Al acercarse, un traqueteo llegó a sus oídos, acompañado de lo que parecían pequeños estallidos.

—¡Buenas! —saludó Hagrid, sonriendo a Harry, Ron y Hermione—. Será mejor que esperemos a los de Slytherin, que no querrán perderse esto: ¡*escregutos* de cola explosiva!

—¿Cómo? —preguntó Ron.

Hagrid señaló las cajas.

—¡Ay! —chilló Lavender Brown, dando un salto hacia atrás.

En opinión de Harry, la interjección «ay» daba cabal idea de lo que eran los escregutos de cola explosiva. Parecían langostas deformes de unos quince centímetros de largo, sin caparazón, horriblemente pálidas y de aspecto viscoso, con patitas que les salían de sitios muy raros y sin cabeza visible. En cada caja debía de haber cien, que se movían unos encima de otros y chocaban a ciegas contra las paredes. Despedían un intenso olor a pescado podrido. De vez en cuando saltaban chispas de la cola de un escreguto que, haciendo un suave «¡fut!», salía despedido a un palmo de distancia.

—Recién nacidos —dijo con orgullo Hagrid—, para que podáis criarlos vosotros mismos. ¡He pensado que puede ser un pequeño proyecto!

—¿Y por qué tenemos que criarlos? —preguntó una voz fría.

Acababan de llegar los de Slytherin. El que había hablado era Draco Malfoy. Crabbe y Goyle le reían la gracia.

Hagrid se quedó perplejo ante la pregunta.

—Sí, ¿qué hacen? —insistió Malfoy—. ¿Para qué sirven?

Hagrid abrió la boca, según parecía haciendo un considerable esfuerzo para pensar. Hubo una pausa que duró unos segundos, al cabo de la cual dijo bruscamente:

—Eso lo sabrás en la próxima clase, Malfoy. Hoy sólo tienes que darles de comer. Pero tendréis que probar con diferentes cosas. Nunca he tenido escregutos, y no estoy seguro de qué les gusta. He traído huevos de hormiga, hígado de rana y trozos de culebra. Probad con un poco de cada.

—Primero el pus y ahora esto —murmuró Seamus.

Nada salvo el profundo afecto que le tenían a Hagrid podría haber convencido a Harry, Ron y Hermione de coger puñados de hígado despachurrado de rana y tratar de tentar con él a los escregutos de cola explosiva. A Harry no se le iba de la cabeza la idea de que aquello era completamente absurdo, porque los escregutos ni siquiera parecían tener boca.

—¡Ay! —gritó Dean Thomas, unos diez minutos después—. ¡Me ha hecho daño!

179

Hagrid, nervioso, corrió hacia él.

—¡Le ha estallado la cola y me ha quemado! —explicó Dean enfadado, mostrándole a Hagrid la mano enrojecida.

—¡Ah, sí, eso puede pasar cuando explotan! —dijo Hagrid, asintiendo con la cabeza.

—¡Ay! —exclamó de nuevo Lavender Brown—. Hagrid, ¿para qué hacemos esto?

—Bueno, algunos tienen aguijón —repuso con entusiasmo Hagrid (Lavender se apresuró a retirar la mano de la caja)—. Probablemente son los machos... Las hembras tienen en la barriga una especie de cosa succionadora... creo que es para chupar sangre.

—Ahora ya comprendo por qué estamos intentando criarlos —dijo Malfoy sarcásticamente—. ¿Quién no querría tener una mascota capaz de quemarlo, aguijonearlo y chuparle la sangre al mismo tiempo?

—El que no sean muy agradables no quiere decir que no sean útiles —replicó Hermione con brusquedad—. La sangre de dragón es increíblemente útil por sus propiedades mágicas, aunque nadie querría tener un dragón como mascota, ¿no?

Harry y Ron sonrieron mirando a Hagrid, quien también les dirigió disimuladamente una sonrisa tras su poblada barba. Nada le hubiera gustado más a Hagrid que tener como mascota un dragón, como sabían muy bien Harry, Ron y Hermione: cuando ellos estaban en primer curso, Hagrid había poseído durante un breve período un fiero ridgeback noruego al que llamaba *Norberto*. Sencillamente, Hagrid tenía debilidad por las criaturas monstruosas: cuanto más peligrosas, mejor.

—Bueno, al menos los escregutos son pequeños —comentó Ron una hora más tarde, mientras regresaban al castillo para comer.

—Lo son ahora —repuso Hermione, exasperada—. Cuando Hagrid haya averiguado lo que comen, me temo que pueden hacerse de dos metros.

—Bueno, no importará mucho si resulta que curan el mareo o algo, ¿no? —dijo Ron con una sonrisa pícara.

—Sabes bien que eso sólo lo dije para que Malfoy se callara —contestó Hermione—. Pero la verdad es que sospecho que tiene razón. Lo mejor que se podría hacer con ellos es pisarlos antes de que nos empiecen a atacar.

Se sentaron a la mesa de Gryffindor y se sirvieron patatas y chuletas de cordero. Hermione empezó a comer tan rápido que Harry y Ron se quedaron mirándola.

—Eh... ¿se trata de la nueva estrategia de campaña por los derechos de los elfos? —le preguntó Ron—. ¿Intentas vomitar?

—No —respondió Hermione con toda la elegancia que le fue posible teniendo la boca llena de coles de Bruselas—. Sólo quiero ir a la biblioteca.

—¿Qué? —exclamó Ron sin dar crédito a sus oídos—. Hermione, ¡hoy es el primer día del curso! ¡Todavía no nos han puesto deberes!

Hermione se encogió de hombros y siguió engullendo la comida como si no hubiera probado bocado en varios días. Luego se puso en pie de un salto, les dijo «¡Os veré en la cena!» y salió a toda velocidad.

Cuando sonó la campana para anunciar el comienzo de las clases de la tarde, Harry y Ron se encaminaron hacia la torre norte, en la que, al final de una estrecha escalera de caracol, una escala plateada ascendía hasta una trampilla circular que había en el techo, por la que se entraba en el aula donde vivía la profesora Trelawney.

Al acercarse a la trampilla recibieron el impacto de un familiar perfume dulzón que emanaba de la hoguera de la chimenea. Como siempre, todas las cortinas estaban corridas. El aula, de forma circular, se hallaba bañada en una luz tenue y rojiza que provenía de numerosas lámparas tapadas con bufandas y pañoletas. Harry y Ron caminaron entre los sillones tapizados con tela de colores, ya ocupados, y los cojines que abarrotaban la habitación, y se sentaron a la misma mesa camilla.

—Buenos días —dijo la tenue voz de la profesora Trelawney justo a la espalda de Harry, que dio un respingo.

Era una mujer sumamente delgada, con unas gafas enormes que hacían parecer sus ojos excesivamente grandes para la cara, y miraba a Harry con la misma trágica expresión que adoptaba cada vez que lo veía. La acostumbrada abundancia de abalorios, cadenas y pulseras brillaba sobre su persona a la luz de la hoguera.

—Estás preocupado, querido mío —le dijo a Harry en tono lúgubre—. Mi ojo interior puede ver por detrás de tu valeroso rostro la atribulada alma que habita dentro. Y lamento decirte que tus preocupaciones no carecen de motivo. Veo ante ti tiempos difíciles... muy difíciles... Presiento que eso que temes realmente ocurrirá... y quizá antes de lo que crees...

La voz se convirtió en un susurro. Ron miró a Harry, y éste le devolvió la mirada muy fríamente. La profesora Trelawney los dejó y fue a sentarse en un sillón grande de orejas ante el fuego, de cara a la clase. Lavender Brown y Parvati Patil, que admiraban intensamente a la profesora Trelawney, estaban sentadas sobre cojines muy cerca de ella.

—Queridos míos, ha llegado la hora de mirar las estrellas —dijo—: los movimientos de los planetas y los misteriosos prodigios que revelan tan sólo a aquellos capaces de comprender los pasos de su danza celestial. El destino humano puede descifrarse en los rayos planetarios, que se entrecruzan...

Pero los pensamientos de Harry se habían lanzado a vagar. Aquel fuego perfumado siempre conseguía adormecerlo y atontarlo, y las divagaciones de la profesora Trelawney nunca lograban lo que se dice encandilarlo... aunque en aquel momento no podía dejar de pensar en lo que ella le acababa de decir: «Presiento que eso que temes realmente ocurrirá...»

Pero Hermione tenía razón, pensó Harry de mal talante: la profesora Trelawney no era más que un fraude. En aquel momento no había nada que él temiera, en absoluto... bueno, salvo que se tuvieran en cuenta los temores de que hubieran atrapado a Sirius. Pero ¿qué sabía la profesora Trelawney? Hacía mucho que había llegado a la conclusión de que su don adivinatorio no era nada más que aprovechar las casualidades y echarle mucho misterio a la cosa.

Excepto, claro está, aquella vez al final del último curso, cuando predijo que Voldemort se alzaría de nuevo. El mismo Dumbledore dijo que aquel trance le parecía auténtico, después de que Harry se lo describió...

—¡Harry! —susurró Ron.

—¿Qué?

Harry miró a su alrededor. Toda la clase se estaba fijando en él. Se sentó más tieso. Había estado a punto de dormirse, entre el calor y sus pensamientos.

—Estaba diciendo, querido mío, que tú naciste claramente bajo la torva influencia de Saturno —dijo la profesora Trelawney con una leve nota de resentimiento en la voz ante el hecho de que Harry no hubiera estado pendiente de sus palabras.

—Perdón, ¿nací bajo qué? —preguntó Harry.

—Saturno, querido mío, ¡el planeta Saturno! —repitió la profesora Trelawney, decididamente irritada porque Harry no parecía impresionado por esta noticia—. Estaba diciendo que Saturno se hallaba seguramente en posición dominante en el momento de tu nacimiento: tu pelo oscuro, tu estatura exigua, las trágicas pérdidas que sufriste tan temprano en la vida... Creo que no me equivoco al pensar, querido mío, que naciste justo a mitad del invierno, ¿no es así?

—No —contestó Harry—. Nací en julio.

Ron se apresuró a convertir su risa en una áspera tos.

Media hora después la profesora Trelawney le dio a cada alumno un complicado mapa circular, con el que intentaron averiguar la posición de cada uno de los planetas en el momento de su nacimiento. Era un trabajo pesado, que requería mucha consulta de tablas horarias y cálculo de ángulos.

—A mí me salen dos Neptunos —dijo Harry después de un rato, observando con el entrecejo fruncido su trozo de pergamino—. No puede estar bien, ¿verdad?

—Aaaaaah —dijo Ron, imitando el tenue tono de la profesora Trelawney—, cuando aparecen en el cielo dos Neptunos es un indicio infalible de que va a nacer un enano con gafas, Harry...

Seamus y Dean, que trabajaban cerca de ellos, se rieron con fuerza, aunque no lo bastante para amortiguar los emocionados chillidos de Lavender Brown.

—¡Profesora, mire! ¡He encontrado un planeta desconocido!, ¿qué es, profesora?

—Es Urano, querida mía —le dijo la profesora Trelawney mirando el mapa.

—¿Puedo echarle yo también un vistazo a tu Ur-ano, Lavender? —preguntó Ron con sorna.

Desgraciadamente, la profesora Trelawney lo oyó, y seguramente fue ése el motivo de que les pusiera tanto trabajo al final de la clase.

—Un análisis detallado de la manera en que os afectarán los movimientos planetarios durante el próximo mes, con referencias a vuestro mapa personal —dijo en un tono duro que recordaba más al de la profesora McGonagall que al suyo propio—. ¡Quiero que me lo entreguéis el próximo lunes, y no admito excusas!

—¡Rata vieja! —se quejó Ron con amargura mientras descendían la escalera con todos los demás de regreso al Gran Comedor, para la cena—. Eso nos llevará todo el fin de semana, ya verás.

—¿Muchos deberes? —les preguntó muy alegre Hermione, al alcanzarlos—. ¡La profesora Vector no nos ha puesto nada!

—Bien, ¡bravo por la profesora Vector! —dijo Ron, de mal humor.

Llegaron al vestíbulo, abarrotado ya de gente que hacía cola para entrar a cenar. Acababan de ponerse en la cola cuando oyeron una voz estridente a sus espaldas:

—¡Weasley! ¡Eh, Weasley!

Harry, Ron y Hermione se volvieron. Malfoy, Crabbe y Goyle estaban ante ellos, muy contentos por algún motivo.

—¿Qué? —contestó Ron lacónicamente.

—¡Tu padre ha salido en el periódico, Weasley! —anunció Malfoy, blandiendo un ejemplar de *El Profeta* y hablando muy alto, para que todos cuantos abarrotaban el vestíbulo pudieran oírlo—. ¡Escucha esto!

MÁS ERRORES EN EL MINISTERIO DE MAGIA

Parece que los problemas del Ministerio de Magia no se acaban, escribe Rita Skeeter, nuestra enviada especial. Muy cuestionados últimamente por la falta de seguridad evidenciada en los Mundiales de quidditch, y aún incapaces de explicar la desaparición de una de sus brujas, los funcionarios del Ministerio se vieron inmersos ayer en otra situación embarazosa a causa de la actuación de Arnold Weasley, del Departamento Contra el Uso Incorrecto de los Objetos Muggles.

Malfoy levantó la vista.

—Ni siquiera aciertan con su nombre, Weasley, pero no es de extrañar tratándose de un don nadie, ¿verdad? —dijo exultante.

Todo el mundo escuchaba en el vestíbulo. Con un floreo de la mano, Malfoy volvió a alzar el periódico y leyó:

Arnold Weasley, que hace dos años fue castigado por la posesión de un coche volador, se vio ayer envuelto en una pelea con varios guardadores de la ley muggles (llamados «policías») a propósito de ciertos contenedores de basura muy agresivos. Parece que el señor Weasley acudió raudo en ayuda de *Ojoloco* Moody, el anciano ex auror que abandonó el Ministerio cuando dejó de distinguir entre un apretón de manos y un intento de asesinato. No es extraño que, habiéndose personado en la muy protegida casa del señor Moody, el señor Weasley hallara que su dueño, una vez más, había hecho saltar una falsa alarma. El señor Weasley no tuvo otro remedio que modificar varias memorias antes de escapar de la policía, pero rehusó explicar a *El Profeta* por qué había comprometido al Ministerio en un incidente tan poco digno y con tantas posibilidades de resultar muy embarazoso.

—¡Y viene una foto, Weasley! —añadió Malfoy, dándole la vuelta al periódico y levantándolo—. Una foto de tus padres a la puerta de su casa... ¡bueno, si esto se puede llamar casa! Tu madre tendría que perder un poco de peso, ¿no crees?

Ron temblaba de furia. Todo el mundo lo miraba.

—Métetelo por donde te quepa, Malfoy —dijo Harry—. Vamos, Ron...

—¡Ah, Potter! Tú has pasado el verano con ellos, ¿verdad? —dijo Malfoy con aire despectivo—. Dime, ¿su madre tiene al natural ese aspecto de cerdito, o es sólo la foto?

—¿Y te has fijado en tu madre, Malfoy? —preguntó Harry. Tanto él como Hermione sujetaban a Ron por la túnica para impedir que se lanzara contra Malfoy—. Esa expresión que tiene, como si estuviera oliendo mierda, ¿la tiene siempre, o sólo cuando estás tú cerca?

El pálido rostro de Malfoy se puso sonrosado.

—No te atrevas a insultar a mi madre, Potter.

—Pues mantén cerrada tu grasienta bocaza —le contestó Harry, dándose la vuelta.

¡BUM!

Hubo gritos. Harry notó que algo candente le arañaba un lado de la cara, y metió la mano en la túnica para coger la varita. Pero, antes de que hubiera llegado a tocarla, oyó un segundo ¡BUM! y un grito que retumbó en todo el vestíbulo.

—¡AH, NO, TÚ NO, MUCHACHO!

Harry se volvió completamente. El profesor Moody bajaba cojeando por la escalinata de mármol. Había sacado la varita y apuntaba con ella a un hurón blanco que tiritaba sobre el suelo de losas de piedra, en el mismo lugar en que había estado Malfoy.

Un aterrorizado silencio se apoderó del vestíbulo. Salvo Moody, nadie movía un músculo. Moody se volvió para mirar a Harry. O, al menos, lo miraba con su ojo normal. El otro estaba en blanco, como dirigido hacia el interior de su cabeza.

—¿Te ha dado? —gruñó Moody. Tenía una voz baja y grave.

—No —respondió Harry—, sólo me ha rozado.

—¡DÉJALO! —gritó Moody.

—¿Que deje... qué? —preguntó Harry, desconcertado.

—No te lo digo a ti... ¡se lo digo a él! —gruñó Moody, señalando con el pulgar, por encima del hombro, a Crabbe, que se había quedado paralizado a punto de coger el hurón blanco. Según parecía, el ojo giratorio de Moody era mágico, y podía ver lo que ocurría detrás de él.

Moody se acercó cojeando a Crabbe, Goyle y el hurón, que dio un chillido de terror y salió corriendo hacia las mazmorras.

—¡Me parece que no vas a ir a ningún lado! —le gritó Moody, volviendo a apuntar al hurón con la varita.

El hurón se elevó tres metros en el aire, cayó al suelo dando un golpe y rebotó.

—No me gusta la gente que ataca por la espalda —gruñó Moody, mientras el hurón botaba cada vez más alto, chillando de dolor—. Es algo innoble, cobarde, inmundo...

El hurón se agitaba en el aire, sacudiendo desesperado las patas y la cola.

—No... vuelvas... a hacer... eso... —dijo Moody, acompasando cada palabra a los botes del hurón.

—¡Profesor Moody! —exclamó una voz horrorizada.

La profesora McGonagall bajaba por la escalinata de mármol, cargada de libros.

—Hola, profesora McGonagall —respondió Moody con toda tranquilidad, haciendo botar aún más alto al hurón.

—¿Qué... qué está usted haciendo? —preguntó la profesora McGonagall, siguiendo con los ojos la trayectoria aérea del hurón.

—Enseñar —explicó Moody.

—Ens... Moody, ¿eso es un alumno? —gritó la profesora McGonagall al tiempo que dejaba caer todos los libros.

—Sí —contestó Moody.

—¡No! —vociferó la profesora McGonagall, bajando a toda prisa la escalera y sacando la varita. Al momento siguiente reapareció Malfoy con un ruido seco, hecho un ovillo en el suelo con el pelo lacio y rubio caído sobre la cara, que en ese momento tenía un color rosa muy vivo. Haciendo un gesto de dolor, se puso en pie.

—¡Moody, nosotros jamás usamos la transformación como castigo! —dijo con voz débil la profesora McGonagall—. Supongo que el profesor Dumbledore se lo ha explicado.

—Puede que lo haya mencionado, sí —respondió Moody, rascándose la barbilla muy tranquilo—, pero pensé que un buen susto...

—¡Lo que hacemos es dejarlos sin salir, Moody! ¡O hablamos con el jefe de la casa a la que pertenece el infractor...!

—Entonces haré eso —contestó Moody, mirando a Malfoy con desagrado.

Malfoy, que aún tenía los ojos llenos de lágrimas a causa del dolor y la humillación, miró a Moody con odio y murmuró una frase de la que se pudieron entender claramente las palabras «mi padre».

—¿Ah, sí? —dijo Moody en voz baja, acercándose con su cojera unos pocos pasos. Los golpes de su pata de palo contra el suelo retumbaron en todo el vestíbulo—. Bien, conozco a tu padre desde hace mucho, chaval. Dile que Moody vigilará a su hijo muy de cerca... Dile eso de mi parte... Bueno, supongo que el jefe de tu casa es Snape, ¿no?

—Sí —respondió Malfoy, con resentimiento.

—Otro viejo amigo —gruñó Moody—. Hace mucho que tengo ganas de charlar con el viejo Snape... Vamos, adelante... —Y agarró a Malfoy del brazo para conducirlo de camino a las mazmorras.

La profesora McGonagall los siguió unos momentos con la vista; luego apuntó con la varita a los libros que se le habían caído, y, al moverla, éstos se levantaron de nuevo en el aire y regresaron a sus brazos.

—No me habléis —les dijo Ron a Harry y Hermione en voz baja cuando unos minutos más tarde se sentaban a la mesa de Gryffindor, rodeados de gente que comentaba muy animadamente lo que había sucedido.

—¿Por qué no? —preguntó Hermione sorprendida.

—Porque quiero fijar esto en mi memoria para siempre —contestó Ron, con los ojos cerrados y una expresión de inmenso bienestar en la cara—: Draco Malfoy, el increíble hurón botador...

Harry y Hermione se rieron, y Hermione sirvió estofado de buey en los platos.

—Sin embargo, Malfoy podría haber quedado herido de verdad —dijo ella—. La profesora McGonagall hizo bien en detenerlo.

—¡Hermione! —dijo Ron como una furia, volviendo a abrir los ojos—. ¡No me estropees el mejor momento de mi vida!

Hermione hizo un ruido de reprobación y volvió a comer lo más aprisa que podía.

—¡No me digas que vas a volver ahora, por la noche, a la biblioteca! —dijo Harry, observándola.

—No tengo más remedio —repuso Hermione—. Tengo mucho que hacer.

—Pero has dicho que la profesora Vector...

—No son deberes —lo cortó ella.

Cinco minutos después, Hermione ya había dejado limpio el plato y había salido. Su sitio fue inmediatamente ocupado por Fred Weasley.

—¿Qué me decís de Moody? —exclamó—. ¿No es guay?

—Más que guay —dijo George, sentándose enfrente de Fred.

—Superguay —afirmó Lee Jordan, el mejor amigo de los gemelos, ocupando el asiento que había al lado del de George—. Esta tarde hemos tenido clase con él —les dijo a Harry y Ron.

—¿Qué tal fue? —preguntó Harry con interés.

Fred, George y Lee intercambiaron miradas muy expresivas.

—Nunca hemos tenido una clase como ésa —aseguró Fred.

—Ése sabe, tío —añadió Lee.

—¿Qué es lo que sabe? —preguntó Ron, inclinándose hacia delante.

—Sabe de verdad cómo hacerlo —dijo George con mucho énfasis.

—¿Hacer qué? —preguntó Harry.

—Luchar contra las Artes Oscuras —repuso Fred.

—Lo ha visto todo —explicó George.

—Sorprendente —dijo Lee.

Ron se abalanzó sobre su mochila en busca del horario.

—¡No tenemos clase con él hasta el jueves! —concluyó desilusionado.

14

Maldiciones imperdonables

Los dos días siguientes pasaron sin grandes incidentes, a menos que se cuente como tal el que Neville dejara que se fundiera su sexto caldero en clase de Pociones. El profesor Snape, que durante el verano parecía haber acumulado rencor en cantidades nunca antes conocidas, castigó a Neville a quedarse después de clase. Al final del castigo, Neville sufría un colapso nervioso, porque el profesor Snape lo había obligado a destripar un barril de sapos cornudos.

—Tú sabes por qué Snape está de tan mal humor, ¿verdad? —dijo Ron a Harry, mientras observaban cómo Hermione enseñaba a Neville a llevar a cabo el encantamiento antigrasa para quitarse de las uñas los restos de tripa de sapo.

—Sí —respondió Harry—. Por Moody.

Era comúnmente sabido que Snape ansiaba el puesto de profesor de Artes Oscuras, y era el cuarto año consecutivo que se le escapaba de las manos. Snape había odiado a los anteriores titulares de la asignatura y nunca se había esforzado en disimularlo. No obstante, parecía especialmente cauteloso a la hora de mostrar cualquier indicio patente de animosidad contra *Ojoloco* Moody. Desde luego, cada vez que Harry los veía juntos (a la hora de las comidas, o cuando coincidían en los corredores), se llevaba la clara impresión de que Snape rehuía los ojos de Moody, tanto el mágico como el normal.

—Me parece que Snape le tiene algo de miedo, ¿no crees? —dijo Harry, pensativo.

190

—¿Te imaginas que Moody convierte a Snape en un sapo cornudo —dijo, con lágrimas de risa en los ojos— y lo hace botar por toda la mazmorra...?

Los de cuarto curso de Gryffindor tenían tantas ganas de asistir a la primera clase de Moody que el jueves, después de comer, llegaron muy temprano e hicieron cola a la puerta del aula cuando la campana aún no había sonado.

La única que faltaba era Hermione, que apareció puntual.

—Vengo de la...

—... biblioteca —adivinó Ron—. Date prisa o nos quedaremos con los peores asientos.

Y se apresuraron a ocupar tres sillas delante de la mesa del profesor. Sacaron sus ejemplares de *Las fuerzas oscuras: una guía para la autoprotección*, y aguardaron en un silencio poco habitual. No tardaron en oír el peculiar sonido sordo y seco de los pasos de Moody provenientes del corredor antes de que entrara en el aula, tan extraño y aterrorizador como siempre. Entrevieron la garra en que terminaba su pata de palo, que sobresalía por debajo de la túnica.

—Ya podéis guardar los libros —gruñó, caminando ruidosamente hacia la mesa y sentándose tras ella—. No los necesitaréis para nada.

Volvieron a meter los libros en las mochilas. Ron estaba emocionado.

Moody sacó una lista, sacudió la cabeza para apartarse la larga mata de pelo gris del rostro, desfigurado y lleno de cicatrices, y comenzó a pronunciar los nombres, recorriendo la lista con su ojo normal mientras el ojo mágico giraba para fijarse en cada estudiante conforme respondía a su nombre.

—Bien —dijo cuando el último de la lista hubo contestado «presente»—. He recibido carta del profesor Lupin a propósito de esta clase. Parece que ya sois bastante diestros en enfrentamientos con criaturas tenebrosas. Habéis estudiado los boggarts, los gorros rojos, los hinkypunks, los grindylows, los kappas y los hombres lobo, ¿no es eso?

Hubo un murmullo general de asentimiento.

—Pero estáis atrasados, muy atrasados, en lo que se refiere a enfrentaros a maldiciones —prosiguió Moody—. Así que he venido para prepararos contra lo que unos magos pueden hacerles a otros. Dispongo de un curso para enseñaros a tratar con las mal...

—¿Por qué, no se va a quedar más? —dejó escapar Ron.

El ojo mágico de Moody giró para mirarlo. Ron se asustó, pero al cabo de un rato Moody sonrió. Era la primera vez que Harry lo veía sonreír. El resultado de aquel gesto fue que su rostro pareció aún más desfigurado y lleno de cicatrices que nunca, pero era un alivio saber que en ocasiones podía adoptar una expresión tan amistosa como la sonrisa. Ron se tranquilizó.

—Supongo que tú eres hijo de Arthur Weasley, ¿no? —dijo Moody—. Hace unos días tu padre me sacó de un buen aprieto... Sí, sólo me quedaré este curso. Es un favor que le hago a Dumbledore: un curso y me vuelvo a mi retiro.

Soltó una risa estridente, y luego dio una palmada con sus nudosas manos.

—Así que... vamos a ello. Maldiciones. Varían mucho en forma y en gravedad. Según el Ministerio de Magia, yo debería enseñaros las contramaldiciones y dejarlo en eso. No tendríais que aprender cómo son las maldiciones prohibidas hasta que estéis en sexto. Se supone que hasta entonces no seréis lo bastante mayores para tratar el tema. Pero el profesor Dumbledore tiene mejor opinión de vosotros y piensa que podréis resistirlo, y yo creo que, cuanto antes sepáis a qué os enfrentáis, mejor. ¿Cómo podéis defenderos de algo que no habéis visto nunca? Un mago que esté a punto de echaros una maldición prohibida no va a avisaros antes. No es probable que se comporte de forma caballerosa. Tenéis que estar preparados. Tenéis que estar alerta y vigilantes. Y usted, señorita Brown, tiene que guardar eso cuando yo estoy hablando.

Lavender se sobresaltó y se puso colorada. Le había estado mostrando a Parvati por debajo del pupitre su horóscopo completo. Daba la impresión de que el ojo mágico de Moody podía ver tanto a través de la madera maciza como por la nuca.

—Así que... ¿alguno de vosotros sabe cuáles son las maldiciones más castigadas por la ley mágica?

Varias manos se levantaron, incluyendo la de Ron y la de Hermione. Moody señaló a Ron, aunque su ojo mágico seguía fijo en Lavender.

—Eh... —dijo Ron, titubeando— mi padre me ha hablado de una. Se llama maldición *imperius*, o algo parecido.

—Así es —aprobó Moody—. Tu padre la conoce bien. En otro tiempo la maldición *imperius* le dio al Ministerio muchos problemas.

Moody se levantó con cierta dificultad sobre sus disparejos pies, abrió el cajón de la mesa y sacó de él un tarro de cristal. Dentro correteaban tres arañas grandes y negras. Harry notó que Ron, a su lado, se echaba un poco hacia atrás: Ron tenía fobia a las arañas.

Moody metió la mano en el tarro, cogió una de las arañas y se la puso sobre la palma para que todos la pudieran ver. Luego apuntó hacia ella la varita mágica y murmuró entre dientes:

—¡*Imperio*!

La araña se descolgó de la mano de Moody por un fino y sedoso hilo, y empezó a balancearse de atrás adelante como si estuviera en un trapecio; luego estiró las patas hasta ponerlas rectas y rígidas, y, de un salto, se soltó del hilo y cayó sobre la mesa, donde empezó a girar en círculos. Moody volvió a apuntarle con la varita, y la araña se levantó sobre dos de las patas traseras y se puso a bailar lo que sin lugar a duda era claqué.

Todos se reían. Todos menos Moody.

—Os parece divertido, ¿verdad? —gruñó—. ¿Os gustaría que os lo hicieran a vosotros?

La risa dio fin casi al instante.

—Esto supone el control total —dijo Moody en voz baja, mientras la araña se hacía una bola y empezaba a rodar—. Yo podría hacerla saltar por la ventana, ahogarse, colarse por la garganta de cualquiera de vosotros...

Ron se estremeció.

—Hace años, muchos magos y brujas fueron controlados por medio de la maldición *imperius* —explicó Moody, y Harry comprendió que se refería a los tiempos en que Voldemort había sido todopoderoso—. Le dio bastante que hacer al Ministerio, que tenía que averiguar quién actuaba por voluntad propia y quién, obligado por la maldición.

»Podemos combatir la maldición *imperius*, y yo os enseñaré cómo, pero se necesita mucha fuerza de carácter, y no todo el mundo la tiene. Lo mejor, si se puede, es evitar caer víctima de ella. ¡ALERTA PERMANENTE! —bramó, y todos se sobresaltaron.

Moody cogió la araña trapecista y la volvió a meter en el tarro.

—¿Alguien conoce alguna más? ¿Otra maldición prohibida?

Hermione volvió a levantar la mano y también, con cierta sorpresa para Harry, lo hizo Neville. La única clase en la que alguna vez Neville levantaba la mano era Herbología, su favorita. Él mismo parecía sorprendido de su atrevimiento.

—¿Sí? —dijo Moody, girando su ojo mágico para dirigirlo a Neville.

—Hay una... la maldición *cruciatus* —dijo éste con voz muy leve pero clara.

Moody miró a Neville fijamente, aquella vez con los dos ojos.

—¿Tú te llamas Longbottom? —preguntó, bajando rápidamente el ojo mágico para consultar la lista.

Neville asintió nerviosamente con la cabeza, pero Moody no hizo más preguntas. Se volvió a la clase en general y alcanzó el tarro para coger la siguiente araña y ponerla sobre la mesa, donde permaneció quieta, aparentemente demasiado asustada para moverse.

—La maldición *cruciatus* precisa una araña un poco más grande para que podáis apreciarla bien —explicó Moody, que apuntó con la varita mágica a la araña y dijo—: ¡*Engorgio*!

La araña creció hasta hacerse más grande que una tarántula. Abandonando todo disimulo, Ron apartó su silla para atrás, lo más lejos posible de la mesa del profesor.

Moody levantó otra vez la varita, señaló de nuevo a la araña y murmuró:

—¡*Crucio*!

De repente, la araña encogió las patas sobre el cuerpo. Rodó y se retorció cuanto pudo, balanceándose de un lado a otro. No profirió ningún sonido, pero era evidente que, de haber podido hacerlo, habría gritado. Moody no apartó la varita, y la araña comenzó a estremecerse y a sacudirse más violentamente.

—¡Pare! —dijo Hermione con voz estridente.

Harry la miró. Ella no se fijaba en la araña sino en Neville, y Harry, siguiendo la dirección de los ojos de su amiga, vio que las manos de Neville se aferraban al pupitre. Tenía los nudillos blancos y los ojos desorbitados de horror.

Moody levantó la varita. La araña relajó las patas pero siguió retorciéndose.

—*Reducio* —murmuró Moody, y la araña se encogió hasta recuperar su tamaño habitual. Volvió a meterla en el tarro—. Dolor —dijo con voz suave—. No se necesitan cuchillos ni carbones encendidos para torturar a alguien si uno sabe llevar a cabo la maldición *cruciatus*... También esta maldición fue muy popular en otro tiempo. Bueno, ¿alguien conoce alguna otra?

Harry miró a su alrededor. A juzgar por la expresión de sus compañeros, parecía que todos se preguntaban qué le iba a suceder a la última araña. La mano de Hermione tembló un poco cuando se alzó por tercera vez.

—¿Sí? —dijo Moody, mirándola.

—*Avada Kedavra* —susurró ella.

Algunos, incluido Ron, le dirigieron tensas miradas.

—¡Ah! —exclamó Moody, y la boca torcida se contorsionó en otra ligera sonrisa—. Sí, la última y la peor. *Avada Kedavra*: la maldición asesina.

Metió la mano en el tarro de cristal, y, como si supiera lo que le esperaba, la tercera araña echó a correr despavorida por el fondo del tarro, tratando de escapar a los dedos de Moody, pero él la atrapó y la puso sobre la mesa. La araña correteó por la superficie.

Moody levantó la varita, y, previendo lo que iba a ocurrir, Harry sintió un repentino estremecimiento.

—¡*Avada Kedavra*! —gritó Moody.

Hubo un cegador destello de luz verde y un ruido como de torrente, como si algo vasto e invisible planeara por el aire. Al instante la araña se desplomó patas arriba, sin ninguna herida, pero indudablemente muerta. Algunas de las alumnas profirieron gritos ahogados. Ron se había echado para atrás y casi se cae del asiento cuando la araña rodó hacia él.

Moody barrió con una mano la araña muerta y la dejó caer al suelo.

—No es agradable —dijo con calma—. Ni placentero. Y no hay contramaldición. No hay manera de interceptarla. Sólo se sabe de una persona que haya sobrevivido a esta maldición, y está sentada delante de mí.

Harry sintió su cara enrojecer cuando los ojos de Moody (ambos ojos) se clavaron en los suyos. Se dio cuenta de que también lo observaban todos los demás. Harry miró la limpia pizarra como si se sintiera fascinado por ella, pero no veía nada en absoluto...

De manera que así habían muerto sus padres... exactamente igual que esa araña. ¿También habían resultado sus cuerpos intactos, sin herida ni marca visible alguna? ¿Habían visto el resplandor de luz verde y oído el torrente de muerte acercándose velozmente, antes de que la vida les fuera arrancada?

Harry se había imaginado la muerte de sus padres una y otra vez durante los últimos tres años, desde que se había enterado de que los habían asesinado, desde que había averiguado lo sucedido aquella noche: que Colagusano los había traicionado revelando su paradero a Voldemort, el cual los había ido a buscar a la casa de campo; que Voldemort había matado en primer lugar a su padre; que James Potter había intentado enfrentarse a él, mientras le gritaba a su mujer que cogiera a Harry y echara a correr... y que Voldemort había ido luego hacia Lily Potter y le había ordenado hacerse a un lado para matar a Harry; que ella le había rogado que la matara a ella y no al niño, y se había negado a dejar de servir de escudo a su hijo... y que de aquella manera Voldemort la había matado a ella también, antes de dirigir la varita contra Harry...

Harry estaba al tanto de aquellos detalles porque había oído las voces de sus padres al enfrentarse con los dementores el curso anterior. Porque ésa era la terrible arma de los dementores: obligar a su víctima a revivir los peores recuerdos de su vida, y ahogarla, impotente, en su propia desesperación...

Moody había vuelto a hablar; desde la distancia, según le parecía a Harry. Haciendo un gran esfuerzo, volvió al presente y escuchó lo que decía el profesor.

—*Avada Kedavra* es una maldición que sólo puede llevar a cabo un mago muy poderoso. Podríais sacar las varitas mágicas todos vosotros y apuntarme con ellas y decir las palabras, y dudo que entre todos consiguierais siquiera hacerme sangrar la nariz. Pero eso no importa, porque no os voy a enseñar a llevar a cabo esa maldición.

»Ahora bien, si no existe una contramaldición para *Avada Kedavra*, ¿por qué os la he mostrado? Pues porque tenéis que saber. Tenéis que conocer lo peor. Ninguno de vosotros querrá hallarse en una situación en que tenga que enfrentarse a ella. ¡ALERTA PERMANENTE! —bramó, y toda la clase volvió a sobresaltarse.

»Veamos... esas tres maldiciones, *Avada Kedavra*, *cruciatus* e *imperius*, son conocidas como las *maldiciones imperdonables*. El uso de cualquiera de ellas contra un ser humano está castigado con cadena perpetua en Azkaban. Quiero preveniros, quiero enseñaros a combatirlas. Tenéis que prepararos, tenéis que armaros contra ellas; pero, por encima de todo, debéis practicar la alerta permanente e incesante. Sacad las plumas y copiad lo siguiente...

Se pasaron lo que quedaba de clase tomando apuntes sobre cada una de las maldiciones imperdonables. Nadie habló hasta que sonó la campana; pero, cuando Moody dio por terminada la lección y ellos hubieron salido del aula, todos empezaron a hablar inconteniblemente. La mayoría comentaba cosas sobre las maldiciones en un tono de respeto y temor.

—¿Visteis cómo se retorcía?

—Y cuando la mató... ¡simplemente así!

Hablaban sobre la clase, pensó Harry, como si hubiera sido un espectáculo teatral, pero para él no había resultado divertida. Y, a juzgar por las apariencias, tampoco para Hermione.

—Daos prisa —les dijo muy tensa a Harry y Ron.

—¿No vuelves a la condenada biblioteca? —preguntó Ron.

—No —replicó Hermione, señalando a un pasillo lateral—. Neville.

Neville se hallaba de pie, solo en mitad del pasillo, dirigiendo al muro de piedra que tenía delante la misma mirada horrorizada con que había seguido a Moody durante la demostración de la maldición *cruciatus*.

—Neville... —lo llamó Hermione con suavidad.

Neville la miró.

—Ah, hola —respondió con una voz mucho más aguda de lo usual—. Qué clase tan interesante, ¿verdad? Me pregunto qué habrá para cenar, porque... porque me muero de hambre, ¿vosotros no?

—Neville, ¿estás bien? —le preguntó Hermione.

—Sí, sí, claro, estoy bien —farfulló Neville atropelladamente, con la voz demasiado aguda—. Una cena muy interesante... clase, quiero decir... ¿Qué habrá para cenar?

Ron le dirigió a Harry una mirada asustada.

—Neville, ¿qué...?

Oyeron tras ellos un retumbar sordo y seco, y al volverse vieron que el profesor Moody avanzaba hacia allí cojeando. Los cuatro se quedaron en silencio, mirándolo con aprensión, pero cuando Moody habló lo hizo con un gruñido mucho más suave que el que le habían oído hasta aquel momento.

—No te preocupes, hijo —le dijo a Neville—. ¿Por qué no me acompañas a mi despacho? Ven... tomaremos una taza de té.

Neville pareció aterrorizarse aún más ante la perspectiva de tomarse un té con Moody. Ni se movió ni habló.

Moody dirigió hacia Harry su ojo mágico.

—Tú estás bien, ¿no, Potter?

—Sí —contestó Harry en tono casi desafiante.

El ojo azul de Moody vibró levemente en su cuenca al escudriñar a Harry. Luego dijo:

—Tenéis que saber. Puede parecer duro, pero tenéis que saber. No sirve de nada hacer como que... bueno... Vamos, Longbottom, tengo algunos libros que podrían interesarte.

Neville miró a sus amigos de forma implorante, pero ninguno dijo nada, así que no tuvo más remedio que dejarse arrastrar por Moody, que le había puesto en el hombro una de sus nudosas manos.

—Pero ¿qué pasaba? —preguntó Ron observando a Neville y Moody doblar la esquina.

—No lo sé —repuso Hermione, pensativa.

—¡Vaya clase!, ¿eh? —comentó Ron, mientras emprendían el camino hacia el Gran Comedor—. Fred y George tenían razón. Este Moody sabe de qué va la cosa, ¿a que sí? Cuando hizo la maldición *Avada Kedavra*, ¿te fijaste en cómo murió la araña, cómo estiró la pata?

Ron enmudeció de pronto ante la mirada de Harry, y no volvió a decir nada hasta que llegaron al Gran Comedor, cuando se atrevió a comentar que sería mejor que empezaran aquella misma noche con el trabajo para la profesora Trelawney, porque les llevaría unas cuantas horas.

Hermione no participó en la conversación de Harry y Ron durante la cena, sino que comió a toda prisa para volver a la biblioteca. Harry y Ron fueron hacia la torre de Gryffindor, y Harry, que no había pensado en otra cosa durante toda la cena, volvió al tema de las maldiciones imperdonables.

—¿No se meterán en un aprieto Moody y Dumbledore si el Ministerio se entera de que hemos visto las maldiciones? —preguntó, cuando se acercaban a la Señora Gorda.

—Sí, seguramente —contestó Ron—. Pero Dumbledore siempre ha hecho las cosas a su manera, ¿no?, y me parece que Moody se ha estado metiendo en problemas desde hace años. Primero ataca y luego pregunta... Fíjate en lo de los contenedores de basura. «Tonterías...»

La Señora Gorda se hizo a un lado para dejarles paso, y ellos entraron en la sala común de Gryffindor, que estaba muy animada y llena de gente.

—Entonces, ¿nos ponemos con lo de Adivinación? —propuso Harry.

—Deberíamos —respondió Ron refunfuñando.

Fueron por los libros y los mapas al dormitorio, y encontraron a Neville allí solo, sentado en la cama, leyendo. Parecía mucho más tranquilo que al final de la clase de Moody, aunque todavía no estuviera del todo normal. Tenía los ojos enrojecidos.

—¿Estás bien, Neville? —le preguntó Harry.

—Sí, sí —respondió Neville—, estoy bien, gracias. Estoy leyendo este libro que me ha dejado el profesor Moody...

Levantó el libro para que lo vieran. Se titulaba *Las plantas acuáticas mágicas del Mediterráneo y sus propiedades*.

—Parece que la profesora Sprout le ha dicho al profesor Moody que soy muy bueno en Herbología —dijo Neville. Había una tenue nota de orgullo en su voz que Harry no había percibido nunca—. Pensó que me gustaría este libro.

Decirle a Neville lo que la profesora Sprout opinaba de él, pensó Harry, había sido una manera muy hábil de animarlo, porque muy raramente oía decir que fuera bueno en algo. Era un gesto del estilo de los del profesor Lupin.

Harry y Ron cogieron sus ejemplares de *Disipar las nieblas del futuro* y volvieron con ellos a la sala común, encontraron una mesa libre y se pusieron a trabajar en las predicciones para el mes siguiente. Al cabo de una hora habían hecho muy pocos progresos, aunque la mesa estaba abarrotada de trozos de pergamino llenos de cuentas y símbolos, y Harry tenía la cabeza tan neblinosa como si se le hubiera metido dentro todo el humo procedente de la chimenea de la profesora Trelawney.

—No tengo ni idea de qué significa todo esto —declaró, observando una larga lista de cálculos.

—¿Sabes qué? —dijo Ron, que tenía el pelo de punta a causa de todas las veces que se había pasado los dedos por él llevado por la desesperación—. Creo que tendríamos que usar el método alternativo de Adivinación.

—¿Qué quieres decir? ¿Que nos lo inventemos?

—Claro —contestó Ron, que barrió de la mesa el batiburrillo de cuentas y apuntes, mojó la pluma en tinta y comenzó a escribir—. El próximo lunes —dijo, mientras escribía— es probable que me acatarre debido a la negativa influencia de la conjunción de Marte y Júpiter. —Levantó la vista hacia Harry—. Ya la conoces: pon unas cuantas desgracias y le gustará.

—Bien —asintió Harry, estrujando su primer borrador del trabajo y tirándolo al fuego por encima de las cabezas de un grupo de charlatanes alumnos de primero—. Vale. El lunes tendré riesgo de... resultar quemado.

—La verdad es que sí —dijo Ron con una risita—, porque el próximo lunes volveremos a ver los escregutos. Bien, el martes yo...

—Puedes perder tu más preciada posesión —propuso Harry, echando un vistazo a *Disipar las nieblas del futuro* en busca de ideas.

—Muy bien. Será a causa de... eh... Mercurio. ¿Qué te parece si a ti alguien que pensabas que era amigo tuyo te apuñala por la espalda?

—Sí, eso me gusta —dijo Harry, tomando nota—. Y ocurrirá porque... Venus estará en la duodécima casa celeste.

—Y el miércoles creo que me irá muy mal en una pelea.

—¡Eh, me lo has quitado! Bueno, no pasa nada: puedo perder una apuesta.

—Sí, puedes apostar a que yo gano la pelea.

Continuaron inventando predicciones (que iban aumentando en gravedad) durante otra hora, mientras se iba vaciando la sala común conforme la gente se iba a dormir. *Crookshanks* se les acercó, saltó con agilidad a una silla vacía y miró a Harry acusadoramente, de forma muy semejante a como lo habría hecho Hermione de haber sabido que no estaban haciendo el trabajo de un modo honrado.

Harry contempló la sala, intentando pensar en una desgracia que aún no hubiera puesto, y vio a Fred y George sentados uno al lado del otro contra el muro de enfrente, las cabezas casi juntas y las plumas en la mano, escudriñando un pedazo de pergamino. No era normal ver a Fred y George apartados en un rincón y trabajando en silencio. Les gustaba estar en todos los fregados y ser siempre el centro de atención. Había algo misterioso en la manera en que trabajaban sobre el trozo de pergamino, y Harry se acordó de cómo se habían puesto a escribir los dos juntos cuando habían vuelto a La Madriguera. Entonces había pensado que debía de tratarse de otro cupón de pedido para los «Sortilegios Weasley», pero esta vez no le daba la misma impresión: en ese caso, seguramente habrían dejado a Lee Jordan participar en la broma. Se preguntó si no estaría más bien relacionado con el Torneo de los tres magos.

Mientras Harry los observaba, George le dirigió a Fred un gesto negativo de la cabeza, tachó algo con la pluma y, en una voz muy baja que sin embargo llegó al otro lado de la sala casi vacía, le dijo:

—No... así da la impresión de que lo estamos acusando. Tenemos que tener cuidado...

En ese momento George levantó la vista y se dio cuenta de que Harry los observaba. Harry sonrió y se apresuró a volver a sus predicciones. No quería que George pensara que los espiaba. Poco después, los gemelos enrollaron el pergamino, les dieron las buenas noches y se fueron a dormir.

Hacía unos diez minutos que Fred y George se habían marchado cuando se abrió el hueco del retrato y Hermione entró en la sala común con un manojo de pergaminos en una mano y en la otra una caja cuyo contenido hacía ruido conforme ella andaba. *Crookshanks* arqueó la espalda, ronroneando.

—¡Hola! —saludó—, ¡acabo de terminar!

—¡Yo también! —contestó Ron con una sonrisa de triunfo, soltando la pluma.

Hermione se sentó, dejó en una butaca vacía las cosas que llevaba, y cogió las predicciones de Ron.

—No vas a tener un mes muy bueno, ¿verdad? —comentó con sorna, mientras *Crookshanks* se hacía un ovillo en su regazo.

—Bueno, al menos no me coge de sorpresa —repuso Ron bostezando.

—Me temo que te vas a ahogar dos veces —dijo Hermione.

—¿Sí? —Ron echó un vistazo a sus predicciones—. Tendré que cambiar una de ellas por ser pisoteado por un hipogrifo desbocado.

—¿No te parece que es demasiado evidente que te lo has inventado? —preguntó Hermione.

—¡Cómo te atreves! —exclamó Ron, ofendiéndose de broma—. ¡Hemos trabajado como elfos domésticos!

Hermione arrugó el entrecejo.

—No es más que una forma de hablar —se apresuró a decir Ron.

Harry dejó también la pluma. Acababa de predecir su propia muerte por decapitación.

—¿Qué hay en la caja? —inquirió, señalando hacia ella.

—Es curioso que lo preguntes —dijo Hermione, dirigiéndole a Ron una mirada desagradable. Levantó la tapa y les mostró el contenido.

Dentro había unas cincuenta insignias de diferentes colores, pero todas con las mismas letras: «P.E.D.D.O.»

—¿«Peddo»? —leyó Harry, cogiendo una insignia y mirándola—. ¿Qué es esto?

—No es «peddo» —repuso Hermione algo molesta—. Es pe, e, de, de, o: «Plataforma Élfica de Defensa de los Derechos Obreros.»

—No había oído hablar de eso en mi vida —se extrañó Ron.

—Por supuesto que no —replicó Hermione con énfasis—. Acabo de fundarla.

—¿De verdad? —dijo Ron, sorprendido—. ¿Con cuántos miembros cuenta?

—Bueno, si vosotros os afiliáis, con tres —respondió Hermione.

—¿Y crees que queremos ir por ahí con unas insignias en las que pone «peddo»? —dijo Ron.

—Pe, e, de, de, o —lo corrigió Hermione, enfadada—. Iba a poner «Detengamos el Vergonzante Abuso de Nuestras Compañeras las Criaturas Mágicas y Exijamos el Cambio de su Situación Legal», pero no cabía. Así que ése es el encabezamiento de nuestro manifiesto. —Blandió ante ellos el manojo de pergaminos—. He estado documentándome en la biblioteca. La esclavitud de los elfos se remonta a varios siglos atrás. No comprendo cómo nadie ha hecho nada hasta ahora...

—Hermione, métetelo en la cabeza —la interrumpió Ron—: a... ellos... les... gusta. ¡A ellos les gusta la esclavitud!

—Nuestro objetivo a corto plazo —siguió Hermione, hablando aún más alto que Ron y actuando como si no hubiera oído una palabra— es lograr para los elfos domésticos un salario digno y unas condiciones laborales justas. Los objetivos a largo plazo incluyen el cambio de la legislación sobre el uso de la varita mágica y conseguir que haya un representante elfo en el Departamento de Regulación y Control de las Criaturas Mágicas.

—¿Y cómo lograremos todo eso? —preguntó Harry.

—Comenzaremos buscando afiliados —explicó Hermione muy contenta—. Pienso que puede estar bien pedir como cuota de afiliación dos sickles, que darán derecho a una insignia, y podemos destinar los beneficios a elaborar panfletos para nuestra campaña. Tú serás el tesorero, Ron: tengo arriba una hucha de lata para ti. Y tú, Harry, serás el secretario, así que quizá quieras escribir ahora algo de lo que estoy diciendo, como testimonio de nuestra primera sesión.

Hubo una pausa en la que Hermione les sonrió satisfecha, y Harry permaneció callado, dividido entre la exasperación que le provocaba Hermione y la diversión que le causaba la cara de Ron, el cual parecía hallarse en un estado de aturdimiento. El silencio fue roto por un leve golpeteo en la ventana. Harry miró hacia allí e, iluminada por la luz de la luna, vio una lechuza blanca posada en el alféizar.

—¡Hedwig! —gritó, y se levantó de un salto para ir al otro lado de la sala común a abrir la ventana.

Hedwig entró, cruzó la sala volando y se posó en la mesa, sobre las predicciones de Harry.

—¡Ya era hora! —exclamó Harry, yendo aprisa tras ella.

—¡Trae la contestación! —dijo Ron nervioso, señalando el mugriento trozo de pergamino que Hedwig llevaba atado a la pata.

Harry se dio prisa en desatarlo y se sentó para leerlo. Una vez desprendida de su carga, Hedwig aleteó hasta posarse en una de sus rodillas, ululando suavemente.

—¿Qué dice? —preguntó Hermione con impaciencia.

La carta era muy corta, y parecía escrita con mucha premura. Harry la leyó en voz alta:

Harry:

Salgo ahora mismo hacia el norte. Esta noticia de que tu cicatriz te ha dolido se suma a una serie de extraños rumores que me han llegado hasta aquí. Si vuelve a dolerte, ve directamente a Dumbledore. Me han dicho que ha sacado a Ojoloco de su retiro, lo que significa que al menos él está al tanto de los indicios, aunque sea el único.

Estaremos pronto en contacto. Un fuerte abrazo a Ron y Hermione. Abre los ojos, Harry.

Sirius

Harry miró a Ron y Hermione, que le devolvieron la mirada.

—¿Que viene hacia el norte? —susurró Hermione—. ¿Regresa?

—¿Que Dumbledore está al tanto de los indicios? —dijo Ron, perplejo—. ¿Qué pasa, Harry?

Harry acababa de pegarse con el puño en la frente, ahuyentando a *Hedwig*.

—¡No tendría que haberle contado nada! —exclamó con furia.

—¿De qué hablas? —le preguntó Ron, sorprendido.

—¡Ha pensado que tenía que venir! —repuso Harry, dando un puñetazo en la mesa que hizo que *Hedwig* fuera a posarse en el respaldo de la silla de Ron, ululando indignada—. ¡Regresa porque cree que estoy en peligro! ¡Y a mí no me pasa nada! No tengo nada para ti —le dijo en tono de regañina a *Hedwig*, que abría y cerraba el pico esperando una recompensa—. Si quieres comer tendrás que ir a la lechucería.

Hedwig lo miró con aire ofendido y volvió a salir por la ventana abierta, pegándole en la cabeza con el ala al pasar.

—Harry... —comenzó a decir Hermione, en un tono de voz tranquilizador.

—Me voy a la cama —atajó Harry—. Hasta mañana.

En el dormitorio, Harry se puso el pijama y se metió en su cama de dosel, pero no tenía sueño.

Si Sirius volvía y lo atrapaban, sería culpa suya, de Harry. ¿Por qué demonios no se había callado? Un ratito de dolor y enseguida a contarlo... Si hubiera tenido la sensatez de guardárselo...

Oyó a Ron entrar en el dormitorio poco después, pero no le dijo nada. Permaneció mucho tiempo contemplando el oscuro dosel de la cama. El dormitorio estaba sumido en completo silencio, y, si se hubiera hallado menos agobiado por las preocupaciones, Harry se habría dado cuenta de que la ausencia de los habituales ronquidos de Neville indicaba que alguien más tampoco lograba conciliar el sueño.

15

Beauxbatons y Durmstrang

Como si su cerebro se hubiera pasado la noche discurriendo, Harry se levantó temprano a la mañana siguiente con un plan perfectamente concebido. Se vistió a la pálida luz del alba, salió del dormitorio sin despertar a Ron y bajó a la sala común, en la que aún no había nadie. Allí cogió un trozo de pergamino de la mesa en la que todavía estaba su trabajo para la clase de Adivinación, y escribió en él la siguiente carta:

> *Querido Sirius:*
> *Creo que lo de que me dolía la cicatriz fue algo que me imaginé, nada más. Estaba medio dormido la última vez que te escribí. No tiene sentido que vengas, aquí todo va perfectamente. No te preocupes por mí, mi cabeza está bien.*
>
> *Harry*

Salió por el hueco del retrato, subió por la escalera del castillo, que estaba sumido en el silencio (sólo lo retrasó Peeves, que intentó vaciar un jarrón grande encima de él, en medio del corredor del cuarto piso), y finalmente llegó a la lechucería, que estaba situada en la parte superior de la torre oeste.

La lechucería era un habitáculo circular con muros de piedra, bastante frío y con muchas corrientes de aire, puesto que ninguna de las ventanas tenía cristales. El suelo estaba completamente cubierto de paja, excrementos de lechuza y huesos regurgitados de ratones y campañoles. Sobre las perchas, fijadas a largos palos que llegaban hasta el techo de la torre, descansaban cientos y cientos de lechuzas de todas las razas imaginables, casi todas dormidas, aunque Harry podía distinguir aquí y allá algún ojo ambarino fijo en él. Vio a *Hedwig* acurrucada entre una lechuza común y un cárabo, y se fue aprisa hacia ella, resbalando un poco en los excrementos esparcidos por el suelo.

Le costó bastante rato persuadirla de que abriera los ojos y, luego, de que los dirigiera hacia él en vez de caminar de un lado a otro de la percha arrastrando las garras y dándole la espalda. Evidentemente, seguía dolida por la falta de gratitud mostrada por Harry la noche anterior. Al final, Harry sugirió en voz alta que tal vez estuviera demasiado cansada y que sería mejor pedirle a Ron que le prestara a *Pigwidgeon*, y fue entonces cuando *Hedwig* levantó la pata para que le atara la carta.

—Tienes que encontrarlo, ¿vale? —le dijo Harry, acariciándole la espalda mientras la llevaba posada en su brazo hasta uno de los agujeros del muro—. Tienes que encontrarlo antes que los dementores.

Ella le pellizcó el dedo, quizá más fuerte de lo habitual, pero ululó como siempre, suavemente, como diciéndole que se quedara tranquilo. Luego extendió las alas y salió al mismo tiempo que lo hacía el sol. Harry la contempló mientras se perdía de vista, sintiendo la ya habitual molestia en el estómago. Había estado demasiado seguro de que la respuesta de Sirius lo aliviaría de las preocupaciones en vez de incrementárselas.

—Le has dicho una mentira, Harry —le espetó Hermione en el desayuno, después que él les contó lo que había hecho—. No te imaginaste que la cicatriz te doliera, y lo sabes.

—¿Y qué? —repuso Harry—. No quiero que vuelva a Azkaban por culpa mía.

—Déjalo —le dijo Ron a Hermione bruscamente, cuando ella abrió la boca para argumentar contra Harry. Y, por una vez, Hermione le hizo caso y se quedó callada.

Durante las dos semanas siguientes, Harry intentó no preocuparse por Sirius. La verdad era que cada mañana, cuando llegaban las lechuzas, no podía dejar de mirar muy nervioso en busca de *Hedwig*, y por las noches, antes de ir a dormir, tampoco podía evitar representarse horribles visiones de Sirius acorralado por los dementores en alguna oscura calle de Londres; pero, entre una cosa y otra, intentaba apartar sus pensamientos de su padrino. Hubiera querido poder jugar al quidditch para distraerse. Nada le iba mejor a una mente atribulada que una buena sesión de entrenamiento. Por otro lado, las clases se estaban haciendo más difíciles y duras que nunca, en especial la de Defensa Contra las Artes Oscuras.

Para su sorpresa, el profesor Moody anunció que les echaría la maldición *imperius* por turno, tanto para mostrarles su poder como para ver si podían resistirse a sus efectos.

—Pero... pero usted dijo que eso estaba prohibido, profesor —le dijo una vacilante Hermione, al tiempo que Moody apartaba las mesas con un movimiento de la varita, dejando un amplio espacio en el medio del aula—. Usted dijo que usarlo contra otro ser humano estaba...

—Dumbledore quiere que os enseñe cómo es —la interrumpió Moody, girando hacia Hermione el ojo mágico y fijándolo sin parpadear en una mirada sobrecogedora—. Si alguno de vosotros prefiere aprenderlo del modo más duro, cuando alguien le eche la maldición para controlarlo completamente, por mí de acuerdo. Puede salir del aula.

Señaló la puerta con un dedo nudoso. Hermione se puso muy colorada, y murmuró algo de que no había querido decir que deseara irse. Harry y Ron se sonrieron el uno al otro. Sabían que Hermione preferiría beber pus de bubotubérculo antes que perderse una clase tan importante.

Moody empezó a llamar por señas a los alumnos y a echarles la maldición *imperius*. Harry vio cómo sus compañeros de clase, uno tras otro, hacían las cosas más extrañas bajo su influencia: Dean Thomas dio tres vueltas al aula a la pata coja cantando el himno nacional, Lavender Brown imitó una ardilla y Neville ejecutó una serie de movimientos gimnásticos muy sorprendentes, de los que hubiera sido completamente incapaz en estado normal. Ninguno de ellos parecía capaz de oponer ninguna resistencia a la maldición, y se recobraban sólo cuando Moody la anulaba.

—Potter —gruñó Moody—, ahora te toca a ti.

Harry se adelantó hasta el centro del aula, en el espacio despejado de mesas. Moody levantó la varita mágica, lo apuntó con ella y dijo:

—¡Imperio!

Fue una sensación maravillosa. Harry se sintió como flotando cuando toda preocupación y todo pensamiento desaparecieron de su cabeza, no dejándole otra cosa que una felicidad vaga que no sabía de dónde procedía. Se quedó allí, inmensamente relajado, apenas consciente de que todos lo miraban.

Y luego oyó la voz de *Ojoloco* Moody, retumbando en alguna remota región de su vacío cerebro: *Salta a la mesa... salta a la mesa...*

Harry, obedientemente, flexionó las rodillas, preparado a dar el salto.

Salta a la mesa...

«Pero ¿por qué?»

Otra voz susurró desde la parte de atrás de su cerebro. «Qué idiotez, la verdad», dijo la voz.

Salta a la mesa...

«No, creo que no lo haré, gracias —dijo la otra voz, con un poco más de firmeza—. No, realmente no quiero...»

¡Salta! ¡Ya!

Lo siguiente que notó Harry fue mucho dolor. Había tratado al mismo tiempo de saltar y de resistirse a saltar. El resultado había sido pegarse de cabeza contra la mesa, que se volcó, y, a juzgar por el dolor de las piernas, fracturarse las rótulas.

—Bien, ¡por ahí va la cosa! —gruñó la voz de Moody.

De pronto Harry sintió que la sensación de vacío desaparecía de su cabeza. Recordó exactamente lo que estaba ocurriendo, y el dolor de las rodillas aumentó.

—¡Mirad esto, todos vosotros... Potter se ha resistido! Se ha resistido, ¡y el condenado casi lo logra! Lo volveremos a intentar, Potter, y todos los demás prestad atención. Miradlo a los ojos, ahí es donde podéis verlo. ¡Muy bien, Potter, de verdad que muy bien! ¡No les resultará fácil controlarte!

—Por la manera en que habla —murmuró Harry una hora más tarde, cuando salía cojeando del aula de Defensa Contra las Artes Oscuras (Moody se había empeñado en hacerle repetir cuatro veces la experiencia, hasta que logró resistirse completamente a la maldición *imperius*)—, se diría que estamos a punto de ser atacados de un momento a otro.

—Sí, es verdad —dijo Ron, dando alternativamente un paso y un brinco: había tenido muchas más dificultades con la maldición que Harry, aunque Moody le aseguró que los efectos se habrían pasado para la hora de la comida—. Hablando de paranoias... —Ron echó una mirada nerviosa por encima del hombro para comprobar que Moody no estaba en ningún lugar en que pudiera oírlo, y prosiguió—, no me extraña que en el Ministerio estuvieran tan contentos de desembarazarse de él: ¿no le oíste contarle a Seamus lo que le hizo a la bruja que le gritó «¡bu!» por detrás el día de los inocentes? ¿Y cuándo se supone que vamos a ponernos al tanto de la maldición *imperius* con todas las otras cosas que tenemos que hacer?

Todos los alumnos de cuarto habían apreciado un evidente incremento en la cantidad de trabajo para aquel trimestre. La profesora McGonagall les explicó a qué se debía, cuando la clase recibió con quejas los deberes de Transformaciones que ella acababa de ponerles.

—¡Estáis entrando en una fase muy importante de vuestra educación mágica! —declaró con ojos centelleantes—. Se acercan los exámenes para el TIMO.

—¡Pero si no tendremos el TIMO hasta el quinto curso! —objetó Dean Thomas.

—Es verdad, Thomas, pero créeme: ¡tenéis que prepararos lo más posible! La señorita Granger sigue siendo la única persona de la clase que ha logrado convertir un erizo en un alfiletero como Dios manda. ¡Permíteme recordarte que el tuyo, Thomas, aún se hace una pelota cada vez que alguien se le acerca con un alfiler!

Hermione, que se había ruborizado, trató de no parecer demasiado satisfecha de sí misma.

A Harry y Ron les costó contener la risa en la siguiente clase de Adivinación cuando la profesora Trelawney les dijo que les había puesto sobresaliente en los trabajos. Leyó pasajes enteros de sus predicciones, elogiándolos por la indiferencia con que aceptaban los horrores que les deparaba el futuro inmediato. Pero no les hizo tanta gracia cuando ella les mandó repetir el trabajo para el mes siguiente: a los dos se les había agotado el repertorio de desgracias.

El profesor Binns, el fantasma que enseñaba Historia de la Magia, les mandaba redacciones todas las semanas sobre las revueltas de los duendes en el siglo XVIII; el profesor Snape los obligaba a descubrir antídotos, y se lo tomaron muy en serio porque había dado a entender que envenenaría a uno de ellos antes de Navidad para ver si el antídoto funcionaba; y el profesor Flitwick les había ordenado leer tres libros más como preparación a su clase de encantamientos convocadores.

Hasta Hagrid los cargaba con un montón de trabajo. Los escregutos de cola explosiva crecían a un ritmo sorprendente aunque nadie había descubierto todavía qué comían. Hagrid estaba encantado y, como parte del proyecto, les sugirió ir a la cabaña una tarde de cada dos para observar los escregutos y tomar notas sobre su extraordinario comportamiento.

—No lo haré —se negó rotundamente Malfoy cuando Hagrid les propuso aquello con el aire de un Papá Noel que sacara de su saco un nuevo juguete—. Ya tengo bastante con ver esos bichos durante las clases, gracias.

De la cara de Hagrid desapareció la sonrisa.

—Harás lo que te digo —gruñó—, o seguiré el ejemplo del profesor Moody... Me han dicho que eres un hurón magnífico, Malfoy.

Los de Gryffindor estallaron en carcajadas. Malfoy enrojeció de cólera, pero dio la impresión de que el recuerdo del castigo que le había infligido Moody era lo bastante doloroso para impedirle replicar. Harry, Ron y Hermione volvieron al castillo al final de la clase de muy buen humor: haber visto que Hagrid ponía en su sitio a Malfoy era especialmente gratificante, sobre todo porque éste había hecho todo lo posible el año anterior para que despidieran a Hagrid.

Cuando llegaron al vestíbulo, no pudieron pasar debido a la multitud de estudiantes que estaban arremolinados al pie de la escalinata de mármol, alrededor de un gran letrero. Ron, el más alto de los tres, se puso de puntillas para echar un vistazo por encima de las cabezas de la multitud, y leyó en voz alta el cartel:

TORNEO DE LOS TRES MAGOS

Los representantes de Beauxbatons y Durmstrang llegarán a las seis en punto del viernes 30 de octubre. Las clases se interrumpirán media hora antes.

—¡Estupendo! —dijo Harry—. ¡La última clase del viernes es Pociones! ¡A Snape no le dará tiempo de envenenarnos a todos!

Los estudiantes deberán llevar sus libros y mochilas a los dormitorios y reunirse a la salida del castillo para recibir a nuestros huéspedes antes del banquete de bienvenida.

—¡Sólo falta una semana! —dijo emocionado Ernie Macmillan, un alumno de Hufflepuff, saliendo de la aglomeración—. Me pregunto si Cedric estará enterado. Me parece que voy a decírselo...

—¿Cedric? —dijo Ron sin comprender, mientras Ernie se iba a toda prisa.

—Diggory —explicó Harry—. Querrá participar en el Torneo.

—¿Ese idiota, campeón de Hogwarts? —gruñó Ron mientras se abrían camino hacia la escalera por entre la bulliciosa multitud.

—No es idiota. Lo que pasa es que no te gusta porque venció al equipo de Gryffindor en el partido de quidditch —repuso Hermione—. He oído que es un estudiante realmente bueno. Y es prefecto.

Lo dijo como si eso zanjara la cuestión.

—Sólo te gusta porque es guapo —dijo Ron mordazmente.

—Perdona, a mí no me gusta la gente sólo porque sea guapa —repuso Hermione indignada.

Ron fingió que tosía, y su tos sonó algo así como: «¡Lockhart!»

El cartel del vestíbulo causó un gran revuelo entre los habitantes del castillo. Durante la semana siguiente, y fuera donde fuera Harry, no había más que un tema de conversación: el Torneo de los tres magos. Los rumores pasaban de un alumno a otro como gérmenes altamente contagiosos: quién se iba a proponer para campeón de Hogwarts, en qué consistiría el Torneo, en qué se diferenciaban de ellos los alumnos de Beauxbatons y Durmstrang...

Harry notó, además, que el castillo parecía estar sometido a una limpieza especialmente concienzuda. Habían restregado algunos retratos mugrientos, para irritación de los retratados, que se acurrucaban dentro del marco murmurando cosas y muriéndose de vergüenza por el color sonrosado de su cara. Las armaduras aparecían de repente brillantes y se movían sin chirriar, y Argus Filch, el conserje, se mostraba tan feroz con cualquier estudiante que olvidara limpiarse los zapatos que aterrorizó a dos alumnas de primero hasta la histeria.

Los profesores también parecían algo nerviosos.

—¡Longbottom, ten la amabilidad de no decir delante de nadie de Durmstrang que no eres capaz de llevar a cabo un sencillo encantamiento permutador! —gritó la profesora McGonagall al final de una clase especialmente difícil en la que Neville se había equivocado y le había injertado a un cactus sus propias orejas.

Cuando bajaron a desayunar la mañana del 30 de octubre, descubrieron que durante la noche habían engalanado el Gran Comedor. De los muros colgaban unos enormes estandartes de seda que representaban las diferentes casas de Hogwarts: rojos con un león dorado los de Gryffindor, azules con un águila de color bronce los de Ravenclaw, amarillos con un tejón negro los de Hufflepuff, y verdes con una serpiente plateada los de Slytherin. Detrás de la mesa de los profesores, un estandarte más grande que los demás mostraba el escudo de Hogwarts: el león, el águila, el tejón y la serpiente se unían en torno a una enorme hache.

Harry, Ron y Hermione vieron a Fred y George en la mesa de Gryffindor. Una vez más, y contra lo que había sido siempre su costumbre, estaban apartados y conversaban en voz baja. Ron fue hacia ellos, seguido de los demás.

—Es un peñazo de verdad —le decía George a Fred con tristeza—. Pero si no nos habla personalmente, tendremos que enviarle la carta. O metérsela en la mano. No nos puede evitar eternamente.

—¿Quién os evita? —quiso saber Ron, sentándose a su lado.

—Me gustaría que fueras tú —contestó Fred, molesto por la interrupción.

—¿Qué te parece un peñazo? —preguntó Ron a George.

—Tener de hermano a un imbécil entrometido como tú —respondió George.

—¿Ya se os ha ocurrido algo para participar en el Torneo de los tres magos? —inquirió Harry—. ¿Habéis pensado alguna otra cosa para entrar?

—Le pregunté a McGonagall cómo escogían a los campeones, pero no me lo dijo —repuso George con amargura—. Me mandó callar y seguir con la transformación del mapache.

—Me gustaría saber cuáles serán las pruebas —comentó Ron pensativo—. Porque yo creo que nosotros podríamos hacerlo, Harry. Hemos hecho antes cosas muy peligrosas.

—No delante de un tribunal —replicó Fred—. McGonagall dice que puntuarán a los campeones según cómo lleven a cabo las pruebas.

—¿Quiénes son los jueces? —preguntó Harry.

—Bueno, los directores de los colegios participantes deben de formar parte del tribunal —declaró Hermione, y todos se volvieron hacia ella, bastante sorprendidos—, porque los tres resultaron heridos durante el torneo de mil setecientos noventa y dos, cuando se soltó un basilisco que tenían que atrapar los campeones.

Ella advirtió cómo la miraban y, con su acostumbrado aire de impaciencia cuando veía que nadie había leído los libros que ella conocía, explicó:

—Está todo en *Historia de Hogwarts*. Aunque, desde luego, ese libro no es muy de fiar. Un título más adecuado sería «Historia censurada de Hogwarts», o bien «Historia tendenciosa y selectiva de Hogwarts, que pasa por alto los aspectos menos favorecedores del colegio».

—¿De qué hablas? —preguntó Ron, aunque Harry creyó saber a qué se refería.

—¡De los elfos domésticos! —dijo Hermione en voz alta, lo que le confirmó a Harry que no se había equivocado—. ¡Ni una sola vez, en más de mil páginas, hace la *Historia de Hogwarts* una sola mención a que somos cómplices de la opresión de un centenar de esclavos!

Harry movió la cabeza a un lado y otro con desaprobación y se dedicó a los huevos revueltos que tenía en el plato. Su carencia de entusiasmo y la de Ron no había refrenado lo más mínimo la determinación de Hermione de luchar a favor de los elfos domésticos. Era cierto que tanto uno como otro habían puesto los dos sickles que daban derecho a una insignia de la P.E.D.D.O., pero lo habían hecho tan sólo para no molestarla. Sin embargo, habían malgastado el dinero, ya que si habían logrado algo era que Hermione se volviera más radical. Les había estado dando la lata desde aquel momento, primero para que se pusieran las insignias, luego para que persuadieran a otros de que hicieran lo mismo, y cada noche Hermione paseaba por la sala común de Gryffindor acorralando a la gente y haciendo sonar la hucha ante sus narices.

—¿Sois conscientes de que son criaturas mágicas que no perciben sueldo y trabajan en condiciones de esclavitud las que os cambian las sábanas, os enciden el fuego, os limpian las aulas y os preparan la comida? —les decía furiosa.

Algunos, como Neville, habían pagado sólo para que Hermione dejara de mirarlo con el entrecejo fruncido. Había quien parecía moderadamente interesado en lo que ella decía pero se negaba a asumir un papel más activo en la campaña. A muchos todo aquello les parecía una broma.

Ron alzó los ojos al techo, donde brillaba la luz de un sol otoñal, y Fred se mostró enormemente interesado en su trozo de tocino (los gemelos se habían negado a adquirir su insignia de la P.E.D.D.O.). George, sin embargo, se aproximó a Hermione un poco.

—Escucha, Hermione, ¿has estado alguna vez en las cocinas?

—No, claro que no —dijo Hermione de manera cortante—. Se supone que los alumnos no...

—Bueno, pues nosotros sí —la interrumpió George, señalando a Fred—, un montón de veces, para mangar comida. Y los conocemos, y sabemos que son felices. Piensan que tienen el mejor trabajo del mundo.

—¡Eso es porque no están educados! Les han lavado el cerebro y... —comenzó a decir Hermione acaloradamente, pero las siguientes palabras quedaron ahogadas por el ruido de batir de alas encima de sus cabezas que anunciaba la llegada de las lechuzas mensajeras.

Harry levantó la vista inmediatamente, y vio a *Hedwig*, que volaba hacia él. Hermione se calló de repente. Ella y Ron miraron nerviosos a *Hedwig*, que revoloteó hasta el hombro de Harry, plegó las alas y levantó la pata con cansancio.

Harry le desprendió la respuesta de Sirius de la pata y le ofreció a *Hedwig* los restos de su tocino, que comió agradecida. Luego, tras asegurarse de que Fred y George habían vuelto a sumergirse en nuevas discusiones sobre el Torneo de los tres magos, Harry les leyó a Ron y a Hermione la carta de Sirius en un susurro:

Esa mentira te honra, Harry.
Ya he vuelto al país y estoy bien escondido. Quiero que me envíes lechuzas contándome cuanto sucede en Hogwarts. No uses a Hedwig. *Emplea diferentes lechuzas, y no te preocupes por mí: cuida de ti mismo. No olvides lo que te dije de la cicatriz.*

Sirius

—¿Por qué tienes que usar diferentes lechuzas? —preguntó Ron en voz baja.

—Porque *Hedwig* atrae demasiado la atención —respondió Hermione de inmediato—. Es muy llamativa. Una lechuza blanca yendo y viniendo a donde quiera que se haya ocultado... Como no es un ave autóctona...

Harry enrolló la carta y se la metió en la túnica, preguntándose si se sentía más o menos preocupado que antes. Consideró que ya era algo que Sirius hubiera conseguido entrar en el país sin que lo atraparan. Tampoco podía negarse que la idea de que Sirius estuviera mucho más cerca era tranquilizadora. Por lo menos, no tendría que esperar la respuesta tanto tiempo cada vez que le escribiera.

—Gracias, *Hedwig* —dijo acariciándola. Ella ululó medio dormida, metió el pico un instante en la copa de zumo de naranja de Harry, y se fue, evidentemente ansiosa de echar una larga siesta en la lechucería.

Aquel día había en el ambiente una agradable impaciencia. Nadie estuvo muy atento a las clases, porque estaban mucho más interesados en la llegada aquella noche de la gente de Beauxbatons y Durmstrang. Hasta la clase de Pociones fue más llevadera de lo usual, porque duró media hora menos. Cuando, antes de lo acostumbrado, sonó la campana, Harry, Ron y Hermione salieron a toda prisa hacia la torre de Gryffindor, dejaron allí las mochilas y los libros tal como les habían indicado, se pusieron las capas y volvieron al vestíbulo.

Los jefes de las casas colocaban a sus alumnos en filas.

—Weasley, ponte bien el sombrero —le ordenó la profesora McGonagall a Ron—. Patil, quítate esa cosa ridícula del pelo.

Parvati frunció el entrecejo y se quitó una enorme mariposa de adorno del extremo de la trenza.

—Seguidme, por favor —dijo la profesora McGonagall—. Los de primero delante. Sin empujar...

Bajaron en fila por la escalinata de la entrada y se alinearon delante del castillo. Era una noche fría y clara. Oscurecía, y una luna pálida brillaba ya sobre el bosque prohibido. Harry, de pie entre Ron y Hermione en la cuarta fila, vio a Dennis Creevey temblando de emoción entre otros alumnos de primer curso.

—Son casi las seis —anunció Ron, consultando el reloj y mirando el camino que iba a la verja de entrada—. ¿Cómo pensáis que llegarán? ¿En el tren?

—No creo —contestó Hermione.

—¿Entonces cómo? ¿En escoba? —dijo Harry, levantando la vista al cielo estrellado.

—No creo tampoco... no desde tan lejos...

—¿En trasladar? —sugirió Ron—. ¿Pueden aparecerse? A lo mejor en sus países está permitido aparecerse antes de los diecisiete años.

—Nadie puede aparecerse dentro de los terrenos de Hogwarts. ¿Cuántas veces os lo tengo que decir? —exclamó Hermione perdiendo la paciencia.

Escudriñaron nerviosos los terrenos del colegio, que se oscurecían cada vez más. No se movía nada por allí. Todo estaba en calma, silencioso y exactamente igual que siempre. Harry empezaba a tener un poco de frío, y confió en que se dieran prisa. Quizá los extranjeros preparaban una llegada espectacular... Recordó lo que había dicho el señor Weasley en el cámping, antes de los Mundiales: «Siempre es igual. No podemos resistirnos a la ostentación cada vez que nos juntamos...»

Y entonces, desde la última fila, en la que estaban todos los profesores, Dumbledore gritó:

—¡Ajá! ¡Si no me equivoco, se acercan los representantes de Beauxbatons!

—¿Por dónde? —preguntaron muchos con impaciencia, mirando en diferentes direcciones.

—¡Por allí! —gritó uno de sexto, señalando hacia el bosque.

Una cosa larga, mucho más larga que una escoba (y, de hecho, que cien escobas), se acercaba al castillo por el cielo azul oscuro, haciéndose cada vez más grande.

—¡Es un dragón! —gritó uno de los de primero, perdiendo los estribos por completo.

—No seas idiota... ¡es una casa volante! —le dijo Dennis Creevey.

La suposición de Dennis estaba más cerca de la realidad. Cuando la gigantesca forma negra pasó por encima de las copas de los árboles del bosque prohibido casi rozándolas, y la luz que provenía del castillo la iluminó, vieron que se trataba de un carruaje colosal, de color azul pálido y del tamaño de una casa grande, que volaba hacia ellos tirado por una docena de caballos alados de color tostado pero con la crin y la cola blancas, cada uno del tamaño de un elefante.

Las tres filas delanteras de alumnos se echaron para atrás cuando el carruaje descendió precipitadamente y aterrizó a tremenda velocidad. Entonces golpearon el suelo los cascos de los caballos, que eran más grandes que platos, metiendo tal ruido que Neville dio un salto y pisó a un alumno de Slytherin de quinto curso. Un segundo más tarde el carruaje se posó en tierra, rebotando sobre las enormes ruedas, mientras los caballos sacudían su enorme cabeza y movían unos grandes ojos rojos.

Antes de que la puerta del carruaje se abriera, Harry vio que llevaba un escudo: dos varitas mágicas doradas cruzadas, con tres estrellas que surgían de cada una.

Un muchacho vestido con túnica de color azul pálido saltó del carruaje al suelo, hizo una inclinación, buscó con las manos durante un momento algo en el suelo del carruaje y desplegó una escalerilla dorada. Respetuosamente, retrocedió un paso. Entonces Harry vio un zapato negro brillante, con tacón alto, que salía del interior del carruaje. Era un zapato del mismo tamaño que un trineo infantil. Al zapato le siguió, casi inmediatamente, la mujer más grande que Harry había visto nunca. Las dimensiones del carruaje y de los caballos quedaron inmediatamente explicadas. Algunos ahogaron un grito.

En toda su vida, Harry sólo había visto una persona tan gigantesca como aquella mujer, y ése era Hagrid. Le parecía que eran exactamente igual de altos, pero aun así (y tal vez porque estaba habituado a Hagrid) aquella mujer —que ahora observaba desde el pie de la escalerilla a la multitud, que a su vez la miraba atónita a ella— parecía aún más grande. Al dar unos pasos entró de lleno en la zona iluminada por la luz del vestíbulo, y ésta reveló un hermoso rostro de piel morena, unos ojos cristalinos grandes y negros, y una nariz afilada. Llevaba el pelo recogido por detrás, en la base del cuello, en un moño reluciente. Sus ropas eran de satén negro, y una multitud de cuentas de ópalo brillaban alrededor de la garganta y en sus gruesos dedos.

Dumbledore comenzó a aplaudir. Los estudiantes, imitando a su director, aplaudieron también, muchos de ellos de puntillas para ver mejor a la mujer.

Sonriendo graciosamente, ella avanzó hacia Dumbledore y extendió una mano reluciente. Aunque Dumbledore era alto, apenas tuvo que inclinarse para besársela.

—Mi querida Madame Maxime —dijo—, bienvenida a Hogwarts.

—«Dumbledog» —repuso Madame Maxime, con una voz profunda—, «espego» que esté bien.

—En excelente forma, gracias —respondió Dumbledore.

—Mis alumnos —dijo Madame Maxime, señalando tras ella con gesto lánguido.

Harry, que no se había fijado en otra cosa que en Madame Maxime, notó que unos doce alumnos, chicos y chicas, todos los cuales parecían hallarse cerca de los veinte años, habían salido del carruaje y se encontraban detrás de ella. Estaban tiritando, lo que no era nada extraño dado que las túnicas que llevaban parecían de seda fina, y ninguno de ellos tenía capa. Algunos se habían puesto bufandas o chales por la cabeza. Por lo que alcanzaba a distinguir Harry (ya que los tapaba la enorme sombra proyectada por Madame Maxime), todos miraban el castillo de Hogwarts con aprensión.

—¿Ha llegado ya «Kagkagov»? —preguntó Madame Maxime.

—Se presentará de un momento a otro —aseguró Dumbledore—. ¿Prefieren esperar aquí para saludarlo o pasar a calentarse un poco?

—Lo segundo, me «paguece» —respondió Madame Maxime—. «Pego» los caballos...

—Nuestro profesor de Cuidado de Criaturas Mágicas se encargará de ellos encantado —declaró Dumbledore—, en cuanto vuelva de solucionar una pequeña dificultad que le ha surgido con alguna de sus otras... obligaciones.

—Con los escregutos —le susurró Ron a Harry.

—Mis «cogceles guequieguen»... eh... una mano «podegosa» —dijo Madame Maxime, como si dudara que un simple profesor de Cuidado de Criaturas Mágicas fuera capaz de hacer el trabajo—. Son muy «fuegtes»...

—Le aseguro que Hagrid podrá hacerlo —dijo Dumbledore, sonriendo.

—Muy bien —asintió Madame Maxime, haciendo una leve inclinación—. Y, «pog favog», dígale a ese «pgofesog Haggid» que estos caballos solamente beben whisky de malta «pugo».

—Descuide —dijo Dumbledore, inclinándose a su vez.

—*Allons-y!* —les dijo imperiosamente Madame Maxime a sus estudiantes, y los alumnos de Hogwarts se apartaron para dejarlos pasar y subir la escalinata de piedra.

—¿Qué tamaño calculáis que tendrán los caballos de Durmstrang? —dijo Seamus Finnigan, inclinándose para dirigirse a Harry y Ron entre Lavender y Parvati.

—Si son más grandes que éstos, ni siquiera Hagrid podrá manejarlos —contestó Harry—. Y eso si no lo han atacado los escregutos. Me pregunto qué le habrá ocurrido.

—A lo mejor han escapado —dijo Ron, esperanzado.

—¡Ah, no digas eso! —repuso Hermione, con un escalofrío—. Me imagino a todos esos sueltos por ahí...

Para entonces ya tiritaban de frío esperando la llegada de la representación de Durmstrang. La mayoría miraba al cielo esperando ver algo. Durante unos minutos, el silencio sólo fue roto por los bufidos y el piafar de los enormes caballos de Madame Maxime. Pero entonces...

—¿No oyes algo? —preguntó Ron repentinamente.

Harry escuchó. Un ruido misterioso, fuerte y extraño llegaba a ellos desde las tinieblas. Era un rumor amortiguado y un sonido de succión, como si una inmensa aspiradora pasara por el lecho de un río...

—¡El lago! —gritó Lee Jordan, señalando hacia él—. ¡Mirad el lago!

Desde su posición en lo alto de la ladera, desde la que se divisaban los terrenos del colegio, tenían una buena perspectiva de la lisa superficie negra del agua. Y en aquellos momentos esta superficie no era lisa en absoluto. Algo se agitaba bajo el centro del lago. Aparecieron grandes burbujas, y luego se formaron unas olas que iban a morir a las embarradas orillas. Por último surgió en medio del lago un remolino, como si al fondo le hubieran quitado un tapón gigante...

Del centro del remolino comenzó a salir muy despacio lo que parecía un asta negra, y luego Harry vio las jarcias...

—¡Es un mástil! —exclamó.

Lenta, majestuosamente, el barco fue surgiendo del agua, brillando a la luz de la luna. Producía una extraña impresión de cadáver, como si fuera un barco hundido y resucitado, y las pálidas luces que relucían en las portillas daban la impresión de ojos fantasmales. Finalmente, con un sonoro chapoteo, el barco emergió en su totalidad, balanceándose en las aguas turbulentas, y comenzó a surcar el lago hacia tierra. Un momento después oyeron la caída de un ancla arrojada al bajío y el sordo ruido de una tabla tendida hasta la orilla.

A la luz de las portillas del barco, vieron las siluetas de la gente que desembarcaba. Todos ellos, según le pareció a Harry, tenían la constitución de Crabbe y Goyle... pero luego, cuando se aproximaron más, subiendo por la explanada hacia la luz que provenía del vestíbulo, vio que su corpulencia se debía en realidad a que todos llevaban puestas unas capas de algún tipo de piel muy tupida. El que iba delante llevaba una piel de distinto tipo: lisa y plateada como su cabello.

—¡Dumbledore! —gritó efusivamente mientras subía la ladera—. ¿Cómo estás, mi viejo compañero, cómo estás?

—¡Estupendamente, gracias, profesor Karkarov! —respondió Dumbledore.

Karkarov tenía una voz pastosa y afectada. Cuando llegó a una zona bien iluminada, vieron que era alto y delgado como Dumbledore, pero llevaba corto el blanco cabello, y la perilla (que terminaba en un pequeño rizo) no ocultaba del todo el mentón poco pronunciado. Al llegar ante Dumbledore, le estrechó la mano.

—El viejo Hogwarts —dijo, levantando la vista hacia el castillo y sonriendo. Tenía los dientes bastante amarillos, y Harry observó que la sonrisa no incluía los ojos, que mantenían su expresión de astucia y frialdad—. Es estupendo estar aquí, es estupendo... Viktor, ve para allá, al calor... ¿No te importa, Dumbledore? Es que Viktor tiene un leve resfriado...

Karkarov indicó por señas a uno de sus estudiantes que se adelantara. Cuando el muchacho pasó, Harry vio su nariz, prominente y curva, y las espesas cejas negras. Para reconocer aquel perfil no necesitaba el golpe que Ron le dio en el brazo, ni tampoco que le murmurara al oído:

—¡Harry...! ¡Es Krum!

16

El cáliz de fuego

—¡No me lo puedo creer! —exclamó Ron asombrado cuando los alumnos de Hogwarts, formados en fila, volvían a subir la escalinata tras la comitiva de Durmstrang—. ¡Krum, Harry! ¡Es Viktor Krum!

—¡Ron, por Dios, no es más que un jugador de quidditch! —dijo Hermione.

—¿Nada más que un jugador de quidditch? —repitió Ron, mirándola como si no pudiera dar crédito a sus oídos—. ¡Es uno de los mejores buscadores del mundo, Hermione! ¡Nunca me hubiera imaginado que aún fuera al colegio!

Cuando volvían a cruzar el vestíbulo con el resto de los estudiantes de Hogwarts, de camino al Gran Comedor, Harry vio a Lee Jordan dando saltos en vertical para poder distinguir la nuca de Krum. Unas chicas de sexto revolvían en sus bolsillos mientras caminaban.

—¡Ah, es increíble, no llevo ni una simple pluma! ¿Crees que accedería a firmarme un autógrafo en el sombrero con mi lápiz de labios?

—¡Pero bueno! —bufó Hermione muy altanera al adelantar a las chicas, que habían empezado a pelearse por el lápiz de labios.

—Voy a intentar conseguir su autógrafo —dijo Ron—. No llevarás una pluma, ¿verdad, Harry?

—Las dejé todas en la mochila —contestó.

Se dirigieron a la mesa de Gryffindor. Ron puso mucho interés en sentarse orientado hacia la puerta de entrada, porque Krum y sus compañeros de Durmstrang seguían amontonados junto a ella sin saber dónde sentarse. Los alumnos de Beauxbatons se habían puesto en la mesa de Ravenclaw y observaban el Gran Comedor con expresión crítica. Tres de ellos se sujetaban aún bufandas o chales en torno a la cabeza.

—No hace tanto frío —dijo Hermione, molesta—. ¿Por qué no han traído capa?

—¡Aquí! ¡Ven a sentarte aquí! —decía Ron entre dientes—. ¡Aquí! Hermione, hazte a un lado para hacerle sitio...

—¿Qué?

—Demasiado tarde —se lamentó Ron con amargura.

Viktor Krum y sus compañeros de Durmstrang se habían colocado en la mesa de Slytherin. Harry vio que Malfoy, Crabbe y Goyle parecían muy ufanos por este hecho. En el instante en que miró, Malfoy se inclinaba un poco para dirigirse a Krum.

—Sí, muy bien, hazle la pelota, Malfoy —dijo Ron de forma mordaz—. Apuesto algo a que Krum no tarda en calarte... Seguro que tiene montones de gente lisonjeándolo todo el día... ¿Dónde creéis que dormirán? Podríamos hacerle sitio en nuestro dormitorio, Harry... No me importaría dejarle mi cama: yo puedo dormir en una plegable.

Hermione exhaló un sonoro resoplido.

—Parece que están mucho más contentos que los de Beauxbatons —comentó Harry.

Los alumnos de Durmstrang se quitaban las pesadas pieles y miraban con expresión de interés el negro techo lleno de estrellas. Dos de ellos cogían los platos y las copas de oro y los examinaban, aparentemente muy impresionados.

En el fondo, en la mesa de los profesores, Filch, el conserje, estaba añadiendo sillas. Como la ocasión lo merecía, llevaba puesto su frac viejo y enmohecido. Harry se sorprendió de verlo añadir cuatro sillas, dos a cada lado de Dumbledore.

—Pero sólo hay dos profesores más —se extrañó Harry—. ¿Por qué Filch pone cuatro sillas? ¿Quién más va a venir?

—¿Eh? —dijo Ron un poco ido. Seguía observando a Krum con avidez.

Habiendo entrado todos los alumnos en el Gran Comedor y una vez sentados a las mesas de sus respectivas casas, empezaron a entrar en fila los profesores, que se encaminaron a la mesa del fondo y ocuparon sus asientos. Los últimos en la fila eran el profesor Dumbledore, el profesor Karkarov y Madame Maxime. Al ver aparecer a su directora, los alumnos de Beauxbatons se pusieron inmediatamente en pie. Algunos de los de Hogwarts se rieron. El grupo de Beauxbatons no pareció avergonzarse en absoluto, y no volvió a ocupar sus asientos hasta que Madame Maxime se hubo sentado a la izquierda de Dumbledore. Éste, sin embargo, permaneció en pie, y el silencio cayó sobre el Gran Comedor.

—Buenas noches, damas, caballeros, fantasmas y, muy especialmente, buenas noches a nuestros huéspedes —dijo Dumbledore, dirigiendo una sonrisa a los estudiantes extranjeros—. Es para mí un placer daros la bienvenida a Hogwarts. Deseo que vuestra estancia aquí os resulte al mismo tiempo confortable y placentera, y confío en que así sea.

Una de las chicas de Beauxbatons, que seguía aferrando la bufanda con que se envolvía la cabeza, profirió lo que inconfundiblemente era una risa despectiva.

—¡Nadie te obliga a quedarte! —susurró Hermione, irritada con ella.

—El Torneo quedará oficialmente abierto al final del banquete —explicó Dumbledore—. ¡Ahora os invito a todos a comer, a beber y a disfrutar como si estuvierais en vuestra casa!

Se sentó, y Harry vio que Karkarov se inclinaba inmediatamente hacia él y trababan conversación.

Como de costumbre, las fuentes que tenían delante se llenaron de comida. Los elfos domésticos de las cocinas parecían haber tocado todos los registros. Ante ellos tenían la mayor variedad de platos que Harry hubiera visto nunca, incluidos algunos que eran evidentemente extranjeros.

—¿Qué es esto? —dijo Ron, señalando una larga sopera llena de una especie de guiso de marisco que había al lado de un familiar pastel de carne y riñones.

—Bullabesa —repuso Hermione.

—Por si acaso, tuya —replicó Ron.

—Es un plato francés —explicó Hermione—. Lo probé en vacaciones, este verano no, el anterior, y es muy rica.

—Te creo sin necesidad de probarla —dijo Ron sirviéndose pastel.

El Gran Comedor parecía mucho más lleno de lo usual, aunque había tan sólo unos veinte estudiantes más que de costumbre. Quizá fuera porque sus uniformes, que eran de colores diferentes, destacaban muy claramente contra el negro de las túnicas de Hogwarts. Una vez desprendidos de sus pieles, los alumnos de Durmstrang mostraban túnicas de color rojo sangre.

A los veinte minutos de banquete, Hagrid entró furtivamente en el Gran Comedor a través de la puerta que estaba situada detrás de la mesa de los profesores. Ocupó su silla en un extremo de la mesa y saludó a Harry, Ron y Hermione con la mano vendada.

—¿Están bien los escregutos, Hagrid? —le preguntó Harry.

—Prosperando —respondió Hagrid, muy contento.

—Sí, estoy seguro de que prosperan —dijo Ron en voz baja—. Parece que por fin han encontrado algo de comer que les gusta, ¿verdad? ¡Los dedos de Hagrid!

En aquel momento dijo una voz:

—«Pegdonad», ¿no «queguéis» *bouillabaisse*?

Se trataba de la misma chica de Beauxbatons que se había reído durante el discurso de Dumbledore. Al fin se había quitado la bufanda. Una larga cortina de pelo rubio plateado le caía casi hasta la cintura. Tenía los ojos muy azules y los dientes muy blancos y regulares.

Ron se puso colorado. La miró, abrió la boca para contestar, pero de ella no salió nada más que un débil gorjeo.

—Puedes llevártela —le dijo Harry, acercándole a la chica la sopera.

—¿Habéis «tegminado» con ella?

—Sí —repuso Ron sin aliento—. Sí, es deliciosa.

La chica cogió la sopera y se la llevó con cuidado a la mesa de Ravenclaw. Ron seguía mirándola con ojos desorbitados, como si nunca hubiera visto una chica. Harry se echó a reír, y el sonido de su risa pareció sacar a Ron de su ensimismamiento.

—¡Es una veela! —le dijo a Harry con voz ronca.

—¡Por supuesto que no lo es! —repuso Hermione ásperamente—. No veo que nadie más se haya quedado mirándola con la boca abierta como un idiota.

Pero no estaba totalmente en lo cierto. Cuando la chica cruzó el Gran Comedor muchos chicos volvieron la cabeza, y algunos se quedaban sin habla, igual que Ron.

—¡Te digo que no es una chica normal! —exclamó Ron, haciéndose a un lado para verla mejor—. ¡Las de Hogwarts no están tan bien!

—En Hogwarts las hay que están muy bien —contestó Harry, sin pensar. Daba la casualidad de que Cho Chang estaba sentada a unas pocas sillas de distancia de la chica del pelo plateado.

—Cuando podáis apartar la vista de ahí —dijo Hermione—, veréis quién acaba de llegar.

Señaló la mesa de los profesores, donde ya se habían ocupado los dos asientos vacíos. Ludo Bagman estaba sentado al otro lado del profesor Karkarov, en tanto que el señor Crouch, el jefe de Percy, ocupaba el asiento que había al lado de Madame Maxime.

—¿Qué hacen aquí? —preguntó Harry sorprendido.

—Son los que han organizado el Torneo de los tres magos, ¿no? —repuso Hermione—. Supongo que querían estar presentes en la inauguración.

Cuando llegaron los postres, vieron también algunos dulces extraños. Ron examinó detenidamente una especie de crema pálida, y luego la desplazó un poco a la derecha, para que quedara bien visible desde la mesa de Ravenclaw. Pero la chica que parecía una veela debía de haber comido ya bastante, y no se acercó a pedirla.

Una vez limpios los platos de oro, Dumbledore volvió a levantarse. Todos en el Gran Comedor parecían emocionados y nerviosos. Con un estremecimiento, Harry se preguntó qué iba a suceder a continuación. Unos asientos más allá, Fred y George se inclinaban hacia delante, sin despegar los ojos de Dumbledore.

—Ha llegado el momento —anunció Dumbledore, sonriendo a la multitud de rostros levantados hacia él—. El Torneo de los tres magos va a dar comienzo. Me gustaría pronunciar unas palabras para explicar algunas cosas antes de que traigan el cofre...

—¿El qué? —murmuró Harry.

Ron se encogió de hombros.

—... sólo para aclarar en qué consiste el procedimiento que vamos a seguir. Pero antes, para aquellos que no los conocéis, permitidme que os presente al señor Bartemius Crouch, director del Departamento de Cooperación Mágica Internacional —hubo un asomo de aplauso cortés—, y al señor Ludo Bagman, director del Departamento de Deportes y Juegos Mágicos.

Aplaudieron mucho más a Bagman que a Crouch, tal vez a causa de su fama como golpeador de quidditch, o tal vez simplemente porque tenía un aspecto mucho más simpático. Bagman agradeció los aplausos con un jovial gesto de la mano, mientras que Bartemius Crouch no saludó ni sonrió al ser presentado. Al recordarlo vestido con su impecable traje en los Mundiales de quidditch, Harry pensó que no le pegaba la túnica de mago. El bigote de cepillo y la raya del pelo, tan recta, resultaban muy raros junto al pelo y la barba de Dumbledore, que eran largos y blancos.

—Los señores Bagman y Crouch han trabajado sin descanso durante los últimos meses en los preparativos del Torneo de los tres magos —continuó Dumbledore—, y estarán conmigo, con el profesor Karkarov y con Madame Maxime en el tribunal que juzgará los esfuerzos de los campeones.

A la mención de la palabra «campeones», la atención de los alumnos aumentó aún más.

Quizá Dumbledore percibió el repentino silencio, porque sonrió mientras decía:

—Señor Filch, si tiene usted la bondad de traer el cofre...

Filch, que había pasado inadvertido pero permanecía atento en un apartado rincón del Gran Comedor, se acercó a Dumbledore con una gran caja de madera con joyas incrustadas. Parecía extraordinariamente vieja. De entre los alumnos se alzaron murmullos de interés y emoción. Dennis Creevey se puso de pie sobre la silla para ver bien, pero era tan pequeño que su cabeza apenas sobresalía de las demás.

—Los señores Crouch y Bagman han examinado ya las instrucciones para las pruebas que los campeones tendrán que afrontar —dijo Dumbledore mientras Filch colocaba con cuidado el cofre en la mesa, ante él—, y han dispuesto todos los preparativos necesarios para ellas. Habrá tres pruebas, espaciadas en el curso escolar, que medirán a los campeones en muchos aspectos diferentes: sus habilidades mágicas, su osadía, sus dotes de deducción y, por supuesto, su capacidad para sortear el peligro.

Ante esta última palabra, en el Gran Comedor se hizo un silencio tan absoluto que nadie parecía respirar.

—Como todos sabéis, en el Torneo compiten tres campeones —continuó Dumbledore con tranquilidad—, uno por cada colegio participante. Se puntuará la perfección con que lleven a cabo cada una de las pruebas y el campeón que después de la tercera tarea haya obtenido la puntuación más alta se alzará con la Copa de los tres magos. Los campeones serán elegidos por un juez imparcial: el cáliz de fuego.

Dumbledore sacó la varita mágica y golpeó con ella tres veces en la parte superior del cofre. La tapa se levantó lentamente con un crujido. Dumbledore introdujo una mano para sacar un gran cáliz de madera toscamente tallada. No habría llamado la atención de no ser porque estaba lleno hasta el borde de unas temblorosas llamas de color blanco azulado.

Dumbledore cerró el cofre y con cuidado colocó el cáliz sobre la tapa, para que todos los presentes pudieran verlo bien.

—Todo el que quiera proponerse para campeón tiene que escribir su nombre y el de su colegio en un trozo de pergamino con letra bien clara, y echarlo al cáliz —explicó Dumbledore—. Los aspirantes a campeones disponen de veinticuatro horas para hacerlo. Mañana, festividad de Halloween, por la noche, el cáliz nos devolverá los nombres de los tres campeones a los que haya considerado más dignos de representar a sus colegios. Esta misma noche el cáliz quedará expuesto en el vestíbulo, accesible a todos aquellos que quieran competir.

»Para asegurarme de que ningún estudiante menor de edad sucumbe a la tentación —prosiguió Dumbledore—, trazaré una raya de edad alrededor del cáliz de fuego una vez que lo hayamos colocado en el vestíbulo. No podrá cruzar la línea nadie que no haya cumplido los diecisiete años.

»Por último, quiero recalcar a todos los que estén pensando en competir que hay que meditar muy bien antes de entrar en el Torneo. Cuando el cáliz de fuego haya seleccionado a un campeón, él o ella estarán obligados a continuar en el Torneo hasta el final. Al echar vuestro nombre en el cáliz de fuego estáis firmando un contrato mágico de tipo vinculante. Una vez convertido en campeón, nadie puede arrepentirse. Así que debéis estar muy seguros antes de ofrecer vuestra candidatura. Y ahora me parece que ya es hora de ir a la cama. Buenas noches a todos.

—¡Una raya de edad! —dijo Fred Weasley con ojos chispeantes de camino hacia la puerta que daba al vestíbulo—. Bueno, creo que bastará con una poción envejecedora para burlarla. Y, una vez que el nombre de alguien esté en el cáliz, ya no podrán hacer nada. Al cáliz le da igual que uno tenga diecisiete años o no.

—Pero no creo que nadie menor de diecisiete años tenga ninguna posibilidad —objetó Hermione—. No hemos aprendido bastante...

—Habla por ti —replicó George—. Tú lo vas a intentar, ¿no, Harry?

Harry pensó un momento en la insistencia de Dumbledore en que nadie se ofreciera como candidato si no había cumplido los diecisiete años, pero luego volvió a imaginarse a sí mismo ganando el Torneo de los tres magos... Se preguntó hasta qué punto se enfadaría Dumbledore si alguien por debajo de los diecisiete hallaba la manera de cruzar la raya de edad...

—¿Dónde está? —dijo Ron, que no escuchaba una palabra de la conversación, porque escrutaba la multitud para ver dónde se encontraba Krum—. Dumbledore no ha dicho nada de dónde van a dormir los de Durmstrang, ¿verdad?

Pero su pregunta quedó respondida al instante. Habían llegado a la altura de la mesa de Slytherin, y Karkarov les metía prisa en aquel momento a sus alumnos.

—Al barco, vamos —les decía—. ¿Cómo te encuentras, Viktor? ¿Has comido bastante? ¿Quieres que pida que te preparen un ponche en las cocinas?

Harry vio que Krum negaba con la cabeza mientras se ponía su capa de pieles.

—Profesor, a mí sí me gustaría tomar un ponche —dijo otro de los alumnos de Durmstrang.

—No te lo he ofrecido a ti, Poliakov —contestó con brusquedad Karkarov, de cuyo rostro había desaparecido todo aire paternal—. Ya veo que has vuelto a mancharte de comida la pechera de la túnica, niño indeseable...

Karkarov se volvió y marchó hacia la puerta por delante de sus alumnos. Llegó a ella exactamente al mismo tiempo que Harry, Ron y Hermione, y Harry se detuvo para cederle el paso.

—Gracias —dijo Karkarov despreocupadamente, echándole una mirada.

Y de repente Karkarov se quedó como helado. Volvió a mirar a Harry y dejó los ojos fijos en él, como si no pudiera creer lo que veía. Detrás de su director, también se detuvieron los alumnos de Durmstrang. Muy lentamente, los ojos de Karkarov fueron ascendiendo por la cara de Harry hasta llegar a la cicatriz. También sus alumnos observaban a Harry con curiosidad. Por el rabillo del ojo, Harry veía en sus caras la expresión de haber caído en la cuenta de algo. El chico que se había manchado de comida la pechera le dio un codazo a la chica que estaba a su lado y señaló sin disimulo la frente de Harry.

—Sí, es Harry Potter —dijo desde detrás de ellos una voz gruñona.

El profesor Karkarov se dio la vuelta. *Ojoloco* Moody estaba allí, apoyando todo su peso en el bastón y observando con su ojo mágico, sin parpadear, al director de Durmstrang.

Ante los ojos de Harry, Karkarov palideció y le dirigió a Moody una mirada terrible, mezcla de furia y miedo.

—¡Tú! —exclamó, mirando a Moody como si no diera crédito a sus ojos.

—Sí, yo —contestó Moody muy serio—. Y, a no ser que tengas algo que decirle a Potter, Karkarov, deberías salir. Estás obstruyendo el paso.

Era cierto. La mitad de los alumnos que había en el Gran Comedor aguardaban tras ellos, y se ponían de puntillas para ver qué era lo que ocasionaba el atasco.

Sin pronunciar otra palabra, el profesor Karkarov salió con sus alumnos. Moody clavó los ojos en su espalda y, con un gesto de intenso desagrado, lo siguió con la vista hasta que se alejó.

Como al día siguiente era sábado, lo normal habría sido que la mayoría de los alumnos bajaran tarde a desayunar. Sin embargo, Harry, Ron y Hermione no fueron los únicos que se levantaron mucho antes de lo habitual en días de fiesta. Al bajar al vestíbulo vieron a unas veinte personas agrupadas allí, algunas comiendo tostadas, y todas contemplando el cáliz de fuego. Lo habían colocado en el centro del vestíbulo, encima del taburete sobre el que se ponía el Sombrero Seleccionador. En el suelo, a su alrededor, una fina línea de color dorado formaba un círculo de tres metros de radio.

—¿Ya ha dejado alguien su nombre? —le preguntó Ron algo nervioso a una de tercero.

—Todos los de Durmstrang —contestó ella—. Pero de momento no he visto a ninguno de Hogwarts.

—Seguro que lo hicieron ayer después de que los demás nos acostamos —dijo Harry—. Yo lo habría hecho así si me fuera a presentar: preferiría que no me viera nadie. ¿Y si el cáliz te manda a freír espárragos?

Alguien se reía detrás de Harry. Al volverse, vio a Fred, George y Lee Jordan que bajaban corriendo la escalera. Los tres parecían muy nerviosos.

—Ya está —les dijo Fred a Harry, Ron y Hermione en tono triunfal—. Acabamos de tomárnosla.

—¿El qué? —preguntó Ron.

—La poción envejecedora, cerebro de mosquito —respondió Fred.

—Una gota cada uno —explicó George, frotándose las manos con júbilo—. Sólo necesitamos ser unos meses más viejos.

—Si uno de nosotros gana, repartiremos el premio entre los tres —añadió Lee, con una amplia sonrisa.

—No estoy muy convencida de que funcione, ¿sabéis? Seguro que Dumbledore ha pensado en eso —les advirtió Hermione.

Fred, George y Lee no le hicieron caso.

—¿Listos? —les dijo Fred a los otros dos, temblando de emoción—. Entonces, vamos. Yo voy primero...

Harry observó, fascinado, cómo Fred se sacaba del bolsillo un pedazo de pergamino con las palabras: «Fred Weasley, Hogwarts.» Fred avanzó hasta el borde de la línea y se quedó allí, balanceándose sobre las puntas de los pies como un saltador de trampolín que se dispusiera a tirarse desde veinte metros de altura. Luego, observado por todos los que estaban en el vestíbulo, tomó aire y dio un paso para cruzar la línea.

Durante una fracción de segundo, Harry creyó que el truco había funcionado. George, desde luego, también lo creyó, porque profirió un grito de triunfo y avanzó tras Fred. Pero al momento siguiente se oyó un chisporroteo, y ambos hermanos se vieron expulsados del círculo dorado como si los hubiera echado un invisible lanzador de peso. Cayeron al suelo de fría piedra a tres metros de distancia, haciéndose bastante daño, y para colmo sonó un «¡plin!» y a los dos les salió de repente la misma barba larga y blanca.

En el vestíbulo, todos prorrumpieron en carcajadas. Incluso Fred y George se rieron al ponerse en pie y verse cada uno la barba del otro.

—Os lo advertí —dijo la voz profunda de alguien que parecía estar divirtiéndose, y todo el mundo se volvió para ver salir del Gran Comedor al profesor Dumbledore. Examinó a Fred y George con los ojos brillantes—. Os sugiero que vayáis los dos a ver a la señora Pomfrey. Está atendiendo ya a la señorita Fawcett, de Ravenclaw, y al señor Summers, de Hufflepuff, que también decidieron envejecerse un poquito. Aunque tengo que decir que me gusta más vuestra barba que la que les ha salido a ellos.

Fred y George salieron para la enfermería acompañados por Lee, que se partía de risa, y Harry, Ron y Hermione, que también se reían con ganas, entraron a desayunar.

Habían cambiado la decoración del Gran Comedor. Como era Halloween, una nube de murciélagos vivos revoloteaba por el techo encantado mientras cientos de calabazas lanzaban macabras sonrisas desde cada rincón. Se encaminaron hacia donde estaban Dean y Seamus, que hablaban sobre los estudiantes de Hogwarts que tenían diecisiete años o más y que podrían intentar participar.

—Corre por ahí el rumor de que Warrington se ha levantado temprano para echar el pergamino con su nombre —le dijo Dean a Harry—. Sí, hombre, ese tío grande de Slytherin que parece un oso perezoso...

Harry, que se había enfrentado a Warrington en quidditch, movió la cabeza en señal de disgusto.

—¡Espero que no tengamos de campeón a nadie de Slytherin!

—Y los de Hufflepuff hablan todos de Diggory —comentó Seamus con desdén—. Pero no creo que quiera arriesgarse a perder su belleza.

—¡Escuchad! —dijo Hermione repentinamente.

En el vestíbulo estaban lanzando vítores. Se volvieron todos en sus asientos y vieron entrar en el Gran Comedor, sonriendo con un poco de vergüenza, a Angelina Johnson. Era una chica negra, alta, que jugaba como cazadora en el equipo de quidditch de Gryffindor. Angelina fue hacia ellos, se sentó y dijo:

—¡Bueno, lo he hecho! ¡Acabo de echar mi nombre!

—¡No puedo creerlo! —exclamó Ron, impresionado.

—Pero ¿tienes diecisiete años? —inquirió Harry.

—Claro que los tiene. Porque si no le habría salido barba, ¿no? —dijo Ron.

—Mi cumpleaños fue la semana pasada —explicó Angelina.

—Bueno, me alegro de que entre alguien de Gryffindor —declaró Hermione—. ¡Espero que quedes tú, Angelina!

—Gracias, Hermione —contestó Angelina sonriéndole.

—Sí, mejor tú que Diggory el hermoso —dijo Seamus, lo que arrancó miradas de rencor de unos de Hufflepuff que pasaban al lado.

—¿Qué vamos a hacer hoy? —preguntó Ron a Harry y Hermione cuando hubieron terminado el desayuno y salían del Gran Comedor.

—Aún no hemos bajado a visitar a Hagrid —comentó Harry.

—Bien —dijo Ron—, mientras no nos pida que donemos los dedos para que coman los escregutos...

A Hermione se le iluminó súbitamente la cara.

—¡Acabo de darme cuenta de que todavía no le he pedido a Hagrid que se afilie a la P.E.D.D.O.! —dijo con alegría—. ¿Querréis esperarme un momento mientras subo y cojo las insignias?

—Pero ¿qué pretende? —dijo Ron, exasperado, mientras Hermione subía por la escalinata de mármol.

—Eh, Ron —le advirtió Harry—, por ahí viene tu amiga...

Los estudiantes de Beauxbatons estaban entrando por la puerta principal, provenientes de los terrenos del colegio, y entre ellos llegaba la chica veela. Los que estaban alrededor del cáliz de fuego se echaron atrás para dejarlos pasar, y se los comían con los ojos.

Madame Maxime entró en el vestíbulo detrás de sus alumnos y los hizo colocarse en fila. Uno a uno, los alumnos de Beauxbatons fueron cruzando la raya de edad y depositando en las llamas de un blanco azulado sus pedazos de pergamino. Cada vez que caía un nombre al fuego, éste se volvía momentáneamente rojo y arrojaba chispas.

—¿Qué crees que harán los que no sean elegidos? —le susurró Ron a Harry mientras la chica veela dejaba caer al fuego su trozo de pergamino—. ¿Crees que volverán a su colegio, o se quedarán para presenciar el Torneo?

—No lo sé —dijo Harry—. Supongo que se quedarán, porque Madame Maxime tiene que estar en el tribunal, ¿no?

Cuando todos los estudiantes de Beauxbatons hubieron presentado sus nombres, Madame Maxime los hizo volver a salir del castillo.

—¿Dónde dormirán? —preguntó Ron, acercándose a la puerta y observándolos.

Un sonoro traqueteo anunció tras ellos la reaparición de Hermione, que llevaba consigo las insignias de la P.E.D.D.O.

—¡Démonos prisa! —dijo Ron, y bajó de un salto la escalinata de piedra, sin apartar los ojos de la chica veela, que iba con Madame Maxime por la mitad de la explanada.

Al acercarse a la cabaña de Hagrid, al borde del bosque prohibido, el misterio de los dormitorios de los de Beauxbatons quedó disipado. El gigantesco carruaje de color azul claro en el que habían llegado estaba aparcado a unos doscientos metros de la cabaña de Hagrid, y los de Beauxbatons entraron en él de nuevo. Al lado, en un improvisado potrero, pacían los caballos de tamaño de elefantes que habían tirado del carruaje.

Harry llamó a la puerta de Hagrid, y los estruendosos ladridos de *Fang* respondieron al instante.

—¡Ya era hora! —exclamó Hagrid, después de abrir la puerta de golpe y verlos—. ¡Creía que no os acordabais de dónde vivo!

—Hemos estado muy ocupados, Hag... —empezó a decir Hermione, pero se detuvo de pronto, estupefacta, al ver a Hagrid.

Hagrid llevaba su mejor traje peludo de color marrón (francamente horrible), con una corbata a cuadros amarillos y naranja. Y eso no era lo peor: era evidente que había tratado de peinarse usando grandes cantidades de lo que parecía aceite lubricante hasta alisar el pelo formando dos coletas. Puede que hubiera querido hacerse una coleta como la de Bill y se hubiera dado cuenta de que tenía demasiado pelo. A Hagrid aquel tocado le sentaba como a un santo dos pistolas. Durante un instante Hermione lo miró con ojos desorbitados, y luego, obviamente decidiendo no hacer ningún comentario, dijo:

—Eh... ¿dónde están los escregutos?

—Andan entre las calabazas —repuso Hagrid contento—. Se están poniendo grandes: ya deben de tener cerca de un metro. El único problema es que han empezado a matarse unos a otros.

—¡No!, ¿de verdad? —dijo Hermione, echándole a Ron una dura mirada para que se callara, porque éste, viendo el peinado de Hagrid, acababa de abrir la boca para comentar algo.

—Sí —contestó Hagrid con tristeza—. Pero están bien. Los he separado en cajas, y aún quedan unos veinte.

—Bueno, eso es una suerte —comentó Ron. Hagrid no percibió el sarcasmo de la frase.

La cabaña de Hagrid constaba de una sola habitación, uno de cuyos rincones se hallaba ocupado por una cama gigante cubierta con un edredón de retazos multicolores. Delante de la chimenea había una mesa de madera, también de enorme tamaño, y unas sillas, sobre las que colgaban unos cuantos jamones curados y aves muertas. Se sentaron a la mesa mientras Hagrid comenzaba a preparar el té, y no tardaron en hablar sobre el Torneo de los tres magos. Hagrid parecía tan nervioso como ellos a causa del Torneo.

—Esperad y veréis —dijo, entusiasmado—. No tenéis más que esperar. Vais a ver lo que no habéis visto nunca. La primera prueba... Ah, pero se supone que no debo decir nada.

—¡Vamos, Hagrid! —lo animaron Harry, Ron y Hermione.

Pero él negó con la cabeza, sonriendo al mismo tiempo.

—No, no, no quiero estropearlo por vosotros. Pero os aseguro que será muy espectacular. Los campeones van a tener en qué demostrar su valía. ¡Nunca creí que viviría lo bastante para ver una nueva edición del Torneo de los tres magos!

Terminaron comiendo con Hagrid, aunque no comieron mucho: Hagrid había preparado lo que decía que era un estofado de buey, pero, cuando Hermione sacó una garra de su plato, los tres amigos perdieron gran parte del apetito. Sin embargo, lo pasaron bastante bien intentando sonsacar a Hagrid cuáles iban a ser las pruebas del Torneo, especulando qué candidatos elegiría el cáliz de fuego y preguntándose si Fred y George habrían vuelto a ser barbilampiños.

A media tarde empezó a caer una lluvia suave. Resultaba muy agradable estar sentados junto al fuego, escuchando el suave golpeteo de las gotas de lluvia contra los cristales de la ventana, viendo a Hagrid zurcir calcetines y discutir con Hermione sobre los elfos domésticos, porque él se negó tajantemente a afiliarse a la P.E.D.D.O. cuando ella le mostró las insignias.

—Eso sería jugarles una mala pasada, Hermione —dijo Hagrid gravemente, enhebrando un grueso hilo amarillo en una enorme aguja de hueso—. Lo de cuidar a los humanos forma parte de su naturaleza. Es lo que les gusta, ¿te das cuenta? Los harías muy desgraciados si los apartaras de su trabajo, y si intentaras pagarles se lo tomarían como un insulto.

—Pero Harry liberó a Dobby, ¡y él se puso loco de contento! —objetó Hermione—. ¡Y nos han dicho que ahora quiere que le paguen!

238

—Sí, bien, en todas partes hay quien se desmadra. No niego que haya elfos raros a los que les gustaría ser libres, pero nunca conseguirías convencer a la mayoría. No, nada de eso, Hermione.

A Hermione no le hizo ni pizca de gracia su negativa y volvió a guardarse la caja de las insignias en el bolsillo de la capa.

Hacia las cinco y media se hacía de noche, y Ron, Harry y Hermione decidieron que era el momento de volver al castillo para el banquete de Halloween. Y, lo más importante de todo, para el anuncio de los campeones de los colegios.

—Voy con vosotros —dijo Hagrid, dejando la labor—. Esperad un segundo.

Hagrid se levantó, fue hasta la cómoda que había junto a la cama y empezó a buscar algo dentro de ella. No pusieron mucha atención hasta que un olor horrendo les llegó a las narices. Entre toses, Ron preguntó:

—¿Qué es eso, Hagrid?

—¿Qué, no os gusta? —dijo Hagrid, volviéndose con una botella grande en la mano.

—¿Es una loción para después del afeitado? —preguntó Hermione con un hilo de voz.

—Eh... es agua de colonia —murmuró Hagrid. Se había ruborizado—. Tal vez me he puesto demasiada. Voy a quitarme un poco, esperad...

Salió de la cabaña ruidosamente, y lo vieron lavarse con vigor en el barril con agua que había al otro lado de la ventana.

—¿Agua de colonia? —se preguntó Hermione sorprendida—. ¿Hagrid?

—¿Y qué me decís del traje y del peinado? —preguntó a su vez Harry en voz baja.

—¡Mirad! —dijo de pronto Ron, señalando algo fuera de la ventana.

Hagrid acababa de enderezarse y de volverse. Si antes se había ruborizado, aquello no había sido nada comparado con lo de aquel momento. Levantándose muy despacio para que Hagrid no se diera cuenta, Harry, Ron y Hermione echaron un vistazo por la ventana y vieron que Madame Maxime y los alumnos de Beauxbatons acababan de salir del carruaje, evidentemente para acudir, como ellos, al banquete. No oían nada de lo que decía Hagrid, pero se dirigía a Madame Maxime con una expresión embelesada que Harry sólo le había visto una vez: cuando contemplaba a *Norberto*, el cachorro de dragón.

—¡Se va al castillo con ella! —exclamó Hermione, indignada—. ¡Creía que iba a ir con nosotros!

Sin siquiera volver la vista hacia la cabaña, Hagrid caminaba pesadamente a través de los terrenos de Hogwarts al lado de Madame Maxime. Detrás de ellos iban los alumnos de Beauxbatons, casi corriendo para poder seguir las enormes zancadas de los dos gigantes.

—¡Le gusta! —dijo Ron, incrédulo—. Bueno, si terminan teniendo niños, batirán un récord mundial. Seguro que pesarán alrededor de una tonelada.

Salieron de la cabaña y cerraron la puerta. Fuera estaba ya sorprendentemente oscuro. Se arrebujaron bien en la capa y empezaron a subir la cuesta.

—¡Mirad, son ellos! —susurró Hermione.

El grupo de Durmstrang subía desde el lago hacia el castillo. Viktor Krum caminaba junto a Karkarov, y los otros alumnos de Durmstrang los seguían un poco rezagados. Ron observó a Krum emocionado, pero éste no miró a ningún lado al entrar por la puerta principal, un poco por delante de Hermione, Ron y Harry.

Una vez dentro vieron que el Gran Comedor, iluminado por velas, estaba casi abarrotado. Habían quitado del vestíbulo el cáliz de fuego y lo habían puesto delante de la silla vacía de Dumbledore, sobre la mesa de los profesores. Fred y George, nuevamente lampiños, parecían haber encajado bastante bien la decepción.

—Espero que salga Angelina —dijo Fred mientras Harry, Ron y Hermione se sentaban.

—¡Yo también! —exclamó Hermione—. ¡Bueno, pronto lo sabremos!

El banquete de Halloween les pareció mucho más largo de lo habitual. Quizá porque era su segundo banquete en dos días, Harry no disfrutó la insólita comida tanto como la habría disfrutado cualquier otro día. Como todos cuantos se encontraban en el Gran Comedor —a juzgar por los cuellos que se giraban continuamente, las expresiones de impaciencia, las piernas que se movían nerviosas y la gente que se levantaba para ver si Dumbledore ya había terminado de comer—, Harry sólo deseaba que la cena terminara y anunciaran quiénes habían quedado seleccionados como campeones.

Por fin, los platos de oro volvieron a su original estado inmaculado. Se produjo cierto alboroto en el salón, que se cortó casi instantáneamente cuando Dumbledore se puso en pie. Junto a él, el profesor Karkarov y Madame Maxime parecían tan tensos y expectantes como los demás. Ludo Bagman sonreía y guiñaba el ojo a varios estudiantes. El señor Crouch, en cambio, no parecía nada interesado, sino más bien aburrido.

—Bien, el cáliz está casi preparado para tomar una decisión —anunció Dumbledore—. Según me parece, falta tan sólo un minuto. Cuando pronuncie el nombre de un campeón, le ruego que venga a esta parte del Gran Comedor, pase por la mesa de los profesores y entre en la sala de al lado —indicó la puerta que había detrás de su mesa—, donde recibirá las primeras instrucciones.

Sacó la varita y ejecutó con ella un amplio movimiento en el aire. De inmediato se apagaron todas las velas salvo las que estaban dentro de las calabazas con forma de cara, y la estancia quedó casi a oscuras. No había nada en el Gran Comedor que brillara tanto como el cáliz de fuego, y el fulgor de las chispas y la blancura azulada de las llamas casi hacía daño a los ojos. Todo el mundo miraba, expectante. Algunos consultaban los relojes.

—De un instante a otro —susurró Lee Jordan, dos asientos más allá de Harry.

De pronto, las llamas del cáliz se volvieron rojas, y empezaron a salir chispas. A continuación, brotó en el aire una lengua de fuego y arrojó un trozo carbonizado de pergamino. La sala entera ahogó un grito.

Dumbledore cogió el trozo de pergamino y lo alejó tanto como le daba el brazo para poder leerlo a la luz de las llamas, que habían vuelto a adquirir un color blanco azulado.

—El campeón de Durmstrang —leyó con voz alta y clara— será Viktor Krum.

—¡Era de imaginar! —gritó Ron, al tiempo que una tormenta de aplausos y vítores inundaba el Gran Comedor. Harry vio a Krum levantarse de la mesa de Slytherin y caminar hacia Dumbledore. Se volvió a la derecha, recorrió la mesa de los profesores y desapareció por la puerta hacia la sala contigua.

—¡Bravo, Viktor! —bramó Karkarov, tan fuerte que todo el mundo lo oyó incluso por encima de los aplausos—. ¡Sabía que serías tú!

Se apagaron los aplausos y los comentarios. La atención de todo el mundo volvía a recaer sobre el cáliz, cuyo fuego tardó unos pocos segundos en volverse nuevamente rojo. Las llamas arrojaron un segundo trozo de pergamino.

—La campeona de Beauxbatons —dijo Dumbledore— es ¡Fleur Delacour!

—¡Es ella, Ron! —gritó Harry, cuando la chica que parecía una veela se puso en pie elegantemente, sacudió la cabeza para retirarse hacia atrás la amplia cortina de pelo plateado, y caminó por entre las mesas de Hufflepuff y Ravenclaw.

—¡Mirad qué decepcionados están todos! —dijo Hermione elevando la voz por encima del alboroto, y señalando con la cabeza al resto de los alumnos de Beauxbatons.

«Decepcionados» era decir muy poco, pensó Harry. Dos de las chicas que no habían resultado elegidas habían roto a llorar, y sollozaban con la cabeza escondida entre los brazos.

Cuando Fleur Delacour hubo desaparecido también por la puerta, volvió a hacerse el silencio, pero esta vez era un silencio tan tenso y lleno de emoción, que casi se palpaba. El siguiente sería el campeón de Hogwarts...

Y el cáliz de fuego volvió a tornarse rojo; saltaron chispas, la lengua de fuego se alzó, y de su punta Dumbledore retiró un nuevo pedazo de pergamino.

—El campeón de Hogwarts —anunció— es ¡Cedric Diggory!

—¡No! —dijo Ron en voz alta, pero sólo lo oyó Harry: el jaleo proveniente de la mesa de al lado era demasiado estruendoso. Todos y cada uno de los alumnos de Hufflepuff se habían puesto de repente de pie, gritando y pataleando, mientras Cedric se abría camino entre ellos, con una amplia sonrisa, y marchaba hacia la sala que había tras la mesa de los profesores. Naturalmente, los aplausos dedicados a Cedric se prolongaron tanto que Dumbledore tuvo que esperar un buen rato para poder volver a dirigirse a la concurrencia.

—¡Estupendo! —dijo Dumbledore en voz alta y muy contento cuando se apagaron los últimos aplausos—. Bueno, ya tenemos a nuestros tres campeones. Estoy seguro de que puedo confiar en que todos vosotros, incluyendo a los alumnos de Durmstrang y Beauxbatons, daréis a vuestros respectivos campeones todo el apoyo que podáis. Al animarlos, todos vosotros contribuiréis de forma muy significativa a...

Pero Dumbledore se calló de repente, y fue evidente para todo el mundo por qué se había interrumpido.

El fuego del cáliz había vuelto a ponerse de color rojo. Otra vez lanzaba chispas. Una larga lengua de fuego se elevó de repente en el aire y arrojó otro trozo de pergamino.

Dumbledore alargó la mano y lo cogió. Lo extendió y miró el nombre que había escrito en él. Hubo una larga pausa, durante la cual Dumbledore contempló el trozo de pergamino que tenía en las manos, mientras el resto de la sala lo observaba. Finalmente, Dumbledore se aclaró la garganta y leyó en voz alta:

—Harry Potter.

17

Los cuatro campeones

Harry permaneció sentado, consciente de que todos cuantos estaban en el Gran Comedor lo miraban. Se sentía aturdido, atontado. Debía de estar soñando. O no había oído bien.

Nadie aplaudía. Un zumbido como de abejas enfurecidas comenzaba a llenar el salón. Algunos alumnos se levantaban para ver mejor a Harry, que seguía inmóvil, sentado en su sitio.

En la mesa de los profesores, la profesora McGonagall se levantó y se acercó a Dumbledore, con el que cuchicheó impetuosamente. El profesor Dumbledore inclinaba hacia ella la cabeza, frunciendo un poco el entrecejo.

Harry se volvió hacia Ron y Hermione. Más allá de ellos, vio que todos los demás ocupantes de la larga mesa de Gryffindor lo miraban con la boca abierta.

—Yo no puse mi nombre —dijo Harry, totalmente confuso—. Vosotros lo sabéis.

Uno y otro le devolvieron la misma mirada de aturdimiento.

En la mesa de los profesores, Dumbledore se irguió e hizo un gesto afirmativo a la profesora McGonagall.

—¡Harry Potter! —llamó—. ¡Harry! ¡Levántate y ven aquí, por favor!

—Vamos —le susurró Hermione, dándole a Harry un leve empujón.

Harry se puso en pie, se pisó el dobladillo de la túnica y se tambaleó un poco. Avanzó por el hueco que había entre

244

las mesas de Gryffindor y Hufflepuff. Le pareció un camino larguísimo. La mesa de los profesores no parecía hallarse más cerca aunque él caminara hacia ella, y notaba la mirada de cientos y cientos de ojos, como si cada uno de ellos fuera un reflector. El zumbido se hacía cada vez más fuerte. Después de lo que le pareció una hora, se halló delante de Dumbledore y notó las miradas de todos los profesores.

—Bueno... cruza la puerta, Harry —dijo Dumbledore, sin sonreír.

Harry pasó por la mesa de profesores. Hagrid, sentado justo en un extremo, no le guiñó un ojo, ni levantó la mano, ni hizo ninguna de sus habituales señas de saludo. Parecía completamente aturdido y, al pasar Harry, lo miró como hacían todos los demás. Harry salió del Gran Comedor y se encontró en una sala más pequeña, decorada con retratos de brujos y brujas. Delante de él, en la chimenea, crepitaba un fuego acogedor.

Cuando entró, las caras de los retratados se volvieron hacia él. Vio que una bruja con el rostro lleno de arrugas salía precipitadamente de los límites de su marco y se iba al cuadro vecino, que era el retrato de un mago con bigotes de foca. La bruja del rostro arrugado empezó a susurrarle algo al oído.

Viktor Krum, Cedric Diggory y Fleur Delacour estaban junto a la chimenea. Con sus siluetas recortadas contra las llamas, tenían un aspecto curiosamente imponente. Krum, cabizbajo y siniestro, se apoyaba en la repisa de la chimenea, ligeramente separado de los otros dos. Cedric, de pie con las manos a la espalda, observaba el fuego. Fleur Delacour lo miró cuando entró y volvió a echarse para atrás su largo pelo plateado.

—¿Qué pasa? —preguntó, creyendo que había entrado para transmitirles algún mensaje—. ¿«Quieguen» que volvamos al «comedog»?

Harry no sabía cómo explicar lo que acababa de suceder. Se quedó allí quieto, mirando a los tres campeones, sorprendido de lo altos que parecían.

Oyó detrás un ruido de pasos apresurados. Era Ludo, que entraba en la sala. Cogió del brazo a Harry y lo llevó hacia delante.

—¡Extraordinario! —susurró, apretándole el brazo—. ¡Absolutamente extraordinario! Caballeros... señorita —añadió, acercándose al fuego y dirigiéndose a los otros tres—. ¿Puedo presentarles, por increíble que parezca, al cuarto campeón del Torneo de los tres magos?

Viktor Krum se enderezó. Su hosca cara se ensombreció al examinar a Harry. Cedric parecía desconcertado: pasó la vista de Bagman a Harry y de Harry a Bagman como si estuviera convencido de que había oído mal. Fleur Delacour, sin embargo, se sacudió el pelo y dijo con una sonrisa:

—¡Oh, un chiste muy «divegtido», «señog» Bagman!

—¿Un chiste? —repitió Bagman, desconcertado—. ¡No, no, en absoluto! ¡El nombre de Harry acaba de salir del cáliz de fuego!

Krum contrajo levemente sus espesas cejas negras. Cedric seguía teniendo el mismo aspecto de cortés desconcierto. Fleur frunció el entrecejo.

—«Pego» es evidente que ha habido un «egog» —le dijo a Bagman con desdén—. Él no puede «competig». Es demasiado joven.

—Bueno... esto ha sido muy extraño —reconoció Bagman, frotándose la barbilla impecablemente afeitada y mirando sonriente a Harry—. Pero, como sabéis, la restricción es una novedad de este año, impuesta sólo como medida extra de seguridad. Y como su nombre ha salido del cáliz de fuego... Quiero decir que no creo que ahora haya ninguna posibilidad de hacer algo para impedirlo. Son las reglas, Harry, y no tienes más remedio que concursar. Tendrás que hacerlo lo mejor que puedas...

Detrás de ellos, la puerta volvió a abrirse para dar paso a un grupo numeroso de gente: el profesor Dumbledore, seguido de cerca por el señor Crouch, el profesor Karkarov, Madame Maxime, la profesora McGonagall y el profesor Snape. Antes de que la profesora McGonagall cerrara la puerta, Harry oyó el rumor de los cientos de estudiantes que estaban al otro lado del muro.

—¡Madame Maxime! —dijo Fleur de inmediato, caminando con decisión hacia la directora de su academia—. ¡Dicen que este niño también va a «competig»!

En medio de su aturdimiento e incredulidad, Harry sintió una punzada de ira: «¿Niño?»

Madame Maxime se había erguido completamente hasta alcanzar toda su considerable altura. La parte superior de la cabeza rozó en la araña llena de velas, y el pecho gigantesco, cubierto de satén negro, pareció inflarse.

—¿Qué significa todo esto, «Dumbledog»? —preguntó imperiosamente.

—Es lo mismo que quisiera saber yo, Dumbledore —dijo el profesor Karkarov. Mostraba una tensa sonrisa, y sus azules ojos parecían pedazos de hielo—. ¿Dos campeones de Hogwarts? No recuerdo que nadie me explicara que el colegio anfitrión tuviera derecho a dos campeones. ¿O es que no he leído las normas con el suficiente cuidado?

Soltó una risa breve y desagradable.

—*C'est impossible!* —exclamó Madame Maxime, apoyando su enorme mano llena de soberbias cuentas de ópalo sobre el hombro de Fleur—. «Hogwag» no puede «teneg» dos campeones. Es absolutamente injusto.

—Creíamos que tu raya de edad rechazaría a los aspirantes más jóvenes, Dumbledore —añadió Karkarov, sin perder su sonrisa, aunque tenía los ojos más fríos que nunca—. De no ser así, habríamos traído una más amplia selección de candidatos de nuestros colegios.

—No es culpa de nadie más que de Potter, Karkarov —intervino Snape con voz melosa. La malicia daba un brillo especial a sus negros ojos—. No hay que culpar a Dumbledore del empeño de Potter en quebrantar las normas. Desde que llegó aquí no ha hecho otra cosa que traspasar límites...

—Gracias, Severus —dijo con firmeza Dumbledore, y Snape se calló, aunque sus ojos siguieron lanzando destellos malévolos entre la cortina de grasiento pelo negro.

El profesor Dumbledore miró a Harry, y éste le devolvió la mirada, intentando descifrar la expresión de los ojos tras las gafas de media luna.

—¿Echaste tu nombre en el cáliz de fuego, Harry? —le preguntó Dumbledore con tono calmado.

—No —contestó Harry, muy consciente de que todos lo observaban con gran atención. Semioculto en la sombra, Snape profirió una suave exclamación de incredulidad.

—¿Le pediste a algún alumno mayor que echara tu nombre en el cáliz de fuego? —inquirió el director, sin hacer caso a Snape.

—No —respondió Harry con vehemencia.

—¡Ah, «pog» supuesto está mintiendo! —gritó Madame Maxime.

Snape agitaba la cabeza de un lado a otro, con un rictus en los labios.

—Él no pudo cruzar la raya de edad —dijo severamente la profesora McGonagall—. Supongo que todos estamos de acuerdo en ese punto...

—«Dumbledog» pudo «habeg» cometido algún «egog» —replicó Madame Maxime, encogiéndose de hombros.

—Por supuesto, eso es posible —admitió Dumbledore por cortesía.

—¡Sabes perfectamente que no has cometido error alguno, Dumbledore! —repuso airada la profesora McGonagall—. ¡Por Dios, qué absurdo! ¡Harry no pudo traspasar por sí mismo la raya! Y, puesto que el profesor Dumbledore está seguro de que Harry no convenció a ningún alumno mayor para que lo hiciera por él, mi parecer es que eso debería bastarnos a los demás.

Y le dirigió al profesor Snape una mirada encolerizada.

—Señor Crouch... señor Bagman —dijo Karkarov, de nuevo con voz afectada—, ustedes son nuestros jueces imparciales. Supongo que estarán de acuerdo en que esto es completamente irregular.

Bagman se pasó un pañuelo por la cara, redonda e infantil, y miró al señor Crouch, que estaba fuera del círculo iluminado por el fuego de la chimenea y tenía el rostro medio oculto en la sombra. Su aspecto era vagamente misterioso, y la semioscuridad lo hacía parecer mucho más viejo, dándole una apariencia casi de calavera. Pero, al hablar, su voz fue tan cortante como siempre:

—Hay que seguir las reglas, y las reglas establecen claramente que aquellas personas cuyos nombres salgan del cáliz de fuego estarán obligadas a competir en el Torneo.

—Bien, Barty conoce el reglamento de cabo a rabo —dijo Bagman, sonriendo y volviéndose hacia Karkarov y Madame Maxime, como si el asunto estuviera cerrado.

—Insisto en que se vuelva a proponer a consideración el nombre del resto de mis alumnos —dijo Karkarov. La sonrisa y el tono afectado habían desaparecido. De hecho, la expresión de su rostro no era nada agradable—. Vuelve a sacar el cáliz de fuego, y continuaremos añadiendo nombres hasta que cada colegio cuente con dos campeones. No pido más que lo justo, Dumbledore.

—Pero, Karkarov, no es así como funciona el cáliz de fuego —objetó Bagman—. El cáliz acaba de apagarse y no volverá a arder hasta el comienzo del próximo Torneo.

—¡En el que, desde luego, Durmstrang no participará! —estalló Karkarov—. ¡Después de todos nuestros encuentros, negociaciones y compromisos, no esperaba que ocurriera algo de esta naturaleza! ¡Estoy tentado de irme ahora mismo!

—Ésa es una falsa amenaza, Karkarov —gruñó una voz, junto a la puerta—. Ahora no puedes retirar a tu campeón. Está obligado a competir. Como dijo Dumbledore, ha firmado un contrato mágico vinculante. Te conviene, ¿eh?

Moody acababa de entrar en la sala. Se acercó al fuego cojeando, y, a cada paso que daba, retumbaba la pata de palo.

—¿Que si me conviene? —repitió Karkarov—. Me temo que no te comprendo, Moody.

A Harry le pareció que Karkarov intentaba adoptar un tono de desdén, como si ni siquiera mereciera la pena escuchar lo que Moody decía, pero las manos traicionaban sus sentimientos. Estaban apretadas en sendos puños.

—¿No me entiendes? —dijo Moody en voz baja—. Pues es muy sencillo, Karkarov. Tan sencillo como que alguien eche el nombre de Potter en ese cáliz sabiendo que si sale se verá forzado a participar.

—¡Evidentemente, alguien tenía mucho empeño en que «Hogwag tuviega» el doble de «opogtunidades»! —declaró Madame Maxime.

—Estoy completamente de acuerdo, Madame Maxime —asintió Karkarov, haciendo ante ella una leve reverencia—. Voy a presentar mi queja ante el Ministerio de Magia y la Confederación Internacional de Magos...

—Si alguien tiene motivos para quejarse es Potter —gruñó Moody—, y, sin embargo, es curioso... No le oigo decir ni medio...

—¿Y «pog» qué «tendgía» que «quejagse»? —estalló Fleur Delacour, dando una patada en el suelo—. Va a «podeg pagticipag», ¿no? ¡Todos hemos soñado «dugante» semanas y semanas con «seg» elegidos! Mil galeones en metálico... ¡es una «opogtunidad pog» la que muchos «moguiguían»!

—Tal vez alguien espera que Potter muera por ella —replicó Moody, con un levísimo matiz de exasperación en la voz.

A estas palabras les siguió un silencio extremadamente tenso.

Ludo Bagman, que parecía muy nervioso, se alzaba sobre las puntas de los pies y volvía apoyarse sobre las plantas.

—Pero hombre, Moody... ¡vaya cosas dices! —protestó.

—Como todo el mundo sabe, el profesor Moody da la mañana por perdida si no ha descubierto antes de la comida media docena de intentos de asesinato —dijo en voz alta Karkarov—. Por lo que parece, ahora les está enseñando a sus alumnos a hacer lo mismo. Una rara cualidad en un profesor de Defensa Contra las Artes Oscuras, Dumbledore, pero no dudo que tenías tus motivos para contratarlo.

—Conque imagino cosas, ¿eh? —gruñó Moody—. Conque veo cosas, ¿eh? Fue una bruja o un mago competente el que echó el nombre del muchacho en el cáliz.

—¡Ah!, ¿qué prueba hay de eso? —preguntó Madame Maxime, alzando sus enormes manos.

—¡Que consiguió engañar a un objeto mágico extraordinario! —replicó Moody—. Para hacerle olvidar al cáliz de fuego que sólo compiten tres colegios tuvo que usarse un encantamiento confundidor excepcionalmente fuerte... Porque creo estar en lo cierto al suponer que propuso el nombre de Potter como representante de un cuarto colegio, para asegurarse de que era el único en su grupo...

—Parece que has pensado mucho en ello, Moody —apuntó Karkarov con frialdad—, y la verdad es que te ha quedado una teoría muy ingeniosa... aunque he oído que recientemente se te metió en la cabeza que uno de tus regalos de cumplea-

250

ños contenía un huevo de basilisco astutamente disimulado, y lo hiciste trizas antes de darte cuenta de que era un reloj de mesa. Así que nos disculparás si no te tomamos demasiado en serio...

—Hay gente que puede aprovecharse de las situaciones más inocentes —contestó Moody con voz amenazante—. Mi trabajo consiste en pensar cómo obran los magos tenebrosos, Karkarov, como deberías recordar.

—¡Alastor! —dijo Dumbledore en tono de advertencia.

Por un momento, Harry se preguntó a quién se estaba dirigiendo, pero luego comprendió que Ojoloco no podía ser el verdadero nombre de Moody. Éste se calló, aunque siguió mirando con satisfacción a Karkarov, que tenía el rostro encendido de cólera.

—No sabemos cómo se ha originado esta situación —continuó Dumbledore dirigiéndose a todos los reunidos en la sala—. Pero me parece que no nos queda más remedio que aceptar las cosas tal como están. Tanto Cedric como Harry han sido seleccionados para competir en el Torneo. Y eso es lo que tendrán que hacer.

—Ah, «pego, Dumbledog»...

—Mi querida Madame Maxime, si se le ha ocurrido a usted una alternativa, estaré encantado de escucharla.

Dumbledore aguardó, pero Madame Maxime no dijo nada; se limitó a mirarlo duramente. Y no era la única: Snape parecía furioso, Karkarov estaba lívido. Bagman, en cambio, parecía bastante entusiasmado.

—Bueno, ¿nos ponemos a ello, entonces? —dijo frotándose las manos y sonriendo a todo el mundo—. Tenemos que darles las instrucciones a nuestros campeones, ¿no? Barty, ¿quieres hacer el honor?

El señor Crouch pareció salir de un profundo ensueño.

—Sí —respondió—, las instrucciones. Sí... la primera prueba...

Fue hacia la zona iluminada por el fuego. De cerca, a Harry le pareció que se encontraba enfermo. Se lo veía ojeroso, y la piel, arrugada y reseca, mostraba un aspecto que no era el que tenía durante los Mundiales de quidditch.

—La primera prueba está pensada para medir vuestro coraje —les explicó a Harry, Cedric, Fleur y Krum—, así que no os vamos a decir en qué consiste. El coraje para afrontar lo desconocido es una cualidad muy importante en un mago, muy importante...

»La primera prueba se llevará a cabo el veinticuatro de noviembre, ante los demás estudiantes y el tribunal.

»A los campeones no les está permitido solicitar ni aceptar ayuda de ningún tipo por parte de sus profesores para llevar a cabo las pruebas del Torneo. Harán frente al primero de los retos armados sólo con su varita. Cuando la primera prueba haya dado fin, recibirán información sobre la segunda. Debido a que el Torneo exige una gran dedicación a los campeones, éstos quedarán exentos de los exámenes de fin de año.

El señor Crouch se volvió hacia Dumbledore.

—Eso es todo, ¿no, Albus?

—Creo que sí —respondió Dumbledore, que observaba al señor Crouch con algo de preocupación—. ¿Estás seguro de que no quieres pasar la noche en Hogwarts, Barty?

—No, Dumbledore, tengo que volver al Ministerio —contestó el señor Crouch—. Es un momento muy difícil, tenemos mucho trabajo. He dejado a cargo al joven Weatherby... Es muy entusiasta; a decir verdad, quizá sea demasiado entusiasta...

—Al menos tomarás algo de beber antes de irte... —insistió Dumbledore.

—Vamos, Barty. ¡Yo me voy a quedar! —dijo Bagman muy animado—. Ahora es en Hogwarts donde ocurren las cosas, ya lo sabes. ¡Es mucho más emocionante que la oficina!

—Creo que no, Ludo —contestó Crouch, con algo de su sempiterna impaciencia.

—Profesor Karkarov, Madame Maxime, ¿una bebida antes de que nos retiremos a descansar? —ofreció Dumbledore.

Pero Madame Maxime ya le había pasado a Fleur un brazo por los hombros y la sacaba rápidamente de la sala. Harry las oyó hablar muy rápido en francés al salir al Gran Comedor. Karkarov le hizo a Krum una seña, y ellos también salieron, aunque en silencio.

—Harry, Cedric, os recomiendo que subáis a los dormitorios —les dijo Dumbledore, sonriéndoles—. Estoy seguro de que las casas de Hufflepuff y Gryffindor os aguardan para celebrarlo con vosotros, y no estaría bien privarlas de esta excelente excusa para armar jaleo.

Harry miró a Cedric, que asintió con la cabeza, y salieron juntos.

El Gran Comedor se hallaba desierto. Las velas, casi consumidas ya, conferían a las dentadas sonrisas de las calabazas un aspecto misterioso y titilante.

—O sea —comentó Cedric con una sutil sonrisa— ¡que volvemos a jugar el uno contra el otro!

—Eso parece —repuso Harry. No se le ocurría nada que decir. En su cabeza reinaba una confusión total, como si le hubieran robado el cerebro.

—Bueno, cuéntame —le dijo Cedric cuando entraban en el vestíbulo, pálidamente iluminado por las antorchas—. ¿Cómo hiciste para dejar tu nombre?

—No lo hice —le contestó Harry levantando la mirada hacia él—. Yo no lo puse. He dicho la verdad.

—Ah... vale —respondió Cedric. Era evidente que no le creía—. Bueno... hasta mañana, pues.

En vez de continuar por la escalinata de mármol, Cedric se metió por una puerta que quedaba a su derecha. Harry lo oyó bajar por la escalera de piedra y luego, despacio, comenzó él mismo a subir por la de mármol.

¿Iba a creerle alguien aparte de Ron y Hermione, o pensarían todos que él mismo se había apuntado para el Torneo? Pero ¿cómo podía creer eso nadie, cuando iba a enfrentarse a tres competidores que habían recibido tres años más de educación mágica que él, cuando tendría que enfrentarse a unas pruebas que no sólo serían muy peligrosas, sino que debían ser realizadas ante cientos de personas? Sí, es verdad que había pensado en ser campeón: había dejado volar la imaginación. Pero había sido una locura, realmente, una especie de sueño. En ningún momento había considerado seriamente la posibilidad de entrar...

Pero había alguien que sí lo había considerado, alguien que quería que participara en el Torneo, y se había asegurado de que entraba. ¿Por qué? ¿Para darle un gusto? No sabía por qué, pero le parecía que no. ¿Para verlo hacer el ridículo? Bueno, seguramente quedaría complacido. ¿O lo había hecho para que muriera? ¿Moody había estado simplemente dando sus habituales muestras de paranoia? ¿No podía haber puesto alguien su nombre en el cáliz de fuego para hacerle una gracia, como parte de un juego? ¿De verdad había alguien que deseaba que muriera?

A Harry no le costó responderse esa última pregunta. Sí, había alguien que deseaba que muriera, había alguien que quería matarlo desde antes de que cumpliera un año: lord Voldemort. Pero ¿cómo podía Voldemort haber echado el nombre de Harry en el cáliz de fuego? Se suponía que estaba muy lejos, en algún país distante, solo, oculto, débil e impotente...

Pero, en aquel sueño que había tenido justo antes de despertarse con el dolor en la cicatriz, Voldemort no se hallaba solo: hablaba con Colagusano, tramaba con él el asesinato de Harry...

Harry se llevó una sorpresa al encontrarse de pronto delante de la Señora Gorda, porque apenas se había percatado de adónde lo llevaban los pies. Fue también sorprendente ver que la Señora Gorda no estaba sola dentro de su marco: la bruja del rostro arrugado —la que se había metido en el cuadro de su vecino cuando él había entrado en la sala donde aguardaban los campeones— se hallaba en aquel momento sentada, muy orgullosa, al lado de la Señora Gorda. Tenía que haber pasado a toda prisa de cuadro en cuadro a través de siete tramos de escalera para llegar allí antes que él. Tanto ella como la Señora Gorda lo miraban con el más vivo interés.

—Bien, bien —dijo la Señora Gorda—, Violeta acaba de contármelo todo. ¿A quién han escogido al final como campeón?

—«Tonterías» —repuso Harry desanimado.

—¡Cómo que son tonterías! —exclamó indignada la bruja del rostro arrugado.

—No, no, Violeta, ésa es la contraseña —dijo en tono apaciguador la Señora Gorda, girando sobre sus goznes para dejarlo pasar a la sala común.

El jaleo que estalló ante Harry al abrirse el retrato casi lo hace retroceder. Al segundo siguiente se vio arrastrado dentro de la sala común por doce pares de manos y rodeado por todos los integrantes de la casa de Gryffindor, que gritaban, aplaudían y silbaban.

—¡Tendrías que habernos dicho que ibas a participar! —gritó Fred. Parecía en parte enfadado y en parte impresionado.

—¿Cómo te las arreglaste para que no te saliera barba? ¡Increíble! —gritó George.

—No lo hice —respondió Harry—. No sé cómo...

Pero Angelina se abalanzaba en aquel momento hacia él.

—¡Ah, ya que no soy yo, me alegro de que por lo menos sea alguien de Gryffindor...!

—¡Ahora podrás tomarte la revancha contra Diggory por lo del último partido de quidditch, Harry! —le dijo chillando Katie Bell, otra de las cazadoras del equipo de Gryffindor.

—Tenemos algo de comida, Harry. Ven a tomar algo...

—No tengo hambre. Ya comí bastante en el banquete.

Pero nadie quería escuchar que no tenía hambre, nadie quería escuchar que él no había puesto su nombre en el cáliz de fuego, nadie en absoluto se daba cuenta de que no estaba de humor para celebraciones... Lee Jordan había sacado de algún lado un estandarte de Gryffindor y se empeñó en ponérselo a Harry a modo de capa. Harry no pudo zafarse. Cada vez que intentaba escabullirse por la escalera hacia los dormitorios, sus compañeros cerraban filas obligándolo a tomar otra cerveza de mantequilla y llenándole las manos de patatas fritas y cacahuetes. Todos querían averiguar cómo lo había hecho, cómo había burlado la raya de edad de Dumbledore y logrado meter el nombre en el cáliz de fuego.

—No lo hice —repetía una y otra vez—. No sé cómo ha ocurrido.

Pero, para el caso que le hacían, lo mismo le hubiera dado no abrir la boca.

—¡Estoy cansado! —gritó al fin, después de casi media hora—. No, George, en serio... Me voy a la cama.

Lo que quería por encima de todo era encontrar a Ron y Hermione para comentar las cosas con algo de sensatez, pero ninguno de ellos parecía hallarse en la sala común. Insistiendo en que necesitaba dormir, y casi pasando por encima de los pequeños hermanos Creevey, que intentaron detenerlo al pie de la escalera, Harry consiguió desprenderse de todo el mundo y subir al dormitorio tan rápido como pudo.

Para su alivio, vio a Ron tendido en su cama, completamente vestido; no había nadie más en el dormitorio. Miró a Harry cuando éste cerró la puerta tras él.

—¿Dónde has estado? —le preguntó Harry.

—Ah, hola —contestó Ron.

Le sonreía, pero era una sonrisa muy rara, muy tensa. De pronto Harry se dio cuenta de que todavía llevaba el estandarte de Gryffindor que le había puesto Lee Jordan. Se apresuró a quitárselo, pero lo tenía muy bien atado. Ron permaneció quieto en la cama, observando los forcejeos de Harry para aflojar los nudos.

—Bueno —dijo, cuando por fin Harry se desprendió el estandarte y lo tiró a un rincón—, enhorabuena.

—¿Qué quieres decir con eso de «enhorabuena»? —preguntó Harry, mirando a Ron. Decididamente había algo raro en la manera en que sonreía su amigo. Era más bien una mueca.

—Bueno... eres el único que logró cruzar la raya de edad —repuso Ron—. Ni siquiera lo lograron Fred y George. ¿Qué usaste, la capa invisible?

—La capa invisible no me hubiera permitido cruzar la línea —respondió Harry.

—Ah, bien. Pensé que, si había sido con la capa, podrías habérmelo dicho... porque podría habernos tapado a los dos, ¿no? Pero encontraste otra manera, ¿verdad?

—Escucha —dijo Harry—. Yo no eché mi nombre en el cáliz de fuego. Ha tenido que hacerlo alguien, no sé quién.

Ron alzó las cejas.

—¿Y por qué se supone que lo ha hecho?

—No lo sé —dijo Harry. Le pareció que sonaría demasiado melodramático contestar «para verme muerto».

Ron levantó las cejas tanto que casi quedan ocultas bajo el flequillo.

—Vale, bien. A mí puedes decirme la verdad —repuso—. Si no quieres que lo sepa nadie más, estupendo, pero no entiendo por qué te molestas en mentirme a mí. No te vas a ver envuelto en ningún lío por decirme la verdad. Esa amiga de la Señora Gorda, esa tal Violeta, nos ha contado a todos que Dumbledore te ha permitido entrar. Un premio de mil galeones, ¿eh? Y te vas a librar de los exámenes finales...

—¡No eché mi nombre en el cáliz! —exclamó Harry, comenzando a enfadarse.

—Vale, tío —contestó Ron, empleando exactamente el mismo tono escéptico de Cedric—. Pero esta mañana dijiste que lo habrías hecho de noche, para que nadie te viera... No soy tan tonto, ¿sabes?

—Pues nadie lo diría.

—¿Sí? —Del rostro de Ron se borró todo asomo de sonrisa, ya fuera forzada o de otro tipo—. Supongo que querrás acostarte ya, Harry. Mañana tendrás que levantarte temprano para alguna sesión de fotos o algo así.

Tiró de las colgaduras del dosel de su cama para cerrarlas, dejando a Harry allí, de pie junto a la puerta, mirando las cortinas de terciopelo rojo que en aquel momento ocultaban a una de las pocas personas de las que nunca habría pensado que no le creería.

18

La comprobación
de las varitas mágicas

Al despertar el domingo por la mañana, a Harry le costó un rato recordar por qué se sentía tan mal. Luego, el recuerdo de la noche anterior estuvo dándole vueltas en la cabeza. Se incorporó en la cama y descorrió las cortinas del dosel para intentar hablar con Ron y explicarle las cosas, pero la cama de su amigo se hallaba vacía. Evidentemente, había bajado a desayunar.

Harry se vistió y bajó por la escalera de caracol a la sala común. En cuanto apareció, los que ya habían vuelto del desayuno prorrumpieron en aplausos. La perspectiva de bajar al Gran Comedor, donde estaría el resto de los alumnos de Gryffindor, que lo tratarían como a una especie de héroe, no lo seducía en absoluto. La alternativa, sin embargo, era quedarse allí y ser acorralado por los hermanos Creevey, que en aquel momento le insistían por señas en que se acercara. Caminó resueltamente hacia el retrato, lo abrió, traspasó el hueco y se encontró de cara con Hermione.

—Hola —saludó ella, que llevaba una pila de tostadas envueltas en una servilleta—. Te he traído esto... ¿Quieres dar un paseo?

—Buena idea —le contestó Harry, agradecido.

Bajaron la escalera, cruzaron aprisa el vestíbulo sin desviar la mirada hacia el Gran Comedor y pronto recorrían a zancadas la explanada en dirección al lago, donde estaba anclado el barco de Durmstrang, que se reflejaba en la superficie como una mancha oscura. Era una mañana fresca, y no dejaron de moverse, masticando las tostadas, mientras Harry le contaba a Hermione qué era exactamente lo que había ocurrido después de abandonar la noche anterior la mesa de Gryffindor. Para alivio suyo, Hermione aceptó su versión sin un asomo de duda.

—Bueno, estaba segura de que tú no te habías propuesto —declaró cuando él terminó de relatar lo sucedido en la sala—. ¡Si hubieras visto la cara que pusiste cuando Dumbledore leyó tu nombre! Pero la pregunta es: ¿quién lo hizo? Porque Moody tiene razón, Harry: no creo que ningún estudiante pudiera hacerlo... Ninguno sería capaz de burlar el cáliz de fuego, ni de traspasar la raya de...

—¿Has visto a Ron? —la interrumpió Harry.

Hermione dudó.

—Eh... sí... está desayunando —dijo.

—¿Sigue pensando que yo eché mi nombre en el cáliz?

—Bueno, no... no creo... no en realidad —contestó Hermione con embarazo.

—¿Qué quiere decir «no en realidad»?

—¡Ay, Harry!, ¿es que no te das cuenta? —dijo Hermione—. ¡Está celoso!

—¿Celoso? —repitió Harry sin dar crédito a sus oídos—. ¿Celoso de qué? ¿Es que le gustaría hacer el ridículo delante de todo el colegio?

—Mira —le explicó Hermione armándose de paciencia—, siempre eres tú el que acapara la atención, lo sabes bien. Sé que no es culpa tuya —se apresuró a añadir, viendo que Harry abría la boca para protestar—, sé que no lo vas buscando... pero el caso es que Ron tiene en casa todos esos hermanos con los que competir, y tú eres su mejor amigo, y eres famoso. Cuando te ven a ti, nadie se fija en él, y él lo aguanta, nunca se queja. Pero supongo que esto ha sido la gota que colma el vaso...

—Genial —dijo Harry con amargura—, realmente genial. Dile de mi parte que me cambio con él cuando quiera. Dile de mi parte que por mí encantado... Verá lo que es que todo el mundo se quede mirando su cicatriz de la frente con la boca abierta a donde quiera que vaya...

—No pienso decirle nada —replicó Hermione—. Díselo tú: es la única manera de arreglarlo.

—¡No voy a ir detrás de él para ver si madura! —estalló Harry. Había hablado tan alto que, alarmadas, algunas lechuzas que había en un árbol cercano echaron a volar—. A lo mejor se da cuenta de que no lo estoy pasando bomba cuando me rompan el cuello o...

—Eso no tiene gracia —dijo Hermione en voz baja—, no tiene ninguna gracia. —Parecía muy nerviosa—. He estado pensando, Harry. Sabes qué es lo que tenemos que hacer, ¿no? Hay que hacerlo en cuanto volvamos al castillo.

—Sí, claro, darle a Ron una buena patada en el...

—Escribir a Sirius. Tienes que contarle lo que ha pasado. Te pidió que lo mantuvieras informado de todo lo que ocurría en Hogwarts. Da la impresión de que espera-ba que sucediera algo así. Llevo conmigo una pluma y un pedazo de pergamino...

—Olvídalo —contestó Harry, mirando a su alrededor para asegurarse de que nadie los oía. Pero los terrenos del castillo parecían desiertos—. Le bastó saber que me dolía la cicatriz, para regresar al país. Si le cuento que alguien me ha hecho entrar en el Torneo de los tres magos se presenta-rá en el castillo.

—Él querría que tú se lo dijeras —dijo Hermione con severidad—. Se enterará de todas formas.

—¿Cómo?

—Harry, esto no va a quedar en secreto. El Torneo es famoso, y tú también lo eres. Me sorprendería mucho que *El Profeta* no dijera nada de que has sido elegido campeón... Se te menciona en la mitad de los libros sobre Quien-tú-sabes. Y Sirius preferiría que se lo contaras tú.

—Vale, vale, ya le escribo —aceptó Harry, tirando al lago el último pedazo de tostada.

Lo vieron flotar un momento, antes de que saliera del agua un largo tentáculo, lo cogiera y se lo llevara a la pro-fundidad del lago. Entonces volvieron al castillo.

—¿Y qué lechuza voy a utilizar? —preguntó Harry, mientras subían la pequeña escalinata—. Me pidió que no volviera a enviarle a *Hedwig*.

—Pídele a Ron...

—No le pienso pedir nada a Ron —declaró tajantemen-te Harry.

—Bueno, pues utiliza cualquiera de las lechuzas del colegio —propuso Hermione—. Están a disposición de todos.

Así que subieron a la lechucería. Hermione le dejó a Harry un trozo de pergamino, una pluma y un frasco de tinta, y luego paseó entre los largos palos observando las lechuzas, mientras Harry se sentaba con la espalda apoyada en el muro y escribía:

Querido Sirius:

Me pediste que te mantuviera al corriente de todo lo que ocurriera en Hogwarts, así que ahí va: no sé si habrás oído ya algo, pero este año se celebra el Torneo de los tres magos, y el sábado por la noche me eligieron cuarto campeón. No sé quién introduciría mi nombre en el cáliz de fuego, porque yo no fui. El otro campeón de Hogwarts es Cedric Diggory, de Hufflepuff.

Se detuvo en aquel punto, meditando. Tuvo la tentación de decir algo sobre la angustia que lo invadía desde la noche anterior, pero no se le ocurrió la manera de explicarlo, de modo que simplemente volvió a mojar la pluma en la tinta y escribió:

Espero que estés bien, y también Buckbeak.

Harry

—Ya he acabado —le dijo a Hermione poniéndose en pie y sacudiéndose la paja de la túnica.

Al oír aquello, *Hedwig* bajó revoloteando, se le posó en el hombro y alargó una pata.

—No te puedo enviar a ti —le explicó Harry, buscando entre las lechuzas del colegio—. Tengo que utilizar una de éstas.

Hedwig ululó muy fuerte y echó a volar tan repentinamente que las garras le hicieron un rasguño en el hombro. No dejó de darle la espalda mientras Harry le ataba la carta a una lechuza grande. Cuando ésta partió, Harry se acercó a *Hedwig* para acariciarla, pero ella chasqueó el pico con furia y revoloteó hacia el techo, donde Harry no podía alcanzarla.

—Primero Ron y ahora tú —le dijo enfadado—. Y yo no tengo la culpa.

Si Harry había tenido esperanzas de que las cosas mejoraran cuando todo el mundo se hubiera hecho a la idea de que él era campeón, al día siguiente comprobó lo equivocado que estaba. Una vez reanudadas las clases, no pudo seguir evitando al resto del colegio, y resultaba evidente que el resto del colegio, exactamente igual que sus compañeros de Gryffindor, pensaba que era Harry el que se había presentado al Torneo. Pero, a diferencia de sus compañeros de Gryffindor, no parecían favorablemente impresionados.

Los de Hufflepuff, que generalmente se llevaban muy bien con los de Gryffindor, se mostraban ahora muy antipáticos con ellos. Bastó una clase de Herbología para que esto quedara patente. No había duda de que los de Hufflepuff pensaban que Harry le quería robar la gloria a su campeón. Un sentimiento que, tal vez, se veía incrementado por el hecho de que la casa de Hufflepuff no estaba acostumbrada a la gloria, y de que Cedric era uno de los pocos que alguna vez le habían conferido alguna, cuando ganó a Gryffindor al quidditch. Ernie Macmillan y Justin Finch-Fletchley, con quienes Harry solía llevarse muy bien, no le dirigieron la palabra ni siquiera cuando estuvieron trasplantando bulbos botadores a la misma bandeja, pero se rieron de manera bastante desagradable al ver que uno de los bulbos botadores se le escapaba a Harry de las manos y se le estrellaba en la cara. Ron también le había retirado la palabra. Hermione se sentó entre ellos, forzando la conversación; pero, aunque uno y otro le respondían con normalidad, evitaban el contacto visual entre sí. A Harry le pareció que hasta la profesora Sprout lo trataba de manera distante. Y es que ella era la jefa de la casa Hufflepuff.

En circunstancias normales se hubiera muerto de ganas de ver a Hagrid, pero la asignatura de Cuidado de Criaturas Mágicas implicaba ver también a los de Slytherin.

Era la primera vez que se veía con ellos desde su conversión en campeón.

Como era de esperar, Malfoy llegó a la cabaña de Hagrid con su habitual cara de desprecio.

—¡Ah, mirad, tíos, es el campeón! —les dijo a Crabbe y Goyle en cuanto llegaron a donde él podía oírlos—. ¿Habéis traído el libro de autógrafos? Tenéis que daros prisa para que os lo firme, porque no creo que dure mucho: la mitad de los campeones murieron durante el Torneo. ¿Cuánto crees que vas a durar, Potter? Mi apuesta es que diez minutos de la primera prueba.

Crabbe y Goyle le rieron la gracia a carcajadas, pero Malfoy tuvo que dejarlo ahí porque Hagrid salió de la parte de atrás de la cabaña con una torre bamboleante de cajas, cada una de las cuales contenía un escreguto bastante grande. Para espanto de la clase, Hagrid les explicó que la razón de que los escregutos se hubieran estado matando unos a otros era un exceso de energía contenida, y la solución sería que cada alumno le pusiera una correa a un escreguto y lo sacara a dar una vuelta. Lo único bueno de aquello fue que acaparó toda la atención de Malfoy.

—¿Sacarlo a dar una vuelta? —repitió con desagrado, mirando una de las cajas—. ¿Y dónde le vamos a atar la correa? ¿Alrededor del aguijón, de la cola explosiva o del aparato succionador?

—En el medio —dijo Hagrid, mostrándoles cómo—. Eh... tal vez deberíais poneros antes los guantes de piel de dragón, por si acaso. Harry, ven aquí y ayúdame con este grande...

En realidad, la auténtica intención de Hagrid era hablar con Harry lejos del resto de la clase.

Esperó hasta que todo el mundo se hubo alejado con los escregutos, y luego se volvió a Harry y le dijo, muy serio:

—Así que te toca participar, Harry. En el Torneo. Campeón del colegio.

—Uno de los campeones —lo corrigió Harry.

Debajo de las cejas enmarañadas, los ojos de color negro azabache de Hagrid lo observaron con nerviosismo.

—¿No tienes ni idea de quién pudo hacerlo, Harry?

—Entonces, ¿tú sí me crees cuando digo que yo no fui? —le preguntó Harry, haciendo un esfuerzo para disimular el sentimiento de gratitud que le habían inspirado las palabras de Hagrid.

—Por supuesto —gruñó Hagrid—. Has dicho que no fuiste tú, y yo te creo. Y también te cree Dumbledore.

—Me gustaría saber quién lo hizo —dijo Harry amargamente.

Los dos miraron hacia la explanada. La clase se hallaba en aquel momento muy dispersa, y todos parecían encontrarse en apuros. Los escregutos medían casi un metro y se habían vuelto muy fuertes. Ya no eran blandos y descoloridos, porque les había salido una especie de coraza de color gris brillante. Parecían un cruce entre escorpiones gigantes y cangrejos de río, pero seguían sin tener nada que pudiera identificarse como cabeza u ojos. Se habían vuelto vigorosos y difíciles de dominar.

—Parece que lo pasan bien, ¿no? —comentó Hagrid contento.

Harry dio por sentado que se refería a los escregutos, porque sus compañeros de clase, decididamente, no lo estaban pasando nada bien: de vez en cuando estallaba la cola de uno de los escregutos, que salía disparado a varios metros de distancia, y más de un alumno acababa arrastrado por el suelo, boca abajo, e intentaba desesperadamente ponerse en pie.

—Ah, Harry, no sé... —dijo Hagrid de pronto con un suspiro, mirándolo otra vez con preocupación—. Campeón del colegio... Parece que todo te pasa a ti, ¿verdad?

Harry no respondió. Sí, parecía que todo le pasaba a él. Eso era más o menos lo que le había dicho Hermione paseando por el lago, y ése, según ella, era el motivo de que Ron le hubiera retirado la palabra.

Los días siguientes se contaron entre los peores que Harry pasó en Hogwarts. Lo más parecido que había experimentado habían sido aquellos meses, cuando estaba en segundo, en que una gran parte del colegio sospechaba que era él el que atacaba a sus compañeros, pero en aquella ocasión Ron había estado de su parte. Le parecía que podría haber soportado la actitud del resto del colegio si hubiera vuelto a contar con la amistad de Ron, pero no iba a intentar convencerlo de que se volvieran a hablar si él no quería hacerlo. Sin embargo, se sentía solo y no recibía más que desprecio de todas partes.

Era capaz de entender la actitud de los de Hufflepuff, aunque no le hiciera ninguna gracia, porque ellos tenían un campeón propio al que apoyar. Tampoco esperaba otra cosa que insultos por parte de los de Slytherin (les caía muy mal, y siempre había sido así, porque él había contribuido muy a menudo a la victoria de Gryffindor frente a ellos, tanto en quidditch como en la Copa de las Casas). Pero había esperado que los de Ravenclaw encontraran tantos motivos para apoyarlo a él como a Cedric. Y se había equivocado: la mayor parte de los de Ravenclaw parecía pensar que él se desesperaba por conseguir un poco más de fama y que por eso había engañado al cáliz de fuego para que aceptara su nombre.

Además estaba el hecho de que Cedric quedaba mucho mejor que él como campeón. Era extraordinariamente guapo, con la nariz recta, el pelo moreno y los ojos grises, y aquellos días no se sabía quién era más admirado, si él o Viktor Krum. Harry llegó a ver un día a la hora de la comida que las mismas chicas de sexto que tanto interés habían mostrado en conseguir el autógrafo de Viktor Krum le pedían a Cedric que les firmara en las mochilas.

Mientras tanto, Sirius no contestaba, *Hedwig* no lo dejaba acercarse, la profesora Trelawney le predecía la muerte incluso con más convicción de la habitual, y en la clase del profesor Flitwick le fue tan mal con los encantamientos convocadores que le mandó más deberes (y fue el único al que se los mandó, aparte de Neville).

—De verdad que no es tan difícil, Harry —le decía Hermione para animarlo, al salir de la clase. Ella había logrado que los objetos fueran zumbando a su encuentro desde cualquier parte del aula, como si tuviera algún tipo de extraño imán que atraía borradores, papeleras y lunascopios—. Lo que pasa es que no te concentrabas.

—¿Por qué sería? —contestó Harry con amargura. En ese momento pasó Cedric rodeado de un numeroso grupo de tontitas, todas las cuales miraron a Harry como si fuera un escreguto de cola explosiva especialmente crecido—. Pero no importa. Me muero de ganas de que llegue la clase doble de Pociones que tenemos esta tarde...

La clase doble de Pociones constituía siempre una mala experiencia, pero aquellos días era una verdadera tortura. Estar encerrado en una mazmorra durante hora y media con Snape y los de Slytherin, dispuestos a mortificar a Harry todo lo posible por haberse atrevido a ser campeón del colegio, era una de las cosas más desagradables que Harry pudiera imaginar. Así había sido el viernes anterior, en el que Hermione, sentada a su lado, se pasó la clase repitiéndole en voz baja: «No les hagas caso, no les hagas caso»; y no tenía motivos para pensar que la lección de aquella tarde fuera a ser más llevadera.

Cuando, después de comer, él y Hermione llegaron a la puerta de la mazmorra de Snape, se encontraron a los de Slytherin que esperaban fuera, cada uno con una insignia bien grande en la pechera de la túnica. Por un momento, Harry tuvo la absurda idea de que eran insignias de la P.E.D.D.O. Luego vio que todas mostraban el mismo mensaje en caracteres luminosos rojos, que brillaban en el corredor subterráneo apenas iluminado:

Apoya a CEDRIC DIGGORY:
¡el AUTÉNTICO campeón de Hogwarts!

—¿Te gustan, Potter? —preguntó Malfoy en voz muy alta, cuando Harry se aproximó—. Y eso no es todo, ¡mira!

Apretó la insignia contra el pecho, y el mensaje desapareció para ser reemplazado por otro que emitía un resplandor verde:

POTTER APESTA

Los de Slytherin berrearon de risa. Todos apretaron su insignia hasta que el mensaje POTTER APESTA brilló intensamente por todos lados. Harry notó que se ponía rojo de furia.

—¡Ah, muy divertido! —le dijo Hermione a Pansy Parkinson y su grupo de chicas de Slytherin, que se reían más fuerte que nadie—. Derrocháis ingenio.

266

Ron estaba apoyado contra el muro con Dean y Seamus. No se rió, pero tampoco defendió a Harry.

—¿Quieres una, Granger? —le dijo Malfoy, ofreciéndosela—. Tengo montones. Pero con la condición de que no me toques la mano. Me la acabo de lavar y no quiero que una sangre sucia me la manche.

La ira que Harry había acumulado durante días y días pareció a punto de reventar un dique en su pecho. Antes de que se diera cuenta de lo que hacía había cogido la varita mágica. Todos los que estaban alrededor se apartaron y retrocedieron hacia el corredor.

—¡Harry! —le advirtió Hermione.

—Vamos, Potter —lo desafió Malfoy con tranquilidad, también sacando su varita—. Ahora no tienes a Moody para que te proteja. A ver si tienes lo que hay que tener...

Se miraron a los ojos durante una fracción de segundo, y luego, exactamente al mismo tiempo, ambos atacaron:

—¡Furnunculus! —gritó Harry.

—¡Densaugeo! —gritó Malfoy.

De las varitas salieron unos chorros de luz, que chocaron en el aire y rebotaron en ángulo. El conjuro de Harry le dio a Goyle en la cara, y el de Malfoy a Hermione. Goyle chilló y se llevó las manos a la nariz, donde le brotaban en aquel momento unos forúnculos grandes y feos. Hermione se tapaba la boca con gemidos de pavor.

—¡Hermione! —Ron se acercó a ella apresuradamente, para ver qué le pasaba.

Harry se volvió y vio a Ron que le retiraba a Hermione la mano de la cara. No fue una visión agradable. Los dos incisivos superiores de Hermione, que ya de por sí eran más grandes de lo normal, crecían a una velocidad alarmante. Se parecía más y más a un castor conforme los dientes alargados pasaban el labio inferior hacia la barbilla. Los notó allí, horrorizada, y lanzó un grito de terror.

—¿A qué viene todo este ruido? —dijo una voz baja y apagada. Acababa de llegar Snape.

Los de Slytherin se explicaban a gritos. Snape apuntó a Malfoy con un largo dedo amarillo y le dijo:

—Explícalo tú.

—Potter me atacó, señor...

—¡Nos atacamos el uno al otro al mismo tiempo! —gritó Harry.

—... y le dio a Goyle. Mire...

Snape examinó a Goyle, cuya cara no hubiera estado fuera de lugar en un libro de setas venenosas.

—Ve a la enfermería, Goyle —indicó Snape con calma.

—¡Malfoy le dio a Hermione! —dijo Ron—. ¡Mire!

Obligó a Hermione a que le enseñara los dientes a Snape, porque ella hacía todo lo posible para taparlos con las manos, cosa bastante difícil dado que ya le pasaban del cuello de la camisa. Pansy Parkinson y las otras chicas de Slytherin se reían en silencio con grandes aspavientos, y señalaban a Hermione desde detrás de la espalda de Snape.

Snape miró a Hermione fríamente y luego dijo:

—No veo ninguna diferencia.

Hermione profirió un gemido y se le empañaron los ojos. Dando media vuelta, echó a correr por el corredor hasta perderse de vista.

Tal vez fue una suerte que Harry y Ron empezaran a gritar a Snape a la vez, y también que sus voces retumbaran en el corredor de piedra, porque con el alboroto le fue imposible entender lo que le decían exactamente. Pero captó la esencia.

—Muy bien —declaró con su voz más suave—. Cincuenta puntos menos para Gryffindor, y Weasley y Potter se quedarán castigados. Ahora entrad, o tendréis que quedaros castigados una semana entera.

A Harry le zumbaban los oídos. Era tal la injusticia cometida por Snape que sentía el impulso de cortarlo en mil pedazos. Pasó por delante de él, se dirigió con Ron hacia la parte de atrás de la mazmorra y arrojó violentamente la mochila en el pupitre. También Ron temblaba de cólera, y por un momento Harry creyó que todo iba a volver a ser entre ellos como antes. Pero entonces Ron se fue a sentar con Dean y Seamus, dejándolo solo en el pupitre. Al otro lado de la mazmorra, Malfoy le dio la espalda a Snape y apretó la insignia, sonriendo de satisfacción. La inscripción «POTTER APESTA» brilló en el aula.

La clase dio comienzo, y Harry clavó los ojos en Snape mientras imaginaba que le sucedían cosas horribles. Si hubiera sabido cómo hacer la maldición *cruciatus*... Snape se habría caído de espaldas al suelo y allí se habría quedado, sacudiéndose y retorciéndose como aquella araña...

—¡Antídotos! —dijo Snape, mirándolos a todos con sus fríos ojos negros de brillo desagradable—. Ahora debéis preparar vuestras recetas. Quiero que las elaboréis con mucho cuidado, y luego elegiremos a alguien en quien probarlas...

Los ojos de Snape se posaron en Harry, y éste comprendió lo que se avecinaba: Snape iba a envenenarlo. Harry se imaginó cogiendo el caldero, corriendo hasta el frente de la clase y volcándolo encima del grasiento pelo de Snape.

Pero entonces llamaron a la puerta de la mazmorra, y Harry despertó de sus ensoñaciones.

Era Colin Creevey. Entró en el aula, sonrió a Harry y fue hacia la mesa de Snape.

—¿Sí? —preguntó éste escuetamente.

—Disculpe, señor. Tengo que llevar a Harry Potter arriba.

Snape apuntó su ganchuda nariz hacia Colin y clavó los ojos en él. La sonrisa de Colin desapareció.

—A Potter le queda otra hora de Pociones —contestó Snape con frialdad—. Subirá cuando la clase haya acabado.

Colin se ruborizó.

—Señor..., el señor Bagman quiere que vaya —dijo muy nervioso—. Tienen que ir todos los campeones. Creo que les quieren hacer unas fotos...

Harry hubiera dado cualquier cosa por que Colin no hubiera dicho las últimas palabras. Se arriesgó a echar una ojeada a Ron, pero éste no quitaba la vista del techo.

—Muy bien, muy bien —replicó Snape con brusquedad—. Potter, deje aquí sus cosas. Quiero que vuelva luego para probar el antídoto.

—Disculpe, señor. Tiene que llevarse sus cosas —dijo Colin—. Todos los campeones...

—¡Muy bien! —lo cortó Snape—. ¡Potter, coja su mochila y salga de mi vista!

Harry se echó la bolsa al hombro, se levantó y se dirigió a la puerta. Al pasar por entre los pupitres de los de Slytherin, vio la inscripción «POTTER APESTA» brillando por todos lados.

—Es alucinante, ¿no, Harry? —comentó Colin en cuanto Harry cerró tras él la puerta de la mazmorra—. ¿No te parece? ¿Tú, campeón?

—Sí, realmente alucinante —repuso Harry con pesadumbre, encaminándose hacia la escalinata del vestíbulo—. ¿Para qué quieren las fotos, Colin?

—¡Creo que para *El Profeta*!

—Genial —dijo Harry con tristeza—. Justo lo que necesito. Más publicidad.

—¡Buena suerte! —le deseó Colin cuando llegaron.

Harry llamó a la puerta y entró.

Era un aula bastante pequeña. Habían retirado hacia el fondo la mayoría de los pupitres para dejar un amplio espacio en el medio, pero habían juntado tres de ellos delante de la pizarra, y los habían cubierto con terciopelo. Detrás de los pupitres habían colocado cinco sillas, y Ludo Bagman se hallaba sentado en una de ellas hablando con una bruja a quien Harry no conocía, que llevaba una túnica de color fucsia.

Como de costumbre, Viktor Krum estaba de pie en un rincón, sin hablar con nadie. Cedric y Fleur conversaban. Fleur parecía mucho más contenta de lo que la había visto Harry hasta el momento, y repetía su habitual gesto de sacudir la cabeza para que la luz arrancara reflejos a su largo pelo plateado. Un hombre barrigudo con una enorme cámara de fotos negra que echaba un poco de humo observaba a Fleur por el rabillo del ojo.

Bagman vio de pronto a Harry, se levantó rápidamente y avanzó como a saltos.

—¡Ah, aquí está! ¡El campeón número cuatro! Entra, Harry, entra... No hay de qué preocuparse: no es más que la ceremonia de comprobación de la varita. Los demás miembros del tribunal llegarán enseguida...

—¿Comprobación de la varita? —repitió Harry nervioso.

—Tenemos que comprobar que vuestras varitas se hallan en perfectas condiciones, que no dan ningún problema. Como sabes, son las herramientas más importantes con que vais a contar en las pruebas que tenéis por delante —explicó Bagman—. El experto está arriba en estos momentos, con Dumbledore. Luego habrá una pequeña sesión fotográfica. Ésta es Rita Skeeter —añadió, señalando con un gesto a la bruja de la túnica de color fucsia—. Va a escribir para *El Profeta* un pequeño artículo sobre el Torneo.

—A lo mejor no tan pequeño, Ludo —apuntó Rita Skeeter mirando a Harry.

Tenía peinado el cabello en unos rizos muy elaborados y curiosamente rígidos que ofrecían un extraño contraste con su rostro de fuertes mandíbulas; llevaba unas gafas adornadas con piedras preciosas, y los gruesos dedos —que agarraban un bolso de piel de cocodrilo— terminaban en unas uñas de varios centímetros de longitud, pintadas de carmesí.

—Me pregunto si podría hablar un ratito con Harry antes de que empiece la ceremonia —le dijo a Bagman sin apartar los ojos de Harry—. El más joven de los campeones, ya sabes... Por darle un poco de gracia a la cosa.

—¡Por supuesto! —aceptó Bagman—. Es decir, si Harry no tiene inconveniente...

—Eh... —vaciló Harry.

—Divinamente —exclamó Rita Skeeter.

Sin perder un instante, sus dedos como garras cogieron a Harry por el brazo con sorprendente fuerza, lo volvieron a sacar del aula y abrieron una puerta cercana.

—Es mejor no quedarse ahí con todo ese ruido —explicó—. Veamos... ¡Ah, sí, este sitio es bonito y acogedor!

Era el armario de la limpieza. Harry la miró.

—Entra, cielo, está muy bien. Divinamente —repitió Rita Skeeter sentándose a duras penas en un cubo vuelto boca abajo. Empujó a Harry para que se sentara sobre una caja de cartón y cerró la puerta, con lo que quedaron a oscuras—. Veamos...

Abrió el bolso de piel de cocodrilo y sacó unas cuantas velas que encendió con un toque de la varita, y por arte de magia las dejó colgando en medio del aire para que iluminaran el armario.

—¿No te importa que use una pluma a vuelapluma, Harry? Me dejará más libre para hablar...

—¿Una qué? —preguntó Harry.

Rita Skeeter sonrió más pronunciadamente, y Harry contó tres dientes de oro. Volvió a coger el bolso de piel de cocodrilo y sacó de él una pluma de color verde amarillento y un rollo de pergamino que extendió entre ellos, sobre una caja de *Quitamanchas mágico multiusos de la señora Skower*. Se metió en la boca el plumín de la pluma verde amarillenta, la chupó por un momento con aparente fruición y luego la puso sobre el pergamino, donde se quedó balanceándose sobre la punta, temblando ligeramente.

—Probando: mi nombre es Rita Skeeter, periodista de *El Profeta*.

Harry bajó de inmediato la vista a la pluma. En cuanto Rita Skeeter empezó a hablar, la pluma se puso a escribir, deslizándose por la superficie del pergamino:

La atractiva rubia Rita Skeeter, de cuarenta y tres años, cuya despiadada pluma ha pinchado tantas reputaciones demasiado infladas...

—Divinamente —dijo Rita Skeeter una vez más.

Rasgó la parte superior del pergamino, la estrujó y se la metió en el bolso. Entonces se inclinó hacia Harry.

—Bien, Harry, ¿qué te decidió a entrar en el Torneo?

—Eh... —volvió a vacilar Harry, pero la pluma lo distraía. Aunque él no hablara, se deslizaba por el pergamino a toda velocidad, y en su recorrido Harry pudo distinguir una nueva frase:

Una terrible cicatriz, recuerdo del trágico pasado, desfigura el rostro por lo demás muy agradable de Harry Potter, cuyos ojos...

—No mires a la pluma, Harry —le dijo con firmeza Rita Skeeter. De mala gana, Harry la miró a ella—. Bien, ¿qué te decidió a participar en el Torneo?

—Yo no decidí participar —repuso Harry—. No sé cómo llegó mi nombre al cáliz de fuego. Yo no lo puse.

Rita Skeeter alzó una ceja muy perfilada.

—Vamos, Harry, no tengas miedo de verte metido en problemas. Ya sabemos todos que tú no deberías participar. Pero no te preocupes por eso: a nuestros lectores les gustan los rebeldes.

—Pero es que no fui yo —repitió Harry—. No sé quién...

—¿Qué te parecen las pruebas que tienes por delante? —lo interrumpió Rita Skeeter—. ¿Estás emocionado? ¿Nervioso?

—No he pensado realmente... Sí, supongo que estoy nervioso —reconoció Harry. La verdad es que mientras hablaba se le revolvían las tripas.

—En el pasado murieron algunos de los campeones, ¿no? —dijo Rita Skeeter—. ¿Has pensado en eso?

—Bueno, dicen que este año habrá mucha más seguridad —contestó Harry.

Entre ellos, la pluma recorría el pergamino a tal velocidad que parecía que estuviera patinando.

—Desde luego, tú te has enfrentado en otras ocasiones a la muerte, ¿no? —prosiguió Rita Skeeter, mirándolo atentamente—. ¿Cómo dirías que te ha afectado?

—Eh...

—¿Piensas que el trauma de tu pasado puede haberte empujado a probarte a ti mismo, a intentar estar a la altura de tu nombre? ¿Crees que tal vez te sentiste tentado de presentarte al Torneo de los tres magos porque...?

—Yo no me presenté —la cortó Harry, empezando a enfadarse.

—¿Recuerdas algo de tus padres?

—No.

—¿Cómo crees que se sentirían ellos si supieran que vas a competir en el Torneo de los tres magos? ¿Orgullosos?, ¿preocupados?, ¿enfadados?

Harry estaba ya realmente enojado. ¿Cómo demonios iba a saber lo que sentirían sus padres si estuvieran vivos? Podía notar la atenta mirada de Rita Skeeter. Frunciendo el entrecejo, evitó sus ojos y miró las palabras que acababa de escribir la pluma.

Las lágrimas empañan sus ojos, de un verde intenso, cuando nuestra conversación aborda el tema de sus padres, a los que él a duras penas puede recordar.

—¡Yo no tengo lágrimas en los ojos! —dijo casi gritando.

Antes de que Rita pudiera responder una palabra, la puerta del armario de la limpieza volvió a abrirse. Harry miró hacia fuera, parpadeando ante la brillante luz. Albus Dumbledore estaba ante ellos, observándolos a ambos, allí, apretujados en el armario.

—¡Dumbledore! —exclamó Rita Skeeter, aparentemente encantada.

Pero Harry se dio cuenta de que la pluma y el pergamino habían desaparecido de repente de la caja de quitamanchas mágico, y los dedos como garras de Rita se apresuraban a cerrar el bolso de piel de cocodrilo.

—¿Cómo estás? —saludó ella, levantándose y tendiéndole a Dumbledore una mano grande y varonil—. Supongo que verías mi artículo del verano sobre el Congreso de la Confederación Internacional de Magos, ¿no?

—Francamente repugnante —contestó Dumbledore, echando chispas por los ojos—. Disfruté en especial la descripción que hiciste de mí como un imbécil obsoleto.

Rita Skeeter no pareció avergonzarse lo más mínimo.

—Sólo me refería a que algunas de tus ideas son un poco anticuadas, Dumbledore, y que muchos magos de la calle...

—Me encantaría oír los razonamientos que justifican tus modales, Rita —la interrumpió Dumbledore, con una cortés inclinación y una sonrisa—, pero me temo que tendremos que dejarlo para más tarde. Está a punto de empezar la comprobación de las varitas, y no puede tener lugar si uno de los campeones está escondido en un armario de la limpieza.

Muy contento de librarse de Rita Skeeter, Harry se apresuró a volver al aula. Los otros campeones ya estaban sentados en sillas cerca de la puerta, y él se sentó rápidamente al lado de Cedric y observó la mesa cubierta de terciopelo, donde ya se encontraban reunidos cuatro de los cinco miembros del tribunal: el profesor Karkarov, Madame Maxime, el señor Crouch y Ludo Bagman. Rita Skeeter tomó asiento en un rincón. Harry vio que volvía a sacar el pergamino del bolso, lo extendía sobre la rodilla, chupaba la punta de la pluma a vuelapluma y la depositaba sobre el pergamino.

—Permitidme que os presente al señor Ollivander —dijo Dumbledore, ocupando su sitio en la mesa del tribunal y dirigiéndose a los campeones—. Se encargará de comprobar vuestras varitas para asegurarse de que se hallan en buenas condiciones antes del Torneo.

Harry miró hacia donde señalaba Dumbledore, y dio un respingo de sorpresa al ver al anciano mago de grandes ojos claros que aguardaba en silencio al lado de la ventana. Ya conocía al señor Ollivander. Se trataba de un fabricante de varitas mágicas al que hacía más de tres años, en el callejón Diagon, le había comprado la varita que aún poseía.

—Mademoiselle Delacour, ¿le importaría a usted venir en primer lugar? —dijo el señor Ollivander, avanzando hacia el espacio vacío que había en medio del aula.

Fleur Delacour fue a su encuentro y le entregó su varita.

Como si fuera una batuta, el anciano mago la hizo girar entre sus largos dedos, y de ella brotaron unas chispas de color oro y rosa. Luego se la acercó a los ojos y la examinó detenidamente.

—Sí —murmuró—, veinticinco centímetros... rígida... palisandro... y contiene... ¡Dios mío!...

—Un pelo de la cabeza de una veela —dijo Fleur—, una de mis abuelas.

De forma que Fleur tenía realmente algo de veela, se dijo Harry, pensando que debía contárselo a Ron... Luego recordó que no se hablaba con él.

—Sí —confirmó el señor Ollivander—, sí. Nunca he usado pelo de veela. Me parece que da como resultado unas varitas muy temperamentales. Pero a cada uno la suya, y si ésta le viene bien a usted...

Pasó los dedos por la varita, según parecía en busca de golpes o arañazos. Luego murmuró:

—¡*Orchideous!* —Y de la punta de la varita brotó un ramo de flores—. Bien, muy bien, está en perfectas condiciones de uso —declaró, recogiendo las flores y ofreciéndoselas a Fleur junto con la varita—. Señor Diggory, ahora usted.

Fleur se volvió a su asiento, sonriendo a Cedric cuando se cruzaron.

—¡Ah!, veamos, ésta la hice yo, ¿verdad? —dijo el señor Ollivander con mucho más entusiasmo, cuando Cedric le entregó la suya—. Sí, la recuerdo bien. Contiene un solo pelo de la cola de un excelente ejemplar de unicornio macho. Debía de medir diecisiete palmos. Casi me clava el cuerno cuando le corté la cola. Treinta centímetros y medio... madera de fresno... agradablemente flexible. Está en muy buenas condiciones... ¿La trata usted con regularidad?

—Le di brillo anoche —repuso Cedric con una sonrisa.

Harry miró su propia varita. Estaba llena de marcas de dedos. Con la tela de la túnica intentó frotarla un poco, con disimulo, pero de la punta saltaron unas chispas doradas. Fleur Delacour le dirigió una mirada de desdén, y desistió.

El señor Ollivander hizo salir de la varita de Cedric una serie de anillos de humo plateado, se declaró satisfecho y luego dijo:

—Señor Krum, si tiene usted la bondad...

Viktor Krum se levantó y avanzó hasta el señor Ollivander desgarbadamente, con la cabeza gacha y un andar torpe. Sacó la varita y se quedó allí con el entrecejo fruncido y las manos en los bolsillos de la túnica.

—Mmm —dijo el señor Ollivander—, ésta es una manufactura Gregorovitch, si no me equivoco. Un excelente fabricante, aunque su estilo no acaba de ser lo que yo... Sin embargo...

Levantó la varita para examinarla minuciosamente, sin parar de darle vueltas ante los ojos.

—Sí... ¿Madera de carpe y fibra sensible de dragón? —le preguntó a Krum, que asintió con la cabeza—. Bastante más gruesa de lo usual... bastante rígida... veintiséis centímetros... ¡Avis!

La varita de carpe produjo un estallido semejante a un disparo, y un montón de pajarillos salieron piando de la punta y se fueron por la ventana abierta hacia la pálida luz del sol.

—Bien —dijo el viejo mago, devolviéndole la varita a Krum—. Ahora queda... el señor Potter.

Harry se levantó y fue hasta el señor Ollivander cruzándose con Krum. Le entregó su varita.

—¡Aaaah, sí! —exclamó el señor Ollivander con ojos brillantes de entusiasmo—. Sí, sí, sí. La recuerdo perfectamente.

Harry también se acordaba. Lo recordaba como si hubiera sido el día anterior.

Cuatro veranos antes, el día en que cumplía once años, había entrado con Hagrid en la tienda del señor Ollivander para comprar una varita mágica. El señor Ollivander le había tomado medidas y luego le fue entregando una serie de varitas para que las probara. Harry cogió y probó casi todas las varitas de la tienda, o al menos eso le pareció, hasta encontrar una que le iba bien, aquélla, que estaba hecha de acebo, medía veintiocho centímetros y contenía una única pluma de la cola de un fénix. El señor Ollivander se había quedado muy sorprendido de que a Harry le fuera tan bien aquella varita. «Curioso —había dicho—... muy curioso.» Y sólo cuando al fin Harry le preguntó qué era lo curioso, le había explicado que la pluma de fénix de aquella varita provenía del mismo pájaro que la del interior de la varita de lord Voldemort.

Harry no se lo había dicho a nadie. Le tenía mucho cariño a su varita, y no había nada que pudiera hacer para evitar aquel parentesco con la de Voldemort, de la misma manera que no podía evitar el suyo con tía Petunia. Pero esperaba que el señor Ollivander no les revelara a los presentes nada de aquello. Le daba la impresión de que, si lo hacía, la pluma a vuelapluma de Rita Skeeter explotaría de la emoción.

El anciano mago se pasó mucho más rato examinando la varita de Harry que la de ningún otro. Pero al final hizo manar de ella un chorro de vino y se la devolvió a Harry, declarando que estaba en perfectas condiciones.

—Gracias a todos —dijo Dumbledore, levantándose—. Ya podéis regresar a clase. O tal vez sería más práctico ir directamente a cenar, porque falta poco para que terminen...

Harry se levantó para irse, con la sensación de que al final no todo había ido mal aquel día, pero el hombre de la cámara de fotos negra se levantó de un salto y se aclaró la garganta.

—¡Las fotos, Dumbledore, las fotos! —gritó Bagman—. Todos los campeones y los miembros del tribunal. ¿Qué te parece, Rita?

—Eh... sí, ésas primero —dijo Rita Skeeter, poniendo los ojos de nuevo en Harry—. Y luego tal vez podríamos sacar unas individuales.

Las fotografías llevaron bastante tiempo. Dondequiera que se colocara, Madame Maxime le quitaba la luz a todo el mundo, y el fotógrafo no podía retroceder lo suficiente para que ella cupiera. Por último se tuvo que sentar mientras los demás se quedaban de pie a su alrededor. Karkarov se empeñaba en enroscar la perilla con el dedo para que quedara más curvada. Krum, a quien Harry suponía acostumbrado a aquel tipo de cosas, se escondió al fondo para quedar medio oculto. El fotógrafo parecía querer que Fleur se pusiera delante, pero Rita Skeeter se acercó y tiró de Harry para destacarlo. Luego insistió en que se tomaran fotos individuales de los campeones, tras lo cual por fin pudieron irse.

Harry bajó a cenar. Vio que Hermione no estaba en el Gran Comedor, e imaginó que seguía en la enfermería por lo de los dientes. Cenó solo a un extremo de la mesa, y luego volvió a la torre de Gryffindor pensando en todos los deberes extra que tendría que hacer sobre los encantamientos convocadores. Arriba, en el dormitorio, se encontró con Ron.

—Has recibido una lechuza —le informó éste con brusquedad, señalando la almohada de Harry. La lechuza del colegio lo aguardaba allí.

—Ah, bien —dijo Harry.

—Y tenemos que cumplir el castigo mañana por la noche, en la mazmorra de Snape —añadió Ron.

Entonces salió del dormitorio sin mirar a Harry. Por un momento, Harry pensó en seguirlo, sin saber muy bien si quería hablar con él o pegarle, porque tanto una cosa como otra le resultaban tentadoras. Pero la carta de Sirius era más urgente, así que fue hacia la lechuza, le quitó la carta de la pata y la desenrolló:

Harry:

No puedo decir en una carta todo lo que quisiera, porque sería demasiado arriesgado si interceptaran la lechuza. Tenemos que hablar cara a cara. ¿Podrías asegurarte de estar solo junto a la chimenea de la torre de Gryffindor a la una de la noche del 22 de noviembre?

Sé mejor que nadie que eres capaz de cuidar de ti mismo, y mientras estés cerca de Dumbledore y de Moody no creo que nadie te pueda hacer daño alguno. Sin embargo, parece que alguien está haciendo intentos bastante acertados. El que te presentó al Torneo tuvo que arriesgarse bastante, especialmente con Dumbledore tan cerca.

Estate al acecho, Harry. Sigo queriendo que me informes de cualquier cosa anormal. En cuanto puedas, hazme saber si te viene bien el 22 de noviembre.

Sirius

19

El colacuerno húngaro

La perspectiva de hablar cara a cara con Sirius fue lo único que ayudó a Harry a pasar las siguientes dos semanas, la única luz en un horizonte que nunca había estado tan oscuro. Se le había pasado ya un poco el horror de verse a sí mismo convertido en campeón del colegio, y su lugar empezaba a ocuparlo el miedo a las pruebas a las que tendría que enfrentarse. La primera de ellas estaba cada vez más cerca. Se la imaginaba agazapada ante él como un monstruo horrible que le cerraba el paso. Nunca había tenido tantos nervios. Sobrepasaban con mucho lo que hubiera podido sentir antes de un partido de quidditch, incluido el último, jugado contra Slytherin, en el que se habían disputado la Copa de quidditch. Le resultaba muy difícil pensar en el futuro, porque sentía que toda su vida lo había conducido a la primera prueba... y que terminaría con ella.

En realidad no creía que Sirius lograra hacerlo sentirse mejor en lo que se refería a ejecutar ante cientos de personas un ejercicio desconocido de magia muy difícil y peligrosa, pero la mera visión de un rostro amigo lo ayudaría. Harry le mandó la respuesta diciéndole que se encontraría al lado de la chimenea de la sala común a la hora propuesta, y que Hermione y él pasaban mucho tiempo discutiendo planes para obligar a los posibles rezagados a salir de allí la noche en cuestión. En el peor de los casos, estaban dispuestos a tirar una bolsa de bombas fétidas, aunque esperaban no tener que recurrir a nada de eso, porque si Filch los pillaba los despellejaría.

Mientras tanto, la vida en el castillo se había hecho aún menos llevadera para Harry, porque Rita Skeeter había publicado su artículo sobre el Torneo de los tres magos, que resultó ser no tanto un reportaje sobre el Torneo como una biografía de Harry bastante alterada. La mayor parte de la primera página la ocupaba una fotografía de Harry, y el artículo (que continuaba en las páginas segunda, sexta y séptima) no trataba más que de Harry. Los nombres (mal escritos) de los campeones de Durmstrang y Beauxbatons no aparecían hasta la última línea del artículo, y a Cedric no se lo mencionaba en ningún lugar.

El artículo había aparecido diez días antes, y, cada vez que se acordaba de él, Harry todavía sentía ardores de estómago provocados por la vergüenza. El artículo de Rita Skeeter lo retrataba diciendo un montón de cosas que él no recordaba haber dicho nunca, y menos aún en aquel cuarto de la limpieza.

Supongo que les debo mi fuerza a mis padres. Sé que estarían orgullosos de mí si pudieran verme en este momento... Sí, algunas noches aún lloro por ellos, no me da vergüenza confesarlo... Sé que no puedo sufrir ningún daño en el Torneo porque ellos me protegen...

Pero Rita Skeeter no se había conformado con transformar sus «eh...» en frases prolijas y empalagosas. También había entrevistado a otra gente sobre él.

Finalmente, Harry ha hallado el amor en Hogwarts: Colin Creevey, su íntimo amigo, asegura que a Harry raramente se lo ve sin la compañía de una tal Hermione Granger, una muchacha de sorprendente belleza, hija de muggles y que, como Harry, está entre los mejores estudiantes del colegio.

Desde que había aparecido el artículo, Harry tuvo que soportar que la gente (especialmente los de Slytherin) le citaran frases al cruzarse con él en los pasillos e hicieran comentarios despectivos.

—¿Quieres un pañuelo, Potter, por si te entran ganas de llorar en clase de Transformaciones?

—¿Desde cuándo has sido tú uno de los mejores estudiantes del colegio, Potter? ¿O se refieren a un colegio fundado por ti y Longbottom?

—¡Eh, Harry!

Más que harto, Harry se detuvo en el corredor y empezó a gritar antes de acabar de volverse:

—Sí, he estado llorando por mi madre muerta hasta quedarme sin lágrimas, y ahora me voy a seguir...

—No... Sólo quería decirte... que se te cayó la pluma.

Era Cho. Harry se puso colorado.

—Ah, perdona —susurró él, recuperando la pluma.

—Buena suerte el martes —le deseó Cho—. Espero de verdad que te vaya bien.

Harry se sintió como un idiota.

A Hermione también le había tocado su ración de disgustos, pero aún no había empezado a gritar a los que se le acercaban sin ninguna mala intención. De hecho, a Harry le admiraba la manera en que ella llevaba la situación.

—¿De sorprendente belleza? ¿Ella? —chilló Pansy Parkinson la primera vez que la tuvo cerca después de la aparición del artículo de Rita Skeeter—. ¿Comparada con quién?, ¿con un primate?

—No hagas caso —dijo Hermione con gran dignidad irguiendo la cabeza y pasando con aire majestuoso por al lado de las chicas de Slytherin, que se reían como tontas—. Como si no existieran, Harry.

Pero Harry no podía pasar por alto las burlas. Ron no le había vuelto a hablar después de decirle lo del castigo de Snape. Harry había tenido la esperanza de que hicieran las paces durante las dos horas que tuvieron que pasarse en la mazmorra encurtiendo sesos de rata, pero coincidió que aquel día se publicó el artículo de Rita Skeeter, que pareció confirmar la creencia de Ron de que a Harry le encantaba ser el centro de atención.

Hermione estaba furiosa con los dos. Iba de uno a otro, tratando de conseguir que se volvieran a hablar, pero Harry se mantenía muy firme: sólo volvería a hablarle a Ron si éste admitía que Harry no se había presentado él mismo al Torneo y le pedía perdón por haberlo considerado mentiroso.

—Yo no fui el que empezó —dijo Harry testarudamente—. El problema es suyo.

—¡Tú lo echas de menos! —repuso Hermione perdiendo la paciencia—. Y sé que él te echa de menos a ti.

—¿Que lo echo de menos? —replicó Harry—. Yo no lo echo de menos...

Pero era una mentira manifiesta. Harry apreciaba mucho a Hermione, pero ella no era como Ron. Tener a Hermione como principal amiga implicaba muchas menos risas y muchas más horas de biblioteca. Harry seguía sin dominar los encantamientos convocadores; parecía tener alguna traba con respecto a ellos, y Hermione insistía en que sería de gran ayuda aprenderse la teoría. En consecuencia, pasaban mucho rato al mediodía escudriñando libros.

Viktor Krum también pasaba mucho tiempo en la biblioteca, y Harry se preguntaba por qué. ¿Estaba estudiando, o buscando algo que le sirviera de ayuda para la primera prueba? Hermione se quejaba a menudo de la presencia de Krum, no porque le molestara, sino por los grupitos de chicas que lo espiaban escondidas tras las estanterías y que con sus risitas no la dejaban concentrarse.

—¡Ni siquiera es guapo! —murmuraba enfadada, observando el perfil de Krum—. ¡Sólo les gusta porque es famoso! Ni se fijarían en él si no supiera hacer el amargo de Rosi.

—El «Amago de Wronski» —dijo Harry con los dientes apretados. Muy lejos de disfrutar corrigiéndole a Hermione aquel término de quidditch, sintió una punzada de tristeza al imaginarse la expresión que Ron habría puesto si hubiera oído lo del amargo de Rosi.

Resulta extraño pensar que, cuando uno teme algo que va a ocurrir y quisiera que el tiempo empezara a pasar más despacio, el tiempo suele pasar más aprisa. Los días que quedaban para la primera prueba transcurrieron tan velozmente como si alguien hubiera manipulado los relojes para que fueran a doble velocidad. A dondequiera que iba Harry lo acompañaba un terror casi incontrolable, tan omnipresente como los insidiosos comentarios sobre el artículo de *El Profeta*.

El sábado antes de la primera prueba dieron permiso a todos los alumnos de tercero en adelante para que visitaran el pueblo de Hogsmeade. Hermione le dijo a Harry que le iría bien salir del castillo por un rato, y Harry no necesitó mucha persuasión.

—Pero ¿y Ron? —dijo—. ¡No querrás que vayamos con él!

—Ah, bien... —Hermione se ruborizó un poco—. Pensé que podríamos quedar con él en Las Tres Escobas...

—No —se opuso Harry rotundamente.

—Ay, Harry, qué estupidez...

—Iré, pero no quedaré con Ron. Me pondré la capa invisible.

—Como quieras... —soltó Hermione—, pero me revienta hablar contigo con esa capa puesta. Nunca sé si te estoy mirando o no.

De forma que Harry se puso en el dormitorio la capa invisible, bajó la escalera y marchó a Hogsmeade con Hermione.

Se sentía maravillosamente libre bajo la capa. Al entrar en la aldea vio a otros estudiantes, la mayor parte de los cuales llevaban insignias de «Apoya a CEDRIC DIGGORY», aunque aquella vez, para variar, no vio horribles añadidos, y tampoco nadie le recordó el estúpido artículo.

—Ahora la gente se queda mirándome a mí —dijo Hermione de mal humor, cuando salieron de la tienda de golosinas Honeydukes comiendo unas enormes chocolatinas rellenas de crema—. Creen que hablo sola.

—Pues no muevas tanto los labios.

—Vamos, Harry, por favor, quítate la capa sólo un rato. Aquí nadie te va a molestar.

—¿No? —replicó Harry—. Vuélvete.

Rita Skeeter y su amigo fotógrafo acababan de salir de la taberna Las Tres Escobas. Pasaron al lado de Hermione sin mirarla, hablando en voz baja. Harry tuvo que echarse contra la pared de Honeydukes para que Rita Skeeter no le diera con el bolso de piel de cocodrilo. Cuando se hubieron alejado, Harry comentó:

—Deben de estar alojados en el pueblo. Apuesto a que han venido para presenciar la primera prueba.

Mientras hablaba, notó como si el estómago se le llenara de algún líquido segregado por el pánico. Pero no dijo nada de aquello: él y Hermione no habían hablado mucho de lo que se avecinaba en la primera prueba, y Harry tenía la impresión de que Hermione no quería pensar en ello.

—Se ha ido —dijo Hermione, mirando la calle principal a través de Harry—. ¿Qué tal si vamos a tomar una cerveza de mantequilla a Las Tres Escobas? Hace un poco de frío, ¿no? ¡No es necesario que hables con Ron! —añadió irritada, interpretando correctamente su silencio.

La taberna Las Tres Escobas estaba abarrotada de gente, en especial de alumnos de Hogwarts que disfrutaban de su tarde libre, pero también de una variedad de magos que difícilmente se veían en otro lugar. Harry suponía que, al ser Hogsmeade el único pueblo exclusivamente de magos de toda Gran Bretaña, debía de haberse convertido en una especie de refugio para criaturas tales como las arpías, que no estaban tan dispuestas como los magos a disfrazarse.

Era difícil moverse por entre la multitud con la capa invisible, y muy fácil pisar a alguien sin querer, lo que originaba embarazosas situaciones. Harry fue despacio, arrimado a la pared, hasta una mesa vacía que había en un rincón, mientras Hermione se encargaba de pedir las bebidas. En su recorrido por la taberna, Harry vio a Ron, que estaba sentado con Fred, George y Lee Jordan. Resistiendo el impulso de propinarle una buena colleja, consiguió llegar a la mesa y la ocupó.

Hermione se reunió con él un momento más tarde, y le metió bajo la capa una cerveza de mantequilla.

—Creo que parezco un poco boba, sentada aquí sola —susurró ella—. Menos mal que he traído algo que hacer.

Y sacó el cuaderno en que había llevado el registro de los miembros de la P.E.D.D.O. Harry vio su nombre y el de Ron a la cabeza de una lista muy corta. Parecía muy lejano el día en que se habían puesto a inventar juntos aquellas predicciones y había aparecido Hermione y los había nombrado secretario y tesorero respectivamente.

—No sé, a lo mejor tendría que intentar que la gente del pueblo se afiliara a la P.E.D.D.O. —dijo Hermione como si pensara en voz alta.

—Bueno —asintió Harry. Tomó un trago de cerveza de mantequilla tapado con la capa—. ¿Cuándo te vas a hartar de ese rollo de la P.E.D.D.O.?

—¡Cuando los elfos domésticos disfruten de un sueldo decente y de condiciones laborales dignas! —le contestó—. ¿Sabes?, estoy empezando a pensar que ya es hora de emprender acciones más directas. Me pregunto cómo se puede entrar en las cocinas del colegio.

—No tengo ni idea. Pregúntales a Fred y George —dijo Harry.

Hermione se sumió en un silencio ensimismado mientras Harry se bebía su cerveza de mantequilla observando a la gente que había en la taberna. Todos parecían relajados y alegres. Ernie Macmillan y Hannah Abbott intercambiaban los cromos de las ranas de chocolate en una mesa próxima; ambos exhibían en sus capas las insignias de «Apoya a CEDRIC DIGGORY». Al lado de la puerta vio a Cho y a un numeroso grupo de amigos de la casa Ravenclaw. Ella no llevaba ninguna insignia de apoyo a Cedric, lo cual lo animó un poco.

¡Qué no hubiera dado él por ser uno de aquellos que reían y charlaban sin otro motivo de preocupación que los deberes! Se imaginaba cómo se habría sentido allí si su nombre no hubiera salido en el cáliz de fuego. Para empezar, no llevaría la capa invisible. Tendría a Ron a su lado. Los tres estarían contentos, imaginando qué prueba mortalmente peligrosa afrontarían el martes los campeones de los colegios. Tendría muchas ganas de que llegara el martes, para verlos hacer lo que fuera y animar a Cedric como todos los demás, a salvo en su asiento prudentemente alejado...

Se preguntó cómo se sentirían los otros campeones. Las últimas veces que había visto a Cedric, éste estaba rodeado de admiradores y parecía nervioso pero entusiasmado.

Harry se encontraba a Fleur Delacour en los corredores de vez en cuando, y tenía el mismo aspecto de siempre, altanero e imperturbable. Y, en cuanto a Krum, se pasaba el tiempo en la biblioteca, escudriñando libros.

Harry se acordó de Sirius, y el tenso y apretado nudo que parecía tener en el estómago se le aflojó un poco. Hablaría con él doce horas más tarde, porque aquélla era la noche en que habían acordado verse junto a la chimenea de la sala común. Eso suponiendo que todo fuera bien, a diferencia de lo que había ocurrido últimamente con todo lo demás.

—¡Mira, es Hagrid! —dijo Hermione.

De entre la multitud se destacaba la parte de atrás de su enorme cabeza llena de greñas (afortunadamente, había abandonado las coletas). Harry se preguntó por qué no lo había visto nada más entrar, siendo Hagrid tan grande; pero, al ponerse en pie para ver mejor, se dio cuenta de que Hagrid se hallaba inclinado, hablando con el profesor Moody. Hagrid tenía ante él su acostumbrado y enorme pichel, pero Moody bebía de la petaca. La señora Rosmerta, la guapa dueña de la taberna, no ponía muy buena cara ante aquello: miraba a Moody con recelo mientras recogía las copas de las mesas de alrededor. Probablemente le parecía un insulto a su hidromiel con especias, pero Harry conocía el motivo: Moody les había dicho a todos durante su última clase de Defensa Contra las Artes Oscuras que prefería prepararse siempre su propia comida y bebida, porque a los magos tenebrosos les resultaba muy fácil envenenar una bebida en un momento de descuido.

Mientras Harry los observaba, Hagrid y Moody se levantaron para irse. Harry le hizo un gesto con la mano a Hagrid, pero luego recordó que éste no podía verlo. Moody, sin embargo, se detuvo y miró con su ojo mágico hacia el rincón en que se encontraba él. Le dio a Hagrid una palmada en la región lumbar (porque no podía llegar al hombro), le susurró algo y, a continuación, uno y otro se dirigieron a la mesa de Harry y Hermione.

—¿Va todo bien, Hermione? —le preguntó Hagrid en voz alta.

—Hola —respondió Hermione, sonriendo.

Moody se acercó a la mesa cojeando y se inclinó al llegar. Harry pensó que estaba leyendo el cuaderno de la P.E.D.D.O. hasta que le dijo:

—Bonita capa, Potter.

Harry lo miró muy sorprendido. A unos centímetros de distancia, el trozo de nariz que le faltaba a Moody era especialmente evidente. Moody sonrió.

—¿Su ojo es capaz de... quiero decir, es usted capaz de...?

—Sí, mi ojo ve a través de las capas invisibles —contestó Moody en voz baja—. Es una cualidad que me ha sido muy útil en varias ocasiones, te lo aseguro.

Hagrid también le sonreía a Harry. Éste sabía que Hagrid no lo veía, pero era evidente que Moody le había explicado dónde estaba.

Hagrid se inclinó haciendo también como que leía el cuaderno de la P.E.D.D.O. y le dijo en un susurro tan bajo que sólo pudo oírlo Harry:

—Harry, ven a verme a la cabaña esta noche. Ponte la capa. —Y luego, incorporándose, añadió en voz alta—: Me alegro de verte, Hermione. —Guiñó un ojo, y se fue. Moody lo siguió.

—¿Para qué querrá que vaya a verlo esta noche? —dijo Harry, muy sorprendido.

—¿Eso te ha dicho? —se extrañó Hermione—. Me pregunto qué se trae entre manos. No sé si deberías ir, Harry... —Miró a su alrededor nerviosa y luego dijo entre dientes—: Podrías llegar tarde a tu cita con Sirius.

Era verdad que ir a ver a Hagrid a medianoche supondría tener que apresurarse después para llegar a la una a la sala común de Gryffindor. Hermione le sugirió que le enviara a Hagrid un mensaje con *Hedwig* diciéndole que no podía acudir (siempre y cuando la lechuza aceptara llevar la nota, claro). Pero Harry pensó que sería mejor hacerle una visita rápida para ver qué quería. Tenía bastante curiosidad, porque Hagrid no le había pedido nunca que fuera a visitarlo tan tarde.

A las once y media de esa noche, Harry, que había hecho como que se iba temprano a la cama, volvió a ponerse la capa invisible y bajó la escalera hasta la sala común. Sólo unas pocas personas quedaban en ella. Los hermanos Creevey se habían hecho con un montón de insignias de «Apoya a CEDRIC DIGGORY», e intentaban encantarlas para que dijeran «Apoya a HARRY POTTER», pero hasta aquel momento lo único que habían conseguido era que se quedaran atascadas en POTTER APESTA. Harry pasó a su lado de camino al retrato y esperó aproximadamente un minuto mirando el reloj. Luego Hermione le abrió el retrato de la Señora Gorda, tal como habían convenido. Él lo traspasó subrepticiamente y le susurró un «¡gracias!» antes de irse.

Los terrenos del colegio estaban envueltos en una oscuridad total. Harry bajó por la explanada hacia la luz que brillaba en la cabaña de Hagrid. También el interior del enorme carruaje de Beauxbatons se hallaba iluminado. Mientras llamaba a la puerta de la cabaña, Harry oyó hablar a Madame Maxime dentro de su carruaje.

—¿Eres tú, Harry? —susurró Hagrid, abriendo la puerta.

—Sí —respondió Harry, que entró en la cabaña y se desembarazó de la capa—. ¿Por qué me has hecho venir?

—Tengo algo que mostrarte —repuso Hagrid.

Parecía muy emocionado. Llevaba en el ojal una flor que parecía una alcachofa de las más grandes. Por lo visto, había abandonado el uso de aceite lubricante, pero era evidente que había intentado peinarse, porque en el pelo se veían varias púas del peine rotas.

—¿Qué vas a mostrarme? —dijo Harry con recelo, preguntándose si habrían puesto huevos los escregutos o si Hagrid habría logrado comprarle a otro extraño en alguna taberna un nuevo perro gigante de tres cabezas.

—Cúbrete con la capa, ven conmigo y no hables —le indicó Hagrid—. No vamos a llevar a *Fang*, porque no le gustaría...

—Escucha, Hagrid, no puedo quedarme mucho... Tengo que estar en el castillo a la una.

Pero Hagrid no lo escuchaba. Abrió la puerta de la cabaña y se internó en la oscuridad a zancadas. Harry lo siguió aprisa y, para su sorpresa, advirtió que Hagrid lo llevaba hacia el carruaje de Beauxbatons.

—Hagrid, ¿qué...?

—¡Shhh! —lo acalló Hagrid, y llamó tres veces a la puerta que lucía las varitas doradas cruzadas.

Abrió Madame Maxime. Un chal de seda cubría sus voluminosos hombros. Al ver a Hagrid, sonrió.

—¡Ah, Hagrid! ¿Ya es la «hoga»?

—«Bon suar» —le dijo Hagrid, dirigiéndole una sonrisa y ofreciéndole la mano para ayudarla a bajar los escalones dorados.

Madame Maxime cerró la puerta tras ella. Hagrid le ofreció el brazo, y se fueron bordeando el potrero donde descansaban los gigantescos caballos alados de Madame Maxime. Harry, sin entender nada, corría para no quedarse atrás. ¿Quería Hagrid mostrarle a Madame Maxime? Podía verla cuando quisiera: jamás pasaba inadvertida.

Pero daba la impresión de que Madame Maxime estaba tan en ascuas como Harry, porque un rato después preguntó alegremente:

—¿Adónde me llevas, Hagrid?

—Esto te gustará —aseguró Hagrid—. Merece la pena, confía en mí. Pero no le digas a nadie que te lo he mostrado, ¿eh? Se supone que no puedes verlo.

—Descuida —le dijo Madame Maxime, luciendo sus largas y negras pestañas al parpadear.

Y siguieron caminando. Harry los seguía, cada vez más nervioso y mirando el reloj continuamente. Hagrid debía de tener en mente alguna de sus disparatadas ideas, que podía hacerlo llegar tarde a su cita. Si no llegaban pronto a donde fuera, daría media vuelta para volver al castillo y dejaría a Hagrid disfrutando con Madame Maxime su paseo a la luz de la luna.

Pero entonces, cuando habían avanzado tanto por el perímetro del bosque que ya no se veían ni el castillo ni el lago, Harry oyó algo. Delante había hombres que gritaban. Luego oyó un bramido ensordecedor...

Hagrid llevó a Madame Maxime junto a un grupo de árboles y se detuvo. Harry caminó aprisa a su lado. Durante una fracción de segundo pensó que lo que veía eran hogueras y a hombres que corrían entre ellas. Luego se quedó con la boca abierta.

¡Dragones!

Rugiendo y resoplando, cuatro dragones adultos enormes, de aspecto fiero, se alzaban sobre las patas posteriores dentro de un cercado de gruesas tablas de madera. A quince metros del suelo, las bocas llenas de colmillos lanzaban torrentes de fuego al negro cielo de la noche. Uno de ellos, de color azul plateado con cuernos largos y afilados, gruñía e intentaba morder a los magos que tenía a sus pies; otro verde se retorcía y daba patadas contra el suelo con toda su fuerza; uno rojo, con un extraño borde de pinchos dorados alrededor de la cara, lanzaba al aire nubes de fuego en forma de hongo; el cuarto, negro y gigantesco, era el que estaba más próximo a ellos.

Al menos treinta magos, siete u ocho para cada dragón, trataban de controlarlos tirando de unas cadenas enganchadas a los fuertes collares de cuero que les rodeaban el cuello y las patas. Fascinado, Harry levantó la vista y vio los ojos del dragón negro, con pupilas verticales como las de los gatos, totalmente desorbitados; si se debía al miedo o a la ira, Harry lo ignoraba. Los bramidos de la bestia eran espeluznantes.

—¡No te acerques, Hagrid! —advirtió un mago desde la valla, tirando de la cadena—. ¡Pueden lanzar fuego a una distancia de seis metros, ya lo sabes! ¡Y a este colacuerno lo he visto echarlo a doce!

—¿No es hermoso? —dijo Hagrid con voz embelesada.

—¡Es peligroso! —gritó otro mago—. ¡Encantamientos aturdidores, cuando cuente tres!

Harry vio que todos los cuidadores de los dragones sacaban la varita.

—¡Desmaius! —gritaron al unísono.

Los encantamientos aturdidores salieron disparados en la oscuridad como bengalas y se deshicieron en una lluvia de estrellas al chocar contra la escamosa piel de los dragones.

Harry observó que el más próximo se balanceaba peligrosamente sobre sus patas traseras y abría completamente las fauces en un aullido mudo. Las narinas parecían haberse quedado de repente desprovistas de fuego, aunque seguían echando humo. Luego, muy despacio, se desplomó. Varias toneladas de dragón dieron en el suelo con un golpe que pareció hacer temblar los árboles que había tras ellos.

Los cuidadores de los dragones bajaron las varitas y se acercaron a las derribadas criaturas que estaban a su cargo, cada una de las cuales era del tamaño de un cerro. Se dieron prisa en tensar las cadenas y asegurarlas con estacas de hierro, que clavaron en la tierra utilizando las varitas.

—¿Quieres echar un vistazo más de cerca? —le preguntó Hagrid a Madame Maxime, embriagado de emoción.

Se acercaron hasta la valla, seguidos por Harry. En aquel momento se volvió el mago que le había aconsejado a Hagrid que no se acercara, y Harry descubrió quién era: Charlie Weasley.

—¿Va todo bien, Hagrid? —preguntó, jadeante, acercándose para hablar con él—. Ahora no deberían darnos problemas. Les dimos una dosis adormecedora para traerlos, porque pensamos que sería preferible que despertaran en la oscuridad y tranquilidad de la noche, pero ya has visto que no les hizo mucha gracia, ninguna gracia...

—¿De qué razas son, Charlie? —inquirió Hagrid mirando al dragón más cercano, el negro, con algo parecido a la reverencia.

El animal tenía los ojos entreabiertos, y debajo del arrugado párpado negro se veía una franja de amarillo brillante.

—Éste es un colacuerno húngaro —explicó Charlie—. Por allí hay un galés verde común, que es el más pequeño; un hocicorto sueco, que es el azul plateado, y un bola de fuego chino, el rojo.

Charlie miró a Madame Maxime, que se alejaba siguiendo el borde de la empalizada para ir a observar los dragones adormecidos.

—No sabía que la ibas a traer, Hagrid —dijo Charlie, ceñudo—. Se supone que los campeones no tienen que saber nada de lo que les va a tocar, y ahora ella se lo dirá a su alumna, ¿no?

—Sólo pensé que le gustaría verlos. —Hagrid se encogió de hombros, sin dejar de mirar embelesado a los dragones.

—¡Vaya cita romántica, Hagrid! —exclamó Charlie con sorna.

—Cuatro... uno para cada campeón, ¿no? ¿Qué tendrán que hacer?, ¿luchar contra ellos?

—No, sólo burlarlos, según creo —repuso Charlie—. Estaremos cerca, por si la cosa se pusiera fea, y tendremos preparados encantamientos extinguidores. Nos pidieron que fueran hembras en período de incubación, no sé por qué... Pero te digo una cosa: no envidio al que le toque el colacuerno. Un bicho fiero de verdad. La cola es tan peligrosa como el cuerno, mira.

Charlie señaló la cola del colacuerno, y Harry vio que estaba llena de largos pinchos de color bronce.

Cinco de los compañeros de Charlie se acercaron en aquel momento al colacuerno llevando sobre una manta una nidada de enormes huevos que parecían de granito gris, y los colocaron con cuidado al lado del animal. A Hagrid se le escapó un gemido de anhelo.

—Los tengo contados, Hagrid —le advirtió Charlie con severidad. Luego añadió—: ¿Qué tal está Harry?

—Bien —respondió Hagrid, sin apartar los ojos de los huevos.

—Pues espero que siga bien después de enfrentarse con éstos —comentó Charlie en tono grave, mirando por encima del cercado—. No me he atrevido a decirle a mi madre lo que le esperaba en la primera prueba, porque ya le ha dado un ataque de nervios pensando en él... —Charlie imitó la voz casi histérica de su madre—: «¡Cómo lo dejan participar en el Torneo, con lo pequeño que es! ¡Creí que iba a haber un poco de seguridad, creí que iban a poner una edad mínima!» Se puso a llorar a lágrima viva con el artículo de *El Profeta*. «¡Todavía llora cuando piensa en sus padres! ¡Nunca me lo hubiera imaginado! ¡Pobrecillo!»

Harry ya tenía suficiente. Confiando en que Hagrid no lo echaría de menos, distraído como estaba con la compañía de cuatro dragones y de Madame Maxime, se volvió en silencio y emprendió el camino de vuelta al castillo.

No sabía si se alegraba o no de haber visto lo que le esperaba. Tal vez así era mejor, porque había pasado la primera impresión. Tal vez si se hubiera encontrado con los dragones por primera vez el martes se habría desmayado ante el colegio entero... aunque quizá se desmayara de todas formas. Se enfrentaría armado con su varita mágica, que en aquel momento no le parecía nada más que un palito, contra un dragón de quince metros de altura, cubierto de escamas y de pinchos y que echaba fuego por la boca. Y tendría que burlarlo, observado por todo el mundo: ¿cómo?

Se dio prisa en bordear el bosque. Disponía de quince minutos escasos para llegar junto a la chimenea donde lo aguardaría Sirius, y no recordaba haber tenido nunca tantos deseos de hablar con alguien como en aquel momento. Pero entonces, de repente, chocó contra algo muy duro.

Se cayó hacia atrás con las gafas torcidas y agarrándose la capa.

—¡Ah!, ¿quién está ahí? —dijo una voz.

Harry se apresuró a cerciorarse de que la capa lo cubría por completo, y se quedó tendido completamente inmóvil, observando la silueta del mago con el que había chocado. Reconoció la barbita de chivo: era Karkarov.

—¿Quién está ahí? —repitió Karkarov, receloso, escudriñando en la oscuridad.

Harry permaneció quieto y en silencio. Después de un minuto o algo así, Karkarov pareció pensar que debía de haber chocado con algún tipo de animal. Buscaba a la altura de su cintura, tal vez esperando encontrar un perro. Luego se internó entre los árboles y se dirigió hacia donde se hallaban los dragones.

Muy despacio y con mucho cuidado, Harry se incorporó y reemprendió el camino hacia Hogwarts en la oscuridad, tan rápido como podía sin hacer demasiado ruido.

No le cabía ninguna duda respecto a los propósitos de Karkarov. Había salido del barco a hurtadillas para averiguar en qué consistía la primera tarea. Tal vez hubiera visto a Hagrid y a Madame Maxime por las inmediaciones del bosque: no eran difíciles de ver en la distancia. Todo lo que tendría que hacer sería seguir el sonido de las voces y, como Madame Maxime, se enteraría de qué era lo que les reservaban a los campeones. Parecía que el único campeón que el martes afrontaría algo desconocido sería Cedric.

Harry llegó al castillo, entró a escondidas por la puerta principal y empezó a subir la escalinata de mármol. Estaba sin aliento, pero no se atrevió a ir más despacio: le quedaban menos de cinco minutos para llegar junto al fuego.

—«¡Tonterías!» —le dijo casi sin voz a la Señora Gorda, que dormitaba en su cuadro tapando la entrada.

—Si tú lo dices... —susurró medio dormida, sin abrir los ojos, y el cuadro giró para dejarlo pasar.

Harry entró. La sala común estaba desierta y, dado que olía como siempre, concluyó que Hermione no había tenido que recurrir a las bombas fétidas para asegurarse de que no quedara nadie allí.

Harry se quitó la capa invisible y se echó en un butacón que había delante de la chimenea. La sala se hallaba en penumbra, sin otra iluminación que las llamas. Al lado, en una mesa, brillaban a la luz de la chimenea las insignias de «Apoya a CEDRIC DIGGORY» que los Creevey habían tratado de mejorar. Ahora decía en ellas: «POTTER APESTA DE VERDAD.» Harry volvió a mirar al fuego y se sobresaltó.

La cabeza de Sirius estaba entre las llamas. Si Harry no hubiera visto al señor Diggory de la misma manera en la cocina de los Weasley, aquella visión le habría dado un susto de muerte. Pero, en vez de ello, Harry sonrió por primera vez en muchos días, saltó de la silla, se agachó junto a la chimenea y saludó:

—¿Qué tal estás, Sirius?

Sirius estaba bastante diferente de como Harry lo recordaba. Cuando se habían despedido, Sirius tenía el rostro demacrado y el pelo largo y enmarañado. Pero ahora llevaba el pelo corto y limpio, tenía el rostro más lleno y parecía más joven, mucho más parecido a la única foto que Harry poseía de él, que había sido tomada en la boda de sus padres.

—No te preocupes por mí. ¿Qué tal estás tú? —le preguntó Sirius con el semblante grave.

—Yo estoy...

Durante un segundo intentó decir «bien», pero no pudo. Antes de darse cuenta, estaba hablando como no lo había hecho desde hacía tiempo: de cómo nadie le creía cuando decía que no se había presentado al Torneo, de las mentiras de Rita Skeeter en El Profeta, de cómo no podía pasar por los corredores del colegio sin recibir muestras de desprecio... y de Ron, de la desconfianza de Ron, de sus celos...

—... y ahora Hagrid acaba de enseñarme lo que me toca en la primera prueba, y son dragones, Sirius. ¡No voy a contarlo! —terminó desesperado.

Sirius lo observó con ojos preocupados, unos ojos que aún no habían perdido del todo la expresión adquirida en la cárcel de Azkaban: una expresión embotada, como de hechizado. Había dejado que Harry hablara sin interrumpirlo, pero en aquel momento dijo:

—Se puede manejar a los dragones, Harry, pero de eso hablaremos dentro de un minuto. No dispongo de mucho tiempo... He allanado una casa de magos para usar la chimenea, pero los dueños podrían volver en cualquier momento. Quiero advertirte algunas cosas.

—¿Qué cosas? —dijo Harry, sintiendo crecer su desesperación. ¿Era posible que hubiera algo aún peor que los dragones?

—Karkarov —explicó Sirius—. Era un mortífago, Harry. Sabes lo que son los mortífagos, ¿verdad?

—Sí...

—Lo pillaron y estuvo en Azkaban conmigo, pero lo dejaron salir. Estoy seguro de que por eso Dumbledore quería tener un auror en Hogwarts este curso... para que lo vigilara. Moody fue el que atrapó a Karkarov y lo metió en Azkaban.

—¿Dejaron salir a Karkarov? —preguntó Harry, sin entender por qué podían haber hecho tal cosa—. ¿Por qué lo dejaron salir?

—Hizo un trato con el Ministerio de Magia —repuso Sirius con amargura—. Aseguró que estaba arrepentido, y empezó a cantar... Muchos entraron en Azkaban para ocupar su puesto, así que allí no lo quieren mucho; eso te lo puedo asegurar. Y, por lo que sé, desde que salió no ha dejado de enseñar Artes Oscuras a todos los estudiantes que han pasado por su colegio. Así que ten cuidado también con el campeón de Durmstrang.

—Vale —asintió Harry, pensativo—. Pero ¿quieres decir que Karkarov puso mi nombre en el cáliz? Porque, si lo hizo, es un actor francamente bueno. Estaba furioso cuando salí elegido. Quería impedirme a toda costa que participara.

—Sabemos que es un buen actor —dijo Sirius— porque convenció al Ministerio de Magia para que lo dejara libre. Además he estado leyendo con atención *El Profeta*, Harry...

—Tú y el resto del mundo —comentó Harry con amargura.

—... y, leyendo entre líneas el artículo del mes pasado de esa Rita Skeeter, parece que Moody fue atacado la noche anterior a su llegada a Hogwarts. Sí, ya sé que ella dice que fue otra falsa alarma —añadió rápidamente Sirius, viendo que Harry estaba a punto de hablar—, pero yo no lo creo. Estoy convencido de que alguien trató de impedirle que entrara en Hogwarts. Creo que alguien pensó que su trabajo sería mucho más difícil con él de por medio. Nadie se toma el asunto demasiado en serio, porque Ojoloco ve intrusos con demasiada frecuencia. Pero eso no quiere decir que haya perdido el sentido de la realidad: Moody es el mejor auror que ha tenido el Ministerio.

—¿Qué quieres decir? ¿Que Karkarov quiere matarme? Pero... ¿por qué?

Sirius dudó.

—He oído cosas muy curiosas. Últimamente los mortífagos parecen más activos de lo normal. Se desinhibieron en los Mundiales de quidditch, ¿no? Alguno conjuró la Marca Tenebrosa... y además... ¿has oído lo de esa bruja del Ministerio de Magia que ha desaparecido?

—¿Bertha Jorkins?

—Exactamente... Desapareció en Albania, que es donde sitúan a Voldemort los últimos rumores. Y ella estaría al tanto del Torneo de los tres magos, ¿verdad?

—Sí, pero... no es muy probable que ella fuera en busca de Voldemort, ¿no? —dijo Harry.

—Escucha, yo conocí a Bertha Jorkins —repuso Sirius con tristeza—. Coincidimos en Hogwarts, aunque iba unos años por delante de tu padre y de mí. Y era idiota. Muy bulliciosa y sin una pizca de cerebro. No es una buena combinación, Harry. Me temo que sería muy fácil de atraer a una trampa.

—Así que... ¿Voldemort podría haber averiguado algo sobre el Torneo? —preguntó Harry—. ¿Eso es lo que quieres decir? ¿Crees que Karkarov podría haber venido obedeciendo sus órdenes?

—No lo sé —reconoció Sirius—, la verdad es que no lo sé... No me pega que Karkarov vuelva a Voldemort a no ser que Voldemort sea lo bastante fuerte para protegerlo. Pero el que metió tu nombre en el cáliz tenía algún motivo para hacerlo, y no puedo dejar de pensar que el Torneo es una excelente oportunidad para atacarte haciendo creer a todo el mundo que es un accidente.

—Visto así parece un buen plan —comentó Harry en tono lúgubre—. Sólo tendrán que sentarse a esperar que los dragones hagan su trabajo.

—En cuanto a los dragones —dijo Sirius, hablando en aquel momento muy aprisa—, hay una manera, Harry. No se te ocurra emplear el encantamiento aturdidor: los dragones son demasiado fuertes y tienen demasiadas cualidades mágicas para que les haga efecto un solo encantamiento de ese tipo. Se necesita media docena de magos a la vez para dominar a un dragón con ese procedimiento.

—Sí, ya lo sé, lo vi.

—Pero puedes hacerlo solo —prosiguió Sirius—. Hay una manera, y no se necesita más que un sencillo encantamiento. Simplemente...

Pero Harry lo detuvo con un gesto de la mano. El corazón le latía en el pecho como si fuera a estallar. Oía tras él los pasos de alguien que bajaba por la escalera de caracol.

—¡Vete! —le dijo a Sirius entre dientes—. ¡Vete! ¡Alguien se acerca!

Harry se puso en pie de un salto para tapar la chimenea. Si alguien veía la cabeza de Sirius dentro de Hogwarts, armaría un alboroto terrible, y él tendría problemas con el Ministerio. Lo interrogarían sobre el paradero de Sirius...

Harry oyó tras él, en el fuego, un suave «¡plin!», y comprendió que Sirius había desaparecido. Vigiló el inicio de la escalera de caracol. ¿Quién se habría levantado para dar un paseo a la una de la madrugada, impidiendo que Sirius le dijera cómo burlar al dragón?

Era Ron. Vestido con su pijama de cachemir rojo oscuro, se detuvo frente a Harry y miró a su alrededor.

—¿Con quién hablabas? —le preguntó.

—¿Y a ti qué te importa? —gruñó Harry—. ¿Qué haces tú aquí a estas horas?

298

—Me preguntaba dónde estarías... —Se detuvo, encogiéndose de hombros—. Bueno, me vuelvo a la cama.

—Se te ocurrió que podías bajar a husmear un poco, ¿no? —gritó Harry. Sabía que Ron no tenía ni idea de qué era lo que había interrumpido, sabía que no lo había hecho a propósito, pero le daba igual. En ese momento odiaba todo lo que tenía que ver con Ron, hasta el trozo del tobillo que le quedaba al aire por debajo de los pantalones del pijama.

—Lo siento mucho —dijo Ron, enrojeciendo de ira—. Debería haber pensado que no querías que te molestaran. Te dejaré en paz para que sigas ensayando tu próxima entrevista.

Harry cogió de la mesa una de las insignias de «POTTER APESTA DE VERDAD» y se la tiró con todas sus fuerzas. Le pegó a Ron en la frente y rebotó.

—¡Ahí tienes! —chilló Harry—. Para que te la pongas el martes. Ahora a lo mejor hasta te queda una cicatriz, si tienes suerte... Eso es lo que te da tanta envidia, ¿no?

A zancadas, cruzó la sala hacia la escalera. Esperaba que Ron lo detuviera, e incluso le habría gustado que le diera un puñetazo, pero Ron simplemente se quedó allí, en su pijama demasiado pequeño, y Harry, después de subir como una exhalación, se echó en la cama y permaneció bastante tiempo despierto y furioso con él. No lo oyó volver a subir.

20

La primera prueba

Cuando se levantó el domingo por la mañana, Harry puso tan poca atención al vestirse que tardó un rato en darse cuenta de que estaba intentando meter un pie en el sombrero en vez de hacerlo en el calcetín. Cuando por fin se hubo puesto todas las prendas en las partes correctas del cuerpo, salió aprisa para buscar a Hermione, y la encontró a la mesa de Gryffindor del Gran Comedor, desayunando con Ginny. Demasiado intranquilo para comer, Harry aguardó a que Hermione se tomara la última cucharada de gachas de avena y se la llevó fuera para dar otro paseo con ella. En los terrenos del colegio, mientras bordeaban el lago, Harry le contó todo lo de los dragones y lo que le había dicho Sirius.

Aunque muy asustada por las advertencias de Sirius sobre Karkarov, Hermione pensó que el problema más acuciante eran los dragones.

—Primero vamos a intentar que el martes por la tarde sigas vivo, y luego ya nos preocuparemos por Karkarov.

Dieron tres vueltas al lago, pensando cuál sería el encantamiento con el que se podría someter a un dragón. Pero, como no se les ocurrió nada, fueron a la biblioteca. Harry cogió todo lo que vio sobre dragones, y uno y otro se pusieron a buscar entre la alta pila de libros.

—«Embrujos para cortarles las uñas... Cómo curar la podredumbre de las escamas...» Esto no nos sirve: es para chiflados como Hagrid que lo que quieren es cuidarlos...

—«Es extremadamente difícil matar a un dragón debido a la antigua magia que imbuye su gruesa piel, que nada excepto los encantamientos más fuertes puede penetrar...» —leyó Hermione—. ¡Pero Sirius dijo que había uno sencillo que valdría!

—Busquemos pues en los libros de encantamientos sencillos... —dijo Harry, apartando a un lado el *Libro del amante de los dragones*.

Volvió a la mesa con una pila de libros de hechizos y comenzó a hojearlos uno tras otro. A su lado, Hermione cuchicheaba sin parar:

—Bueno, están los encantamientos permutadores... pero ¿para qué cambiarlos? A menos que le cambiaras los colmillos en gominolas o algo así, porque eso lo haría menos peligroso... El problema es que, como decía el otro libro, no es fácil penetrar la piel del dragón. Lo mejor sería transformarlo, pero, algo tan grande, me temo que no tienes ninguna posibilidad: dudo incluso que la profesora McGonagall fuera capaz... Pero tal vez podrías encantarte tú mismo. Tal vez para adquirir más poderes. Claro que no son hechizos sencillos, y no los hemos visto en clase; sólo los conozco por haber hecho algunos ejercicios preparatorios para el TIMO...

—Hermione —pidió Harry, exasperado—, ¿quieres callarte un momento, por favor? Trato de concentrarme.

Pero lo único que ocurrió cuando Hermione se calló fue que el cerebro de Harry se llenó de una especie de zumbido que tampoco lo dejaba concentrarse. Recorrió sin esperanzas el índice del libro *Maleficios básicos para el hombre ocupado y fastidiado: arranque de cabellera instantáneo* —pero los dragones ni siquiera tienen pelo, se dijo—, *aliento de pimienta* —eso seguramente sería echar más leña al fuego—, *lengua de cuerno* —precisamente lo que necesitaba: darle al dragón una nueva arma...

—¡Oh, no!, aquí vuelve. ¿Por qué no puede leer en su barquito? —dijo Hermione irritada cuando Viktor Krum entró con su andar desgarbado, les dirigió una hosca mirada y se sentó en un distante rincón con una pila de libros—. Vamos, Harry, volvamos a la sala común... El club de fans llegará dentro de un momento y no pararán de cotorrear...

Y, efectivamente, en el momento en que salían de la biblioteca, entraba de puntillas un ruidoso grupo de chicas, una de ellas con una bufanda de Bulgaria atada a la cintura.

Harry apenas durmió aquella noche. Cuando despertó la mañana del lunes, pensó seriamente, por vez primera, en escapar de Hogwarts. Pero en el Gran Comedor, a la hora del desayuno, miró a su alrededor y pensó en lo que dejaría si se fuera del castillo, y se dio cuenta de que no podía hacerlo. Era el único sitio en que había sido feliz... Bueno, seguramente también había sido feliz con sus padres, pero de eso no se acordaba.

En cierto modo, fue un alivio comprender que prefería quedarse y enfrentarse al dragón a volver a Privet Drive con Dudley. Lo hizo sentirse más tranquilo. Terminó con dificultad el tocino (nada le pasaba bien por la garganta) y, al levantarse de la mesa con Hermione, vio a Cedric Diggory dejando la mesa de Hufflepuff.

Cedric seguía sin saber lo de los dragones. Era el único de los campeones que no se habría enterado, si Harry estaba en lo cierto al pensar que Maxime y Karkarov se lo habían contado a Fleur y Krum.

—Nos vemos en el invernadero, Hermione —le dijo Harry, tomando una decisión al ver a Cedric dejar el Gran Comedor—. Ve hacia allí; ya te alcanzaré.

—Llegarás tarde, Harry. Está a punto de sonar la campana.

—Te alcanzaré, ¿vale?

Cuando Harry llegó a la escalinata de mármol, Cedric ya estaba al final de ella, acompañado por unos cuantos amigos de sexto curso. Harry no quería hablar con Cedric delante de ellos, porque eran de los que le repetían frases del artículo de Rita Skeeter cada vez que lo veían. Lo siguió a cierta distancia, y vio que se dirigía hacia el corredor donde se hallaba el aula de Encantamientos. Eso le dio una idea. Deteniéndose a una distancia prudencial de ellos, sacó la varita y apuntó con cuidado.

—¡*Diffindo*!

A Cedric se le rasgó la mochila. Libros, plumas y rollos de pergamino se esparcieron por el suelo, y varios frascos de tinta se rompieron.

—No os molestéis —dijo Cedric, irritado, a sus amigos cuando se inclinaron para ayudarlo a recoger las cosas—. Decidle a Flitwick que no tardaré, vamos.

Aquello era lo que Harry había pretendido. Se guardó la varita en la túnica, esperó a que los amigos de Cedric entraran en el aula y se apresuró por el corredor, donde sólo quedaban Cedric y él.

—Hola —lo saludó Cedric, recogiendo un ejemplar de *Guía de la transformación, nivel superior* salpicado de tinta—. Se me acaba de descoser la mochila... a pesar de ser nueva.

—Cedric —le dijo Harry sin más preámbulos—, la primera prueba son dragones.

—¿Qué? —exclamó Cedric, levantando la mirada.

—Dragones —repitió Harry, hablando con rapidez por si el profesor Flitwick salía para ver lo que le había ocurrido a Cedric—. Han traído cuatro, uno para cada uno, y tenemos que burlarlos.

Cedric lo miró. Harry vio en sus grises ojos parte del pánico que lo embargaba a él desde la noche del sábado.

—¿Estás seguro? —inquirió Cedric en voz baja.

—Completamente —respondió Harry—. Los he visto.

—Pero ¿cómo te enteraste? Se supone que no podemos saber...

—No importa —contestó Harry con premura. Sabía que, si decía la verdad, Hagrid se vería en apuros—. Pero no soy el único que lo sabe. A estas horas Fleur y Krum ya se habrán enterado, porque Maxime y Karkarov también los vieron.

Cedric se levantó con los brazos llenos de plumas, pergaminos y libros manchados de tinta y la bolsa rasgada colgando y balanceándose de un hombro. Miró a Harry con una mirada desconcertada y algo suspicaz.

—¿Por qué me lo has dicho? —preguntó.

Harry lo miró, sorprendido de que le hiciera aquella pregunta. Desde luego, Cedric no la habría hecho si hubiera visto los dragones con sus propios ojos. Harry no habría dejado ni a su peor enemigo que se enfrentara a aquellos dragones sin previo aviso. Bueno, tal vez a Malfoy y a Snape...

—Es justo, ¿no te parece? —le dijo a Cedric—. Ahora todos lo sabemos... Estamos en pie de igualdad, ¿no?

Cedric seguía mirándolo con suspicacia cuando Harry escuchó tras él un golpeteo que le resultaba conocido. Se volvió y vio que *Ojoloco* Moody salía de un aula cercana.

—Ven conmigo, Potter —gruñó—. Diggory, entra en clase.

Harry miró a Moody, temeroso. ¿Los había oído?

—Eh... profesor, ahora me toca Herbología...

—No te preocupes, Potter. Acompáñame al despacho, por favor...

Harry lo siguió, preguntándose qué iba a suceder. ¿Y si Moody se empeñaba en saber cómo se había enterado de lo de los dragones? ¿Iría a ver a Dumbledore para denunciar a Hagrid, o simplemente lo convertiría a él en un hurón? Bueno, tal vez fuera más fácil burlar a un dragón siendo un hurón, pensó Harry desanimado, porque sería más pequeño y mucho menos fácil de distinguir desde una altura de quince metros...

Entró en el despacho después de Moody, que cerró la puerta tras ellos, se volvió hacia Harry y fijó en él los dos ojos, el mágico y el normal.

—Eso ha estado muy bien, Potter —dijo Moody en voz baja.

No supo qué decir. Aquélla no era la reacción que él esperaba.

—Siéntate —le indicó Moody.

Harry obedeció y paseó la mirada por el despacho. Ya había estado allí cuando pertenecía a dos de sus anteriores titulares. Cuando lo ocupaba el profesor Lockhart, las paredes estaban forradas con fotos del mismo Lockhart, fotos que sonreían y guiñaban el ojo. En los tiempos de Lupin, lo más fácil era encontrarse un espécimen de alguna nueva y fascinante criatura tenebrosa que el profesor hubiera conseguido para estudiarla en clase. En aquel momento, sin embargo, el despacho se encontraba abarrotado de extraños objetos que, según supuso Harry, Moody debía de haber empleado en sus tiempos de auror.

En el escritorio había algo que parecía una peonza grande de cristal algo rajada. Harry enseguida se dio cuenta de que era un chivatoscopio, porque él mismo tenía uno, aunque el suyo era mucho más pequeño que el de Moody. En un rincón, sobre una mesilla, una especie de antena de televisión de color dorado, con muchos más hierrecitos que una antena normal, emitía un ligero zumbido. Y en la pared, delante de Harry, había colgado algo que parecía un espejo pero que no reflejaba el despacho. Por su superficie se movían unas figuras sombrías, ninguna de las cuales estaba claramente enfocada.

—¿Te gustan mis detectores de tenebrismo? —preguntó Moody, mirando a Harry detenidamente.

—¿Qué es eso? —preguntó a su vez Harry, señalando la aparatosa antena dorada.

—Es un sensor de ocultamiento. Vibra cuando detecta ocultamientos o mentiras... No lo puedo usar aquí, claro, porque hay demasiadas interferencias: por todas partes estudiantes que mienten para justificar por qué no han hecho los deberes. No para de zumbar desde que he entrado aquí. Tuve que desconectar el chivatoscopio porque no dejaba de pitar. Es ultrasensible: funciona en un radio de kilómetro y medio. Naturalmente, también puede captar cosas más serias que las chiquilladas —añadió gruñendo.

—¿Y para qué sirve el espejo?

—Ése es mi reflector de enemigos. ¿No los ves, tratando de esconderse? No estoy en verdadero peligro mientras no se les distingue el blanco de los ojos. Entonces es cuando abro el baúl.

Dejó escapar una risa breve y estridente, al tiempo que señalaba el baúl que había bajo la ventana. Tenía siete cerraduras en fila. Harry se preguntó qué habría dentro, hasta que la siguiente pregunta de Moody lo sacó de su ensimismamiento.

—De forma que averiguaste lo de los dragones, ¿eh?

Harry dudó. Era lo que se había temido, pero no le había revelado a Cedric que Hagrid había infringido las normas, y desde luego no pensaba revelárselo a Moody.

—Está bien —dijo Moody, sentándose y extendiendo la pata de palo—. La trampa es un componente tradicional del Torneo de los tres magos y siempre lo ha sido.

—Yo no he hecho trampa —replicó Harry con brusquedad—. Lo averigüé por una especie de... casualidad.

Moody sonrió.

—No pretendía acusarte, muchacho. Desde el primer momento le he estado diciendo a Dumbledore que él puede jugar todo lo limpiamente que quiera, pero que ni Karkarov ni Maxime harán lo mismo. Les habrán contado a sus campeones todo lo que hayan podido averiguar. Quieren ganar, quieren derrotar a Dumbledore. Les gustaría demostrar que no es más que un hombre.

Moody repitió su risa estridente, y su ojo mágico giró tan aprisa que Harry se mareó de sólo mirarlo.

—Bien... ¿tienes ya alguna idea de cómo burlar al dragón? —le preguntó Moody.

—No.

—Bueno, yo no te voy a decir cómo hacerlo —declaró Moody—. No quiero tener favoritismos. Sólo te daré unos consejos generales. Y el primero es: aprovecha tu punto fuerte.

—No tengo ninguno —contestó Harry casi sin pensarlo.

—Perdona —gruñó Moody—. Si digo que tienes un punto fuerte, es que lo tienes. Piensa, ¿qué se te da mejor?

—El quidditch —repuso con desánimo—, y para lo que me sirve...

—Bien —dijo Moody, mirándolo intensamente con su ojo mágico, que en aquel momento estaba quieto—. Me han dicho que vuelas estupendamente.

—Sí, pero... —Harry lo miró—, no puedo llevar escoba; sólo tendré una varita...

—Mi segundo consejo general —lo interrumpió Moody— es que emplees un encantamiento sencillo para conseguir lo que necesitas.

Harry lo miró sin comprender. ¿Qué era lo que necesitaba?

—Vamos, muchacho... —susurró Moody—. Conecta ideas... No es tan difícil.

Y eso hizo. Lo que mejor se le daba era volar. Tenía que esquivar al dragón por el aire. Para eso necesitaba su Saeta de Fuego. Y para hacerse con su Saeta de Fuego necesitaba...

—Hermione —susurró Harry diez minutos más tarde, al llegar al Invernadero 3 y después de presentarle apresuradas excusas a la profesora Sprout—, me tienes que ayudar.

—¿Y qué he estado haciendo, Harry? —le contestó también en un susurro, mirando con preocupación por encima del arbusto nervioso que estaba podando.

—Hermione, tengo que aprender a hacer bien el encantamiento convocador antes de mañana por la tarde.

Practicaron. En vez de ir a comer, buscaron un aula libre en la que Harry puso todo su empeño en atraer objetos. Seguía costándole trabajo: a mitad del recorrido, los libros y las plumas perdían fuerza y terminaban cayendo al suelo como piedras.

—Concéntrate, Harry, concéntrate...

—¿Y qué crees que estoy haciendo? —contestó él de malas pulgas—. Pero, por alguna razón, se me aparece de repente en la cabeza un dragón enorme y repugnante... Vale, vuelvo a intentarlo.

Él quería faltar a la clase de Adivinación para seguir practicando, pero Hermione rehusó de plano perderse Aritmancia, y de nada le valdría ensayar solo, de forma que tuvo que soportar la clase de la profesora Trelawney, que se pasó la mitad de la hora diciendo que la posición que en aquel momento tenía Marte con respecto a Saturno anunciaba que la gente nacida en julio se hallaba en serio peligro de sufrir una muerte repentina y violenta.

—Bueno, eso está bien —dijo Harry en voz alta, sin dejarse intimidar—. Prefiero que no se alargue: no quiero sufrir.

Le pareció que Ron había estado a punto de reírse. Por primera vez en varios días miró a Harry a los ojos, pero éste se sentía demasiado dolido con él para que le importara. Se pasó el resto de la clase intentando atraer con la varita pequeños objetos por debajo de la mesa. Logró que una mosca se le posara en la mano, pero no estuvo seguro de que se debiera al encantamiento convocador. A lo mejor era simplemente que la mosca estaba tonta.

Se obligó a cenar algo después de Adivinación y, poniéndose la capa invisible para que no los vieran los profesores, volvió con Hermione al aula vacía. Siguieron practicando hasta pasadas las doce. Se habrían quedado más, pero apareció Peeves, quien pareció creer que Harry quería que le tiraran cosas, y comenzó a arrojar sillas de un lado a otro del aula. Harry y Hermione salieron a toda prisa antes de que el ruido atrajera a Filch, y regresaron a la sala común de Gryffindor, que afortunadamente estaba ya vacía.

A las dos en punto de la madrugada, Harry se hallaba junto a la chimenea rodeado de montones de cosas: libros, plumas, varias sillas volcadas, un juego viejo de gobstones, y *Trevor*, el sapo de Neville. Sólo en la última hora le había cogido el truco al encantamiento convocador.

—Eso está mejor, Harry, eso está mucho mejor —aprobó Hermione, exhausta pero muy satisfecha.

—Bueno, ahora ya sabes qué tienes que hacer la próxima vez que no sea capaz de aprender un encantamiento —dijo Harry, tirándole a Hermione un diccionario de runas para repetir el encantamiento—: amenazarme con un dragón. Bien... —Volvió a levantar la varita—. *¡Accio diccionario!*

El pesado volumen se escapó de las manos de Hermione, atravesó la sala y llegó hasta donde Harry pudo atraparlo.

—¡Creo que esto ya lo dominas, Harry! —dijo Hermione, muy contenta.

—Espero que funcione mañana —repuso Harry—. La Saeta de Fuego estará mucho más lejos que todas estas cosas: estará en el castillo, y yo, en los terrenos allá abajo.

—No importa —declaró Hermione con firmeza—. Siempre y cuando te concentres de verdad, la Saeta irá hasta ti. Ahora mejor nos vamos a dormir, Harry... Lo necesitarás.

Harry había puesto tanto empeño aquella noche en aprender el encantamiento convocador que se había olvidado del miedo. Éste volvió con toda su intensidad a la mañana siguiente. En el colegio había una tensión y emoción enormes en el ambiente. Las clases se interrumpieron al mediodía para que todos los alumnos tuvieran tiempo de bajar al cercado de los dragones. Aunque, naturalmente, aún no sabían lo que iban a encontrar allí.

Harry se sentía extrañamente distante de todos cuantos lo rodeaban, ya le desearan suerte o le dijeran entre dientes al pasar a su lado: «Tendremos listo el paquete de pañuelos de papel, Potter.» Se encontraba en tal estado de nerviosismo que le daba miedo perder la cabeza cuando lo pusieran frente al dragón y liarse a echar maldiciones a diestro y siniestro.

El tiempo pasaba de forma más rara que nunca, como a saltos, de manera que estaba sentado en su primera clase, Historia de la Magia, y al momento siguiente iba a comer... y de inmediato (¿por dónde se había ido la mañana, las últimas horas sin dragones?) la profesora McGonagall entró en el Gran Comedor y fue a toda prisa hacia él. Muchos los observaban.

—Los campeones tienen que bajar ya a los terrenos del colegio... Tienes que prepararte para la primera prueba.

—¡Bien! —dijo Harry, poniéndose en pie. El tenedor hizo mucho ruido al caer al plato.

—Buena suerte, Harry —le susurró Hermione—. ¡Todo irá bien!

—Sí —contestó, con una voz que no parecía la suya.

Salió del Gran Comedor con la profesora McGonagall. Tampoco ella parecía la misma; de hecho, estaba casi tan nerviosa como Hermione. Al bajar la escalinata de piedra y salir a la fría tarde de noviembre, le puso una mano en el hombro.

—No te dejes dominar por el pánico —le aconsejó—, conserva la cabeza serena. Habrá magos preparados para intervenir si la situación se desbordara... Lo principal es que lo hagas lo mejor que puedas, y no quedarás mal ante la gente. ¿Te encuentras bien?

—Sí —se oyó decir Harry—. Sí, me encuentro bien.

Ella lo conducía bordeando el bosque hacia donde estaban los dragones; pero, al acercarse al grupo de árboles detrás del cual habría debido ser claramente visible el cercado, Harry vio que habían levantado una tienda que lo ocultaba a la vista.

—Tienes que entrar con los demás campeones —le dijo la profesora McGonagall con voz temblorosa— y esperar tu turno, Potter. El señor Bagman está dentro. Él te explicará lo que tienes que hacer... Buena suerte.

—Gracias —dijo Harry con voz distante y apagada.

Ella lo dejó a la puerta de la tienda, y Harry entró.

Fleur Delacour estaba sentada en un rincón, sobre un pequeño taburete de madera. No parecía ni remotamente tan segura como de costumbre; por el contrario, se la veía pálida y sudorosa. El aspecto de Viktor Krum era aún más hosco de lo habitual, y Harry supuso que aquélla era la forma en que manifestaba su nerviosismo. Cedric paseaba de un lado a otro. Cuando Harry entró le dirigió una leve sonrisa a la que éste correspondió, aunque a los músculos de la cara les costó bastante esfuerzo, como si hubieran olvidado cómo se sonreía.

—¡Harry! ¡Bien! —dijo Bagman muy contento, mirándolo—. ¡Ven, ven, ponte cómodo!

De pie en medio de los pálidos campeones, Bagman se parecía un poco a esas figuras infladas de los dibujos animados. Se había vuelto a poner su antigua túnica de las Avispas de Wimbourne.

—Bueno, ahora ya estamos todos... ¡Es hora de poneros al corriente! —declaró Bagman con alegría—. Cuando hayan llegado los espectadores, os ofreceré esta bolsa a cada uno de vosotros para que saquéis la miniatura de aquello con lo que os va a tocar enfrentaros. —Les enseñó una bolsa roja de seda—. Hay diferentes... variedades, ya lo veréis. Y tengo que deciros algo más... Ah, sí... ¡vuestro objetivo es coger el huevo de oro!

Harry miró a su alrededor. Cedric hizo un gesto de asentimiento para indicar que había comprendido las palabras de Bagman y volvió a pasear por la tienda. Tenía la cara ligeramente verde. Fleur Delacour y Krum no reaccionaron en absoluto. Tal vez pensaban que se pondrían a vomitar si abrían la boca; en todo caso, así se sentía Harry. Aunque ellos, al menos, estaban allí voluntariamente...

Y enseguida se oyeron alrededor de la tienda los pasos de cientos y cientos de personas que hablaban emocionadas, reían, bromeaban... Harry se sintió separado de aquella multitud como si perteneciera a una especie diferente. Y, a continuación (a Harry le pareció que no había pasado más que un segundo), Bagman abrió la bolsa roja de seda.

—Las damas primero —dijo tendiéndosela a Fleur Delacour.

Ella metió una mano temblorosa en la bolsa y sacó una miniatura perfecta de un dragón: un galés verde. Alrededor del cuello tenía el número «dos». Y Harry estuvo seguro, por el hecho de que Fleur Delacour no mostró sorpresa alguna sino completa resignación, de que no se había equivocado: Madame Maxime le había dicho qué le esperaba.

Lo mismo que en el caso de Krum, que sacó el bola de fuego chino. Alrededor del cuello tenía el número «tres». Krum ni siquiera parpadeó; se limitó a mirar al suelo.

Cedric metió la mano en la bolsa y sacó el hocicorto sueco de color azul plateado con el número «uno» atado al cuello. Sabiendo lo que le quedaba, Harry metió la mano en la bolsa de seda y extrajo el colacuerno húngaro con el número «cuatro». Cuando Harry lo miró, la miniatura desplegó las alas y enseñó los minúsculos colmillos.

—¡Bueno, ahí lo tenéis! —dijo Bagman—. Habéis sacado cada uno el dragón con el que os tocará enfrentaros, y el número es el del orden en que saldréis, ¿comprendéis? Yo tendré que dejaros dentro de un momento, porque soy el comentador. Diggory, eres el primero. Tendrás que salir al cercado cuando oigas un silbato, ¿de acuerdo? Bien. Harry... ¿podría hablar un momento contigo, ahí fuera?

—Eh... sí —respondió Harry sin comprender. Se levantó y salió con Bagman de la tienda, que lo llevó aparte, entre los árboles, y luego se volvió hacia él con expresión paternal.

—¿Qué tal te encuentras, Harry? ¿Te puedo ayudar en algo?

—¿Qué? —dijo Harry—. No, en nada.

—¿Tienes algún plan? —le preguntó Bagman, bajando la voz hasta el tono conspiratorio—. No me importa darte alguna pista, si quieres. Porque —continuó Bagman bajando la voz más aún— eres el más débil de todos, Harry. Así que si te puedo ser de alguna ayuda...

—No —contestó Harry tan rápido que comprendió que había parecido descortés—, no. Ya... ya he decidido lo que voy a hacer, gracias.

—Nadie tendría por qué saber que te he ayudado, Harry —le dijo Bagman guiñándole un ojo.

—No, no necesito nada, y me encuentro bien —afirmó Harry, preguntándose por qué se empeñaba en decirle a todo el mundo que se encontraba bien, cuando probablemente jamás se había encontrado peor en su vida—. Ya tengo un plan. Voy...

Se escuchó, procedente de no se sabía dónde, el sonido de un silbato.

—¡Santo Dios, tengo que darme prisa! —dijo Bagman alarmado, y salió corriendo.

Harry volvió a la tienda y vio a Cedric que salía, con la cara más verde aún que antes. Harry intentó desearle suerte, pero todo lo que le salió de la boca fue una especie de gruñido áspero.

Volvió a entrar, con Fleur y Krum. Unos segundos después oyeron el bramido de la multitud, señal de que Cedric acababa de entrar en el cercado y se hallaba ya frente a la versión real de su miniatura.

Sentarse allí a escuchar era peor de lo que Harry hubiera podido imaginar. La multitud gritaba, ahogaba gemidos como si fueran uno solo, cuando Cedric hacía lo que fuera para burlar al hocicorto sueco. Krum seguía mirando al suelo. Fleur ahora había tomado el lugar de Cedric, caminando de un lado a otro de la tienda. Y los comentarios de Bagman lo empeoraban todo mucho... En la mente de Harry se formaban horribles imágenes al oír: «¡Ah, qué poco ha faltado, qué poco...! ¡Se está arriesgando, ya lo creo...! ¡Eso ha sido muy astuto, sí señor, lástima que no le haya servido de nada!»

Y luego, tras unos quince minutos, Harry oyó un bramido ensordecedor que sólo podía significar una cosa: que Cedric había conseguido burlar al dragón y coger el huevo de oro.

—¡Muy pero que muy bien! —gritaba Bagman—. ¡Y ahora la puntuación de los jueces!

Pero no dijo las puntuaciones. Harry supuso que los jueces las levantaban en el aire para mostrárselas a la multitud.

—¡Uno que ya está, y quedan tres! —gritó Bagman cuando volvió a sonar el silbato—. ¡Señorita Delacour, si tiene usted la bondad!

Fleur temblaba de arriba abajo. Cuando salió de la tienda con la cabeza erguida y agarrando la varita con firmeza, Harry sintió por ella una especie de afecto que no había sentido antes. Se quedaron solos él y Krum, en lados opuestos de la tienda, evitando mirarse.

Se repitió el mismo proceso.

—¡Ah, no estoy muy seguro de que eso fuera una buena idea! —oyeron gritar a Bagman, siempre con entusiasmo—. ¡Ah... casi! Cuidado ahora... ¡Dios mío, creí que lo iba a coger!

Diez minutos después Harry oyó que la multitud volvía a aplaudir con fuerza. También Fleur debía de haberlo logrado. Se hizo una pausa mientras se mostraban las puntuaciones de Fleur. Hubo más aplausos y luego, por tercera vez, sonó el silbato.

—¡Y aquí aparece el señor Krum! —anunció Bagman cuando salía Krum con su aire desgarbado, dejando a Harry completamente solo.

Se sentía mucho más consciente de su cuerpo de lo que era habitual: notaba con claridad la rapidez a la que le bombeaba el corazón, el hormigueo que el miedo le producía en los dedos... Y al mismo tiempo le parecía hallarse fuera de él: veía las paredes de la tienda y oía a la multitud como si estuvieran sumamente lejos...

—¡Muy osado! —gritaba Bagman, y Harry oyó al bola de fuego chino proferir un bramido espantoso, mientras la multitud contenía la respiración, como si fueran uno solo—. ¡La verdad es que está mostrando valor y, sí señores, acaba de coger el huevo!

El aplauso resquebrajó el aire invernal como si fuera una copa de cristal fino. Krum había acabado, y aquél sería el turno de Harry.

Se levantó, notando apenas que las piernas parecían de merengue. Aguardó. Y luego oyó el silbato. Salió de la tienda, sintiendo cómo el pánico se apoderaba rápidamente de todo su cuerpo. Pasó los árboles y penetró en el cercado a través de un hueco.

Lo vio todo ante sus ojos como si se tratara de un sueño de colores muy vivos. Desde las gradas que por arte de magia habían puesto después del sábado lo miraban cientos y cientos de rostros. Y allí, al otro lado del cercado, estaba el colacuerno agachado sobre la nidada, con las alas medio desplegadas y mirándolo con sus malévolos ojos amarillos, como un lagarto monstruoso cubierto de escamas negras, sacudiendo la cola llena de pinchos y abriendo surcos de casi un metro en el duro suelo. La multitud gritaba muchísimo, pero Harry ni sabía ni le preocupaba si eran gritos de apoyo o no. Era el momento de hacer lo que tenía que hacer: concentrarse, entera y absolutamente, en lo que constituía su única posibilidad.

Levantó la varita.

—¡Accio Saeta de Fuego! —gritó.

Aguardó, confiando y rogando con todo su ser. Si no funcionaba, si la escoba no acudía... Le parecía verlo todo a través de una extraña barrera transparente y reluciente, como una calima que hacía que el cercado y los cientos de rostros que había a su alrededor flotaran de forma extraña...

Y entonces la oyó atravesando el aire tras él. Se volvió y vio la Saeta de Fuego volar hacia allí por el borde del bosque, descender hasta el cercado y detenerse en el aire, a su lado, esperando que la montara. La multitud alborotaba aún más... Bagman gritaba algo... pero los oídos de Harry ya no funcionaban bien, porque oír no era importante...

Pasó una pierna por encima del palo de la escoba y dio una patada en el suelo para elevarse. Un segundo más tarde sucedió algo milagroso.

Al elevarse y sentir el azote del aire en la cara, al convertirse los rostros de los espectadores en puntas de alfiler de color carne y al encogerse el colacuerno hasta adquirir el tamaño de un perro, comprendió que allá abajo no había dejado únicamente la tierra, sino también el miedo: por fin estaba en su elemento.

Aquello era sólo otro partido de quidditch... nada más, y el colacuerno era simplemente el equipo enemigo...

Miró la nidada, y vio el huevo de oro brillando en medio de los demás huevos de color cemento, bien protegidos entre las patas delanteras del dragón.

«Bien —se dijo Harry a sí mismo—, tácticas de distracción. Adelante.»

Descendió en picado. El colacuerno lo siguió con la cabeza. Sabía lo que el dragón iba a hacer, y justo a tiempo frenó su descenso y se elevó en el aire. Llegó un chorro de fuego justo al lugar en que se habría encontrado si no hubiera dado un viraje en el último instante... pero a Harry no le preocupó: era lo mismo que esquivar una bludger.

—¡Cielo santo, vaya manera de volar! —vociferó Bagman, entre los gritos de la multitud—. ¿Ha visto eso, señor Krum?

Harry se elevó en círculos. El colacuerno seguía siempre su recorrido, girando la cabeza sobre su largo cuello. Si continuaba así, se marearía, pero era mejor no abusar o volvería a echar fuego.

Harry se lanzó hacia abajo justo cuando el dragón abría la boca, pero esta vez tuvo menos suerte. Esquivó las llamas, pero la cola de la bestia se alzó hacia él, y al virar a la izquierda uno de los largos pinchos le raspó el hombro. La túnica quedó desgarrada.

Le escocía. La multitud gritaba, pero la herida no parecía profunda. Sobrevoló la espalda del colacuerno y se le ocurrió una posibilidad...

El dragón no parecía dispuesto a moverse del sitio: tenía demasiado afán por proteger los huevos. Aunque retorcía la cabeza y plegaba y desplegaba las alas sin apartar de Harry sus terribles ojos amarillos, era evidente que temía apartarse demasiado de sus crías. Así pues, tenía que persuadirlo de que lo hiciera, o de lo contrario nunca podría apoderarse del huevo de oro. El truco estaba en hacerlo con cuidado, poco a poco.

Empezó a volar, primero por un lado, luego por el otro, no demasiado cerca para evitar que echara fuego por la boca, pero arriesgándose todo lo necesario para asegurarse de que la bestia no le quitaba los ojos de encima. La cabeza del dragón se balanceaba a un lado y a otro, mirándolo por aquellas pupilas verticales, enseñándole los colmillos...

Remontó un poco el vuelo. La cabeza del dragón se elevó con él, alargando el cuello al máximo y sin dejar de balancearse como una serpiente ante el encantador.

315

Harry se elevó un par de metros más, y el dragón soltó un bramido de exasperación. Harry era como una mosca para él, una mosca que ansiaba aplastar. Volvió a azotar con la cola, pero Harry estaba demasiado alto para alcanzarlo. Abriendo las fauces, echó una bocanada de fuego... que él consiguió esquivar.

—¡Vamos! —lo retó Harry en tono burlón, virando sobre el dragón para provocarlo—. ¡Vamos, ven a atraparme...! Levántate, vamos...

La enorme bestia se alzó al fin sobre las patas traseras y extendió las correosas alas negras, tan anchas como las de una avioneta, y Harry se lanzó en picado. Antes de que el dragón comprendiera lo que Harry estaba haciendo ni dónde se había metido, éste iba hacia el suelo a toda velocidad, hacia los huevos por fin desprotegidos. Soltó las manos de la Saeta de Fuego... y cogió el huevo de oro.

Y escapó acelerando al máximo, remontando sobre las gradas, con el pesado huevo seguro bajo su brazo ileso. De repente fue como si alguien hubiera vuelto a subir el volumen: por primera vez llegó a ser consciente del ruido de la multitud, que aplaudía y gritaba tan fuerte como la afición irlandesa en los Mundiales.

—¡Miren eso! —gritó Bagman—. ¡Mírenlo! ¡Nuestro paladín más joven ha sido el más rápido en coger el huevo! ¡Bueno, esto aumenta las posibilidades de nuestro amigo Potter!

Harry vio a los cuidadores de los dragones apresurándose para reducir al colacuerno; y a la profesora McGonagall, el profesor Moody y Hagrid, que iban a toda prisa a su encuentro desde la puerta del cercado, haciéndole señas para que se acercara. Aun desde la distancia distinguía claramente sus sonrisas. Voló sobre las gradas, con el ruido de la multitud retumbándole en los tímpanos, y aterrizó con suavidad, con una felicidad que no había sentido desde hacía semanas. Había pasado la primera prueba, estaba vivo...

—¡Excelente, Potter! —dijo bien alto la profesora McGonagall cuando bajó de la Saeta de Fuego. Viniendo de la profesora McGonagall, aquello era un elogio desmesurado. Le tembló la mano al señalar el hombro de Harry—. Tienes que ir a ver a la señora Pomfrey antes de que los jueces muestren la puntuación... Por ahí, ya está terminando con Diggory.

—¡Lo conseguiste, Harry! —dijo Hagrid con voz ronca—. ¡Lo conseguiste! ¡Y eso que te tocó el colacuerno, y ya sabes lo que dijo Charlie de que era el pe...!

—Gracias, Hagrid —lo cortó Harry para que Hagrid no siguiera metiendo la pata al revelarle a todo el mundo que había visto los dragones antes de lo debido.

El profesor Moody también parecía encantado. El ojo mágico no paraba de dar vueltas.

—Lo mejor, sencillo y bien, Potter —sentenció.

—Muy bien, Potter. Ve a la tienda de primeros auxilios, por favor —le dijo la profesora McGonagall.

Harry salió del cercado aún jadeando y vio a la entrada de la segunda tienda a la señora Pomfrey, que parecía preocupada.

—¡Dragones! —exclamó en tono de indignación, tirando de Harry hacia dentro.

La tienda estaba dividida en cubículos. A través de la tela, Harry distinguió la sombra de Cedric, que no parecía seriamente herido, por lo menos a juzgar por el hecho de que estaba sentado. La señora Pomfrey examinó el hombro de Harry, rezongando todo el tiempo.

—El año pasado dementores, este año dragones... ¿Qué traerán al colegio el año que viene? Has tenido mucha suerte: sólo es superficial. Pero te la tendré que limpiar antes de curártela.

Limpió la herida con un poquito de líquido púrpura que echaba humo y escocía, pero luego le dio un golpecito con la varita mágica y la herida se cerró al instante.

—Ahora quédate sentado y quieto durante un minuto. ¡Sentado! Luego podrás ir a ver tu puntuación. —Salió aprisa del cubículo, y la oyó entrar en el contiguo y preguntar—: ¿Qué tal te encuentras ahora, Diggory?

Harry no podía quedarse quieto: estaba aún demasiado cargado de adrenalina. Se puso de pie para asomarse a la puerta, pero antes de que llegara a ella entraron dos personas a toda prisa: Hermione e, inmediatamente detrás de ella, Ron.

317

—¡Harry, has estado genial! —le dijo Hermione con voz chillona. Tenía marcas de uñas en la cara, donde se había apretado del miedo—. ¡Alucinante! ¡De verdad!

Pero Harry miraba a Ron, que estaba muy blanco y miraba a su vez a Harry como si éste fuera un fantasma.

—Harry —dijo Ron muy serio—, quienquiera que pusiera tu nombre en el cáliz de fuego, creo que quería matarte.

Fue como si las últimas semanas no hubieran existido, como si Harry viera a Ron por primera vez después de haber sido elegido campeón.

—Lo has comprendido, ¿eh? —contestó Harry fríamente—. Te ha costado trabajo.

Hermione estaba entre ellos, nerviosa, paseando la mirada de uno a otro. Ron abrió la boca con aire vacilante. Harry se dio cuenta de que quería disculparse y comprendió que no necesitaba oír las excusas.

—Está bien —dijo, antes de que Ron hablara—. Olvídalo.

—No —replicó Ron—. Yo no debería haber...

—¡Olvídalo!

Ron le sonrió nerviosamente, y Harry le devolvió la sonrisa.

Hermione, de pronto, se echó a llorar.

—¡No hay por qué llorar! —le dijo Harry, desconcertado.

—¡Sois tan tontos los dos! —gritó ella, dando una patada en el suelo al tiempo que le caían las lágrimas. Luego, antes de que pudieran detenerla, les dio a ambos un abrazo y se fue corriendo, esta vez gritando de alegría.

—¡Cómo se pone! —comentó Ron, negando con la cabeza—. Vamos, Harry, están a punto de darte la puntuación.

Cogiendo el huevo de oro y la Saeta de Fuego, más eufórico de lo que una hora antes hubiera creído posible, Harry salió de la tienda, con Ron a su lado, hablando sin parar.

—Has sido el mejor, ni punto de comparación. Cedric hizo una cosa bastante rara: transformó una roca en un perro labrador, para que el dragón atacara al perro y se olvidara de él. La transformación estuvo bastante bien, y al final funcionó, porque consiguió coger el huevo, pero también se llevó una buena quemadura porque el dragón cambió de opinión de repente y decidió que le interesaba más

Diggory que el labrador. Escapó por los pelos. Y Fleur intentó un tipo de encantamiento... Creo que quería ponerlo en trance, o algo así. El caso es que funcionó, se quedó como dormido, pero de repente roncó y echó un buen chorro de fuego. Se le prendió la falda. La apagó echando agua por la varita. Y en cuanto a Krum... no lo vas a creer, pero no se le ocurrió la posibilidad de volar. Sin embargo, creo que después de ti es el que mejor lo ha hecho. Utilizó algún tipo de embrujo que le lanzó a los ojos. El problema fue que el dragón empezó a tambalearse y aplastó la mitad de los huevos de verdad. Le han quitado puntos por eso, porque se suponía que no tenía que causar ningún daño.

Ron tomó aire al llegar con Harry hasta el cercado. Retirado el colacuerno, Harry fue capaz de ver dónde estaban sentados los jueces: justo al otro extremo, en elevados asientos forrados de color oro.

—Cada uno da una puntuación sobre diez —le explicó Ron.

Entornando los ojos, Harry vio a Madame Maxime, la primera del tribunal, levantar la varita, de la que salió lo que parecía una larga cinta de plata que se retorcía formando un ocho.

—¡No está mal! —dijo Ron mientras la multitud aplaudía—. Supongo que te ha bajado algo por lo del hombro...

A continuación le tocó al señor Crouch, que proyectó en el aire un nueve.

—¡Qué bien! —gritó Ron, dándole a Harry un golpecito en la espalda.

Luego le tocaba a Dumbledore. También él proyectó un nueve, y la multitud vitoreó más fuerte que antes.

Ludo Bagman: un diez.

—¿Un diez? —preguntó Harry extrañado—. ¿Y la herida? ¿Por qué me pone un diez?

—¡No te quejes, Harry! —exclamó Ron emocionado.

Y entonces Karkarov levantó la varita. Se detuvo un momento, y luego proyectó en el aire otro número: un cuatro.

—¿Qué? —chilló Ron furioso—. ¿Un cuatro? ¡Cerdo partidista y piojoso, a Krum le diste un diez!

Pero a Harry no le importaba. No le hubiera importado aunque Karkarov le hubiera dado un cero. Para él, la indignación de Ron a su favor valía más que un centenar de puntos. No se lo dijo a Ron, claro, pero al volverse para abandonar el cercado no cabía en sí de felicidad. Y no solamente a causa de Ron: los de Gryffindor no eran los únicos que vitoreaban entre la multitud. A la hora de la verdad, cuando vieron a lo que se enfrentaba, la mayoría del colegio había estado de su parte, tanto como de la de Cedric. En cuanto a los de Slytherin, le daba igual: ya se sentía con fuerza para enfrentarse a ellos.

—¡Estáis empatados en el primer puesto, Harry! ¡Krum y tú! —le dijo Charlie Weasley, precipitándose a su encuentro cuando volvían para el colegio—. Me voy corriendo. Tengo que llegar para enviarle una lechuza a mamá; le prometí que le contaría lo que había sucedido. ¡Pero es que ha sido increíble! Ah, sí... me ordenaron que te dijera que tienes que esperar unos minutos. Bagman os quiere decir algo en la tienda de los campeones.

Ron dijo que lo esperaría, de forma que Harry volvió a entrar en la tienda, que esta vez le pareció completamente distinta: acogedora y agradable. Recordó cómo se había sentido esquivando al colacuerno y lo comparó a la larga espera antes de salir... No había comparación posible: la espera había sido infinitamente peor.

Fleur, Cedric y Krum entraron juntos.

Cedric tenía un lado de la cara cubierto de una pasta espesa de color naranja, que presumiblemente le estaba curando la quemadura. Al verlo, sonrió y le dijo:

—¡Lo has hecho muy bien, Harry!

—Y tú —dijo Harry, devolviéndole la sonrisa.

—¡Muy bien todos! —dijo Ludo Bagman, entrando en la tienda con su andar saltarín y tan encantado como si él mismo hubiera burlado a un dragón—. Ahora, sólo unas palabras. Tenéis un buen período de descanso antes de la segunda prueba, que tendrá lugar a las nueve y media de la mañana del veinticuatro de febrero. ¡Pero mientras tanto os vamos a dar algo en que pensar! Si os fijáis en los huevos que estáis sujetando, veréis que se pueden abrir... ¿Veis las bisagras? Tenéis que resolver el enigma que contiene el huevo porque os indicará en qué consiste la segunda prueba, y de esa forma podréis prepararos para ella. ¿Está claro?, ¿seguro? ¡Bien, entonces podéis iros!

Harry salió de la tienda, se juntó con Ron y se encaminaron al castillo por el borde del bosque, hablando sin parar. Harry quería que le contara con más detalle qué era lo que habían hecho los otros campeones. Luego, al rodear el grupo de árboles detrás del cual Harry había oído por primera vez rugir a los dragones, una bruja apareció de pronto a su espalda.

Era Rita Skeeter. Aquel día llevaba una túnica de color verde amarillento, del mismo tono que la pluma a vuelapluma que tenía en la mano.

—¡Enhorabuena, Harry! —lo felicitó—. Me pregunto si podrías concederme unas palabras. ¿Cómo te sentiste al enfrentarte al dragón? ¿Te ha parecido correcta la puntuación que te han dado?

—No, sólo puedo concederle una palabra —replicó Harry de malas maneras—: ¡adiós!

Y continuó el camino hacia el castillo, al lado de Ron.

21

El Frente de Liberación de los Elfos Domésticos

Harry, Ron y Hermione fueron aquella noche a buscar a *Pigwidgeon* a la lechucería para que Harry le pudiera enviar una carta a Sirius diciéndole que había logrado burlar al dragón sin recibir ningún daño. Por el camino, Harry puso a Ron al corriente de todo lo que Sirius le había dicho sobre Karkarov. Aunque al principio Ron se mostró impresionado al oír que Karkarov había sido un mortífago, para cuando entraban en la lechucería se extrañaba de que no lo hubieran sospechado desde el principio.

—Todo encaja, ¿no? —dijo—. ¿No os acordáis de lo que dijo Malfoy en el tren de que su padre y Karkarov eran amigos? Ahora ya sabemos dónde se conocieron. Seguramente en los Mundiales iban los dos juntitos y bien enmascarados... Pero te diré una cosa, Harry: si fue Karkarov el que puso tu nombre en el cáliz, ahora mismo debe de sentirse como un idiota, ¿a que sí? No le ha funcionado, ¿verdad? ¡Sólo recibiste un rasguño! Ven acá, yo lo haré.

Pigwidgeon estaba tan emocionado con la idea del reparto, que daba vueltas y más vueltas alrededor de Harry, ululando sin parar. Ron lo atrapó en el aire y lo sujetó mientras Harry le ataba la carta a la patita.

—No es posible que el resto de las pruebas sean tan peligrosas como ésta... ¿Cómo podrían serlo? —siguió Ron, acercando a *Pigwidgeon* a la ventana—. ¿Sabes qué? Creo que podrías ganar el Torneo, Harry, te lo digo en serio.

Harry sabía que Ron sólo se lo decía para compensar de alguna manera su comportamiento de las últimas semanas, pero se lo agradecía de todas formas. Hermione, sin embargo, se apoyó contra el muro de la lechucería, cruzó los brazos y miró a Ron con el entrecejo fruncido.

—A Harry le queda mucho por andar antes de que termine el Torneo —declaró muy seria—. Si esto ha sido la primera prueba, no me atrevo a pensar qué puede venir después.

—Eres la esperanza personificada, Hermione —le reprochó Ron—. Parece que te hayas puesto de acuerdo con la profesora Trelawney.

Arrojó al mochuelo por la ventana. *Pigwidgeon* cayó cuatro metros en picado antes de lograr remontar el vuelo. La carta que llevaba atada a la pata era mucho más grande y pesada de lo habitual: Harry no había podido vencer la tentación de hacerle a Sirius un relato pormenorizado de cómo había burlado y esquivado al colacuerno volando en torno a él.

Contemplaron cómo desaparecía *Pigwidgeon* en la oscuridad, y luego dijo Ron:

—Bueno, será mejor que bajemos para tu fiesta sorpresa, Harry. A estas alturas, Fred y George ya habrán robado suficiente comida de las cocinas del castillo.

Por supuesto, cuando entraron en la sala común de Gryffindor todos prorrumpieron una vez más en gritos y vítores. Había montones de pasteles y de botellas grandes de zumo de calabaza y cerveza de mantequilla en cada mesa. Lee Jordan había encendido algunas bengalas fabulosas del doctor Filibuster, que no necesitaban fuego porque prendían con la humedad, así que el aire estaba cargado de chispas y estrellitas. Dean Thomas, que era muy bueno en dibujo, había colgado unos estandartes nuevos impresionantes, la mayoría de los cuales representaban a Harry volando en torno a la cabeza del colacuerno con su Saeta de Fuego, aunque un par de ellos mostraban a Cedric con la cabeza en llamas.

Harry se sirvió comida (casi había olvidado lo que era sentirse de verdad hambriento) y se sentó con Ron y Hermione. No podía concebir tanta felicidad: tenía de nuevo a

Ron de su parte, había pasado la primera prueba y no tendría que afrontar la segunda hasta tres meses después.

—¡Jo, cómo pesa! —dijo Lee Jordan cogiendo el huevo de oro, que Harry había dejado en una mesa, y sopesándolo en una mano—. ¡Vamos, Harry, ábrelo! ¡A ver lo que hay dentro!

—Se supone que tiene que resolver la pista por sí mismo —objetó Hermione—. Son las reglas del Torneo...

—También se suponía que tenía que averiguar por mí mismo cómo burlar al dragón —susurró Harry para que sólo Hermione pudiera oírlo, y ella sonrió sintiéndose un poco culpable.

—¡Sí, vamos, Harry, ábrelo! —repitieron varios.

Lee le pasó el huevo a Harry, que hundió las uñas en la ranura y apalancó para abrirlo.

Estaba hueco y completamente vacío. Pero, en cuanto Harry lo abrió, el más horrible de los ruidos, una especie de lamento chirriante y estrepitoso, llenó la sala. Lo más parecido a aquello que Harry había oído había sido la orquesta fantasma en la fiesta de cumpleaños de muerte de Nick Casi Decapitado, cuyos componentes tocaban sierras musicales.

—¡Ciérralo! —gritó Fred, tapándose los oídos con las manos.

—¿Qué era eso? —preguntó Seamus Finnigan, observando el huevo cuando Harry volvió a cerrarlo—. Sonaba como una banshee. ¡A lo mejor te hacen burlar a una de ellas, Harry!

—¡Era como alguien a quien estuvieran torturando! —opinó Neville, que se había puesto muy blanco y había dejado caer los hojaldres rellenos de salchicha—. ¡Vas a tener que luchar contra la maldición *cruciatus*!

—No seas tonto, Neville, eso es ilegal —observó George—. Nunca utilizarían la maldición *cruciatus* contra los campeones. Yo creo que se parecía más bien a Percy cantando... A lo mejor tienes que atacarlo cuando esté en la ducha, Harry.

—¿Quieres un trozo de tarta de mermelada, Hermione? —le ofreció Fred.

Hermione miró con desconfianza la fuente que él le ofrecía. Fred sonrió.

—No te preocupes, no le he hecho nada —le aseguró—. Con las que hay que tener cuidado es con las galletas de crema.

Neville, que precisamente acababa de probar una de esas galletas, se atragantó y la escupió. Fred se rió.

—Sólo es una broma inocente, Neville...

Hermione se sirvió un trozo de tarta de mermelada y preguntó:

—¿Has cogido todo esto de las cocinas, Fred?

—Ajá —contestó Fred muy sonriente. Adoptó un tono muy agudo para imitar la voz de un elfo—: «¡Cualquier cosa que podamos darle, señor, absolutamente cualquier cosa!» Son la mar de atentos... Si les digo que tengo un poquito de hambre son capaces de ofrecerme un buey asado.

—¿Cómo te las arreglas para entrar? —preguntó Hermione, con un tono de voz inocentemente indiferente.

—Es bastante fácil —dijo Fred—. Hay una puerta oculta detrás de un cuadro con un frutero. Cuando uno le hace cosquillas a la pera, se ríe y... —Se detuvo y la miró con recelo—. ¿Por qué lo preguntas?

—Por nada —contestó rápidamente Hermione.

—¿Vas a intentar ahora llevar a los elfos a la huelga? —inquirió George—. ¿Vas a dejar todo eso de la propaganda y sembrar el germen de la revolución?

Algunos se rieron alegremente, pero Hermione no contestó.

—¡No vayas a enfadarlos diciéndoles que tienen que liberarse y cobrar salarios! —le advirtió Fred—. ¡Los distraerás de su trabajo en la cocina!

El que los distrajo en aquel momento fue Neville al convertirse en un canario grande.

—¡Ah, lo siento, Neville! —gritó Fred, por encima de las carcajadas—. Se me había olvidado. Es la galleta de crema que hemos embrujado.

Un minuto después las plumas de Neville empezaron a desprenderse, y, una vez que se hubieron caído todas, su aspecto volvió a ser el de siempre. Hasta él se rió.

—¡Son galletas de canarios! —explicó Fred con entusiasmo—. Las hemos inventado George y yo... Siete sickles cada una. ¡Son una ganga!

Era casi la una de la madrugada cuando por fin Harry subió al dormitorio acompañado de Ron, Neville, Seamus y Dean. Antes de cerrar las cortinas de su cama adoselada, Harry colocó la miniatura del colacuerno húngaro en la mesita de noche, donde el pequeño dragón bostezó, se acurrucó y cerró los ojos. En realidad, pensó Harry, echando las cortinas, Hagrid tenía algo de razón: los dragones no estaban tan mal...

El comienzo del mes de diciembre llevó a Hogwarts vientos y tormentas de aguanieve. Aunque el castillo siempre resultaba frío en invierno por las abundantes corrientes de aire, a Harry le alegraba encontrar las chimeneas encendidas y los gruesos muros cada vez que volvía del lago, donde el viento hacía cabecear el barco de Durmstrang e inflaba las velas negras contra la oscuridad del cielo. Imaginó que el carruaje de Beauxbatons también debía de resultar bastante frío. Notó que Hagrid mantenía los caballos de Madame Maxime bien provistos de su bebida preferida: whisky de malta sin rebajar. Los efluvios que emanaban del bebedero, situado en un rincón del potrero, bastaban para que la clase entera de Cuidado de Criaturas Mágicas se mareara. Esto resultaba inconveniente, dado que seguían cuidando de los horribles escregutos y necesitaban tener la cabeza despejada.

—No estoy seguro de si hibernan o no —dijo Hagrid a sus alumnos, que temblaban de frío, en la siguiente clase, en la huerta de las calabazas—. Lo que vamos a hacer es probar si les apetece echarse un sueñecito... Los pondremos en estas cajas.

Sólo quedaban diez escregutos. Aparentemente, sus deseos de matarse se habían limitado a los de su especie. Para entonces tenían casi dos metros de largo. El grueso caparazón gris, las patas poderosas y rápidas, las colas explosivas, los aguijones y los aparatos succionadores se combinaban para hacer de los escregutos las criaturas más repulsivas que Harry hubiera visto nunca. Desalentada, la clase observó las enormes cajas que Harry acababa de llevarles, todas provistas de almohadas y mantas mullidas.

—Los meteremos dentro —explicó Hagrid—, les pondremos las tapas, y a ver qué sucede.

Pero no tardó en resultar evidente que los escregutos no hibernaban y que no se mostraban agradecidos de que los obligaran a meterse en cajas con almohadas y mantas, y los dejaran allí encerrados. Hagrid enseguida empezó a gritar: «¡No os asustéis, no os asustéis!», mientras los escregutos se desmadraban por el huerto de las calabazas tras dejarlo sembrado de los restos de las cajas, que ardían sin llama. La mayor parte de la clase (con Malfoy, Crabbe y Goyle a la cabeza) se había refugiado en la cabaña de Hagrid y se había atrincherado allí dentro. Harry, Ron y Hermione, sin embargo, estaban entre los que se habían quedado fuera para ayudar a Hagrid. Entre todos consiguieron sujetar y atar a nueve escregutos, aunque a costa de numerosas quemaduras y heridas. Al final no quedaba más que uno.

—¡No lo espantéis! —les gritó Hagrid a Harry y Ron, que le lanzaban chorros de chispas con las varitas. El escreguto avanzaba hacia ellos con aire amenazador, el aguijón levantado y temblando—. ¡Sólo hay que deslizarle una cuerda por el aguijón para que no les haga daño a los otros!

—¡Por nada del mundo querríamos que sufrieran ningún daño! —exclamó Ron con enojo mientras Harry y él retrocedían hacia la cabaña de Hagrid, defendiéndose del escreguto a base de chispas.

—Bien, bien, bien... esto parece divertido.

Rita Skeeter estaba apoyada en la valla del jardín de Hagrid, contemplando el alboroto. Aquel día llevaba una gruesa capa de color fucsia con cuello de piel púrpura y, colgado del brazo, el bolso de piel de cocodrilo.

Hagrid se lanzó sobre el escreguto que estaba acorralando a Harry y Ron, y lo aplastó contra el suelo. El animal disparó por la cola un chorro de fuego que estropeó las plantas de calabaza cercanas.

—¿Quién es usted? —le preguntó Hagrid a Rita Skeeter, mientras le pasaba al escreguto un lazo por el aguijón y lo apretaba.

—Rita Skeeter, reportera de *El Profeta* —contestó Rita con una sonrisa. Le brillaron los dientes de oro.

—Creía que Dumbledore le había dicho que ya no se le permitía entrar en Hogwarts —contestó ceñudo Hagrid, que se incorporó y empezó a arrastrar el escreguto hacia sus compañeros.

Rita actuó como si no lo hubiera oído.

—¿Cómo se llaman esas fascinantes criaturas? —preguntó, acentuando aún más su sonrisa.

—Escregutos de cola explosiva —gruñó Hagrid.

—¿De verdad? —dijo Rita, llena de interés—. Nunca había oído hablar de ellos... ¿De dónde vienen?

Harry notó que, por encima de la enmarañada barba negra de Hagrid, la piel adquiría rápidamente un color rojo mate, y se le cayó el alma a los pies. ¿Dónde había conseguido Hagrid los escregutos?

Hermione, que parecía estar pensando lo mismo, se apresuró a intervenir.

—Son muy interesantes, ¿verdad? ¿Verdad, Harry?

—¿Qué? ¡Ah, sí...!, ¡ay!... muy interesantes —dijo Harry al recibir un pisotón.

—¡Ah, pero si estás aquí, Harry! —exclamó Rita Skeeter cuando lo vio—. Así que te gusta el Cuidado de Criaturas Mágicas, ¿eh? ¿Es una de tus asignaturas favoritas?

—Sí —declaró Harry con rotundidad. Hagrid le dirigió una sonrisa.

—Divinamente —dijo Rita—. Divinamente de verdad. ¿Lleva mucho dando clase? —le preguntó a Hagrid.

Harry notó que los ojos de ella pasaban de Dean (que tenía un feo corte en la mejilla) a Lavender (cuya túnica estaba chamuscada), a Seamus (que intentaba curarse varios dedos quemados) y luego a las ventanas de la cabaña, donde la mayor parte de la clase se apiñaba contra el cristal, esperando a que pasara el peligro.

—Éste es sólo mi segundo curso —contestó Hagrid.

—Divinamente... ¿Estaría usted dispuesto a concederme una entrevista? Podría compartir algo de su experiencia con las criaturas mágicas. *El Profeta* saca todos los miércoles una columna zoológica, como estoy segura de que sabrá. Podríamos hablar de estos... eh... «escorbutos de cola positiva».

—Escregutos de cola explosiva —la corrigió Hagrid—. Eh... sí, ¿por qué no?

A Harry aquello le dio muy mala espina, pero no había manera de decírselo a Hagrid sin que Rita Skeeter se diera cuenta, así que aguantó en silencio mientras Hagrid y Rita Skeeter acordaban verse en Las Tres Escobas esa misma semana para una larga entrevista. Luego sonó la campana en el castillo, señalando el fin de la clase.

—¡Bueno, Harry, adiós! —lo saludó Rita Skeeter con alegría cuando él se iba con Ron y Hermione—. ¡Hasta el viernes por la noche, Hagrid!

—Le dará la vuelta a todo lo que diga Hagrid —dijo Harry en voz baja.

—Mientras no haya importado los escregutos ilegalmente o algo así... —agregó Hermione muy preocupada.

Se miraron entre sí. Ése era precisamente el tipo de cosas de las que Hagrid era perfectamente capaz.

—Hagrid ya ha dado antes muchos problemas, y Dumbledore no lo ha despedido nunca —dijo Ron en tono tranquilizador—. Lo peor que podría pasar sería que Hagrid tuviera que deshacerse de los escregutos. Perdón, ¿he dicho lo peor? Quería decir lo mejor.

Harry y Hermione se rieron y, algo más alegres, se fueron a comer.

Harry disfrutó mucho la clase de Adivinación de aquella tarde. Seguían con los mapas planetarios y las predicciones; pero, como Ron y él eran amigos de nuevo, la clase volvía a resultar muy divertida. La profesora Trelawney, que se había mostrado tan satisfecha de los dos cuando predecían sus horribles muertes, volvió a enfadarse de la risa tonta que les entró en medio de su explicación de las diversas maneras en que Plutón podía alterar la vida cotidiana.

—Me atrevo a pensar —dijo en su voz tenue que no ocultaba el evidente enfado— que algunos de los presentes —miró reveladoramente a Harry— se mostrarían menos frívolos si hubieran visto lo que he visto yo al mirar esta noche la bola de cristal. Estaba yo sentada cosiendo, cuando no pude contener el impulso de consultar la bola. Me levanté, me coloqué ante ella y sondeé en sus cristalinas profundidades... ¿Y a que no diríais lo que vi devolviéndome la mirada?

—¿Un murciélago con gafas? —dijo Ron en voz muy baja.

Harry hizo enormes esfuerzos para no reírse.

—La muerte, queridos míos.

Parvati y Lavender se taparon la boca con las manos, horrorizadas.

—Sí —dijo la profesora Trelawney—, viene acercándose cada vez más, describiendo círculos en lo alto como un buitre, bajando, cerniéndose sobre el castillo...

Miró con enojo a Harry, que bostezaba con descaro.

—Daría más miedo si no hubiera dicho lo mismo ochenta veces antes —comentó Harry, cuando por fin salieron al aire fresco de la escalera que había bajo el aula de la profesora Trelawney—. Pero si me hubiera muerto cada vez que me lo ha pronosticado, sería a estas alturas un milagro médico.

—Serías un concentrado de fantasma —dijo Ron riéndose alegremente cuando se cruzaron con el Barón Sanguinario, que iba en el sentido opuesto, con una expresión siniestra en los ojos—. Al menos no nos han puesto deberes. Espero que la profesora Vector le haya puesto a Hermione un montón de trabajo. Me encanta no hacer nada mientras ella está...

Pero Hermione no fue a cenar, ni la encontraron en la biblioteca cuando fueron a buscarla. Dentro sólo estaba Viktor Krum. Ron merodeó un rato por las estanterías, observando a Krum y cuchicheando con Harry sobre si pedirle un autógrafo. Pero luego Ron se dio cuenta de que había al acecho seis o siete chicas en la estantería de al lado debatiendo exactamente lo mismo, y perdió todo interés en la idea.

—Pero ¿adónde habrá ido? —preguntó Ron mientras volvían con Harry a la torre de Gryffindor.

—Ni idea... «Tonterías.»

Apenas había empezado la Señora Gorda a despejar el paso, cuando las pisadas de alguien que se acercaba corriendo por detrás les anunciaron la llegada de Hermione.

—¡Harry! —llamó, jadeante, y patinó al intentar detenerse en seco (la Señora Gorda la observó con las cejas levantadas)—. Tienes que venir, Harry. Tienes que venir: es lo más sorprendente que puedas imaginar. Por favor...

Agarró a Harry del brazo e intentó arrastrarlo por el corredor.

—¿Qué pasa? —preguntó Harry.

—Ya lo verás cuando lleguemos. Ven, ven, rápido...

Harry miró a Ron, y él le devolvió la mirada, intrigado.

—Vale —aceptó Harry, que dio media vuelta para acompañar a Hermione.

Ron se apresuró para no quedarse atrás.

—¡Ah, no os preocupéis por mí! —les gritó bastante irritada la Señora Gorda—. ¡No es necesario que os disculpéis por haberme molestado! No me importa quedarme aquí, franqueando el paso hasta que volváis.

—Muchas gracias —contestó Ron por encima del hombro.

—¿Adónde vamos, Hermione? —preguntó Harry, después de que ella los hubo conducido por seis pisos y comenzaron a bajar la escalinata de mármol que daba al vestíbulo.

—¡Ya lo veréis, lo veréis dentro de un minuto! —dijo Hermione emocionada.

Al final de la escalinata dobló a la izquierda y fue aprisa hacia la puerta por la que Cedric Diggory había entrado la noche en que el cáliz de fuego eligió su nombre y el de Harry. Harry nunca había estado allí. Él y Ron siguieron a Hermione por otro tramo de escaleras que, en lugar de dar a un sombrío pasaje subterráneo como el que llevaba a la mazmorra de Snape, desembocaba en un amplio corredor de piedra, brillantemente iluminado con antorchas y decorado con alegres pinturas, la mayoría bodegones.

—¡Ah, espera...! —exclamó Harry, a medio corredor—. Espera un minuto, Hermione.

—¿Qué? —Ella se volvió para mirarlo con expresión impaciente.

—Creo que ya sé de qué se trata —dijo Harry.

Le dio un codazo a Ron y señaló la pintura que había justo detrás de Hermione: representaba un gigantesco frutero de plata.

—¡Hermione! —dijo Ron cayendo en la cuenta—. ¡Nos quieres liar otra vez en ese rollo del pedo!

—¡No, no, no es verdad! —se apresuró a negar ella—. Y no se llama «pedo», Ron.

—¿Le has cambiado el nombre? —preguntó Ron, frunciendo el entrecejo—. ¿Qué somos ahora, el Frente de Liberación de los Elfos Domésticos? Yo no me voy a meter en las cocinas para intentar que dejen de trabajar, ni lo sueñes.

—¡No te pido nada de eso! —contestó Hermione un poco harta—. Acabo de venir a hablar con ellos y me he encontrado... ¡Ven, Harry, quiero que lo veas!

Cogiéndolo otra vez del brazo, tiró de él hasta la pintura del frutero gigante, alargó el índice y le hizo cosquillas a una enorme pera verde, que comenzó a retorcerse entre risitas, y de repente se convirtió en un gran pomo verde. Hermione lo accionó, abrió la puerta y empujó a Harry por la espalda, obligándolo a entrar.

Harry alcanzó a echar un rápido vistazo a una sala enorme con el techo muy alto, tan grande como el Gran Comedor que había encima, llena de montones de relucientes ollas de metal y sartenes colgadas a lo largo de los muros de piedra, y una gran chimenea de ladrillo al otro extremo, cuando algo pequeño se acercó a él corriendo desde el medio de la sala.

—¡Harry Potter, señor! —chilló—. ¡Harry Potter!

Un segundo después el elfo le dio un abrazo tan fuerte en el estómago que lo dejó sin aliento, y Harry temió que le partiera las costillas.

—¿Do... Dobby? —dijo, casi ahogado.

—¡Es Dobby, señor, es Dobby! —chilló una voz desde algún lugar cercano a su ombligo—. ¡Dobby ha esperado y esperado para ver a Harry Potter, señor, hasta que Harry Potter ha venido a verlo, señor!

Dobby lo soltó y retrocedió unos pasos, sonriéndole. Sus enormes ojos verdes, que tenían la forma de pelotas de tenis, rebosaban lágrimas de felicidad. Estaba casi igual a como Harry lo recordaba: la nariz en forma de lápiz, las orejas de murciélago, los dedos y pies largos... Lo único diferente era la ropa.

Cuando Dobby trabajaba para los Malfoy, vestía siempre la misma funda de almohadón vieja y sucia. Pero aquel día llevaba la combinación de prendas de vestir más extraña que Harry hubiera visto nunca. Al elegir él mismo la ropa había hecho un trabajo aún peor que los magos que habían ido a los Mundiales. De sombrero llevaba una cubretetera en la que había puesto un montón de insignias, y, sobre el pecho desnudo, una corbata con dibujos de herraduras; a ello se sumaba lo que parecían ser unos pantalones de fútbol de niño, y unos extraños calcetines. Harry reconoció uno de ellos como el calcetín negro que él mismo se había quitado, engañando al señor Malfoy para que se lo pasara a Dobby, con lo cual le había concedido involuntariamente la libertad. El otro era de rayas de color rosa y naranja.

—¿Qué haces aquí, Dobby? —dijo Harry sorprendido.

—¡Dobby ha venido para trabajar en Hogwarts, señor! —chilló Dobby emocionado—. El profesor Dumbledore les ha dado trabajo a Winky y Dobby, señor.

—¿Winky? —se asombró Harry—. ¿Es que también está aquí?

—¡Sí, señor, sí! —Dobby agarró a Harry de la mano y tiró de él entre las cuatro largas mesas de madera que había allí. Cada una de las mesas, según notó Harry al pasar por entre ellas, estaba colocada exactamente bajo una de las cuatro que había arriba, en el Gran Comedor. En aquel momento se hallaban vacías porque la cena había acabado, pero se imaginó que una hora antes habrían estado repletas de platos que luego se enviarían a través del techo a sus correspondientes del piso de arriba.

En la cocina había al menos cien pequeños elfos, que se inclinaban sonrientes cuando Harry, arrastrado por Dobby, pasaba entre ellos. Todos llevaban el mismo uniforme: un paño de cocina estampado con el blasón de Hogwarts y atado a modo de toga, como había visto que hacía Winky.

Dobby se detuvo ante la chimenea de ladrillo.

—¡Winky, señor! —anunció.

Winky estaba sentada en un taburete al lado del fuego. A diferencia de Dobby, ella no había andado apropiándose de ropa. Llevaba una faldita elegante y una blusa con un sombrero azul a juego que tenía agujeros para las orejas. Sin embargo, mientras que todas las prendas del extraño atuendo de Dobby se hallaban tan limpias y bien cuidadas que parecían completamente nuevas, Winky no parecía dar ninguna importancia a su ropa: tenía manchas de sopa por toda la pechera de la blusa y una quemadura en la falda.

—Hola, Winky —saludó Harry.

A Winky le tembló el labio. Luego rompió a llorar, y las lágrimas se derramaron desde sus grandes ojos castaños y le cayeron a la blusa, como en los Mundiales de quidditch.

—¡Ah, por Dios! —dijo Hermione. Ella y Ron habían seguido a Harry y Dobby hasta el otro extremo de la cocina—. Winky, no llores, por favor, no...

Pero Winky lloró aún con más fuerza. Por su parte, Dobby le sonrió a Harry.

—¿Le apetecería a Harry Potter una taza de té? —chilló bien alto, por encima de los sollozos de Winky.

—Eh... bueno —aceptó Harry.

Al instante, unos seis elfos domésticos llegaron al trote por detrás, llevando una bandeja grande de plata cargada con una tetera, tazas para Harry, Ron y Hermione, una lecherita y un plato lleno de pastas.

—¡Qué buen servicio! —dijo Ron impresionado.

Hermione lo miró con el entrecejo fruncido, pero los elfos parecían encantados. Hicieron una profunda reverencia y se retiraron.

—¿Cuánto tiempo llevas aquí, Dobby? —preguntó Harry, mientras Dobby servía el té.

—¡Sólo una semana, Harry Potter, señor! —contestó Dobby muy contento—. Dobby vino para ver al profesor Dumbledore, señor. ¿Sabe, señor?, a un elfo doméstico que ha sido despedido le resulta muy difícil conseguir un nuevo puesto de trabajo.

Al decir esto, Winky redobló la fuerza de sus sollozos. La nariz, que era parecida a un tomate aplastado, le goteaba sobre la blusa, y ella no hacía nada para impedirlo.

—¡Dobby ha viajado por todo el país durante dos años intentando encontrar trabajo, señor! —chilló Dobby—. ¡Pero Dobby no ha encontrado trabajo, señor, porque Dobby quiere que le paguen!

Los elfos domésticos que había por la cocina, que escuchaban y observaban con interés, apartaron la mirada al oír

334

aquellas palabras, como si Dobby hubiera dicho algo grosero y vergonzoso.

Hermione, por el contrario, le dijo:

—¡Me parece muy bien, Dobby!

—¡Gracias, señorita! —respondió Dobby, enseñándole los dientes al sonreír—. Pero la mayor parte de los magos no quieren un elfo doméstico que exige que le paguen, señorita. «¡Pues vaya un elfo doméstico!», dicen, y me dan un portazo. A Dobby le gusta trabajar, pero quiere llevar ropa y quiere que le paguen, Harry Potter... ¡A Dobby le gusta ser libre!

Los elfos domésticos de Hogwarts se alejaban de Dobby poco a poco, como si sufriera una enfermedad contagiosa. Winky se quedó donde estaba, aunque se puso a llorar aún con más fuerza.

—¡Y después, Harry Potter, Dobby va a ver a Winky y se entera de que Winky también ha sido liberada! —dijo Dobby contento.

Al oír esto, Winky se levantó de golpe del taburete y, echándose boca abajo sobre el suelo de losas de piedra, se puso a golpearlo con sus diminutos puños mientras lloraba con verdadero dolor. Hermione se apresuró a dejarse caer de rodillas a su lado, e intentó consolarla, pero nada de lo que decía tenía ningún efecto.

Dobby prosiguió su historia chillando por encima del llanto de Winky.

—¡Y entonces se le ocurrió a Dobby, Harry Potter, señor! «¿Por qué Dobby y Winky no buscan trabajo juntos?», dice Dobby. «¿Dónde hay bastante trabajo para dos elfos domésticos?», pregunta Winky. Y Dobby piensa, ¡y cae en la cuenta, señor! ¡Hogwarts! Así que Dobby y Winky vinieron a ver al profesor Dumbledore, señor, ¡y el profesor Dumbledore los contrató!

Dobby sonrió muy contento, y de los ojos volvieron a brotarle lágrimas de felicidad.

—¡Y el profesor Dumbledore dice que pagará a Dobby, señor, si Dobby quiere que se le pague! ¡Y así Dobby es un elfo libre, señor, y Dobby recibe un galeón a la semana y libra un día al mes!

—¡Eso no es mucho! —dijo Hermione desde el suelo, por encima de los continuados llantos y puñetazos de Winky.

—El profesor Dumbledore le ofreció a Dobby diez galeones a la semana, y librar los fines de semana —explicó Dobby, estremeciéndose repentinamente, como si la posibilidad de tantas riquezas y tiempo libre lo aterrorizara—, pero Dobby regateó hacia abajo, señorita... A Dobby le gusta la libertad, señorita, pero no quiere demasiada, señorita. Prefiere trabajar.

—¿Y cuánto te paga a ti el profesor Dumbledore, Winky? —le preguntó Hermione con suavidad.

Si pensaba que aquella pregunta la alegraría, estaba completamente equivocada. Winky dejó de llorar, pero cuando se sentó miró a Hermione con sus enormes ojos castaños, con la cara empapada y una expresión de furia.

—¡Winky puede ser una elfina desgraciada, pero todavía no recibe paga! —chilló—. ¡Winky no ha caído tan bajo! ¡Winky se siente avergonzada de ser libre! ¡Como debe ser!

—¿Avergonzada? —repitió Hermione sin comprender—. ¡Pero, vamos, Winky! ¡Es el señor Crouch el que debería avergonzarse, no tú! Tú no hiciste nada incorrecto. ¡Es él el que se portó contigo horriblemente!

Pero, al oír aquellas palabras, Winky se llevó las manos a los agujeros del sombrero y se aplastó las orejas para no oír nada, a la vez que chillaba:

—¡Usted no puede insultar a mi amo, señorita! ¡Usted no puede insultar al señor Crouch! ¡El señor Crouch es un buen mago, señorita! ¡El señor Crouch hizo bien en despedir a Winky, que es mala!

—A Winky le está costando adaptarse, Harry Potter —chilló Dobby en tono confidencial—. Winky se olvida de que ya no está ligada al señor Crouch. Ahora podría decir lo que piensa, pero no lo hará.

—Entonces, ¿los elfos domésticos no pueden decir lo que piensan sobre sus amos? —preguntó Harry.

—¡Oh, no, señor, no! —contestó Dobby, repentinamente serio—. Es parte de la esclavitud del elfo doméstico, señor. Guardamos sus secretos con nuestro silencio, señor. Nosotros sostenemos el honor familiar y nunca hablamos mal de ellos. Aunque el profesor Dumbledore le dijo a Dobby que él no le daba importancia a eso. El profesor Dumbledore dijo que somos libres para... para...

Dobby se puso nervioso de pronto, y le hizo a Harry una seña para que se acercara más. Harry se inclinó hacia él. Entonces Dobby le susurró:

—Dijo que somos libres para llamarlo... para llamarlo... vejete chiflado, si queremos, señor.

Dobby se rió con una risa nerviosa. Estaba asustado.

—Pero Dobby no quiere llamarlo así, Harry Potter —dijo, retomando el tono normal y sacudiendo la cabeza para hacer que sus orejas palmearan la una con la otra—. Dobby aprecia muchísimo al profesor Dumbledore, y estará orgulloso de guardarle sus secretos.

—Pero ¿ahora puedes decir lo que quieras sobre los Malfoy? —le preguntó Harry, sonriendo.

En los inmensos ojos de Dobby había una mirada de temor.

—Dobby... Dobby podría —dijo dudando. Encogió sus pequeños hombros—. Dobby podría decirle a Harry Potter que sus antiguos amos eran... eran... ¡magos tenebrosos!

Dobby se quedó quieto un momento, temblando, horrorizado de su propio atrevimiento. Luego corrió hasta la mesa más cercana y empezó a darse cabezazos contra ella, muy fuerte.

—¡Dobby es malo! ¡Dobby es malo! —chilló.

Harry agarró a Dobby por la parte de atrás de la corbata y tiró de él para separarlo de la mesa.

—Gracias, Harry Potter, gracias —dijo Dobby sin aliento, frotándose la cabeza.

—Sólo te hace falta un poco de práctica —repuso Harry.

—¡Práctica! —chilló Winky furiosa—. ¡Deberías avergonzarte de ti mismo, Dobby, decir eso de tus amos!

—¡Ellos ya no son mis amos, Winky! —replicó Dobby desafiante—. ¡A Dobby ya no le preocupa lo que piensen!

—¡Eres un mal elfo, Dobby! —gimió Winky, con lágrimas brotándole de los ojos—. ¡Pobre señor Crouch!, ¿cómo se las apañará sin Winky? ¡Me necesita, necesita mis cuidados! He cuidado de los Crouch toda mi vida, y mi madre lo hizo antes que yo, y mi abuela antes que ella... ¿Qué dirían si supieran que me han liberado? ¡Ah, el oprobio, la vergüenza! —Volvió a taparse la cara con la falda y siguió llorando.

—Winky —le dijo Hermione con firmeza—, estoy completamente segura de que el señor Crouch se las apaña bien sin ti. Lo hemos visto, ¿sabes?

—¿Han visto a mi amo? —exclamó Winky sin aliento, alzando la cara llena de lágrimas y mirándola con ojos como platos—. ¿Lo ha visto usted aquí, en Hogwarts?

—Sí —repuso Hermione—. Él y el señor Bagman son jueces en el Torneo de los tres magos.

—¿También viene el señor Bagman? —chilló Winky.

Para sorpresa de Harry (y también de Ron y Hermione, por la expresión de sus caras), Winky volvió a indignarse.

—¡El señor Bagman es un mago malo!, ¡un mago muy malo! ¡A mi amo no le gusta, no, nada en absoluto!

—¿Bagman malo? —se extrañó Harry.

—¡Ay, sí! —dijo Winky, afirmando enérgicamente con la cabeza—. ¡Mi amo le contó a Winky algunas cosas! Pero Winky no lo dice... Winky guarda los secretos de su amo... —Volvió a deshacerse en lágrimas, y la oyeron murmurar entre sollozos, con la cabeza otra vez escondida en la falda—: ¡Pobre amo, pobre amo!, ¡ya no tiene a Winky para que lo ayude!

Como fue imposible sacarle a Winky otra palabra sensata, la dejaron llorar y se acabaron el té mientras Dobby les hablaba alegremente sobre su vida como elfo libre y los planes que tenía para su dinero.

—¡Dobby va a comprarse un jersey, Harry Potter! —explicó muy contento, señalándose el pecho desnudo.

—¿Sabes una cosa, Dobby? —le dijo Ron, que parecía haberle tomado aprecio—. Te daré el que me haga mi madre esta Navidad; siempre me regala uno. No te disgusta el color rojo, ¿verdad? —Dobby se emocionó—. Tendremos que encogerlo un poco para que te venga bien, pero combinará perfectamente con la cubretetera.

Cuando se disponían a irse, muchos de los elfos que había por allí se les acercaron a fin de ofrecerles cosas de picar para que las tomaran mientras subían la escalera. Hermione declinó, entristecida por la manera en que los elfos hacían reverencias, pero Harry y Ron se llenaron los bolsillos con empanadillas y pasteles.

—¡Muchísimas gracias! —les dijo Harry a los elfos, que se habían arracimado junto a la puerta para darles las buenas noches—. ¡Hasta luego, Dobby!

—Harry Potter... ¿puede Dobby ir a verlo alguna vez, señor? —preguntó el elfo con timidez.

—Por supuesto que sí —respondió Harry, y Dobby sonrió.

—¿Sabéis una cosa? —comentó Ron cuando Harry, Hermione y él habían dejado atrás las cocinas, y subían hacia el vestíbulo—. He estado todos estos años muy impresionado por la manera en que Fred y George robaban comida de las cocinas. Y, la verdad, no es que sea muy difícil, ¿no? ¡Arden en deseos de obsequiarlo a uno con ella!

—Creo que no podía haberles ocurrido nada mejor a esos elfos, ¿sabéis? —dijo Hermione, subiendo delante de ellos por la escalinata de mármol—. Me refiero a que Dobby viniera a trabajar aquí. Los otros elfos se darán cuenta de lo feliz que es siendo libre, ¡y poco a poco empezarán a desear lo mismo!

—Esperemos que no se fijen mucho en Winky —dijo Harry.

—Ella se animará —afirmó Hermione, aunque parecía un poco dudosa—. En cuanto se le haya pasado el susto y se haya acostumbrado a Hogwarts, se dará cuenta de que está mucho mejor sin ese señor Crouch.

—Parece que lo quiere mucho —apuntó Ron con la boca llena (acababa de empezar un pastel de crema).

—Sin embargo, no tiene muy buena opinión de Bagman, ¿verdad? —comentó Harry—. Me pregunto qué dirá el señor Crouch de él en su casa.

—Seguramente dice que no es un buen director de departamento —repuso Hermione—, y la verdad es que algo de razón sí que tiene, ¿no?

—Aun así preferiría trabajar para él que para Crouch —declaró Ron—. Al menos Bagman tiene sentido del humor.

—Que Percy no te oiga decir eso —le advirtió Hermione, sonriendo ligeramente.

—No, bueno, Percy no trabajaría para alguien que tuviera sentido del humor —dijo Ron, comenzando un relámpago de chocolate—. Percy no reconocería una broma aunque bailara desnuda delante de él llevando la cubretetera de Dobby.

22

Una prueba inesperada

—¡Potter!, ¡Weasley!, ¿queréis atender?

La irritada voz de la profesora McGonagall restalló como un látigo en la clase de Transformaciones del jueves, y tanto Harry como Ron se sobresaltaron.

La clase estaba acabando. Habían terminado el trabajo: las gallinas de Guinea que habían estado transformando en conejillos de Indias estaban guardadas en una jaula grande colocada sobre la mesa de la profesora McGonagall (el conejillo de Neville todavía tenía plumas), y habían copiado de la pizarra el enunciado de sus deberes («Describe, poniendo varios ejemplos, en qué deben modificarse los encantamientos transformadores al llevar a cabo cambios en especies híbridas»). La campana iba a sonar de un momento a otro. Cuando Harry y Ron, que habían estado luchando con dos de las varitas de pega de Fred y George a modo de espadas, levantaron la vista, Ron sujetaba un loro de hojalata, y Harry, una merluza de goma.

—Ahora que Potter y Weasley tendrán la amabilidad de comportarse de acuerdo con su edad —dijo la profesora McGonagall dirigiéndoles a los dos una mirada de enfado cuando la cabeza de la merluza de Harry cayó al suelo (súbitamente cortada por el pico del loro de hojalata de Ron)—, tengo que deciros algo a todos vosotros.

»Se acerca el baile de Navidad: constituye una parte tradicional del Torneo de los tres magos y es al mismo tiempo una buena oportunidad para relacionarnos con nuestros invitados extranjeros. Al baile sólo irán los alumnos de cuarto en adelante, aunque si lo deseáis podéis invitar a un estudiante más joven...

Lavender Brown dejó escapar una risita estridente. Parvati Patil le dio un codazo en las costillas, haciendo un duro esfuerzo por no reírse también, y las dos miraron a Harry. La profesora McGonagall no les hizo caso, lo cual le pareció injusto a Harry, ya que a Ron y a él sí que los había regañado.

—Será obligatoria la túnica de gala —prosiguió la profesora McGonagall—. El baile tendrá lugar en el Gran Comedor, comenzará a las ocho en punto del día de Navidad y terminará a medianoche. Ahora bien... —La profesora McGonagall recorrió la clase muy despacio con la mirada—. El baile de Navidad es por supuesto una oportunidad para que todos echemos una cana al aire —dijo, en tono de desaprobación.

Lavender se rió más fuerte, poniéndose la mano en la boca para ahogar el sonido. Harry comprendió dónde estaba aquella vez lo divertido: la profesora McGonagall, que llevaba el pelo recogido en un moño muy apretado, no parecía haber echado nunca una cana al aire, en ningún sentido.

—Pero eso no quiere decir —prosiguió la profesora McGonagall— que vayamos a exigir menos del comportamiento que esperamos de los alumnos de Hogwarts. Me disgustaré muy seriamente si algún alumno de Gryffindor deja en mal lugar al colegio.

Sonó la campana, y se formó el habitual revuelo mientras recogían las cosas y se echaban las mochilas al hombro.

La profesora McGonagall llamó por encima del alboroto:

—Potter, por favor, quiero hablar contigo.

Dando por supuesto que aquello tenía algo que ver con su merluza de goma descabezada, Harry se acercó a la mesa de la profesora con expresión sombría.

La profesora McGonagall esperó a que se hubiera ido el resto de la clase, y luego le dijo:

—Potter, los campeones y sus parejas...

—¿Qué parejas? —preguntó Harry.

La profesora McGonagall lo miró recelosa, como si pensara que intentaba tomarle el pelo.

—Vuestras parejas para el baile de Navidad, Potter —dijo con frialdad—. Vuestras parejas de baile.

Harry sintió que se le encogían las tripas.

—¿Parejas de baile? —Notó cómo se ponía rojo—. Yo no bailo —se apresuró a decir.

—Sí, claro que bailas —replicó algo irritada la profesora McGonagall—. Eso era lo que quería decirte. Es tradición que los campeones y sus parejas abran el baile.

Harry se imaginó de repente a sí mismo con sombrero de copa y frac, acompañado de alguna chica ataviada con el tipo de vestido con volantes que tía Petunia se ponía siempre para ir a las fiestas del jefe de tío Vernon.

—Yo no bailo —insistió.

—Es la tradición —declaró con firmeza la profesora McGonagall—. Tú eres campeón de Hogwarts, y harás lo que se espera de ti como representante del colegio. Así que encárgate de encontrar pareja, Potter.

—Pero... yo no...

—Ya me has oído, Potter —dijo la profesora McGonagall en un tono que no admitía réplicas.

Una semana antes, Harry habría pensado que encontrar una pareja de baile era pan comido comparado con enfrentarse a un colacuerno húngaro. Pero, habiendo ya pasado esto último, y teniendo que afrontar la perspectiva de pedirle a una chica que bailara con él, le parecía que era preferible volver a pasar por lo del colacuerno.

Harry nunca había visto que se apuntara tanta gente para pasar las Navidades en Hogwarts. Él siempre lo hacía, claro, porque la alternativa que le quedaba era regresar a Privet Drive, pero siempre había formado parte de una exigua minoría. Aquel año, en cambio, daba la impresión de que todos los alumnos de cuarto para arriba se iban a quedar, y todos parecían también obsesionados con el baile que se acercaba, sobre todo las chicas. Y era sorprendente descubrir de pronto cuántas chicas parecía haber en Hogwarts. Nunca se había dado cuenta de eso. Chicas que reían y cuchicheaban por los corredores del castillo, chicas que estallaban en risas cuando los chicos pasaban por su lado, chicas emocionadas que cambiaban impresiones sobre lo que llevarían la noche de Navidad...

—¿Por qué van siempre en grupo? —se quejó Harry tras cruzarse con una docena aproximada de chicas que se reían y lo miraban—. ¿Cómo se supone que tiene que hacer uno para pedirle algo a una sola?

—¿Quieres echarle el lazo a una? —dijo Ron—. ¿Tienes alguna idea de con cuál lo vas a intentar?

Harry no respondió. Tenía muy claro a quién le hubiera gustado pedírselo, pero no conseguiría reunir el valor... Cho le llevaba un año, era preciosa, jugaba maravillosamente al quidditch y tenía mucho éxito entre la gente.

Ron parecía comprender qué era lo que le pasaba a Harry por la cabeza.

—Mira, no vas a tener ningún problema. Eres un campeón. Acabas de burlar al colacuerno húngaro. Me apuesto a que harían cola para bailar contigo.

En atención a su amistad recientemente reanudada, Ron redujo al mínimo la amargura de su voz. Y, para sorpresa de Harry, resultó que Ron tenía razón.

Al día siguiente, una chica de Hufflepuff con el pelo rizado que iba a tercero y con la que Harry no había hablado jamás le pidió que fuera al baile con ella. Harry se quedó tan sorprendido que dijo que no antes de pararse a pensarlo. La chica se fue bastante dolida, y Harry tuvo que soportar durante toda la clase de Historia de la Magia las burlas de Dean, Seamus y Ron a propósito de ella. Al día siguiente se lo pidieron otras dos, una de segundo y (para horror de Harry) otra de quinto que daba la impresión de que podría pegarle si se negaba.

—Pero si está muy bien —le dijo Ron cuando paró de reírse.

—Me saca treinta centímetros —contestó Harry, aún desconcertado—. ¿Te imaginas cómo será intentar bailar con ella?

Recordaba las palabras de Hermione sobre Krum: «¡Sólo les gusta porque es famoso!» Harry dudaba mucho que alguna de aquellas chicas que le habían pedido ser su pareja hubieran querido ir con él al baile si no hubiera sido campeón de Hogwarts. Luego se preguntó si eso le molestaría en caso de que se lo pidiera Cho.

En conjunto, Harry tenía que admitir que, incluso con la embarazosa perspectiva de tener que abrir el baile, su vida había mejorado mucho después de superar la primera prueba. Ya no le decían todas aquellas cosas tan desagradables por los corredores, y sospechaba que Cedric podía haber tenido algo que ver: tal vez hubiera dicho a sus compañeros de Hufflepuff que lo dejaran en paz, en agradecimiento a la advertencia de Harry. También parecía haber por todas partes menos insignias de «Apoya a CEDRIC DIGGORY». Por supuesto, Draco Malfoy seguía recitándole algún pasaje del artículo de Rita Skeeter a la menor oportunidad, pero cosechaba cada vez menos risas por ello. Y, como para no enturbiar la felicidad de Harry, en *El Profeta* no había aparecido ninguna historia sobre Hagrid.

—No parecía muy interesada en criaturas mágicas, en realidad —les contó Hagrid durante la última clase del trimestre, cuando Harry, Ron y Hermione le preguntaron cómo le había ido en la entrevista con Rita Skeeter.

Para alivio de ellos, Hagrid abandonó la idea del contacto directo con los escregutos, y aquel día se guarecieron simplemente tras la cabaña y se sentaron a una mesa de caballetes a preparar una selección de comida fresca con la que tentarlos.

—Sólo quería hablar de ti, Harry —continuó Hagrid en voz baja—. Bueno, yo le dije que somos amigos desde que fui a buscarte a casa de los Dursley. «¿Nunca ha tenido que regañarlo en cuatro años?», me preguntó. «¿Nunca le ha dado guerra en clase?» Yo le dije que no, y a ella no le hizo ninguna gracia. Creo que quería que le dijera que eres horrible, Harry.

—Claro que sí —corroboró Harry, echando unos cuantos trozos de hígado de dragón en una fuente de metal, y cogiendo el cuchillo para cortar un poco más—. No puede seguir pintándome como un héroe trágico, porque se hartarían.

—Ahora quiere un nuevo punto de vista, Hagrid —opinó Ron, mientras cascaba huevos de salamandra—.

¡Tendrías que haberle dicho que Harry era un criminal demente!

—¡Pero no lo es! —dijo Hagrid, realmente sorprendido.

—Debería haber ido a hablar con Snape —comentó Harry en tono sombrío—. Le puede decir lo que quiere oír sobre mí en cualquier momento: «Potter no ha hecho otra cosa que traspasar límites desde que llegó a este colegio...»

—¿Ha dicho eso? —se asombró Hagrid, mientras Ron y Hermione se reían—. Bueno, habrás desobedecido alguna norma, Harry, pero en realidad eres bueno.

—Gracias, Hagrid —le dijo Harry sonriendo.

—¿Vas a ir al baile de Navidad, Hagrid? —quiso saber Ron.

—Creo que me daré una vuelta por allí, sí —contestó Hagrid con voz ronca—. Será una buena fiesta, supongo. Tú vas a abrir el baile, ¿no, Harry? ¿Con quién vas a bailar?

—Aún no tengo con quién —contestó Harry, sintiéndose enrojecer de nuevo.

Hagrid no insistió.

Cada día de la última semana del trimestre fue más bullicioso que el anterior. Por todas partes corrían los rumores sobre el baile de Navidad, aunque Harry no daba crédito ni a la mitad de ellos. Por ejemplo, decían que Dumbledore le había comprado a la señora Rosmerta ochocientos barriles de hidromiel con especias. Parecía ser verdad, sin embargo, lo de que había contratado a Las Brujas de Macbeth. Harry no sabía quiénes eran exactamente porque nunca había tenido una radio mágica; pero, viendo el entusiasmo de los que habían crecido escuchando la CM (los Cuarenta Magistrales), suponía que debían de ser un grupo musical muy famoso.

Algunos profesores, como el pequeño Flitwick, desistieron de intentar enseñarles gran cosa al ver que sus mentes estaban tan claramente situadas en otro lugar. En la clase del miércoles los dejó jugar, y él se pasó la mayor parte de la hora comentando con Harry lo perfecto que le había salido el encantamiento convocador que había usado en la primera prueba del Torneo de los tres magos. Otros profesores no fueron tan generosos. Nada apartaría al profesor Binns, por ejemplo, de avanzar pesadamente a través de sus apuntes sobre las revueltas de los duendes. Dado que Binns no había permitido que su propia muerte alterara el programa, todos supusieron que una tontería como la Navidad no lo iba a distraer lo más mínimo. Era sorprendente cómo podía conseguir que incluso unos altercados sangrientos y fieros como las revueltas de los duendes sonaran igual de aburridos que el informe de Percy sobre los culos de los calderos. También McGonagall y Moody los hicieron trabajar hasta el último segundo de clase, y Snape antes hubiera adoptado a Harry que dejarlos jugar durante una lección. Con una mirada muy desagradable les informó de que dedicaría la última clase del trimestre a un examen sobre antídotos.

—Es un puñetero —dijo amargamente Ron aquella noche en la sala común de Gryffindor—. Colocarnos un examen el último día... Estropearnos el último cachito de trimestre con montones de cosas que repasar...

—Mmm... pero no veo que te estés agobiando mucho —replicó Hermione, mirándolo por encima de sus apuntes de Pociones.

Ron se entretenía levantando un castillo con los naipes explosivos, que era mucho más divertido que hacerlo con la baraja muggle porque el edificio entero podía estallar en cualquier momento.

—Es Navidad, Hermione —le recordó Harry. Estaba arrellanado en un butacón al lado de la chimenea, leyendo *Volando con los Cannons* por décima vez.

Hermione también lo miró a él con severidad.

—Creí que harías algo constructivo, Harry, aunque no quisieras estudiar los antídotos.

—¿Como qué? —inquirió Harry mientras observaba a Joey Jenkins, de los Cannons, lanzarle una bludger a un cazador de los Murciélagos de Ballycastle.

—¡Como pensar en ese huevo!

—Vamos, Hermione, tengo hasta el veinticuatro de febrero —le recordó Harry.

Había metido el huevo en el baúl del dormitorio y no lo había vuelto a abrir desde la fiesta que había seguido a la primera prueba. Después de todo, aún quedaban dos meses y medio hasta el día en que necesitaría saber qué significaba aquel gemido chirriante.

—¡Pero te podría llevar semanas averiguarlo! —objetó Hermione—. Y vas a quedar como un auténtico idiota si todos descifran la siguiente prueba menos tú.

—Déjalo en paz, Hermione. Se merece un descanso —dijo Ron. Y, al colocar en el techo del castillo las últimas dos cartas, el edificio entero estalló y le chamuscó las cejas.

—Muy guapo, Ron... Esas cejas te combinarán a la perfección con la túnica de gala.

Eran Fred y George. Se sentaron a la mesa con Ron y Hermione mientras aquél evaluaba los daños.

—Ron, ¿nos puedes prestar a *Pigwidgeon*? —le preguntó George.

—No, está entregando una carta —contestó Ron—. ¿Por qué?

—Porque George quiere que sea su pareja de baile —repuso Fred sarcásticamente.

—Pues porque queremos enviar una carta, so tonto —dijo George.

—¿A quién seguís escribiendo vosotros dos, eh? —preguntó Ron.

—Aparta las narices, Ron, si no quieres que se te chamusquen también —le advirtió Fred moviendo la varita con gesto amenazador—. Bueno... ¿ya tenéis todos pareja para el baile?

—No —respondió Ron.

—Pues mejor te das prisa, tío, o pillarán a todas las guapas —dijo Fred.

—¿Con quién vas tú? —quiso saber Ron.

—Con Angelina —contestó enseguida Fred, sin pizca de vergüenza.

—¿Qué? —exclamó Ron, sorprendido—. ¿Se lo has pedido ya?

—Buena pregunta —reconoció Fred. Volvió la cabeza y gritó—: ¡Eh, Angelina!

Angelina, que estaba charlando con Alicia Spinnet cerca del fuego, se volvió hacia él.

—¿Qué? —le preguntó.

—¿Quieres ser mi pareja de baile?

Angelina le dirigió a Fred una mirada evaluadora.

—Bueno, vale —aceptó, y se volvió para seguir hablando con Alicia, con una leve sonrisa en la cara.

—Ya lo veis —les dijo Fred a Harry y Ron—: pan comido. —Se puso en pie, bostezó y añadió—: Tendremos que usar una lechuza del colegio, George. Vamos...

En cuanto se fueron, Ron dejó de tocarse las cejas y miró a Harry por encima de los restos del castillo, que ardían sin llama.

—Tendríamos que hacer algo, ¿sabes? Pedírselo a alguien. Fred tiene razón: podemos acabar con un par de trols.

Hermione dejó escapar un bufido de indignación.

—¿Un par de qué, perdona?

—Bueno, ya sabes —dijo Ron, encogiéndose de hombros—. Preferiría ir solo que con... con Eloise Midgen, por ejemplo.

—Su acné está mucho mejor últimamente. ¡Y es muy simpática!

—Tiene la nariz torcida —objetó Ron.

—Ya veo —exclamó Hermione enfureciéndose—. Así que, básicamente, vas a intentar ir con la chica más guapa que puedas, aunque sea un espanto como persona.

—Eh... bueno, sí, eso suena bastante bien —dijo Ron.

—Me voy a la cama —espetó Hermione, y sin decir otra palabra salió para la escalera que llevaba al dormitorio de las chicas.

Deseosos de impresionar a los visitantes de Beauxbatons y Durmstrang, los de Hogwarts parecían determinados a engalanar el castillo lo mejor posible en Navidad. Cuando estuvo lista la decoración, Harry pensó que era la más sorprendente que había visto nunca en el castillo: a las barandillas de la escalinata de mármol les habían añadido carámbanos perennes; los acostumbrados doce árboles de Navidad del Gran Comedor estaban adornados con todo lo imaginable, desde luminosas bayas de acebo hasta búhos auténticos, dorados, que ululaban; y habían embrujado las armaduras para que entonaran villancicos cada vez que alguien pasaba por su lado. Era impresionante oír *Adeste, fi-*

deles... cantado por un yelmo vacío que no sabía más que la mitad de la letra. En varias ocasiones, Filch, el conserje, tuvo que sacar a Peeves de dentro de las armaduras, donde se ocultaba para llenar los huecos de los villancicos con versos de su invención, siempre bastante groseros.

Y Harry aún no había invitado a Cho al baile. Él y Ron se estaban poniendo muy nerviosos aunque, como Harry observó, sin pareja Ron no haría tanto el ridículo como él, porque se suponía que Harry tenía que abrir el baile con los demás campeones.

—Supongo que siempre quedará Myrtle *la Llorona* —comentó en tono lúgubre, refiriéndose al fantasma que habitaba en los servicios de las chicas del segundo piso.

—Tendremos que hacer de tripas corazón, Harry —le dijo Ron el viernes por la mañana, en un tono que sugería que se proponían asaltar una fortaleza inexpugnable—. Antes de que volvamos esta noche a la sala común, tenemos que haber conseguido pareja, ¿vale?

—Eh... vale —asintió Harry.

Pero cada vez que vio a Cho aquel día (durante el recreo, y luego a la hora de la comida, y una vez más cuando iba a Historia de la Magia) estaba rodeada de amigas. ¿Es que no iba sola a ninguna parte? ¿Podría pillarla por sorpresa de camino a los servicios? Pero no: también a los servicios iba acompañada de una escolta de cuatro o cinco chicas. Aunque, si no se daba prisa, se adelantaría algún otro.

Le costó concentrarse en el examen de antídotos, y por eso se olvidó de añadir el ingrediente principal (un bezoar), por lo que Snape le puso un cero. Pero no le preocupó: estaba demasiado absorto reuniendo valor para lo que se disponía a hacer. Cuando sonó la campana, cogió la mochila y salió corriendo de la mazmorra.

—Nos vemos en la cena —les dijo a Ron y Hermione, y se abalanzó escaleras arriba.

Sólo tendría que preguntarle a Cho si podía hablar con ella, eso era todo... Se apresuró por los abarrotados corredores en su busca, y (antes incluso de lo que esperaba) la encontró saliendo de una clase de Defensa Contra las Artes Oscuras.

—Eh... Cho... ¿Podría hablar un momento contigo?

Tendrían que prohibir las risas tontas, pensó Harry furioso cuando todas las chicas que estaban con Cho empezaron a reírse. Ella, sin embargo, no lo hizo.

—Claro —dijo, y lo siguió adonde no podían oírlos sus compañeras de clase.

Harry se volvió a mirarla y el estómago le dio una sacudida, como si bajando una escalera se hubiera saltado un escalón sin darse cuenta.

—Eh... —balbuceó.

No podía pedírselo. No podía. Pero tenía que hacerlo. Cho lo miraba, y parecía desconcertada. Se le trabó la lengua.

—¿Quieresveviralmailecombigo?

—¿Cómo? —dijo Cho.

—¿Que... querrías venir al baile conmigo? —le preguntó Harry. ¿Por qué tenía que ponerse rojo? ¿Por qué?

—¡Ah! —exclamó Cho, y se puso roja ella también—. ¡Ah, Harry, lo siento muchísimo! —Y parecía verdad—. Ya me he comprometido con otro.

—¡Ah! —dijo Harry.

Qué raro: un momento antes, las tripas se le retorcían como culebras; pero de repente parecía que las tripas se hubieran ido a otra parte.

—Bueno, no te preocupes —añadió.

—Lo siento muchísimo —repitió ella.

—No pasa nada —aseguró Harry.

Se quedaron mirándose, y luego dijo Cho:

—Bueno...

—Sí... —contestó Harry.

—Bueno, hasta luego —se despidió Cho, que seguía muy colorada.

Sin poder contenerse, Harry la llamó.

—¿Con quién vas?

—Con Cedric —dijo ella—. Con Cedric Diggory.

—Ah, bien —respondió Harry.

Y volvió a notar las tripas. Parecía como si durante su breve ausencia hubieran ido a llenarse de plomo.

Olvidándose por completo de la cena, volvió lentamente a la torre de Gryffindor, y la voz de Cho le retumbó en los oídos con cada paso que daba: «Con Cedric... Con Cedric Diggory.» Cedric había empezado a caerle bastante bien, y había estado dispuesto a olvidar que le hubiera ganado al quidditch, y que fuera guapo, y que lo quisiera todo el mundo, y que fuera el campeón favorito de casi todos. Pero en aquel momento comprendió que Cedric era un guapito inepto que no tenía bastante cerebro para llenar un dedal.

—«Luces de colores» —le dijo a la Señora Gorda con la voz apagada. Habían cambiado la contraseña el día anterior.

—¡Sí, cielo, por supuesto! —gorjeó ella, acomodándose su nueva cinta de oropel al tiempo que lo dejaba pasar.

Al entrar en la sala común, Harry miró a su alrededor y para sorpresa suya vio que Ron estaba sentado en un rincón alejado, pálido como un muerto. Ginny se hallaba sentada a su lado, hablando con él en voz muy baja.

—¿Qué pasa, Ron? —dijo Harry al llegar junto a ellos.

Ron lo miró con expresión de horror.

—¿Por qué lo hice? —exclamó con desesperación—. ¡No puedo entender por qué lo hice!

—¿El qué? —le preguntó Harry.

—Eh... simplemente le pidió a Fleur Delacour que fuera al baile con él —explicó Ginny, que parecía estar a punto de sonreír, pero se contuvo y le dio a Ron una palmada de apoyo moral en el brazo.

—¿Que tú qué? —dijo Harry.

—¡No puedo entender por qué lo hice! —repitió Ron—. ¿A qué he jugado? Había gente (estaba todo lleno) y me volví loco... ¡Con todo el mundo mirando! Simplemente la adelanté en el vestíbulo. Estaba hablando con Diggory. Y entonces me vino el impulso... ¡y se lo pedí!

Ron gimió y se tapó la cara con las manos. Siguió hablando, aunque apenas se entendía lo que decía.

—Me miró como si yo fuera una especie de holotúrido. Ni siquiera me respondió. Y luego... no sé... recuperé el sentido y eché a correr.

—Es en parte una veela —dijo Harry—. Tenías razón: su abuela era veela. No es culpa tuya. Estoy seguro de que llegaste cuando estaba desplegando todos sus encantos para atraer a Diggory, y te hicieron efecto a ti. Pero ella pierde el tiempo. Diggory va con Cho Chang.

Ron levantó la mirada.

—Le acabo de pedir que sea mi pareja —añadió Harry con voz apagada—, y me lo ha dicho.

De pronto, Ginny había dejado de sonreír.

—Esto es una estupidez —afirmó Ron—. Somos los únicos que quedamos sin pareja. Bueno, además de Neville. ¿A que no adivinas a quién se lo pidió él? ¡A Hermione!

—¿Qué? —exclamó Harry, completamente anonadado por aquella impactante noticia.

—¡Lo que oyes! —dijo Ron, y recobró parte del color al empezar a reírse—. ¡Me lo contó después de Pociones! Dijo que ella siempre ha sido muy buena con él, que siempre lo ha ayudado con el trabajo y todo eso... Pero ella le contestó que ya tenía pareja. ¡Ja! ¡Como si eso fuera posible! Lo que pasa es que no quería ir con Neville... Porque, claro, ¿quién sería capaz de ir con él?

—¡No digas eso! —dijo Ginny enfadada—. No te rías...

Justo en aquel momento entró Hermione por el hueco del retrato.

—¿Por qué no habéis ido a cenar? —les preguntó al acercarse a ellos.

—Porque... (ah, dejad de reíros) porque les han dado calabazas a los dos —explicó Ginny.

Eso les paralizó la risa.

—Muchas gracias, Ginny —murmuró Ron con amargura.

—¿Están pilladas todas las guapas, Ron? —le dijo Hermione con altivez—. ¿Qué, empieza a parecerte bonita Eloise Midgen? Bueno, no os preocupéis. Estoy segura de que en algún lugar encontraréis a alguien que quiera ir con vosotros.

Pero Ron estaba observando a Hermione como si de repente la viera bajo una luz nueva.

—Hermione, Neville tiene razón: tú eres una chica...

—¡Qué observador! —dijo ella ácidamente.

—¡Bueno, entonces puedes ir con uno de nosotros!

—No, lo siento —espetó Hermione.

—¡Oh, vamos! —insistió Ron—. Necesitamos una pareja: vamos a hacer el ridículo si no llevamos a nadie. Todo el mundo tiene ya pareja...

—No puedo ir con vosotros —repuso Hermione, ruborizándose—, porque ya tengo pareja.

—¡Vamos, no te quedes con nosotros! —dijo Ron—. ¡Le dijiste eso a Neville para librarte de él!

—¿Ah, sí? —replicó Hermione, y en sus ojos brilló una mirada peligrosa—. ¡Que tú hayas tardado tres años en notarlo, Ron, no quiere decir que nadie se haya dado cuenta de que soy una chica!

Ron la miró. Luego volvió a sonreír.

—Vale, vale, ya sabemos que eres una chica. ¿Y ahora quieres venir?

—¡Ya os lo he dicho! —exclamó Hermione muy enfadada—. ¡Tengo pareja!

Y volvió a salir como un huracán hacia el dormitorio de las chicas.

—Es mentira —afirmó Ron, viéndola irse.

—No, no lo es —dijo Ginny en voz baja.

—Entonces, ¿con quién va? —preguntó Ron bruscamente.

—Yo no os lo voy a decir. Eso es cosa de ella —contestó Ginny.

—Bueno —dijo Ron, que parecía extraordinariamente desconcertado—, esto es ridículo. Ginny, tú puedes ir con Harry, y yo...

—No puedo —lo cortó Ginny, y también se puso colorada—. Soy la pareja de... de Neville. Me lo pidió después de que Hermione le dijera que no, y yo pensé... bueno... si no es con él no voy a poder ir, porque aún no estoy en cuarto. —Parecía muy triste—. Creo que voy a bajar a cenar —concluyó. Se levantó y se fue por el hueco del retrato, con la cabeza gacha.

Ron miró a Harry.

—¿Qué mosca les ha picado? —preguntó.

Pero Harry acababa de ver entrar por el hueco del retrato a Parvati y Lavender. Había llegado el momento de emprender acciones drásticas.

—Espera aquí —le pidió a Ron. Se levantó, fue hacia Parvati y le preguntó:

—Parvati, ¿te gustaría ir al baile conmigo?

A Parvati le dio un ataque de risa. Harry esperó que se le pasara cruzando los dedos dentro del bolsillo de la túnica.

—Sí. Vale —contestó al final, poniéndose muy roja.

—Gracias —dijo Harry, aliviado—. Lavender... ¿quieres ir con Ron?

—Ella es la pareja de Seamus —respondió Parvati, y las dos se rieron más que antes.

Harry suspiró.

—¿Sabéis de alguien que pueda ir con Ron? —preguntó, bajando la voz para que Ron no pudiera oírlo.

—¿Qué tal Hermione Granger? —sugirió Parvati.

—Ya tiene pareja.

Parvati se sorprendió mucho.

—Oh... ¿quién es?

Harry se encogió de hombros.

—Ni idea —repuso—. ¿Qué me decís de Ron?

—Bueno... —dijo Parvati pensativamente—, tal vez mi hermana... Padma, ya sabes, de Ravenclaw. Si quieres se lo pregunto.

—Sí, te lo agradezco —respondió Harry—. Me lo dices, ¿vale?

Y volvió con Ron pensando que aquel baile daba más quebraderos de cabeza que otra cosa, y rogando con todas sus fuerzas que Padma Patil no tuviera la nariz torcida.

23

El baile de Navidad

A pesar del sinfín de deberes que les habían puesto a los de cuarto para Navidad, a Harry no le apetecía ponerse a trabajar al final del trimestre, y se pasó la primera semana de vacaciones disfrutando todo lo posible con sus compañeros. La torre de Gryffindor seguía casi tan llena como durante el trimestre, y parecía más pequeña, porque sus ocupantes armaban mucho más jaleo aquellos días. Fred y George habían cosechado un gran éxito con sus galletas de canarios, y durante los dos primeros días de vacaciones la gente iba dejando plumas por todas partes. No tuvo que pasar mucho tiempo, sin embargo, para que los de Gryffindor aprendieran a tratar con muchísima cautela cualquier cosa de comer que les ofrecieran los demás, por si había una galleta de canarios oculta, y George le confesó a Harry que estaban desarrollando un nuevo invento. Harry decidió no aceptar nunca de ellos ni una pipa de girasol. No se le olvidaba lo de Dudley y el caramelo *longuilinguo*.

En aquel momento nevaba copiosamente en el castillo y sus alrededores. El carruaje de Beauxbatons, de color azul claro, parecía una calabaza enorme, helada y cubierta de escarcha, junto a la cabaña de Hagrid, que a su lado era como una casita de chocolate con azúcar glasé por encima, en tanto que el barco de Durmstrang tenía las portillas heladas y los mástiles cubiertos de escarcha. Abajo, en las cocinas, los elfos domésticos se superaban a sí mismos con guisos calientes y sabrosos, y postres muy ricos. La única que encontraba algo de lo cual quejarse era Fleur Delacour.

—Toda esta comida de «Hogwag» es demasiado pesada —la oyeron decir una noche en que salían tras ella del Gran Comedor (Ron se ocultaba detrás de Harry, para que Fleur no lo viera)—. ¡No voy a «podeg lusig» la túnica!

—¡Ah, qué tragedia! —se burló Hermione cuando Fleur salía al vestíbulo—. Vaya ínfulas, ¿eh?

—¿Con quién vas a ir al baile, Hermione?

Ron le hacía aquella pregunta en los momentos más inesperados para ver si, al pillarla por sorpresa, conseguía que le contestara. Sin embargo, Hermione no hacía más que mirarlo con el entrecejo fruncido y responder:

—No te lo digo. Te reirías de mí.

—¿Bromeas, Weasley? —dijo Malfoy tras ellos—. ¡No me dirás que ha conseguido pareja para el baile! ¿La sangre sucia de los dientes largos?

Harry y Ron se dieron la vuelta bruscamente, pero Hermione saludó a alguien detrás de Malfoy:

—¡Hola, profesor Moody!

Malfoy palideció y retrocedió de un salto, buscándolo con la mirada, pero Moody estaba todavía sentado a la mesa de los profesores, terminándose el guiso.

—Eres un huroncito nervioso, ¿eh, Malfoy? —dijo Hermione mordazmente, y ella, Harry y Ron empezaron a subir por la escalinata de mármol riéndose con ganas.

—Hermione —exclamó de repente Ron, sorprendido—, tus dientes...

—¿Qué les pasa?

—Bueno, que son diferentes... Lo acabo de notar.

—Claro que lo son. ¿Esperabas que siguiera con los colmillos que me puso Malfoy?

—No, lo que quiero decir es que son diferentes de como eran antes de la maldición de Malfoy. Están rectos y... de tamaño normal.

Hermione les dirigió de repente una sonrisa maliciosa, y Harry también se dio cuenta: aquélla era una sonrisa muy distinta de la de antes.

—Bueno... cuando fui a que me los encogiera la señora Pomfrey, me puso delante un espejo y me pidió que dijera «ya» cuando hubieran vuelto a su tamaño anterior —explicó—, y simplemente la dejé que siguiera un poco. —Sonrió más aún—. A mis padres no les va a gustar. Llevo años intentando convencerlos de que me dejaran disminuirlos, pero se empeñaban en que siguiera con el aparato. Ya sabéis que son dentistas, y piensan que los dientes y la magia no deberían... ¡Mirad!, ¡ha vuelto *Pigwidgeon*!

El mochuelo de Ron, con un rollito de pergamino atado a la pata, gorjeaba como loco encima de la barandilla adornada con carámbanos. La gente que pasaba por allí lo señalaba y se reía, y unas chicas de tercero se pararon a observarlo.

—¡Ay, mira qué lechuza más chiquitita! ¿A que es preciosa?

—¡Estúpido cretino con plumas! —masculló Ron, corriendo por la escalera para atraparlo—. ¡Hay que llevarle las cartas directamente al destinatario, y sin exhibirse por ahí!

Pigwidgeon gorjeó de contento, sacando la cabeza del puño de Ron. Las chicas de tercero parecían asustadas.

—¡Marchaos por ahí! —les espetó Ron, moviendo el puño en el que tenía atrapado a *Pigwidgeon*, que ululaba más feliz que nunca cada vez que Ron lo balanceaba en el aire—. Ten, Harry —añadió Ron en voz baja, desprendiéndole de la pata la respuesta de Sirius, mientras las chicas de tercero se iban muy escandalizadas.

Harry se la guardó en el bolsillo, y se dieron prisa en subir a la torre de Gryffindor para leerla.

En la sala común todos estaban demasiado ocupados celebrando las vacaciones para fijarse en ellos. Harry, Ron y Hermione se sentaron lejos de todo el mundo, junto a una ventana oscura que se iba llenando poco a poco de nieve, y Harry leyó en voz alta:

Querido Harry:
   Mi enhorabuena por haber superado la prueba del dragón. ¡El que metió tu nombre en el cáliz, quienquiera que fuera, no debe de estar nada satisfecho! Yo te iba a sugerir una maldición de conjuntivitis, ya que el punto más débil de los dragones son los ojos...

358

—Eso es lo que hizo Krum —susurró Hermione.

... pero lo que hiciste es todavía mejor: estoy impresionado.

Aun así, no te confíes, Harry. Sólo has superado una prueba. El que te hizo entrar en el Torneo tiene muchas más posibilidades de hacerte daño, si eso es lo que pretende. Ten los ojos abiertos (especialmente si está cerca ese del que hemos hablado), y procura no meterte en problemas.

Escríbeme. Sigo queriendo que me informes de cualquier cosa extraordinaria que ocurra.

Sirius

—Lo mismo que Moody —comentó Harry en voz baja, volviendo a meterse la carta dentro de la túnica—. «¡Alerta permanente!» Cualquiera pensaría que camino con los ojos cerrados, pegándome contra las paredes.

—Pero tiene razón, Harry —repuso Hermione—: todavía te quedan dos pruebas. La verdad es que tendrías que echarle un vistazo a ese huevo y tratar de resolver el enigma que encierra.

—¡Para eso tiene siglos, Hermione! —espetó Ron—. ¿Una partida de ajedrez, Harry?

—Sí, vale —contestó Harry, que, al observar la expresión de Hermione, añadió—: Vamos, ¿cómo me iba a concentrar con todo este ruido? Creo que ni el huevo se oiría.

—Supongo que no —reconoció ella suspirando, y se sentó a ver la partida, que culminó con un emocionante jaque mate de Ron ejecutado con un par de temerarios peones y un alfil muy violento.

El día de Navidad, Harry tuvo un despertar muy sobresaltado. Levantó los párpados preguntándose qué era lo que lo había despertado, y vio unos ojos muy grandes, redondos y verdes que lo miraban desde la oscuridad, tan cerca que casi tocaban los suyos.

—¡Dobby! —gritó Harry, apartándose tan aprisa del elfo que casi se cae de la cama—. ¡No hagas eso!

—¡Dobby lo lamenta, señor! —chilló nervioso el elfo, que retrocedió de un salto y se tapó la boca con los largos dedos—. ¡Dobby sólo quería desearle a Harry Potter feliz Navidad y traerle un regalo, señor! ¡Harry Potter le dio permiso a Dobby para venir a verlo de vez en cuando, señor!

—Sí, muy bien —dijo Harry, con la respiración aún alterada, mientras el ritmo cardíaco recuperaba la normalidad—. Pero la próxima vez sacúdeme el hombro o algo así. No te inclines sobre mí de esa manera...

Harry descorrió las colgaduras de su cama adoselada, cogió las gafas que había dejado sobre la mesita de noche y se las puso. Su grito había despertado a Ron, Seamus, Dean y Neville, y todos espiaban a través de sus colgaduras con ojos de sueño y el pelo revuelto.

—¿Te ha atacado alguien, Harry? —preguntó Seamus medio dormido.

—¡No, sólo es Dobby! —susurró Harry—. Vuelve a dormir.

—¡Ah... los regalos! —dijo Seamus, viendo el montón de paquetes que tenía a los pies de la cama.

Ron, Dean y Neville decidieron que, ya que se habían despertado, podían aprovechar para abrir los regalos. Harry se volvió hacia Dobby, que seguía de pie junto a la cama, nervioso y todavía preocupado por el susto que le había dado a Harry. Llevaba una bola de Navidad atada a la punta de la cubretetera.

—¿Puede Dobby darle el regalo a Harry Potter? —preguntó con timidez.

—Claro que sí —contestó Harry—. Eh... yo también tengo algo para ti.

Era mentira. No había comprado nada para Dobby, pero abrió rápidamente el baúl y sacó un par de calcetines enrollados y llenos de bolitas. Eran los más viejos y feos que tenía, de color amarillo mostaza, y habían pertenecido a tío Vernon. La razón de que tuvieran tantas bolitas era que Harry los usaba desde hacía más de un año para proteger el chivatoscopio. Lo desenvolvió y le entregó los calcetines a Dobby, diciendo:

—Perdona, se me olvidó empaquetarlos.

Pero Dobby estaba emocionado.

—¡Los calcetines son lo que más le gusta a Dobby, señor! ¡Son sus prendas favoritas! —aseguró, quitándose los que llevaba, tan dispares, y poniéndose los de tío Vernon—. Ahora ya tengo siete, señor. Pero, señor... —dijo abriendo los ojos al máximo después de subirse los calcetines hasta las perneras del pantalón corto—, en la tienda se han equivocado, Harry Potter: ¡son del mismo color!

—¡Harry, cómo no te diste cuenta de eso! —intervino Ron, sonriendo desde su cama, que se hallaba ya cubierta de papeles de regalo—. Pero ¿sabes una cosa, Dobby? Mira, aquí tienes. Toma estos dos, y así podrás mezclarlos con los de Harry. Y aquí tienes el jersey.

Le entregó a Dobby un par de calcetines de color violeta que acababa de desenvolver, y el jersey tejido a mano que le había enviado su madre.

Dobby se sentía abrumado.

—¡El señor es muy gentil! —chilló con los ojos empañados en lágrimas y haciéndole a Ron una reverencia—. Dobby sabía que el señor tenía que ser un gran mago, siendo el mejor amigo de Harry Potter, pero no sabía que fuera además tan generoso de espíritu, tan noble, tan desprendido...

—Sólo son calcetines —repuso Ron, que se había ruborizado un tanto, aunque al mismo tiempo parecía bastante complacido—. ¡Ostras, Harry! —Acababa de abrir el regalo de Harry, un sombrero de los Chudley Cannons—. ¡Qué guay! —Se lo encasquetó en la cabeza, donde no combinaba nada bien con el color del pelo.

Dobby le entregó entonces un pequeño paquete a Harry, que resultó ser... un par de calcetines.

—¡Dobby los ha hecho él mismo, señor! —explicó el elfo muy contento—. ¡Ha comprado la lana con su sueldo, señor!

El calcetín izquierdo era rojo brillante con un dibujo de escobas voladoras; el derecho era verde con snitchs.

—Son... son realmente... Bueno, Dobby, muchas gracias —le dijo Harry poniéndoselos, con lo que Dobby estuvo a punto otra vez de derramar lágrimas de felicidad.

—Ahora Dobby tiene que irse, señor. ¡Ya estamos preparando la cena de Navidad! —anunció el elfo, y salió a toda prisa del dormitorio, diciendo adiós a los otros al pasar.

Los restantes regalos de Harry fueron mucho más satisfactorios que los extraños calcetines de Dobby, con la obvia excepción del regalo de los Dursley, que consistía en un pañuelo de papel con el que batían su propio récord de mezquindad. Harry supuso que aún se acordaban del caramelo *longuilinguo*. Hermione le había regalado un libro que se titulaba *Equipos de quidditch de Gran Bretaña e Irlanda*; Ron, una bolsa rebosante de bombas fétidas; Sirius, una práctica navaja con accesorios para abrir cualquier cerradura y deshacer todo tipo de nudos, y Hagrid, una caja bien grande de chucherías que incluían todos los favoritos de Harry: grageas multisabores de Bertie Bott, ranas de chocolate, chicle superhinchable y meigas fritas. Estaba también, por supuesto, el habitual paquete de la señora Weasley, que incluía un jersey nuevo (verde con el dibujo de un dragón: Harry supuso que Charlie le había contado todo lo del colacuerno) y un montón de pastelillos caseros de Navidad.

Harry y Ron encontraron a Hermione en la sala común y bajaron a desayunar juntos. Se pasaron casi toda la mañana en la torre de Gryffindor, disfrutando de los regalos, y luego bajaron al Gran Comedor para tomar un magnífico almuerzo que incluyó al menos cien pavos y budines de Navidad, junto con montones de petardos sorpresa.

Por la tarde salieron del castillo: la nieve se hallaba tal cual había caído, salvo por los caminos abiertos por los estudiantes de Durmstrang y Beauxbatons desde sus moradas al castillo. En lugar de participar en la pelea de bolas de nieve entre Harry y los Weasley, Hermione prefirió contemplarla, y a las cinco les anunció que volvía al castillo para prepararse para el baile.

—Pero ¿te hacen falta tres horas? —se extrañó Ron, mirándola sin comprender. Pagó su distracción recibiendo un bolazo de nieve arrojado por George que le pegó con fuerza en un lado de la cabeza—. ¿Con quién vas? —le gritó a Hermione cuando ya se iba; pero ella se limitó a hacer un gesto con la mano y entró en el castillo.

No había cena de Navidad porque el baile incluía un banquete, así que a las siete, cuando se hacía difícil acertar a alguien, dieron por terminada la batalla de bolas de nieve y volvieron a la sala común del castillo. La Señora Gorda estaba sentada en su cuadro, acompañada por su amiga Violeta, y las dos parecían estar algo piripis. En el suelo del cuadro había un montón de cajitas vacías de bombones de licor.

—¡«Cuces de lolores», eso es! —dijo la Señora Gorda con una risita tonta en respuesta a la contraseña, mientras les abría para que pasaran.

Harry, Ron, Seamus, Dean y Neville se pusieron la túnica de gala en el dormitorio, todos un poco cohibidos, pero ninguno tanto como Ron, que se miraba en la luna del rincón con expresión de terror. Su túnica se parecía más a un vestido de mujer que a cualquier otro tipo de prenda, y la cosa no tenía remedio. En un desesperado intento de hacerla parecer más varonil, utilizó un encantamiento seccionador en el cuello y los puños. No funcionó mal del todo: al menos se había desprendido de las puntillas, aunque el trabajo no resultaba perfecto y los bordes se deshilachaban mientras bajaba la escalera.

—No me cabe en la cabeza que hayáis conseguido a las dos chicas más guapas del curso —susurró Dean.

—Magnetismo animal —replicó Ron de mal humor, tirándose de los hilos sueltos de los puños.

La sala común tenía un aspecto muy extraño, llena de gente vestida de diferentes colores en lugar del usual monocromatismo negro. Parvati aguardaba a Harry al pie de la escalera. Estaba realmente muy guapa, con su túnica de un rosa impactante, el pelo negro en una larga trenza entrelazada con oro y unas pulseras también de oro que le brillaban en las muñecas. Harry dio gracias de que no le hubiera entrado la risa tonta.

—Estás... guapa —dijo algo cohibido.

—Gracias —respondió ella—. Padma te espera en el vestíbulo —le indicó a Ron.

—Bien —contestó Ron, mirando a su alrededor—. ¿Dónde está Hermione?

Parvati se encogió de hombros y le dijo a Harry:

—¿Quieres que bajemos?

—Vale —aceptó Harry, lamentando no poder quedarse en la sala común.

Fred le guiñó un ojo a Harry cuando éste pasó a su lado para salir por el hueco del retrato.

También el vestíbulo estaba abarrotado de estudiantes que se arremolinaban en espera de que dieran las ocho en punto, hora a la que se abrirían las puertas del Gran Comedor. Los que habían quedado con parejas pertenecientes a diferentes casas las buscaban entre la multitud. Parvati vio a su hermana Padma y la condujo hasta donde estaban Harry y Ron.

—Hola —saludó Padma, que estaba tan guapa como Parvati con su túnica de color azul turquesa brillante. No parecía demasiado entusiasmada con su pareja de baile. Lo miró de arriba abajo, y sus oscuros ojos se detuvieron en el cuello y los puños deshilachados de la túnica de gala de Ron.

—Hola —contestó Ron sin mirarla, pues seguía buscando entre la multitud—. ¡Oh, no...!

Se inclinó un poco para ocultarse detrás de Harry porque pasaba por allí Fleur Delacour, imponente con su túnica de satén gris plateado y acompañada por Roger Davies, el capitán del equipo de quidditch de Ravenclaw. Cuando pasaron, Ron volvió a enderezarse y a mirar por encima de las cabezas de la multitud.

—¿Dónde estará Hermione? —repitió.

Llegaron unos cuantos de Slytherin subiendo la escalera desde su sala común, que era una de las mazmorras. Malfoy iba al frente. Llevaba una túnica negra de terciopelo con cuello alzado, y Harry pensó que le daba aspecto de cura. De su brazo iba Pansy Parkinson, con una túnica de color rosa pálido con muchos volantes. Tanto Crabbe como Goyle iban de verde: parecían cantos rodados cubiertos de musgo, y, como Harry se alegró de comprobar, ninguno de ellos había logrado encontrar pareja.

Se abrieron las puertas principales de roble, y todo el mundo se volvió para ver entrar a los alumnos de Durmstrang con el profesor Karkarov. Krum iba al frente del grupo, acompañado por una muchacha preciosa vestida con túnica azul a la que Harry no conocía. Por encima de las cabezas pudo ver que una parte de la explanada que había delante del castillo la habían transformado en una especie de gruta llena de luces de colores. En realidad eran cientos de pequeñas hadas: algunas posadas en los rosales que habían sido conjurados allí, y otras revoloteando sobre unas estatuas que parecían representar a Papá Noel con sus renos.

En ese momento los llamó la voz de la profesora McGonagall:

—¡Los campeones por aquí, por favor!

Sonriendo, Parvati se acomodó las pulseras. Ella y Harry se despidieron de Ron y Padma, y avanzaron. Sin dejar de hablar, la multitud se apartó para dejarlos pasar. La profesora McGonagall, que llevaba una túnica de tela escocesa roja y se había puesto una corona de cardos bastante fea alrededor del ala del sombrero, les pidió que esperaran a un lado de la puerta mientras pasaban todos los demás: ellos entrarían en procesión en el Gran Comedor cuando el resto de los alumnos estuviera sentado. Fleur Delacour y Roger Davies se pusieron al lado de las puertas: Davies parecía tan aturdido por la buena suerte de ser la pareja de Fleur que apenas podía quitarle los ojos de encima. Cedric y Cho estaban también junto a Harry, quien no los miró para no tener que hablar con ellos. Entonces volvió a mirar a la chica que acompañaba a Krum. Y se quedó con la boca abierta.

Era Hermione.

Pero estaba completamente distinta. Se había hecho algo en el pelo: ya no lo tenía enmarañado, sino liso y brillante, y lo llevaba recogido por detrás en un elegante moño. La túnica era de una tela añil vaporosa, y su porte no era el de siempre, o tal vez fuera simplemente la ausencia de la veintena de libros que solía cargar a la espalda. Ella también sonreía (con una sonrisa nerviosa, a decir verdad), pero la disminución del tamaño de sus incisivos era más evidente que nunca. Harry se preguntó cómo no se había dado cuenta antes.

—¡Hola, Harry! —saludó ella—. ¡Hola, Parvati!

Parvati le dirigió a Hermione una mirada de descortés incredulidad. Y no era la única: cuando se abrieron las puertas del Gran Comedor, el club de fans de la biblioteca pasó por su lado con aire ofendido, dirigiendo a Hermione miradas del más intenso odio. Pansy Parkinson la miró con la boca abierta al pasar con Malfoy, que ni siquiera fue capaz de encontrar un insulto con el que herirla. Ron, sin embargo, pasó por su lado sin mirarla.

Cuando todos se hubieron acomodado en el Gran Comedor, la profesora McGonagall les dijo que entraran detrás de ella, una pareja tras otra. Lo hicieron así, y todos cuantos estaban en el Gran Comedor los aplaudieron mientras cruzaban la entrada y se dirigían a una amplia mesa redonda situada en un extremo del salón, donde se hallaban sentados los miembros del tribunal.

Habían recubierto los muros del Gran Comedor de escarcha con destellos de plata, y cientos de guirnaldas de muérdago y hiedra cruzaban el techo negro lleno de estrellas. En lugar de las habituales mesas de las casas había un centenar de mesas más pequeñas, alumbradas con farolillos, cada una con capacidad para unas doce personas.

Mientras Harry se esforzaba en no tropezar, Parvati parecía hallarse en la gloria: sonreía a todo el mundo, y llevaba a Harry con tanta determinación que él se sentía como un perro de exhibición al que la dueña obligara a mostrar sus habilidades en un concurso. Al acercarse a la mesa vio a Ron y a Padma. Ron observaba pasar a Hermione con los ojos casi cerrados; Padma parecía estar de mal humor.

Dumbledore sonrió de contento cuando los campeones se acercaron a la mesa principal. La expresión de Karkarov, en cambio, recordaba más bien a la de Ron al ver acercarse a Krum y Hermione. Ludo Bagman, que aquella noche llevaba una túnica de color púrpura brillante con grandes estrellas amarillas, aplaudía con tanto entusiasmo como cualquiera de los alumnos. Y Madame Maxime, que había cambiado su habitual uniforme de satén negro por un vestido de seda suelto de color azul lavanda, aplaudía cortésmente. Pero faltaba el señor Crouch, como no tardó en notar Harry. El quinto asiento de la mesa estaba ocupado por Percy Weasley.

Cuando los campeones y sus parejas llegaron a la mesa, Percy retiró un poco la silla vacía que había a su lado, mirando a Harry. Éste entendió la indirecta y se sentó junto a Percy, que llevaba una reluciente túnica de gala de color azul marino, y lucía una expresión de gran suficiencia.

—Me han ascendido —dijo Percy antes de que a Harry le diera tiempo a preguntarle y con el mismo tono que hubiera empleado para anunciar su elección como gobernador supremo del Universo—. Ahora soy el ayudante personal del señor Crouch, y he venido en representación suya.

—¿Por qué no ha venido él? —preguntó Harry. No le apetecía pasarse la cena escuchando una disertación sobre los culos de los calderos.

—Lamento tener que decir que el señor Crouch no se encuentra bien, nada bien. No se ha encontrado bien desde los Mundiales. No me sorprende: es el exceso de trabajo. No es tan joven como antes. Aunque sigue siendo brillante, desde luego: su mente sí que es la misma de siempre. Pero la Copa del Mundo resultó un fiasco para el Ministerio, y además el señor Crouch sufrió un revés personal muy duro a causa del comportamiento indebido de su elfina doméstica, Blinky o como se llame. Como era natural, él la despidió inmediatamente después del incidente; pero, bueno, aunque se las apaña, como yo digo, la verdad es que necesita que lo cuiden, y me temo que desde que ella no está en la casa su vida es mucho menos cómoda. Y a continuación tuvimos que preparar el Torneo, y luego vinieron las secuelas de los Mundiales, con esa repelente Skeeter dando guerra. Pobre hombre, está pasando unas Navidades tranquilas, bien merecidas. Estoy satisfecho de que supiera que contaba con alguien de confianza para ocupar su lugar.

Harry estuvo muy tentado de preguntarle si el señor Crouch ya había dejado de llamarlo Weatherby, pero se contuvo.

Aún no había comida en los brillantes platos de oro; sólo unas pequeñas minutas delante de cada uno de ellos. Harry cogió la suya como dudando, y miró a su alrededor. No había camareros. Observó que Dumbledore leía su menú con detenimiento y luego le decía muy claramente a su plato:

—¡Chuletas de cerdo!

Y las chuletas de cerdo aparecieron sobre él. Captando la idea, los restantes comensales también pidieron a sus respectivos platos lo que deseaban. Harry le echó una mirada a Hermione para ver qué le parecía aquel nuevo y más complicado sistema de cena, que seguramente implicaría más trabajo para los elfos. Pero, por una vez, Hermione no parecía acordarse de la P.E.D.D.O.: estaba absorta en su charla con Viktor Krum, y ni siquiera parecía ver lo que comía.

Harry se dio cuenta de que hasta entonces no había oído hablar a Viktor, pero en aquel momento lo estaba haciendo, y con mucho entusiasmo.

—Bueno, «nosotrros» tenemos también un castillo, no tan «grrande» como éste, ni tan «conforrtable», me «parrece» —le decía a Hermione—. Sólo tiene «cuatrro» pisos, y las chimeneas se «prrenden» únicamente por motivos mágicos. Pero los terrenos del colegio son aún más amplios que los de aquí, aunque en «invierrno» apenas tenemos luz, así que no los «disfrrutamos» mucho. «Perro» en «verrano» volamos a «diarrio», «sobrre» los lagos y las montañas.

—¡Para, para, Viktor! —dijo Karkarov, con una risa en la que no participaban sus fríos ojos—. No sigas dando más pistas, ¡o tu encantadora amiga sabrá exactamente dónde se encuentra el castillo!

Dumbledore sonrió, no sólo con la boca sino también con la mirada.

—Con todo ese secretismo, Igor, se podría pensar que no queréis visitas.

—Bueno, Dumbledore —dijo Karkarov, mostrando plenamente sus dientes amarillos—, todos protegemos nuestros dominios privados, ¿verdad? ¿No guardamos todos con celo los centros de saber en que se aprende lo que nos ha sido confiado? ¿No tenemos motivos para estar orgullosos de ser los únicos conocedores de los secretos de nuestro colegio? ¿No tenemos motivos para protegerlos?

—¡Ah, yo nunca pensaría que conozco todos los secretos de Hogwarts, Igor! —contestó Dumbledore en tono amistoso—. Esta misma mañana, por ejemplo, me equivoqué al ir a los lavabos y me encontré en una sala de bellas proporciones que no había visto nunca y que contenía una magnífica colección de orinales. Cuando volví para contemplarla más detenidamente, la sala había desaparecido. Pero tengo que estar atento a ver si la vuelvo a ver: tal vez sólo sea accesible a las cinco y media de la mañana, o aparezca cuando la luna está en cuarto creciente o menguante, o cuando el que pasa por allí tiene la vejiga excepcionalmente llena.

Harry resopló mirando su plato de *gulasch*. Percy fruncía el entrecejo, pero Harry hubiera jurado que Dumbledore le había guiñado un ojo.

Mientras tanto, Fleur Delacour criticaba la decoración de Hogwarts hablando con Roger Davies.

—Esto no es nada —decía, echando una despectiva mirada a los centelleantes muros del Gran Comedor—. En Navidad, en el palacio de Beauxbatons tenemos «escultugas» de hielo en todo el salón «comedog». «Pog» supuesto, no se «deguiten»: son como «enogmes» estatuas de diamante, «bgillando pog» todos lados. Y la comida es sencillamente «sobegbia». Y tenemos «cogos» de ninfas de «madega» que nos cantan «seguenatas mientgas» comemos. En los salones no hay ni una de estas feas «agmadugas», y si «entgaga» en Beauxbatons un poltergeist lo «expulsaguíamos» de inmediato —añadió, dando un golpe en la mesa con la mano.

Roger Davies la miraba con expresión pasmada, y no acertaba a apuntar con el tenedor cuando pretendía metérselo en la boca. Harry tenía la impresión de que Davies estaba demasiado ocupado mirando a Fleur para enterarse de lo que ella decía.

—Tienes toda la razón —dijo apresuradamente, pegando otro golpe en la mesa con la mano—: de inmediato, sí señor.

Harry echó una mirada al Gran Comedor. Hagrid se hallaba sentado a una de las otras mesas de profesores. Había vuelto a ponerse el horrible traje peludo de color marrón y miraba a la mesa en que Harry se encontraba. Harry lo vio saludar con la mano, y que Madame Maxime, con sus cuentas de ópalo que brillaban a la luz de las velas, le devolvía el saludo.

Hermione le enseñaba a Krum a pronunciar bien su nombre. Él seguía diciendo «Ez-miope».

—Her... mi... o... ne —decía ella, despacio y claro.

—Herr... mío... ne.

—Se acerca bastante —aprobó ella, mirando a Harry y sonriendo.

Cuando se acabó la cena, Dumbledore se levantó y pidió a los alumnos que hicieran lo mismo. Entonces, a un movimiento suyo de varita, las mesas se retiraron y alinearon junto a los muros, dejando el suelo despejado, y luego hizo aparecer por encantamiento a lo largo del muro derecho un tablado. Sobre él aparecieron una batería, varias guitarras, un laúd, un violonchelo y algunas gaitas.

Las Brujas de Macbeth subieron al escenario entre aplausos entusiastas. Eran todas melenudas, e iban vestidas muy modernas, con túnicas negras llenas de desgarrones y aberturas. Cogieron sus instrumentos, y Harry, que las miraba con tanto interés que no advertía lo que se avecinaba, comprendió de repente que los farolillos de todas las otras mesas se habían apagado y que los campeones y sus parejas estaban de pie.

—¡Vamos! —le susurró Parvati—, ¡se supone que tenemos que bailar!

Al levantarse, Harry tropezó con la túnica. Las Brujas de Macbeth empezaron a tocar una melodía lenta, triste. Harry fue hasta la parte más iluminada del salón, evitando cuidadosamente mirar a nadie (aunque vio a Seamus y Dean, que lo saludaban con una risita), y, al momento siguiente, Parvati le agarró las manos, le colocó una en su cintura y le agarró la otra fuertemente.

No era tan terrible como había temido, pensó Harry, dando vueltas lentamente casi sin desplazarse (Parvati lo llevaba). Miraba por encima de la gente, que muy pronto empezó a unirse al baile, de forma que los campeones dejaron de ser el centro de atención. Neville y Ginny bailaban junto a ellos: vio que Ginny hacía muecas de dolor con bastante frecuencia, cada vez que Neville la pisaba. Dumbledore bailaba con Madame Maxime. Era tan pequeño para ella, que apenas llegaba con la punta de su alargado sombrero a hacerle cosquillas en la barbilla, pero ella se movía con bastante gracia para el tamaño que tenía. *Ojoloco* Moody bailaba muy torpemente con la profesora Sinistra, que parecía temer a la pata de palo.

—Bonitos calcetines, Potter —le dijo Moody al pasar a su lado, viendo con su ojo mágico a través de la túnica de Harry.

—¡Eh... sí! Dobby el elfo los tejió para mí —le respondió Harry, sonriendo.

—¡Es tan siniestro! —susurró Parvati, cuando Moody se alejaba golpeando en el suelo con la pata de palo—. ¡Creo que ese ojo no debería estar permitido!

Harry escuchó con alivio el trémolo final de la gaita. Las Brujas de Macbeth dejaron de tocar, los aplausos volvieron a retumbar en el Gran Comedor y Harry soltó inmediatamente a Parvati.

—Vamos a sentarnos, ¿vale?

—¡Ah, pero si ésta es muy bonita! —dijo ella cuando Las Brujas de Macbeth empezaron a tocar una nueva pieza, mucho más rápida que la anterior.

—A mí no me gusta —mintió Harry, y salió de la zona de baile delante de Parvati.

Pasaron por al lado de Fred y Angelina, los cuales bailaban de forma tan entusiasta que la gente se apartaba por miedo a resultar herida, y se acercaron a la mesa en que estaban Padma y Ron.

—¿Qué hay? —le preguntó Harry a Ron, sentándose y abriendo una botella de cerveza de mantequilla.

Ron no respondió. No quitaba ojo a Hermione y a Krum, que bailaban cerca de ellos. Padma estaba sentada con las piernas y los brazos cruzados, moviendo un pie al compás de la música. De vez en cuando le dirigía una mirada asesina a Ron, que no le hacía el menor caso. Parvati se sentó junto a Harry y cruzó también brazos y piernas. Al cabo de unos minutos se le acercó un chico de Beauxbatons para preguntarle si quería bailar con él.

—No te importa, ¿verdad, Harry? —le preguntó Parvati.

—¿Qué? —dijo Harry, observando a Cho y Cedric.

—Olvídalo —le espetó Parvati, y se marchó con el chico de Beauxbatons. No volvió al terminar la canción.

Hermione se acercó y se sentó en la silla que Parvati había dejado. Estaba un poco sofocada de tanto bailar.

—Hola —la saludó Harry.

Ron no dijo nada.

—Hace calor, ¿no? —comentó Hermione abanicándose con la mano—. Viktor acaba de ir por bebidas.

—¿Viktor? —dijo Ron con furia contenida—. ¿Todavía no te ha pedido que lo llames «Vicky»?

Hermione lo miró sorprendida.

—¿Qué te pasa? —le preguntó.

—Si no lo sabes, no te lo voy a explicar —replicó Ron mordazmente.

Hermione interrogó con la mirada a Harry, que se encogió de hombros.

—Ron, ¿qué...?

—¡Es de Durmstrang! —soltó Ron—. ¡Compite contra Harry! ¡Contra Hogwarts! Tú, tú estás... —Ron estaba obviamente buscando palabras lo bastante fuertes para describir el crimen de Hermione— ¡confraternizando con el enemigo, eso es lo que estás haciendo!

Hermione se quedó boquiabierta.

—¡No seas idiota! —contestó al cabo—. ¡El enemigo! No comprendo... ¿Quién era el que estaba tan emocionado cuando lo vio llegar? ¿Quién era el que quería pedirle un autógrafo? ¿Quién tiene una miniatura suya en el dormitorio?

Ron prefirió no hacer caso de aquello.

—Supongo que te pidió ser su pareja cuando los dos estabais en la biblioteca.

—Sí, así fue —respondió Hermione, y sus mejillas, que estaban ligeramente subidas de color, se pusieron de un rojo brillante—. ¿Y qué?

—¿Qué pasó? ¿Intentaste afiliarlo a la P.E.D.D.O.?

—¡No, nada de eso! ¡Si de verdad quieres saberlo, me dijo que había ido a la biblioteca todos los días para intentar hablar conmigo, pero que no había conseguido armarse del valor suficiente!

Hermione dijo esto muy aprisa, y se ruborizó tanto que su cara adquirió el mismo tono que la túnica de Parvati.

—Sí, bien, eso es lo que él dice —repuso Ron.

—¿Qué quieres decir con eso?

—¡Pues está bien claro! Él es alumno de Karkarov, ¿no? Sabe con quién vas... Intenta aproximarse a Harry, obtener información de él, o acercarse lo bastante para gafarlo.

Hermione reaccionó como si Ron le acabara de pegar una bofetada. Cuando al fin habló, le temblaba la voz.

—Para tu información, no me ha preguntado nada sobre Harry, absolutamente nada.

Inmediatamente Ron cambió de argumento.

—¡Entonces es que espera que lo ayudes a desentrañar el enigma del huevo! Supongo que durante esas encantadoras sesiones de biblioteca os habéis dedicado a pensar juntos...

—¡Yo nunca lo ayudaría a averiguar lo del huevo! —replicó Hermione, ofendida—. Nunca. ¡Cómo puedes decir algo así...! Yo quiero que el Torneo lo gane Harry, y Harry lo sabe, ¿o no?

—Tienes una curiosa manera de demostrarlo —dijo Ron de forma despectiva.

—¡Se supone que la finalidad del Torneo es conocer magos extranjeros y hacer amistad con ellos! —repuso Hermione con voz chillona.

—¡No, no lo es! —gritó Ron—. ¡La finalidad es ganar!

La gente empezaba a mirarlos.

—Ron —dijo Harry en voz baja—, a mí no me parece mal que Hermione haya venido con Krum...

Pero Ron tampoco le hizo caso a Harry.

—¿Por qué no te vas a buscar a Vicky? —dijo—. Seguro que se pregunta dónde estás.

—¡No lo llames Vicky! —Hermione se puso en pie de un salto y salió como un huracán hacia la zona de baile, donde desapareció entre la multitud.

Con una mezcla de ira y satisfacción en la cara, Ron la vio irse.

—¿No vas a pedirme que bailemos? —le preguntó Padma.

—No —contestó Ron, sin dejar de mirar a Hermione.

—Muy bien —espetó Padma.

Se levantó y fue adonde estaban Parvati y el chico de Beauxbatons. Éste se dio tanta prisa en encontrar a otro amigo para ella, que Harry habría jurado que lo había atraído con el encantamiento convocador.

—¿Dónde está Herr... mío... ne? —preguntó una voz.

Krum acababa de acercarse a la mesa con dos cervezas de mantequilla.

—Ni idea —respondió Ron con brusquedad, levantando la vista hacia él—. ¿Se te ha perdido?

Krum volvía a tener su gesto hosco.

—Bueno, si la veis, decidle que tengo las bebidas —dijo, y se fue con su paso desgarbado.

—Te has hecho amigo de Viktor Krum, ¿eh, Ron? —Percy se les había acercado y hablaba frotándose las manos y haciendo ademanes pomposos—. ¡Estupendo! Ésa es la verdadera finalidad del Torneo, ¿sabes?, ¡la cooperación mágica internacional!

Para disgusto de Harry, Percy se apresuró a ocupar el sitio de Padma. En aquel momento la mesa principal se hallaba vacía: el profesor Dumbledore bailaba con la profesora Sprout; Ludo Bagman, con la profesora McGonagall; Madame Maxime y Hagrid ocupaban un buen espacio mientras valseaban por entre los estudiantes, y al profesor Karkarov no se lo veía por ningún lado. Cuando terminó la siguiente pieza todo el mundo volvió a aplaudir, y Harry vio que Ludo Bagman besaba la mano de la profesora McGonagall y regresaba entre la multitud, hasta que lo abordaron Fred y George.

—¿Qué creen que hacen, molestando a los miembros del Ministerio? —refunfuñó Percy, mirando con recelo a Fred y George—. No hay respeto...

Pero Ludo Bagman se desprendió de Fred y George enseguida y, viendo a Harry, le hizo un gesto con la mano y se acercó a la mesa.

—Espero que mis hermanos no lo hayan importunado, señor Bagman —le dijo Percy de inmediato.

—¿Qué? ¡No, en absoluto, en absoluto! —repuso Bagman—. No, sólo querían decirme algo sobre esas varitas de pega que han inventado. Me han preguntado si yo podría aconsejarlos sobre mercadotecnia. Les he prometido ponerlos en contacto con un par de conocidos míos en la tienda de artículos de broma de Zonko...

A Percy aquello no le hizo ninguna gracia, y Harry estuvo seguro de que se lo contaría a su madre en cuanto llegara a su casa. Daba la impresión de que los planes de Fred y George se habían hecho más ambiciosos de un tiempo a aquella parte, si esperaban vender al público.

Bagman abrió la boca para preguntarle algo a Harry, pero Percy lo distrajo.

—¿Qué tal le parece que va el Torneo, señor Bagman? Nuestro departamento está muy satisfecho. Por supuesto, fue lamentable el contratiempo con el cáliz de fuego —miró fugazmente a Harry—, pero desde entonces parece que todo ha ido bien, ¿no cree?

—¡Ah, sí! —dijo Bagman muy alegre—, todo ha resultado muy divertido. ¿Cómo le va al viejo Barty? Qué pena que no haya podido venir.

—¡Ah, sin duda el señor Crouch no tardará en volver a la carga! —repuso Percy imbuido de importancia—. Pero, mientras tanto, estoy más que deseoso de mejorar las cosas. Por supuesto, no todo consiste en asistir a bailes... —Rió despreocupadamente—. Me las he tenido que ver con asuntos de todo tipo que han surgido en su ausencia. ¿No ha oído que han pillado a Alí Bashir intentando meter de contrabando en el país un cargamento de alfombras voladoras? Y luego hemos estado intentando que los transilvanos firmen la Prohibición universal de los duelos. Tengo una entrevista con el director de su Departamento de Cooperación Mágica para el año nuevo...

—Vamos a dar una vuelta —le susurró Ron a Harry—. Huyamos de Percy...

Pretextando que iban a buscar más bebida, Harry y Ron dejaron la mesa, rodearon la zona de baile y salieron al vestíbulo. La puerta principal estaba abierta, y mientras bajaban la escalinata de piedra distinguieron el centelleo de las luces de colores repartidas por la rosaleda. Una vez abajo, se encontraron rodeados de arbustos, caminos serpenteantes y grandes estatuas de piedra. Se oía el rumor del agua, probablemente de una fuente. Aquí y allá había gente sentada en bancos labrados. Harry y Ron tomaron uno de los caminos que zigzagueaba entre los rosales, y apenas habían recorrido un corto trecho cuando oyeron una voz tan conocida como desagradable:

—... no veo a qué viene tanto revuelo, Igor.

—¡No puedes negar lo que está pasando, Severus! —La voz de Karkarov sonaba nerviosa y muy baja, como si estuviera tomando precauciones para que nadie pudiera oírlo—. Ha empezado a ser cada vez más evidente durante los últimos meses, y estoy preocupado de verdad, no lo puedo negar...

—Entonces, huye —dijo la voz de Snape—. Huye: yo te disculparé. Pero yo me quedo en Hogwarts.

Snape y Karkarov doblaron la esquina. Snape llevaba la varita en la mano, e iba golpeando los rosales con una expresión de lo más malvada. Muchos de los rosales proferían chillidos, y de ellos surgían unas formas oscuras.

—¡Diez puntos menos para Hufflepuff, Fawcett! —gruñó Snape, cuando una chica pasó corriendo por su lado—. ¡Y diez puntos menos para Ravenclaw, Stebbins! —añadió cuando pasó tras ella un chico—. ¿Y qué hacéis vosotros dos? —preguntó al toparse de improviso con Ron y Harry.

Karkarov, según notó Harry, pareció asustado de verlos allí. Se llevó nerviosamente la mano a la perilla y empezó a ensortijarse el pelo con un dedo.

—Estamos paseando —contestó Ron lacónicamente—. No va contra las normas, ¿o sí?

—¡Seguid paseando, entonces! —gruñó Snape, y los rozó al pasar con su larga capa negra, que se hinchaba tras él.

Karkarov lo siguió apresuradamente. Harry y Ron prosiguieron su camino.

—¿Por qué estará tan preocupado Karkarov? —le cuchicheó Ron.

—¿Y desde cuándo él y Snape se tratan de tú? —dijo Harry pensativamente.

Acababan de llegar hasta una estatua grande de piedra que representaba a un reno del que salían los surtidores de una alta fuente. Sobre un banco de piedra se veía la oscura silueta de dos personas muy grandes que contemplaban el agua a la luz de la luna. Y luego Harry oyó hablar a Hagrid:

—Lo supe en cuanto te vi —decía él, con la voz extrañamente ronca.

Harry y Ron se quedaron de piedra. Daba la impresión de que no debían interrumpir aquella escena... Harry miró a su alrededor y hacia atrás por el camino, y vio a Fleur Delacour y Roger Davies medio ocultos en un rosal cercano. Le dio una palmada a Ron en el hombro y los señaló con un gesto de cabeza, indicándole que podrían escabullirse fácilmente por aquel lado sin ser notados (Fleur y Davies parecían muy entretenidos), pero Ron, horrorizado al ver a Fleur y poniendo los ojos como platos, negó vigorosamente con la cabeza y tiró de Harry para ocultarse más entre las sombras, tras el reno.

—¿Qué es lo que supiste, «Hagguid»? —le preguntó Madame Maxime, con un evidente ronroneo en su suave voz.

Decididamente, Harry no quería escuchar aquello: sabía que a Hagrid le horrorizaría que lo oyeran (porque a él le pasaría lo mismo). Si hubiera podido, se habría tapado los oídos con los dedos y se habría puesto a canturrear bien fuerte, pero no era posible. En vez de eso, intentó interesarse en un escarabajo que caminaba por la espalda del reno, pero el escarabajo no conseguía ser lo bastante atrayente para que se dejaran de oír las palabras de Hagrid.

—Supe... supe que eras como yo... ¿Fue tu madre o tu padre?

—Eh... no entiendo lo que «quiegues decig», Hagrid.

—En mi caso fue mi madre —explicó Hagrid en voz baja—. Fue una de las últimas de Gran Bretaña. Naturalmente, no la recuerdo muy bien... Me abandonó, ya ves. Cuando yo tenía unos tres años. No era lo que se dice del tipo maternal. Bueno, lo llevan en su naturaleza, ¿no? No sé qué fue de ella... Tal vez haya muerto.

Madame Maxime no decía nada. Y Harry, a pesar de sí mismo, apartó los ojos del escarabajo y echó un vistazo por encima de las astas del reno, escuchando... Nunca había oído a Hagrid hablar de su infancia.

—A mi padre se le partió el corazón cuando ella se fue. Mi padre era muy pequeño. Con seis años yo ya podía levantarlo y ponerlo encima del aparador si me enfadaba. Solía hacerlo reír... —La voz de Hagrid era profunda, pero de repente cambió porque lo embargó la emoción. Madame Maxime escuchaba sin moverse, según parecía con la vista fija en la fuente plateada—. Mi padre me crió... pero murió, claro, justo después de que yo vine al colegio. Entonces, me las tuve que apañar por mí mismo. Aunque Dumbledore fue una gran ayuda: fue muy bueno conmigo... —Hagrid sacó un pañuelo grande de seda de lunares y se sonó la nariz muy fuerte—. Bueno... en fin... basta de hablar de mí. ¿Y tú? ¿De qué parte te viene?

Pero Madame Maxime acababa de ponerse repentinamente en pie.

—Hace demasiado «fguío» —dijo, pero el tiempo no era tan frío como su voz—. Me «paguece» que voy a «entgag».

—¿Eh? —exclamó Hagrid, sin entender—. ¡No, no te vayas! ¡Yo no... nunca había conocido a otro!

—¿«Otgo» qué, exactamente? —preguntó Madame Maxime, con un tono gélido.

Harry le hubiera aconsejado a Hagrid que no respondiera. Oculto en la sombra, apretó los dientes, esperando contra toda esperanza que no lo hiciera, pero de nada valía.

—¡Otro semigigante, por supuesto! —repuso Hagrid.

—¡Cómo te «atgueves»! —gritó Madame Maxime. Su voz resonó en el silencioso aire de la noche como la sirena de un barco. Tras él, Harry oyó a Fleur y Roger caerse de su rosal—. ¡Jamás en mi vida me han insultado así! ¿Semigigante? *Moi?* Yo... ¡yo soy de esqueleto grande!

Se marchó furiosa. A medida que pasaba, apartando enojada los arbustos, se levantaban en el aire enjambres de hadas multicolores. Hagrid permaneció sentado en el banco, mirándola. Estaba demasiado oscuro para ver su expresión. Luego, aproximadamente un minuto después, se levantó y se fue a grandes zancadas, no de regreso al castillo sino atravesando los oscuros terrenos de camino a su cabaña.

—Vamos —le dijo Harry a Ron en voz muy baja—, vámonos.

Pero Ron no se movió.

—¿Qué pasa? —preguntó Harry mirándolo.

Ron tenía una expresión realmente muy seria.

—¿Lo sabías —susurró—, lo de que Hagrid fuera un semigigante?

—No —contestó Harry, encogiéndose de hombros—. ¿Y qué?

Al ver la mirada de Ron comprendió enseguida que una vez más estaba revelando su ignorancia respecto del mundo mágico. Criado con los Dursley, había muchas cosas que todos los magos conocían y que para él continuaban siendo un secreto, aunque aquellas revelaciones se iban haciendo menos frecuentes conforme iba pasando cursos. En aquel momento, sin embargo, se dio cuenta de que la mayoría de los magos no habría dicho «¿y qué?» al averiguar que uno de sus amigos tenía como madre a una giganta.

—Te lo explicaré dentro —contestó Ron en voz baja—. Vamos...

Fleur y Roger Davies habían desaparecido, probablemente metiéndose en algún hueco aún más íntimo entre los arbustos. Harry y Ron volvieron al Gran Comedor. Parvati y Padma estaban sentadas a una mesa distante, entre una multitud de chicos de Beauxbatons, y Hermione seguía bailando con Krum. Harry y Ron ocuparon una mesa bastante alejada de la zona de baile.

—¿Y? —le preguntó Harry a Ron—. ¿Cuál es el problema con los gigantes?

—Bueno, que son, son... —Ron se esforzó por hallar las palabras adecuadas—. No son muy agradables —concluyó de forma poco convincente.

—¿Y eso qué más da? —observó Harry—. ¡Hagrid sí que lo es!

—Ya lo sé, pero... caray, no me extraña que lo mantenga en secreto —dijo Ron, sacudiendo la cabeza—. Siempre creí que alguien le había echado un encantamiento aumentador cuando era niño, o algo así. No quería mencionarlo...

—Pero ¿qué problema hay porque su madre fuera una giganta? —inquirió Harry.

—Bueno, ninguno para los que lo conocemos, porque sabemos que no es peligroso —dijo Ron pensativamente—. Pero... los gigantes son muy fieros, Harry. Como Hagrid dijo, lo llevan en su naturaleza. Son como los trols: les gusta matar; todo el mundo lo sabe. Pero ya no queda ninguno en Gran Bretaña.

—¿Qué les ocurrió?

—Bueno, se estaban extinguiendo, y luego los aurores mataron a muchos. Pero se supone que quedan gigantes en otros países... la mayor parte ocultos en las montañas.

—No sé a quién piensa Maxime que engaña —comentó Harry, observando a Madame Maxime sentada sola en la mesa principal, con aspecto muy sombrío—. Si Hagrid es un semigigante, ella desde luego también lo es. Esqueleto grande... Sólo los dinosaurios tienen un esqueleto mayor que el de ella.

Harry y Ron se pasaron el resto del baile en su rincón hablando sobre los gigantes, sin ningunas ganas de bailar. Harry intentaba no mirar a Cho y Cedric: hacerlo le producía un enorme deseo de dar patadas.

Cuando a la medianoche terminaron de tocar Las Brujas de Macbeth, todo el mundo les dedicó un fuerte aplauso antes de emprender el camino hacia el vestíbulo. Muchos se quejaban de que el baile no durara más, pero Harry estaba muy contento de irse a la cama. Por lo que se refería a él, la noche no había sido muy divertida.

Fuera, en el vestíbulo, Harry y Ron vieron a Hermione despedirse de Krum antes de que volviera al barco. Ella le dirigió a Ron una mirada gélida, y pasó por su lado al subir la escalinata de mármol sin decirle nada. Harry y Ron la siguieron, pero a mitad de la escalinata Harry oyó que alguien lo llamaba:

—¡Eh... Harry!

Era Cedric Diggory. Harry vio que Cho lo esperaba abajo, en el vestíbulo.

—¿Sí? —dijo Harry con frialdad, cuando Cedric hubo subido hasta donde estaba él.

Parecía que Cedric no quería decir nada delante de Ron, así que éste se encogió de hombros, malhumorado, y siguió subiendo la escalinata.

—Escucha... —dijo Cedric en voz muy baja cuando Ron se perdió de vista—. Te debo una por haberme dicho lo de los dragones. ¿Tu huevo de oro gime cuando lo abres?

—Sí —contestó Harry.

—Bien... toma un baño, ¿vale?

—¿Qué?

—Que tomes un baño y... eh... te lleves el huevo contigo, y... eh... reflexiona sobre las cosas en el agua caliente. Te ayudará a pensar... Hazme caso.

Harry se quedó mirándolo.

—Y otra cosa —añadió Cedric—: usa el baño de los prefectos. Es la cuarta puerta a la izquierda de esa estatua de Boris el Desconcertado del quinto piso. La contraseña es «Frescura de pino». Tengo que irme... Me quiero despedir.

Volvió a sonreír a Harry y bajó la escalera apresuradamente hasta donde estaba Cho.

Harry regresó solo a la torre de Gryffindor. Aquél era un consejo muy extraño. ¿Por qué un baño podía ayudarlo a desentrañar el enigma del huevo? ¿Le tomaba el pelo Cedric? ¿Trataba de hacerlo quedar en ridículo, para valer más a los ojos de Cho?

La Señora Gorda y su amiga Violeta dormitaban en el cuadro. Harry tuvo que gritar «¡Luces de colores!» para despertarlas, y cuando lo hizo se mostraron muy enfadadas. Entró en la sala común y vio a Hermione y Ron envueltos en una violenta disputa. Se gritaban a tres metros de distancia, los dos rojos como tomates.

—Bueno, pues si no te gusta, ya sabes cuál es la solución, ¿no? —gritó Hermione; el pelo se le estaba desprendiendo de su elegante moño, y tenía la cara tensa de ira.

—¿Ah, sí? —le respondió Ron—, ¿cuál es?

—¡La próxima vez que haya un baile, pídeme que sea tu pareja antes que ningún otro, y no como último recurso!

Ron movió la boca sin articular ningún sonido, como una carpa fuera del agua, mientras Hermione se daba media vuelta y subía como un rayo la escalera que llevaba al dormitorio. Ron se volvió hacia Harry.

—Bueno —balbuceó, atónito—, bueno... ahí está la prueba... Hasta ella se da cuenta de que no tiene razón.

Harry no le contestó. Estaba demasiado contento de haber vuelto a ser amigo de Ron para decir lo que pensaba justo en aquel momento. Pero sabía que Hermione tenía mucha más razón que él.

24

La primicia de Rita Skeeter

Todos se levantaron tarde el 26 de diciembre. La sala común de Gryffindor se encontraba más silenciosa de lo que había estado últimamente, y muchos bostezos salpicaban las desganadas conversaciones. El pelo de Hermione volvía a estar tan enmarañado como siempre, y ella confesó que había empleado grandes cantidades de poción alisadora; «pero es demasiado lío para hacerlo todos los días», añadió con sensatez mientras rascaba detrás de las orejas a *Crookshanks*, que ronroneaba.

Ron y Hermione parecían haber llegado al acuerdo de no tocar más el tema de su disputa. Volvían a ser muy amables el uno con el otro, aunque algo formales. Ron y Harry la pusieron al tanto de la conversación entre Madame Maxime y Hagrid, pero ella no pareció encontrar tan sorprendente la noticia de que Hagrid era un semigigante.

—Bueno, ya me lo imaginaba —dijo encogiéndose de hombros—. Sabía que no podía ser un gigante puro, porque miden unos siete metros de altura. Pero, la verdad, esa histeria con los gigantes... No creo que todos sean tan horribles. Son los mismos prejuicios que tiene la gente contra los hombres lobo. No es más que intolerancia, ¿verdad?

Daba la impresión de que a Ron le hubiera gustado dar una respuesta mordaz, pero tal vez no quería empezar otra discusión, porque se contentó con negar con la cabeza cuando Hermione no lo veía.

Había llegado el momento de pensar en los deberes que no habían hecho durante la primera semana de vacaciones. Una vez pasado el día de Navidad, todo el mundo se sentía desinflado. Todo el mundo salvo Harry, que otra vez comenzaba a preocuparse.

El problema era que, una vez terminadas las fiestas, el 24 de febrero parecía mucho más cercano, y aún no había hecho nada para descifrar el enigma que encerraba el huevo de oro. Así pues, empezó a sacar el huevo del baúl cada vez que subía al dormitorio; lo abría y lo escuchaba con atención, esperando que algo cobrara sentido de repente. Trataba de pensar a qué le recordaba aquel sonido, aparte de a una treintena de sierras musicales, pero nunca había oído nada que se le pareciera. Cerró el huevo, lo agitó vigorosamente y lo volvió a abrir para comprobar si el sonido había cambiado, pero no era así. Intentó hacerle al huevo varias preguntas, gritando por encima de los gemidos, pero no le respondía. Incluso tiró el huevo a la otra punta del dormitorio, aunque no creyó que fuera a servirle de nada.

Harry no olvidaba la pista que le había dado Cedric, pero los sentimientos de antipatía que éste le inspiraba entonces le hacían rechazar aquella ayuda siempre que fuera posible. En cualquier caso, le parecía que, si de verdad Cedric hubiera querido echarle una mano, habría sido algo más explícito. Él, Harry, le había explicado qué era exactamente a lo que se iba a enfrentar en la primera prueba... mientras que la idea que Cedric tenía de justa correspondencia consistía en aconsejarle que se tomara un baño. Bueno, él no necesitaba esa birria de ayuda, y menos de alguien que iba por los corredores cogido de la mano de Cho. Y así llegó el primer día del segundo trimestre, y Harry se fue a clase con el habitual peso de los libros, pergaminos y plumas, más el peso en el estómago de la preocupación por el enigma del huevo, como si también lo llevara de un lado a otro.

Todavía había una gruesa capa de nieve alrededor del colegio, y las ventanas del invernadero estaban cubiertas de un vaho tan espeso que no se podía ver nada por ellas en la clase de Herbología. Con aquel tiempo nadie tenía muchas ganas de que llegara la clase de Cuidado de Criaturas

Mágicas, aunque, como dijo Ron, los escregutos seguramente los harían entrar en calor, ya fuera por tener que cazarlos o porque arrojarían fuego con la suficiente intensidad para prender la cabaña de Hagrid.

Sin embargo, al llegar a la cabaña de su amigo encontraron ante la puerta a una bruja anciana de pelo gris muy corto y barbilla prominente.

—Daos prisa, vamos, ya hace cinco minutos que sonó la campana —les gritó al verlos acercarse a través de la nieve.

—¿Quién es usted? —le preguntó Harry mirándola fijamente—. ¿Dónde está Hagrid?

—Soy la profesora Grubbly-Plank —dijo con entusiasmo—, la sustituta temporal de vuestro profesor de Cuidado de Criaturas Mágicas.

—¿Dónde está Hagrid? —repitió Harry.

—Está indispuesto —respondió lacónicamente la mujer.

Hasta los oídos de Harry llegó una risa apenas audible pero desagradable. Se volvió. Estaban llegando Draco Malfoy y el resto de los de Slytherin. Todos parecían contentos, y ninguno se sorprendía de ver a la profesora Grubbly-Plank.

—Por aquí, por favor —les dijo ésta, y se encaminó a grandes pasos hacia el potrero en que tiritaban los enormes caballos de Beauxbatons.

Harry, Ron y Hermione la siguieron volviendo la vista atrás, a la cabaña de Hagrid. Habían corrido todas las cortinas. ¿Estaba allí Hagrid, solo y enfermo?

—¿Qué le pasa a Hagrid? —preguntó Harry, apresurándose para poder alcanzar a la profesora Grubbly-Plank.

—No te importa —respondió ella, como si pensara que él trataba de molestar.

—Sí me importa —replicó Harry acalorado—. ¿Qué le pasa?

La bruja no le hizo caso. Los condujo al otro lado del potrero, donde descansaban los caballos de Beauxbatons, amontonados para protegerse del frío, y luego hacia un árbol que se alzaba en el lindero del bosque. Atado a él había un unicornio grande y muy bello.

Muchas de las chicas exclamaron «¡ooooooooooooooh!» al ver al unicornio.

—¡Qué hermoso! —susurró Lavender Brown—. ¿Cómo lo atraparía? ¡Dicen que son sumamente difíciles de coger!

El unicornio era de un blanco tan brillante que a su lado la nieve parecía gris. Piafaba nervioso con sus cascos dorados, alzando la cabeza rematada en un largo cuerno.

—¡Los chicos que se echen atrás! —exclamó con voz potente la profesora Grubbly-Plank, apartándolos con un brazo que le pegó a Harry en el pecho—. Los unicornios prefieren el toque femenino. Que las chicas pasen delante y se acerquen con cuidado. Vamos, despacio...

Ella y las chicas se acercaron poco a poco al unicornio, dejando a los chicos junto a la valla del potrero, observando.

En cuanto la profesora se alejó lo suficiente para no oírlos, Harry se dirigió a Ron.

—¿Qué crees que le pasa? ¿No habrá sido un escreg...?

—No, nadie lo ha atacado, Potter, si es lo que piensas —intervino Malfoy con voz suave—. No: lo que pasa es que le da vergüenza que vean su fea carota.

—¿Qué quieres decir? —preguntó Harry.

Malfoy metió la mano en un bolsillo de la túnica y sacó una página de periódico.

—Aquí tienes —dijo—. No sabes cómo lamento tener que enseñártelo, Potter.

Sonreía de satisfacción mientras Harry cogía la página, la desplegaba y la leía. Ron, Seamus, Dean y Neville miraban por encima de su hombro. Se trataba de un artículo encabezado con una foto en la que Hagrid tenía pinta de criminal.

EL GIGANTESCO ERROR DE DUMBLEDORE

Albus Dumbledore, el excéntrico director del Colegio Hogwarts de Magia y Hechicería, nunca ha tenido miedo de contratar a gente controvertida, nos cuenta Rita Skeeter, corresponsal especial. En septiembre de este año nombró profesor de Defensa Contra las Artes Oscuras a Alastor *Ojoloco* Moody, el antiguo auror que, como todo el mundo sabe, es un cenizo y además se siente orgulloso de serlo; una decisión que causó gran sorpresa en el Ministerio de Magia, dado el bien conocido hábito que tiene Moody de atacar a cualquiera que haga un repentino movimiento en su presencia. Aun así, *Ojoloco* Moody parece un profesor bondadoso y responsable al lado del ser parcialmente humano que ha contratado Dumbledore para impartir la clase de Cuidado de Criaturas Mágicas.

Rubeus Hagrid, que admite que fue expulsado de Hogwarts cuando cursaba tercero, ha ocupado el puesto de guardabosque del colegio desde entonces, un trabajo en el que Dumbledore lo ha puesto de forma fija. El curso pasado, sin embargo, Hagrid utilizó su misterioso ascendiente sobre el director para obtener el cargo adicional de profesor de Cuidado de Criaturas Mágicas, por encima de muchos candidatos mejor cualificados.

Hagrid, que es un hombre enorme y de aspecto feroz, ha estado utilizando su nueva autoridad para aterrorizar a los estudiantes que tiene a su cargo con una sucesión de horripilantes criaturas. Mientras Dumbledore hace la vista gorda, Hagrid ha conseguido lesionar a varios de sus alumnos durante una serie de clases que muchos admiten que resultan «aterrorizadoras».

«A mí me atacó un hipogrifo, y a mi amigo Vincent Crabbe le dio un terrible mordisco un gusarajo», nos confiesa Draco Malfoy, un alumno de cuarto curso. «Todos odiamos a Hagrid, pero tenemos demasiado miedo para decir nada.»

No obstante, Hagrid no tiene intención de cesar su campaña de intimidación. El mes pasado, en conversación con una periodista de *El Profeta*, admitió haber creado por cruce unas criaturas a las que ha bautizado como «escregutos de cola explosiva», un cruce altamente peligroso entre mantícoras y cangrejos de fuego. Por supuesto, la creación de nuevas especies de criaturas mágicas es una actividad que el Departamento de Regulación y Control de las Criaturas Mágicas siempre vigila de cerca.

Hagrid, según parece, se considera por encima de tales restricciones insignificantes.

«Fue sólo como diversión», dice antes de apresurarse a cambiar de tema.

Por si esto no fuera bastante, *El Profeta* ha descubierto recientemente que Hagrid no es, como ha pretendido siempre, un mago de sangre limpia. De hecho, ni siquiera es enteramente humano. Su madre, revelamos en exclusiva, no es otra que la giganta Fridwulfa, que en la actualidad se halla en paradero desconocido.

Brutales y sedientos de sangre, los gigantes llegaron a estar en peligro de extinción durante el pasado siglo por culpa de sus luchas fratricidas. Los pocos que sobrevivieron se unieron a las filas de El-que-no-debe-ser-nombrado, y fueron responsables de algunas de las peores matanzas de muggles que tuvieron lugar durante su reinado de terror.

En tanto que muchos de los gigantes que sirvieron a El-que-no-debe-ser-nombrado cayeron abatidos por aurores que luchaban contra las fuerzas oscuras, Fridwulfa no se hallaba entre ellos. Es posible que se uniera a una de las comunidades de gigantes que perviven en algunas cadenas montañosas del extranjero. Pero, a juzgar por las travesuras que comete en las clases de Cuidado de Criaturas Mágicas, el hijo de Fridwulfa parece haber heredado su naturaleza brutal.

Lo curioso es que, como todo Hogwarts sabe, Hagrid mantiene una amistad íntima con el muchacho que provocó la caída de Quien-ustedes-saben, y con ella la huida de la propia madre de Hagrid, como del resto de sus partidarios. Tal vez Harry Potter no se halle al corriente de la desagradable verdad sobre su enorme amigo, pero Albus Dumbledore tiene sin duda la obligación de asegurarse de que Harry Potter, al igual que sus compañeros, esté advertido de los peligros que entraña la relación con semigigantes.

Harry terminó de leer y alzó los ojos hacia Ron, que contemplaba boquiabierto la página del periódico.

—¿Cómo se ha enterado? —susurró éste.

Pero no era eso lo que preocupaba a Harry.

—¿Qué quieres decir con eso de «todos odiamos a Hagrid»? —le espetó a Malfoy—. ¿Qué son todas estas mentiras acerca de que a ése —y señaló a Crabbe— le dio un terrible mordisco un gusarajo? ¡Ni siquiera tienen dientes!

Crabbe se reía por lo bajo, muy satisfecho de sí mismo.

—Bien, creo que esto debería poner fin a la carrera docente de ese zoquete —declaró Malfoy con ojos brillantes—. Un semigigante... ¡Y pensar que yo suponía que se había tragado una botella de crecehuesos cuando era joven! A los padres esto no les va a hacer ninguna gracia: ahora todos tendrán miedo de que se coma a sus hijos, ja, ja...

—¡Mald...!

—¿Estáis atendiendo, por ahí?

La voz de la profesora Grubbly-Plank llegó hasta ellos; las chicas se arracimaban en torno al unicornio, acariciándolo. Harry sentía tanta ira que el artículo de *El Profeta* le temblaba en las manos mientras se volvía con la mirada perdida hacia el unicornio, cuyas propiedades mágicas enumeraba en aquel instante la profesora en voz alta, para que los chicos también se enteraran.

—¡Espero que se quede esta mujer! —dijo Parvati Patil al terminar la clase, cuando todos se dirigían hacia el castillo para la comida—. Esto se parece más a lo que yo me imaginaba de Cuidado de Criaturas Mágicas: criaturas hermosas como los unicornios, no monstruos...

—¿Y qué me dices de Hagrid? —replicó Harry enfadado, subiendo la pequeña escalinata.

—¿Hagrid? —contestó Parvati con dureza—. Puede seguir siendo guardabosque, ¿no?

Desde el baile, Parvati se había mostrado muy fría con Harry. Éste reconocía que debería haberse mostrado más atento con su compañera de baile; pero, después de todo, ella no lo había pasado nada mal. De hecho, le contaba a todo el mundo que estuviera dispuesto a escucharla que se había citado con el chico de Beauxbatons en Hogsmeade el siguiente día que tuvieran permiso para ir allí.

—Ha sido una buena clase —comentó Hermione cuando entraron en el Gran Comedor—. Yo no sabía ni la mitad de las cosas que la profesora Grubbly-Plank nos ha dicho sobre los unic...

—¡Mira esto! —la cortó Harry, y le puso bajo la nariz el artículo de *El Profeta*.

Hermione leyó con la boca abierta. Reaccionó exactamente igual que Ron.

—¿Cómo se ha podido enterar esa espantosa Skeeter? ¿Creéis que se lo diría Hagrid?

—No —contestó Harry, que se abrió camino hasta la mesa de Gryffindor y se echó sobre una silla, furioso—. Ni siquiera nos lo dijo a nosotros. Supongo que le pondría de los nervios que Hagrid no quisiera decirle un montón de cosas negativas sobre mí, y se ha dedicado a hurgar para desquitarse con él.

—Tal vez lo oyó decírselo a Madame Maxime durante el baile —sugirió Hermione en voz baja.

—¡La habríamos visto en el jardín! —objetó Ron—. Además, se supone que no puede volver a entrar en el colegio. Hagrid dijo que Dumbledore se lo había prohibido...

—A lo mejor tiene una capa invisible —dijo Harry, sirviéndose en el plato un cazo de guiso de pollo, con tanta furia contenida que lo salpicó por todas partes—. Es el tipo de cosas que haría, ¿no?: ocultarse entre los arbustos para espiar a la gente.

—¿Como tú y Ron, te refieres? —preguntó Hermione.

—¡Nosotros no pretendíamos oír! —repuso Ron indignado—. ¡No nos quedó otro remedio! ¡El muy tonto, hablando sobre la giganta de su madre donde cualquiera podía oírlo!

—Tenemos que ir a verlo —dijo Harry—. Esta noche, después de Adivinación. Para decirle que queremos que vuelva... ¿Tú quieres que vuelva? —le preguntó a Hermione.

—Yo... bueno, no voy a fingir que no me haya gustado este agradable cambio, tener por una vez una clase de Cuidado de Criaturas Mágicas como Dios manda... ¡pero quiero que vuelva Hagrid, por supuesto que sí! —se apresuró a añadir Hermione, temblando ante la furiosa mirada de Harry.

De forma que esa noche, después de cenar, los tres volvieron a salir del castillo y se fueron por los helados terrenos del colegio hacia la cabaña de Hagrid. Llamaron a la puerta, y les respondieron los atronadores ladridos de *Fang*.

—¡Somos nosotros, Hagrid! —gritó Harry, aporreando la puerta—. ¡Abre!

No respondió. Oyeron a *Fang* arañar la puerta, quejumbroso, pero ésta siguió cerrada. Llamaron durante otros diez minutos, y Ron incluso golpeó en una de las ventanas, pero no obtuvieron respuesta.

—¿Por qué nos evita? —se lamentó Hermione, cuando finalmente desistieron y emprendieron el regreso al colegio—. Espero que no crea que a nosotros nos importa que sea un semigigante.

Pero parecía que a Hagrid sí le importaba, porque no vieron ni rastro de él en toda la semana. No hizo acto de presencia en la mesa de los profesores a las horas de comer, no lo vieron ir a cumplir con sus obligaciones como guardabosque, y la profesora Grubbly-Plank siguió haciéndose cargo de las clases de Cuidado de Criaturas Mágicas. Malfoy se relamía de gusto siempre que podía.

—¿Se ha perdido vuestro amigo el híbrido? —le susurraba a Harry siempre que había algún profesor cerca, para que éste no pudiera tomar represalias—. ¿Se ha perdido el hombre elefante?

Había una visita programada a Hogsmeade para mediados de enero. Hermione se sorprendió mucho de que Harry pensara ir.

—Pensé que querrías aprovechar la oportunidad de tener la sala común en silencio —comentó—. Tienes que ponerte en serio a pensar en el enigma.

—¡Ah...! Creo... creo que ya estoy sobre la pista —mintió Harry.

—¿De verdad? —dijo Hermione, impresionada—. ¡Bien hecho!

La sensación de culpa le provocó un retortijón de tripas, pero no hizo caso. Después de todo, todavía le quedaban cinco semanas para meditar en el enigma, y eso era como cinco siglos. Además, si iba a Hogsmeade, tal vez pudiera encontrarse con Hagrid y persuadirlo de que volviera.

Él, Ron y Hermione salieron del castillo el sábado, y atravesaron el campo húmedo y frío en dirección a las verjas. Al pasar junto al barco anclado en el lago, vieron salir a cubierta a Viktor Krum, sin otra prenda de ropa que el bañador. A pesar de su delgadez debía de ser bastante fuerte, porque se subió a la borda, estiró los brazos y se tiró al lago.

—¡Está loco! —exclamó Harry, mirando fijamente el renegrido pelo de Krum cuando su cabeza asomó en el medio del lago—. ¡Es enero, debe de estar helado!

—Hace mucho más frío en el lugar del que viene —comentó Hermione—. Supongo que para él está tibia.

—Sí, pero además está el calamar gigante —señaló Ron. No parecía preocupado, más bien esperanzado.

Hermione notó el tono de su voz, y le puso mala cara.

—Es realmente majo, ¿sabéis? —dijo ella—. No es lo que uno podría pensar de alguien de Durmstrang. Me ha dicho que esto le gusta mucho más.

Ron no dijo nada. No había mencionado a Viktor Krum desde el baile, pero el 26 de diciembre Harry había encontrado bajo la cama un brazo en miniatura que tenía toda la pinta de haber sido desgajado de alguna figura que llevara la túnica de quidditch del equipo de Bulgaria.

Mientras recorrían la calle principal, cubierta de nieve enfangada, Harry estuvo muy atento por si vislumbraba a Hagrid, y propuso visitar Las Tres Escobas después de asegurarse de que éste no estaba en ninguna tienda.

La taberna se hallaba tan abarrotada como siempre, pero un rápido vistazo a todas las mesas reveló que Hagrid no se encontraba allí. Desanimado, Harry fue hasta la barra con Ron y Hermione, le pidió a la señora Rosmerta tres cervezas de mantequilla, y lamentó no haberse quedado en Hogwarts escuchando los gemidos del huevo de oro.

—Pero ¿es que ese hombre no va nunca a trabajar? —susurró Hermione de repente—. ¡Mirad!

Señaló el espejo que había tras la barra, y Harry vio a Ludo Bagman allí reflejado, sentado en un rincón oscuro con unos cuantos duendes. Bagman les hablaba a los duendes en voz baja y muy despacio, y ellos lo escuchaban con los brazos cruzados y miradas amenazadoras.

Harry se dijo que era bastante raro que Bagman estuviera allí, en Las Tres Escobas, un fin de semana, cuando no había ningún acontecimiento relacionado con el Torneo y, por lo tanto, nada que juzgar. Miró el reflejo de Bagman. Parecía de nuevo tenso, tanto como lo había estado en el bosque aquella noche antes de que apareciera la Marca Tenebrosa. Pero en aquel momento Bagman miró hacia la barra, vio a Harry y se levantó.

—¡Un momento, sólo un momento! —oyó que les decía a los duendes, y Bagman se apresuró a acercarse a él cruzando la taberna—. ¡Harry! ¿Cómo estás? —lo saludó; había recuperado su sonrisa infantil—. ¡Tenía ganas de encontrarme contigo! ¿Va todo bien?

—Sí, gracias —respondió Harry.

—Me pregunto si podría decirte algo en privado, Harry —dijo Bagman—. ¿Nos podríais disculpar un momento?

—Eh... vale —repuso Ron, y se fue con Hermione en busca de una mesa.

Bagman condujo a Harry hasta el rincón de la taberna más alejado de la señora Rosmerta.

—Bueno, sólo quería felicitarte por tu espléndida actuación ante el colacuerno húngaro, Harry —dijo Bagman—. Fue realmente soberbia.

—Gracias —contestó Harry, pero sabía que aquello no era todo lo que Bagman quería decirle, porque sin duda podía haberlo felicitado delante de Ron y Hermione.

Sin embargo, Bagman no parecía tener ninguna prisa por hablar. Harry lo vio mirar por el espejo a los duendes, que a su vez los observaban a ellos en silencio con sus ojos oscuros y rasgados.

—Una absoluta pesadilla —dijo Bagman en voz baja al notar que Harry también observaba a los duendes—. Su inglés no es muy bueno... Es como volver a entendérselas con todos los búlgaros en los Mundiales de quidditch... pero al menos aquéllos utilizaban unos signos que cualquier otro ser humano podía entender. Éstos parlotean duendigonza... y yo sólo sé una palabra en duendigonza: *bladvak*, que significa «pico de cavar». Y no quiero utilizarla por miedo a que crean que los estoy amenazando. —Se rió con una risa breve y retumbante.

—¿Qué quieren? —preguntó Harry, notando que los duendes no dejaban de vigilar a Bagman.

—Eh... bueno... —dijo Bagman, que de pronto pareció muy nervioso—. Buscan a Barty Crouch.

—¿Y por qué lo buscan aquí? —se extrañó Harry—. Estará en el Ministerio, en Londres, ¿no?

—Eh... en realidad no tengo ni idea de dónde está —reconoció Bagman—. Digamos que... ha dejado de acudir al trabajo. Ya lleva ausente dos semanas. El joven Percy, su ayudante, asegura que está enfermo. Parece que ha estado enviando instrucciones por lechuza mensajera. Pero te ruego que no le digas nada de esto a nadie, porque Rita Skeeter mete las narices por todas partes, y es capaz de convertir la enfermedad de Barty en algo siniestro. Probablemente diría que ha desaparecido como Bertha Jorkins.

—¿Se sabe algo de Bertha Jorkins? —preguntó Harry.

—No —contestó Bagman, recuperando su aspecto tenso—. He puesto a alguna gente en su busca —«¡A buena hora!», pensó Harry—, y todo resulta muy extraño. Hemos comprobado que llegó a Albania, porque allí se vio con su primo segundo. Y luego dejó la casa de su primo para trasladarse al sur a visitar a su tía. Pero parece que desapareció por el camino sin dejar rastro. Que me parta un rayo si comprendo dónde se ha metido. No parece el tipo de persona que se fugaría con alguien, por ejemplo... Pero ¿qué hacemos hablando de duendes y de Bertha Jorkins? Lo que quería preguntarte es cómo te va con el huevo de oro.

—Eh... no muy mal —mintió Harry.

Pero, al parecer, Bagman se dio cuenta de que Harry no era sincero.

—Escucha, Harry —dijo en voz muy baja—, todo esto me hace sentirme culpable. Te metieron en el Torneo, tú no te presentaste, y... —su voz se hizo tan sutil que Harry tuvo que inclinarse para escuchar— si puedo ayudarte, darte un empujoncito en la dirección correcta... Siento debilidad por ti... ¡La manera en que burlaste al dragón! Bueno, sólo espero una indicación por tu parte.

Harry miró la cara de Bagman, redonda y sonrosada, y los azules ojos de bebé, completamente abiertos.

—Se supone que tenemos que descifrarlo por nosotros mismos, ¿no? —repuso, poniendo mucho cuidado en decirlo como sin darle importancia y que no sonara a una acusación contra el director del Departamento de Deportes y Juegos Mágicos.

—Bueno, sí —admitió Bagman—, pero... En fin, Harry, todos queremos que gane Hogwarts, ¿no?

—¿Le ha ofrecido ayuda a Cedric?

Bagman frunció levemente el entrecejo.

—No, no lo he hecho —reconoció—. Yo... bueno, como te dije, siento debilidad por ti. Por eso pensé en ofrecerte...

—Bueno, gracias —respondió Harry—, pero creo que ya casi lo tengo... Me faltan un par de días.

No sabía muy bien por qué rechazaba la ayuda de Bagman. Tal vez fuera porque era para él casi un extraño, y aceptar su ayuda le parecía que estaba mucho más cerca de hacer trampas que si se la pedía a Ron, Hermione o Sirius.

Bagman parecía casi ofendido, pero no pudo decir mucho más porque en ese momento se acercaron Fred y George.

—Hola, señor Bagman —saludó Fred con entusiasmo—. ¿Podemos invitarlo?

—Eh... no —contestó Bagman, dirigiéndole a Harry una última mirada decepcionada—. No, muchachos, muchas gracias.

Fred y George se quedaron tan decepcionados como Bagman, que miraba a Harry como si éste lo hubiera defraudado.

—Bueno, tengo prisa —dijo—. Me alegro de veros a todos. Buena suerte, Harry.

Salió de la taberna a toda prisa. Los duendes se levantaron de las sillas y fueron tras él. Harry se reunió con Ron y Hermione.

—¿Qué quería? —preguntó Ron en cuanto Harry se sentó.

—Quería ayudarme con el huevo de oro —explicó Harry.

—¡Eso no está bien! —exclamó Hermione muy sorprendida—. ¡Es uno de los jueces! Y además, tú ya lo tienes, ¿no?

—Eh... casi —repuso Harry.

—¡Bueno, no creo que a Dumbledore le gustara enterarse de que Bagman intenta convencerte de que hagas trampa! —opinó Hermione, con expresión muy reprobatoria—. ¡Espero que intente ayudar igual a Cedric!

—Pues no. Se lo he preguntado —respondió Harry.

—¿Y a quién le importa si a Diggory lo están ayudando? —dijo Ron.

Harry, en su interior, se mostró de acuerdo con su amigo.

—Esos duendes no parecían muy amistosos —comentó Hermione, sorbiendo la cerveza de mantequilla—. ¿Qué harían aquí?

—Según Bagman, buscar a Crouch —explicó Harry—. Sigue enfermo. No ha ido a trabajar.

—A lo mejor lo está envenenando Percy —sugirió Ron—. Probablemente piensa que, si Crouch la palma, a él lo nombrarán director del Departamento de Cooperación Mágica Internacional.

Hermione le dirigió a Ron una mirada que quería significar «no se bromea sobre esas cosas», y dijo:

—Es curioso que los duendes busquen al señor Crouch... Normalmente tratarían con el Departamento de Regulación y Control de las Criaturas Mágicas.

—Pero Crouch sabe un montón de lenguas —le recordó Harry—. A lo mejor buscan un intérprete.

—¿Ahora te preocupas por los duendecitos? —inquirió Ron—. ¿Estás pensando en fundar la S.P.A.D.A., o algo así? ¿La Sociedad Protectora de los Asquerosos Duendes Atontados?

—Ja, ja, ja —replicó Hermione con sarcasmo—. Los duendes no necesitan protección. ¿No os habéis enterado de lo que ha contado el profesor Binns sobre las revueltas de los duendes?

—No —respondieron al unísono Harry y Ron.

—Bueno, pues son perfectamente capaces de tratar con los magos —dijo Hermione sorbiendo más cerveza de mantequilla—. Son muy listos. No son como los elfos domésticos, que nunca defienden sus derechos.

—¡Oh! —exclamó Ron, mirando hacia la puerta.

Acababa de entrar Rita Skeeter. Aquel día llevaba una túnica amarillo plátano y las uñas pintadas de un impactante color rosa, e iba acompañada de su barrigudo fotógrafo. Pidió bebidas, y junto con su fotógrafo pasó por en medio de la multitud hasta una mesa cercana a la de Harry, Ron y Hermione, que la miraban mientras se acercaba. Hablaba rápido y parecía muy satisfecha por algo.

—... no parecía muy contento de hablar con nosotros, ¿verdad, Bozo? ¿Por qué será, a ti qué te parece? ¿Y qué hará con todos esos duendes tras él? ¿Les estaría enseñando la aldea? ¡Qué absurdo! Siempre ha sido un mentiroso. ¿Estará tramando algo? ¿Crees que deberíamos investigar un poco? *El infortunado ex director de Deportes Mágicos, Ludo Bagman...* Ése es un comienzo con mucha garra, Bozo: sólo necesitamos encontrar una historia a la altura del titular.

—¿Qué, tratando de arruinar la vida de alguien más? —preguntó Harry en voz muy alta.

Algunos se volvieron a mirar. Al ver quién le hablaba, Rita Skeeter abrió mucho los ojos, escudados tras las gafas con incrustaciones.

—¡Harry! —dijo sonriendo—. ¡Qué divino! ¿Por qué no te sientas con nos...?

—No me acercaría a usted ni con una escoba de diez metros —contestó Harry furioso—. ¿Por qué le ha hecho eso a Hagrid?

Rita Skeeter levantó sus perfiladísimas cejas.

—Nuestros lectores tienen derecho a saber la verdad, Harry. Sólo cumplo con mi...

—¿Y qué más da que sea un semigigante? —gritó Harry—. ¡Él no tiene nada de malo!

Toda la taberna se había sumido en el silencio. La señora Rosmerta observaba desde detrás de la barra, sin darse cuenta de que el pichel que llenaba de hidromiel rebosaba.

La sonrisa de Rita Skeeter vaciló muy ligeramente, pero casi de inmediato tiró de los músculos de la cara para volver a fijarla en su lugar. Abrió el bolso de piel de cocodrilo, sacó la pluma a vuelapluma y le preguntó:

—¿Me concederías una entrevista para hablarme del Hagrid que tú conoces?, ¿el hombre que hay detrás de los músculos?, ¿sobre vuestra inaudita amistad y las razones que hay para ella? ¿Crees que puede ser para ti algo así como un sustituto del padre?

Hermione se levantó de pronto, agarrando la cerveza de mantequilla como si fuera una granada.

—¡Es usted una mujer horrible! —le dijo con los dientes apretados—. No le importa nada con tal de conseguir su historia, ¿verdad? Cualquiera valdrá, ¿eh? Hasta Ludo Bagman...

—Siéntate, estúpida, y no hables de lo que no entiendes —contestó fríamente Rita Skeeter, arrojándole a Hermione una dura mirada—. Yo sé cosas sobre Ludo Bagman que te pondrían los pelos de punta... y casi les iría bien —añadió, observando el pelo de Hermione.

—Vámonos —dijo Hermione—. Vamos, Harry... Ron.

Salieron. Mucha gente los observó mientras se iban. Harry miró atrás al llegar a la puerta: la pluma a vuelapluma de Rita Skeeter estaba fuera del bolso y se deslizaba de un lado a otro por encima de un pedazo de pergamino puesto sobre la mesa.

—Ahora la tomará contigo, Hermione —dijo Ron con voz baja y preocupada mientras subían la calle, deshaciendo el camino por el que habían llegado.

—¡Que lo intente! —replicó Hermione con voz chillona. Temblaba de rabia—. ¡Ya verá! ¿Conque soy una estúpida? Pagará por esto. Primero Harry, luego Hagrid...

—No hay que hacer enfadar a Rita Skeeter —añadió Ron nervioso—. Te lo digo en serio, Hermione. Te buscará algo para ponerte en evidencia...

—¡Mis padres no leen *El Profeta*, así que no me va a meter miedo! —contestó Hermione, dando tales zancadas que a Harry y Ron les costaba trabajo seguirla. La última vez que Harry había visto a Hermione tan enfadada, le había pegado una bofetada a Draco Malfoy—. ¡Y Hagrid no va a seguir escondiendo la cabeza! ¡Nunca tendría que haber permitido que lo alterara esa imitación de ser humano! ¡Vamos!

Hermione echó a correr y precedió a sus amigos durante todo el camino de vuelta por la carretera, a través de las verjas flanqueadas por cerdos alados y de los terrenos del colegio, hacia la cabaña de Hagrid.

Las cortinas seguían corridas, y al acercarse oyeron los ladridos de *Fang*.

—¡Hagrid! —gritó Hermione, aporreando la puerta delantera—. ¡Ya está bien, Hagrid! ¡Sabemos que estás ahí dentro! ¡A nadie le importa que tu madre fuera una giganta! ¡No puedes permitir que esa asquerosa de Skeeter te haga esto! ¡Sal, Hagrid, deja de...!

Se abrió la puerta. Hermione dijo «hacer el...» y se calló de repente, porque acababa de encontrarse cara a cara no con Hagrid sino con Albus Dumbledore.

—Buenas tardes —saludó el director en tono agradable, sonriéndoles.

—Que... que... queríamos ver a Hagrid —dijo Hermione con timidez.

—Sí, lo suponía —repuso Dumbledore con ojos risueños—. ¿Por qué no entráis?

—Ah... eh... bien —aceptó Hermione.

Los tres amigos entraron en la cabaña. En cuanto Harry cruzó la puerta, *Fang* se abalanzó sobre él ladrando como loco, e intentó lamerle las orejas. Harry se libró de *Fang* y miró a su alrededor.

Hagrid estaba sentado a la mesa, en la que había dos tazas de té. Parecía hallarse en un estado deplorable. Tenía manchas en la cara, y los ojos hinchados, y, en cuanto al cabello, se había pasado al otro extremo: lejos de intentar dominarlo, en aquellos momentos parecía un entramado de alambres.

—Hola, Hagrid —saludó Harry.

Hagrid levantó la vista.

—... la —respondió, con la voz muy tomada.

—Creo que nos hará falta más té —dijo Dumbledore, cerrando la puerta tras ellos.

Sacó la varita e hizo una floritura con ella, y en medio del aire apareció, dando vueltas, una bandeja con el servicio de té y un plato de bizcochos. Dumbledore la hizo posarse sobre la mesa, y todos se sentaron. Hubo una breve pausa, y luego el director dijo:

—¿Has oído por casualidad lo que gritaba la señorita Granger, Hagrid?

Hermione se puso algo colorada, pero Dumbledore le sonrió y prosiguió:

—Parece ser que Hermione, Harry y Ron aún quieren ser amigos tuyos, a juzgar por la forma en que intentaban echar la puerta abajo.

—¡Por supuesto que sí! —exclamó Harry mirando a Hagrid—. Te tiene que importar un bledo lo que esa vaca... Perdón, profesor —añadió apresuradamente, mirando a Dumbledore.

—Me he vuelto sordo por un momento y no tengo la menor idea de qué es lo que has dicho —dijo Dumbledore, jugando con los pulgares y mirando al techo.

—Eh... bien —dijo Harry mansamente—. Sólo quería decir... ¿Cómo pudiste pensar, Hagrid, que a nosotros podía importarnos lo que esa... mujer escribió de ti?

Dos gruesas lágrimas se desprendieron de los ojos color azabache de Hagrid y cayeron lentamente sobre la barba enmarañada.

—Aquí tienes la prueba de lo que te he estado diciendo, Hagrid —dijo Dumbledore, sin dejar de mirar al techo—. Ya te he mostrado las innumerables cartas de padres que te recuerdan de cuando estudiaron aquí, diciéndome en términos muy claros que, si yo te despidiera, ellos tomarían cartas en el asunto.

—No todos —repuso Hagrid con voz ronca—. No todos los padres quieren que me quede.

—Realmente, Hagrid, si lo que buscas es la aprobación de todo el mundo, me temo que te quedarás en esta cabaña durante mucho tiempo —replicó Dumbledore, mirando severamente por encima de los cristales de sus gafas de media luna—. Desde que me convertí en el director de este colegio no ha pasado una semana sin que haya recibido al menos una lechuza con quejas por la manera en que llevo las cosas. Pero ¿qué tendría que hacer? ¿Encerrarme en mi estudio y negarme a hablar con nadie?

—Ya... pero tú no eres un semigigante —contestó Hagrid con voz ronca.

—¡Hagrid, mira los parientes que tengo yo! —dijo Harry furioso—. ¡Mira a los Dursley!

—Bien observado —aprobó el profesor Dumbledore—. Mi propio hermano, Aberforth, fue perseguido por practicar encantamientos inapropiados en una cabra. Salió todo en los periódicos, pero ¿crees que Aberforth se escondió? ¡No lo hizo! ¡Siguió con lo suyo, como de costumbre, con la cabeza bien alta! La verdad es que no estoy seguro de que sepa leer, así que tal vez no fuera cuestión de valentía...

—Vuelve a las clases, Hagrid —pidió Hermione en voz baja—. Vuelve, por favor: te echamos de menos.

Hagrid tragó saliva. Nuevas lágrimas se derramaron por sus mejillas hasta la barba. Dumbledore se levantó.

—Me niego a aceptar tu dimisión, Hagrid, y espero que vuelvas al trabajo el lunes —dijo—. Nos veremos en el Gran Comedor para desayunar, a las ocho y media. No quiero excusas. Buenas tardes a todos.

Dumbledore salió de la cabaña, deteniéndose sólo para rascarle las orejas a *Fang*. Cuando la puerta se hubo cerrado tras él, Hagrid comenzó a sollozar tapándose la cara con las manos, del tamaño de ruedas de coche. Hermione le dio unas palmadas en el brazo, y al final Hagrid levantó la vista, con los ojos enrojecidos, y dijo:

—Dumbledore es un gran hombre... un gran hombre...

—Sí que lo es —afirmó Ron—. ¿Me puedo tomar uno de estos bizcochos, Hagrid?

—Todos los que quieras —contestó Hagrid, secándose los ojos con el reverso de la mano—. Tiene razón, desde luego; todos tenéis razón: he sido un tonto. A mi padre le hubiera dado vergüenza la forma en que me he comportado... —Derramó más lágrimas, pero se las secó con decisión y dijo—: Nunca os he enseñado fotos de mi padre, ¿verdad? Aquí tengo una...

Hagrid se levantó, fue al aparador, abrió un cajón y sacó de él una foto de un mago de corta estatura. Tenía los mismos ojos negros de él, y sonreía sentado sobre el hombro de su hijo. Hagrid debía de medir entonces sus buenos dos metros y medio de altura, a juzgar por el manzano que había a su lado, pero su rostro era lampiño, joven, redondo y suave: seguramente no tendría más de once años.

—Fue tomada justo después de que entré en Hogwarts —dijo Hagrid con voz ronca—. Mi padre se sentía muy satisfecho... aunque yo no pudiera ser mago, porque mi madre... Ya sabéis. Naturalmente, nunca fui nada del otro mundo en esto de la magia, pero al menos no llegó a enterarse de mi expulsión. Murió cuando yo estaba en segundo.

»Dumbledore fue el único que me defendió después de que faltó mi padre. Me dio el puesto de guardabosque...

Confía en la gente. Le da a todo el mundo una segunda oportunidad: eso es lo que lo diferencia de otros directores. Aceptará a cualquiera en Hogwarts, mientras valga. Sabe que uno puede merecer la pena incluso aunque su familia no haya sido... bueno... del todo respetable. Pero hay quien no lo comprende. Los hay que siempre están contra uno... Los hay que pretenden que simplemente tienen esqueleto grande en vez de levantarse y decir: soy lo que soy, no me avergüenzo. Mi padre me decía que no me avergonzara nunca, que había quien estaría contra mí, pero que no merecía la pena molestarse por ellos. Y tenía razón. He sido un idiota. Y, en cuanto a ella, no voy a volver a preocuparme, os lo prometo. Esqueleto grande... Ya le daré esqueleto grande.

Harry, Ron y Hermione se miraron nerviosos unos a otros. Harry antes se hubiera llevado de paseo a cincuenta escregutos que admitir ante Hagrid que había escuchado su conversación con Madame Maxime, pero Hagrid seguía hablando, aparentemente inconsciente de haber dicho algo extraño.

—¿Sabes una cosa, Harry? —dijo, apartando la mirada de la fotografía de su padre, con los ojos muy brillantes—. Cuando te vi por primera vez, me recordaste un poco a mí mismo. Tus padres muertos, y tú te sentías como si no te merecieras venir a Hogwarts, ¿recuerdas? ¡Y ahora mírate! ¡Campeón del colegio! —Miró a Harry un instante y luego dijo, muy serio—: ¿Sabes lo que me gustaría, Harry? Me gustaría que ganaras, de verdad. Eso les enseñaría a todos... que no hay que ser de sangre limpia para conseguirlo. No te tienes que avergonzar de lo que eres. Eso les enseñaría que es Dumbledore el que tiene razón dejando entrar a cualquiera siempre y cuando sea capaz de hacer magia. ¿Cómo te va con ese huevo, Harry?

—Muy bien —dijo Harry—. Genial.

En el entristecido rostro de Hagrid se dibujó una amplia sonrisa.

—Ése es mi chico... Muéstraselo, Harry, muéstrales quién eres. Véncelos.

No era lo mismo mentir a los demás que hacerlo con Hagrid. Aquella tarde Harry volvió al castillo con Ron y Hermione, incapaz de desvanecer la imagen de la expresión de contento en la cara de Hagrid cuando se lo había imaginado ganando el Torneo. El incomprensible huevo pesaba aquella noche más que nunca en la conciencia de Harry, y, cuando volvió a la cama, se había forjado un propósito muy claro: era ya hora de tragarse el orgullo y ver si la pista de Cedric conducía a alguna parte.

25

El huevo y el ojo

Como Harry no sabía cuánto tiempo tendría que estar bañándose para desentrañar el enigma del huevo de oro, decidió hacerlo de noche, cuando podría tomarse todo el tiempo que quisiera. Aunque no le hacía gracia aceptar más favores de Cedric, decidió también utilizar el cuarto de baño de los prefectos, porque muy pocos tenían acceso a él y era mucho menos probable que lo molestaran allí.

Harry planeó cuidadosamente su incursión. Filch, el conserje, lo había pillado una vez levantado de la cama y paseando en medio de la noche por donde no debía, y no quería repetir aquella experiencia. Desde luego, la capa invisible sería esencial, y para más seguridad Harry decidió llevar el mapa del merodeador, que, juntamente con la capa, constituía la más útil de sus pertenencias cuando se trataba de quebrantar normas. El mapa mostraba todo el castillo de Hogwarts, incluyendo sus muchos atajos y pasadizos secretos y, lo más importante de todo, señalaba a la gente que había dentro del castillo como minúsculas motas acompañadas de un cartelito con su nombre. Las motitas se movían por los corredores en el mapa, de forma que Harry se daría cuenta de antemano si alguien se aproximaba al cuarto de baño.

El jueves por la noche Harry fue furtivamente a su habitación, se puso la capa, volvió a bajar la escalera y, exactamente como había hecho la noche en que Hagrid le mostró los dragones, esperó a que abrieran el hueco del retrato.

Esta vez fue Ron quien esperaba fuera para darle a la Señora Gorda la contraseña («Buñuelos de plátano»).

—Buena suerte —le susurró Ron, entrando en la sala común mientras Harry salía.

En aquella ocasión resultaba difícil moverse bajo la capa con el pesado huevo en un brazo y el mapa sujeto delante de la nariz con el otro. Pero los corredores estaban iluminados por la luz de la luna, vacíos y en silencio, y consultando el mapa de vez en cuando Harry se aseguraba de no encontrarse con nadie a quien quisiera evitar. Cuando llegó a la estatua de Boris *el Desconcertado* —un mago con pinta de andar perdido, con los guantes colocados al revés, el derecho en la mano izquierda y viceversa— localizó la puerta, se acercó a ella y, tal como le había indicado Cedric, susurró la contraseña:

—«Frescura de pino.»

La puerta chirrió al abrirse. Harry se deslizó por ella, echó el cerrojo después de entrar y, mirando a su alrededor, se quitó la capa invisible.

Su reacción inmediata fue pensar que merecía la pena llegar a prefecto sólo para poder utilizar aquel baño. Estaba suavemente iluminado por una espléndida araña llena de velas, y todo era de mármol blanco, incluyendo lo que parecía una piscina vacía de forma rectangular, en el centro de la habitación. Por los bordes de la piscina había unos cien grifos de oro, cada uno de los cuales tenía en la llave una joya de diferente color. Había asimismo un trampolín, y de las ventanas colgaban largas cortinas de lino blanco. En un rincón vio un montón de toallas blancas muy mullidas, y en la pared un único cuadro con marco dorado que representaba una sirena rubia profundamente dormida sobre una roca; el largo pelo, que le caía sobre el rostro, se agitaba cada vez que resoplaba.

Harry avanzó mirando a su alrededor. Sus pasos hacían eco en los muros. A pesar de lo magnífico que era el cuarto de baño, y de las ganas que tenía de abrir algunos de los grifos, no podía disipar el recelo de que Cedric le hubiera tomado el pelo. ¿En qué iba a ayudarlo aquello a averiguar el misterio del huevo? Aun así, puso al lado de la piscina la capa, el huevo, el mapa y una de las mullidas toallas, se arrodilló y abrió unos grifos.

404

Se dio cuenta enseguida de que el agua llevaba incorporados diferentes tipos de gel de baño, aunque eran geles distintos de cualesquiera que hubiera visto Harry antes. Por uno de los grifos manaban burbujas de color rosa y azul del tamaño de balones de fútbol; otro vertía una espuma blanca como el hielo y tan espesa que Harry pensó que podría soportar su peso si hacía la prueba; de un tercero salía un vapor de color púrpura muy perfumado que flotaba por la superficie del agua. Harry se divirtió un rato abriendo y cerrando los grifos, disfrutando especialmente de uno cuyo chorro rebotaba por la superficie del agua formando grandes arcos. Luego, cuando la profunda piscina estuvo llena de agua, espuma y burbujas (lo que, considerando su tamaño, llevó un tiempo muy corto), Harry cerró todos los grifos, se quitó la bata, el pijama y las zapatillas, y se metió en el agua.

Era tan profunda que apenas llegaba con los pies al fondo, e hizo un par de largos antes de volver a la orilla y quedarse mirando el huevo. Aunque era muy agradable nadar en un agua caliente llena de espuma, mientras por todas partes emanaban vapores de diferentes colores, no le vino a la cabeza ninguna idea brillante ni saltó ninguna chispa de repentina comprensión.

Harry alargó los brazos, levantó el huevo con las manos húmedas y lo abrió. Los gemidos estridentes llenaron el cuarto de baño, reverberando en los muros de mármol, pero sonaban tan incomprensibles como siempre, si no más debido al eco. Volvió a cerrarlo, preocupado porque el sonido pudiera atraer a Filch y preguntándose si no sería eso precisamente lo que había pretendido Cedric. Y entonces alguien habló y lo sobresaltó hasta tal punto que dejó caer el huevo, el cual rodó estrepitosamente por el suelo del baño.

—Yo que tú lo metería en el agua.

Del susto, Harry acababa de tragarse una considerable cantidad de burbujas. Se irguió, escupiendo, y vio el fantasma de una chica de aspecto muy triste sentado encima de uno de los grifos con las piernas cruzadas. Era Myrtle *la Llorona*, a la que usualmente se oía sollozar en la cañería de uno de los váteres tres pisos más abajo.

—¡Myrtle! —exclamó Harry, molesto—. ¡Yo... yo no llevo nada!

La espuma era tan densa que aquello realmente no importaba mucho, pero tenía la desagradable sensación de que Myrtle lo había estado espiando desde que había entrado.

—Cuando te ibas a meter cerré los ojos —dijo ella pestañeando tras sus gruesas gafas—. Hace siglos que no vienes a verme.

—Sí, bueno... —dijo Harry, doblando ligeramente las rodillas para asegurarse de que Myrtle sólo pudiera verle la cabeza—. Se supone que no puedo entrar en tu cuarto de baño, ¿no? Es de chicas.

—Eso no te importaba mucho —dijo Myrtle con voz triste—. Antes te pasabas allí todo el tiempo.

Era cierto, aunque sólo había sido porque Harry, Ron y Hermione habían considerado que los servicios de Myrtle, cerrados entonces por avería, eran un lugar ideal para elaborar en secreto la poción multijugos, una poción prohibida que había convertido a Harry y Ron durante una hora en réplicas vivas de Crabbe y Goyle, con lo que pudieron colarse furtivamente en la sala común de Slytherin.

—Me gané una reprimenda por entrar en él —contestó Harry, lo que era verdad a medias: Percy lo había pillado saliendo en una ocasión de los lavabos de Myrtle—. Después de eso no he querido volver.

—¡Ah, ya veo! —dijo Myrtle malhumorada, toqueteándose un grano de la barbilla—. Bueno... da igual... Yo metería el huevo en el agua. Eso es lo que hizo Cedric Diggory.

—¿También lo espiaste a él? —exclamó Harry indignado—. ¿Te dedicas a venir aquí por las noches para ver bañarse a los prefectos?

—A veces —respondió Myrtle con picardía—, pero eres el primero al que le dirijo la palabra.

—Me siento honrado —dijo Harry—. ¡Tápate los ojos!

Se aseguró de que las gafas de Myrtle estaban lo suficientemente cubiertas antes de salir del baño, envolverse firmemente la toalla alrededor del cuerpo e ir a recoger el huevo.

Cuando Harry hubo vuelto al agua, Myrtle miró a través de los dedos y lo apremió:

—Vamos... ¡ábrelo bajo el agua!

Harry hundió el huevo por debajo de la superficie de espuma y lo abrió. Aquella vez no se oyeron gemidos: surgía de él un canto compuesto de gorgoritos, un canto cuyas palabras era incapaz de apreciar.

—Tendrás que sumergir también la cabeza —le indicó Myrtle, que parecía encantada con aquello de dar órdenes—. ¡Vamos!

Harry tomó aire y se sumergió. Y entonces, sentado en el suelo de mármol de la bañera llena de burbujas, oyó un coro de voces misteriosas que cantaban desde el huevo abierto en sus manos:

Donde nuestras voces suenan, ven a buscarnos,
que sobre la tierra no se oyen nuestros cantos.
Y estas palabras medita mientras tanto,
pues son importantes, ¡no sabes cuánto!:
Nos hemos llevado lo que más valoras,
y para encontrarlo tienes una hora.
Pasado este tiempo ¡negras perspectivas!
demasiado tarde, ya no habrá salida.

Harry se dejó impulsar hacia arriba por el agua, rompió la superficie de espuma y se sacudió el pelo de los ojos.

—¿Lo has oído? —preguntó Myrtle.

—Sí... «Donde nuestras voces suenan, ven a buscarnos...» No sé si me convencen... Espera, quiero escuchar de nuevo. —Y volvió a sumergirse.

Tuvo que escuchar la canción otras tres veces para memorizarla. Luego se quedó un rato flotando, haciendo un esfuerzo por pensar, mientras Myrtle lo observaba sentada.

—Tengo que ir en busca de gente que no puede utilizar su voz sobre la tierra —dijo pensativamente—. Eh... ¿quién puede ser?

—Eres de efecto retardado, ¿no?

Nunca había visto a Myrtle *la Llorona* tan contenta, excepto el día en que la dosis de poción multijugos de Hermione le había dejado la cara peluda y cola de gato.

Harry miró a su alrededor, meditando. Si sólo se podían oír las voces bajo el agua, entonces era lógico que pertenecieran a criaturas submarinas. Así se lo dijo a Myrtle *la Llorona*, que sonrió satisfecha.

—Bueno, eso es lo que pensaba Diggory —le explicó—. Estuvo ahí quieto, hablando solo sobre el tema durante un montón de tiempo. Un montón de tiempo, hasta que desaparecieron casi todas las burbujas...

—Criaturas submarinas... —reflexionó Harry en voz alta—. Myrtle, ¿qué criaturas viven en el lago, aparte del calamar gigante?

—¡Uf, de todo! He bajado algunas veces, cuando no me queda más remedio porque alguien tira de la cadena inesperadamente...

Tratando de no imaginarse a Myrtle *la Llorona* bajando hacia el lago por una cañería acompañada del contenido del váter, Harry le preguntó:

—Bueno, ¿hay algo allí que tenga voz humana? Espera... —Harry se acababa de fijar en el cuadro de la sirena dormida—. Myrtle, ¿hay sirenas allí?

—¡Muy bien! —alabó ella muy contenta—. ¡A Diggory le llevó mucho más tiempo! Y eso que ella estaba despierta... —con una expresión de disgusto en la cara, Myrtle señaló con la cabeza a la sirena del cuadro—, riéndose como una tonta, pavoneándose y aleteando.

—Es eso, ¿verdad? —dijo Harry emocionado—. La segunda prueba consiste en ir a buscar a las sirenas del lago y... y...

Pero de repente comprendió lo que estaba diciendo, y se vació de toda la emoción como si él mismo fuera una bañera y le acabaran de quitar el tapón del estómago. No era muy buen nadador, apenas había practicado. Tía Petunia y tío Vernon habían enviado a Dudley a clases de natación, pero a él no lo habían apuntado, sin duda con la esperanza de que se ahogara algún día. Era capaz de hacer dos largos en aquella piscina, pero el lago era muy grande y profundo... y las sirenas seguramente vivirían en el fondo...

—Myrtle —dijo Harry pensativamente—, ¿cómo se supone que me las arreglaré para respirar?

Al oír esto, los ojos de Myrtle se llenaron de lágrimas.

—¡Qué poco delicado! —murmuró ella, tentándose en la túnica en busca de un pañuelo.

—¿Por qué? —preguntó Harry, desconcertado.

—¡Hablar de respirar delante de mí! —contestó con una voz chillona que resonó con fuerza en el cuarto de baño—. ¡Cuando sabes que yo no respiro... que no he respirado desde hace tantos años...! —Se tapó la cara con el pañuelo y sollozó en él de forma estentórea.

Harry recordó lo susceptible que Myrtle había sido siempre en lo relativo a su muerte. Ningún otro fantasma que Harry conociera se tomaba su muerte tan a la tremenda.

—Lo siento. Yo no quería... Se me olvidó...

—¡Ah, claro, es muy fácil olvidarse de que Myrtle está muerta! —dijo ella tragando saliva y mirándolo con los ojos hinchados—. Nadie me echa de menos, ni me echaban de menos cuando estaba viva. Les llevó horas descubrir mi cadáver. Lo sé, me quedé sentada esperándolos. Olive Hornby entró en el baño: «¿Otra vez estás aquí enfurruñada, Myrtle?», me dijo. «Porque el profesor Dippet me ha pedido que te busque...» Y entonces vio mi cadáver... ¡Ooooooh, no lo olvidó hasta el día de su muerte! Ya me encargué yo de que no lo olvidara... La seguía por todas partes para recordárselo. Me acuerdo del día en que se casó su hermano...

Pero Harry no escuchaba. Otra vez pensaba en la canción de las sirenas: «Nos hemos llevado lo que más valoras.» Daba la impresión de que iban a robarle algo suyo, algo que tenía que recuperar. ¿Qué sería?

—... y entonces, claro, fue al Ministerio de Magia para que yo dejara de seguirla, así que tuve que volver aquí y vivir en mi váter.

—Bien —dijo Harry vagamente—. Bien, ahora estoy más cerca que antes... Vuelve a cerrar los ojos, por favor, que quiero salir.

Tras recoger el huevo del fondo de la piscina, salió, se secó y se volvió a poner el pijama y la bata.

—¿Volverás a visitarme en mis lavabos alguna vez? —preguntó en tono lúgubre Myrtle *la Llorona*, cuando Harry cogía la capa invisible.

—Eh... lo intentaré —repuso Harry, pero pensando para sí que no lo haría a menos que se estropearan todos los demás lavabos del castillo—. Hasta luego, Myrtle... Y gracias por tu ayuda.

—Adiós —dijo ella con tristeza.

Harry se volvió a poner la capa, y la vio meterse a toda velocidad por el grifo.

Fuera, en el oscuro corredor, Harry consultó el mapa del merodeador para comprobar que no había moros en la costa. No, las motas que correspondían a Filch y a la Señora Norris estaban quietas en la conserjería. Aparte de Peeves, que botaba en el piso de arriba por la sala de trofeos, parecía que no se movía nada más. Harry había ya emprendido el camino hacia la torre de Gryffindor cuando vio otra cosa en el mapa... algo evidentemente extraño.

No, Peeves no era lo único que se movía. Había una motita que iba de un lado a otro en una habitación situada en la esquina inferior izquierda: el despacho de Snape. Pero la mota no llevaba la inscripción «Severus Snape», sino «Bartemius Crouch».

Harry miró la mota fijamente. Se suponía que el señor Crouch estaba demasiado enfermo para ir al trabajo o para asistir al baile de Navidad: ¿qué hacía entonces colándose en Hogwarts a la una de la madrugada? Harry observó atentamente los movimientos de la mota por el despacho, que se detenía aquí y allá...

Harry dudó, pensando... y luego lo venció la curiosidad. Dio media vuelta, y continuó andando en sentido contrario, hacia la escalera más cercana. Iba a ver qué se traía Crouch entre manos.

Bajó la escalera lo más silenciosamente que pudo, aunque algunos retratos volvían la cara con curiosidad cuando crepitaba alguna tabla del suelo, o hacía frufrú la tela del pijama. Avanzó muy despacio por el corredor del piso inferior, apartó a un lado un tapiz que había en la mitad del pasillo, y empezó a bajar por una escalera más estrecha, un atajo que lo dejaría dos pisos más abajo. Seguía mirando el mapa, reflexionando. La verdad era que no parecía propio del correcto y legalista señor Crouch meterse furtivamente en el despacho de otro a aquellas horas de la noche.

Y entonces, cuando había descendido media escalera sin pensar en lo que hacía, concentrado tan sólo en el peculiar comportamiento del señor Crouch, metió una pierna en el escalón falso que Neville siempre olvidaba saltar. Se tambaleó, y el huevo de oro, aún húmedo del baño, se deslizó de debajo de su brazo... Se lanzó hacia delante para intentar cogerlo, pero era ya demasiado tarde: el huevo caía por la larga escalera, repicando como un gong en cada uno de los escalones. Al mismo tiempo se le escurrió la capa invisible. Harry la cogió, pero entonces se le resbaló de la mano el mapa del merodeador y cayó seis escalones más abajo, donde, atrapado como estaba en el peldaño por encima de la rodilla, no podía alcanzarlo.

En su caída, el huevo de oro atravesó el tapiz que había al pie de la escalera, se abrió de golpe y comenzó a gemir estridentemente en el corredor de abajo. Harry sacó la varita e intentó alcanzar con ella el mapa del merodeador para borrar el contenido, pero estaba demasiado lejos para llegar hasta él.

Volviéndose a tapar con la capa, Harry escuchó atentamente, arrugando el entrecejo por el miedo. Casi de inmediato...

—¡PEEVES!

Era el inconfundible grito de caza del conserje Filch. Harry oyó sus pasos arrastrados acercarse más y más, y su sibilante voz que se elevaba furiosamente.

—¿Qué es este estruendo? ¿Es que quieres despertar a todo el castillo? Te voy a coger, Peeves, te voy a coger. Tú... Pero ¿qué es esto?

Los pasos de Filch se detuvieron. Se oyó un chasquido producido por metal al golpear contra otro metal, y los gemidos cesaron. Filch había cogido el huevo y lo había cerrado. Harry permanecía muy quieto, con la pierna aún atrapada en el escalón mágico, escuchando. En cualquier momento Filch apartaría a un lado el tapiz esperando ver a Peeves... y no lo encontraría. Pero si seguía subiendo la escalera vería el mapa del merodeador y, tuviera o no puesta la capa invisible, el mapa del merodeador mostraría el letrero «Harry Potter» en el punto exacto en que se hallaba.

—¿Un huevo? —dijo en voz baja Filch al pie de la escalera—. Cielo mío —evidentemente la *Señora Norris* se encontraba con él—, ¡esto es el enigma del Torneo! ¡Esto pertenece a uno de los campeones!

Harry empezó a encontrarse mal. El corazón le latía muy aprisa.

—¡PEEVES! —bramó Filch con júbilo—. ¡Has estado robando!

Apartó el tapiz, y Harry vio su horrible cara abotargada, y los ojos claros y saltones que observaban la escalera oscura y (para él) desierta.

—¿Te escondes? —dijo con voz melosa—. Te voy a atrapar, Peeves... Te has atrevido a robar uno de los enigmas del Torneo, Peeves. Dumbledore te expulsará por esto, ratero...

Filch empezó a subir por la escalera, acompañado por su escuálida gata de color apagado. Los ojos como faros de la *Señora Norris*, tan parecidos a los de su amo, estaban fijos en Harry. No era la primera vez que éste se preguntaba si la capa invisible surtía efecto con los gatos. Muerto de miedo, vio a Filch acercarse poco a poco en su vieja bata de franela. Intentó sacar el pie del escalón desesperadamente, pero sólo consiguió hundirlo un poco más. De un momento a otro, Filch vería el mapa o se tropezaría con él...

—Filch, ¿qué ocurre?

El conserje se detuvo unos escalones por debajo de Harry, y se volvió. Al pie de la escalera se hallaba la única persona que podía empeorar la situación de Harry: Snape. Llevaba un largo camisón gris y parecía lívido.

—Es Peeves, profesor —susurró Filch con malevolencia—. Tiró este huevo por la escalera.

Snape subió aprisa y se detuvo junto a Filch. Harry apretó los dientes, convencido de que los estruendosos latidos de su corazón no tardarían en delatarlo.

—¿Peeves? —dijo Snape en voz baja, observando el huevo en las manos de Filch—. Pero Peeves no ha podido entrar en mi despacho...

—¿El huevo estaba en su despacho, profesor?

—Por supuesto que no —replicó Snape—. Oí golpes y luego gemidos...

—Sí, profesor, era el huevo.

—Vine a investigar...

—Peeves lo tiró, señor...

—... y al pasar por mi despacho, ¡vi las antorchas encendidas y la puerta de un armario abierta de par en par! ¡Alguien ha estado revolviendo en él!

—Pero Peeves no pudo...

—¡Ya sé que no, Filch! —espetó Snape—. ¡Yo cierro mi despacho con un embrujo que sólo otro mago podría abrir! —Snape miró escaleras arriba, justo a través de Harry, y luego hacia el corredor de abajo—. Bueno, ahora quiero que vengas a ayudarme a buscar al intruso, Filch.

—Yo... Sí, profesor, pero...

Filch miró con ansia escaleras arriba, hacia Harry. Evidentemente, se resistía a renunciar a aquella oportunidad de acorralar a Peeves. «Vete —imploró Harry para sus adentros—, vete con Snape, vete...» Desde los pies de Filch, la *Señora Norris* miraba en torno. Harry tenía la convicción de que lo estaba oliendo... ¿Por qué habría echado tanta espuma perfumada en el baño?

—El caso es, profesor —dijo Filch lastimeramente—, que el director tendrá que hacerme caso esta vez. Peeves le ha robado a un alumno, y ésta podría ser mi oportunidad para echarlo del castillo de una vez para siempre.

—Filch, me importa un bledo ese maldito poltergeist. Es mi despacho lo que...

Bum, bum, bum.

Snape se calló de repente. Tanto él como Filch miraron al pie de la escalera. A través del hueco que quedaba entre sus cabezas, Harry vio aparecer cojeando a *Ojoloco* Moody. Moody llevaba su vieja capa de viaje puesta sobre el camisón, y se apoyaba en el bastón, como de costumbre.

—¿Qué es esto, una fiesta nocturna? —gruñó.

—El profesor Snape y yo hemos oído ruidos, profesor —se apresuró a contestar Filch—. Peeves el *poltergeist*, que ha estado tirando cosas como de costumbre. Y además el profesor Snape ha descubierto que alguien ha entrado en su despacho.

—¡Cállate! —le dijo Snape a Filch entre dientes.

Moody dio un paso más hacia la escalera. Harry vio que el ojo mágico de Moody se fijaba en Snape, y luego, sin posibilidad de error, en él mismo.

A Harry el corazón le dio un brinco. Moody podía ver a través de las capas invisibles... Era el único que podía ver todo lo extraño de la escena: Snape en camisón, Filch agarrando el huevo, y él, Harry, atrapado tras ellos en la escalera. La boca de Moody, que era como un tajo torcido, se abrió por la sorpresa. Durante unos segundos, él y Harry se miraron a los ojos. Luego Moody cerró la boca y volvió a dirigir el ojo azul a Snape.

—¿He oído bien, Snape? —preguntó—. ¿Ha entrado alguien en tu despacho?

—No tiene importancia —repuso Snape con frialdad.

—Al contrario —replicó Moody con brusquedad—, tiene mucha importancia. ¿Quién puede estar interesado en entrar en tu despacho?

—Supongo que algún estudiante —contestó Snape. Harry vio que le latía una vena en la grasienta sien—. Ya ha ocurrido antes. Han estado desapareciendo de mi armario privado ingredientes de pociones... Sin duda, alumnos que tratan de probar mezclas prohibidas.

—¿Piensas que buscaban ingredientes de pociones? —dijo Moody—. ¿No escondes nada más en tu despacho?

Harry vio que la cetrina cara de Snape adquiría un desagradable color teja, y la vena de la sien palpitaba con más rapidez.

—Sabes que no, Moody —respondió en voz peligrosamente suave—, porque tú mismo lo has examinado exhaustivamente.

La cara de Moody se contorsionó en una terrible sonrisa.

—Privilegio de auror, Snape. Dumbledore me dijo que echara un ojo...

—Resulta que Dumbledore confía en mí —dijo Snape, con los dientes apretados—. ¡Me niego a creer que él te diera órdenes de husmear en mi despacho!

—¡Por supuesto que Dumbledore confía en ti! —gruñó Moody—. Es un hombre confiado, ¿no? Cree que hay que dar una segunda oportunidad. Yo, en cambio, pienso que hay manchas que no se quitan. Manchas que no se quitan nunca, ¿me entiendes?

414

Snape hizo de repente algo muy extraño. Se agarró convulsivamente el antebrazo izquierdo con la mano derecha, como si algo le doliera.

Moody se rió.

—Vuelve a la cama, Snape.

—¡Tú no tienes autoridad para enviarme a ningún lado! —replicó Snape con furia contenida, soltando el brazo como enojado consigo mismo—. Tengo tanto derecho como tú a hacer la ronda nocturna de este colegio.

—Pues sigue haciendo la ronda —contestó Moody, pero su voz resultaba amenazante—. Me muero de ganas de pillarte alguna vez en algún oscuro corredor... Se te ha caído algo, al parecer.

Con una punzada de pánico, Harry vio que Moody señalaba el mapa del merodeador, que seguía tirado en el suelo, seis escalones por debajo de él. Cuando Snape y Filch se volvieron a mirarlo, Harry abandonó toda prudencia: levantó los brazos bajo la capa y los movió para llamar la atención de Moody, mientras gesticulaba con la boca «¡es mío!, ¡mío!».

Snape fue a cogerlo; por la expresión de su cara, parecía que empezaba a entender.

—¡*Accio pergamino!*

El mapa voló por el aire, se deslizó entre los dedos extendidos de Snape y bajó la escalera hasta la mano de Moody.

—Disculpa —dijo Moody con calma—. Es mío, se me ha debido de caer antes.

Pero los negros ojos de Snape pasaban del huevo en los brazos de Filch al mapa en la mano de Moody, y Harry se dio cuenta de que estaba atando cabos, como sólo él sabía...

—Potter —murmuró.

—¿Qué pasa? —preguntó Moody muy tranquilo, plegando el mapa y guardándoselo.

—¡Potter! —gruñó Snape, y entonces volvió la cabeza y miró hacia donde estaba Harry, como si de repente fuera capaz de verlo—. Ese huevo es el de Potter, y ese pergamino pertenece a Potter. Lo he visto antes, ¡lo reconozco! ¡Potter está por aquí! ¡Potter, con su capa invisible!

Snape extendió las manos como un ciego y comenzó a subir por la escalera. Harry hubiera jurado que sus narices de por sí grandes se dilataban, intentando descubrir a Harry por el olfato. Atrapado como estaba, Harry se hizo atrás para evitar los dedos de Snape, pero de un momento a otro...

—¡Ahí no hay nada, Snape! —bramó Moody—. ¡Pero me encantará contarle al director lo rápido que pensaste en Harry Potter!

—¿Con qué intención? —inquirió Snape, girando el rostro hacia Moody, pero con las manos todavía extendidas a sólo unos centímetros del pecho de Harry.

—¡Con la intención de darle una pista sobre quién pudo meter a ese muchacho en el Torneo! —contestó Moody, acercándose más al inicio de la escalera—. Lo mismo que yo, está muy interesado en el problema. —La luz de la antorcha tituló en su mutilado rostro, de forma que las cicatrices y el trozo de nariz que le faltaba fueron más evidentes que nunca.

Snape miraba a Moody, y Harry no pudo ver la expresión de su cara. Durante un momento nadie se movió ni dijo nada. Luego Snape bajó las manos lentamente.

—Sólo pensé —dijo intentando aparentar calma— que si Potter había vuelto a pasear por el castillo de noche... (es un mal hábito que tiene) habría que impedirlo. Por... por su propia seguridad.

—¡Ah, ya veo! —repuso Moody en voz baja—. Lo haces por Potter, ¿eh?

Hubo una pausa. Snape y Moody seguían mirándose el uno al otro. La *Señora Norris* emitió un sonoro maullido, todavía escudriñando desde los pies de Filch, como si buscara la fuente del olor del baño de espuma.

—Creo que volveré a la cama —declaró Snape con tono cortante.

—Ésa es la mejor idea que has tenido en toda la noche —dijo Moody—. Ahora, Filch, si me das ese huevo...

—¡No! —Filch agarraba el huevo como si fuera su primogénito—. ¡Profesor Moody, ésta es la prueba de la conducta de Peeves!

—Pero pertenece al campeón al que se lo robó —replicó Moody—. Entrégamelo. Ahora mismo.

Snape bajó la escalera y pasó por al lado de Moody sin decir nada más. Filch le hizo una especie de marramiau a la *Señora Norris*, que miró a Harry fijamente, como sin comprender, antes de volverse y seguir a su amo. Aún con la respiración alterada, Harry oyó a Snape alejarse por el corredor. Filch le entregó el huevo a Moody, y también desapareció de la vista, susurrándole a la *Señora Norris*:

—No importa, cielo mío. Veremos a Dumbledore por la mañana y le diremos lo de Peeves.

Se oyó un portazo. Quedaron solos Harry y Moody, que apoyó el bastón en el primer escalón y empezó a ascender con dificultad hacia él, dando un golpe sordo a cada paso.

—Por un pelo, Potter —murmuró.

—Sí... eh... gracias —dijo Harry débilmente.

—¿Qué es esto? —preguntó Moody, sacando del bolsillo el mapa del merodeador y desplegándolo.

—Un mapa de Hogwarts —explicó Harry, esperando que Moody no tardara en sacarlo del escalón falso: le dolía la pierna.

—¡Por las barbas de Merlín! —susurró Moody, mirando el mapa. Su ojo mágico lo recorría como enloquecido—. Esto... ¡esto sí que es un buen mapa, Potter!

—Sí, es... es muy útil —repuso Harry. Estaba a punto de llorar del dolor—. Eh... profesor Moody, ¿cree que podrá ayudarme?

—¿Qué? ¡Ah!, sí, claro.

Moody agarró a Harry de los brazos y tiró. La pierna de Harry se liberó del escalón falso, y él se subió al inmediatamente superior.

Moody volvió a observar el mapa.

—Potter... —dijo pensativamente—, ¿no verías por casualidad quién entró en el despacho de Snape? ¿No lo verías en el mapa?

—Eh... sí, lo vi —admitió Harry—. Fue el señor Crouch.

El ojo mágico de Moody recorrió rápidamente toda la superficie del mapa.

—¿Crouch? —preguntó con inquietud—. ¿Estás seguro, Potter?

—Completamente —afirmó Harry.

—Bueno, ya no está aquí —dijo Moody, recorriendo todavía el mapa con su ojo—. Crouch... Eso es muy, muy interesante.

Quedó en silencio durante más de un minuto, sin dejar de mirar el mapa. Harry comprendió que aquella noticia le revelaba algo a Moody, y hubiera querido saber qué era. No sabía si atreverse a preguntar. Moody le daba aún un poco de miedo, pero acababa de sacarlo de un buen lío.

—Eh... profesor Moody, ¿por qué cree que el señor Crouch ha querido revolver en el despacho de Snape?

El ojo mágico de Moody abandonó el mapa y se fijó, temblando, en Harry. Era una mirada penetrante, y Harry tuvo la impresión de que Moody lo estaba evaluando, considerando si responder o no, o cuánto decir.

—Mira, Potter —murmuró finalmente—, dicen que el viejo Ojoloco está obsesionado con atrapar magos tenebrosos... pero lo de Ojoloco no es nada, nada, al lado de lo de Barty Crouch.

Siguió mirando el mapa. Harry ardía en deseos de saber más.

—Profesor Moody —dijo de nuevo—, ¿piensa usted que esto podría tener algo que ver con... eh... tal vez el señor Crouch crea que pasa algo...?

—¿Como qué? —preguntó Moody bruscamente.

Harry se preguntó cuánto podría decir. No quería que Moody descubriera que tenía una fuente de información externa, porque eso podría llevarlo a hacer insidiosas preguntas sobre Sirius.

—No lo sé —murmuró Harry—. Últimamente han ocurrido cosas raras, ¿no? Ha salido en *El Profeta*. La Marca Tenebrosa en los Mundiales, los mortífagos y todo eso...

Moody abrió de par en par sus dos ojos desiguales.

—Eres agudo, Potter. —El ojo mágico vagó de nuevo por el mapa del merodeador—. Crouch podría pensar de manera parecida —dijo pensativamente—. Es muy posible... Últimamente ha habido algunos rumores... incentivados por Rita Skeeter, claro. Creo que mucha gente se está poniendo nerviosa. —Una forzada sonrisa contorsionó su boca torcida—. ¡Ah, si hay algo que odio —susurró, más para sí mismo que para Harry, y su ojo mágico se clavó en la esquina inferior izquierda del mapa— es un mortífago indultado!

Harry lo miró fijamente. ¿Se estaría refiriendo a lo que él imaginaba?

—Y ahora quiero hacerte una pregunta, Potter —dijo Moody, en un tono mucho más frío.

A Harry le dio un vuelco el corazón. Se lo había estado temiendo. Moody iba a preguntarle de dónde había sacado el mapa, que era un objeto mágico sumamente dudoso. Y si contaba cómo había caído en sus manos tendría que acusar a su propio padre, a Fred y George Weasley, y al profesor Lupin, su anterior profesor de Defensa Contra las Artes Oscuras. Moody blandió el mapa ante Harry, que se preparó para lo peor.

—¿Podrías prestármelo?

—¡Ah! —dijo Harry. Le tenía mucho aprecio a aquel mapa pero, por otro lado, se sentía muy aliviado de que Moody no le preguntara de dónde lo había sacado, y no le cabía duda de que le debía un favor—. Sí, vale.

—Eres un buen chico —gruñó Moody—. Haré buen uso de esto: podría ser exactamente lo que yo andaba buscando. Bueno, a la cama, Potter, ya es hora. Vamos...

Subieron juntos la escalera, Moody sin dejar de examinar el mapa como si fuera un tesoro inigualable. Caminaron en silencio hasta la puerta del despacho de Moody, donde él se detuvo y miró a Harry.

—¿Alguna vez has pensado en ser auror, Potter?

—No —respondió Harry, desconcertado.

—Tienes que planteártelo —dijo Moody moviendo la cabeza de arriba abajo y mirando a Harry apreciativamente—. Sí, en serio. Y a propósito... Supongo que no llevabas ese huevo simplemente para dar un paseo por la noche.

—Eh... no —repuso Harry sonriendo—. He estado pensando en el enigma.

Moody le guiñó un ojo, y luego el ojo mágico volvió a moverse como loco.

—No hay nada como un paseo nocturno para inspirarse, Potter. Te veo por la mañana.

Entró en el despacho mirando de nuevo el mapa, y cerró la puerta tras él.

Harry volvió despacio hacia la torre de Gryffindor, sumido en pensamientos sobre Snape y Crouch, y el significado de todo aquello. ¿Por qué fingía Crouch estar enfermo si podía entrar en Hogwarts cuando quisiera? ¿Qué suponía que ocultaba Snape en su despacho?

¡Y Moody pensaba que él, Harry, debía hacerse auror! Una idea interesante... Pero cuando diez minutos después Harry se tendió en la cama silenciosamente, habiendo dejado el huevo y la capa a buen recaudo en el baúl, pensó que antes de escogerlo como carrera debía comprobar si todos los aurores estaban tan llenos de cicatrices.

26

La segunda prueba

—¡Dijiste que ya habías descifrado el enigma! —exclamó Hermione indignada.

—¡Baja la voz! Sólo me falta... afinar un poco, ¿de acuerdo?

Ocupaban un pupitre justo al final del aula de Encantamientos. Aquel día tenían que practicar lo contrario del encantamiento convocador: el encantamiento repulsor. Debido a la posibilidad de que ocurrieran desagradables percances cuando los objetos cruzaban el aula por los aires, el profesor Flitwick había entregado a cada estudiante una pila de cojines con los que practicar, suponiendo que éstos no le harían daño a nadie aunque erraran su diana. No era una idea desacertada, pero no acababa de funcionar. La puntería de Neville, sin ir más lejos, era tan mala que no paraba de lanzar por el aula cosas mucho más pesadas: como, por ejemplo, al propio profesor Flitwick.

—Olvidaos por un minuto del huevo ese, ¿queréis? —susurró Harry, mientras el profesor Flitwick, con aspecto resignado, pasaba volando por su lado e iba a aterrizar sobre un armario grande—. Lo que quiero es hablaros de Snape y Moody...

Aquella clase era el marco ideal para contar secretos, porque la gente se divertía demasiado para prestar atención a las conversaciones de otros. Durante la última media hora, en episodios susurrados, Harry les había relatado su aventura de la noche anterior.

—¿Snape dijo que Moody también había registrado su despacho? —preguntó Ron con los ojos encendidos de interés, mientras repelía un cojín con un movimiento de la varita (el almohadón se elevó en el aire y golpeó contra el sombrero de Parvati, el cual fue a parar al suelo)—. Esto... ¿crees que Moody ha venido a vigilar a Snape además de a Karkarov?

—Bueno, no sé si eso es lo que Dumbledore le pidió hacer, pero desde luego es lo que está haciendo —dijo Harry, moviendo la varita sin prestar mucha atención, de forma que el cojín se precipitó del pupitre al suelo—. Moody dijo que si Dumbledore permitía a Snape quedarse aquí era por darle una segunda oportunidad...

—¿Qué? —exclamó Ron, sorprendido, mientras su segundo almohadón salía por el aire rotando, rebotaba en la lámpara del techo y caía pesadamente sobre la mesa de Flitwick—. Harry... ¡a lo mejor Moody cree que fue Snape el que puso tu nombre en el cáliz de fuego!

—Vamos, Ron —dijo Hermione, escéptica—, ya creímos en cierta ocasión que Snape intentaba matar a Harry, y resultó que le estaba salvando la vida, ¿recuerdas?

Mientras hablaba, repelió un cojín, que se fue volando por el aula y aterrizó en la caja a la que se suponía que estaban apuntando todos. Harry miró a Hermione, pensando... Era verdad que Snape le había salvado la vida en una ocasión, pero lo raro era que no había duda alguna de que lo odiaba, lo odiaba tal como había odiado a su padre cuando estudiaban juntos. Le encantaba quitarle puntos a Gryffindor por su causa, y nunca había dejado escapar la ocasión de castigarlo, e incluso de sugerir que lo expulsaran del colegio.

—Me da igual lo que diga Moody —siguió Hermione—. Dumbledore no es tonto. No se equivocó al confiar en Hagrid y en el profesor Lupin, aunque hay muchos que no les habrían dado trabajo; así que ¿por qué no va a tener razón también con Snape, aunque sea un poco...

—... diabólico? —se apresuró a decir Ron—. Vamos, Hermione, a ver, ¿por qué le registran el despacho todos esos buscadores de magos tenebrosos?

—¿Y por qué se hace el enfermo el señor Crouch? —preguntó a su vez Hermione—. Es un poco raro que no pueda venir al baile de Navidad pero que, cuando le apetece, se meta en el castillo en medio de la noche.

—Lo que pasa es que le tienes manía a Crouch por lo de esa elfina, Winky —dijo Ron lanzando un cojín contra la ventana.

—Y tú sólo quieres creer que Snape trama algo —contestó Hermione metiendo el suyo en la caja.

—Yo me conformaría con saber qué hizo Snape en su primera oportunidad, si es que va ya por la segunda —dijo Harry en tono grave. Para su sorpresa, el cojín cruzó el aula sin desviarse y aterrizó de forma impecable sobre el de Hermione.

Para cumplir el encargo de Sirius de ser informado sobre cualquier cosa rara que ocurriera en Hogwarts, Harry le envió aquella noche una lechuza parda con una carta en la que le explicaba todo lo referente a la incursión del señor Crouch en el despacho de Snape y la conversación entre éste y Moody. Luego dedicó toda la atención al problema más apremiante que tenía a la vista: cómo sobrevivir bajo el agua durante una hora el día 24 de febrero.

A Ron le parecía bien la idea de volver a utilizar el encantamiento convocador: Harry le había hablado de las escafandras, y Ron no veía ningún inconveniente a la idea de que Harry llamara una desde la ciudad muggle más próxima. Hermione le echó el plan por los suelos al señalarle que, en el improbable caso de que Harry lograra desenvolverse con ella en el plazo de una hora, lo descalificarían con toda seguridad por quebrantar el Estatuto Internacional del Secreto de los Brujos: era demasiado pedir que ningún muggle viera la escafandra cruzando el aire en veloz vuelo hacia Hogwarts.

—Por supuesto, la solución ideal sería que te transformaras en un submarino o algo así —comentó ella—. ¡Si hubiéramos dado ya la transformación humana! Pero no creo que empecemos a verla hasta sexto, y si uno no sabe muy bien cómo es la cosa, el resultado puede ser un desastre...

—Sí, ya. No me hace mucha gracia andar por ahí con un periscopio que me salga de la cabeza. A lo mejor, si atacara a alguien delante de Moody, él podría convertirme en uno...

—Sin embargo, no creo que te diera a escoger en qué convertirte —respondió Hermione con seriedad—. No, creo que lo mejor será utilizar algún tipo de encantamiento.

De forma que Harry, diciéndose que pronto habría acumulado bastantes sesiones de biblioteca para el resto de su vida, se volvió a enfrascar en polvorientos volúmenes, buscando algún embrujo que capacitara a un ser humano para sobrevivir sin oxígeno. Pero, a pesar de que él, Ron y Hermione investigaron durante los mediodías, las noches y los fines de semana, y aunque Harry solicitó a la profesora McGonagall un permiso para usar la Sección Prohibida, y hasta le pidió ayuda a la irritable señora Pince, que tenía aspecto de buitre, no encontraron nada en absoluto que capacitara a Harry para sumergirse una hora en el agua y vivir para contarlo.

Harry estaba empezando a sentir accesos de pánico, que ya le resultaban conocidos, y volvió a tener dificultad para concentrarse en las clases. El lago, que para Harry había sido siempre un elemento más de los terrenos del colegio, actuaba como un imán cada vez que en un aula se sentaba próximo a alguna ventana, y le atrapaba la mirada con su gran extensión de agua casi congelada de color gris hierro, cuyas profundidades oscuras y heladas empezaban a parecerle tan distantes como la luna.

Exactamente igual que había ocurrido antes de enfrentarse al colacuerno, el tiempo se puso a correr como si alguien hubiera embrujado los relojes para que fueran más aprisa. Faltaba una semana para el 24 de febrero (aún quedaba tiempo); cinco días (tenía que ir encontrando algo sin demora); tres días (¡por favor, que pueda encontrar algo!, ¡por favor!).

Cuando quedaban dos días, Harry volvió a perder el apetito. Lo único bueno del desayuno del lunes fue el regreso de la lechuza parda que le había enviado a Sirius. Le arrancó el pergamino, lo desenrolló y vio la carta más corta que Sirius le había escrito nunca:

Envíame la lechuza de vuelta indicando la fecha de vuestro próximo permiso para ir a Hogsmeade.

Harry giró la hoja para ver si ponía algo más, pero estaba en blanco.

—Este fin de semana no, el siguiente —susurró Hermione, que había leído la nota por encima del hombro de Harry—. Toma, ten mi pluma y envíale otra vez la lechuza.

Harry anotó la fecha en el reverso de la carta de Sirius, la ató de nuevo a la pata de la lechuza parda y la vio remontar el vuelo. ¿Qué esperaba? ¿Algún consejo sobre cómo sobrevivir bajo el agua? Había estado tan obcecado con contarle a Sirius todo lo relativo a Snape y Moody que se había olvidado por completo de mencionar el enigma del huevo.

—¿Para qué querrá saber lo del próximo permiso para ir a Hogsmeade? —preguntó Ron.

—No lo sé —dijo Harry desanimado. Se había esfumado la momentánea felicidad que lo había embargado al ver la lechuza—. Vamos, nos toca Cuidado de Criaturas Mágicas.

Ya fuera porque Hagrid intentara compensarlos por los escregutos de cola explosiva, o porque sólo quedaran ya dos, o porque intentara demostrar que era capaz de hacer lo mismo que la profesora Grubbly-Plank, el caso es que desde su vuelta había proseguido las clases de ésta sobre los unicornios. Resultó que Hagrid sabía de unicornios tanto como de monstruos, aunque era evidente que encontraba decepcionante la carencia de colmillos venenosos.

Aquel día había logrado capturar dos potrillos de unicornio, que, a diferencia de los unicornios adultos, eran de color dorado. Parvati y Lavender se quedaron extasiadas al verlos, e incluso Pansy Parkinson tuvo que hacer un gran esfuerzo para disimular lo mucho que le gustaban.

—Son más fáciles de ver que los adultos —explicaba Hagrid a la clase—. Cuando tienen unos dos años de edad se vuelven de color plateado, y a los cuatro les sale el cuerno. No se vuelven completamente blancos hasta que son plenamente adultos, más o menos a los siete años. De recién nacidos son más confiados... admiten incluso a los chicos. Vamos, acercaos un poco. Si queréis podéis acariciarlos... Dadles unos terrones de azúcar de ésos.

—¿Estás bien, Harry? —murmuró Hagrid, haciéndose a un lado, mientras la mayoría se arracimaba en torno a los potros.

—Sí.

—Pero un poco nervioso, ¿verdad?

—Un poco.

—Harry —dijo Hagrid apoyándole en el hombro su enorme mano, lo que hizo que las rodillas de Harry se doblaran bajo el peso—, me preocuparía por ti si no te hubiera visto enfrentarte a ese colacuerno. Pero ahora sé que eres capaz de cualquier cosa, así que no estoy nada preocupado. Lo harás muy bien. Ya has descifrado el enigma, ¿no?

Harry afirmó con la cabeza, pero al hacerlo lo acometió un loco impulso de confesar que no tenía ni idea de cómo aguantar una hora bajo el agua. Alzó la vista para mirar a Hagrid. Tal vez fuera de vez en cuando al lago para atender a las criaturas que vivían en él. Porque cuidaba de todos los animales de los terrenos del colegio...

—Vas a ganar —masculló Hagrid, volviendo a darle palmadas en el hombro, de forma que Harry sintió que se hundía cinco centímetros en el suelo embarrado—. Lo sé. Lo presiento. ¡Vas a ganar, Harry!

No tuvo valor para borrar de la cara de Hagrid la feliz sonrisa de confianza. Fingiendo que se interesaba por los pequeños unicornios, hizo un esfuerzo para sonreír a su vez y se adelantó para acariciarles el cuello, como hacían todos.

La noche precedente a la segunda prueba, Harry se sintió como atrapado en una pesadilla. Se daba perfecta cuenta de que, aunque por algún milagro lograra hallar el encantamiento adecuado, le sería muy difícil aprendérselo durante la noche. ¿Cómo había podido dejar que pasara aquello? ¿Por qué no habría empezado antes a plantearse el enigma del huevo? ¿Por qué se había permitido distraerse en las clases? ¿Y si algún profesor hubiera mencionado en alguna ocasión cómo respirar en el agua?

Él, Ron y Hermione estaban en la biblioteca a la puesta del sol, pasando febrilmente página tras página de encantamientos, ocultos unos de otros por enormes pilas de libros amontonados en la mesa. El corazón le daba un vuelco a Harry cada vez que encontraba en una página la palabra «agua», pero casi siempre era algo así como: «Prepare un litro de agua, doscientos gramos de hojas de mandrágora cortadas en juliana y una salamandra...»

—Creo que es imposible —declaró la voz de Ron desde el otro lado de la mesa—. No hay nada. Nada. Lo que más se aproxima a lo que necesitamos es este encantamiento desecador para drenar charcos y estanques, pero no es ni mucho menos lo bastante potente para desecar el lago.

—Tiene que haber alguna manera —murmuró Hermione, acercándose una vela. Tenía los ojos tan fatigados que escudriñaba la diminuta letra de *Encantamientos y embrujos antiguos caídos en el olvido* con la nariz a tres dedos de distancia de la página—. Nunca habrían puesto una prueba que no se pudiera realizar.

—Ahora lo han hecho —replicó Ron—. Harry, lo que tienes que hacer mañana es bajar al lago, meter la cabeza dentro, gritarles a las sirenas que te devuelvan lo que sea que te hayan mangado y ver si te hacen caso. Es tu opción más segura.

—¡Hay una manera de hacerlo! —insistió Hermione enfadada—. ¡Tiene que haberla!

Parecía tomarse como una afrenta personal la falta de información útil que había sobre el tema en la biblioteca. Nunca le había fallado.

—Ya sé lo que tendría que haber hecho —dijo Harry, dejando descansar la cabeza en el libro *Trucos ingeniosos para casos peliagudos*—. Tendría que haber aprendido a hacerme animago como Sirius.

—¡Claro, así podrías convertirte en carpa cuando quisieras! —corroboró Ron.

—O en una rana —añadió Harry con un bostezo. Estaba exhausto.

—Lleva unos cuantos años convertirse en animago, y después hay que registrarse y todo eso —dijo Hermione vagamente, echándole un vistazo al índice de *Problemas mágicos extraordinarios y sus soluciones*—. La profesora McGonagall nos lo dijo, ¿recordáis? Hay que registrarse en el Departamento Contra el Uso Indebido de la Magia, y decir en qué animal se convierte uno y con qué marcas, de qué color... para que no se pueda hacer mal uso de ello.

—Estaba hablando en broma, Hermione —le aclaró Harry cansinamente—. Ya sé que no me puedo convertir en rana mañana por la mañana.

—¡Ah, esto no sirve de nada! —se quejó Hermione cerrando de un golpe los *Problemas mágicos extraordinarios*—. Pero ¡quién demonios va a querer hacerse tirabuzones en los pelos de la nariz!

—A mí no me importaría —dijo la voz de Fred Weasley—. Daría que hablar, ¿no?

Harry, Ron y Hermione levantaron la vista. Fred y George acababan de salir de detrás de unas estanterías.

—¿Qué hacéis aquí? —les preguntó Ron.

—Buscaros —repuso George—. McGonagall quiere que vayas, Ron. Y tú también, Hermione.

—¿Por qué? —dijo Hermione, sorprendida.

—Ni idea... pero estaba muy seria —contestó Fred.

—Tenemos que llevaros a su despacho —explicó George.

Ron y Hermione miraron a Harry, que sintió un vuelco en el estómago. ¿Iría a echarles una reprimenda? A lo mejor se había dado cuenta de lo mucho que lo ayudaban, cuando se suponía que tenía que arreglárselas él solo.

—Nos veremos en la sala común —le dijo Hermione a Harry al levantarse con Ron. Los dos parecían nerviosos—. Llévate todos los libros que puedas, ¿vale?

—Bien —asintió Harry, incómodo.

Hacia las ocho, la señora Pince había apagado todas las luces y le metía prisa para que saliera de la biblioteca. Tambaleándose por el peso de todos los libros que pudo coger, volvió a la sala común de Gryffindor, se llevó una mesa a un rincón y siguió buscando. No encontró nada en *Magia disparatada para brujos disparatados*, ni tampoco en *Guía de la brujería medieval*, ni una mención a proezas submarinas en la *Antología de los encantamientos del siglo XVIII*, ni en *Los espantosos moradores de las profundidades*, ni en *Poderes que no sabías que tenías y lo que puedes hacer con ellos ahora que te has enterado*.

Crookshanks se subió al regazo de Harry y se ovilló, ronroneando. La sala común se fue vaciando poco a poco. No paraban de desearle suerte para la mañana siguiente con voces tan alegres y confiadas como la de Hagrid: todos parecían convencidos de que estaba a punto de llevar a cabo otra sorprendente actuación como la de la primera prueba. Harry no les podía contestar; sólo movía la cabeza de arriba abajo, como si tuviera una pelota de goma en mitad de la garganta. Cuando faltaban diez minutos para las doce de la noche, se quedó en la sala a solas con *Crookshanks*. Había mirado ya en todos los libros que tenía, y Ron y Hermione seguían sin volver.

«Me rindo —se dijo a sí mismo—. No puedo. No tendré más remedio que bajar al lago mañana y decírselo a los jueces...»

Se imaginó explicando que no podía hacer la prueba: vio ante sí la cara de sorpresa de Bagman, sus ojos como platos; y la sonrisa de satisfacción de Karkarov, con sus dientes amarillos; casi oyó realmente decir a Fleur Delacour: «Lo sabía... Es demasiado joven, no es más que un niño»; vio a Malfoy, al frente de la multitud, exhibiendo la insignia donde decía «POTTER APESTA»; vio la cara de tristeza y decepción de Hagrid...

Olvidando que tenía a *Crookshanks* en el regazo, se levantó de repente. El gato bufó molesto al caer al suelo, le dirigió a Harry una mirada de enfado y se marchó ofendido con su cola de cepillo levantada, pero en esos momentos Harry subía ya a toda prisa por la escalera de caracol que llevaba al dormitorio. Cogería la capa invisible y volvería a la biblioteca. Si no había más remedio, pasaría la noche en ella.

—¡*Lumos*! —susurró Harry quince minutos después, al abrir la puerta de la biblioteca.

Con la luz de la punta de la varita encendida, pasó por entre las estanterías, cogiendo más libros: libros sobre maleficios y encantamientos, sobre sirenas, tritones y monstruos marinos, sobre brujas y magos famosos, sobre inventos mágicos, sobre cualquier cosa que pudiera incluir una referencia de pasada a la supervivencia bajo el agua. Se los llevó a una mesa y se puso a trabajar, hojeando los libros al delgado haz de luz de la varita. De vez en cuando consultaba el reloj.

La una de la madrugada... las dos de la madrugada... la única forma de aguantar era repetirse una y otra vez: «En el próximo libro, lo encontraré en el próximo libro...»

La sirena del cuadro del baño de los prefectos se estaba riendo. Harry salía a flote como un corcho y se volvía a hundir en el agua espumosa que rodeaba la roca, mientras ella sujetaba la Saeta de Fuego por encima de la cabeza de él.

—¡Ven a cogerla! —le decía entre risas—. ¡Vamos, salta!

—¡No puedo! —respondía jadeando Harry, que intentaba alcanzar la Saeta de Fuego mientras hacía lo imposible por no hundirse—. ¡Dámela!

Pero ella se limitó a punzarlo en un costado con el palo de la escoba, riéndose.

—Me haces daño... quita... ¡ay!

—¡Harry Potter debe despertar, señor!

—¡Deja de golpearme!

—¡Dobby debe golpear a Harry Potter para que despierte, señor!

Abrió los ojos. Seguía en la biblioteca. La capa invisible se le había caído al dormirse, y la mejilla que tenía apoyada en el libro *Donde hay una varita, hay una manera* se le había pegado a la página. Se incorporó y se colocó bien las gafas, parpadeando ante la brillante luz del día.

—¡Harry Potter tiene que darse prisa! —chilló Dobby—. La segunda prueba comienza dentro de diez minutos, y Harry Potter...

—¿Diez minutos? —repitió Harry con voz ronca—. ¿Diez... diez minutos?

Miró su reloj. Dobby tenía razón: eran las nueve y veinte. Un enorme peso muerto le cayó del pecho al estómago.

—¡Aprisa, Harry Potter! —lo apremió Dobby, tirándole de la manga—. ¡Se supone que tiene que bajar al lago con los otros campeones, señor!

—Es demasiado tarde, Dobby —dijo Harry desesperanzado—. No puedo afrontar la prueba, porque no sé cómo...

—¡Harry Potter afrontará la prueba! —exclamó el elfo con su aguda vocecita—. Dobby sabía que Harry no había

430

encontrado el libro adecuado, así que Dobby lo ha hecho por él.

—¿Qué? Pero tú no sabes en qué consiste la segunda prueba.

—¡Claro que Dobby lo sabe, señor! Harry Potter tiene que entrar en el lago, buscar su prenda...

—¿Buscar mi qué?

—... y liberarla de las sirenas y los tritones.

—¿Qué quiere decir «prenda»?

—Su prenda, señor, su prenda. ¡La prenda que le dio este jersey a Dobby!

Dobby tiraba del encogido jersey de color rojo oscuro que llevaba encima de los pantalones cortos.

—¿Qué? —dijo Harry con un hilo de voz—. ¿Tienen... tienen a Ron?

—¡Lo que Harry Potter más puede valorar, señor! —chilló Dobby—. Y pasada una hora...

—«... ¡negras perspectivas!» —recitó Harry, mirando horrorizado al elfo—; «demasiado tarde, ya no habrá salida...» ¿Qué tengo que hacer, Dobby?

—¡Tiene que comerse esto, señor! —dijo el elfo, y metiéndose la mano en el bolsillo de los pantalones, sacó una bola de algo que parecían viscosas colas de rata de color gris verdoso—. Justo antes de entrar en el lago, señor: ¡*branquialgas!*

—¿Para qué? —preguntó Harry, mirando las branquialgas.

—¡Gracias a ellas, Harry Potter podrá respirar bajo el agua, señor!

—Dobby —le dijo Harry frenético—, escucha... ¿estás seguro de eso?

No era fácil olvidar que la última vez que Dobby había intentado ayudarlo había acabado sin huesos en el brazo derecho.

—¡Dobby está completamente seguro, señor! —contestó el elfo muy serio—. Dobby oye cosas, señor. Es un elfo doméstico, y recorre el castillo encendiendo chimeneas y fregando suelos. Dobby oyó a la profesora McGonagall y al profesor Moody en la sala de profesores, hablando sobre la próxima prueba... ¡Dobby no puede permitir que Harry Potter pierda su prenda!

Las dudas de Harry quedaron despejadas. Poniéndose en pie de un salto, se quitó la capa invisible, la guardó en la mochila, cogió las branquialgas y se las metió en el bolsillo, y luego salió a toda velocidad de la biblioteca, con Dobby pisándole los talones.

—¡Dobby tiene que volver a las cocinas, señor! —chilló Dobby al entrar en el corredor—. Si no, se darán cuenta de que no está. ¡Buena suerte, Harry Potter, señor, buena suerte!

—¡Hasta luego, Dobby! —gritó Harry, que echó a correr lo más aprisa que podía por el corredor, y luego bajó los peldaños de la escalera de tres en tres.

En el vestíbulo se encontró con algunos rezagados que dejaban el Gran Comedor después de desayunar y, traspasando las puertas de roble, se dirigían al lago para contemplar la segunda prueba. Se quedaron mirando a Harry, que pasó a su lado como una flecha, arrollando a Colin y Dennis Creevey al sortear de un salto la breve escalinata de piedra, para luego salir al frío y claro exterior.

Al bajar a la carrera por la explanada, vio que las mismas tribunas que habían rodeado en noviembre el cercado de los dragones estaban ahora dispuestas a lo largo de una de las orillas del lago. Las gradas, llenas a rebosar, se reflejaban en el agua. El eco de la algarabía de la emocionada multitud se propagaba de forma extraña por la superficie del agua y llegaba hasta la orilla por la que Harry corría a toda velocidad hacia el tribunal, que estaba sentado en el borde del lago a una mesa cubierta con tela dorada. Cedric, Fleur y Krum se hallaban junto a la mesa, y lo observaban acercarse.

—Estoy... aquí... —dijo sin aliento Harry, que patinó en el barro al tratar de detenerse en seco y salpicó sin querer la túnica de Fleur.

—¿Dónde estabas? —inquirió una voz severa y autoritaria—. ¡La prueba está a punto de dar comienzo!

Miró hacia el lugar del que provenía la voz. Era Percy Weasley, sentado a la mesa del tribunal. Nuevamente faltaba el señor Crouch.

—¡Bueno, bueno, Percy! —dijo Ludo Bagman, que parecía muy contento de ver a Harry—. ¡Dejémoslo que recupere el aliento!

Dumbledore le sonrió, pero Karkarov y Madame Maxime no parecían nada contentos de verlo... Por las caras, resultaba obvio que habían pensado que no aparecería.

Se inclinó hacia delante poniendo las manos en las rodillas, y respiró hondo. Tenía flato en el costado, que le dolía como un cuchillo clavado entre las costillas, pero no había tiempo para esperar a que se le pasara. Ludo Bagman iba en aquel momento entre los campeones, espaciándolos por la orilla del lago a una distancia de tres metros. Harry quedó en un extremo, al lado de Krum, que se había puesto el bañador y sostenía en la mano la varita.

—¿Todo bien, Harry? —susurró Bagman, distanciándolo un poco más de Krum—. ¿Tienes algún plan?

—Sí —musitó Harry, frotándose las costillas.

Bagman le dio un apretón en el hombro y volvió a la mesa del tribunal. Apuntó a la garganta con la varita como había hecho en los Mundiales, dijo «¡Sonorus!», y su voz retumbó por las oscuras aguas hasta las tribunas.

—Bien, todos los campeones están listos para la segunda prueba, que comenzará cuando suene el silbato. Disponen exactamente de una hora para recuperar lo que se les ha quitado. Así que, cuando cuente tres: uno... dos... ¡tres!

El silbato sonó en el aire frío y calmado. Las tribunas se convirtieron en un hervidero de gritos y aplausos. Sin pararse a mirar lo que hacían los otros campeones, Harry se quitó zapatos y calcetines, sacó del bolsillo el puñado de branquialgas, se lo metió en la boca y entró en el lago.

El agua estaba tan fría que sintió que la piel de las piernas le quemaba como si hubiera entrado en fuego. A medida que se adentraba, la túnica empapada le pesaba cada vez más. El agua ya le llegaba a las rodillas, y los entumecidos pies se deslizaban por encima de sedimentos y piedras planas y viscosas. Masticaba las branquialgas con toda la prisa y fuerza de que era capaz. Eran desagradablemente gomosas, como tentáculos de pulpo. Cuando el agua helada le llegaba a la cintura, se detuvo, tragó las branquialgas y esperó a que sucediera algo.

Se dio cuenta de que había risas entre la multitud, y sabía que debía de parecer tonto, entrando en el agua sin mostrar ningún signo de poder mágico. En la parte del cuerpo que aún no se le había mojado tenía carne de gallina. Medio sumergido en el agua helada y con la brisa levantándole el pelo, empezó a tiritar. Evitó mirar hacia las tribunas. La risa se hacía más fuerte, y los de Slytherin lo silbaban y abucheaban...

Entonces, de repente, sintió como si le hubieran tapado la boca y la nariz con una almohada invisible. Intentó respirar, pero eso hizo que la cabeza le diera vueltas. Tenía los pulmones vacíos, y notaba un dolor agudo a ambos lados del cuello.

Se llevó las manos a la garganta, y notó dos grandes rajas justo debajo de las orejas, agitándose en el aire frío: ¡eran agallas! Sin pararse a pensarlo, hizo lo único que tenía sentido en aquel momento: se echó al agua.

El primer trago de agua helada fue como respirar vida. La cabeza dejó de darle vueltas. Tomó otro trago de agua, y notó cómo pasaba suavemente por entre las branquias y le enviaba oxígeno al cerebro. Extendió las manos y se las miró: parecían verdes y fantasmales bajo el agua, y le habían nacido membranas entre los dedos. Se retorció para verse los pies desnudos: se habían alargado y también les habían salido membranas: era como si tuviera aletas.

El agua ya no parecía helada. Al contrario, resultaba agradablemente fresca y muy fácil de atravesar... Harry nadó, asombrándose de lo lejos y rápido que lo propulsaban por el agua sus pies con aspecto de aletas, y también de lo claramente que veía, y de que no necesitara parpadear. Se había alejado tanto de la orilla que ya no veía el fondo. Se hundió en las profundidades.

Al deslizarse por aquel paisaje extraño, oscuro y neblinoso, el silencio le presionaba los oídos. No veía más allá de tres metros a la redonda, de forma que, mientras nadaba velozmente, las cosas surgían de repente de la oscuridad: bosques de algas ondulantes y enmarañadas, extensas planicies de barro con piedras iluminadas por un levísimo resplandor. Bajó más y más hondo hacia las profundidades del lago, con los ojos abiertos, escudriñando, entre la misteriosa luz gris que lo rodeaba, las sombras que había más allá, donde el agua se volvía opaca.

Pequeños peces pasaban en todas direcciones como dardos de plata. Una o dos veces creyó ver algo más grande ante él, pero al acercarse descubría que no era otra cosa que algún tronco grande y ennegrecido o un denso macizo de algas. No había ni rastro de los otros campeones, de sirenas ni tritones, de Ron ni, afortunadamente, tampoco del calamar gigante.

Unas algas de color esmeralda de sesenta centímetros de altura se extendían ante él hasta donde le alcanzaba la vista, como un prado de hierba muy crecida. Miraba hacia delante sin parpadear, intentando distinguir alguna forma en la oscuridad... y entonces, sin previo aviso, algo lo agarró por el tobillo.

Se retorció para mirar y vio que un grindylow, un pequeño demonio marino con cuernos, le había aferrado la pierna con sus largos dedos y le enseñaba los afilados colmillos. Se apresuró a meterse en el bolsillo la mano membranosa, y buscó a tientas la varita mágica. Pero, para cuando logró hacerse con ella, otros dos grindylows habían salido de las algas y, cogiéndolo de la túnica, intentaban arrastrarlo hacia abajo.

—¡*Relaxo!* —gritó Harry.

Pero no salió ningún sonido de la boca, sino una burbuja grande, y la varita, en vez de lanzar chispas contra los grindylows, les arrojó lo que parecía un chorro de agua hirviendo, porque donde les daba les producía en la piel verde unas ronchas rojas de aspecto infeccioso. Harry se soltó el tobillo del grindylow y escapó tan rápido como pudo, echando a discreción de vez en cuando más chorros de agua hirviendo por encima del hombro. Cada vez que notaba que alguno de los grindylows le volvía a agarrar el tobillo, le lanzaba una patada muy fuerte. Por fin, sintió que su pie había golpeado una cabeza con cuernos; volviéndose a mirar, vio al aturdido grindylow alejarse en el agua, bizqueando, mientras sus compañeros amenazaban a Harry con el puño y se hundían otra vez entre las algas.

Aminoró un tanto, guardó la varita en la túnica, y miró en torno, escuchando, mientras describía en el agua un círculo completo. La presión del silencio contra los tímpanos se había incrementado. Debía de hallarse a mayor profundidad, pero nada se movía salvo las ondulantes algas.

—¿Cómo te va?

Harry creyó que le daba un infarto. Se volvió de inmediato, y vio a Myrtle *la Llorona* flotando vaporosamente delante de él, mirándolo a través de sus gruesas gafas nacaradas.

—¡Myrtle! —intentó gritar Harry.

Pero, una vez más, lo único que le salió de la boca fue una burbuja muy grande. Myrtle *la Llorona* se rió.

—¡Deberías mirar por allá! —le dijo, señalando en una dirección—. No te acompaño. No me gustan mucho: me persiguen cada vez que me acerco.

Harry le hizo un gesto de agradecimiento con la mano, y se fue en la dirección indicada, con cuidado de nadar algo más distanciado de las algas para evitar a otros grindylows que pudieran estar al acecho.

Siguió nadando durante unos veinte minutos, hasta que llegó a unas vastas extensiones de barro negro, que enturbiaba el agua en pequeños remolinos cuando él pasaba aleteando. Luego, por fin, percibió un retazo del canto de las criaturas marinas:

> *Nos hemos llevado lo que más valoras,*
> *y para encontrarlo tienes una hora...*

Harry nadó más aprisa, y no tardó en ver aparecer frente a él una roca grande que se alzaba del lodo. Había en ella pinturas de sirenas y tritones que portaban lanzas y parecían estar tratando de dar caza al calamar gigante. Harry pasó la roca, guiado por la canción:

> *... ya ha pasado media hora, así que no nos des largas*
> *si no quieres que lo que buscas se quede criando algas...*

De repente, de la oscuridad que lo envolvía todo surgió un grupo de casas de piedra sin labrar y cubiertas de algas. Harry distinguió rostros en las ventanas, rostros que no guardaban ninguna semejanza con el del cuadro de la sirena que había en el baño de los prefectos...

Las sirenas y los tritones tenían la piel cetrina y el pelo verde oscuro, largo y revuelto. Los ojos eran amarillos, del mismo color que sus dientes partidos, y llevaban alrededor del cuello unas gruesas cuerdas con guijarros ensartados. Le dirigieron a Harry sonrisas malévolas. Dos de aquellas criaturas, que enarbolaban una lanza, salieron de sus moradas para observarlo, mientras batían el agua con sus fuertes colas de pez plateadas.

Harry siguió, mirando a su alrededor, y enseguida las casas se hicieron más numerosas. Alrededor de algunas de ellas había jardines de algas, y hasta vio un grindylow que parecían tener de mascota, atado a una estaca a la puerta de una de las moradas. Para entonces las sirenas y los tritones salían de todos lados y lo contemplaban con mucha curiosidad; señalaban sus branquias y las membranas de sus extremidades, y se tapaban la boca con las manos para hablar entre ellos. Harry dobló muy aprisa una esquina, y vio de pronto algo muy raro.

Una multitud de sirenas y tritones flotaba delante de las casas que se alineaban en lo que parecía una versión submarina de la plaza de un pueblo pintoresco. En el medio cantaba un coro de tritones y sirenas para atraer a los campeones, y tras ellos se erguía una tosca estatua que representaba a una sirena gigante tallada en una mole de piedra. Había cuatro personas ligadas con cuerdas a la cola de la sirena.

Ron estaba atado entre Hermione y Cho Chang. Había también una niña que no parecía contar más de ocho años y cuyo pelo plateado le indicó a Harry que debía de ser hermana de Fleur Delacour. Daba la impresión de que los cuatro se hallaban sumidos en un sueño muy profundo: la cabeza les colgaba sobre los hombros, y de la boca les salía una fina hilera de burbujas.

Se acercó rápidamente a ellos, temiendo que los tritones bajaran las lanzas para atacarlo, pero no hicieron nada. Las cuerdas de algas que sujetaban a los rehenes a la estatua eran gruesas, viscosas y muy fuertes. Por una fracción de segundo, pensó en la navaja que Sirius le había regalado por Navidad y que tenía guardada en el baúl, dentro del castillo, a cuatrocientos metros de allí, donde no le podía servir de nada en absoluto.

Miró a su alrededor. Muchos de los tritones y sirenas que los rodeaban llevaban lanzas. Se acercó rápidamente a un tritón de más de dos metros de altura que lucía una larga barba verde y un collar de colmillos de tiburón, y le pidió por señas la lanza. El tritón se rió y negó con la cabeza.

—No ayudamos —declaró con una voz ronca.

—¡Vamos! —dijo Harry furioso (aunque sólo le salieron burbujas de la boca), e intentó arrancarle la lanza al tritón, pero él tiró de ella, sin dejar de negar ni de reírse.

Harry se volvió y buscó algo afilado... algo...

Había piedras en el fondo del lago. Se hundió para coger una particularmente dentada, y regresó junto a la estatua. Comenzó a cortar las cuerdas que ataban a Ron, y, tras varios minutos de duro trabajo, lo consiguió. Ron flotó, inconsciente, unos centímetros por encima del fondo del lago, balanceándose ligeramente con el flujo del agua.

Harry miró a su alrededor. No había señal de ninguno de los otros campeones. ¿Qué hacían? ¿Por qué no se daban prisa? Se volvió hacia Hermione, levantó la piedra dentada y se dispuso a cortarle las cuerdas también a ella...

De inmediato lo agarraron varios pares de fuertes manos grises. Media docena de tritones lo separaban de Hermione, negando con la cabeza y riéndose.

—Llévate el tuyo —le dijo uno de ellos—. ¡Deja a los otros!

—¡De ninguna manera! —respondió Harry furioso... pero de la boca sólo le salieron dos burbujas grandes.

—Tu misión consiste en liberar a tu amigo... ¡Deja a los otros!

—¡Ella también es amiga mía! —gritó Harry, señalando a Hermione y sin echar por la boca más que una enorme burbuja plateada—. ¡Y tampoco quiero que ellas mueran!

La cabeza de Cho se inclinaba sobre el hombro de Hermione. La niña del pelo plateado estaba espectralmente pálida y verdosa. Harry intentó apartar a los tritones, pero ellos se reían más fuerte que antes, deteniéndolo. Harry miró a su alrededor, desesperado. ¿Dónde estaban los otros? ¿Le daría tiempo de subir con Ron a la superficie y volver por

Hermione y las otras? ¿Podría encontrarlas otra vez? Miró el reloj para ver cuánto tiempo le quedaba, pero se le había parado.

Entonces los tritones y las sirenas que lo rodeaban señalaron hacia lo alto. Al levantar la vista, Harry vio a Cedric nadando hacia allí. Tenía una enorme burbuja alrededor de la cabeza, que agrandaba extrañamente los rasgos de su cara.

—¡Nos perdimos! —dijo moviendo los labios, sin pronunciar ningún sonido, y estremecido de horror—. ¡Fleur y Krum vienen detrás!

Muy aliviado, Harry vio a Cedric sacar un cuchillo del bolsillo y liberar con él a Cho, para luego subir con ella hasta perderse de vista.

Harry miró a su alrededor, esperando. ¿Dónde estaban Fleur y Krum? El tiempo se agotaba y, de acuerdo con la canción, si la hora de plazo concluía, los rehenes se quedarían allí para siempre.

De pronto, los tritones y las sirenas prorrumpieron en alaridos de excitación. Los que sujetaban a Harry aflojaron las manos, mirando hacia atrás. Harry se volvió y vio algo monstruoso que se dirigía hacia ellos abriéndose paso por el agua: el cuerpo de un hombre en bañador con cabeza de tiburón: era Krum. Parecía que se había transformado, pero mal.

El hombre-tiburón fue directamente hasta Hermione y empezó a morderle las cuerdas. El problema estaba en que los nuevos dientes de Krum se hallaban en una posición poco práctica para morder nada que fuera más pequeño que un delfín, y Harry se dio cuenta de que, si Krum no ponía mucho cuidado, cortaría a Hermione por la mitad. Lanzándose hacia Krum, le dio un golpe en el hombro y le entregó la piedra dentada. Krum la cogió y la usó para liberar a Hermione. Al cabo de unos segundos ya lo había logrado. Cogió a Hermione por la cintura y, sin una mirada hacia atrás, se impulsó rápidamente hacia la superficie con ella.

«¿Y ahora qué?», pensó Harry desesperado. Si estuviera seguro de que llegaría Fleur... pero no había ni rastro de ella.

Cogió la piedra que Krum había tirado al suelo, pero los tritones se acercaron a él y a la niña, negando con la cabeza.

Harry sacó la varita.

—¡Apartaos!

Sólo le salieron burbujas de la boca, pero tenía la clara impresión de que los tritones habían comprendido, porque de repente dejaron de reírse. Sus amarillos ojos estaban fijos en la varita de Harry, y parecían asustados. Podían ser muchos más que él, pero viendo sus caras comprendió que no sabían más de magia que el calamar gigante.

—¡Contaré hasta tres! —gritó. Salió una fila de burbujas, pero levantó tres dedos para asegurarse de que entendían el mensaje—. Uno... —bajó un dedo—, dos... —bajó el segundo.

Se dispersaron. Harry se lanzó hacia la niña y empezó a cortarle las cuerdas que la ataban a la estatua. Y al final la liberó. Cogió a la niña por la cintura y a Ron por el cuello de la túnica, y comenzó a ascender.

El ascenso era muy lento, porque ya no podía usar las manos palmeadas para avanzar. Movió las aletas con furia, pero Ron y la hermana de Fleur eran como sacos de patatas que tiraban de él hacia abajo... Alzó los ojos hacia el cielo, aunque sabía que aún debía de encontrarse muy hondo porque el agua estaba oscura por encima de él.

Los tritones y las sirenas lo acompañaban en la subida. Los vio girar a su alrededor con gracilidad, observando cómo él forcejeaba contra las aguas. ¿Lo arrastrarían a las profundidades cuando el tiempo hubiera concluido? Tal vez devoraban humanos... Las piernas se le agarrotaban del esfuerzo de nadar, y los hombros le dolían terriblemente de arrastrar a Ron y a la niña...

Respiraba con dificultad. Volvían a dolerle los lados del cuello, y era muy consciente de la humedad del agua en la boca... pero, por otro lado, el agua se aclaraba. Podía ver sobre él la luz del día...

Dio un potente coletazo con las aletas, pero descubrió entonces que ya no eran más que pies... El agua que le entraba por la boca le inundaba los pulmones. Empezaba a marearse, pero sabía que la luz y el aire se hallaban sólo a unos tres metros por encima de él. Tenía que llegar... tenía que conseguirlo...

Hizo tal esfuerzo con las piernas que le pareció que los músculos se quejaban a gritos. Incluso su cerebro parecía lleno de agua: no podía respirar, necesitaba oxígeno, tenía que seguir subiendo, no podía parar...

Y entonces notó que rompía con la cabeza la superficie del agua. Un aire limpio, fresco y maravilloso le produjo escozor en la cara empapada. Tomó una bocanada de aquel aire, con la sensación de que nunca había respirado de verdad y, jadeando, tiró de Ron y de la niña hasta la superficie. Alrededor de ellos, por todas partes, emergían unas primitivas cabezas de pelo verde, pero ahora le sonreían.

Desde las tribunas, la multitud armaba muchísimo jaleo: todos estaban de pie, gritando y chillando. Tuvo la impresión de que creían que Ron y la niña habían muerto, pero se equivocaban: tanto uno como otro habían abierto los ojos. La niña parecía asustada y confusa, pero Ron simplemente echó un chorro de agua por la boca, parpadeó a la brillante luz del día y se volvió hacia Harry.

—Esto está muy húmedo, ¿eh? —comentó; luego miró a la hermana de Fleur—. ¿Para qué la has traído?

—Fleur no apareció. No podía dejarla allí —contestó Harry jadeando.

—Harry, serás ingenuo... —dijo Ron—. ¡No me digas que te tomaste la canción en serio! Dumbledore no nos habría dejado ahogarnos allí.

—Pero la canción decía...

—¡Era sólo para asegurarse de que te dabas prisa en volver! —replicó Ron—. ¡Espero que no perdieras el tiempo allí abajo interpretando el papel de héroe!

Harry se sintió al mismo tiempo estúpido y enfadado. Para Ron había sido muy fácil: había permanecido dormido, no se había dado cuenta de lo sobrecogedor que era el lago y verse rodeado de tritones y sirenas armados de lanzas, que parecían más que capaces de asesinar.

—Vamos —dijo Harry—, ayúdame a llevarla. Creo que no nada muy bien.

Con la compañía de veinte sirenas y tritones, que hacían de guardia de honor cantando sus horribles cánticos que parecían chirridos, llevaron a la hermana de Fleur por el agua hasta la orilla, desde donde los observaban los miembros del tribunal.

Harry vio a la señora Pomfrey prodigando sus atenciones a Hermione, Krum, Cedric y Cho, que estaban envueltos en mantas muy gruesas. Desde la orilla a la que se dirigían, Dumbledore y Ludo Bagman les sonreían, pero Percy, que parecía muy pálido y, en cierto modo, más joven de lo habitual, fue a su encuentro chapoteando en el agua. Mientras tanto, Madame Maxime intentaba sujetar a Fleur Delacour, que estaba completamente histérica y peleaba con uñas y dientes para volver al agua.

—¡«Gabguielle»!, ¡«Gabguielle»! ¿Está viva? ¿Está «heguida»?

—¡Está bien! —intentó decirle Harry, pero llegaba tan cansado que apenas podía hablar, y mucho menos gritar.

Percy agarró a Ron y tiró de él hacia la orilla («¡Déjame en paz, Percy, estoy bien!»); Dumbledore y Bagman cogieron a Harry; Fleur se había soltado de Madame Maxime y corría a abrazar a su hermana.

—Fue «pog» los «guindylows»... Me «atacagon»... ¡Ah, Gabguielle, pensé... pensé...!

—Tú, ven aquí —dijo la voz de la señora Pomfrey.

Agarró a Harry y, llevándolo hasta donde estaban Hermione y los otros, lo envolvió tan apretado en una manta que le pareció que le había puesto una camisa de fuerza, y lo obligó a beber una poción muy caliente que le hizo salir humo por las orejas.

—¡Muy bien, Harry! —gritó Hermione—. ¡Lo hiciste, averiguaste el modo, y todo por ti mismo!

—Bueno... —contestó Harry. Le hubiera contado lo de Dobby, pero se acababa de dar cuenta de que Karkarov lo miraba. Era el único miembro del tribunal que no se había levantado de la mesa, el único que no mostraba señales de alivio al ver volver sanos y salvos a Harry, Ron y la hermana de Fleur—. Sí, es verdad —dijo Harry, elevando algo la voz para que lo oyera Karkarov.

—Tienes un «escarrabajo» en el pelo, Herr... mío... ne —dijo Krum.

Harry tuvo la impresión de que Krum intentaba recuperar la atención de Hermione, tal vez para recordarle que había sido él quien la había rescatado del lago, pero Hermione se quitó el escarabajo del pelo con un gesto de impaciencia y continuó:

—Pero te has pasado un montón del tiempo, Harry... ¿Te costó mucho encontrarnos?

—No, os encontré sin problemas.

Harry se sentía más idiota a cada momento. Una vez fuera del agua, le parecía evidente que las medidas de seguridad de Dumbledore no habrían permitido la muerte de uno de los rehenes sólo porque el campeón no hubiera conseguido llegar a tiempo. ¿Por qué no había cogido a Ron y se había marchado con él? Habría sido el primero... Ni Cedric ni Krum habían perdido un instante preocupándose por los otros: no se habían tomado en serio la canción de las sirenas.

Dumbledore estaba agachado en la orilla, trabando conversación con la que parecía la jefa de las sirenas, que tenía un aspecto especialmente feroz y salvaje. El director hacía el mismo tipo de ruidos estridentes que las sirenas y los tritones producían fuera del agua: evidentemente, Dumbledore hablaba sirenio. Finalmente se enderezó, se volvió hacia los otros miembros del tribunal y les dijo:

—Me parece que tenemos que hablar antes de dar la puntuación.

Los miembros del tribunal hicieron un corrillo para discutir. La señora Pomfrey había ido a rescatar a Ron de las garras de Percy; lo llevó con Harry y los otros, le dio una manta y un poco de poción pimentónica, y luego fue en busca de Fleur y su hermana. Fleur tenía muchos cortes en la cara y los brazos, y la túnica rasgada; pero no parecía que eso le preocupara, y no permitió que la señora Pomfrey se ocupara de ella.

—Atienda a «Gabguielle» —le dijo, y luego se volvió hacia Harry—. Tú la has salvado —le dijo casi sin resuello—. Aunque no «ega» tu «gueén».

—Sí —asintió Harry, que en ese momento estaba muy arrepentido de no haber dejado a las tres atadas a la estatua.

Fleur se inclinó, besó a Harry dos veces en cada mejilla (él sintió que la cara le ardía, y no le habría extrañado que le hubiera vuelto a salir humo por las orejas), y luego le dijo a Ron:

—Tú también la ayudaste.

—Sí —dijo Ron muy ilusionado—, un poco.

Fleur se abalanzó también sobre él para besarlo. Hermione parecía furiosa, pero justo entonces la voz mágicamente amplificada de Ludo Bagman retumbó junto a ellos y los sobresaltó. En las gradas, la multitud se quedó de repente en silencio.

—Damas y caballeros, hemos tomado una decisión. Murcus, la jefa sirena, nos ha explicado qué ha ocurrido exactamente en el fondo del lago, y hemos puntuado en consecuencia. El total de nuestras puntuaciones, que se dan sobre un máximo de cincuenta puntos a cada uno de los campeones, es el siguiente:

»La señorita Delacour, aunque ha demostrado un uso excelente del encantamiento casco-burbuja, fue atacada por los grindylows cuando se acercaba a su meta, y no consiguió recuperar a su hermana. Le concedemos veinticinco puntos.

Aplaudieron en las tribunas.

—Me «meguezco» un «cego» —dijo Fleur con voz ronca, agitando su magnífica cabellera.

—El señor Diggory, que también ha utilizado el encantamiento casco-burbuja, ha sido el primero en volver con su rehén, aunque lo hizo un minuto después de concluida la hora.

Se escucharon unos vítores atronadores procedentes de la zona de Hufflepuff. Harry vio que, entre la multitud, Cho le dirigía a Cedric una mirada entusiasmada.

—Por tanto le concedemos cuarenta y siete puntos.

A Harry se le cayó el alma a los pies. Si Cedric había llegado demasiado tarde, él desde luego mucho más.

—El señor Viktor Krum ha utilizado una forma de transformación incompleta, que sin embargo dio buen resultado, y ha sido el segundo en volver con su rescatada. Le concedemos cuarenta puntos.

Karkarov aplaudió muy fuerte y de manera muy arrogante.

—El señor Harry Potter ha utilizado con mucho éxito las branquialgas —prosiguió Bagman—. Volvió en último lugar, y mucho después de terminado el plazo de una hora. Pero la jefa sirena nos ha comunicado que el señor Potter fue el primero en llegar hasta los rehenes, y que el retraso en su vuelta se debió a su firme decisión de salvarlos a todos, no sólo al suyo.

Tanto Ron como Hermione dirigieron a Harry miradas que eran en parte de exasperación, en parte de compasión.

—La mayoría de los miembros del tribunal —y aquí Bagman le dirigió a Karkarov una mirada muy desagradable— están de acuerdo en que esto demuestra una gran altura moral y que merece ser recompensado con la máxima puntuación. No obstante... la puntuación del señor Potter son cuarenta y cinco puntos.

A Harry le dio un vuelco el estómago. Estaba empatado en el primer puesto con Cedric Diggory. Ron y Hermione, muy sorprendidos, miraron a Harry; luego se rieron y empezaron a aplaudir muy fuerte con el resto de la multitud.

—¿Has visto, Harry? —le gritó Ron por encima del estruendo—. ¡Después de todo, no fuiste tan tonto! ¡Estabas demostrando gran altura moral!

Fleur también aplaudía con mucho entusiasmo. Krum, en cambio, no parecía nada contento. Volvió a intentar entablar conversación con Hermione, pero ella estaba demasiado ocupada vitoreando a Harry para escuchar.

—La tercera y última prueba tendrá lugar al anochecer del día veinticuatro de junio —continuó Bagman—. A los campeones se les notificará en qué consiste dicha prueba justo un mes antes. Gracias a todos por el apoyo que les brindáis.

«Ya ha pasado», pensaba Harry algo aturdido mientras la señora Pomfrey se lo llevaba con el resto de los campeones y los rehenes de regreso al castillo, para que se pusieran

ropa seca. Ya había pasado todo: había superado la prueba, y no tenía que preocuparse por nada más hasta el 24 de
junio...

Mientras subía la escalinata de piedra que daba acceso
al castillo, decidió que en cuanto volviera a Hogsmeade le
compraría a Dobby un par de calcetines para cada día del
año.

27

El regreso de Canuto

Una de las mejores consecuencias de la prueba fue que después todo el mundo estaba deseando conocer los detalles de lo ocurrido bajo el agua, lo que supuso que por una vez Ron compartiera el protagonismo con Harry. Éste notó que la versión que Ron daba de los hechos cambiaba sutilmente cada vez que los contaba. Al principio dijo lo que parecía ser más o menos la verdad; por lo menos, coincidía con la versión de Hermione: Dumbledore había reunido en el despacho de la profesora McGonagall a todos los futuros rehenes y, después de asegurarles que no les pasaría nada y que despertarían al salir del agua, los había dormido mediante un hechizo. Una semana después, sin embargo, Ron contaba un emocionante relato de secuestro en el que se enfrentaba él solo a cincuenta tritones armados hasta los dientes, que habían tenido que reducirlo antes de poder atarlo.

—Pero yo tenía la varita oculta en la manga —le aseguraba a Padma Patil, que parecía haberse vuelto más amable con Ron cuando éste se convirtió en el centro de atención, y le hablaba cada vez que se cruzaba con él por los corredores—. Si hubiera querido, podría haber raptado yo a esos atontados.

—¿Cuándo los ibas a raptar? ¿Mientras se mondaban de risa? —le preguntó Hermione mordazmente. Estaba muy irritable porque le tomaban mucho el pelo a propósito de que fuera ella la persona a la que Viktor Krum más valoraba.

Ron enrojeció hasta las orejas, y en adelante retomó la primera versión de los hechos.

Había empezado marzo, y el tiempo se hizo más seco, pero un viento terrible parecía despellejarles manos y cara cada vez que salían del castillo. Había retrasos en el correo porque el viento desviaba a las lechuzas del camino. La lechuza parda que Harry había enviado a Sirius con la fecha del permiso para ir a Hogsmeade volvió el viernes por la mañana a la hora del desayuno con la mitad de las plumas revueltas. En cuanto Harry le desprendió la carta de Sirius se escapó, temiendo que la enviaran otra vez.

La carta de Sirius era casi tan corta como la anterior:

Id al paso de la cerca que hay al final de la carretera que sale de Hogsmeade (más allá de Dervish y Banges) el sábado a las dos en punto de la tarde. Llevad toda la comida que podáis.

—¡No habrá vuelto a Hogsmeade! —exclamó Ron, sorprendido.

—Eso parece —observó Hermione.

—No puedo creerlo —dijo Harry muy preocupado—. Si lo cogen...

—Hasta ahora no lo han conseguido —le recordó Ron—. Y el lugar ya no está lleno de dementores.

Harry plegó la carta, pensando. La verdad era que quería volver a ver a Sirius. De forma que fue a la última clase de la tarde (doble hora de Pociones) mucho más contento de lo que normalmente se sentía cuando bajaba la escalera que llevaba a las mazmorras.

Malfoy, Crabbe y Goyle habían formado un corrillo a la puerta de la clase con la pandilla de chicas de Slytherin a la que pertenecía Pansy Parkinson. Todos miraban algo que Harry no alcanzó a distinguir, y se reían por lo bajo con muchas ganas. La cara de Pansy asomó por detrás de la ancha espalda de Goyle y los vio acercarse.

—¡Ahí están, ahí están! —anunció con una risa tonta, y el corro se rompió.

Harry vio que Pansy tenía en las manos un ejemplar de la revista *Corazón de bruja*. La foto con movimiento de la portada mostraba a una bruja de pelo rizado que sonreía enseñando los dientes y apuntaba a un bizcocho grande con la varita.

—¡A lo mejor encuentras aquí algo de tu interés, Granger! —dijo Pansy en voz alta, y le tiró la revista a Hermione, que la cogió algo sobresaltada.

En aquel momento se abrió la puerta de la mazmorra, y Snape les hizo señas de que entraran.

Hermione, Harry y Ron se encaminaron hacia su pupitre al final de la mazmorra. En cuanto Snape volvió la espalda para escribir en la pizarra los ingredientes de la poción de aquel día, Hermione se apresuró a hojear la revista bajo el pupitre. Al fin, en las páginas centrales, encontró lo que buscaba. Harry y Ron se inclinaron un poco para ver mejor. Una fotografía en color de Harry encabezaba un pequeño artículo titulado «La pena secreta de Harry Potter»:

Tal vez sea diferente. Pero, aun así, es un muchacho que padece todos los sufrimientos típicos de la adolescencia, nos revela Rita Skeeter. Privado de amor desde la trágica pérdida de sus padres, a sus catorce años Harry Potter creía haber encontrado consuelo en Hogwarts en su novia, Hermione Granger, una muchacha hija de muggles. Poco sospechaba que no tardaría en sufrir otro golpe emocional en una vida cuajada de pérdidas.

La señorita Granger, una muchacha nada agraciada pero sí muy ambiciosa, parece sentir debilidad por los magos famosos, debilidad que ni siquiera Harry ha podido satisfacer por sí solo. Desde la llegada a Hogwarts de Viktor Krum, el buscador búlgaro y héroe de los últimos Mundiales de quidditch, la señorita Granger ha jugado con los afectos de ambos muchachos. Krum, que está abiertamente enamorado de la taimada señorita Granger, la ha invitado ya a visitarlo en Bulgaria durante las vacaciones de verano, no sin antes declarar que jamás había sentido lo mismo por ninguna otra chica.

449

Sin embargo, podrían no ser los dudosos encantos naturales de la señorita Granger los que han conquistado el interés de estos pobres chicos.

«Es fea con ganas —nos declara Pansy Parkinson, una bonita y vivaracha alumna de cuarto curso—, pero es perfectamente capaz de preparar un filtro amoroso, porque es una sabelotodo. Supongo que así lo consigue.»

Como es natural, los filtros amorosos están prohibidos en Hogwarts, y no cabe duda de que Albus Dumbledore estará interesado en investigar estas sospechas. Mientras tanto, las admiradoras de Harry Potter tendremos que conformarnos con esperar que la próxima vez le entregue su corazón a una candidata más digna de él.

—¡Te lo advertí! —le dijo Ron a Hermione entre dientes, mientras ella seguía con la vista fija en el artículo—. ¡Te advertí que no debías picarla! ¡Te ha presentado como una especie de... de mujer fatal!

Del rostro de Hermione desapareció la expresión de aturdimiento, y en su lugar soltó una risotada.

—¿Mujer fatal? —repitió, conteniendo la risa.

—Es como las llama mi madre —murmuró Ron, ruborizándose.

—Si Rita no es capaz más que de esto, es que está perdiendo sus habilidades —dijo Hermione, volviendo a reírse y dejando el número de *Corazón de bruja* sobre una silla vacía—. ¡Qué montón de basura!

Miró a los de Slytherin, que los observaban detenidamente para ver si se enfadaban con el artículo. Hermione les dirigió una sonrisa sarcástica y un gesto de la mano, y tanto ella como Ron y Harry empezaron a sacar los ingredientes que necesitarían para la poción agudizadora del ingenio.

—Pero hay algo muy curioso —dijo Hermione diez minutos después, deteniendo la mano de mortero sobre el almirez lleno de escarabajos—. ¿Cómo puede haberse enterado Rita Skeeter...?

—¿De qué? —se apresuró a preguntar Ron—. Tú no has preparado filtros amorosos, ¿no?

—No seas idiota —le soltó Hermione, comenzando a machacar los escarabajos—. Quiero decir... ¿cómo se habrá enterado de que Viktor Krum me ha invitado a visitarlo este verano?

Hermione se puso como un tomate al explicar esto, y evitó por todos los medios la mirada de Ron.

—¿Qué? —exclamó éste, dejando caer la mano de mortero, que hizo bastante ruido.

—Me lo pidió justo después de sacarme del lago —susurró Hermione—. Después de volver a transformarse la cabeza. La señora Pomfrey nos dio una manta a cada uno, y luego él me llevó aparte para que no pudieran oírnos, y me dijo que si no tenía nada pensado para el verano, tal vez me gustaría...

—¿Y qué le respondiste? —preguntó Ron, que había recuperado la mano de mortero y lo estaba usando sobre la mesa, bastante lejos de donde tenía el almirez, porque no apartaba los ojos de Hermione.

—Y dijo que nunca había sentido lo mismo por ninguna otra chica —siguió Hermione, poniéndose tan colorada que en aquel momento Ron casi notaba el calor que desprendía—. Pero ¿cómo pudo oírlo Rita Skeeter? Ella no estaba por allí, ¿o sí? A lo mejor tiene una capa invisible, a lo mejor se infiltró en los terrenos del colegio para ver la segunda prueba...

—¿Y qué le respondiste tú? —repitió Ron, pegando tan fuerte con la mano de mortero que hizo una marca en el pupitre.

—Bueno, yo estaba demasiado ocupada intentando averiguar si vosotros dos estabais bien.

—Por fascinante que sea su vida social, señorita Granger —dijo una voz fría detrás de ellos—, le rogaría que no tratara sobre ella en mi clase. Diez puntos menos para Gryffindor.

Snape se había ido acercando sigilosamente a su pupitre mientras hablaban. En aquel momento, toda la clase los observaba. Malfoy aprovechó para lucir ante Harry la inscripción «POTTER APESTA» de su insignia.

—¡Ah...! ¿También leyendo revistas bajo la mesa? —añadió Snape, cogiendo el ejemplar de *Corazón de bruja*—. Otros diez puntos menos para Gryffindor... Ah, claro... —Los negros ojos de Snape relucieron al dar con el artículo de Rita Skeeter—. Potter tiene que estar al día de sus apariciones en la prensa...

Las carcajadas de los de Slytherin resonaron en el aula, y una desagradable sonrisa dibujó una mueca en los delgados labios de Snape. Para indignación de Harry, comenzó a leer el artículo en voz alta.

—«La pena secreta de Harry Potter...» Vaya, vaya, Potter, ¿de qué sufre usted ahora? «Tal vez sea diferente. Pero, aun así...»

Harry notaba que le ardía la cara. Snape se paraba al final de cada frase para dejar que los de Slytherin se rieran. Leído por Snape, el artículo sonaba diez veces peor.

—«... las admiradoras de Harry Potter tendremos que conformarnos con esperar que la próxima vez le entregue su corazón a una candidata más digna de él.» ¡Qué conmovedor! —dijo Snape con desprecio, cerrando y enrollando la revista ante las risas continuadas de los de Slytherin—. Bueno, creo que lo mejor será que los separe a los tres para que puedan pensar en sus pociones y olvidar por un momento sus enmarañadas vidas amorosas. Weasley, quédese donde está; señorita Granger, allá, con la señorita Parkinson; Potter, a la mesa que está enfrente de la mía. Muévase, ya.

Furioso, Harry echó los ingredientes y la mochila en el caldero, y lo llevó hasta la mesa vacía que había en la parte de delante de la mazmorra. Snape lo siguió, se sentó a su mesa y observó a Harry vaciando el caldero. Decidido a no mirarlo, Harry reanudó la tarea de machacar escarabajos, imaginándose la cara de Snape en cada uno de ellos.

—Toda esta atención por parte de la prensa parece habérsele subido a la cabeza, que ya estaba bastante llena de presunción, Potter —dijo Snape en voz baja, cuando el resto de la clase había vuelto a lo suyo.

Harry no respondió. Sabía que Snape trataba de provocarlo, tal como había hecho en otras ocasiones. Sin duda, quería una excusa para quitarle a Gryffindor cincuenta puntos antes del final de la clase.

—Podrías tener la equivocada impresión de que todo el mundo mágico está pendiente de ti —siguió Snape, pasando a tutearlo y en voz tan baja que nadie más podía oírlo (Harry siguió machacando los escarabajos, aunque ya los había reducido a un polvo finísimo)—, pero me da igual cuántas veces aparezca tu foto en los periódicos. Para mí, Potter, no eres más que un niño desagradable que cree estar por encima de las reglas.

Harry echó el polvo de escarabajo en el caldero y se puso a cortar las raíces de jengibre. Las manos le temblaban un poco de la cólera, pero no levantaba los ojos, como si no oyera lo que Snape le decía.

—Así que te advertiré algo, Potter —prosiguió Snape, con la voz aún más suave y ponzoñosa—, seas o no una diminuta celebridad: si te pillo volviendo a entrar en mi despacho...

—¡Yo no me he acercado nunca a su despacho! —replicó Harry enojado, olvidando su fingida sordera.

—No me mientas —dijo Snape entre dientes, perforando a Harry con sus insondables ojos negros—. Piel de serpiente arbórea africana, branquialgas... Tanto una como otra salieron de mi armario privado, y sé quién las robó.

Harry le devolvió la mirada a Snape, intentando no pestañear ni parecer culpable. La verdad era que él no le había robado ninguna de aquellas cosas. Era Hermione quien le había cogido la piel de serpiente arbórea africana cuando estaban en segundo: la necesitaban para la poción multijugos. Y, aunque aquella vez Snape había sospechado de Harry, no había podido demostrarlo. En cuanto a las branquialgas, era evidente que las había robado Dobby.

—No sé de qué me habla —contestó Harry fríamente.

—¡No estabas en el dormitorio la noche en que entraron en mi despacho! —le dijo Snape en voz baja—. ¡Lo sé, Potter! ¡Y aunque *Ojoloco* Moody haya ingresado en tu club de admiradores, no por eso toleraré tu comportamiento! Una nueva incursión nocturna en mi despacho, Potter, ¡y lo pagarás!

—Bien —repuso Harry con serenidad, volviendo a sus raíces de jengibre—, lo tendré en cuenta por si alguna vez siento impulsos de entrar.

Hubo un brillo en los ojos de Snape. Se metió la mano en la túnica negra, y por un momento Harry temió que sacara la varita y le echara una maldición allí mismo. Luego vio que lo que sacaba era un pequeño tarro de cristal con una poción que parecía agua. Harry la observó.

—¿Sabes qué es esto, Potter? —preguntó Snape, y sus ojos volvieron a brillar malévolamente.

—No —respondió Harry, aquella vez con total sinceridad.

—Es Veritaserum, una poción de la verdad tan poderosa que tres gotas bastarían para que descubrieras tus más íntimos secretos ante toda la clase —dijo Snape con la voz impregnada de odio—. Desde luego, el uso de esta poción está severamente controlado por normativa ministerial. Pero, si no vigilas tus pasos, podrías descubrir que mi mano se desliza subrepticiamente —movió un poco el tarro de cristal— hasta el zumo de calabaza de tu cena. Y entonces, Potter... sabremos si has estado o no en mi despacho.

Harry no dijo nada. Una vez más, volvió su atención a las raíces de jengibre, cogió el cuchillo y las partió en rodajas. No le hacía ni pizca de gracia lo de la poción de la verdad, y no dudaba de que Snape fuera capaz de echársela en el zumo. Reprimió un estremecimiento al imaginar todo lo que podría decir en ese caso. Aparte de meter en problemas a un montón de gente (para empezar, a Hermione y a Dobby), estaban todas las otras cosas que ocultaba... como el hecho de mantener contacto con Sirius y (las tripas le dieron un retortijón sólo de pensarlo) lo que sentía por Cho. Metió también en el caldero las raíces de jengibre, preguntándose si debería tomar ejemplo de Moody y limitarse a beber de su propia petaca.

Llamaron a la puerta de la mazmorra.

—Pase —dijo Snape en su tono habitual.

Toda la clase miró hacia la puerta. Entró el profesor Karkarov y se dirigió a la mesa de Snape, enroscándose el pelo de la barbilla en el dedo. Parecía nervioso.

—Tenemos que hablar —dijo Karkarov abruptamente, cuando hubo llegado hasta Snape. Parecía tan interesado en que nadie más entendiera lo que decía, que apenas movía los labios: daba la impresión de ser un ventrílocuo de poca monta. Sin apartar los ojos de las raíces de jengibre, Harry trató de escuchar.

—Hablaremos después de clase, Karkarov... —susurró Snape, pero Karkarov lo interrumpió.

—Quiero hablar ahora, no quiero que te escabullas, Severus. Me has estado evitando.

—Después de clase —repitió Snape.

Con el pretexto de levantar una taza de medición para ver si había echado en ella suficiente bilis de armadillo, Harry les echó a ambos una mirada de soslayo. Karkarov parecía sumamente preocupado, y Snape, molesto.

Karkarov permaneció detrás de la mesa de Snape durante el resto de la doble clase. Al parecer, quería evitar que Snape se le escapara al final. Interesado en escuchar lo que Karkarov tenía que decir, Harry derramó adrede su frasco de bilis de armadillo dos minutos antes de que sonara la campana, lo que le dio una excusa para agacharse tras el caldero a limpiar el suelo mientras el resto de la clase se dirigía ruidosamente hacia la puerta.

—¿Qué es eso tan urgente? —oyó que Snape le preguntaba a Karkarov en un susurro.

—Esto —dijo Karkarov.

Echando un vistazo por el borde del caldero, Harry vio que Karkarov se subía la manga izquierda de la túnica y le mostraba a Snape algo situado en la parte interior del antebrazo.

—¿Qué te parece? —añadió Karkarov, haciendo aún el mismo esfuerzo por mover los labios lo menos posible—. ¿Ves? Nunca había estado tan clara, nunca desde...

—¡Tapa eso! —gruñó Snape, recorriendo la clase con los ojos.

—Pero tú también tienes que haber notado... —comenzó Karkarov con voz agitada.

—¡Podemos hablar después, Karkarov! —lo cortó Snape—. ¡Potter! ¿Qué está haciendo?

—Limpiando la bilis de armadillo, profesor —contestó haciéndose el inocente, al tiempo que se levantaba y le enseñaba el trapo empapado que tenía en la mano.

Karkarov giró sobre los talones y salió de la mazmorra a zancadas. Parecía tan preocupado como enojado. Como no quería quedarse a solas con un Snape excepcionalmente airado, Harry echó los libros y los ingredientes de Pociones en la mochila y salió a toda pastilla para contarles a Ron y Hermione lo que había presenciado.

A las doce del día siguiente salieron del castillo bajo un débil sol plateado que brillaba sobre los campos. El tiempo era más suave de lo que había sido en lo que llevaban de año, y cuando llegaron a Hogsmeade los tres se habían quitado la capa y se la habían echado al hombro. En la mochila de Harry llevaban la comida que Sirius les había pedido: una docena de muslos de pollo, una barra de pan y un frasco de zumo de calabaza que les habían servido en la comida.

Fueron a Tiroslargos Moda a comprar un regalo para Dobby, y se divirtieron eligiendo los calcetines más estrambóticos que vieron, incluido un par con un dibujo de refulgentes estrellas doradas y plateadas y otro que chillaba mucho cuando empezaba a oler demasiado. A la una y media subieron por la calle principal, pasaron Dervish y Banges y salieron hacia las afueras del pueblo.

Harry nunca había ido por allí. El ventoso callejón salía del pueblo hacia el campo sin cultivar que rodeaba Hogsmeade. Las casas estaban por allí más espaciadas y tenían jardines más grandes. Caminaron hacia el pie de la montaña que dominaba Hogsmeade, doblaron una curva y vieron al final del camino unas tablas puestas para ayudar a pasar una cerca. Con las patas delanteras apoyadas en la tabla más alta y unos periódicos en la boca, un perro negro, muy grande y lanudo, parecía aguardarlos. Lo reconocieron enseguida.

—Hola, Sirius —saludó Harry, cuando llegaron hasta él.

El perro olió con avidez la mochila de Harry, meneó la cola, y luego se volvió y comenzó a trotar por el campo cubierto de maleza que subía hacia el rocoso pie de la montaña. Harry, Ron y Hermione traspasaron la cerca y lo siguieron.

Sirius los condujo a la base misma de la montaña, donde el suelo estaba cubierto de rocas y cantos rodados, y empezó a ascender por la ladera: un camino fácil para él, con sus cuatro patas; pero Harry, Ron y Hermione se quedaron pronto sin aliento. Siguieron subiendo tras Sirius durante casi media hora por el mismo camino pedregoso, empinado y serpenteante. El perro movía la cola mientras ellos sudaban bajo el sol. A Harry le dolían los hombros por las correas de la mochila.

Al final Sirius se perdió de vista, y, cuando llegaron al lugar en que había desaparecido, vieron una estrecha abertura en la piedra. Se metieron por ella con dificultad y se encontraron en una cueva fresca y oscura. Al fondo, atado a una roca, se hallaba el hipogrifo *Buckbeak*. Mitad caballo gris y mitad águila gigante, sus fieros ojos naranja brillaron al verlos. Los tres se inclinaron notoriamente ante él, y, después de observarlos por un momento, *Buckbeak* dobló sus escamosas rodillas delanteras y permitió que Hermione se acercara y le acariciara el cuello con plumas. Harry, sin embargo, miraba al perro negro, que acababa de convertirse en su padrino.

Sirius llevaba puesta una túnica gris andrajosa, la misma que llevaba al dejar Azkaban, y estaba muy delgado. Tenía el pelo más largo que cuando se había aparecido en la chimenea, y sucio y enmarañado como el curso anterior.

—¡Pollo! —exclamó con voz ronca, después de haberse quitado de la boca los números atrasados de *El Profeta* y haberlos echado al suelo de la cueva.

Harry sacó de la mochila el pan y el paquete de muslos de pollo y se lo entregó.

—Gracias —dijo Sirius, que lo abrió de inmediato, cogió un muslo y se puso a devorarlo sentado en el suelo de la cueva—. Me alimento sobre todo de ratas. No quiero robar demasiada comida en Hogsmeade, porque llamaría la atención.

Sonrió a Harry, pero a éste le costó esfuerzo devolverle la sonrisa.

—¿Qué haces aquí, Sirius? —le preguntó.

—Cumplir con mi deber de padrino —respondió Sirius, royendo el hueso de pollo de forma muy parecida a como lo habría hecho un perro—. No te preocupes por mí: me hago pasar por un perro vagabundo de muy buenos modales.

Seguía sonriendo; pero, al ver la cara de preocupación de Harry, dijo más seriamente:

—Quiero estar cerca. Tu última carta... Bueno, digamos simplemente que cada vez me huele todo más a chamusquina. Voy recogiendo los periódicos que la gente tira, y, a juzgar por las apariencias, no soy el único que empieza a preocuparse.

Señaló con la cabeza los amarillentos números de *El Profeta* que estaban en el suelo. Ron los cogió y los desplegó.

Harry, sin embargo, siguió mirando a Sirius.

—¿Y si te atrapan? ¿Qué pasará si te descubren?

—Vosotros tres y Dumbledore sois los únicos por aquí que saben que soy un animago —dijo Sirius, encogiéndose de hombros y siguiendo con el pollo.

Ron le dio un codazo a Harry y le pasó los ejemplares de *El Profeta*. Eran dos: el primero llevaba el titular «La misteriosa enfermedad de Bartemius Crouch»; el segundo, «La bruja del Ministerio sigue desaparecida. El ministro de Magia se ocupa ahora personalmente del caso».

Harry miró el artículo sobre Crouch. Las frases le saltaban a los ojos: «No se lo ha visto en público desde noviembre... la casa parece desierta... El Hospital San Mungo de Enfermedades y Heridas Mágicas rehúsa hacer comentarios... El Ministerio se niega a confirmar los rumores de enfermedad crítica...»

—Suena como si se estuviera muriendo —comentó Harry—. Pero no puede estar tan enfermo si se ha colado en Hogwarts...

—Mi hermano es el ayudante personal de Crouch —informó Ron a Sirius—. Dice que lo que tiene Crouch se debe al exceso de trabajo.

—Eso sí, la última vez que lo vi de cerca parecía enfermo —añadió Harry pensativamente, sin dejar el periódico—. La noche en que salió mi nombre del cáliz...

—Se está llevando su merecido por despedir a Winky —dijo Hermione con frialdad. Estaba acariciando a *Buck-*

beak, que mascaba los huesos de pollo que Sirius iba dejando—. Apuesto a que se arrepiente de haberlo hecho. Apuesto a que ahora que ella no está para cuidarlo se da cuenta de lo que valía.

—Hermione está obsesionada con los elfos domésticos —le explicó Ron a Sirius, dirigiendo a Hermione una mirada severa.

Pero Sirius parecía interesado.

—¿Crouch despidió a su elfina doméstica?

—Sí, en los Mundiales de quidditch —repuso Harry, y se puso a contar la historia de la aparición de la Marca Tenebrosa y de que habían encontrado a Winky con la varita de él en la mano, y del enojo del señor Crouch.

Cuando Harry hubo concluido, Sirius se puso de nuevo en pie y comenzó a pasear de un lado a otro de la cueva.

—A ver si lo he entendido todo bien —dijo después de un rato, blandiendo un nuevo muslo de pollo—. Primero visteis en la tribuna principal a la elfina, que le estaba guardando un sitio a Crouch, ¿no es así?

—Sí —respondieron los tres al mismo tiempo.

—Pero Crouch no apareció en todo el partido.

—No —confirmó Harry—. Me parece que dijo que había estado muy ocupado.

Sirius paseó en silencio por la cueva. Luego preguntó:

—¿Miraste en los bolsillos si estaba la varita después de dejar la tribuna principal, Harry?

—Eh... —Harry intentó recordar—. No —contestó por fin—. No la necesité antes de llegar al bosque. Entonces metí la mano en el bolsillo, y lo único que encontré fueron los omniculares. —Miró a Sirius—. ¿Crees que el que hizo aparecer la Marca Tenebrosa me robó la varita en la tribuna principal?

—Tal vez —dijo Sirius.

—¡Winky no robó esa varita! —aseguró Hermione con vehemencia.

—La elfina no estaba sola en la tribuna principal, ¿verdad? —dijo Sirius frunciendo el entrecejo mientras seguía paseando—. ¿Quién más había sentado detrás de ti?

—Mucha gente —explicó Harry—. Funcionarios búlgaros... Cornelius Fudge... los Malfoy...

—¡Los Malfoy! —exclamó Ron de repente, tan alto que su voz retumbó en la cueva. *Buckbeak* sacudió la cabeza nervioso—. ¡Seguro que fue Lucius Malfoy!

—¿Nadie más?

—Nadie —dijo Harry.

—Sí, había alguien más: Ludo Bagman —recordó Hermione.

—¡Ah, sí...!

—No sé nada de Bagman, salvo que fue golpeador en las Avispas de Wimbourne —comentó Sirius, sin dejar de pasear—. ¿Cómo es?

—Guay. Se empeña en ofrecerme ayuda para el Torneo de los tres magos.

—¿De verdad? —El ceño de Sirius se hizo más profundo—. ¿Por qué lo hará?

—Dice que tiene debilidad por mí.

—Mmm. —Sirius se quedó pensativo.

—Lo vimos en el bosque justo antes de que apareciera la Marca Tenebrosa —le dijo Hermione a Sirius—. ¿Os acordáis? —añadió volviéndose a Ron y Harry.

—Sí, pero no se quedó en el bosque —observó Ron—. En cuanto le hablamos del altercado, se fue al campamento.

—¿Cómo lo sabes? —objetó Hermione—. ¿Cómo sabes adónde fue al desaparecerse?

—¡Vamos! —exclamó Ron en tono escéptico—. ¿Es que crees que fue Bagman el que hizo aparecer la Marca Tenebrosa?

—Antes sospecho de él que de Winky —replicó Hermione con testarudez.

—Ya te lo he dicho —señaló Ron, dirigiendo a Sirius una significativa mirada—, está obsesionada con los elfos dom...

Pero Sirius levantó la mano para que se callara.

—¿Qué hizo Crouch después de que apareció la Marca Tenebrosa y de que hubieron descubierto a su elfina con la varita de Harry?

—Se fue a mirar entre los arbustos —explicó Harry—, pero no encontró a nadie más.

—Claro —susurró Sirius, paseando de un lado a otro—, claro, quería encontrar a cualquier otro que no fuera su elfina doméstica... ¿Y entonces la despidió?

—Sí —contestó Hermione muy acalorada—, la despidió sólo porque no se había quedado en la tienda y dejado que la pisotearan.

—¡Deja en paz a la elfina, Hermione! —le dijo Ron.

Pero Sirius negó con la cabeza.

—Ella ha calado a Crouch mejor que tú, Ron. Si quieres saber cómo es alguien, mira de qué manera trata a sus inferiores, no a sus iguales.

Se pasó una mano por la cara sin afeitar, intentando pensar.

—Todas esas ausencias de Barty Crouch... Se toma la molestia de enviar a su elfina doméstica para que le guarde un asiento en los Mundiales, pero no aparece para ver el partido; trabaja muy duro para reinstaurar el Torneo, y luego también se ausenta... Nada de eso es propio de él. Si antes de esto había dejado alguna vez de ir al trabajo por enfermedad, me como a *Buckbeak*.

—¿Conoces a Crouch, entonces? —le preguntó Harry.

La cara de Sirius se ensombreció. De pronto pareció tan amenazador como la noche en que Harry lo había visto por primera vez, cuando aún creía que era un asesino.

—Conozco a Crouch muy bien —dijo en voz baja—. Fue el que ordenó que me llevaran a Azkaban... sin juicio.

—¿Qué? —exclamaron a la vez Ron y Hermione.

—¡Bromeas! —dijo Harry.

—No, no bromeo —respondió Sirius, arrancando otro bocado al muslo de pollo—. Crouch era director del Departamento de Seguridad Mágica, ¿no lo sabíais?

Harry, Ron y Hermione negaron con la cabeza.

—Todos pensaban que sería el siguiente ministro de Magia —explicó Sirius—. Barty Crouch es un gran mago y está sediento de poder. Ah, no, nunca apoyó a Voldemort —añadió, comprendiendo lo que significaba la expresión de Harry—. No, Barty Crouch fue siempre un declarado enemigo del lado tenebroso. Pero, entonces, un montón de gente que estaba también contra el lado tenebroso... Bueno, no lo entenderíais: sois demasiado jóvenes...

—Eso es lo que dijo mi padre en los Mundiales —dijo Ron con un dejo de irritación en la voz—. ¿Por qué no lo intentas?

Sirius sonrió un instante.

—Vale, lo intentaré... —Paseó unos momentos por la cueva, y luego empezó a hablar—: Imaginaos que Voldemort está ahora mismo en su momento de máximo poder. No sabéis quiénes lo apoyan, no sabéis quién es de los suyos y quién no, pero sabéis que puede controlar a la gente para que haga cosas terribles sin poder evitarlo. Tenéis miedo por vosotros mismos, por vuestra familia y por vuestros amigos. Cada semana llegan las noticias de nuevas muertes, nuevas desapariciones, nuevas torturas... El Ministerio de Magia está sumido en el caos, no sabe qué hacer, intenta que los muggles no se den cuenta de nada, pero, entre tanto, también van muriendo muggles. El terror, el pánico y la confusión cunden por todas partes... Así estaban las cosas.

»Bueno, esas situaciones sacan a la luz lo mejor de algunas personas y lo peor de otras. Las intenciones de Crouch tal vez fueran buenas al principio, no lo sé. Ascendió rápidamente en el Ministerio y empezó a aplicar medidas muy duras contra los partidarios de Voldemort. Concedió nuevos poderes a los aurores: por ejemplo, permiso para matar en vez de capturar. Y yo no fui el único al que entregaron a los dementores sin juicio previo. Crouch empleó la violencia contra la violencia, y autorizó el uso de las maldiciones imperdonables contra los sospechosos. Diría que llegó a ser tan cruel y despiadado como los que estaban en el lado tenebroso. Tenía sus partidarios, por supuesto: mucha gente que pensaba que aquél era el mejor modo de hacer las cosas, y muchos magos y brujas pedían que asumiera el poder como nuevo ministro de Magia. Cuando desapareció Voldemort, parecía que era sólo cuestión de tiempo que Crouch ocupara el cargo más alto del escalafón, pero entonces sucedió algo bastante inoportuno. —Sirius sonrió con tristeza—. El propio hijo de Crouch fue descubierto con un grupo de mortífagos que se las habían arreglado para salir de Azkaban. Según parecía, buscaban a Voldemort para reinstaurar su poder.

—¿Pillaron al hijo de Crouch? —preguntó Hermione con voz entrecortada.

—Sí —contestó Sirius, tirándole a *Buckbeak* el hueso de pollo; luego se apresuró a coger la barra de pan y partirla por la mitad—. Un golpe duro para Barty, me imagino. Tal vez debería haber dedicado más tiempo a la familia, tal vez debería haber trabajado algo menos y vuelto a su casa antes, de vez en cuando, para conocer a su propio hijo.

Empezó a devorar el pan a grandes bocados.

—¿Su propio hijo era un mortífago? —inquirió Harry.

—No lo sé realmente —repuso Sirius, metiéndose más pan en la boca—. Yo ya estaba en Azkaban cuando lo llevaron. Éstas son cosas que en su mayor parte he averiguado después de haber salido. Desde luego, el muchacho fue descubierto en compañía de gente que me apostaría el cuello a que eran mortífagos, pero tal vez sólo estuviera en el lugar equivocado en el momento equivocado, como la elfina doméstica.

—¿Intentó liberar a su hijo? —susurró Hermione.

Sirius soltó una risa que sonó casi como un ladrido.

—¿Liberar a su hijo? ¡Creía que habías entendido cómo es, Hermione! Quería apartar del camino todo lo que pudiera manchar su reputación; había dedicado su vida entera a escalar puestos para llegar a ministro de Magia. Ya lo viste despedir a su elfina doméstica porque lo había vuelto a asociar con la Marca Tenebrosa... ¿No te da eso a entender cómo es? El amor paternal de Crouch se limitó a concederle un juicio y, según parece, no fue más que una oportunidad para demostrar lo mucho que aborrecía al muchacho... Luego lo mandó derecho a Azkaban.

—¿Entregó a su propio hijo a los dementores? —preguntó Harry en voz baja.

—Sí —respondió Sirius, y ya no estaba nada sonriente—. Vi cuando los dementores lo condujeron, los vi a través de los barrotes de mi celda. Lo metieron en una cercana a la mía. No tendría más de diecinueve años. Al caer la noche gritaba llamando a su madre. Al cabo de unos días se calmó, sin embargo... Todos terminan calmándose... salvo cuando gritan en sueños.

Por un momento, al rememorar la prisión, la mirada triste de Sirius resultó más triste que nunca.

—Entonces, ¿sigue en Azkaban? —inquirió Harry.

—No —contestó Sirius con voz apagada—. No, ya no está allí. Murió un año después de entrar.

—¿Murió?

—No fue el único —dijo Sirius con amargura—. La mayoría se vuelven locos, y muchos terminan por dejar de comer. Pierden la voluntad de vivir. Se sabía cuándo iba a morir alguien porque los dementores lo sentían, se excitaban. El muchacho parecía bastante enfermo cuando llegó. Como Crouch era un importante miembro del Ministerio, él y su mujer pudieron visitarlo en el lecho de muerte. Fue la última vez que vi a Barty Crouch, casi llevando a rastras a su mujer cuando pasaron por delante de mi celda. Según parece, ella murió también poco después. De pena. Se consumió igual que el muchacho. Crouch no fue a buscar el cadáver de su hijo. Los propios dementores lo enterraron junto a la fortaleza: yo los vi hacerlo.

Sirius dejó a un lado el pan que acababa de levantar para llevárselo a la boca, y en su lugar cogió el frasco de zumo de calabaza y lo apuró.

—Y de esa forma Crouch lo perdió todo justo cuando parecía que ya lo había alcanzado —continuó, limpiándose la boca con el dorso de la mano—. Había sido un héroe, preparado para convertirse en ministro de Magia; y un instante más tarde su hijo había muerto, su mujer también, el nombre de su familia estaba deshonrado y, según he escuchado después de salir de la cárcel, su popularidad había caído en picado. Cuando el chico murió, a la gente empezó a darle pena y se preguntaron por qué un chico de tan buena familia se había descarriado de aquella manera. La respuesta que encontraron fue que su padre nunca se había preocupado mucho por él. Y por eso el cargo lo consiguió Cornelius Fudge, y a Crouch lo relegaron al Departamento de Cooperación Mágica Internacional.

Hubo un prolongado silencio. Harry recordó la manera en que a Crouch se le salían los ojos de las órbitas al encontrar en el bosque a su desobediente elfina doméstica, la noche de los Mundiales de quidditch. Aquél, pues, era el motivo por el que Crouch se había excedido de tal manera al encontrar a Winky bajo la Marca Tenebrosa. Le había recordado a su hijo, el antiguo escándalo y su caída en desgracia en el Ministerio.

—Moody dice que Crouch está obsesionado con atrapar magos tenebrosos —le dijo Harry a Sirius.

—Sí, he oído que se ha convertido en una especie de manía suya —repuso Sirius, asintiendo con la cabeza—. Seguramente piensa que todavía tiene esperanzas de recobrar su antigua popularidad si atrapa algún mortífago.

—¡Y se coló en Hogwarts para registrar el despacho de Snape! —exclamó Ron eufórico, mirando a Hermione.

—Sí, y eso no tiene ningún sentido —dijo Sirius.

—¡Claro que lo tiene! —exclamó Ron emocionado.

Pero Sirius negó con la cabeza.

—Mira, si Crouch quiere investigar a Snape, ¿por qué no va a las pruebas del Torneo? Sería una excusa ideal para hacer visitas regulares a Hogwarts y tenerlo vigilado.

—O sea, que crees que Snape se trae algo entre manos —dijo Harry, pero Hermione lo interrumpió:

—Me da igual lo que digáis. Dumbledore confía en Snape...

—Vamos, Hermione —dijo Ron impaciente—, ya sabemos que Dumbledore es muy inteligente y todo eso, pero siempre es posible que un mago tenebroso realmente listo lo pueda engañar.

—Entonces, ¿por qué Snape salvó a Harry la vida en primero, eh? ¿Por qué no lo dejó morir?

—No lo sé. A lo mejor le daba miedo que Dumbledore lo pusiera de patitas en la calle.

—¿Qué piensas tú, Sirius? —preguntó Harry, y Ron y Hermione dejaron de discutir para escuchar.

—Pienso que los dos tenéis algo de razón —contestó Sirius, mirándolos pensativamente—. En cuanto supe que Snape daba clase aquí me pregunté por qué Dumbledore lo había contratado. Snape siempre ha sentido fascinación por las artes oscuras; ya en el colegio era famoso por ello. Era un pelota empalagoso de pelo grasiento —añadió, y Harry y Ron se sonrieron el uno al otro—. Cuando llegó al colegio conocía más maldiciones que la mayoría de los que estaban en séptimo, y formó parte de una pandilla de Slytherin que luego resultaron casi todos mortífagos. —Sirius levantó los dedos y comenzó a contar con ellos los nombres—. Rosier y Wilkes: a los dos los mataron los aurores un año antes de la caída de Voldemort; los Lestrange, que son matrimonio, están en Azkaban; Avery, del que he oído que se quitó de en medio diciendo que había actuado bajo los efectos de la maldición *imperius*, todavía anda suelto. Pero, que yo sepa, contra Snape no hubo denuncias. No es que eso signifique gran cosa: son muchos los que nunca fueron atrapados. Y desde luego Snape es lo bastante listo y astuto para mantenerse al margen de los problemas.

—Snape conoce muy bien a Karkarov, pero lo disimula —dijo Ron.

—¡Sí, tendrías que haber visto la cara que puso Snape cuando Karkarov entró ayer en Pociones! —se apresuró a añadir Harry—. Karkarov quería hablar con Snape, y lo acusó de estar evitándolo. Parecía realmente preocupado. Le mostró a Snape algo que tenía en el brazo, pero no vi qué era.

—¿Que le mostró a Snape algo que tenía en el brazo? —repitió Sirius, desconcertado. Se pasó los dedos distraídamente por el pelo sucio, y volvió a encogerse de hombros—. Bueno, no tengo ni idea de qué puede ser... pero si Karkarov está de verdad preocupado y acude a Snape en busca de soluciones... —Sirius miró la pared de la cueva, y luego hizo una mueca de frustración—. Aún queda el hecho de que Dumbledore confía en Snape, y ya sé que Dumbledore confía en personas de las que otros no se fiarían, pero no creo que le permitiera dar clase en Hogwarts si hubiera estado alguna vez al servicio de Voldemort.

—Entonces, ¿por qué están tan interesados Moody y Crouch en su despacho? —insistió Ron.

—Bueno —dijo Sirius pensativamente—, no me extrañaría que Ojoloco hubiera entrado en el despacho de todos los profesores en cuanto llegó a Hogwarts. Se toma la Defensa Contra las Artes Oscuras muy en serio. No creo que confíe absolutamente en nadie, y no me sorprende después de todo lo que ha visto. Sin embargo, tengo que decir una cosa de Moody, y es que nunca mató si podía evitarlo: siempre cogía a todo el mundo vivo si era posible. Era un tipo duro, pero nunca descendió al nivel de los mortífagos. Crouch, en cambio, es harina de otro costal... ¿Estará de verdad enfermo? Si lo está, ¿cómo hace el esfuerzo de entrar en el despacho de Snape? Y si no lo está... ¿qué se trae entre manos? ¿Qué era tan importante en los Mundiales para que no apareciera en la tribuna principal? ¿Y qué ha estado haciendo mientras se suponía que tenía que juzgar las pruebas del Torneo?

Sirius se quedó en silencio, aún mirando la pared de la cueva. *Buckbeak* husmeaba por el suelo pedregoso, buscando algún hueso que hubiera pasado por alto.

Al cabo, Sirius levantó la vista y miró a Ron.

—Dices que tu hermano es el ayudante personal de Crouch... ¿Podrías preguntarle si ha visto a Crouch últimamente?

—Puedo intentarlo —respondió Ron dudando—. Pero mejor que no parezca que sospecho que Crouch puede estar tramando algo chungo. Percy lo adora.

—¿Y podrías intentar averiguar si tienen alguna pista sobre Bertha Jorkins? —dijo Sirius, señalando el segundo ejemplar de *El Profeta*.

—Bagman me dijo que no —observó Harry.

—Sí, lo citan en este artículo —dijo Sirius, señalando el periódico con un gesto de cabeza—. Se toma a broma lo de Bertha, y comenta su mala memoria. Bueno, puede que haya cambiado desde que yo la conocí, pero la Bertha de entonces no era nada olvidadiza, todo lo contrario. No tenía muchas luces, pero sí una memoria excelente para el chismorreo. Eso le daba un montón de problemas, porque nunca sabía tener la boca cerrada. Me imagino que en el Ministerio de Magia sería más un estorbo que otra cosa. Tal vez por eso Bagman no se ha molestado demasiado en buscarla...

Sirius exhaló un profundo suspiro y se frotó los ojos.

—¿Qué hora es?

Harry miró el reloj. Luego recordó que no funcionaba desde que se había sumergido en el lago.

—Son las tres y media —informó Hermione.

—Será mejor que volváis al colegio —dijo Sirius, poniéndose en pie—. Ahora escuchad. —Le dirigió a Harry una mirada especialmente dura—. No quiero que os escapéis del colegio para venir a verme, ¿de acuerdo? Conformaos con enviarme notas. Sigo queriendo conocer cualquier cosa rara que ocurra. Pero no salgas de Hogwarts sin permiso: resultaría una oportunidad ideal para atacarte.

—Nadie ha intentado atacarme hasta ahora, salvo un dragón y un par de grindylows —contestó Harry.

Pero Sirius lo miró con severidad.

—Me da igual... No respiraré tranquilo hasta que el Torneo haya finalizado, y eso no será hasta junio. Y no lo olvidéis: si habláis de mí entre vosotros, llamadme Hocicos, ¿vale?

Le entregó a Harry el frasco y la servilleta vacíos, y se despidió de *Buckbeak* dándole unas palmadas en el cuello.

—Iré con vosotros hasta la entrada del pueblo —dijo—, a ver si me puedo hacer con otro periódico.

Antes de salir de la cueva volvió a transformarse en el perro grande y negro, y todos juntos descendieron por la ladera de la montaña, cruzaron el campo pedregoso y volvieron al punto de la cerca donde estaban las tablas para pasarla con más facilidad. Allí les permitió que le dieran unas palmadas en el cuello en señal de despedida, antes de volverse y salir para dar una vuelta por los alrededores del pueblo.

Los tres emprendieron el camino de vuelta al castillo pasando de nuevo por Hogsmeade.

—Me pregunto si Percy sabrá todo eso de Crouch —dijo Ron, de camino al castillo—. Pero a lo mejor le da igual... a lo mejor lo admiraría más por ello. Sí, Percy adora las normas. Diría que Crouch se negó a saltárselas incluso por su propio hijo.

—Percy no entregaría a los dementores a nadie de su familia —afirmó Hermione severamente.

—No lo sé —dijo Ron—. Si pensara que nos interponíamos en su camino de ascenso... Percy es muy ambicioso, ¿sabes?

Subieron la escalinata de piedra de acceso al castillo, y, al entrar en el vestíbulo, les llegó un delicioso olor a comida procedente del Gran Comedor.

—¡Pobre Hocicos! —dijo Ron, suspirando—. Tiene que quererte mucho, Harry... ¡Imagínate, vivir a base de ratas!

28

La locura del señor Crouch

El domingo después de desayunar, Harry, Ron y Hermione fueron a la lechucería para enviar una carta a Percy, preguntándole, como Sirius les había sugerido, si había visto a Crouch recientemente. Utilizaron a *Hedwig*, porque hacía tiempo que no le encomendaban ninguna misión. Después de observarla perderse de vista desde las ventanas de la lechucería, bajaron a las cocinas para entregar a Dobby sus calcetines nuevos.

Los elfos domésticos les dispensaron una cálida acogida, haciendo reverencias y apresurándose a prepararles un té. Dobby se emocionó con el regalo.

—¡Harry Potter es demasiado bueno con Dobby! —chilló, secándose las lágrimas de sus enormes ojos.

—Me salvaste la vida con esas branquialgas, Dobby, de verdad —dijo Harry.

—¿No hay más pastelitos de nata y chocolate? —preguntó Ron, paseando la vista por los elfos domésticos, que no paraban de sonreír ni de hacer reverencias.

—¡Acabas de desayunar! —dijo Hermione enfadada, pero entre cuatro elfos ya le habían llevado una enorme bandeja de plata llena de pastelitos.

—Deberíamos pedir algo de comida para mandarle a Hocicos —murmuró Harry.

—Buena idea —dijo Ron—. Hay que darle a *Pig* un poco de trabajo. ¿No podríais proporcionarnos algo de comida? —preguntó a los elfos que había alrededor, y ellos se inclinaron encantados y se apresuraron a llevarles más.

—¿Dónde está Winky, Dobby? —quiso saber Hermione, que había estado buscándola con la mirada.

—Winky está junto al fuego, señorita —repuso Dobby en voz baja, abatiendo un poco las orejas.

—¡Dios mío!

Harry también miró hacia la chimenea. Winky estaba sentada en el mismo taburete que la última vez, pero se hallaba tan sucia que se confundía con los ladrillos ennegrecidos por el humo que tenía detrás. La ropa que llevaba puesta estaba andrajosa y sin lavar. Sostenía en las manos una botella de cerveza de mantequilla y se balanceaba ligeramente sobre el taburete, contemplando el fuego. Mientras la miraban, hipó muy fuerte.

—Winky se toma ahora seis botellas al día —le susurró Dobby a Harry.

—Bueno, no es una bebida muy fuerte —comentó Harry.

Pero Dobby negó con la cabeza.

—Para una elfina doméstica sí que lo es, señor —repuso.

Ella volvió a hipar. Los elfos que les habían llevado los pastelitos le dirigieron miradas reprobatorias mientras volvían al trabajo.

—Winky está triste, Harry Potter —dijo Dobby apenado—. Quiere volver a su casa. Piensa que el señor Crouch sigue siendo su amo, señor, y nada de lo que Dobby le diga conseguirá persuadirla de que ahora su amo es Dumbledore.

Harry tuvo una idea brillante.

—Eh, Winky —la llamó, yendo hacia ella e inclinándose para hablarle—, ¿tienes alguna idea de lo que le pasa al señor Crouch? Porque ha dejado de asistir al Torneo de los tres magos.

Winky parpadeó y clavó en Harry sus enormes ojos. Volvió a balancearse ligeramente y luego dijo:

—¿El... el amo ha... dejado... ¡hip!... de asistir?

—Sí —dijo Harry—, no lo hemos vuelto a ver desde la primera prueba. *El Profeta* dice que está enfermo.

Winky se volvió a balancear, mirando a Harry con ojos enturbiados por las lágrimas.

—El amo... ¡hip!... ¿enfermo?

Le empezó a temblar el labio inferior.

—Pero no estamos seguros de que sea cierto —se apresuró a añadir Hermione.

—¡El amo necesita a su... ¡hip!... Winky! —gimoteó la elfina—. El amo no puede... ¡hip!... apañárselas... ¡hip!... él solo.

—Hay quien se las arregla para hacer por sí mismo las labores de la casa, ¿sabes, Winky? —le dijo Hermione severamente.

—¡Winky... ¡hip!... no sólo le hacía... ¡hip!... las cosas de la casa al señor Crouch! —chilló Winky indignada, balanceándose más que antes y derramando cerveza de mantequilla por su ya muy manchada blusa—. El amo le... ¡hip!... confiaba a Winky todos sus... ¡hip!... secretos más importantes.

—¿Qué secretos? —preguntó Harry.

Pero Winky negó rotundamente con la cabeza, derramándose encima más cerveza de mantequilla.

—Winky le guarda... ¡hip!... los secretos a su amo —contestó con brusquedad, balanceándose más y poniéndole a Harry cara de pocos amigos—. Harry Potter quiere... ¡hip!... meter las narices.

—¡Winky no debería hablarle de esa manera a Harry Potter! —la reprendió Dobby enojado—. ¡Harry Potter es noble y valiente, y no quiere meter las narices en ningún lado!

—Quiere meter las narices... ¡hip!... en las cosas privadas y secretas... ¡hip!... de mi amo... ¡hip! Winky es una buena elfina doméstica... ¡hip! Winky guarda sus secretos... ¡hip!... aunque haya quien quiera fisgonear... ¡hip!... y meter las narices. —Winky cerró los párpados y de repente, sin previo aviso, se deslizó del taburete y cayó al suelo delante de la chimenea, donde se puso a roncar muy fuerte. La botella vacía de cerveza de mantequilla rodó por el enlosado.

Media docena de elfos domésticos corrieron hacia ella indignados. Mientras uno cogía la botella, los otros cubrieron a Winky con un mantel grande de cuadros y remetieron las esquinas, ocultándola.

—¡Lamentamos que hayan tenido que ver esto, señores y señorita! —dijo un elfo que tenían al lado y que parecía muy avergonzado—. Esperamos que no nos juzguen a todos por el comportamiento de Winky, señores y señorita.

—¡Se siente desgraciada! —replicó Hermione, exasperada—. ¿Por qué no intentáis animarla en vez de taparla de la vista?

—Le rogamos que nos perdone, señorita —dijo el elfo doméstico, repitiendo la pronunciadísima reverencia—, pero los elfos domésticos no tenemos derecho a sentirnos desgraciados cuando hay trabajo que hacer y amos a los que servir.

—¡Por Dios! —exclamó Hermione enfadada—. ¡Escuchadme todos! ¡Tenéis el mismo derecho que los magos a sentiros desgraciados! ¡Tenéis derecho a cobrar un sueldo y a tener vacaciones y a llevar ropa de verdad! ¡No tenéis por qué obedecer a todo lo que se os manda! ¡Fijaos en Dobby!

—Le ruego a la señorita que deje a Dobby al margen de esto —murmuró Dobby, asustado.

Las alegres sonrisas habían desaparecido de la cara de los elfos. De repente observaban a Hermione como si fuera una peligrosa demente.

—¡Aquí tienen la comida! —chilló un elfo, y puso en los brazos de Harry un jamón enorme, doce pasteles y algo de fruta—. ¡Adiós!

Los elfos domésticos se arremolinaron en torno a los tres amigos y los sacaron de las cocinas, dándoles empujones en la espalda, a la altura de la cintura.

—¡Gracias por los calcetines, Harry Potter! —gritó Dobby con tristeza desde la chimenea, donde se encontraba junto al bulto en que había quedado convertida Winky, arrebujada en el mantel.

—¿No podías cerrar la boca, Hermione? —dijo Ron enojado, cuando la puerta de las cocinas se cerró tras ellos de un portazo—. ¡Ahora ya no querrán que vengamos a visitarlos! ¡Hemos perdido la oportunidad de sacarle algo a Winky sobre Crouch!

—¡Ah, como si eso te preocupara! —se burló Hermione—. ¡Lo que a ti te gusta es que te den de comer!

Después de eso, el día se volvió inaguantable. Harry se hartó hasta tal punto de que Ron y Hermione se metieran el uno con el otro mientras hacían los deberes en la sala común, que por la noche llevó él solo la comida de Sirius a la lechucería.

Pigwidgeon era demasiado pequeño para transportar un jamón a la montaña sin ayuda, así que Harry reclutó también otras dos lechuzas. Cuando se internaron en la oscuridad, componiendo una figura muy extraña las tres con el gran paquete, Harry se inclinó en el alféizar de la ventana y contempló los terrenos del colegio, las oscuras y susurrantes copas de los árboles del bosque prohibido y las velas del barco de Durmstrang ondeando al viento. Un búho real atravesó el humo que salía de la chimenea de Hagrid, se acercó al castillo, planeó alrededor de la lechucería y desapareció de su vista. Vio a Hagrid cavando enérgicamente delante de su cabaña, y se preguntó qué estaría haciendo: era como si preparara un nuevo trozo de huerta. Mientras miraba, Madame Maxime salió del carruaje de Beauxbatons y fue hacia Hagrid. Daba la impresión de que intentaba trabar conversación con él. Hagrid se apoyó en la pala, pero no parecía deseoso de prolongar la charla, porque Madame Maxime volvió a su carruaje poco después.

No le apetecía regresar a la torre de Gryffindor y oír a Ron y Hermione gruñéndose el uno al otro, así que se quedó observando cavar a Hagrid hasta que la oscuridad lo envolvió y, a su alrededor, las lechuzas empezaron a despertar y a pasar zumbando por su lado para internarse en la noche.

Al día siguiente, para el desayuno, se había disipado el mal humor de sus amigos, y, para alivio de Harry, no se cumplieron las pesimistas predicciones de Ron de que los elfos domésticos mandarían a la mesa de Gryffindor una pésima comida por culpa de Hermione: el tocino, los huevos y los arenques ahumados estaban tan ricos como siempre.

Cuando llegaron las lechuzas, ella las miró con impaciencia; parecía que esperaba algo.

—Percy no habrá tenido tiempo de responder —dijo Ron—. Enviamos a *Hedwig* ayer.

—No, no es eso —repuso Hermione—. Me he suscrito a *El Profeta*: ya estoy harta de enterarme de las cosas por los de Slytherin.

—¡Bien pensado! —aprobó Harry, levantando también la vista hacia las lechuzas—. ¡Eh, Hermione, me parece que estás de suerte!

Una lechuza gris bajaba hasta ella.

—Pero no trae ningún periódico —comentó ella decepcionada—. Es...

Para su asombro, la lechuza gris se posó delante de su plato, seguida de cerca por cuatro lechuzas comunes, una parda y un cárabo.

—¿Cuántos ejemplares has pedido? —preguntó Harry, agarrando la copa de Hermione antes de que la tiraran las lechuzas, que se empujaban unas a otras intentando acercarse a ella para entregar la carta primero.

—¿Qué demonios...? —exclamó Hermione, que cogió la carta de la lechuza gris, la abrió y comenzó a leerla—. Pero ¡bueno! ¡Hay que ver! —farfulló, poniéndose colorada.

—¿Qué pasa? —inquirió Ron.

—Es... ¡ah, qué ridículo...!

Le pasó la carta a Harry, que vio que no estaba escrita a mano, sino compuesta a partir de letras que parecían recortadas de *El Profeta*:

eRes una ChicA malVAdA. HaRRy PottEr se merEce alGo MejoR quE tú. vUelve a tU sitIO, mUggle.

—¡Son todas por el estilo! —dijo Hermione desesperada, abriendo una carta tras otra—. «Harry Potter puede llegar mucho más lejos que la gente como tú...» «Te mereces que te escalden en aceite hirviendo...» ¡Ay!

Acababa de abrir el último sobre, y un líquido verde amarillento con un olor a gasolina muy fuerte se le derramó en las manos, que empezaron a llenarse de granos amarillos.

—¡Pus de bubotubérculo sin diluir! —dijo Ron, cogiendo con cautela el sobre y oliéndolo.

Con lágrimas en los ojos, Hermione intentaba limpiarse las manos con una servilleta, pero tenía ya los dedos tan llenos de dolorosas úlceras que parecía que se hubiera puesto un par de guantes gruesos y nudosos.

—Será mejor que vayas a la enfermería —le aconsejó Harry al tiempo que echaban a volar las lechuzas—. Nosotros le explicaremos a la profesora Sprout adónde has ido...

—¡Se lo advertí! —dijo Ron mientras Hermione se apresuraba a salir del Gran Comedor, soplándose las manos—. ¡Le advertí que no provocara a Rita Skeeter! Fíjate en ésta. —Leyó en voz alta una de las cartas que Hermione había dejado en la mesa—. «He leído en *Corazón de bruja* cómo has jugado con Harry Potter, y quiero decirte que ese chico ya ha pasado por cosas muy duras en esta vida. Pienso enviarte una maldición por correo en cuanto encuentre un sobre lo bastante grande.» ¡Va a tener que andarse con cuidado!

Hermione no asistió a Herbología. Al salir del invernadero para ir a clase de Cuidado de Criaturas Mágicas, Harry y Ron vieron a Malfoy, Crabbe y Goyle descendiendo la escalinata de la puerta del castillo. Pansy Parkinson iba cuchicheando y riéndose tras ellos con el grupo de chicas de Slytherin. Al ver a Harry, Pansy le gritó:

—Potter, ¿has roto con tu novia? ¿Por qué estaba tan alterada en el desayuno?

Harry no le hizo caso: no quería darle la satisfacción de que supiera cuántos problemas les estaba causando el artículo de *Corazón de bruja*.

Hagrid, que en la clase anterior les había dicho que ya habían acabado con los unicornios, los esperaba fuera de la cabaña con una nueva remesa de cajas. Al verlas, a Harry se le cayó el alma a los pies. ¿Les tocaría cuidar otra camada de escregutos? Pero, cuando llegaron lo bastante cerca para echar un vistazo, vieron un montón de animalitos negros de aspecto esponjoso y largo hocico. Tenían las patas delanteras curiosamente planas, como palas, y miraban a la clase sin dejar de parpadear, algo sorprendidos de la atención que atraían.

—Son *escarbatos* —explicó Hagrid cuando la clase se congregó en torno a ellos—. Se encuentran sobre todo en las minas. Les gustan las cosas brillantes... Mirad.

Uno de los escarbatos dio un salto para intentar quitarle de un mordisco el reloj de pulsera a Pansy Parkinson, que gritó y se echó para atrás.

—Resultan muy útiles como detectores de tesoros —dijo Hagrid contento—. Pensé que hoy podríamos divertirnos un poco con ellos. ¿Veis eso? —Señaló el trozo grande de tierra recién cavada en la que Harry lo había visto trabajar desde la ventana de la lechucería—. He enterrado algunas monedas de oro. Tengo preparado un premio para el que coja al escarbato que consiga sacar más. Pero lo primero que tenéis que hacer es quitaros las cosas de valor; luego escoged un escarbato y preparaos para soltarlo.

Harry se quitó el reloj, que sólo llevaba por costumbre, dado que ya no funcionaba, y lo guardó en el bolsillo. Luego cogió un escarbato, que le metió el hocico en la oreja, olfateando. Era bastante cariñoso.

—Esperad —dijo Hagrid mirando dentro de una caja—, aquí queda un escarbato. ¿Quién falta? ¿Dónde está Hermione?

—Ha tenido que ir a la enfermería —explicó Ron.

—Luego te lo explicamos —susurró Harry, viendo que Pansy Parkinson estaba muy atenta.

Era con diferencia lo más divertido que hubieran visto nunca en clase de Cuidado de Criaturas Mágicas. Los escarbatos entraban y salían de la tierra como si ésta fuera agua, y acudían corriendo a su estudiante respectivo para depositar el oro en sus manos. El de Ron parecía especialmente eficiente. No tardó en llenarle el regazo de monedas.

—¿Se pueden comprar y tener de mascotas, Hagrid? —le preguntó emocionado, mientras su escarbato volvía a hundirse en la tierra, salpicándole la túnica.

—A tu madre no le haría gracia, Ron —repuso Hagrid sonriendo—, porque destrozan las casas. Me parece que ya deben de haberlas recuperado todas —añadió paseando por el trozo de tierra excavado, mientras los escarbatos continuaban buscando—. Sólo enterré cien monedas. ¡Ah, ahí está Hermione!

Se acercaba por la explanada. Llevaba las manos llenas de vendajes, y parecía triste. Pansy Parkinson la miró escrutadoramente.

—¡Bueno, comprobemos cómo ha ido la cosa! —dijo Hagrid—. ¡Contad las monedas! Y no merece la pena que intentes robar ninguna, Goyle —agregó, entornando los ojos de color azabache—. Es oro leprechaun: se desvanece al cabo de unas horas.

Goyle se vació los bolsillos, enfurruñado. Resultó que el que más monedas había recuperado era el escarbato de Ron, así que Hagrid le dio como premio una enorme tableta de chocolate de Honeydukes. En esos momentos sonó la campana del colegio anunciando la comida. Todos regresaron al castillo salvo Harry, Ron y Hermione, que se quedaron ayudando a Hagrid a guardar los escarbatos en las cajas. Harry se dio cuenta de que Madame Maxime los observaba por la ventanilla del carruaje.

—¿Qué te ha pasado en las manos, Hermione? —preguntó Hagrid, preocupado.

Hermione le contó lo de los anónimos que había recibido aquella mañana, y el sobre lleno de pus de bubotubérculo.

—¡Bah, no te preocupes! —le dijo Hagrid amablemente, mirándola desde lo alto de su estatura—. Yo también recibí cartas de ésas después de que Rita Skeeter escribió sobre mi madre. «Eres un monstruo y deberían sacrificarte.» «Tu madre mató a gente inocente, y si tú tuvieras un poco de dignidad, te tirarías al lago.»

—¡No! —exclamó Hermione, asustada.

—Sí —dijo Hagrid, levantando las cajas de los escarbatos y arrimándolas a la pared de la cabaña—. Es gente que está chiflada, Hermione. No abras ninguna más. Échalas al fuego según vengan.

—Te has perdido una clase estupenda —le dijo Harry a Hermione de camino al castillo—. Los escarbatos molan, ¿a que sí, Ron?

Pero Ron miraba ceñudo el chocolate que Hagrid le había dado. Parecía preocupado por algo.

—¿Qué pasa? —le preguntó Harry—. ¿No está bueno?

—No es eso —replicó Ron—. ¿Por qué no me dijiste lo del oro?

—¿Qué oro?

—El oro que te di en los Mundiales de quidditch —explicó Ron—. El oro leprechaun que te di en pago de los omniculares. En la tribuna principal. ¿Por qué no me dijiste que había desaparecido?

Harry tuvo que hacer un esfuerzo para entender de qué hablaba Ron.

—Ah... —dijo recordando—. No sé... no me di cuenta de que hubiera desaparecido. Creo que estaba más preocupado por la varita.

Subieron la escalinata de piedra, entraron en el vestíbulo y fueron al Gran Comedor para la comida.

—Tiene que ser estupendo —dijo Ron de repente, cuando ya estaban sentados y habían comenzado a servirse rosbif con budín de Yorkshire— eso de tener tanto dinero que uno no se da cuenta si le desaparece un puñado de galeones.

—¡Mira, esa noche tenía otras cosas en la cabeza! —contestó Harry perdiendo un poco la paciencia—. Y no era el único, ¿recuerdas?

—Yo no sabía que el oro leprechaun se desvanecía —murmuró Ron—. Creí que te estaba pagando. No tendrías que haberme regalado por Navidad el sombrero de los Chudley Cannons.

—Olvídalo, ¿quieres? —le pidió Harry.

Ron ensartó con el tenedor una patata asada y se quedó mirándola. Luego dijo:

—Odio ser pobre.

Harry y Hermione se miraron. Ninguno de los dos sabía qué decir.

—Es un asco —siguió Ron, sin dejar de observar la patata—. No me extraña que Fred y George quieran ganar dinero. A mí también me gustaría. Quisiera tener un escarbato.

—Bueno, ya sabemos qué regalarte la próxima Navidad —dijo Hermione para animarlo. Pero, como continuaba triste, añadió—: Vamos, Ron, podría ser peor. Por lo menos no tienes los dedos llenos de pus. —Hermione estaba teniendo dificultades para manejar el tenedor y el cuchillo con los dedos tan rígidos e hinchados—. ¡Odio a esa Skeeter! —exclamó—. ¡Me vengaré de esto aunque sea lo último que haga en la vida!

Hermione continuó recibiendo anónimos durante la semana siguiente, y, aunque siguió el consejo de Hagrid y dejó de abrirlos, varios de ellos eran vociferadores, así que estallaron en la mesa de Gryffindor y le gritaron insultos que oyeron todos los que estaban en el Gran Comedor. Hasta los que no habían leído *Corazón de bruja* se enteraron de todo lo relativo al supuesto triángulo amoroso Harry-Hermione-Krum. Harry estaba harto de explicar a todo el mundo que Hermione no era su novia.

—Ya pasará —le dijo a Hermione—. Basta con que no hagas caso... La gente terminó por aburrirse de lo que ella escribió sobre mí.

—¡Tengo que enterarme de cómo logra escuchar las conversaciones privadas cuando se supone que tiene prohibida la entrada a los terrenos del colegio! —contestó Hermione irritada.

Hermione se quedó al término de la siguiente clase de Defensa Contra las Artes Oscuras para preguntarle algo al profesor Moody. El resto de la clase estaba deseando marcharse: Moody les había puesto un examen de desvío de maleficios tan duro que muchos de ellos sufrían pequeñas heridas. Harry padecía un caso agudo de orejas bailonas, y tenía que sujetárselas con las manos mientras salía de clase.

—Bueno, ¡por lo menos está claro que Rita no usó una capa invisible! —dijo Hermione jadeando cinco minutos más tarde, cuando alcanzó a Ron y Harry en el vestíbulo y le apartó a éste una mano de la oreja bailona para que pudiera oírla—. Moody dice que no la vio por ningún lado durante la segunda prueba, ni cerca de la mesa del tribunal ni cerca del lago.

—¿Serviría de algo pedirte que lo olvidaras, Hermione? —le preguntó Ron.

—¡No! —respondió ella testarudamente—. ¡Tengo que saber cómo escuchó mi conversación con Viktor! ¡Y cómo averiguó lo de la madre de Hagrid!

—A lo mejor te ha pinchado —dijo Harry.

—¿Pinchado? —repitió Ron sin entender—. ¿Qué quieres decir, que le ha clavado alfileres?

Harry explicó lo que eran los micrófonos ocultos y los equipos de grabación. Ron lo escuchaba fascinado, pero Hermione los interrumpió:

—Pero ¿es que no leeréis nunca *Historia de Hogwarts*?

—¿Para qué? —repuso Ron—. Si tú te la sabes de memoria... Sólo tenemos que preguntarte.

—Todos esos sustitutos de la magia que usan los muggles (electricidad, informática, radar y todas esas cosas) no funcionan en los alrededores de Hogwarts porque hay demasiada magia en el aire. No, Rita está usando la magia para escuchar a escondidas. Si pudiera averiguar lo que es... ¡Ah, y si es ilegal, la tendré en mis redes!

—¿No tenemos ya bastantes motivos de preocupación, para emprender también una *vendetta* contra Rita Skeeter? —le preguntó Ron.

—¡No te estoy pidiendo ayuda! —replicó Hermione—. ¡Me basto yo sola!

Subió por la escalinata de mármol sin volver la vista atrás. Harry estaba seguro de que iba a la biblioteca.

—¿Qué te apuestas a que vuelve con una caja de insignias de «Odio a Rita Skeeter»? —comentó Ron.

Hermione no les pidió que la ayudaran en su venganza contra Rita Skeeter, algo que ambos le agradecían porque el trabajo se amontonaba en los días previos a la semana de Pascua. Harry se maravillaba de que Hermione fuera capaz de investigar medios mágicos de escucha además de cumplir con todo lo que tenían que hacer para clase. Él trabajaba muchísimo sólo para conseguir terminar los deberes, aunque también se ocupaba de enviar a Sirius regularmente paquetes de comida a la cueva de la montaña. Después del último verano, sabía muy bien lo que era pasar hambre. Le incluía notas diciéndole que no ocurría nada extraordinario y que continuaban esperando la respuesta de Percy.

Hedwig no volvió hasta el final de las vacaciones de Pascua. La carta de Percy iba adjunta a un paquete con huevos de Pascua que enviaba la señora Weasley. Tanto el huevo de Ron como el de Harry parecían de dragón, y estaban rellenos de caramelo casero. El de Hermione, en cambio, era más pequeño que un huevo de gallina. Al verlo se quedó decepcionada.

—¿Tu madre no leerá por un casual *Corazón de bruja*? —preguntó en voz baja.

—Sí —contestó Ron con la boca llena de caramelo—. Lo compra por las recetas de cocina.

Hermione miró con tristeza su diminuto huevo.

—¿No queréis ver lo que ha escrito Percy? —dijo Harry.

La carta de Percy era breve y estaba escrita con verdadero mal humor:

Como constantemente declaro a El Profeta, *el señor Crouch se está tomando un merecido descanso. Envía regularmente lechuzas con instrucciones. No, en realidad no lo he visto, pero creo que puedo estar seguro de conocer la letra de mi superior. Ya tengo bastante que hacer en estos días aparte de intentar sofocar esos ridículos rumores. Os ruego que no me volváis a molestar si no es por algo importante. Felices Pascuas.*

Otros años, en primavera, Harry se entrenaba a fondo para el último partido de la temporada. Aquel año, sin embargo, era la tercera prueba del Torneo de los tres magos la que necesitaba prepararse, pero seguía sin saber qué tenía que hacer. Finalmente, en la última semana de mayo, al final de una clase de Transformaciones, lo llamó la profesora McGonagall.

—Esta noche a las nueve en punto tienes que ir al campo de quidditch —le dijo—. El señor Bagman se encontrará allí para hablaros de la tercera prueba.

De forma que aquella noche, a las ocho y media, dejó a Ron y Hermione en la torre de Gryffindor para acudir a la cita. Al cruzar el vestíbulo se encontró con Cedric, que salía de la sala común de Hufflepuff.

—¿Qué crees que será? —le preguntó a Harry, mientras bajaba con él la escalinata de piedra y salían a la oscuridad de una noche encapotada—. Fleur no para de hablar de túneles subterráneos: cree que tendremos que encontrar un tesoro.

—Eso no estaría mal —dijo Harry, pensando que sencillamente le pediría a Hagrid un escarbato para que hiciera el trabajo por él.

Bajaron por la oscura explanada hasta el estadio de quidditch, entraron a través de una abertura en las gradas y salieron al terreno de juego.

—¿Qué han hecho? —exclamó Cedric indignado, parándose de repente.

El campo de quidditch ya no era llano ni liso: parecía que alguien había levantado por todo él unos muros largos y bajos, que serpenteaban y se entrecruzaban en todos los sentidos.

—¡Son setos! —dijo Harry, inclinándose para examinar el que tenía más cerca.

—¡Eh, hola! —los saludó una voz muy alegre.

Ludo Bagman estaba con Krum y Fleur en el centro del terreno de juego. Harry y Cedric se les acercaron franqueando los setos. Fleur sonrió a Harry: su actitud hacia él había cambiado por completo desde que había rescatado a su hermana del lago.

—Bueno, ¿qué os parece? —dijo Bagman contento, cuando Harry y Cedric pasaron el último seto—. Están creciendo bien, ¿no? Dentro de un mes Hagrid habrá conseguido que alcancen los seis metros. No os preocupéis —añadió sonriente, viendo la expresión de tristeza de Harry y Cedric—, ¡en cuanto la prueba finalice vuestro campo de quidditch volverá a estar como siempre! Bien, supongo que ya habréis adivinado en qué consiste la prueba, ¿no?

Pasó un momento sin que nadie hablara. Luego dijo Krum:

—Un «laberrinto».

—¡Eso es! —corroboró Bagman—. Un laberinto. La tercera prueba es así de sencilla: la Copa de los tres magos estará en el centro del laberinto. El primero en llegar a ella recibirá la máxima puntuación.

—¿Simplemente tenemos que «guecogueg» el «labeguinto»? —preguntó Fleur.

—Sí, pero habrá obstáculos —dijo Bagman, dando saltitos de entusiasmo—. Hagrid está preparando unos cuantos bichejos... y tendréis que romper algunos embrujos... Ese tipo de cosas, ya os imagináis. Bueno, los campeones que van delante en puntuación saldrán los primeros. —Bagman dirigió a Cedric y Harry una amplia sonrisa—. Luego entrará el señor Krum... y al final la señorita Delacour. Pero todos tendréis posibilidades de ganar: eso dependerá de lo bien que superéis los obstáculos. Parece divertido, ¿verdad?

Harry, que conocía de sobra el tipo de animales que Hagrid buscaría para una ocasión como aquélla, pensó que no resultaría precisamente divertido. Sin embargo, como los otros campeones, asintió por cortesía.

—Muy bien. Si no tenéis ninguna pregunta, volveremos al castillo. Está empezando a hacer frío...

Bagman alcanzó a Harry cuando salían del laberinto. Tuvo la impresión de que iba a volver a ofrecerle ayuda, pero justo entonces Krum le dio a Harry unas palmadas en el hombro.

—¿«Podrríamos hablarr»?

—Sí, claro —contestó Harry, algo sorprendido.

—¿Te «imporrta» si caminamos juntos?

—No.

Bagman parecía algo contrariado.

—Te espero, ¿quieres, Harry?

—No, no hace falta, señor Bagman —respondió Harry reprimiendo una sonrisa—. Podré volver yo solo, gracias.

Harry y Krum dejaron juntos el estadio, pero Krum no tomó la dirección del barco de Durmstrang. En vez de eso, se dirigió hacia el bosque.

—¿Por qué vamos por aquí? —preguntó Harry al pasar ante la cabaña de Hagrid y el iluminado carruaje de Beauxbatons.

—No «quierro» que nadie nos oiga —contestó simplemente Krum.

Cuando por fin llegaron a un paraje tranquilo, a escasa distancia del potrero de los caballos de Beauxbatons, Krum se detuvo bajo los árboles y se volvió hacia Harry.

—«Quisierra saberr» —dijo, mirándolo con el entrecejo fruncido— si hay algo «entrre» tú y Herr... mío... ne.

Harry, a quien la exagerada reserva de Krum le había hecho creer que hablaría de algo mucho más grave, lo miró asombrado.

—Nada —contestó. Pero Krum siguió mirándolo ceñudo, y Harry, que volvía a sorprenderse de lo alto que parecía Krum a su lado, tuvo que explicarse—: Somos amigos. No es mi novia y nunca lo ha sido. Todo se lo ha inventado esa Skeeter.

—Herr... mío... ne habla mucho de ti —dijo Krum, mirándolo con recelo.

—Sí —admitió Harry—, porque somos amigos.

No acababa de creer que estuviera manteniendo aquella conversación con Viktor Krum, el famoso jugador internacional de quidditch. Era como si Krum, con sus dieciocho años, lo considerara a él, a Harry, un igual... un verdadero rival.

—«Vosotrros» nunca... «vosotrros» no...

—No —dijo Harry con firmeza.

Krum parecía algo más contento. Miró a Harry durante unos segundos y luego le dijo:

—Vuelas muy bien. Te vi en la «prrimerra prrueba».

—Gracias —contestó, sonriendo de oreja a oreja y sintiéndose de pronto mucho más alto—. Yo te vi en los Mundiales de quidditch. El amago de Wronski... la verdad es que tú...

Pero algo se movió tras los árboles, y Harry, que tenía alguna experiencia del tipo de cosas que se escondían en el bosque, agarró a Krum instintivamente del brazo y tiró de él.

—¿Qué ha sido eso?

Harry negó con la cabeza, mirando al lugar en que algo se había movido, y metió la mano en la túnica para coger la varita. Al instante, de detrás de un alto roble salió tambaleándose un hombre. Harry tardó un momento en darse cuenta de que se trataba del señor Crouch.

Por su aspecto se habría dicho que llevaba días de un lado para otro: a la altura de las rodillas, la túnica estaba rasgada y ensangrentada; tenía la cara llena de arañazos, sin afeitar y con señales de agotamiento, y tanto el cabello como el bigote, habitualmente impecables, reclamaban un lavado y un corte. Su extraña apariencia, sin embargo, no era tan llamativa como la forma en que se comportaba: murmuraba y gesticulaba, como si hablara con alguien que sólo él veía. A Harry le recordó un viejo mendigo que había visto en una ocasión, cuando había acompañado a los Dursley a ir de compras. También aquel hombre conversaba vehementemente con el aire. Tía Petunia había cogido a Dudley de la mano y habían cruzado la calle para evitarlo. Luego tío Vernon dedicó a la familia una larga diatriba sobre lo que él haría con mendigos y vagabundos.

—¿No es uno de los «miembrros» del «trribunal»? —preguntó Krum, mirando al señor Crouch—. ¿No es del «Ministerrio»?

Harry asintió y, tras dudar por un momento, caminó lentamente hacia el señor Crouch, que, sin mirarlo, siguió hablando con un árbol cercano:

—... y cuando hayas acabado, Weatherby, envíale a Dumbledore una lechuza confirmándole el número de alumnos de Durmstrang que asistirán al Torneo. Karkarov acaba de comunicarme que serán doce...

—Señor Crouch... —dijo Harry con cautela.

—... y luego envíale otra lechuza a Madame Maxime, porque tal vez quiera traer a algún alumno más, dado que Karkarov ha completado la docena... Hazlo, Weatherby, ¿querrás? ¿Querrás? —El señor Crouch tenía los ojos desmesuradamente abiertos. Siguió allí de pie mirando al árbol, moviendo la boca sin pronunciar una palabra. Luego se tambaleó hacia un lado y cayó de rodillas.

—¡Señor Crouch! —exclamó Harry—, ¿se encuentra bien?

Los ojos le daban vueltas. Harry miró a Krum, que lo había seguido hasta los árboles y observaba a Crouch asustado.

—¿Qué le pasa?

—Ni idea —susurró Harry—. Será mejor que vayas a buscar a alguien...

—¡A Dumbledore! —dijo el señor Crouch con voz ahogada. Agarró a Harry de la tela de la túnica y lo atrajo hacia él, aunque los ojos miraban por encima de su cabeza—. Tengo... que ver... a Dumbledore...

—De acuerdo —contestó Harry—. Si se levanta usted, señor Crouch, podemos ir al...

—He hecho... idioteces... —musitó el señor Crouch. Parecía realmente trastornado: los ojos se le movían desorbitados, y un hilo de baba le caía de la barbilla. Cada palabra que pronunciaba parecía costarle un terrible esfuerzo—. Tienes que... decirle a Dumbledore...

—Levántese, señor Crouch —le indicó Harry en voz alta y clara—. ¡Levántese y lo llevaré hasta Dumbledore!

El señor Crouch dirigió los ojos hacia él.

—¿Quién... eres? —susurró.

—Soy alumno del colegio —contestó Harry, mirando a Krum en busca de ayuda, pero éste se mostraba indeciso y nervioso.

—¿No eres de... él? —preguntó Crouch, y se quedó con la mandíbula caída.

—No —respondió, sin tener la más leve idea de lo que quería decir Crouch.

—¿De Dumbledore...?

—Sí.

Crouch tiraba de él hacia sí. Harry trató de soltarse, pero lo agarraba con demasiada fuerza.

—Avisa a... Dumbledore...

—Traeré a Dumbledore si me suelta —le dijo Harry—. Suélteme, señor Crouch, e iré a buscarlo.

—Gracias, Weatherby. Y, cuando termines, me tomaría una taza de té. Mi mujer y mi hijo no tardarán en llegar. Vamos a ir esta noche a un concierto con Fudge y su señora. —Crouch hablaba otra vez con el árbol, completamente ajeno de Harry, que se sorprendió tanto que no notó que lo había soltado—. Sí, mi hijo acaba de sacar doce TIMOS, muy pero que muy bien, sí, gracias, sí, sí que me siento orgulloso. Y ahora, si me puedes traer ese memorándum del ministro de Magia de Andorra, creo que tendré tiempo de redactar una respuesta...

—¡Quédate con él! —le dijo Harry a Krum—. Yo traeré a Dumbledore. Puedo hacerlo más rápido, porque sé dónde está su despacho...

—Está loco —repuso Krum en tono dubitativo, mirando a Crouch, que seguía hablando atropelladamente con el árbol, convencido de que era Percy.

—Quédate con él —repitió Harry comenzando a levantarse, pero su movimiento pareció desencadenar otro cambio repentino en el señor Crouch, que lo agarró fuertemente de las rodillas y lo tiró al suelo.

—¡No me... dejes! —susurró, con los ojos de nuevo desorbitados—. Me he escapado... Tengo que avisar... tengo que decir... ver a Dumbledore... Ha sido culpa mía, sólo mía... Bertha... muerta... sólo culpa mía... mi hijo... culpa mía... Tengo que decírselo a Dumbledore... Harry Potter... el Señor Tenebroso... más fuerte... Harry Potter...

—¡Le traeré a Dumbledore si usted deja que me vaya, señor Crouch! —replicó Harry. Miró nervioso a Krum—. Ayúdame, ¿quieres?

Como de mala gana, Krum avanzó y se agachó al lado del señor Crouch.

—Que no se mueva de aquí —dijo Harry, liberándose del señor Crouch—. Volveré con Dumbledore.

—Date prisa —le gritó Krum mientras Harry se alejaba del bosque corriendo y atravesaba los terrenos del colegio, que estaban sumidos en la oscuridad.

Bagman, Cedric y Fleur habían desaparecido. Subió como un rayo la escalinata de piedra, atravesó las puertas de roble y se lanzó por la escalinata de mármol hacia el segundo piso. Cinco minutos después se precipitaba hacia una gárgola de piedra que decoraba el vacío corredor.

—«¡Sor... sorbete de limón!» —dijo jadeando.

Era la contraseña de la oculta escalera que llevaba al despacho de Dumbledore. O al menos lo había sido dos años antes, porque evidentemente había cambiado, ya que la gárgola de piedra no revivió ni se hizo a un lado, sino que permaneció inmóvil, dirigiendo a Harry su aterrorizadora mirada.

—¡Muévete! —le gritó Harry—. ¡Vamos!

Pero en Hogwarts las cosas no se movían simplemente porque uno les gritara: sabía que no le serviría de nada. Miró a un lado y otro del oscuro corredor. Quizá Dumbledore estuviera en la sala de profesores. Se precipitó a la carrera hacia la escalera.

—¡POTTER!

Snape acababa de salir de la escalera oculta tras la gárgola de piedra. El muro se cerraba a sus espaldas mientras hacía señas a Harry para que fuera hacia él.

—¿Qué hace aquí, Potter?

—¡Tengo que hablar con el profesor Dumbledore! —respondió, retrocediendo por el corredor y resbalando un poco

al pararse en seco delante de Snape—. Es el señor Crouch...
Acaba de aparecer... Está en el bosque... Pregunta...

—Pero ¿qué está diciendo? —exclamó Snape. Los ojos negros le brillaban—. ¿Qué tonterías son ésas?

—¡El señor Crouch! —gritó—. ¡El del Ministerio! ¡Está enfermo o algo parecido...! Está en el bosque y quiere ver a Dumbledore. ¡Por favor, deme la contraseña!

—El director está ocupado, Potter —dijo Snape curvando sus delgados labios en una desagradable sonrisa.

—¡Tengo que decírselo a Dumbledore! —gritó.

—¿No me ha oído, Potter?

Harry hubiera jurado que Snape disfrutaba al negarle lo que le pedía en un momento en el que estaba tan asustado.

—Mire —le dijo enfadado—, Crouch no está bien... Está... está como loco... Dice que quiere advertir...

Tras Snape se volvió a abrir el muro. Apareció Dumbledore con una larga túnica verde y expresión de ligera extrañeza.

—¿Hay algún problema? —preguntó, mirando a Harry y Snape.

—¡Profesor! —dijo Harry, adelantándose a Snape—. El señor Crouch está aquí. ¡Está en el bosque, y quiere hablar con usted!

Harry esperaba que Dumbledore le hiciera preguntas pero, para alivio suyo, no fue así.

—Llévame hasta allí —le indicó de inmediato, y fue tras él por el corredor dejando a Snape junto a la gárgola, que a su lado no parecía tan fea.

—¿Qué ha dicho el señor Crouch, Harry? —preguntó Dumbledore cuando bajaban apresuradamente por la escalinata de mármol.

—Dice que quiere advertirle... Dice que ha hecho algo terrible... Menciona a su hijo... y a Bertha Jorkins... y... y a Voldemort... Dice algo de que Voldemort se hace fuerte...

—¿De veras? —dijo Dumbledore, y apresuró el paso para atravesar los terrenos sumidos en completa oscuridad.

—No se comporta con normalidad —comentó Harry, corriendo al lado de Dumbledore—. No parece que sepa dónde está. Habla como si creyera que Percy Weasley está con él, y de repente cambia y pide verlo a usted... Lo he dejado con Viktor Krum.

—¿Cómo? ¿Lo has dejado con Krum? —exclamó Dumbledore bruscamente, y comenzó a dar pasos aún más largos. Harry tuvo que correr para no quedarse atrás—. ¿Sabes si alguien más ha visto al señor Crouch?

—Nadie —respondió—. Krum y yo estábamos hablando. El señor Bagman ya había acabado de explicarnos en qué consiste la tercera prueba, y nosotros nos quedamos atrás. Entonces vimos al señor Crouch salir del bosque.

—¿Dónde están? —preguntó Dumbledore, cuando el carruaje de Beauxbatons se hizo visible.

—Por ahí —contestó Harry adelantándose a Dumbledore y guiándolo por entre los árboles.

No se oía la voz de Crouch, pero sabía hacia dónde tenía que ir. No era mucho más allá del carruaje de Beauxbatons... más o menos por aquella zona...

—¡Viktor! —gritó Harry.

No respondieron.

—Los dejé aquí —explicó—. Tienen que estar por aquí...

—¡*Lumos!* —dijo Dumbledore para encender la varita, y la mantuvo en alto.

El delgado foco de luz se desplazó de un oscuro tronco a otro, iluminando el suelo. Y al final hizo visible un par de pies.

Harry y Dumbledore se acercaron aprisa. Krum estaba tendido en el suelo del bosque. Parecía inconsciente. No había ni rastro del señor Crouch. Dumbledore se inclinó sobre Krum y le levantó un párpado con cuidado.

—Está desmayado —dijo con voz suave. En las gafas de media luna brilló la luz de la varita cuando miró entre los árboles cercanos.

—¿Voy a buscar a alguien? —sugirió Harry—. ¿A la señora Pomfrey?

—No —dijo Dumbledore rápidamente—. Quédate aquí.

Levantó en el aire la varita y apuntó con ella a la cabaña de Hagrid. Harry vio que algo plateado salía de ella a gran velocidad y atravesaba por entre los árboles como un pájaro fantasmal. A continuación Dumbledore volvió a inclinarse sobre Krum, le apuntó con la varita y susurró:

—¡*Enervate!*

Krum abrió los ojos. Parecía confuso. Al ver a Dumbledore trató de sentarse, pero él le puso una mano en el hombro y lo hizo permanecer tumbado.

—¡Me atacó! —murmuró Krum, llevándose una mano a la cabeza—. ¡Me atacó el viejo loco! Estaba «mirrando» si venía Potter, y me atacó por «detrrás»!

—Descansa un momento —le indicó Dumbledore.

Oyeron un ruido de pisadas antes de ver llegar a Hagrid jadeando, seguido por *Fang*. Había cogido su ballesta.

—¡Profesor Dumbledore! —exclamó con los ojos muy abiertos—. ¡Harry!, ¿qué...?

—Hagrid, necesito que vayas a buscar al profesor Karkarov —dijo Dumbledore—. Han atacado a un alumno suyo. Cuando lo hayas hecho, ten la bondad de traer al profesor Moody.

—No hará falta, Dumbledore —dijo una voz que era como un gruñido sibilante—. Estoy aquí.

Moody se acercaba cojeando, apoyándose en su bastón y con la varita encendida.

—Maldita pierna —protestó furioso—. Hubiera llegado antes... ¿Qué ha pasado? Snape dijo algo de Crouch...

—¿Crouch? —repitió Hagrid sin comprender.

—¡Hagrid, por favor, ve a buscar a Karkarov! —exclamó Dumbledore bruscamente.

—Ah, sí... ya voy, profesor —dijo Hagrid, y se volvió y desapareció entre los oscuros árboles. *Fang* fue trotando tras él.

—No sé dónde estará Barty Crouch —le dijo Dumbledore a Moody—, pero es necesario que lo encontremos.

—Me pondré a ello —gruñó Moody. Sacó la varita, y penetró en el bosque cojeando.

Ni Dumbledore ni Harry volvieron a decir nada hasta que oyeron los inconfundibles sonidos de Hagrid y *Fang*, que volvían. Karkarov iba muy aprisa tras ellos. Llevaba su lustrosa piel plateada, y parecía nervioso y pálido.

—¿Qué es esto? —gritó al ver en el suelo a Krum, y a Dumbledore y Harry a su lado—. ¿Qué pasa?

—¡Me ha atacado! —dijo Krum, incorporándose en aquel momento y frotándose la cabeza—. El «señorr Crrouch» o como se llame.

—¿Que Crouch te atacó? ¿Que Crouch te atacó? ¿El miembro del tribunal?

—Igor... —comenzó Dumbledore, pero Karkarov se había erguido, agarrándose las pieles con que se cubría.

—¡Traición! —gritó, señalando a Dumbledore—. ¡Es una confabulación! ¡Tú y tu Ministerio de Magia me habéis atraído con falsedades, Dumbledore! ¡No es una competición justa! ¡Primero cuelas a Potter en el Torneo, a pesar de que no tiene la edad! ¡Ahora uno de tus amigos del Ministerio intenta dejar fuera de combate a mi campeón! ¡Todo este asunto huele a corrupción y a trampa, y tú, Dumbledore, tú, con el cuento de entablar lazos entre los magos de distintos países, de restablecer las antiguas relaciones, de olvidar las diferencias... mira lo que pienso de ti!

Karkarov escupió a los pies de Dumbledore. Con un raudo movimiento, Hagrid agarró a Karkarov por las pieles, lo levantó en el aire y lo estampó contra un árbol cercano.

—¡Pida disculpas! —le ordenó, mientras Karkarov intentaba respirar con el puño de Hagrid en la garganta y los pies en el aire.

—¡Déjalo, Hagrid! —gritó Dumbledore, con un destello en los ojos.

Hagrid retiró la mano que sujetaba a Karkarov al árbol, y éste se deslizó por el tronco y quedó despatarrado entre las raíces. Le cayeron algunas hojas y ramitas en la cabeza.

—¡Hagrid, ten la bondad de acompañar a Harry al castillo! —le dijo Dumbledore con brusquedad.

Resoplando de furia, Hagrid echó una dura mirada a Karkarov.

—Creo que sería mejor que me quedara aquí, director...

—Llevarás a Harry de regreso al colegio, Hagrid —le repitió Dumbledore con firmeza—. Llévalo hasta la torre de Gryffindor. Y, Harry, quiero que no salgas de ella. Cualquier cosa que tal vez quisieras hacer... como enviar alguna lechuza... puede esperar a mañana, ¿me has entendido?

—Eh... sí —dijo Harry, mirándolo. ¿Cómo había sabido Dumbledore que precisamente estaba pensando en enviar a *Pigwidgeon* sin pérdida de tiempo a Sirius contándole lo sucedido?

—Dejaré aquí a *Fang*, director —dijo Hagrid, sin dejar de mirar amenazadoramente a Karkarov, que seguía despatarrado al pie del árbol, enredado con pieles y raíces—. Quieto, *Fang*. Vamos, Harry.

Caminaron en silencio, pasando junto al carruaje de Beauxbatons, y luego subieron hacia el castillo.

—Cómo se atreve —gruñó Hagrid cuando iban a la altura del lago—. Cómo se atreve a acusar a Dumbledore. Como si Dumbledore fuera a hacer algo así, como si él deseara tu entrada en el Torneo. Creo que nunca lo había visto tan preocupado como últimamente. ¡Y tú! —le dijo de pronto, enfadado, a Harry, que lo miraba desconcertado—. ¿Qué hacías paseando con ese maldito Krum? ¡Es de Durmstrang, Harry! ¿Y si te echa un maleficio? ¿Es que Moody no te ha enseñado nada? Imagina que te atrae a su propio...

—¡Krum no tiene nada de malo! —replicó Harry mientras entraban en el vestíbulo—. No ha intentado echarme ningún maleficio. Sólo hemos hablado de Hermione.

—También tendré unas palabras con ella —declaró Hagrid ceñudo, pisando fuerte en los escalones—. Cuanto menos tengáis que ver con esos extranjeros, mejor os irá. No se puede confiar en ninguno de ellos.

—Pues tú te llevabas muy bien con Madame Maxime —señaló Harry, disgustado.

—¡No me hables de ella! —contestó Hagrid, y su aspecto se volvió amenazador por un momento—. ¡Ya la tengo calada! Trata de engatusarme para que le diga en qué va a consistir la tercera prueba. ¡Ja! ¡No hay que fiarse de ninguno!

Hagrid estaba de tan mal humor que Harry se alegró de despedirse de él delante de la Señora Gorda. Traspasó el hueco del retrato para entrar en la sala común, y se apresuró a reunirse con Ron y Hermione para contarles todo lo ocurrido.

29

El sueño

—Hay dos posibilidades —dijo Hermione frotándose la frente—: o el señor Crouch atacó a Viktor, o algún otro los atacó a ambos mientras Viktor no miraba.

—Tiene que haber sido Crouch —señaló Ron—. Por eso no estaba cuando llegaste con Dumbledore. Ya se había dado el piro.

—No lo creo —replicó Harry, negando con la cabeza—. Estaba muy débil. No creo que pudiera desaparecerse ni nada por el estilo.

—No es posible desaparecerse en los terrenos de Hogwarts. ¿No os lo he dicho un montón de veces? —dijo Hermione.

—Vale... A ver qué os parece esta hipótesis —propuso Ron con entusiasmo—: Krum ataca a Crouch... (esperad, esperad a que acabe) ¡y se aplica a sí mismo el encantamiento aturdidor!

—Y el señor Crouch se evapora, ¿verdad? —apuntó Hermione con frialdad.

Rayaba el alba. Harry, Ron y Hermione se habían levantado muy temprano y se habían ido a toda prisa a la lechucería para enviar una nota a Sirius. En aquel momento contemplaban la niebla sobre los terrenos del colegio. Los tres estaban pálidos y ojerosos porque se habían quedado hasta bastante tarde hablando del señor Crouch.

—Vuélvelo a contar, Harry —pidió Hermione—. ¿Qué dijo exactamente el señor Crouch?

—Ya te lo he dicho, lo que explicaba no tenía mucho sentido. Decía que quería advertir a Dumbledore de algo. Desde luego mencionó a Bertha Jorkins, y parecía pensar que estaba muerta. Insistía en que tenía la culpa de unas cuantas cosas... mencionó a su hijo.

—Bueno, eso sí que fue culpa suya —dijo Hermione malhumorada.

—No estaba en sus cabales. La mitad del tiempo parecía creer que su mujer y su hijo seguían vivos, y le daba instrucciones a Percy.

—Y... ¿me puedes recordar qué dijo sobre Quientú-sabes? —dijo Ron con vacilación.

—Ya te lo he dicho —repitió Harry con voz cansina—. Dijo que estaba recuperando fuerzas.

Se quedaron callados. Luego Ron habló con fingida calma:

—Pero si Crouch no estaba en sus cabales, como dices, es probable que todo eso fueran desvaríos.

—Cuando trataba de hablar de Voldemort parecía más cuerdo —repuso Harry, sin hacer caso del estremecimiento de Ron—. Tenía verdaderos problemas para decir dos palabras seguidas, pero en esos momentos daba la impresión de que sabía dónde se encontraba y lo que quería. Repetía que tenía que ver a Dumbledore.

Se separó de la ventana y miró las vigas de la lechucería. La mitad de las perchas habían quedado vacías; de vez en cuando entraba alguna lechuza que volvía de su cacería nocturna con un ratón en el pico.

—Si el encuentro con Snape no me hubiera retrasado —dijo con amargura—, podríamos haber llegado a tiempo. «El director está ocupado, Potter. Pero ¿qué dice, Potter? ¿Qué tonterías son ésas, Potter?» ¿Por qué no se quitaría de en medio?

—¡A lo mejor no quería que llegaras a tiempo! —exclamó Ron—. Puede que... espera... ¿Cuánto podría haber tardado en llegar al bosque? ¿Crees que podría haberos adelantado?

—No a menos que se convirtiera en murciélago o algo así —contestó Harry.

—En él no me extrañaría —murmuró Ron.

—Tenemos que ver al profesor Moody —dijo Hermione—. Tenemos que saber si encontró al señor Crouch.

—Si llevaba con él el mapa del merodeador, no pudo serle difícil —opinó Harry.

—A menos que Crouch hubiera salido ya de los terrenos —observó Ron—, porque el mapa sólo muestra los terrenos del colegio, ¿no?

—¡Chist! —los acalló Hermione de repente.

Alguien subía hacia la lechucería. Harry oyó dos voces que discutían, acercándose cada vez más:

—... eso es chantaje, así de claro, y nos puede acarrear un montón de problemas.

—Lo hemos intentado por las buenas; ya es hora de jugar sucio como él. No le gustaría que el Ministerio de Magia supiera lo que hizo...

—¡Te repito que, si eso se pone por escrito, es chantaje!

—Sí, y supongo que no te quejarás si te llega una buena cantidad, ¿no?

La puerta de la lechucería se abrió de golpe. Fred y George aparecieron en el umbral y se quedaron de piedra al ver a Harry, Ron y Hermione.

—¿Qué hacéis aquí? —preguntaron al mismo tiempo Ron y Fred.

—Enviar una carta —contestaron Harry y George también a la vez.

—¿A estas horas? —preguntaron Hermione y Fred.

Fred sonrió y dijo:

—Bueno, no os preguntaremos lo que hacéis si no nos preguntáis vosotros.

Sostenía en las manos un sobre sellado. Harry lo miró, pero Fred, ya fuera casualmente o a propósito, movió la mano de tal forma que el nombre del destinatario quedó oculto.

—Bueno, no queremos entreteneros —añadió Fred haciendo una parodia de reverencia y señalando hacia la puerta.

Pero Ron no se movió.

—¿A quién le hacéis chantaje? —inquirió.

La sonrisa desapareció de la cara de Fred. George le dirigió una rápida mirada a su gemelo antes de sonreír a Ron.

—No seas tonto, estábamos de broma —dijo con naturalidad.

—No lo parecía —repuso Ron.

Fred y George se miraron. Luego Fred dijo abruptamente:

—Ya te lo he dicho antes, Ron: aparta las narices si te gusta la forma que tienen. No es que sean una preciosidad, pero...

—Si le estáis haciendo chantaje a alguien, es asunto mío —replicó Ron—. George tiene razón: os podríais meter en problemas muy serios.

—Ya te he dicho que estábamos de broma —dijo George. Se acercó a Fred, le arrancó la carta de las manos y empezó a atarla a una pata de la lechuza que tenía más cerca—. Te estás empezando a parecer a nuestro querido hermano mayor. Sigue así, y te veremos convertido en prefecto.

—Eso nunca.

George llevó la lechuza hasta la ventana y la echó a volar. Luego se volvió y sonrió a Ron.

—Pues entonces deja de decir a la gente lo que tiene que hacer. Hasta luego.

Los gemelos salieron de la lechucería. Harry, Ron y Hermione se miraron.

—¿Creéis que saben algo? —susurró Hermione—, ¿sobre Crouch y todo esto?

—No —contestó Harry—. Si fuera algo tan serio se lo dirían a alguien. Se lo dirían a Dumbledore.

Pero Ron estaba preocupado.

—¿Qué pasa? —le preguntó Hermione.

—Bueno... —dijo Ron pensativamente—, no sé si lo harían. Últimamente están obsesionados con hacer dinero. Me di cuenta cuando andaba por ahí con ellos, cuando... ya sabes.

—Cuando no nos hablábamos. —Harry terminó la frase por él—. Sí, pero el chantaje...

—Es por lo de la tienda de artículos de broma —explicó Ron—. Creí que sólo lo decían para incordiar a mi madre, pero no: es verdad que quieren abrir una. No les queda más que un curso en Hogwarts, así que opinan que ya es hora de pensar en el futuro. Mi padre no puede ayudarlos. Y necesitan dinero para empezar.

496

Hermione también se mostró preocupada.

—Sí, pero... no harían nada que fuera contra la ley para conseguirlo, ¿verdad?

—No lo sé... —repuso Ron—. Me temo que no les importa demasiado infringir las normas.

—Ya, pero ahora se trata de la ley —dijo Hermione, asustada—, no de una de esas tontas normas del colegio... ¡Por hacer chantaje pueden recibir un castigo bastante más serio que quedarse en el aula! Ron, tal vez fuera mejor que se lo dijeras a Percy...

—¿Estás loca? ¿A Percy? Lo más probable es que hiciera como Crouch y los entregara a la justicia. —Miró la ventana por la que había salido la lechuza de Fred y George, y luego propuso—: Vamos a desayunar.

—¿Creéis que es demasiado temprano para ir a ver al profesor Moody? —preguntó Hermione bajando la escalera de caracol.

—Sí —respondió Harry—. Seguramente nos acribillaría a encantamientos a través de la puerta si lo despertamos al alba: creería que queremos atacarlo mientras está dormido. Será mejor que esperemos al recreo.

La clase de Historia de la Magia nunca había resultado tan lenta. Como Harry ya no llevaba su reloj, a cada rato miraba el de Ron, el cual avanzaba tan despacio que parecía que se hubiera parado también. Estaban tan cansados los tres que de buena gana habrían apoyado la cabeza en la mesa para descabezar un sueño: ni siquiera Hermione tomaba sus acostumbrados apuntes, sino que tenía la barbilla apoyada en una mano y seguía al profesor Binns con la mirada perdida.

Cuando por fin sonó la campana, se precipitaron hacia el aula de Defensa Contra las Artes Oscuras, y encontraron al profesor Moody que salía de allí. Parecía tan cansado como ellos. Se le caía el párpado de su ojo normal, lo que le daba a la cara una apariencia más asimétrica de lo habitual.

—¡Profesor Moody! —gritó Harry, mientras avanzaban hacia él entre la multitud.

—Hola, Potter —saludó Moody. Miró con su ojo mágico a un par de alumnos de primero, que aceleraron nerviosos; luego giró el ojo hacia el interior de la cabeza y los miró a través del cogote hasta que doblaron la esquina. Entonces les dijo—: Venid.

Se hizo atrás para dejarlos entrar en el aula vacía, entró tras ellos cojeando y cerró la puerta.

—¿Lo encontró? —le preguntó Harry, sin preámbulos—. ¿Encontró al señor Crouch?

—No. —Moody fue hacia su mesa, se sentó, extendió su pata de palo con un ligero gemido y sacó la petaca.

—¿Utilizó el mapa? —inquirió Harry.

—Por supuesto —dijo Moody bebiendo un sorbo de la petaca—. Seguí tu ejemplo, Potter: lo llamé para que llegara hasta mí desde mi despacho. Pero Crouch no aparecía por ningún lado.

—¿Así que se desapareció? —preguntó Ron.

—¡Nadie se puede desaparecer en los terrenos del colegio, Ron! —le recordó Hermione—. ¿Podría haberse esfumado de alguna otra manera, profesor?

El ojo mágico de Moody tembló un poco al fijarse en Hermione.

—Tú también valdrías para auror —le dijo—. Tu mente funciona bien, Granger.

Hermione se puso colorada de satisfacción.

—Bueno, no era invisible —observó Harry—, porque el mapa muestra también a los invisibles. Por lo tanto debió de abandonar los terrenos del colegio.

—Pero ¿por sus propios medios? —preguntó Hermione—. ¿O se lo llevó alguien?

—Sí, alguien podría haberlo montado en una escoba y habérselo llevado por los aires, ¿no? —se apresuró a decir Ron, mirando a Moody esperanzado, como si esperara que también le dijera a él que tenía madera de auror.

—No se puede descartar el secuestro —admitió Moody.

—Entonces, ¿cree que estará en algún lugar de Hogsmeade?

—Podría estar en cualquier sitio —respondió Moody moviendo la cabeza—. Lo único de lo que estamos seguros es de que no está aquí.

Bostezó de forma que las cicatrices del rostro se le tensaron y la boca torcida reveló que le faltaban unos cuantos dientes. Luego dijo:

—Dumbledore me ha dicho que os gusta jugar a los detectives, pero no hay nada que podáis hacer por Crouch. El Ministerio ya andará buscándolo, porque Dumbledore les ha informado. Ahora, Potter, quiero que pienses sólo en la tercera prueba.

—¿Qué? —exclamó Harry—. Ah, sí...

No había dedicado ni un segundo a pensar en el laberinto desde que había salido de él con Krum la noche anterior.

—Esta prueba te tendría que ir como anillo al dedo —dijo Moody mirando a Harry y rascándose la barbilla llena de cicatrices y con barba de varios días—. Por lo que me ha dicho Dumbledore, has salido bien librado unas cuantas veces de situaciones parecidas. Cuando estabas en primero te abriste camino a través de una serie de obstáculos que protegían la piedra filosofal, ¿no?

—Nosotros lo ayudamos —se apresuró a decir Ron—. Hermione y yo.

Moody sonrió.

—Bien, ayudadlo también a preparar esta prueba, y me llevaré una sorpresa si no gana —dijo—. Y, mientras tanto... alerta permanente, Potter. Alerta permanente.

Echó otro largo trago de la petaca, y su ojo mágico giró hacia la ventana, desde la cual se veía la vela superior del barco de Durmstrang.

—Y vosotros dos —su ojo normal se clavó en Ron y Hermione— no os apartéis de Potter, ¿de acuerdo? Yo estoy alerta, pero, de todas maneras... cuantos más ojos, mejor.

Aquella misma mañana, Sirius envió otra lechuza de respuesta. Bajó revoloteando hasta Harry al mismo tiempo que un cárabo se posaba delante de Hermione con un ejemplar de *El Profeta* en el pico. Ella cogió el periódico, echó un vistazo a las primeras páginas y dijo:

—¡Ja! ¡No se ha enterado de lo de Crouch!

Y se puso a leer con Ron y Harry lo que Sirius tenía que decir sobre los misteriosos sucesos ocurridos hacía ya dos noches.

¿A qué crees que juegas, Harry, dando paseos por el bosque con Viktor Krum? Quiero que me jures, a vuelta de lechuza, que no vas a salir de noche del castillo con ninguna otra persona. En Hogwarts hay alguien muy peligroso. Es evidente que querían impedir que Crouch viera a Dumbledore y probablemente tú te encontraste muy cerca de ellos y en la oscuridad: podrían haberte matado.

Tu nombre no entró en el cáliz de fuego por accidente. Si alguien trata de atacarte, todavía tiene una última oportunidad. No te separes de Ron y Hermione, no salgas de la torre de Gryffindor a deshoras, y prepárate para la última prueba. Practica los encantamientos aturdidores y de desarme. Tampoco te irían mal algunos maleficios. Por lo que respecta a Crouch, no puedes hacer nada. Ten mucho cuidado. Espero la respuesta dándome tu palabra de que no vuelves a comportarte de manera imprudente.

Sirius

—¿Y quién es él para darme lecciones? —dijo Harry algo indignado, doblando la carta de Sirius y guardándosela en la túnica—. ¡Con todas las trastadas que hizo en el colegio!

—¡Está preocupado por ti! —replicó Hermione bruscamente—. ¡Lo mismo que Moody y Hagrid! ¡Así que hazles caso!

—Nadie ha intentado atacarme en todo el año. Nadie me ha hecho nada...

—Salvo meter tu nombre en el cáliz de fuego —le recordó Hermione—. Y lo tienen que haber hecho por algún motivo, Harry. Hocicos tiene razón. Tal vez estén aguardando el momento oportuno, y ese momento puede ser la tercera prueba.

—Mira —dijo Harry algo harto—, supongamos que Hocicos está en lo cierto y que alguien atacó a Krum para secuestrar a Crouch. Bien, en ese caso tendrían que haber estado entre los árboles, muy cerca de nosotros, ¿no? Pero esperaron a que me hubiera ido para actuar, ¿verdad? Parece como si yo no fuera su objetivo.

—¡Si te hubieran asesinado en el bosque no habrían podido hacerlo pasar por un accidente! —repuso Hermione—. Pero si mueres durante una prueba...

—Sin embargo, no tuvieron inconveniente en atacar a Krum —objetó Harry—. ¿Por qué no liquidarme al mismo tiempo? Podrían haber hecho que pareciera que Krum y yo nos habíamos batido en un duelo o algo así.

—Yo tampoco lo comprendo, Harry —dijo Hermione—. Sólo sé que pasan un montón de cosas raras, y no me gusta... Moody tiene razón, Hocicos tiene razón: has de empezar ya a entrenarte para la tercera prueba. Y que no se te olvide contestar a Hocicos prometiéndole que no vas a volver a salir por ahí tú solo.

Los terrenos de Hogwarts nunca resultaban tan atractivos como cuando Harry tenía que quedarse en el castillo. Durante los días siguientes, pasó todo el tiempo libre o bien en la biblioteca, con Ron y Hermione, leyendo sobre maleficios, o bien en aulas vacías en las que entraban a hurtadillas para practicar. Harry se dedicó en especial al encantamiento aturdidor, que nunca había utilizado. El problema era que las prácticas exigían ciertos sacrificios por parte de Ron y Hermione.

—¿No podríamos secuestrar a la *Señora Norris*? —sugirió Ron durante la hora de la comida del lunes cuando, tumbado boca arriba en el medio del aula de Encantamientos, empezaba a despertarse después de que Harry le había aplicado el encantamiento aturdidor por quinta vez consecutiva—. Podríamos aturdirla un poco a ella, o podrías utilizar a Dobby, Harry. Estoy seguro de que para ayudarte haría lo que fuera. No es que me queje... —Se puso en pie con cuidado, frotándose el trasero—. Pero me duele todo...

—Bueno, es que sigues sin caer encima de los cojines —dijo Hermione perdiendo la paciencia mientras volvía a acomodar el montón de almohadones que habían usado para practicar el encantamiento repulsor—. ¡Intenta caer hacia atrás!

—¡Cuando uno se desmaya no resulta fácil acertar dónde se cae! —replicó Ron con enfado—. ¿Por qué no te pones tú ahora?

—Bueno, creo que Harry ya le ha cogido el truco —se apresuró a decir Hermione—. Y no tenemos que preocuparnos de los encantamientos de desarme porque hace mucho que es capaz de usarlos... Creo que deberíamos comenzar esta misma tarde con los maleficios.

Observó la lista que habían confeccionado en la biblioteca.

—Me gusta la pinta de éste, el embrujo obstaculizador. Se supone que debería frenar a cualquiera que intente atacarte. Vamos a comenzar con él.

Sonó la campana. Recogieron los cojines, los metieron en el armario de Flitwick a toda prisa y salieron del aula.

—¡Nos vemos en la cena! —dijo Hermione, y emprendió el camino hacia el aula de Aritmancia, mientras Harry y Ron se dirigían a la de Adivinación, situada en la torre norte.

Por las ventanas entraban amplias franjas de deslumbrante luz solar que atravesaban el corredor. Fuera, el cielo era de un azul tan brillante que parecía esmaltado.

—En el aula de Trelawney hará un calor infernal: nunca apaga el fuego —comentó Ron empezando a subir la escalera que llevaba a la escalerilla plateada y la trampilla.

No se equivocaba. En la sala, tenuemente iluminada, el calor era sofocante. Los vapores perfumados que emanaban del fuego de la chimenea eran más densos que nunca. A Harry la cabeza le daba vueltas mientras iba hacia una de las ventanas cubiertas de cortinas. Cuando la profesora Trelawney miraba a otro lado para retirar el chal de una lámpara, abrió un resquicio en la ventana y se acomodó en su sillón tapizado con tela de colores de manera que una suave brisa le daba en la cara. Resultaba muy agradable.

—Queridos míos —dijo la profesora Trelawney, sentándose en su butaca de orejas delante de la clase y mirándolos a todos con sus ojos aumentados por las gafas—, casi hemos terminado nuestro estudio de la adivinación por los astros. Hoy, sin embargo, tenemos una excelente oportunidad para examinar los efectos de Marte, ya que en estos momentos se halla en una posición muy interesante. Tened la bondad de mirar hacia aquí: voy a bajar un poco la luz...

Apagó las lámparas con un movimiento de la varita. La única fuente de luz en aquel momento era el fuego de la chimenea. La profesora Trelawney se agachó y cogió de debajo del sillón una miniatura del sistema solar contenida dentro de una campana de cristal. Era un objeto muy bello: suspendidas en el aire, todas las lunas emitían un tenue destello al girar alrededor de los nueve planetas y del brillante sol. Harry miró con desgana mientras la profesora Trelawney indicaba el fascinante ángulo que formaba Marte con Neptuno. Los vapores densamente perfumados lo embriagaban, y la brisa que entraba por la ventana le acariciaba el rostro. Oyó tras la cortina el suave zumbido de un insecto. Los párpados empezaron a cerrársele...

Iba volando sobre un búho real, planeando por el cielo azul claro hacia una casa vieja y cubierta de hiedra que se alzaba en lo alto de la ladera de una colina. Descendieron poco a poco, con el viento soplándole agradablemente en la cara, hasta que llegaron a una ventana oscura y rota del piso superior de la casa, y la cruzaron. Volaron por un corredor lúgubre hasta una estancia que había al final. Atravesaron la puerta y entraron en una habitación oscura que tenía las ventanas cegadas con tablas...

Harry descabalgó del búho, y lo observó revolotear por la habitación e ir a posarse en un sillón con el respaldo vuelto hacia él. En el suelo, al lado del sillón, había dos formas oscuras que se movían.

Una de ellas era una enorme serpiente, y la otra un hombre: un hombre bajo y calvo, de ojos llorosos y nariz puntiaguda. Sollozaba y resollaba sobre la estera, al lado de la chimenea...

—Has tenido suerte, Colagusano —dijo una voz fría y aguda desde el interior de la butaca en que se había posado el búho—. Realmente has tenido mucha suerte. Tu error no lo ha echado todo a perder: está muerto.

—Mi señor —balbuceó el hombre que estaba en el suelo—. Mi señor, estoy... estoy tan agradecido... y lamento hasta tal punto...

—*Nagini* —dijo la voz fría—, lo siento por ti. No vas a poder comerte a Colagusano, pero no importa: todavía te queda Harry Potter...

La serpiente emitió un silbido. Harry vio cómo movía su amenazadora lengua.

—Y ahora, Colagusano —añadió la voz fría—, un pequeño recordatorio de que no toleraré un nuevo error por tu parte.

—Mi señor, no, os lo ruego...

La punta de una varita surgió del sillón, apuntando a Colagusano.

—¡*Crucio!* —exclamó la voz fría.

Colagusano empezó a chillar como si cada miembro de su cuerpo estuviera ardiendo. Los gritos le rompían a Harry los tímpanos al tiempo que la cicatriz de la frente le producía un dolor punzante: también él gritó. Voldemort lo iba a oír, advertiría su presencia...

—¡Harry, Harry!

Abrió los ojos. Estaba tumbado en el suelo del aula de la profesora Trelawney, tapándose la cara con las manos. La cicatriz seguía doliéndole tanto que tenía los ojos llenos de lágrimas. El dolor había sido real. Toda la clase se hallaba de pie a su alrededor, y Ron estaba arrodillado a su lado, aterrorizado.

—¿Te encuentras bien? —le preguntó.

—¡Por supuesto que no se encuentra bien! —dijo la profesora Trelawney, muy agitada. Clavó en Harry sus grandes ojos—. ¿Qué ha ocurrido, Potter? ¿Una premonición?, ¿una aparición? ¿Qué has visto?

—Nada —mintió Harry. Se sentó, aún tembloroso. No podía dejar de mirar a su alrededor entre las sombras: la voz de Voldemort se había oído tan cerca...

—¡Te apretabas la cicatriz! —dijo la profesora Trelawney—. ¡Te revolcabas por el suelo! ¡Vamos, Potter, tengo experiencia en estas cosas!

Harry levantó la vista hacia ella.

—Creo que tengo que ir a la enfermería. Me duele terriblemente la cabeza.

—¡Sin duda te han estimulado las extraordinarias vibraciones de clarividencia de esta sala! —exclamó la profesora Trelawney—. Si te vas ahora, tal vez pierdas la oportunidad de ver más allá de lo que nunca has...

—Lo único que quiero ver es un analgésico.

Se puso en pie. Todos se echaron un poco para atrás. Parecían asustados.

—Hasta luego —le dijo Harry a Ron en voz baja, y, recogiendo la mochila, fue hacia la trampilla sin hacer caso de la profesora Trelawney, que tenía en la cara una expresión de intensa frustración, como si le acabaran de negar un capricho.

Sin embargo, cuando Harry llegó al final de la escalera de mano, no se dirigió a la enfermería. No tenía ninguna intención de ir allá. Sirius le había dicho qué tenía que hacer si volvía a dolerle la cicatriz, y Harry iba a seguir su consejo: se encaminó hacia el despacho de Dumbledore. Anduvo por los corredores pensando en lo que había visto en el sueño, que había sido tan vívido como el que lo había despertado en Privet Drive. Repasó los detalles en su mente, tratando de asegurarse de que los recordaba todos... Había oído a Voldemort acusar a Colagusano de cometer un error garrafal... pero el búho real le había llevado buenas noticias: el error estaba subsanado, alguien había muerto... De manera que Colagusano no iba a servir de alimento a la serpiente... En su lugar, la serpiente se lo comería a él, a Harry...

Harry pasó de largo la gárgola de piedra que guardaba la entrada al despacho de Dumbledore. Parpadeó extrañado, miró alrededor, comprendió que lo había dejado atrás y dio la vuelta, hasta detenerse delante de la gárgola. Entonces recordó que no conocía la contraseña.

—¿Sorbete de limón? —dijo probando.

La gárgola no se movió.

—Bueno —dijo Harry, mirándola—. Caramelo de pera. Eh... Palo de regaliz. Meigas fritas. Chicle superhinchable. Grageas de todos los sabores de Bertie Bott... No, no le gustan, creo... Vamos, ábrete, ¿por qué no te abres? —exclamó irritado—. ¡Tengo que verlo, es urgente!

La gárgola permaneció inmóvil.

Harry le dio una patada, pero sólo consiguió hacerse un daño terrible en el dedo gordo del pie.

—¡Ranas de chocolate! —gritó enfadado, sosteniéndose sobre un pie—. ¡Pluma de azúcar! ¡Cucurucho de cucarachas!

La gárgola revivió de pronto y se movió a un lado. Harry cerró los ojos y volvió a abrirlos.

—¿Cucurucho de cucarachas? —dijo sorprendido—. ¡Lo dije en broma!

Se metió rápidamente por el resquicio que había entre las paredes, y accedió a una escalera de caracol de piedra, que empezó a ascender lentamente cuando la pared se cerró tras él, hasta dejarlo ante una puerta de roble pulido con aldaba de bronce.

Oyó que hablaban en el despacho. Salió de la escalera móvil y dudó un momento, escuchando.

—¡Me temo, Dumbledore, que no veo la relación, no la veo en absoluto! —Era la voz del ministro de Magia, Cornelius Fudge—. Ludo dice que Bertha es perfectamente capaz de perderse sin ayuda de nadie. Estoy de acuerdo en que a estas alturas tendríamos que haberla encontrado, pero de todas maneras no tenemos ninguna prueba de que haya ocurrido nada grave, Dumbledore, ninguna prueba en absoluto. ¡Y en cuanto a que su desaparición tenga alguna relación con la de Barty Crouch...!

—¿Y qué cree que le ha ocurrido a Barty Crouch, ministro? —preguntó la voz gruñona de Moody.

—Hay dos posibilidades, Alastor —respondió Fudge—: o bien Crouch ha acabado por tener un colapso nervioso (algo más que probable dada su biografía), ha perdido la cabeza y se ha ido por ahí de paseo...

—Y pasea extraordinariamente aprisa, si ése es el caso, Cornelius —observó Dumbledore con calma.

—O bien... —Fudge parecía incómodo—. Bueno, me reservo el juicio para después de ver el lugar en que lo encontraron, pero ¿decís que fue nada más pasar el carruaje de Beauxbatons? Dumbledore, ¿sabes lo que es esa mujer?

—La considero una directora muy competente... y una excelente pareja de baile —contestó Dumbledore en voz baja.

—¡Vamos, Dumbledore! —dijo Fudge enfadado—. ¿No te parece que puedes tener prejuicios a su favor a causa de Hagrid? No todos son inofensivos... eso suponiendo que realmente se pueda considerar inofensivo a Hagrid, con esa fijación que tiene con los monstruos...

—No tengo más sospechas de Madame Maxime que de Hagrid —declaró Dumbledore sin perder la calma—, y creo que tal vez seas tú el que tiene prejuicios, Cornelius.

—¿Podríamos zanjar esta discusión? —propuso Moody.

—Sí, sí, bajemos —repuso Cornelius impaciente.

—No, no lo digo por eso —dijo Moody—. Lo digo porque Potter quiere hablar contigo, Dumbledore: está esperando al otro lado de la puerta.

30

El *pensadero*

Se abrió la puerta del despacho.

—Hola, Potter —dijo Moody—. Entra.

Harry entró. Ya en otra ocasión había estado en el despacho de Dumbledore: se trataba de una habitación circular, muy bonita, decorada con una hilera de retratos de anteriores directores de Hogwarts de ambos sexos, todos los cuales estaban profundamente dormidos. El pecho se les inflaba y desinflaba al respirar.

Cornelius Fudge se hallaba junto al escritorio de Dumbledore, con sus habituales sombrero hongo de color verde lima y capa a rayas.

—¡Harry! —dijo Fudge jovialmente, adelantándose un poco—. ¿Cómo estás?

—Bien —mintió Harry.

—Precisamente estábamos hablando de la noche en que apareció el señor Crouch en los terrenos —explicó Fudge—. Fuiste tú quien se lo encontró, ¿verdad?

—Sí —contestó Harry. Luego, pensando que no había razón para fingir que no había oído nada de lo dicho, añadió—: Pero no vi a Madame Maxime por allí, y no le habría sido fácil ocultarse, ¿verdad?

Con ojos risueños, Dumbledore le sonrió a espaldas de Fudge.

—Sí, bien —dijo Fudge embarazado—. Estábamos a punto de bajar a dar un pequeño paseo, Harry. Si nos perdonas... Tal vez sería mejor que volvieras a clase.

—Yo quería hablar con usted, profesor —se apresuró a decir Harry mirando a Dumbledore, quien le dirigió una mirada rápida e inquisitiva.

—Espérame aquí, Harry —le indicó—. Nuestro examen de los terrenos no se prolongará demasiado.

Salieron en silencio y cerraron la puerta. Al cabo de un minuto más o menos dejaron de oírse, procedentes del corredor de abajo, los secos golpes de la pata de palo de Moody. Harry miró a su alrededor.

—Hola, *Fawkes* —saludó.

Fawkes, el fénix del profesor Dumbledore, estaba posado en su percha de oro, al lado de la puerta. Era del tamaño de un cisne, con un magnífico plumaje dorado y escarlata. Lo saludó agitando en el aire su larga cola y mirándolo con ojos entornados y tiernos.

Harry se sentó en una silla delante del escritorio de Dumbledore. Durante varios minutos se quedó allí, contemplando a los antiguos directores del colegio, que resoplaban en sus retratos, mientras pensaba en lo que acababa de oír y se pasaba distraídamente los dedos por la cicatriz: ya no le dolía.

Se sentía mucho más tranquilo hallándose en el despacho de Dumbledore y sabiendo que no tardaría en hablar con él de su sueño. Harry miró la pared que había tras el escritorio: el Sombrero Seleccionador, remendado y andrajoso, descansaba sobre un estante. Junto a él había una urna de cristal que contenía una magnífica espada de plata con grandes rubíes incrustados en la empuñadura; Harry la reconoció como la espada que él mismo había sacado del Sombrero Seleccionador cuando se hallaba en segundo. Aquélla era la espada de Godric Gryffindor, el fundador de la casa a la que pertenecía Harry. La estaba contemplando, recordando cómo había llegado en su ayuda cuando lo daba todo por perdido, cuando vio que sobre la urna de cristal temblaba un punto de luz plateada. Buscó de dónde provenía aquella luz, y vio un brillante rayito que salía de un armario negro que había a su espalda, con la puerta entreabierta. Harry dudó, miró a *Fawkes* y luego se levantó; atravesó el despacho y abrió la puerta del armario.

Había allí una vasija de piedra poco profunda, con tallas muy raras alrededor del borde: eran runas y símbolos que Harry no conocía. La luz plateada provenía del contenido de la vasija, que no se parecía a nada que Harry hubiera visto nunca. No hubiera podido decir si aquella sustancia era un líquido o un gas: era de color blanco brillante, plateado, y se movía sin cesar. La superficie se agitó como el agua bajo el viento, para luego separarse formando nubecillas que se arremolinaban. Daba la sensación de ser luz licuada, o viento solidificado: Harry no conseguía comprenderlo.

Quiso tocarlo, averiguar qué tacto tenía, pero casi cuatro años de experiencia en el mundo mágico le habían enseñado que era muy poco prudente meter la mano en un recipiente lleno de una sustancia desconocida, así que sacó la varita de la túnica, echó una ojeada nerviosa al despacho, volvió a mirar el contenido de la vasija y lo tocó con la varita. La superficie de aquella cosa plateada comenzó a girar muy rápido.

Harry se inclinó más, metiendo la cabeza en el armario. La sustancia plateada se había vuelto transparente, parecía cristal. Miró dentro esperando distinguir el fondo de piedra de la vasija, y en vez de eso, bajo la superficie de la misteriosa sustancia, vio una enorme sala, una sala que él parecía observar desde una cúpula de cristal.

Estaba apenas iluminada, y Harry pensó que incluso podía ser subterránea, porque no tenía ventanas, sólo antorchas sujetas en argollas como las que iluminaban los muros de Hogwarts. Bajando la cara de forma que la nariz le quedó a tres centímetros escasos de aquella sustancia cristalina, vio que delante de cada pared había varias filas de bancos, tanto más elevados cuanto más cercanos a la pared, en los que se encontraban sentados muchos brujos de ambos sexos. En el centro exacto de la sala había una silla vacía. Algo en ella le producía inquietud. En los brazos de la silla había unas cadenas, como si al ocupante de la silla se lo soliera atar a ella.

¿Dónde estaba aquel misterioso lugar? No parecía que perteneciera a Hogwarts: nunca había visto en el castillo una sala como aquélla. Además, la multitud que la ocupaba se hallaba compuesta exclusivamente de adultos, y Harry sabía que no había tantos profesores en Hogwarts. Parecían estar esperando algo, pensó, aunque no les veía más que los sombreros puntiagudos. Todos miraban en la misma dirección, sin hablar.

Como la vasija era circular, y la sala que veía, cuadrada, Harry no distinguía lo que había en los cuatro rincones. Se inclinó un poco más, ladeando la cabeza para poder ver...

La punta de la nariz tocó la extraña sustancia.

El despacho de Dumbledore se sacudió terriblemente. Harry fue propulsado de cabeza a la sustancia de la vasija...

Pero no dio de cabeza contra el suelo de piedra: se notó caer por entre algo negro y helado, como si un remolino oscuro lo succionara...

Y, de repente, se hallaba sentado en uno de los últimos bancos de la sala que había dentro de la vasija, un banco más elevado que los otros. Miró hacia arriba esperando ver la cúpula de cristal a través de la que había estado mirando, pero no había otra cosa que piedra oscura y maciza.

Respirando con dificultad, Harry observó a su alrededor. Ninguno de los magos y brujas de la sala (y eran al menos doscientos) lo miraba. Ninguno de ellos parecía haberse dado cuenta de que un muchacho de catorce años acababa de caer del techo y se había sentado entre ellos. Harry se volvió hacia el mago que tenía a su lado, y profirió un grito de sorpresa que retumbó en toda la silenciosa sala.

Estaba sentado justo al lado de Albus Dumbledore.

—¡Profesor! —dijo Harry en una especie de susurro ahogado—, lo lamento... yo no pretendía... Sólo estaba mirando la vasija que había en su armario... Yo... ¿Dónde estamos?

Pero Dumbledore no respondió ni se inmutó. Hizo caso omiso de Harry. Como todos los demás, estaba vuelto hacia el rincón más alejado de la sala, en el que había una puerta.

Harry miró a Dumbledore desconcertado, luego a toda la multitud que observaba en silencio, y de nuevo a Dumbledore. Y entonces comprendió...

Ya en otra ocasión se había encontrado en un lugar en el que nadie lo veía ni oía. En aquella oportunidad había caído, a través de la página de un diario encantado, en la memoria de otra persona. O mucho se equivocaba, o algo parecido había vuelto a ocurrir.

Levantó la mano derecha, dudó un momento y la movió con brío delante de la cara de Dumbledore, que ni parpadeó, ni lo miró, ni hizo movimiento alguno. Y eso, le pareció a Harry, despejaba cualquier duda. Dumbledore no lo hubiera pasado por alto de aquella manera. Se encontraba dentro de la memoria de alguien, y aquél no era el Dumbledore actual. Sin embargo, tampoco podía hacer muchísimo tiempo de aquello, porque el Dumbledore sentado a su lado ya tenía el pelo plateado. Pero ¿qué lugar era aquél? ¿Qué era lo que aguardaban todos aquellos magos?

Observó con detenimiento. La sala, tal como había supuesto al observarla desde arriba, era seguramente subterránea: pensó que, de hecho, tenía más de mazmorra que de sala. La atmósfera del lugar era sórdida e intimidatoria. No había cuadros en las paredes, ni ningún otro tipo de decoración, sólo aquellas apretadas filas de bancos que se elevaban escalonadamente hacia las paredes, colocados para que todo el mundo tuviera una clara visión de la silla de las cadenas.

Antes de que Harry pudiera llegar a una conclusión sobre el lugar en que se encontraba, oyó pasos. Se abrió la puerta del rincón, y entraron tres personas... O, por lo menos, uno de ellos era una persona, porque los otros dos, que lo flanqueaban, eran dementores.

Notó frío en las tripas. Los dementores, unas criaturas altas que ocultaban la cara bajo una capucha, se dirigieron muy lentamente hacia el centro de la sala, donde estaba la silla, agarrando cada uno, con sus manos de aspecto putrefacto, uno de los brazos del hombre. Éste parecía a punto de desmayarse, y Harry no se lo podía reprochar: no estando más que en la memoria de alguien, los dementores no le podían causar ningún daño, pero recordaba demasiado bien lo que hacían. La multitud se echó un poco para atrás cuando los dementores colocaron al hombre en la silla con las cadenas para luego salir de la sala. La puerta se cerró tras ellos.

Harry observó al hombre que habían conducido hasta la silla, y vio que se trataba de Karkarov.

A diferencia de Dumbledore, Karkarov parecía mucho más joven: tenía negros el cabello y la perilla. No llevaba sus lustrosas pieles, sino una túnica delgada y raída.

Temblaba. Ante los ojos de Harry, las cadenas de los brazos de la silla emitieron un destello dorado y solas se enroscaron como serpientes en torno a sus brazos, sujetándolo a la silla.

—Igor Karkarov —dijo una voz seca que provenía de la izquierda de Harry. Éste se volvió y vio al señor Crouch de pie ante el banco que había a su lado. Crouch tenía el pelo oscuro, el rostro mucho menos arrugado, y parecía fuerte y enérgico—. Se lo ha traído a este lugar desde Azkaban para prestar declaración ante el Ministerio de Magia. Usted nos ha dado a entender que dispone de información importante para nosotros.

Sujeto a la silla como estaba, Karkarov se enderezó cuanto pudo.

—Así es, señor —dijo, y, aunque la voz le temblaba, Harry pudo percibir en ella el conocido deje empalagoso—. Quiero ser útil al Ministerio. Quiero ayudar. Sé... sé que el Ministerio está tratando de atrapar a los últimos partidarios del Señor Tenebroso. Mi deseo es ayudar en todo lo que pueda...

Se escuchó un murmullo en los bancos. Algunos de los magos y brujas examinaban a Karkarov con interés, otros con declarado recelo. Harry oyó, muy claramente y procedente del otro lado de Dumbledore, una voz gruñona que le resultó conocida y que pronunció la palabra:

—Escoria.

Se inclinó hacia delante para ver quién estaba al otro lado de Dumbledore. Era *Ojoloco* Moody, aunque con aspecto muy diferente. No tenía ningún ojo mágico, sino dos normales, ambos fijos en Karkarov y relucientes de rabia.

—Crouch va a soltarlo —musitó Moody dirigiéndose a Dumbledore—. Ha llegado a un trato con él. Me ha costado seis meses encontrarlo, y Crouch va a dejarlo marchar con tal de que pronuncie suficientes nombres nuevos. Si por mí fuera, oiríamos su información y luego lo mandaríamos de vuelta con los dementores.

Por su larga nariz aguileña, Dumbledore dejó escapar un pequeño resoplido en señal de desacuerdo.

—¡Ah!, se me olvidaba... No te gustan los dementores, ¿eh, Albus? —dijo Moody con sarcasmo.

—No —reconoció Dumbledore con tranquilidad—, me temo que no. Hace tiempo que pienso que el Ministerio se ha equivocado al aliarse con semejantes criaturas.

—Pero con escoria semejante... —replicó Moody en voz baja.

—Dice usted, Karkarov, que tiene nombres que ofrecernos —dijo el señor Crouch—. Por favor, déjenos oírlos.

—Tienen que comprender —se apresuró a decir Karkarov— que El-que-no-debe-ser-nombrado actuaba siempre con el secretismo más riguroso... Prefería que nosotros... quiero decir, sus partidarios (y ahora lamento, muy profundamente, haberme contado entre ellos)...

—No te enrolles —dijo Moody con desprecio.

—... no supiéramos los nombres de todos nuestros compañeros. Él era el único que nos conocía a todos.

—Muy inteligente por su parte, para evitar que gente como tú, Karkarov, pudiera delatarlos a todos —murmuró Moody.

—Aun así, usted dice que dispone de algunos nombres que ofrecernos —observó el señor Crouch.

—Sí... sí —contestó Karkarov entrecortadamente—. Y son nombres de partidarios importantes. Gente a la que vi con mis propios ojos cumpliendo sus órdenes. Ofrezco al Ministerio esta información como prueba de que renuncio a él plena y totalmente, y que me embarga un arrepentimiento tan profundo que a duras penas puedo...

—¿Y esos nombres son...? —lo cortó el señor Crouch.

Karkarov tomó aire.

—Estaba Antonin Dolohov —declaró—. Lo... lo vi torturar a un sinfín de muggles y... y de gente que no era partidaria del Señor Tenebroso.

—Y lo ayudaste a hacerlo —murmuró Moody.

—Ya hemos atrapado a Dolohov —dijo Crouch—. Fue apresado poco después de usted.

—¿De verdad? —exclamó Karkarov, abriendo los ojos—. Me... ¡me alegro de oírlo!

Pero no daba esa impresión. Harry se dio cuenta de que la noticia era para él un duro golpe, porque significaba que uno de los nombres que tenía preparados carecía de utilidad.

—¿Hay más? —preguntó Crouch con frialdad.

—Bueno, sí... estaba Rosier —se apresuró a decir Karkarov—: Evan Rosier.

—Rosier ha muerto —explicó Crouch—. Lo atraparon también poco después que a usted. Prefirió resistir antes que entregarse, y murió en la lucha.

—Pero se llevó con él un trozo de mí —susurró Moody a la derecha de Harry. Lo miró de nuevo, y vio que le indicaba a Dumbledore el trozo que le faltaba en la nariz.

—Se... ¡se lo tenía merecido! —exclamó Karkarov, con una genuina nota de pánico en la voz.

Harry notó que empezaba a preocuparse por no poder dar al Ministerio ninguna información de utilidad. Los ojos de Karkarov se dirigieron a la puerta del rincón, tras la cual, sin duda, aguardaban los dementores.

—¿Alguno más? —preguntó Crouch.

—¡Sí! —dijo Karkarov—. ¡Estaba Travers, que ayudó a matar a los McKinnons! Mulciber... Su especialidad era la maldición *imperius*, ¡y obligó a un sinfín de personas a hacer cosas horrendas! ¡Rookwood, que era espía y le pasó a El-que-no-debe-ser-nombrado mucha información desde el mismo Ministerio!

Harry comprendió que, aquella vez, Karkarov había dado en el clavo. Hubo murmullos entre la multitud.

—¿Rookwood? —preguntó el señor Crouch, haciendo un gesto con la cabeza dirigido a una bruja sentada delante de él, que comenzó a escribir en un trozo de pergamino—. ¿Augustus Rookwood, del Departamento de Misterios?

—El mismo —confirmó Karkarov—. Creo que disponía de una red de magos ubicados en posiciones privilegiadas, tanto dentro como fuera del Ministerio, para recoger información...

—Pero a Travers y Mulciber ya los tenemos —dijo el señor Crouch—. Muy bien, Karkarov. Si eso es todo, se lo devolverá a Azkaban mientras decidimos...

—¡No! —gritó Karkarov, desesperado—. ¡Espere, tengo más!

A la luz de las antorchas, Harry pudo verlo sudar. Su blanca piel contrastaba claramente con el negro del cabello y la barba.

—¡Snape! —gritó—. ¡Severus Snape!

—Snape ha sido absuelto por esta Junta —replicó el señor Crouch con frialdad—. Albus Dumbledore ha respondido por él.

—¡No! —gritó Karkarov, tirando de las cadenas que lo ataban a la silla—. ¡Se lo aseguro! ¡Severus Snape es un mortífago!

Dumbledore se puso en pie.

—Ya he declarado sobre este asunto —dijo con calma—. Es cierto que Severus Snape fue un mortífago. Sin embargo, se pasó a nuestro lado antes de la caída de lord Voldemort y se convirtió en espía a nuestro servicio, asumiendo graves riesgos personales. Ahora no tiene de mortífago más que yo mismo.

Harry se volvió para mirar a *Ojoloco* Moody. A espaldas de Dumbledore, su expresión era de escepticismo.

—Muy bien, Karkarov —dijo Crouch fríamente—, ha sido de ayuda. Revisaré su caso. Mientras tanto volverá a Azkaban...

La voz del señor Crouch se apagó, y Harry miró a su alrededor. La mazmorra se disolvía como si fuera de humo, todo se desvanecía; sólo podía ver su propio cuerpo: todo lo demás era una oscuridad envolvente.

Y entonces volvió la mazmorra. Estaba sentado en un asiento distinto: de nuevo en el banco superior, pero esta vez a la izquierda del señor Crouch. La atmósfera parecía muy diferente: relajada, se diría que alegre. Los magos y brujas hablaban entre sí, casi como si se hallaran en algún evento deportivo. Una bruja sentada en las gradas del medio, enfrente de Harry, atrajo su atención. Tenía el pelo rubio y corto, llevaba una túnica de color fucsia y chupaba el extremo de una pluma de color verde limón: se trataba, sin duda alguna, de una Rita Skeeter más joven que la que conocía. Dumbledore se encontraba de nuevo sentado a su lado, pero vestido con una túnica diferente. El señor Crouch parecía más cansado y demacrado, pero también más temible... Harry comprendió: se trataba de un recuerdo diferente, un día diferente, un juicio distinto.

Se abrió la puerta del rincón, y Ludo Bagman entró en la sala.

Pero no era el Ludo Bagman apoltronado y fondón, sino que se hallaba claramente en la cumbre de su carrera como jugador de quidditch: aún no tenía la nariz rota, y era alto, delgado y musculoso. Bagman parecía nervioso al sentarse en la silla de las cadenas; unas cadenas que no lo apresaron como habían hecho con Karkarov, y Bagman, tal vez animado por ello, miró a la multitud, saludó con la mano a un par de personas y logró esbozar una ligera sonrisa.

—Ludo Bagman, se lo ha traído ante la Junta de la Ley Mágica para responder de cargos relacionados con las actividades de los mortífagos —dijo el señor Crouch—. Hemos escuchado las pruebas que se han presentado contra usted, y nos disponemos a emitir un veredicto. ¿Tiene usted algo que añadir a su declaración antes de que dictemos sentencia?

Harry no daba crédito a sus oídos: ¿Ludo Bagman un mortífago?

—Solamente —dijo Bagman, sonriendo con embarazo—, bueno, que sé que he sido bastante tonto.

Una o dos personas sonrieron con indulgencia desde los asientos. El señor Crouch no parecía compartir sus simpatías: miraba a Ludo Bagman con la más profunda severidad y desagrado.

—Nunca dijiste nada más cierto, muchacho —murmuró secamente alguien detrás de Harry, para que lo oyera Dumbledore. Miró y vio de nuevo a Moody—. Si no supiera que nunca ha tenido muchas luces, creería que una de esas bludgers le había afectado al cerebro...

—Ludovic Bagman, usted fue sorprendido pasando información a los partidarios de lord Voldemort —dijo el señor Crouch—. Por este motivo pido para usted un período de prisión en Azkaban de no menos de...

Pero de los bancos surgieron gritos de enfado. Algunos magos y brujas se habían puesto en pie y dirigían al señor Crouch gestos amenazadores alzando los puños.

—¡Pero ya les he dicho que yo no tenía ni idea! —gritó Bagman de todo corazón por encima de la algarabía, abriendo más sus redondos ojos azules—. ¡Ni la más remota idea! Rookwood era un amigo de la familia... ¡Ni se me pasó por la cabeza que pudiera estar en tratos con Quien-ustedes-saben! ¡Yo creía que la información era para los nuestros! Y Rookwood no paraba de ofrecerme un puesto en el Ministerio para cuando mis días en el quidditch hubieran concluido, ya saben... No puedo seguir parando bludgers con la cabeza el resto de mi vida, ¿verdad?

Hubo risas entre la multitud.

—Se someterá a votación —declaró con frialdad el señor Crouch. Se volvió hacia la derecha de la mazmorra—. El jurado tendrá la bondad de alzar la mano: los que estén a favor de la pena de prisión...

Harry miró hacia la derecha de la mazmorra: nadie levantaba la mano. Muchos de los magos y brujas de la parte superior de la sala empezaron a aplaudir. Una de las brujas del jurado se puso en pie.

—¿Sí? —preguntó Crouch.

—Simplemente, querríamos felicitar al señor Bagman por su espléndida actuación dentro del equipo de Inglaterra en el partido contra Turquía del pasado sábado —dijo la bruja con voz entrecortada.

El señor Crouch parecía furioso. En aquel momento, la mazmorra vibraba con los aplausos. Bagman respondió a ellos poniéndose en pie, inclinándose y sonriendo.

—Una infamia —dijo Crouch al sentarse junto a Dumbledore, mientras Bagman salía de la sala—. Claro que Rookwood le iba a dar un puesto... El día en que Ludo Bagman entre en el Ministerio será un día muy triste...

Y la sala volvió a desvanecerse. Cuando reapareció, Harry observó a su alrededor. Él y Dumbledore seguían sentados al lado del señor Crouch, pero el ambiente no podía ser más distinto. El silencio era total, roto solamente por los secos sollozos de una bruja menuda y frágil que se hallaba al lado del señor Crouch. Con manos temblorosas, se apretaba un pañuelo contra la boca. Harry miró a Crouch y lo vio más demacrado y pálido que nunca. En la sien se apreciaban las contracciones de un nervio.

—Tráiganlos —ordenó, y su voz retumbó en la silenciosa mazmorra.

La puerta del rincón volvió a abrirse. Aquella vez entraron seis dementores flanqueando a un grupo de cuatro personas. Harry vio que todo el mundo se volvía a mirar al señor Crouch. Algunos cuchicheaban.

Los dementores colocaron al grupo en cuatro sillas con cadenas que habían puesto en el centro de la mazmorra. Había un hombre robusto que miró a Crouch inexpresivamente; otro hombre más delgado y de aspecto nervioso, cuyos ojos recorrían la multitud; una mujer con cabello negro, brillante y espeso, y párpados caídos, que se sentó en la silla de cadenas como si fuera un trono, y un muchacho de unos veinte años que parecía petrificado: estaba temblando, y el pelo color de paja le caía sobre la cara de piel blanca como la leche y pecosa. La bruja menuda sentada al lado de Crouch comenzó a balancearse hacia atrás y hacia delante en su asiento, lloriqueando sobre el pañuelo.

Crouch se levantó. Miró a los cuatro que tenía ante él con expresión de odio.

—Se los ha traído ante la Junta de la Ley Mágica —dijo pronunciando con claridad— para que podamos juzgarlos por crímenes tan atroces...

—Padre —suplicó el muchacho del pelo color paja—. Por favor, padre...

—... que raramente este juzgado ha oído otros semejantes —siguió Crouch, hablando más alto para ahogar la voz de su hijo—. Hemos oído las pruebas presentadas contra ustedes. Los cuatro están acusados de haber capturado a un auror, Frank Longbottom, y haberlo sometido a la maldición *cruciatus* por creerlo en conocimiento del paradero actual de su jefe exiliado, El-que-no-debe-ser-nombrado...

—¡Yo no, padre! —gritó el muchacho encadenado—. Yo no, padre, lo juro. ¡No vuelvas a enviarme con los dementores...!

—Se los acusa también —continuó el señor Crouch— de haber usado la maldición *cruciatus* contra la mujer de Frank Longbottom cuando él no les proporcionó la información. Planearon restaurar en el poder a El-que-no-debe-ser-nombrado, y volver a la vida de violencia que presumiblemente llevaron ustedes mientras él fue poderoso. Ahora pido al jurado...

—¡Madre! —gritó el muchacho, y la bruja menuda que estaba junto a Crouch sollozó con más fuerza—. ¡No lo dejes, madre! ¡Yo no lo hice, yo no fui!

519

—Pido a los miembros del jurado —prosiguió el señor Crouch— que levanten las manos si creen, como yo, que estos crímenes merecen la cadena perpetua en Azkaban.

Todos a la vez, los magos y brujas del lado de la derecha, levantaron las manos. La multitud de la parte superior prorrumpió en aplausos, tal cual habían hecho con Bagman, con el entusiasmo plasmado en la cara. El muchacho gritó con desesperación:

—¡No, madre, no! ¡Yo no lo hice, no lo hice, no sabía! ¡No me envíes allí, no lo dejes!

Los dementores volvieron a entrar en la sala. Los tres compañeros del muchacho se levantaron con serenidad de las sillas. La mujer de los párpados caídos miró a Crouch y vociferó:

—¡El Señor Tenebroso se alzará de nuevo, Crouch! ¡Echadnos a Azkaban: podemos esperar! ¡Se alzará de nuevo y vendrá a buscarnos, nos recompensará más que a ningún otro de sus partidarios! ¡Sólo nosotros le hemos sido fieles! ¡Sólo nosotros hemos tratado de encontrarlo!

El muchacho, en cambio, se debatía contra los dementores, aun cuando Harry notó que el frío poder absorbente de éstos empezaba a afectarlo. La multitud los insultaba, algunos puestos en pie, mientras la mujer salía de la sala con decisión y el muchacho seguía luchando.

—¡Soy tu hijo! —le gritó al señor Crouch—. ¡Soy tu hijo!

—¡Tú no eres hijo mío! —chilló el señor Crouch, con los ojos repentinamente desorbitados—. ¡Yo no tengo ningún hijo!

La bruja menuda que estaba a su lado lanzó un gemido ahogado y se desplomó en el asiento. Se había desmayado. Crouch no parecía haberse dado cuenta.

—¡Lleváoslos! —ordenó Crouch a los dementores, salpicando saliva—. ¡Lleváoslos, y que se pudran allí!

—¡Padre, padre, yo no tengo nada que ver! ¡No! ¡No! ¡Por favor, padre!

—Creo, Harry, que ya es hora de volver a mi despacho —le dijo alguien al oído.

Se sobresaltó. Miró a un lado y luego al otro.

Había un Albus Dumbledore sentado a su derecha, que observaba cómo se llevaban los dementores al hijo de

Crouch, y otro Albus Dumbledore a su izquierda, mirándolo a él.

—Vamos —le dijo el Dumbledore de la izquierda, agarrándolo del codo.

Harry notó que se elevaba en el aire; la mazmorra se desvaneció. Por un instante la oscuridad fue total, y luego sintió como si diera una voltereta a cámara lenta y se posara de pronto sobre sus pies en lo que parecía la luz cegadora del soleado despacho de Dumbledore. La vasija de piedra brillaba en el armario, delante de él, y a su lado se encontraba Albus Dumbledore.

—Profesor —dijo Harry con voz entrecortada—, sé que no debería... Yo no pretendía... La puerta del armario estaba algo abierta y...

—Lo comprendo perfectamente —lo tranquilizó Dumbledore. Levantó la vasija, la llevó a su escritorio, la puso sobre la superficie pulida y se sentó en la silla detrás de la mesa. Con una seña, le indicó a Harry que tomara asiento enfrente de él.

Harry lo hizo, sin dejar de mirar la vasija de piedra. El contenido había vuelto a su estado original, blanco plateado, y se arremolinaba y agitaba bajo su atenta mirada.

—¿Qué es? —preguntó con voz temblorosa.

—¿Esto? Se llama *pensadero* —explicó Dumbledore—. A veces me parece, y estoy seguro de que tú también conoces esa sensación, que tengo demasiados pensamientos y recuerdos metidos en el cerebro.

—Eh... —dijo Harry, que en realidad no podía decir que hubiera sentido nunca nada parecido.

—En esas ocasiones —siguió Dumbledore, señalando la vasija de piedra— uso el pensadero: no hay más que abrir el grifo de los pensamientos que sobran, verterlos en la vasija y examinarlos a placer. Es más fácil descubrir las pautas y las conexiones cuando están así, ¿me entiendes?

—¿Quiere decir que esas cosas son sus pensamientos? —preguntó Harry, observando la sustancia blanca que giraba en la vasija.

—Eso es —asintió Dumbledore—. Déjame que te lo muestre.

Dumbledore sacó la varita de la túnica y apoyó la punta en el canoso pelo de su sien. Al separar la varita, el pelo parecía haberse pegado a la punta, pero luego Harry se dio cuenta de que era una hebra brillante de la misma extraña sustancia plateada que había en el pensadero. Dumbledore añadió a la vasija aquel nuevo pensamiento, y Harry, anonadado, vio su propia cara en la superficie de la vasija.

Dumbledore colocó sus largas manos a cada lado del pensadero y lo movió de forma parecida a un buscador de oro que buscara pepitas... y Harry vio que su cara se transmutaba paulatinamente en la de Snape, que abría la boca y se dirigía al techo con una voz que resonaba ligeramente:

—Está volviendo... y la de Karkarov también... más intensa y más clara que nunca...

—Una conexión que yo podría haber hecho sin ayuda —dijo Dumbledore suspirando—, pero no importa. —Miró por encima de sus gafas de media luna a Harry, que a su vez miraba con la boca abierta cómo Snape seguía moviéndose en la superficie de la vasija—. Estaba utilizando el pensadero cuando llegó el señor Fudge a nuestra cita, y lo guardé apresuradamente. Supongo que no dejé bien cerrado el armario. Es lógico que atrajera tu atención.

—Lo siento —murmuró Harry.

Dumbledore movió la cabeza a los lados.

—La curiosidad no es pecado —replicó—. Pero tenemos que ser cautos con ella, claro...

Frunciendo el entrecejo ligeramente, tocó con la punta de la varita los pensamientos que había en la vasija. Al instante surgió una chica rolliza y enfurruñada de unos dieciséis años, que empezó a girar despacio, con los pies en la vasija. No vio ni a Harry ni al profesor Dumbledore. Al hablar, su voz resonaba como la de Snape, como si llegara de las profundidades de la vasija de piedra:

—Me echó un maleficio, profesor Dumbledore, y sólo le estaba tomando un poco el pelo, señor. Sólo le dije que lo había visto el jueves besándose con Florence detrás de los invernaderos...

—Pero ¿por qué, Bertha? —dijo con tristeza Dumbledore, mirando a la chica que seguía dando vueltas, en aquel momento en silencio—. Para empezar, ¿por qué tenías que seguirlo?

—¿Bertha? —susurró Harry, mirándola—. ¿Ésa es... ésa era Bertha Jorkins?

—Sí —contestó Dumbledore, volviendo a tocar con la varita los pensamientos de la vasija; Bertha se hundió nuevamente en ellos, y la sustancia recuperó su aspecto opaco y plateado—. Era Bertha en el colegio, tal como la recuerdo.

La luz plateada del pensadero iluminaba el rostro de Dumbledore, y a Harry le sorprendió de repente ver lo viejo que parecía. Sabía, naturalmente, que Dumbledore estaba entrado en años, pero nunca pensaba en él como un viejo.

—Bueno, Harry —dijo Dumbledore en voz baja—, antes de que te perdieras entre mis pensamientos, querías decirme algo.

—Sí. Profesor... yo estaba en clase de Adivinación, y... eh... me dormí.

Dudó, preguntándose si iba a recibir una regañina, pero Dumbledore sólo dijo:

—Lo puedo entender. Prosigue.

—Bueno, y soñé. Un sueño sobre lord Voldemort. Estaba torturando a Colagusano... ya sabe usted...

—Sí, lo conozco —dijo Dumbledore enseguida—. Continúa.

—A Voldemort le llegó una carta por medio de una lechuza. Dijo algo como que el error garrafal de Colagusano había quedado reparado. Dijo que había muerto alguien. Y luego dijo que Colagusano no tendría que servir de alimento a la serpiente (había una serpiente al lado del sillón). Dijo... dijo que, en vez de a él, la serpiente podría comerme a mí. Luego utilizó contra Colagusano la maldición *cruciatus*... y la cicatriz empezó a dolerme. Me desperté porque el dolor era muy fuerte.

Dumbledore simplemente lo miró.

—Eh... eso es todo —concluyó Harry.

—Ya veo —respondió Dumbledore en voz baja—. Ya veo. ¿Te había vuelto a doler la cicatriz este curso alguna vez, aparte de cuando lo hizo en verano?

—No, no me... ¿Cómo sabe usted que me desperté este verano con el dolor de la cicatriz? —preguntó Harry, sorprendido.

—Tú no eres el único que se cartea con Sirius —explicó Dumbledore—. Yo también he estado en contacto con él desde que salió el año pasado de Hogwarts. Fui yo quien le sugirió la cueva de la ladera de la montaña como el lugar más seguro para esconderse.

Dumbledore se levantó y comenzó a pasear por detrás del escritorio. De vez en cuando se ponía en la sien la punta de la varita, se sacaba otro pensamiento brillante y plateado, y lo echaba al pensadero. Dentro de éste, los pensamientos empezaron a girar tan rápido que Harry no podía distinguir nada: no era más que un borrón de colores.

—Profesor... —lo llamó después de un par de minutos.

Dumbledore dejó de pasear y miró a Harry.

—Disculpa —dijo, y volvió a sentarse tras el escritorio.

—¿Sabe por qué me duele la cicatriz?

Dumbledore lo observó en silencio durante un momento antes de responder.

—Tengo una teoría, nada más... Me da la impresión de que te duele la cicatriz tanto cuando Voldemort está cerca de ti como cuando a él lo acomete un acceso de odio especialmente intenso.

—Pero... ¿por qué?

—Porque tú y él estáis conectados por una maldición malograda —explicó Dumbledore—. Eso no es una cicatriz ordinaria.

—¿Y piensa que ese sueño... sucedió de verdad?

—Es posible —admitió Dumbledore—. Diría que probable. ¿Viste a Voldemort, Harry?

—No. Sólo la parte de atrás del asiento. Pero... no habría nada que ver, ¿verdad? Quiero decir que... no tiene cuerpo, ¿o sí? Pero... pero entonces, ¿cómo pudo sujetar la varita? —dijo Harry pensativamente.

—Buena pregunta —murmuró Dumbledore—. Buena pregunta...

Ni Harry ni Dumbledore hablaron durante un rato. Dumbledore tenía la vista fija en el otro lado del despacho, y de vez en cuando se ponía la punta de la varita en la sien y añadía otro pensamiento brillante y plateado a la sustancia en continuo movimiento del pensadero.

—Profesor —dijo Harry al fin—, ¿cree que está cobrando fuerzas?

—¿Voldemort? —Dumbledore miró a Harry por encima del pensadero. Era la misma mirada característica y penetrante que le había dirigido en otras ocasiones, y a Harry siempre le daba la impresión de que el director veía a través de él, de una manera en que ni siquiera podía hacerlo el ojo mágico de Moody—. Una vez más, Harry, me temo que sólo puedo hacer suposiciones.

Dumbledore volvió a suspirar, y de pronto pareció más viejo y más débil que nunca.

—Los años del ascenso de Voldemort estuvieron salpicados de desapariciones —explicó—. Ahora Bertha Jorkins ha desaparecido sin dejar rastro en el lugar en que Voldemort fue localizado por última vez. El señor Crouch también ha desaparecido... en estos mismos terrenos. Y ha habido una tercera desaparición, que el Ministerio, lamento tener que decirlo, no considera de importancia porque es la de un muggle. Se llama Frank Bryce; vivía en la aldea donde se crió el padre de Voldemort, y no se lo ha visto desde finales de agosto. Como ves, leo los periódicos muggles, cosa que no hacen mis amigos del Ministerio. —Dumbledore miró a Harry muy serio—. Creo que estas desapariciones están relacionadas, pero el ministro no está de acuerdo conmigo, como tal vez notaras cuando esperabas a la puerta.

Harry asintió con la cabeza. Volvieron a quedarse en silencio, y Dumbledore, de vez en cuando, se sacaba de la cabeza un pensamiento. Harry pensó que quizá debía marcharse, pero la curiosidad lo retuvo en la silla.

—Profesor... —repitió.

—¿Sí, Harry?

—Eh... ¿puedo preguntarle por... esos juicios que presencié en el pensadero?

—Puedes —contestó Dumbledore apesadumbrado—. Asistí a muchos juicios, pero algunos regresan a mi memoria con más claridad que otros... especialmente ahora...

—¿Recuerda... recuerda el juicio en que me encontró?, ¿el del hijo de Crouch? Bien... ¿se referían a los padres de Neville?

Dumbledore dirigió a Harry una mirada penetrante.

—¿No te ha contado nunca Neville por qué lo ha criado su abuela? —inquirió el director.

Harry negó con la cabeza, preguntándose por qué nunca había hablado con Neville del tema en los casi cuatro años que hacía que se conocían.

—Sí, se referían a los padres de Neville —admitió Dumbledore—. Su padre, Frank, era un auror, igual que el profesor Moody. Él y su mujer fueron torturados para sacarles información sobre el paradero de Voldemort después de que éste perdió su poder, tal como oíste.

—Entonces, ¿están muertos? —preguntó Harry en voz baja.

—No —respondió Dumbledore, con una amargura en la voz que nunca antes había notado Harry—, están locos. Se encuentran los dos en el Hospital San Mungo de Enfermedades y Heridas Mágicas. Creo que Neville va a visitarlos, con su abuela, durante las vacaciones. No lo reconocen.

Harry se quedó horrorizado. No sabía... Nunca, en cuatro años, se había preocupado por averiguar...

—Los Longbottom eran muy queridos —prosiguió Dumbledore—. El ataque contra ellos fue posterior a la caída de Voldemort, cuando todo el mundo se sentía ya a salvo. Aquello provocó una oleada de furia como no he conocido nunca. El Ministerio se sintió muy presionado para capturar a los culpables. Por desgracia, y dada la condición en que se encontraban los Longbottom, su declaración no era de fiar.

—O sea ¿que el hijo del señor Crouch podría haber sido inocente? —dijo Harry pensativamente.

—En cuanto a eso, no tengo ni idea.

Harry se quedó callado una vez más, observando el movimiento de la sustancia del pensadero. Había otras dos preguntas que rabiaba por hacer, pero atañían a la culpabilidad de personas que estaban vivas.

—Eh —dijo—, el señor Bagman...

—Nadie lo ha vuelto a acusar de ninguna actividad tenebrosa —contestó Dumbledore con su voz impasible.

—Bien —dijo Harry apresuradamente, volviendo a observar el contenido del pensadero, que giraba más despacio porque Dumbledore había dejado de añadir pensamientos—. Y... eh...

Pero el pensadero parecía estar haciendo la pregunta por él. El rostro de Snape volvía a flotar en la superficie. Dumbledore lo miró, y luego levantó la vista hacia Harry.

—Tampoco al profesor Snape —respondió.

Harry miró los ojos de color azul claro de Dumbledore, y lo que realmente quería saber le salió de la boca antes de que pudiera evitarlo:

—¿Qué le hizo pensar que Snape había dejado de apoyar a Voldemort, profesor?

Dumbledore aguantó durante unos segundos la mirada de Harry, y luego dijo:

—Eso, Harry, es un asunto entre el profesor Snape y yo.

Harry comprendió que la entrevista había concluido. Dumbledore no parecía enfadado, pero el tono terminante de su voz daba a entender que era el momento de irse. Se levantó, y lo mismo hizo Dumbledore.

—Harry —lo llamó cuando éste se hubo acercado a la puerta—, por favor, no digas a nadie lo de los padres de Neville. Tiene derecho a contarlo él, cuando esté preparado.

—Sí, profesor —respondió, volviéndose para salir.

—Y...

Harry miró atrás.

Dumbledore estaba sobre el pensadero, con la cara iluminada desde abajo por la luz plateada, y parecía más viejo que nunca. Miró por un momento a Harry, y le dijo:

—Buena suerte en la tercera prueba.

31

La tercera prueba

—¿También Dumbledore cree que Quien-tú-sabes está recuperando fuerzas? —murmuró Ron.

Harry ya había hecho partícipes a Ron y Hermione de todo cuanto había visto en el pensadero y de casi todo lo que Dumbledore le había dicho y mostrado después. Y, naturalmente, también había hecho partícipe a Sirius, a quien había enviado una lechuza en cuanto salió del despacho de Dumbledore. Aquella noche los tres volvieron a quedarse hasta tarde hablando de todas esas cosas en la sala común, hasta que a Harry empezó a darle vueltas la cabeza y comprendió a qué se refería Dumbledore cuando le había dicho que tenía tantos pensamientos en la cabeza que resultaba un alivio sacarlos.

Ron miraba la chimenea. A Harry le pareció que su amigo temblaba un poco, aunque la noche era cálida.

—¿Y confía en Snape? —preguntó Ron—. ¿De verdad confía en Snape, aunque sabe que fue un mortífago?

—Sí —respondió Harry.

Hermione llevaba diez minutos sin hablar. Estaba sentada con la frente apoyada en las manos y mirando al suelo. A Harry se le ocurrió que también a ella le hubiera sido útil un pensadero.

—Rita Skeeter —murmuró al final.

—¿Cómo puedes preocuparte ahora por ella? —exclamó Ron, sin dar crédito a sus oídos.

—No me preocupo por ella —dijo Hermione sin dejar de mirar al suelo—. Sólo estoy pensando... ¿Recordáis lo que me dijo en Las Tres Escobas? «Yo sé cosas sobre Ludo Bagman que te pondrían los pelos de punta...» Supongo que se refería a eso. Ella hizo la crónica del juicio, sabía que les había pasado información a los mortífagos. Y Winky también lo sabía, ¿os acordáis? «¡El señor Bagman es un mago malo!» Seguro que el señor Crouch se puso furioso cuando lo dejaron en libertad y lo comentó en su casa.

—Ya, pero Bagman no pasó la información a sabiendas, ¿o sí?

Hermione se encogió de hombros.

—¿Y Fudge cree que Madame Maxime atacó a Crouch? —preguntó Ron, volviéndose hacia Harry.

—Sí —repuso Harry—, pero sólo porque Crouch desapareció junto al carruaje de Beauxbatons.

—Nosotros nunca sospechamos de ella —comentó Ron pensativo—. Tiene sangre de gigante, y no quiere admitirlo...

—Claro que no quiere admitirlo —dijo Hermione bruscamente, levantando la mirada—. Mira lo que le pasó a Hagrid cuando Rita se enteró de lo de su madre. Mira a Fudge, llegando a rápidas conclusiones sobre ella, sólo porque es semigigante. ¿Para qué iba a querer que lo supieran?, ¿para hacerse víctima de ese tipo de prejuicios? En su lugar, sabiendo lo que me esperaba por decir la verdad, también yo diría que tengo el esqueleto grande. —De pronto Hermione miró el reloj y exclamó asustada—: ¡No hemos practicado nada! ¡Tendríamos que haber preparado el embrujo obstaculizador! ¡Mañana tendremos que ponernos a ello muy en serio! Vamos, Harry, tienes que dormir.

Harry y Ron subieron despacio al dormitorio. Al ponerse el pijama, Harry miró la cama de Neville. Fiel a la palabra que le había dado a Dumbledore, no había contado a Ron ni a Hermione nada sobre los padres de Neville. Mientras se quitaba las gafas y se metía en la cama adoselada, se imaginó cómo sería tener unos padres aún vivos pero incapaces de reconocer a su hijo. A menudo él inspiraba conmiseración por ser huérfano, pero mientras escuchaba los ronquidos de Neville pensó que éste se la merecía más. Allí acostado, a oscuras, Harry sintió un acceso de ira y odio contra los que habían torturado al señor y la señora Longbottom. Recordó los insultos de la multitud mientras el hijo de Crouch y sus compañeros eran retirados de la sala por los dementores... y comprendió cómo se sentía la gente. Luego recordó las súplicas del muchacho y su cara blanca como la leche, y con un estremecimiento pensó que había muerto un año más tarde...

Era Voldemort, se dijo Harry mirando en la oscuridad el dosel de su cama, todo era culpa de Voldemort: él había roto aquellas familias y arruinado todas aquellas vidas...

Ron y Hermione tenían que estudiar para los exámenes, que terminarían el día de la tercera prueba, pero gastaban la mayor parte de sus energías en ayudar a Harry a prepararse.

—No te preocupes por nosotros —le dijo Hermione, cuando Harry se lo hizo ver y les aseguró que no le importaba entrenarse él solo por un rato—. Al menos tendremos sobresaliente en Defensa Contra las Artes Oscuras: en clase nunca habríamos aprendido tantos maleficios.

—Es un buen entrenamiento para cuando seamos aurores —comentó Ron entusiasmado, utilizando el embrujo obstaculizador contra una avispa que acababa de entrar en el aula, que quedó paralizada en pleno vuelo.

Al empezar junio, volvieron la excitación y el nerviosismo al castillo. Todos esperaban con impaciencia la tercera prueba, que tendría lugar una semana antes de fin de curso. Harry aprovechaba cualquier momento para practicar los maleficios, y se sentía más confiado ante aquella prueba que ante las anteriores. Aunque indudablemente sería difícil y peligrosa, Moody tenía razón: él ya se las había apañado en ocasiones anteriores con engendros monstruosos y barreras encantadas, y por lo menos aquella vez lo sabía de antemano y tenía posibilidades de prepararse para lo que le esperaba.

Harta de pillarlos por todas partes, la profesora McGonagall había dado permiso a Harry para usar el aula vacía de Transformaciones durante la hora de comer. No tardó en dominar el embrujo obstaculizador, un conjuro que servía para detener a los atacantes; la maldición reductora, que le permitiría apartar de su camino objetos sólidos, y el encantamiento brújula, un útil descubrimiento de Hermione que haría que la varita señalara justo hacia el norte y, por lo tanto, le permitiría comprobar si iba en la dirección correcta hacia el centro del laberinto. Sin embargo, seguía teniendo problemas con el encantamiento escudo. Se suponía que creaba alrededor del que lo conjuraba un muro temporal e invisible capaz de desviar maldiciones no muy potentes, pero Hermione logró romperlo con un embrujo piernas de gelatina bien lanzado. Harry anduvo tambaleándose durante diez minutos por el aula antes de que ella diera con el contramaleficio.

—Pero si lo estás haciendo estupendamente —lo animó Hermione, comprobando la lista y tachando los encantamientos que ya tenían bien aprendidos—. Algunos de éstos te pueden ir muy bien.

—Venid a ver esto —dijo Ron desde la ventana. Estaba observando los terrenos del colegio—. ¿Qué estará haciendo Malfoy?

Fueron a ver. Malfoy, Crabbe y Goyle estaban abajo, a la sombra de un árbol. Los dos últimos sonreían de satisfacción, al parecer vigilando algo, mientras Malfoy hablaba cubriéndose la boca con la mano.

—Parece como si estuviera usando un *walkie-talkie* —comentó Harry intrigado.

—Es imposible —repuso Hermione—. Os lo he dicho: ese tipo de aparatos no funcionan en Hogwarts. Vamos, Harry —añadió enérgicamente, dejando la ventana y volviendo al centro del aula—, repitamos el encantamiento escudo.

Por aquellos días, Sirius les enviaba lechuzas a diario. Al igual que Hermione, parecía que su interés primordial era ayudar a que Harry pasara la tercera prueba, antes de preocuparse por otros asuntos. En cada carta le recordaba que, ocurriera lo que ocurriera fuera de los muros de Hogwarts, ni era asunto suyo, ni podía hacer nada al respecto.

Si Voldemort está realmente recobrando fuerzas —escribía—, *lo primero para mí es tu seguridad. No te puede poner las manos encima mientras estés*

bajo la protección de Dumbledore; pero, aun así, es
mejor no arriesgarse: entrénate para el laberinto, y
luego ya nos ocuparemos de otros asuntos.

Harry fue poniéndose más nervioso conforme se acercaba el 24 de junio, pero no tanto como ante las dos pruebas
anteriores: por un lado, tenía la confianza de que, esta vez,
había hecho cuanto estaba en su mano para prepararse
para la prueba; por otro, aquél era el último tramo, y, lo hiciera bien o mal, el Torneo iba a finalizar, lo que sería un
gran alivio.

El desayuno fue muy bullicioso en la mesa de Gryffindor la
mañana de la tercera prueba. Las lechuzas llevaron a Harry
una tarjeta de Sirius para desearle buena suerte. No era más
que un trozo de pergamino doblado con la huella de una pata
de perro, pero Harry la agradeció de todas maneras. Llegó
una lechuza para Hermione llevándole su acostumbrado
ejemplar de *El Profeta*. Lo desplegó, miró la primera página y
escupió sin querer el zumo de calabaza que tenía en la boca.

—¿Qué...? —preguntaron al mismo tiempo Harry y Ron,
mirándola.

—Nada —se apresuró a contestar ella, intentando retirar el periódico de la vista. Pero Ron lo cogió.

Miró el titular, y dijo:

—No puede ser. Hoy no. Esa vieja rata...

—¿Qué? —preguntó Harry—. ¿Otra vez Rita Skeeter?

—No —dijo Ron, e, igual que había hecho Hermione, intentó retirar el periódico.

—Es sobre mí, ¿verdad?

—No —contestó Ron, en un tono nada convincente.

Pero, antes de que Harry pudiera pedirles el periódico,
Draco Malfoy gritó desde la mesa de Slytherin:

—¡Eh, Potter! ¿Qué tal te encuentras? ¿Te sientes
bien? ¿Estás seguro de que no te vas a poner furioso con
nosotros?

También Malfoy tenía en la mano un ejemplar de *El
Profeta*. A lo largo de la mesa, los de Slytherin se reían y se
volvían en las sillas para ver cómo reaccionaba Harry.

—Déjame verlo —le dijo Harry a Ron—. Dámelo.

A regañadientes, Ron le entregó el periódico. Harry le dio la vuelta y vio su propia fotografía bajo un titular muy destacado:

HARRY POTTER, «TRASTORNADO Y PELIGROSO»

El muchacho que derrotó a El-que-no-debe-ser-nombrado es inestable y probablemente peligroso, escribe Rita Skeeter, nuestra corresponsal especial. Recientemente han salido a la luz evidencias alarmantes del extraño comportamiento de Harry Potter que arrojan dudas sobre su idoneidad para competir en algo que exige tanto de sus participantes como el Torneo de los tres magos, e incluso para estudiar en Hogwarts.

Potter, como revela en exclusiva *El Profeta*, pierde el conocimiento con frecuencia en las clases, y a menudo se le oye quejarse de que le duele la cicatriz que tiene en la frente, vestigio de la maldición con la que Quien-ustedes-saben intentó matarlo. El pasado lunes, en medio de una clase de Adivinación, nuestra corresponsal de *El Profeta* presenció que Potter salía de la clase como un huracán, gritando que la cicatriz le dolía tanto que no podía seguir estudiando.

Es posible (nos dicen los máximos expertos del Hospital San Mungo de Enfermedades y Heridas Mágicas) que la mente de Potter quedara afectada por el ataque infligido por Quien-ustedes-saben, y que la insistencia en que la cicatriz le sigue doliendo sea expresión de una alteración arraigada en lo más profundo del cerebro.

«Podría incluso estar fingiendo —ha dicho un especialista—. Podría tratarse de una manera de reclamar atención.»

Pero *El Profeta* ha descubierto hechos preocupantes relativos a Harry Potter que el director de Hogwarts, Albus Dumbledore, ha ocultado cuidadosamente a la opinión pública del mundo mágico.

«Potter habla la lengua pársel —nos revela Draco Malfoy, un alumno de cuarto curso de Hogwarts—. Hace dos años hubo un montón de ataques contra alumnos, y casi todo el mundo pensaba que Potter era el culpable después de haberlo visto perder los estribos en el club de duelo y arrojarle una serpiente a otro compañero. Pero lo taparon todo. También ha hecho amistad con hombres lobo y con gigantes. En nuestra opinión, sería capaz de cualquier cosa por conseguir un poco de poder.»

La lengua pársel, con la que se comunican las serpientes, se considera desde hace mucho tiempo un arte oscura. De hecho, el hablante de pársel más famoso de nuestros tiempos no es otro que el mismísimo Quien-ustedes-saben. Un miembro de la Liga para la Defensa contra las Fuerzas Oscuras, que no desea que su nombre aparezca aquí, asegura que consideraría a cualquier mago capaz de hablar en pársel «sospechoso a priori: personalmente, no me fiaría de nadie que hablara con las serpientes, ya que éstas son frecuentemente utilizadas en los peores tipos de magia tenebrosa y están tradicionalmente relacionadas con los malhechores». De forma semejante, añadió: «Cualquiera que busque la compañía de engendros tales como gigantes y hombres lobo parece revelar una atracción por la violencia.»

Albus Dumbledore debería tal vez considerar si es adecuado que un muchacho como éste compita en el Torneo de los tres magos. Hay quien teme que Potter pueda recurrir a las artes oscuras en su afán por ganar el Torneo, cuya tercera prueba tendrá lugar esta noche.

—Ya no me tiene tanto cariño, ¿verdad? —dijo Harry sin darle importancia y doblando el periódico.

En la mesa de Slytherin, Malfoy, Crabbe y Goyle se reían de él, atornillándose el dedo en la sien, poniendo grotescas caras de loco y moviendo la lengua como las serpientes.

534

—¿Cómo ha sabido que te dolió la cicatriz en clase de Adivinación? —preguntó Ron—. Ella no podía encontrarse allí, y es imposible que pudiera oír...

—La ventana estaba abierta. La abrí para poder respirar.

—¡Estabas en lo alto de la torre norte! —objetó Hermione—. ¡Tu voz no pudo llegar hasta abajo!

—Bueno, eres tú la que se supone que está investigando métodos mágicos de escucha —dijo Harry—. ¡Dinos tú cómo lo hace!

—Es lo que intento averiguar —admitió Hermione—. Pero... pero...

De repente, la cara de Hermione adquirió una expresión extraña y absorta. Levantó una mano lentamente y se pasó los dedos por el cabello.

—¿Te encuentras bien? —le preguntó Ron, frunciendo el entrecejo.

—Sí —musitó Hermione.

Volvió a pasarse los dedos por el cabello y luego se llevó la mano a la boca, como si hablara por un *walkie-talkie* invisible. Harry y Ron se miraron sin comprender.

—Se me acaba de ocurrir algo —explicó Hermione, mirando al vacío—. Creo que sé... porque entonces nadie se daría cuenta... ni siquiera Moody... y ella podría haber llegado al alféizar de la ventana... Pero no puede hacerlo... lo tiene tajantemente prohibido... ¡Creo que la he pillado! Necesito ir dos segundos a la biblioteca... ¡Sólo para asegurarme!

Diciendo esto, Hermione cogió la mochila y salió corriendo del Gran Comedor.

—¡Eh! —la llamó Ron—. ¡Tenemos el examen de Historia de la Magia dentro de diez minutos! Vaya —dijo, volviéndose hacia Harry—, tiene que odiar mucho a esa Skeeter para arriesgarse a llegar tarde al examen. ¿Qué vas a hacer en clase de Binns, leer otra vez?

Como estaba exento de los exámenes de fin de curso por ser campeón de Hogwarts, en todos los que había habido hasta el momento Harry se había sentado al final del aula y había estudiado nuevos maleficios para la tercera prueba.

—Supongo —contestó Harry.

Pero, justo entonces, la profesora McGonagall llegó hacia él bordeando la mesa de Gryffindor.

—Potter, después de desayunar los campeones tenéis que ir a la sala de al lado —dijo.

—¡Pero la prueba no es hasta la noche! —exclamó Harry, manchándose de huevo revuelto la pechera y temiendo haberse confundido de hora.

—Ya lo sé, Potter. Las familias de los campeones están invitadas a la última prueba, ya sabes. Ahora tienes la oportunidad de saludarlos.

Se fue. Harry se quedó mirándola con la boca abierta.

—No esperará que vengan los Dursley, ¿verdad? —le preguntó a Ron, desconcertado.

—Ni idea —dijo Ron—. Será mejor que me dé prisa, Harry, o llegaré tarde al examen de Binns. Hasta luego.

Harry terminó de desayunar en el Gran Comedor, que se iba vaciando rápidamente. Vio que Fleur Delacour se levantaba de la mesa de Ravenclaw y se juntaba con Cedric para entrar en la sala contigua. Krum se marchó cabizbajo, poco después, para unirse a ellos. Harry se quedó donde estaba. Realmente, no quería ir a la sala. No tenía familia, por lo menos no tenía ningún familiar al que le pudiera importar que arriesgara la vida. Pero, justo cuando se iba a levantar, pensando en subir a la biblioteca para dar un último repaso a los maleficios, se abrió la puerta de la sala y Cedric asomó la cabeza.

—¡Vamos, Harry, te están esperando!

Totalmente perplejo, Harry se levantó. No era posible que hubieran llegado los Dursley, ¿o sí? Cruzó el Gran Comedor y abrió la puerta de la sala.

Cedric y sus padres estaban junto a la puerta. Viktor Krum se hallaba en un rincón, hablando en veloz búlgaro con su madre, una señora de pelo negro, y con su padre. Había heredado la nariz ganchuda de éste. Al otro lado de la sala, Fleur conversaba con su madre en francés. Gabrielle, la hermana pequeña de Fleur, le daba la mano a su madre. Saludó con un gesto a Harry, y él respondió de igual manera. Luego vio, delante de la chimenea, sonriéndole, a Bill y a la señora Weasley.

—¡Sorpresa! —dijo muy emocionada la señora Weasley, mientras Harry les sonreía de oreja a oreja y caminaba hacia ellos—. ¡Pensamos que podíamos venir a verte, Harry! —Se inclinó para darle un beso en la mejilla.

—¿Qué tal? —lo saludó Bill, sonriéndole y estrechándole la mano—. Charlie quería venir, pero no han podido darle permiso. Dice que estuviste increíble con el colacuerno.

Harry notó que Fleur Delacour miraba a Bill por encima del hombro de su madre con bastante interés. No parecía que le disgustaran ni el pelo largo ni los pendientes con colmillos.

—Muchísimas gracias por venir —murmuró Harry, dirigiéndose a la señora Weasley—. Por un momento pensé... los Dursley...

—Mmm —dijo la señora Weasley, frunciendo los labios. Siempre se refrenaba para no criticar a los Dursley delante de Harry, pero sus ojos refulgían cada vez que alguien los mencionaba.

—Es estupendo volver aquí —comentó Bill mirando la sala (Violeta, la amiga de la Señora Gorda, le guiñó un ojo desde su cuadro)—. Hacía cinco años que no veía este lugar. ¿Sigue por ahí el cuadro del caballero loco, sir Cadogan?

—Sí —contestó Harry, que había conocido a sir Cadogan el curso anterior.

—¿Y la Señora Gorda? —preguntó Bill.

—Ya estaba aquí en mis tiempos —comentó la señora Weasley—. Me echó una buena bronca la noche en que volví al dormitorio a las cuatro de la mañana.

—¿Qué hacías fuera del dormitorio a las cuatro de la mañana? —quiso saber Bill, mirando a su madre sorprendido.

La señora Weasley sonrió, y los ojos le brillaron.

—Tu padre y yo fuimos a dar un paseo a la luz de la luna —explicó—. Lo pilló Apollyon Pringle, que era el conserje por aquellos días. Tu padre aún conserva las señales.

—¿Te gustaría dar una vuelta, Harry? —le ofreció Bill.

—Claro —aceptó Harry, y salieron de la sala.

Al pasar al lado de Amos Diggory, éste se volvió hacia ellos.

—Conque estás aquí, ¿eh? —dijo, mirando a Harry de arriba abajo—. Apuesto a que no te sientes tan ufano ahora que Cedric te ha alcanzado en puntuación, ¿a que no?

—¿Qué? —preguntó Harry.

—No le hagas caso —le dijo Cedric a Harry en voz baja, mirando con severidad a su padre—. Está enfadado desde que leyó el artículo de Rita Skeeter sobre el Torneo de los tres magos. Ya sabes, cuando te hizo aparecer como el único campeón de Hogwarts.

—Pero no se preocupó por corregirla, ¿verdad? —comentó Amos Diggory, lo bastante alto para que Harry lo oyera mientras se dirigía a la puerta con Bill y la señora Weasley—. A pesar de todo le darás una lección, Cedric. Ya lo venciste una vez, ¿no?

—¡Rita Skeeter haría cualquier cosa por causar problemas, Amos! —dijo malhumorada la señora Weasley—. ¡Creí que lo sabrías, trabajando en el Ministerio!

Dio la impresión de que el señor Diggory iba a decir algo hiriente, pero su mujer le puso una mano en el brazo, y él no hizo más que encogerse de hombros y apartarse.

Harry disfrutó mucho la mañana caminando por los terrenos soleados con Bill y la señora Weasley, mostrándoles el carruaje de Beauxbatons y el barco de Durmstrang. La señora Weasley sentía curiosidad por el sauce boxeador, que había sido plantado después de que ella había dejado el colegio, y recordaba con todo detalle al guardabosque que había precedido a Hagrid, un hombre llamado Ogg.

—¿Cómo está Percy? —preguntó Harry cuando caminaban por los invernaderos.

—No muy bien —dijo Bill.

—Está bastante alterado —explicó la señora Weasley bajando la voz y mirando a su alrededor—. El Ministerio quiere que no se hable de la desaparición del señor Crouch, pero a Percy lo han llamado para preguntarle acerca de las instrucciones que Crouch le ha estado enviando. Piensan que pudieran no haber sido escritas realmente por él. Percy está sometido a demasiada tensión. No lo han dejado que sustituya esta noche al señor Crouch en el tribunal. Va a hacerlo Cornelius Fudge.

Volvieron al castillo para la comida.

—¡Mamá... Bill! —exclamó Ron, atónito, acudiendo a la mesa de Gryffindor—. ¿Qué hacéis aquí?

—Hemos venido a ver a Harry en la última prueba —dijo con alegría la señora Weasley—. Tengo que decir que me gusta el cambio, no tener que cocinar. ¿Qué tal el examen?

—Eh... bien —contestó Ron—. No pude recordar todos los nombres de los duendes rebeldes, así que me inventé algunos. Pero bien —añadió, sirviéndose empanada de Cornualles, mientras la señora Weasley lo miraba con severidad—. Todos se llaman cosas como Bodrod *el Barbudo* y Urg *el Guarro*, así que no fue difícil.

Fred, George y Ginny fueron también a sentarse con ellos, y Harry lo pasó tan bien que le parecía estar de vuelta en La Madriguera. No se acordó de preocuparse por la prueba de aquella noche, y hasta que Hermione apareció en medio de la comida no recordó tampoco que ella había tenido una iluminación sobre Rita Skeeter.

—¿Nos vas a decir...?

Hermione negó con la cabeza pidiendo que se callara, y miró a la señora Weasley.

—Hola, Hermione —la saludó ella, mucho menos afectuosa de lo habitual.

—Hola —le respondió Hermione, con una sonrisa que vaciló ante la fría expresión de la señora Weasley.

Harry miró a una y a otra, y luego dijo:

—Señora Weasley, usted no creería esas mentiras que escribió Rita Skeeter en *Corazón de bruja*, ¿verdad? Porque Hermione y yo no somos novios.

—¡Ah! —exclamó la señora Weasley—. No... ¡por supuesto que no!

Pero a partir de ese momento empezó a mostrarse más cariñosa con Hermione.

Harry, Bill y la señora Weasley pasaron la tarde dando un largo paseo por el castillo y volvieron al Gran Comedor para el banquete de la noche. Para entonces, Ludo Bagman y Cornelius Fudge se habían incorporado a la mesa de los profesores. Bagman parecía muy contento, pero Cornelius Fudge, que estaba sentado junto a Madame Maxime, tenía una mirada severa y no hablaba. Madame Maxime no levantaba la vista del plato, y a Harry le pareció que tenía los ojos enrojecidos. Hagrid no dejaba de mirarla desde el otro lado de la mesa.

Hubo más platos de lo habitual, pero Harry, que empezaba a estar realmente nervioso, no comió mucho. Cuando el techo encantado comenzó a pasar del azul a un morado oscuro, Dumbledore, en la mesa de los profesores, se puso en pie y se hizo el silencio.

—Damas y caballeros, dentro de cinco minutos les pediré que vayamos todos hacia el campo de quidditch para presenciar la tercera y última prueba del Torneo de los tres magos. En cuanto a los campeones, les ruego que tengan la bondad de seguir ya al señor Bagman hasta el estadio.

Harry se levantó. A lo largo de la mesa, todos los de Gryffindor lo aplaudieron. Los Weasley y Hermione le desearon buena suerte, y salió del Gran Comedor, con Cedric, Fleur y Krum.

—¿Qué tal te encuentras, Harry? —le preguntó Bagman, mientras bajaban la escalinata de piedra por la que se salía del castillo—. ¿Estás tranquilo?

—Estoy bien —dijo Harry. Era bastante cierto: a pesar de sus nervios, seguía repasando mentalmente los maleficios y encantamientos que había practicado, y saber que los podía recordar todos lo hacía sentirse mejor.

Llegaron al campo de quidditch, que estaba totalmente irreconocible. Un seto de seis metros de altura lo bordeaba. Había un hueco justo delante de ellos: era la entrada al enorme laberinto. El camino que había dentro parecía oscuro y terrorífico.

Cinco minutos después empezaron a ocuparse las tribunas. El aire se llenó de voces excitadas y del ruido de pisadas de cientos de alumnos que se dirigían a sus sitios. El cielo era de un azul intenso pero claro, y empezaban a aparecer las primeras estrellas. Hagrid, el profesor Moody, la profesora McGonagall y el profesor Flitwick llegaron al estadio y se aproximaron a Bagman y los campeones. Llevaban en el sombrero estrellas luminosas, grandes y rojas. Todos menos Hagrid, que las llevaba en la espalda de su chaleco de piel de topo.

—Estaremos haciendo una ronda por la parte exterior del laberinto —dijo la profesora McGonagall a los campeones—. Si tenéis dificultades y queréis que os rescaten, echad al aire chispas rojas, y uno de nosotros irá a salvaros, ¿entendido?

Los campeones asintieron con la cabeza.

—Pues entonces... ya podéis iros —les dijo Bagman con voz alegre a los cuatro que iban a hacer la ronda.

—Buena suerte, Harry —susurró Hagrid, y los cuatro se fueron en diferentes direcciones para situarse alrededor del laberinto.

Bagman se apuntó a la garganta con la varita, murmuró «*¡Sonorus!*», y su voz, amplificada por arte de magia, retumbó en las tribunas:

—¡Damas y caballeros, va a dar comienzo la tercera y última prueba del Torneo de los tres magos! Permítanme que les recuerde el estado de las puntuaciones: empatados en el primer puesto, con ochenta y cinco puntos cada uno... ¡el señor Cedric Diggory y el señor Harry Potter, ambos del colegio Hogwarts! —Los aplausos y vítores provocaron que algunos pájaros salieran revoloteando del bosque prohibido y se perdieran en el cielo cada vez más oscuro—. En segundo lugar, con ochenta puntos, ¡el señor Viktor Krum, del Instituto Durmstrang! —Más aplausos—. Y, en tercer lugar, ¡la señorita Fleur Delacour, de la Academia Beauxbatons!

Harry pudo distinguir a duras penas, en medio de las tribunas, a la señora Weasley, Bill, Ron y Hermione, que aplaudían a Fleur por cortesía. Los saludó con la mano, y ellos le devolvieron el saludo, sonriéndole.

—¡Entonces... cuando sople el silbato, entrarán Harry y Cedric! —dijo Bagman—. Tres... dos... uno...

Dio un fuerte pitido, y Harry y Cedric penetraron rápidamente en el laberinto.

Los altísimos setos arrojaban en el camino sombras negras y, ya fuera a causa de su altura y su espesor, o porque estaban encantados, el bramido de la multitud se apagó en cuanto traspasaron la entrada. Harry se sentía casi como si volviera a estar sumergido. Sacó la varita, susurró «*¡Lumos!*», y oyó a Cedric que hacía lo mismo detrás de él. Después de unos cincuenta metros, llegaron a una bifurcación. Se miraron el uno al otro.

—Hasta luego —dijo Harry, y tiró por el de la izquierda, mientras Cedric cogía el de la derecha.

Harry oyó por segunda vez el silbato de Bagman: Krum acababa de entrar en el laberinto. Harry se apresuró. El camino que había escogido parecía completamente desierto. Giró a la derecha y corrió, sosteniendo la varita por encima de la cabeza para tratar de ver lo más lejos posible. Pero seguía sin haber nada a la vista.

Se escuchó por tercera vez, distante, el silbato de Ludo Bagman. Ya estaban todos los campeones dentro del laberinto.

Harry miraba atrás a cada rato. Sentía la ya conocida sensación de que alguien lo vigilaba. El laberinto se volvía más oscuro a cada minuto, conforme el cielo se oscurecía. Llegó a una segunda bifurcación.

—¡*Oriéntame!* —le susurró a su varita, poniéndola horizontalmente sobre la palma de la mano.

La varita giró y señaló hacia la derecha, a pleno seto. Eso era el norte, y sabía que tenía que ir hacia el noroeste para llegar al centro del laberinto. La mejor opción era tomar la calle de la izquierda, y girar a la derecha en cuanto pudiera.

También aquella calle estaba vacía, y cuando encontró un desvío a la derecha y lo cogió, volvió a hallar su camino libre de obstáculos. No sabía por qué, pero aquella ausencia de problemas lo desconcertaba. ¿No tendría que haberse encontrado ya con algo? Parecía que el laberinto le estuviera tendiendo una trampa para que se sintiera seguro y confiado. Luego oyó moverse algo justo tras él. Levantó la varita, lista para el ataque, pero el haz de luz que salía de ella se proyectó solamente en Cedric, que acababa de salir de una calle que había a mano derecha. Cedric parecía muy asustado: llevaba ardiendo una manga de la túnica.

—¡Los escregutos de cola explosiva de Hagrid! —dijo entre dientes—. ¡Son enormes! ¡Acabo de escapar ahora mismo!

Movió la cabeza a los lados, y salió de la vista por otro camino. Deseando poner la máxima distancia posible entre él y los escregutos, Harry se alejó a toda prisa. Entonces, al volver una esquina, vio...

Un dementor caminaba hacia él. Avanzaba con sus más de tres metros de altura, el rostro tapado por la capucha, las manos extendidas, putrefactas, llenas de pústulas, palpando a ciegas el camino hacia él. Harry oyó su respiración ruidosa, sintió que su húmeda frialdad empezaba a absorberlo, pero sabía lo que tenía que hacer...

Intentó pensar en la cosa más feliz que se le ocurriera; se concentró con todas sus fuerzas en la idea de salir del laberinto y celebrarlo con Ron y Hermione, levantó la varita y gritó:

—¡*Expecto patronum!*

Un ciervo de plata salió del extremo de su varita y fue galopando hacia el dementor, que cayó de espaldas, tropezando en el bajo de la túnica... Harry no había visto nunca tropezar a un dementor.

—¡Anda! —exclamó, yendo tras el patronus plateado—, ¡tú eres un boggart! ¡*Riddíkulo!*

Se oyó un golpe, y el mutable ser estalló en una voluta de humo. El ciervo de plata se desvaneció. A Harry le hubiera gustado que se quedara para acompañarlo... Pero siguió, avanzando todo lo rápida y sigilosamente que podía, aguzando los oídos, con la varita en alto.

Izquierda, derecha, de nuevo izquierda... Dos veces se encontró en callejones sin salida. Repitió el encantamiento brújula, y se dio cuenta de que se había desviado demasiado hacia el este. Volvió sobre sus pasos, tomó una calle a la derecha, y vio una extraña neblina dorada que flotaba delante de él.

Harry se acercó con cautela, apuntando con el haz de luz de la varita. Parecía algún tipo de encantamiento. Se preguntó si podría deshacerse de ella.

—¡*Reducio!* —exclamó.

El encantamiento salió como un disparo y atravesó la niebla, dejándola intacta. Se lo tendría que haber imaginado: la maldición reductora era sólo para objetos sólidos. ¿Qué ocurriría si seguía a través de la niebla? ¿Merecía la pena probar, o sería mejor retroceder?

Seguía dudando cuando un grito agudo quebró el silencio.

—¿Fleur? —gritó Harry.

Nadie contestó. Miró hacia todos lados. ¿Qué le habría sucedido a ella? El grito parecía proceder de delante. Tomó aire, y se internó corriendo en la niebla encantada.

El mundo se puso boca abajo. Harry estaba colgado del suelo, con el pelo levantado, las gafas suspendidas en el aire y a punto de caerse al cielo sin fondo. Se las colocó encima de la nariz, y comprobó, aterrorizado, su situación: era como si tuviera los pies pegados con cola al césped, que se había convertido en techo, y bajo él se extendía el infinito cielo oscuro y estrellado. Pensó que, si trataba de mover un pie, se caería de la tierra.

«Piensa —se dijo, mientras la sangre le bajaba a la cabeza—. Piensa...»

Pero ninguno de los encantamientos que había estudiado servía para combatir una repentina inversión del cielo y la tierra. ¿Se atrevería a desplazar un pie? Oía la sangre latiendo en los oídos. Tenía dos opciones: intentar moverse, o lanzar chispas rojas para ser rescatado y descalificado.

Cerró los ojos, para no ver el espacio infinito que tenía debajo, y levantó el pie derecho con todas sus fuerzas, separándolo del techo de césped.

De inmediato, el mundo volvió a colocarse. Harry cayó de rodillas a un suelo maravillosamente sólido. La impresión lo dejó momentáneamente sin fuerzas. Volvió a tomar aliento, se levantó y corrió; volvió la vista mientras se alejaba de la niebla dorada, que, a la luz de la luna, centelleaba con inocencia.

Se detuvo en un cruce y miró buscando algún rastro de Fleur. Estaba seguro de que había sido ella la que había gritado. ¿Qué era lo que había encontrado? ¿Estaría bien? No había rastro de chispas rojas: ¿quería eso decir que había logrado salir del peligro, o que se hallaba en un apuro tan grande que ni siquiera podía utilizar la varita? Harry tomó el camino de la derecha con una sensación de creciente angustia... pero, al mismo tiempo, no podía evitar pensar: «una menos».

La Copa tenía que estar cerca, y parecía que Fleur ya no competía. Él había llegado hasta allí... ¿Y si realmente conseguía ganar? Fugazmente, y por primera vez desde que se había visto convertido en campeón, se vio a sí mismo levantando la Copa de los tres magos ante el resto del colegio.

Pasaron otros diez minutos sin más encuentro que el de las calles sin salida. Dos veces torció por la misma calle equivocada. Finalmente dio con una ruta distinta, y comenzó a avanzar por ella, ya no tan aprisa. La varita se balanceaba en su mano haciendo oscilar su sombra en los setos. Luego dobló otra esquina, y se encontró ante un escreguto de cola explosiva.

Cedric tenía razón: era enorme. De unos tres metros de largo, era lo más parecido a un escorpión gigante: tenía el aguijón curvado sobre la espalda, y su grueso caparazón brillaba a la luz de la varita de Harry, con la que le apuntaba.

—¡*Desmaius*!

El encantamiento dio en el caparazón del escreguto y rebotó. Harry se agachó justo a tiempo, pero le llegó olor de pelo quemado: el encantamiento le había chamuscado la parte superior del cabello. El escreguto lanzó una ráfaga de fuego por la cola, y se lanzó raudo hacia él.

—¡*Impedimenta*! —gritó Harry. El embrujo dio de nuevo en el caparazón del escreguto y rebotó. Harry retrocedió algunos pasos tambaleándose antes de caer—. ¡*IMPEDIMENTA*!

El escreguto se hallaba a unos centímetros de él en el momento en que quedó paralizado: había conseguido darle en la parte de abajo, que era carnosa y sin caparazón. Jadeando, Harry se apartó de él y corrió, con todas sus fuerzas, en la dirección opuesta: el embrujo obstaculizador no era permanente, y el escreguto recuperaría de un momento a otro la movilidad de las patas.

Tomó un camino a la izquierda y resultó ser un callejón sin salida; otro a la derecha, y dio en otro. No tuvo más remedio que detenerse y volver a utilizar el encantamiento brújula. Desanduvo lo andado y escogió un camino que parecía ir al noroeste.

Llevaba unos minutos caminando a toda prisa por el nuevo camino, cuando oyó algo en la calle que iba paralela a la suya que lo hizo detenerse en seco.

—¿Qué vas a hacer? —gritaba la voz de Cedric—. ¿Qué demonios pretendes hacer?

Y a continuación se oyó la voz de Krum:

—*¡Crucio!*

El aire se llenó de repente con los gritos de Cedric. Horrorizado, Harry echó a correr, tratando de encontrar la manera de entrar en la calle de Cedric. Como no vio ningún acceso, intentó utilizar de nuevo la maldición reductora. No resultó muy efectiva, pero consiguió hacer un pequeño agujero en el seto, a través del cual metió la pierna y pataleó contra ramas y zarzas hasta conseguir abrir un boquete. Se metió por él rasgándose la túnica y, al mirar a la derecha, vio a Cedric, que se retorcía y sacudía en el suelo, y a Krum de pie a su lado.

Harry salió del agujero y se levantó, apuntando a Krum con la varita justo cuando éste miraba hacia él. Entonces Krum se volvió y echó a correr.

—*¡Desmaius!* —gritó Harry.

El encantamiento pegó a Krum en la espalda. Se detuvo en seco, cayó de bruces y se quedó inmóvil, boca abajo, tendido en la hierba. Harry corrió hacia Cedric, que había dejado de retorcerse y jadeaba con las manos en la cara.

—¿Estás bien? —le preguntó, cogiéndolo del brazo.

—Sí —dijo Cedric sin aliento—. Sí... no puedo creerlo... Venía hacia mí por detrás... Lo oí, me volví y me apuntó con la varita.

Se levantó. Seguía temblando. Los dos miraron a Krum.

—Me cuesta creerlo... Creía que era un tipo legal —dijo Harry, mirando a Krum.

—Yo también lo creía —repuso Cedric.

—¿Oíste antes el grito de Fleur? —preguntó Harry.

—Sí —respondió Cedric—. ¿Crees que Krum la alcanzó también a ella?

—No lo sé.

—¿Lo dejamos aquí? —preguntó Cedric.

—No. Creo que deberíamos lanzar chispas rojas. Alguien vendrá a recogerlo... Si no, lo más fácil es que se lo coma un escreguto.

—Es lo que se merece —musitó Cedric, pero aun así levantó la varita y disparó al aire una lluvia roja que brilló por encima de Krum, marcando el punto en que se encontraba.

Harry y Cedric permanecieron por un momento en la oscuridad, mirando a su alrededor. Luego Cedric dijo:

—Bueno, supongo que lo mejor es seguir...

—¿Qué? —dijo Harry—. Ah... sí... bien...

Fue un instante extraño: él y Cedric se habían sentido brevemente unidos contra Krum, pero enseguida volvieron a comprender que eran contrincantes. Siguieron por el oscuro camino sin hablar; luego Harry giró a la izquierda, y Cedric a la derecha. Pronto dejaron de oírse sus pasos.

Harry siguió adelante, usando el encantamiento brújula para asegurarse de que caminaba en la dirección correcta. Ahora el reto estaba entre él y Cedric. El deseo de llegar el primero a la Copa era en aquel momento más intenso que nunca, pero apenas podía concebir lo que acababa de ver hacer a Krum. El uso de una maldición imperdonable contra un ser humano se castigaba con cadena perpetua en Azkaban: eso era lo que les había dicho Moody. No era posible que Krum deseara la Copa de los tres magos hasta aquel punto... Empezó a caminar más aprisa.

De vez en cuando llegaba a otro callejón sin salida, pero la creciente oscuridad era una señal inequívoca de que se iba acercando al centro del laberinto. Entonces, caminando a zancadas por un camino recto y largo, volvió a percibir que algo se movía, y el haz de luz de la varita iluminó a una criatura extraordinaria, un espécimen al que sólo había visto en una ilustración de *El monstruoso libro de los monstruos*.

Era una esfinge: tenía el cuerpo de un enorme león, con grandes zarpas y una cola larga, amarillenta, que terminaba en un mechón castaño. La cabeza, sin embargo, era de mujer. Volvió a Harry sus grandes ojos almendrados cuando él se acercó. Harry levantó la varita, dudando. No parecía dispuesta a atacarlo, sino que paseaba de un lado a otro del camino, cerrándole el paso.

Entonces habló con una voz ronca y profunda:

—Estás muy cerca de la meta. El camino más rápido es por aquí.

—Eh... entonces, ¿me dejará pasar, por favor? —le preguntó Harry, suponiendo cuál iba a ser la respuesta.

—No —respondió, continuando su paseo—. No a menos que descifres mi enigma. Si aciertas a la primera, te dejaré pasar. Si te equivocas, te atacaré. Si te quedas callado, te dejaré marchar sin hacerte ningún daño.

Se le hizo un nudo en la garganta. Era a Hermione a quien se le daban bien aquellas cosas, no a él. Sopesó sus probabilidades: si el enigma era demasiado difícil, podía quedarse callado y marcharse incólume para intentar encontrar otra ruta alternativa hacia la copa.

—Vale —dijo—. ¿Puedo oír el enigma?

La esfinge se sentó sobre sus patas traseras, en el centro mismo del camino, y recitó:

Si te lo hiciera, te desgarraría con mis zarpas,
pero eso sólo ocurrirá si no lo captas.
Y no es fácil la respuesta de esta adivinanza,
porque está lejana, en tierras de bonanza,
donde empieza la región de las montañas de arena
y acaba la de los toros, la sangre, el mar y la verbena.
Y ahora contesta, tú, que has venido a jugar:
¿a qué animal no te gustaría besar?

Harry la miró con la boca abierta.

—¿Podría decírmelo otra vez... más despacio? —pidió. Ella parpadeó, sonrió y repitió el enigma.

—¿Todas las pistas conducen a un animal que no me gustaría besar? —preguntó Harry.

Ella se limitó a esbozar su misteriosa sonrisa. Harry tomó aquel gesto por un «sí». Empezó a darle vueltas al acertijo en la cabeza. Había muchos animales a los que no le gustaría besar: de inmediato pensó en un escreguto de cola explosiva, pero intuyó que no era aquélla la respuesta. Tendría que intentar descifrar las pistas...

—«Si te lo hiciera, te desgarraría con mis zarpas» —murmuró Harry, mirándola.

«Puede desgarrarme si me come, pero me desgarraría con los colmillos, no con las zarpas —pensó—. Mejor dejo esta parte para luego...»

—¿Podría repetirme lo que sigue, si es tan amable?

Ella repitió los versos siguientes.

«La respuesta está donde empieza la región de las montañas de arena y acaba la de los toros, la sangre, el mar y la verbena.» El país de los toros, la sangre, el mar y la verbena podría ser España, y la región de las montañas de arena podría ser Marruecos, el Magreb, Arabia. Donde acaba España y empieza Marruecos podría ser el estrecho de Gibraltar, pero no puedo ir ahora tan lejos en busca de la respuesta. Claro que Marruecos y Magreb empiezan por «ma», Arabia lo hace por «ara», y España acaba en «ña». Y si me lo hace, si se da maña, no, si me araña... ¿qué animal no me gustaría besar?»

—¡La araña!

La esfinge pronunció más su sonrisa. Se levantó, extendió sus patas delanteras y se hizo a un lado para dejarlo pasar.

—¡Gracias! —dijo Harry y, sorprendido de su propia inteligencia, echó a correr.

Ya tenía que estar más cerca, tenía que estarlo... la varita le indicaba que iba bien encaminado. Si no encontraba nada demasiado horrible, podría...

Llegó a una bifurcación de caminos.

—¡Oriéntame! —le susurró a la varita, que giró y se paró apuntando al camino de la derecha. Giró corriendo por él, y vio luz delante.

La Copa de los tres magos brillaba sobre un pedestal a menos de cien metros de distancia. Harry acababa de echar a correr cuando una mancha oscura salió al camino, corriendo como una bala por delante de él.

Cedric iba a llegar primero. Corría hacia la copa tan rápido como podía, y Harry sabía que nunca podría alcanzarlo, porque Cedric era mucho más alto y tenía las piernas más largas...

Entonces Harry vio algo inmenso que asomaba por encima de un seto que había a su izquierda y que se movía velozmente por un camino que cruzaba el suyo. Iba tan rápido que Cedric estaba a punto de chocar contra aquello, y, con los ojos fijos en la copa, no lo había visto...

—¡Cedric! —gritó Harry—. ¡A tu izquierda!

Cedric miró justo a tiempo de esquivar la cosa y evitar chocar con ella, pero, en su apresuramiento, tropezó. La varita se le cayó de la mano, mientras la araña gigante entraba en el camino y se abalanzaba sobre él.

—¡*Desmaius!* —volvió a gritar Harry.

El encantamiento dio de lleno en el gigantesco cuerpo, negro y peludo, pero fue como si le hubiera tirado una piedra: el bicho dio una sacudida, se balanceó un momento y luego corrió hacia Harry, en lugar de hacerlo hacia Cedric.

—¡*Desmaius!* ¡*Impedimenta!* ¡*Desmaius!*

Pero no servía de nada: la araña era tan grande, o tan mágica, que los encantamientos no hacían más que provocarla. Antes de que estuviera sobre él, Harry sólo vio la imagen horrible de ocho patas negras brillantes y de pinzas afiladas como cuchillas.

Lo levantó en el aire con sus patas delanteras. Forcejeando como loco, Harry intentaba darle patadas: su pierna pegó en las pinzas del animal, y sintió de inmediato un dolor insoportable. Oyó que Cedric también gritaba «¡*Desmaius!*», pero sin más éxito que él. Cuando la araña volvió a abrir las pinzas, Harry levantó la varita y gritó:

—¡*Expelliarmus!*

Funcionó: el encantamiento de desarme hizo que el bicho lo soltara, pero eso supuso una caída de casi cuatro metros de altura sobre la pierna herida, que se aplastó bajo su peso. Sin detenerse a pensar, apuntó hacia arriba, a la panza de la araña, tal como había hecho con el escreguto, y gritó «¡*Desmaius!*» al mismo tiempo que Cedric.

Combinados, los dos encantamientos lograron lo que uno solo no podía: el animal se desplomó de lado, sobre un seto, y quedó obstruyendo el camino con una maraña de patas peludas.

—¡Harry! —oyó gritar a Cedric—. ¿Estás bien? ¿Cayó sobre ti?

—¡No! —respondió Harry, jadeando.

Se miró la pierna: sangraba mucho; tenía la túnica manchada con una secreción viscosa de las pinzas. Trató de levantarse, pero la pierna le temblaba y se negaba a soportar el peso de su cuerpo. Se apoyó en el seto, falto de aire, y miró a su alrededor.

Cedric estaba a muy poca distancia de la Copa de los tres magos, que brillaba tras él.

—Cógela —le dijo Harry sin aliento—. Vamos, cógela. Ya has llegado.

Pero Cedric no se movió. Se quedó allí, mirando a Harry. Luego se volvió para observarla. Harry vio la expresión de anhelo en su rostro, iluminado por el resplandor dorado de la Copa. Cedric volvió a mirar a Harry, que se agarraba ahora al seto para sostenerse en pie.

Cedric respiró hondo y dijo:

—Cógela tú. Tú mereces ganar: me has salvado la vida dos veces.

—No es así el Torneo —replicó Harry.

Estaba irritado: la pierna le dolía muchísimo, y tenía todo el cuerpo magullado por sus forcejeos con la araña; pero, después de todos sus esfuerzos, Cedric había llegado antes, igual que había llegado antes a pedirle a Cho que fuera su pareja de baile.

—El primero que llega a la Copa gana. Y el primero has sido tú. Te lo estoy diciendo: yo no puedo ganar ninguna competición con esta pierna.

Cedric se acercó un poco más a la araña desmayada, alejándose de la Copa y negando con la cabeza.

—No —dijo.

—¡Deja de hacer alardes de nobleza! —exclamó Harry irritado—. No tienes más que cogerla, y podremos salir de aquí.

Cedric observó cómo se agarraba al seto para mantenerse en pie.

—Tú me dijiste lo de los dragones —recordó Cedric—. Yo habría caído en la primera prueba si no me lo hubieras dicho.

—A mí también me lo dijeron —espetó Harry, tratando de limpiarse con la túnica la sangre de la pierna—. Y luego tú me ayudaste con el huevo: estamos en paz.

—También a mí me ayudaron con el huevo.

—Seguimos estando en paz —repuso Harry, probando con cautela la pierna, que tembló violentamente al apoyar el peso sobre ella. Se había torcido el tobillo cuando la araña lo había dejado caer.

—Te merecías más puntos en la segunda prueba —dijo Cedric tercamente—. Te rezagaste porque querías salvar a todos los rehenes. Es lo que tendría que haber hecho yo.

—¡Sólo yo fui lo bastante tonto para tomarme en serio la canción! —contestó Harry con amargura—. ¡Coge la Copa!

—No —contestó Cedric, dando unos pasos más hacia Harry.

Éste vio que Cedric era sincero. Quería renunciar a un tipo de gloria que la casa de Hufflepuff no había conquistado desde hacía siglos.

—Vamos, cógela tú —dijo Cedric. Era como si le costara todas sus fuerzas, pero había cruzado los brazos y su rostro no dejaba lugar a dudas: estaba decidido.

Harry miró alternativamente a Cedric y a la Copa. Por un instante esplendoroso, se vio saliendo del laberinto con ella. Se vio sujetando en alto la Copa de los tres magos, oyó el clamor de la multitud, vio el rostro de Cho embriagado de admiración, más nítido de lo que lo había visto nunca... y luego la imagen se desvaneció y volvió a ver la expresión seria y firme de Cedric.

—Vamos los dos —propuso Harry.

—¿Qué?

—La cogeremos los dos al mismo tiempo. Será la victoria de Hogwarts. Empataremos.

Cedric observó a Harry. Descruzó los brazos.

—¿Es... estás seguro?

—Sí —afirmó Harry—. Sí... Nos hemos ayudado el uno al otro, ¿no? Los dos hemos llegado hasta aquí. Tenemos que cogerla juntos.

Por un momento pareció que Cedric no daba crédito a sus oídos. Luego sonrió.

—Adelante, pues —dijo—. Vamos.

Cogió a Harry del brazo, por debajo del hombro, y lo ayudó a ir hacia el pedestal en que descansaba la Copa. Al llegar, uno y otro acercaron sendas manos a las relucientes asas.

—A la de tres, ¿vale? —propuso Harry—. Uno... dos... tres...

Cedric y él agarraron las asas de la Copa.

Al instante, Harry sintió una sacudida en el estómago. Sus pies despegaron del suelo. No podía aflojar la mano que sostenía la Copa de los tres magos: lo llevaba hacia delante, en un torbellino de viento y colores, y Cedric iba a su lado.

32

Hueso, carne y sangre

Harry sintió que los pies daban contra el suelo. La pierna herida flaqueó, y cayó de bruces. La mano, por fin, soltó la Copa de los tres magos.

—¿Dónde estamos? —preguntó.

Cedric sacudió la cabeza. Se levantó, ayudó a Harry a ponerse en pie, y los dos miraron en torno.

Habían abandonado los terrenos de Hogwarts. Era evidente que habían viajado muchos kilómetros, porque ni siquiera se veían las montañas que rodeaban el castillo. Se hallaban en el cementerio oscuro y descuidado de una pequeña iglesia, cuya silueta se podía ver tras un tejo grande que tenían a la derecha. A la izquierda se alzaba una colina. En la ladera de aquella colina se distinguía apenas la silueta de una casa antigua y magnífica.

Cedric miró la Copa y luego a Harry.

—¿Te dijo alguien que la Copa fuera un traslador? —preguntó.

—Nadie —respondió Harry, mirando el cementerio. El silencio era total y algo inquietante—. ¿Será esto parte de la prueba?

—Ni idea —dijo Cedric. Parecía nervioso—. ¿No deberíamos sacar la varita?

—Sí —asintió Harry, contento de que Cedric se hubiera anticipado a sugerirlo.

Las sacaron. Harry seguía observando a su alrededor. Tenía otra vez la extraña sensación de que los vigilaban.

—Alguien viene —dijo de pronto.

Escudriñando en la oscuridad, vislumbraron una figura que se acercaba caminando derecho hacia ellos por entre las tumbas. Harry no podía distinguirle la cara; pero, por la forma en que andaba y la postura de los brazos, pensó que llevaba algo en ellos. Quienquiera que fuera, era de pequeña estatura, y llevaba sobre la cabeza una capa con capucha que le ocultaba el rostro. La distancia entre ellos se acortaba a cada paso, permitiéndoles ver que lo que llevaba el encapuchado parecía un bebé... ¿o era simplemente una túnica arrebujada?

Harry bajó un poco la varita y echó una ojeada a Cedric. Éste le devolvió una mirada de desconcierto. Uno y otro volvieron a observar al que se acercaba, que al fin se detuvo junto a una enorme lápida vertical de mármol, a dos metros de ellos. Durante un segundo, Harry, Cedric y el hombrecillo no hicieron otra cosa que mirarse.

Y entonces, sin previo aviso, la cicatriz empezó a dolerle. Fue un dolor más fuerte que ningún otro que hubiera sentido en toda su vida. Al llevarse las manos a la cara la varita se le resbaló de los dedos. Se le doblaron las rodillas. Cayó al suelo y se quedó sin poder ver nada, pensando que la cabeza le iba a estallar.

Desde lo lejos, por encima de su cabeza, oyó una voz fría y aguda que decía:

—Mata al otro.

Entonces escuchó un silbido y una segunda voz, que gritó al aire de la noche estas palabras:

—¡*Avada Kedavra*!

A través de los párpados cerrados, Harry percibió el destello de un rayo de luz verde, y oyó que algo pesado caía al suelo, a su lado. El dolor de la cicatriz alcanzó tal intensidad que sintió arcadas, y luego empezó a disminuir. Aterrorizado por lo que veía, abrió los ojos escocidos.

Cedric yacía a su lado, sobre la hierba, con las piernas y los brazos extendidos. Estaba muerto.

Durante un segundo que contuvo toda una eternidad, Harry miró la cara de Cedric, sus ojos abiertos, inexpresivos como las ventanas de una casa abandonada, su boca medio abierta, que parecía expresar sorpresa. Y entonces, antes de que su mente hubiera aceptado lo que veía, antes de que pudiera sentir otra cosa que aturdimiento e incredulidad, alguien lo levantó.

El hombrecillo de la capa había posado su lío de ropa y, con la varita encendida, arrastraba a Harry hacia la lápida de mármol. A la luz de la varita, Harry vio el nombre inscrito en la lápida antes de ser arrojado contra ella:

TOM RYDDLE

El hombre de la capa hizo aparecer por arte de magia unas cuerdas que sujetaron firmemente a Harry, atándolo a la lápida desde el cuello a los tobillos. Harry podía oír el sonido de una respiración rápida y superficial que provenía de dentro de la capucha. Forcejeó, y el hombre lo golpeó: lo golpeó con una mano a la que le faltaba un dedo, y entonces Harry comprendió quién se ocultaba bajo la capucha: Colagusano.

—¡Tú! —dijo jadeando.

Pero Colagusano, que había terminado de sujetarlo, no contestó: estaba demasiado ocupado comprobando la firmeza de las cuerdas, y sus dedos temblaban incontrolablemente hurgando en los nudos. Cuando estuvo seguro de que Harry había quedado tan firmemente atado a la lápida que no podía moverse ni un centímetro, Colagusano sacó de la capa una tira larga de tela negra y se la metió a Harry en la boca. Luego, sin decir una palabra, le dio la espalda y se marchó a toda prisa. Harry no podía decir nada, ni podía ver adónde había ido Colagusano. No podía volver la cabeza para mirar al otro lado de la lápida: sólo podía ver lo que había justo delante de él.

El cuerpo de Cedric yacía a unos seis metros de distancia. Un poco más allá, brillando a la luz de las estrellas, estaba la Copa de los tres magos. La varita de Harry se encontraba en el suelo, a sus pies. El lío de ropa que Harry había pensado que sería un bebé se hallaba cerca de él, junto a la sepultura. Se agitaba de manera inquietante. Harry lo miró, y la cicatriz le volvió a doler... y de pronto comprendió que no quería ver lo que había dentro de aquella ropa... no quería que el lío se abriera...

Oyó un ruido a sus pies. Bajó la mirada, y vio una serpiente gigante que se deslizaba por la hierba, rodeando la lápida a la que estaba atado. Volvió a oír, cada vez más fuerte, la respiración rápida y dificultosa de Colagusano, que sonaba como si estuviera acarreando algo pesado. Entonces entró en el campo de visión de Harry, que lo vio empujando hasta la sepultura algo que parecía un caldero de piedra, aparentemente lleno de agua. Oyó que salpicaba al suelo, y era más grande que ningún caldero que él hubiera utilizado nunca: era una especie de pila de piedra capaz de contener a un hombre adulto sentado.

La cosa que había dentro del lío de ropa, en el suelo, se agitaba con más persistencia, como si tratara de liberarse. En aquel momento, Colagusano hacía algo en el fondo del caldero con la varita. De repente brotaron bajo él unas llamas crepitantes. La serpiente se alejó reptando hasta adentrarse en la oscuridad.

El líquido que contenía el caldero parecía calentarse muy rápidamente. La superficie comenzó no sólo a borbotear, sino que también lanzaba chispas abrasadoras, como si estuviera ardiendo. El vapor se espesaba emborronando la silueta de Colagusano, que atendía el fuego. El lío de ropa empezó a agitarse más fuerte, y Harry volvió a oír la voz fría y aguda:

—¡Date prisa!

La entera superficie del agua relucía por las chispas. Parecía incrustada de brillantes.

—Ya está listo, amo.

—Ahora... —dijo la voz fría.

Colagusano abrió el lío de ropa, que parecía una túnica, revelando lo que había dentro, y Harry soltó un grito que fue ahogado por lo que Colagusano le había metido en la boca.

Era como si Colagusano hubiera levantado una piedra y dejado a la vista algo oculto, horrendo y viscoso... pero cien veces peor de lo que se pueda decir. Lo que Colagusano había llevado con él tenía la forma de un niño agachado, pero Harry no había visto nunca nada menos parecido a un niño: no tenía pelo, y la piel era de aspecto escamoso, de un negro rojizo oscuro, como carne viva; los brazos y las piernas eran muy delgados y débiles; y la cara... Ningún niño vivo tendría nunca una cara parecida a aquélla: era plana y como de serpiente, con ojos rojos brillantes.

Parecía incapaz de valerse por sí mismo: levantó los brazos delgados, se los echó al cuello a Colagusano, y éste lo levantó. Al hacerlo se le cayó la capucha, y Harry percibió, a la luz de la fogata, una expresión de asco en el pálido rostro de Colagusano mientras lo llevaba hasta el borde del caldero. Luego vio, por un momento, el rostro plano y malvado iluminado por las chispas que saltaban de la superficie de la poción, y oyó el golpe sordo del frágil cuerpo contra el fondo del caldero.

«Que se ahogue —pensó Harry, mientras la cicatriz le dolía casi más de lo que podía resistir—. Por favor... que se ahogue...»

Colagusano habló. La voz le salió temblorosa, y parecía aterrorizado. Levantó la varita, cerró los ojos y habló a la noche:

—¡Hueso del padre, otorgado sin saberlo, renovarás a tu hijo!

La superficie de la sepultura se resquebrajó a los pies de Harry. Horrorizado, vio que salía de debajo un fino chorro de polvo y caía suavemente en el caldero. La superficie diamantina del agua se agitó y lanzó un chisporroteo; arrojó chispas en todas direcciones, y se volvió de un azul vívido de aspecto ponzoñoso.

En aquel momento, Colagusano estaba lloriqueando. Sacó del interior de su túnica una daga plateada, brillante, larga y de hoja delgada. La voz se le quebraba en sollozos de espanto.

—¡Carne... del vasallo... voluntariamente ofrecida... revivirás a tu señor!

Extendió su mano derecha, la mano a la que le faltaba un dedo. Agarró la daga muy fuerte con la mano izquierda, y la levantó.

Harry comprendió lo que iba a hacer tan sólo un segundo antes de que ocurriera. Cerró los ojos con todas sus fuerzas, pero no pudo taparse los oídos para evitar oír el grito que perforó la noche y que atravesó a Harry como si él también hubiera sido acuchillado con la daga. Oyó un golpe contra el suelo, oyó los jadeos de angustia, y luego el ruido de una salpicadura que le dio asco, como de algo que caía dentro del caldero. Harry no se atrevía a mirar, pero la poción se había vuelto de un rojo ardiente, y producía una luz que traspasaba los párpados de Harry.

Colagusano sollozaba y gemía de dolor. Hasta que notó en la cara su agitada respiración, Harry no se dio cuenta de que se encontraba justo delante de él.

—Sa... sangre del enemigo... tomada por la fuerza... resucitarás al que odias.

Harry no pudo hacer nada para evitarlo, tan firmemente estaba atado. Mirando hacia abajo de soslayo, forcejeando inútilmente con las cuerdas que lo sujetaban a la lápida, vio la brillante daga plateada, temblando en la mano que le quedaba a Colagusano. Sintió la punta penetrar en el pliegue del codo del brazo derecho, y la sangre escurriendo por la manga de la rasgada túnica. Colagusano, sin dejar de jadear de dolor, se hurgó en el bolsillo en busca de una redoma de cristal y la colocó bajo el corte que le había hecho a Harry de forma que entrara dentro un hilillo de sangre.

Tambaleándose, llevó la sangre de Harry hasta el caldero y la vertió en su interior. Al instante el líquido adquirió un color blanco cegador. Habiendo concluido el trabajo, Colagusano cayó de rodillas al lado del caldero; luego se desplomó de lado y quedó tendido en la hierba, agarrándose el muñón ensangrentado, sollozando y dando gritos ahogados...

El caldero hervía a borbotones, salpicando en todas direcciones chispas de un brillo tan cegador que todo lo demás parecía de una negrura aterciopelada. Nada sucedió...

«Que se haya ahogado —pensó Harry—, que haya salido mal...»

Y entonces, de repente, se extinguieron las chispas que saltaban del caldero. Una enorme cantidad de vapor blanco surgió formando nubes espesas y lo envolvió todo, de forma que no pudo ver ni a Colagusano ni a Cedric ni ninguna otra cosa aparte del vapor suspendido en el aire.

«Ha ido mal —pensó—. Se ha ahogado... Por favor... por favor, que esté muerto...»

Pero entonces, a través de la niebla, vio, aterrorizado, que del interior del caldero se levantaba lentamente la oscura silueta de un hombre, alto y delgado como un esqueleto.

—Vísteme —dijo por entre el vapor la voz fría y aguda, y Colagusano, sollozando y gimiendo, sin dejar de agarrarse el brazo mutilado, alcanzó con dificultad la túnica negra del suelo, se puso en pie, se acercó a su señor y se la colocó por encima con una sola mano.

El hombre delgado salió del caldero, mirando a Harry fijamente... y Harry contempló el rostro que había nutrido sus pesadillas durante los últimos tres años. Más blanco que una calavera, con ojos de un rojo amoratado, y la nariz tan aplastada como la de una serpiente, con pequeñas rajas en ella en vez de orificios.

Lord Voldemort había vuelto.

33

Los mortífagos

Voldemort apartó la vista de Harry y empezó a examinar su propio cuerpo. Las manos eran como grandes arañas blancas; con los largos dedos se acarició el pecho, los brazos, la cara. Los rojos ojos, cuyas pupilas eran alargadas como las de un gato, refulgieron en la oscuridad. Levantó las manos y flexionó los dedos con expresión embelesada y exultante. No hizo el menor caso de Colagusano, que se retorcía sangrando por el suelo, ni de la enorme serpiente, que otra vez había aparecido y daba vueltas alrededor de Harry, emitiendo sutiles silbidos. Voldemort deslizó una de aquellas manos de dedos anormalmente largos en un bolsillo de la túnica, y sacó una varita mágica. También la acarició suavemente, y luego la levantó y apuntó con ella a Colagusano, que se elevó en el aire y fue a estrellarse contra la tumba a la que Harry estaba atado. Cayó a sus pies y quedó allí, desmadejado y llorando. Voldemort volvió hacia Harry sus rojos ojos, y soltó una risa sin alegría, fría, aguda.

La túnica de Colagusano tenía manchas sanguinolentas, pues éste se había envuelto con ella el muñón del brazo.

—Señor... —rogó con voz ahogada—, señor... me prometisteis... me prometisteis...

—Levanta el brazo —dijo Voldemort con desgana.

—¡Ah, señor... gracias, señor...!

Alargó el muñón ensangrentado, pero Voldemort volvió a reírse.

—¡El otro brazo, Colagusano!

—Amo, por favor... por favor...

Voldemort se inclinó hacia él y tiró de su brazo izquierdo. Le retiró la manga por encima del codo, y Harry vio algo en la piel, algo como un tatuaje de color rojo intenso: una calavera con una serpiente que le salía de la boca, la misma imagen que había aparecido en el cielo en los Mundiales de quidditch: la Marca Tenebrosa. Voldemort la examinó cuidadosamente, sin hacer caso del llanto incontrolable de Colagusano.

—Ha retornado —dijo con voz suave—. Todos se habrán dado cuenta... y ahora veremos... ahora sabremos...

Apretó con su largo índice blanco la marca del brazo de Colagusano.

La cicatriz volvió a dolerle, y Colagusano dejó escapar un nuevo alarido. Voldemort retiró los dedos de la marca de Colagusano, y Harry vio que se había vuelto de un negro azabache.

Con expresión de cruel satisfacción, Voldemort se irguió, echó atrás la cabeza y contempló el oscuro cementerio.

—Al notarlo, ¿cuántos tendrán el valor de regresar? —susurró, fijando en las estrellas sus brillantes ojos rojos—. ¿Y cuántos serán lo bastante locos para no hacerlo?

Comenzó a pasear de un lado a otro ante Harry y Colagusano, barriendo el cementerio con los ojos sin cesar. Después de un minuto volvió a mirar a Harry, y una cruel sonrisa torció su rostro de serpiente.

—Estás sobre los restos de mi difunto padre, Harry —dijo con un suave siseo—. Era muggle y además idiota... como tu querida madre. Pero los dos han tenido su utilidad, ¿no? Tu madre murió para defenderte cuando eras niño... A mi padre lo maté yo, y ya ves lo útil que me ha sido después de muerto.

Voldemort volvió a reírse. Seguía paseando, observándolo todo mientras andaba, en tanto la serpiente describía círculos en la hierba.

—¿Ves la casa de la colina, Potter? En ella vivió mi padre. Mi madre, una bruja que vivía en la aldea, se enamoró de él. Pero mi padre la abandonó cuando supo lo que era ella: no le gustaba la magia.

»La abandonó y se marchó con sus padres muggles antes incluso de que yo naciera, Potter, y ella murió dándome a luz, así que me crié en un orfanato muggle... pero juré encontrarlo... Me vengué de él, de este loco que me dio su nombre, Tom Ryddle.

Siguió paseando, dirigiendo sus rojos ojos de una tumba a otra.

—Lo que son las cosas: yo reviviendo mi historia familiar... —dijo en voz baja—. Vaya, me estoy volviendo sentimental... ¡Pero mira, Harry! Ahí vuelve mi verdadera familia...

El aire se llenó repentinamente de ruido de capas. Por entre las tumbas, detrás del tejo, en cada rincón umbrío, se aparecían magos, todos encapuchados y con máscara. Y uno a uno se iban acercando lenta, cautamente, como si apenas pudieran dar crédito a sus ojos. Voldemort permaneció en silencio, aguardando a que llegaran junto a él. Entonces uno de los mortífagos cayó de rodillas, se arrastró hacia Voldemort y le besó el bajo de la negra túnica.

—Señor... señor... —susurró.

Los mortífagos que estaban tras él hicieron lo mismo. Todos se le fueron acercando de rodillas, y le besaron la túnica antes de retroceder y levantarse para formar un círculo silencioso en torno a la tumba de Tom Ryddle, de forma que Harry, Voldemort y Colagusano, que yacía en el suelo sollozando y retorciéndose, quedaron en el centro. Dejaban huecos en el círculo, como si esperaran que apareciera más gente. Voldemort, sin embargo, no parecía aguardar a nadie más. Miró a su alrededor los rostros encapuchados y, aunque no había viento, un ligero temblor recorrió el círculo, haciendo crujir las túnicas.

—Bienvenidos, mortífagos —dijo Voldemort en voz baja—. Trece años... trece años han pasado desde la última vez que nos encontramos. Pero seguís acudiendo a mi llamada como si fuera ayer... ¡Eso quiere decir que seguimos unidos por la Marca Tenebrosa!, ¿no es así?

Echó atrás su terrible cabeza y aspiró, abriendo los agujeros de la nariz, que tenían forma de rendijas.

—Huelo a culpa —dijo—. Hay un hedor a culpa en el ambiente.

Un segundo temblor recorrió el círculo, como si cada uno de sus integrantes sintiera la tentación de retroceder pero no se atreviera.

—Os veo a todos sanos y salvos, con vuestros poderes intactos... ¡qué apariciones tan rápidas!... y me pregunto: ¿por qué este grupo de magos no vino en ayuda de su señor, al que juraron lealtad eterna?

Nadie habló. Nadie se movió salvo Colagusano, que no dejaba de sollozar por su brazo sangrante.

—Y me respondo —susurró Voldemort—: debieron de pensar que yo estaría acabado, que me había ido. Volvieron ante mis enemigos, adujeron que habían actuado por inocencia, por ignorancia, por encantamiento...

»Y entonces me pregunto a mí mismo: ¿cómo pudieron creer que no volvería? ¿Cómo pudieron creerlo ellos, que sabían las precauciones que yo había tomado, tiempo atrás, para preservarme de la muerte? ¿Cómo pudieron creerlo ellos, que habían sido testigos de mi poder, en los tiempos en que era más poderoso que ningún otro mago vivo?

»Y me respondo: quizá creyeron que existía alguien aún más fuerte, alguien capaz de derrotar incluso a lord Voldemort. Tal vez ahora son fieles a ese alguien... ¿tal vez a ese paladín de la gente común, de los sangre sucia y de los muggles, Albus Dumbledore?

A la mención del nombre de Dumbledore, los integrantes del círculo se agitaron, y algunos negaron con la cabeza o murmuraron algo.

Voldemort no les hizo caso.

—Me resulta decepcionante. Lo confieso, me siento decepcionado...

Uno de los hombres avanzó hacia Voldemort, rompiendo el círculo. Temblando de pies a cabeza, cayó a sus pies.

—¡Amo! —gritó—. ¡Perdonadme, señor! ¡Perdonadnos a todos!

Voldemort rompió a reír. Levantó la varita.

—¡Crucio!

El mortífago que estaba en el suelo se retorció y gritó. Harry pensó que los aullidos llegarían a las casas vecinas.

«Que venga la policía —pensó desesperado—; cualquiera, quien sea...»

Voldemort levantó la varita. El mortífago torturado yacía en el suelo, jadeando.

—Levántate, Avery —dijo Voldemort con suavidad—. Levántate. ¿Ruegas clemencia? Yo no tengo clemencia. Yo no olvido. Trece largos años... Te exigiré que me pagues por estos trece años antes de perdonarte. Colagusano ya ha pagado parte de su deuda, ¿no es así, Colagusano?

Bajó la vista hacia éste, que seguía sollozando.

—No volviste a mí por lealtad sino por miedo a tus antiguos amigos. Mereces el dolor, Colagusano. Lo sabes, ¿verdad?

—Sí, señor —gimió Colagusano—. Por favor, señor, por favor...

—Aun así, me ayudaste a recuperar mi cuerpo —dijo fríamente Voldemort, mirándolo sollozar en la hierba—. Aunque eres inútil y traicionero, me ayudaste... y lord Voldemort recompensa a los que lo ayudan.

Volvió a levantar la varita e hizo con ella una floritura en el aire. Un rayo de lo que parecía plata derretida salió brillando de ella. Sin forma durante un momento, adquirió luego la de una brillante mano humana, de color semejante a la luz de la luna, que descendió y se adhirió a la muñeca sangrante de Colagusano.

Los sollozos de éste se detuvieron de pronto. Respirando irregular y entrecortadamente, levantó la cabeza y contempló la mano de plata como si no pudiera creerlo. Se había unido al brazo limpiamente, sin señales, como si se hubiera puesto un guante resplandeciente. Flexionó los brillantes dedos y luego, temblando, cogió del suelo una pequeña ramita seca y la estrujó hasta convertirla en polvo.

—Señor —susurró—. Señor... es hermosa... Gracias... mil gracias.

Avanzó de rodillas y besó el bajo de la túnica de Voldemort.

—Que tu lealtad no vuelva a flaquear, Colagusano —le advirtió Voldemort.

—No, mi señor... nunca.

Colagusano se levantó y ocupó su lugar en el círculo, sin dejar de mirarse la mano nueva. En la cara aún le brillaban las lágrimas. Voldemort se acercó entonces al hombre que estaba a la derecha de Colagusano.

—Lucius, mi escurridizo amigo —susurró, deteniéndose ante él—. Me han dicho que no has renunciado a los viejos modos, aunque ante el mundo presentas un rostro respetable. Tengo entendido que sigues dispuesto a tomar la iniciativa en una sesión de tortura de muggles. Sin embargo, nunca intentaste encontrarme, Lucius. Tu demostración en los Mundiales de quidditch estuvo bien, divertida, me atrevería a decir... pero ¿no hubieras hecho mejor en emplear tus energías en encontrar y ayudar a tu señor?

—Señor, estuve en constante alerta —dijo con rapidez la voz de Malfoy, desde debajo de la capucha—. Si hubiera visto cualquier señal vuestra, una pista sobre vuestro paradero, habría acudido inmediatamente a vuestro lado. Nada me lo habría impedido...

—Y aun así escapaste de la Marca Tenebrosa cuando un fiel mortífago la proyectó en el aire el verano pasado —lo interrumpió Voldemort con suavidad, y el señor Malfoy dejó bruscamente de hablar—. Sí, lo sé todo, Lucius. Me has decepcionado... Espero un servicio más leal en el futuro.

—Por supuesto, señor, por supuesto... Sois misericordioso, gracias.

Voldemort se movió, y se detuvo mirando fijamente al hueco que separaba a Malfoy del siguiente hombre, en el que hubieran cabido bien dos personas.

—Aquí deberían encontrarse los Lestrange —dijo Voldemort en voz baja—. Pero están en Azkaban, sepultados en vida. Fueron fieles, prefirieron Azkaban a renunciar a mí... Cuando asaltemos Azkaban, los Lestrange recibirán más honores de los que puedan imaginarse. Los dementores se unirán a nosotros: son nuestros aliados naturales. Y llamaremos a los gigantes desterrados. Todos mis vasallos devotos volverán a mí, y un ejército de criaturas a quienes todos temen...

Siguió su recorrido. Pasaba ante algunos mortífagos sin decir nada, pero se detenía ante otros y les hablaba:

—Macnair... Colagusano me ha dicho que ahora te dedicas a destruir bestias peligrosas para el Ministerio de Magia. Pronto dispondrás de mejores víctimas, Macnair. Lord Voldemort te proveerá de ellas.

—Gracias, señor... gracias —musitó Macnair.

—Y aquí —Voldemort llegó ante las dos figuras más grandes— tenemos a Crabbe. Esta vez lo harás mejor, ¿no, Crabbe? ¿Y tú, Goyle?

Se inclinaron torpemente, musitando:

—Sí, señor...

—Así será, señor...

—Te digo lo mismo que a ellos, Nott —dijo Voldemort en voz baja, desplazándose hasta una figura encorvada que estaba a la sombra del señor Goyle.

—Señor, me postro ante vos. Soy vuestro más fiel servidor...

—Eso espero —repuso Voldemort.

Llegó ante el hueco más grande de todos, y se quedó mirándolo con sus rojos ojos, inexpresivos, como si pudiera ver a los que faltaban.

—Y aquí tenemos a seis mortífagos desaparecidos... tres de ellos muertos en mi servicio. Otro, demasiado cobarde para venir, lo pagará. Otro que creo que me ha dejado para siempre... ha de morir, por supuesto. Y otro que sigue siendo mi vasallo más fiel, y que ya se ha reincorporado a mi servicio.

Los mortífagos se agitaron. Harry vio que se dirigían miradas unos a otros a través de las máscaras.

—Ese fiel vasallo está en Hogwarts, y gracias a sus esfuerzos ha venido aquí esta noche nuestro joven amigo...

»Sí —continuó Voldemort, y una sonrisa le torció la boca sin labios, mientras los ojos de todos se clavaban en Harry—. Harry Potter ha tenido la bondad de venir a mi fiesta de renacimiento. Me atrevería a decir que es mi invitado de honor.

Se hizo el silencio. Luego, el mortífago que se encontraba a la derecha de Colagusano avanzó, y la voz de Lucius Malfoy habló desde debajo de la máscara.

—Amo, nosotros ansiamos saber... Os rogamos que nos digáis... cómo habéis logrado... este milagro... cómo habéis logrado volver con nosotros...

—Ah, ésa es una historia sorprendente, Lucius —contestó Voldemort—. Una historia que comienza... y termina... con el joven amigo que tenemos aquí.

Se acercó a Harry con desgana, y ambos fueron entonces el centro de atención. La serpiente seguía dando vueltas alrededor de Harry.

—Naturalmente, sabéis que a este muchacho lo han llamado «mi caída» —dijo Voldemort suavemente, clavando sus rojos ojos en Harry; la cicatriz empezó a dolerle tanto que éste estuvo a punto de chillar de dolor—. Todos sabéis que, la noche en que perdí mis poderes y mi cuerpo, había querido matarlo. Su madre murió para salvarlo, y sin saberlo fue para él un escudo que yo no había previsto... No pude tocarlo.

Voldemort levantó uno de sus largos dedos blancos, y lo puso muy cerca de la mejilla de Harry.

—Su madre dejó en él las huellas de su sacrificio... esto es magia antigua; tendría que haberlo recordado, no me explico cómo lo pasé por alto... Pero no importa: ahora sí que puedo tocarlo.

Harry sintió el contacto de la fría yema del dedo largo y blanco, y creyó que la cabeza le iba a estallar de dolor.

Voldemort rió suavemente en su oído; luego retiró el dedo y siguió dirigiéndose a los mortífagos.

—Me equivoqué, amigos, lo admito. Mi maldición fue desviada por el loco sacrificio de la mujer y rebotó contra mí. Aaah... un dolor por encima de lo imaginable, amigos. Nada hubiera podido prepararme para soportarlo. Fui arrancado del cuerpo, quedé convertido en algo que era menos que espíritu, menos que el más sutil de los fantasmas... y, sin embargo, seguía vivo. Lo que fui entonces, ni siquiera yo lo sé... Yo, que he ido más lejos que nadie en el camino hacia la inmortalidad. Vosotros conocéis mi meta: conquistar la muerte. Y entonces fui puesto a prueba, y resultó que alguno de mis experimentos funcionó bien... porque no llegué a morir aunque la maldición debiera haberme matado. No obstante, quedé tan desprovisto de poder como la más débil criatura viva, y sin ningún recurso que me ayudara... porque no tenía cuerpo, y cualquier hechizo que pudiera haberme ayudado requería la utilización de una varita.

»Sólo recuerdo que me obligué a mí mismo a existir, sin desfallecer. Me establecí en un lugar alejado, en un bosque, y esperé... Sin duda, alguno de mis fieles mortífagos trataría de encontrarme... alguno de ellos vendría y practicaría la magia que yo no podía, para devolverme a un cuerpo. Pero esperé en vano.

Un estremecimiento recorrió de nuevo el círculo de los mortífagos. Voldemort dejó que aquel estremecimiento creciera horriblemente antes de continuar:

—Sólo conservaba uno de mis poderes: el de ocupar los cuerpos de otros. Pero no me atrevía a ir a donde hubiera abundancia de humanos, porque sabía que los aurores seguían buscándome por el extranjero. En ocasiones habité el cuerpo de animales (por supuesto, las serpientes fueron mis preferidos), pero en ellos no estaba mucho mejor que siendo puro espíritu, porque sus cuerpos son poco aptos para realizar magia... y, además, mi posesión de ellos les acortaba la vida. Ninguno duró mucho.

»Luego... hace cuatro años... encontré algo que parecía asegurarme el retorno. Un mago joven y confiado vagaba por el camino del bosque que había convertido en mi hogar. Era la oportunidad con la que había estado soñando, pues se trataba de un profesor del colegio de Dumbledore. Fue fácil doblegarlo a mi voluntad... Me trajo de vuelta a este país, y después de un tiempo ocupé su cuerpo para vigilarlo de cerca mientras cumplía mis órdenes. Pero el plan falló: no logré robar la piedra filosofal. Perdí la oportunidad de asegurarme la vida inmortal. Una vez más, Harry Potter frustró mi intento...

Volvió a hacerse el silencio. Nada se movía, ni siquiera las hojas del tejo. Los mortífagos estaban completamente inmóviles, y en las máscaras les brillaban los ojos, fijos en Voldemort y en Harry.

—Mi vasallo murió cuando dejé su cuerpo, y yo quedé tan debilitado como antes —prosiguió Voldemort—. Volví a mi lejano refugio temiendo que nunca recuperaría mis poderes. Sí, aquéllos fueron mis peores días: no podía esperar encontrarme otro mago cuyo cuerpo pudiera ocupar... y ya había perdido toda esperanza de que mis mortífagos se preocuparan por lo que hubiera sido de mí.

Uno o dos de los enmascarados hicieron gestos de incomodidad, pero Voldemort no hizo caso.

—Y entonces, no hace ni un año, cuando ya había abandonado toda esperanza, sucedió al fin: un vasallo volvió a mí. Colagusano, aquí presente, que había fingido su propia muerte para huir de la justicia, fue descubierto y decidió volver junto a su señor. Me buscó por el país en que se rumoreaba que me había ocultado... ayudado, claro, por las ratas que fue encontrando por el camino. Colagusano tiene una curiosa afinidad con las ratas, ¿no es así? Sus sucios amiguitos le dijeron que, en las profundidades de un bosque albanés, había un lugar que evitaban, en el que animales pequeños como ellas habían encontrado la muerte al quedar poseídos por una sombra oscura.

»Pero su viaje de regreso a mí no careció de tropiezos, ¿verdad, Colagusano? Porque una noche, hambriento, en las lindes del mismo bosque en que esperaba encontrarme, paró imprudentemente en una posada para comer algo... ¿y a quién diríais que halló allí? A la mismísima Bertha Jorkins, una bruja del Ministerio de Magia.

»Ahora veréis cómo el hado favorece a lord Voldemort: aquél podría haber sido el final de Colagusano y de mi última esperanza de regeneración, pero Colagusano (demostrando una presencia de ánimo que nunca habría esperado hallar en él) convenció a Bertha Jorkins de que lo acompañara a un paseo a la luz de la luna; la dominó... y la trajo hasta mí. Y Bertha Jorkins, que podría haberlo echado todo a perder, resultó ser un regalo mejor del que hubiera podido soñar... porque, con un poco de persuasión, se convirtió en una verdadera mina de información.

»Fue ella la que me dijo que el Torneo de los tres magos tendría lugar en Hogwarts durante este curso, y también la que me habló de un fiel mortífago que estaría deseando ayudarme, si conseguía ponerme en contacto con él. Me dijo muchas cosas... pero los medios que utilicé a fin de romper el encantamiento que le habían echado para borrarle la memoria fueron demasiado fuertes, y, cuando le hube sacado toda la información útil, tenía la mente y el cuerpo en tan mal estado que no había arreglo posible. Ya me había servido. No podía encarnarme en su cuerpo, así que me deshice de ella.

Voldemort sonrió con su horrenda sonrisa. Sus rojos ojos tenían una mirada cruel y extraviada.

—El cuerpo de Colagusano, por supuesto, era poco adecuado para mi encarnación, puesto que todos lo creían muerto y, de ser visto, atraería demasiado la atención. Sin embargo, él fue el vasallo que yo necesitaba, dotado de un cuerpo que puso a mi servicio. Y, aunque no es un gran mago, pudo seguir las instrucciones que le daba y que me fueron devolviendo a un cuerpo, al mío propio, aunque débil y rudimentario; un cuerpo que podía habitar mientras aguardaba los ingredientes esenciales para el verdadero renacimiento... Uno o dos encantamientos de mi invención, un poco de ayuda de mi querida *Nagini*... —los ojos de Voldemort se dirigieron a la serpiente, que no dejaba de dar vueltas—, una poción elaborada con sangre de unicornio, y el veneno de reptil que *Nagini* nos proporcionó... y retomé enseguida una forma casi humana, y me encontré lo bastante fuerte para viajar.

»Ya no había esperanza de robar la piedra filosofal, porque sabía que Dumbledore se habría ocupado de destruirla. Pero estaba deseando abrazar de nuevo la vida mortal, antes de buscar la inmortal. Así que me propuse expectativas más modestas: me conformaría con retornar a mi antiguo cuerpo, y a mi antigua fuerza.

»Sabía que para lograrlo (la poción que me ha revivido esta noche es una vieja joya de la magia oscura) necesitaría tres ingredientes muy poderosos. Bueno, uno de ellos ya estaba a mano, ¿verdad, Colagusano? Carne ofrecida por un vasallo...

»El hueso de mi padre, naturalmente, nos obligaba a desplazarnos a este lugar, donde está enterrado. Pero la sangre de un enemigo... Si por Colagusano hubiera sido, habría utilizado la de cualquier mago, ¿verdad? Cualquier mago que me odiara... ¡y hay tantos que todavía lo hacen! Pero yo sabía a quién tenía que usar si quería ser aún más fuerte de lo que había sido antes de mi caída: quería la sangre de Harry Potter, quería la sangre del que me había desprovisto de fuerza trece años antes, para que la persistente protección que una vez le dio su madre residiera también en mis venas.

»Pero ¿cómo atrapar a Harry Potter? Porque ha estado mejor protegido de lo que incluso él imagina, protegido por medios ingeniados hace tiempo por Dumbledore, cuando se ocupó del futuro del muchacho. Dumbledore invocó magia muy antigua para asegurarse de que el niño no sufría daño mientras se hallaba al cuidado de sus parientes. Ni siquiera yo podía tocarlo allí... Luego, naturalmente, estaban los Mundiales de quidditch. Pensé que su protección se debilitaría en el estadio, lejos de sus parientes y de Dumbledore, pero yo todavía no me encontraba lo bastante fuerte para intentar secuestrarlo en medio de una horda de magos del Ministerio. Y después el muchacho volvería a Hogwarts, donde desde la mañana a la noche estaría bajo la nariz aguileña de ese loco amigo de los muggles. Así que ¿cómo podía atraparlo?

»Pues, por supuesto, aprovechándome de la información de Bertha: usando a mi único mortífago fiel, establecido en Hogwarts, para asegurarme de que el nombre del muchacho entraba en el cáliz de fuego, usándolo para asegurarme de que el muchacho ganaba el Torneo... de que era el primero en tocar la copa, la Copa que mi mortífago habría convertido en un traslador que lo traería aquí, lejos de la protección de Dumbledore, a mis brazos expectantes. Y aquí está... el muchacho que todos vosotros creíais que había sido «mi caída».

Voldemort avanzó lentamente, y volvió su rostro a Harry. Levantó su varita.

—¡*Crucio*!

Fue un dolor muy superior a cualquier otro que Harry hubiera sufrido nunca: los huesos le ardieron, la cabeza parecía que se le iba a partir por la cicatriz, los ojos le daban vueltas como locos. Deseó que terminara... perder el conocimiento... morir...

Y luego cesó. Su cuerpo quedó colgado, sin fuerzas, de las cuerdas que lo ataban a la lápida del padre de Voldemort, y miró aquellos brillantes ojos rojos a través de una especie de niebla. Las carcajadas de los mortífagos resonaban en la noche.

—Creo que veis lo estúpido que es pensar que este niño haya sido alguna vez más fuerte que yo —dijo Voldemort—. Pero no quiero que queden dudas en la mente de nadie.

Harry Potter se libró de mí por pura suerte. Y ahora demostraré mi poder matándolo, aquí y ahora, delante de todos vosotros, sin un Dumbledore que lo ayude ni una madre que muera por él. Le daré una oportunidad. Tendrá que luchar, y no os quedará ninguna duda de quién de nosotros es el más fuerte. Sólo un poquito más, *Nagini* —susurró, y la serpiente se retiró deslizándose por la hierba hacia los mortífagos—. Ahora, Colagusano, desátalo y devuélvele la varita.

34

Priori incantatem

Colagusano se acercó a Harry, que intentó sacudirse su aturdimiento y apoyar en los pies el peso del cuerpo antes de que le desataran las cuerdas. Colagusano levantó su nueva mano plateada, le sacó la bola de tela de la boca, y luego, de un solo golpe, cortó todas las ataduras que sujetaban a Harry a la lápida.

Durante una fracción de segundo, Harry podría haber pensado en huir, pero la pierna herida le temblaba, y los mortífagos cerraban filas, tapando los huecos de los que faltaban y formando un cerco más apretado en torno a Voldemort y él. Colagusano se dirigió hacia el lugar en que yacía el cuerpo de Cedric, y regresó con la varita de Harry, que le puso con brusquedad en la mano, sin mirarlo, para volver luego a ocupar su sitio en el círculo de mortífagos.

—¿Te han dado clases de duelo, Harry Potter? —preguntó Voldemort con voz melosa. Sus rojos ojos brillaban a través de la oscuridad.

Aquellas palabras le hicieron recordar a Harry, como si se tratara de una vida anterior, el club de duelo al que había asistido brevemente en Hogwarts dos años antes... Todo cuanto había aprendido en él era el encantamiento de desarme, *Expelliarmus*. ¿Y qué utilidad podría tener quitarle la varita a Voldemort, si es que conseguía hacerlo, cuando estaba rodeado de mortífagos y serían por lo menos treinta contra uno? Nunca había aprendido nada que fuera adecuado para aquel momento. Sabía que se iba a enfrentar a aquello contra lo que siempre los había prevenido Moody: la maldición *Avada Kedavra*, que no se podía interceptar. Y Voldemort tenía razón: aquella vez su madre no se encontraba allí para morir por él. Estaba completamente desprotegido...

—Saludémonos con una inclinación, Harry —dijo Voldemort, agachándose un poco, pero sin dejar de presentar a Harry su cara de serpiente—. Vamos, hay que comportarse como caballeros... A Dumbledore le gustaría que hicieras gala de tus buenos modales. Inclínate ante la muerte, Harry.

Los mortífagos volvieron a reírse. La boca sin labios de Voldemort se contorsionó en una sonrisa. Harry no se inclinó. No iba a permitir que Voldemort se burlara de él antes de matarlo... no iba a darle esa satisfacción...

—He dicho que te inclines —repitió Voldemort, alzando la varita.

Harry sintió que su columna vertebral se curvaba como empujada firmemente por una mano enorme e invisible, y los mortífagos rieron más que antes.

—Muy bien —dijo Voldemort con voz suave, y, cuando levantó la varita, la presión que empujaba a Harry hacia abajo desapareció—. Ahora da la cara como un hombre. Tieso y orgulloso, como murió tu padre...

»Señores, empieza el duelo.

Voldemort levantó la varita una vez más, y, antes de que Harry pudiera hacer nada para defenderse, recibió de nuevo el impacto de la maldición *cruciatus*. El dolor fue tan intenso, tan devastador, que olvidó dónde estaba: era como si cuchillos candentes le horadaran cada centímetro de la piel, y la cabeza le fuera a estallar de dolor. Gritó más fuerte de lo que había gritado en su vida.

Y luego todo cesó. Harry se dio la vuelta y, con dificultad, se puso en pie. Temblaba tan incontrolablemente como Colagusano después de cortarse la mano. En su tambaleo llegó hasta el muro de mortífagos, que lo empujaron hacia Voldemort.

—Un pequeño descanso —dijo Voldemort, dilatando de emoción las alargadas rendijas de la nariz—, una breve pausa... Duele, ¿verdad, Harry? No querrás que lo repita, ¿a que no?

Harry no respondió. Moriría como Cedric. Aquellos ojos rojos despiadados se lo estaban diciendo: iba a morir, y no podía hacer nada para evitarlo. Pero a lo que no estaba dispuesto era a doblegarse. No iba a obedecer a Voldemort... no iba a implorarle...

—Te he preguntado si quieres que lo repita —dijo Voldemort con voz suave—. ¡Respóndeme! ¡*Imperio!*

Y, por tercera vez en su vida, Harry sintió la sensación de que su mente se vaciaba de todo pensamiento... Era una bendición, no pensar; era como flotar, soñar... *Di simplemente «no, por piedad»... Di «no, por piedad»... Simplemente dilo...*

«No lo haré —dijo otra voz más fuerte desde la parte de atrás de la cabeza—; no responderé...»

Di «no, por piedad»...

«No lo haré, no lo diré...»

Di «no, por piedad»...

—¡NO LO HARÉ!

Y estas palabras brotaron de la boca de Harry. Retumbaron en el cementerio, y la somnolencia desapareció tan de repente como si le hubieran echado un jarro de agua fría. Pero regresaron inmediatamente los dolores que la maldición *cruciatus* le había dejado en todo el cuerpo, y la conciencia del lugar y la situación en que se encontraba.

—¿No lo harás? —dijo Voldemort en voz baja, y los mortífagos no se rieron aquella vez—. ¿No dirás «no, por piedad»? Harry, la obediencia es una virtud que me gustaría enseñarte antes de matarte... ¿tal vez con otra pequeña dosis de dolor?

Voldemort levantó la varita, pero aquella vez Harry estaba listo: con los reflejos adquiridos en los entrenamientos de quidditch, se echó al suelo a un lado. Rodó hasta quedar a cubierto detrás de la lápida de mármol del padre de Voldemort, y la oyó resquebrajarse al recibir la maldición dirigida a él.

—No vamos a jugar al escondite, Harry —dijo la voz suave y fría de Voldemort, acercándose más entre las risas de los mortífagos—. No puedes esconderte de mí. ¿Es que estás cansado del duelo? ¿Preferirías que terminara ya, Harry? Sal, Harry... sal y da la cara. Será rápido... puede que ni siquiera sea doloroso, no lo sé... ¡Como nunca me he muerto...!

Harry permaneció agachado tras la lápida, comprendiendo que había llegado su fin. No había esperanza... nadie iba a ayudarlo. Y, al oír a Voldemort acercarse aún más, sólo supo una cosa que escapaba al miedo y a la razón: que no iba a morir agachado como un niño que jugara al escondite, ni iba a morir arrodillado a los pies de Voldemort. Moriría de pie como su padre, intentando defenderse aunque no hubiera defensa posible.

Antes de que Voldemort asomara la cabeza de serpiente por el otro lado de la lápida, Harry se había levantado; agarraba firmemente la varita con una mano, la blandía ante él, y se abalanzaba al encuentro de Voldemort para enfrentarse con él cara a cara.

Voldemort estaba listo. Al tiempo que Harry gritaba «¡*Expelliarmus!*», Voldemort lanzó su «¡*Avada Kedavra!*».

De la varita de Voldemort brotó un chorro de luz verde en el preciso momento en que de la de Harry salía un rayo de luz roja, y ambos rayos se encontraron en medio del aire. Repentinamente, la varita de Harry empezó a vibrar como si la recorriera una descarga eléctrica. La mano se le había agarrotado, y no habría podido soltarla aunque hubiera querido. Un estrecho rayo de luz que no era de color rojo ni verde, sino de un dorado intenso y brillante, conectó las dos varitas, y Harry, mirando el rayo con asombro, vio que también los largos dedos de Voldemort aferraban una varita que no dejaba de vibrar.

Y entonces (nada podría haber preparado a Harry para aquello) sintió que sus pies se alzaban del suelo. Tanto él como Voldemort estaban elevándose en el aire, y sus varitas seguían conectadas por el hilo de luz dorada. Se alejaron de la lápida del padre de Voldemort, y fueron a aterrizar en un claro de tierra sin tumbas. Los mortífagos gritaban pidiéndole instrucciones a Voldemort mientras, seguidos por la serpiente, volvían a reunirse y a formar el círculo en torno a ellos. Algunos sacaron las varitas.

El rayo dorado que conectaba a Harry y Voldemort se escindió. Aunque las varitas seguían conectadas, mil ramificaciones se desprendieron trazando arcos por encima de ellos, y se entrelazaron a su alrededor hasta dejarlos encerrados en una red dorada en forma de campana, una especie de jaula de luz, fuera de la cual los mortífagos merodeaban como chacales, profiriendo gritos que llegaban adentro amortiguados.

—¡No hagáis nada! —les gritó Voldemort a los mortífagos.

Harry vio que tenía los ojos completamente abiertos de sorpresa ante lo que estaba ocurriendo, y que forcejeaba en un intento de romper el hilo de luz que seguía uniendo las varitas. Harry agarró la suya con más fuerza utilizando ambas manos, y el hilo dorado permaneció intacto.

—¡No hagáis nada a menos que yo os lo mande! —volvió a gritar Voldemort.

Y, entonces, un sonido hermoso y sobrenatural llenó el aire... Procedía de cada uno de los hilos de la red finamente tejida en torno a Harry y Voldemort. Era un sonido que Harry pudo reconocer, aunque antes sólo lo había oído una vez: era el canto del fénix.

Para Harry era un sonido de esperanza... lo más hermoso y acogedor que había oído en su vida. Sentía como si el canto estuviera dentro de él en vez de rodearlo. Era un sonido que lo conectaba a Dumbledore, como si un amigo le hablara al oído...

No rompas la conexión.

«Lo sé —le dijo Harry a la música—, ya sé que no debo.» Pero, en cuanto lo hubo pensado, se convirtió en algo bastante más difícil de cumplir. Su varita empezó a vibrar más fuerte que antes... y el rayo que lo unía a Voldemort había cambiado también: era como si unos guijarros de luz se deslizaran de un lado a otro del rayo que unía las varitas. Harry notó que su varita se sacudía en el interior de su mano mientras los guijarros comenzaban a deslizarse hacia su lado lenta pero incesantemente. La dirección del movimiento del rayo era de Voldemort hacia él, y notaba que su varita vibraba con enorme fuerza...

Cuando el más próximo de los guijarros de luz se acercó a la varita de Harry, la madera que tenía entre los dedos se puso tan caliente que a Harry le dio miedo que se prendiera. Cuanto más se acercaba el guijarro, con más fuerza vibraba la varita de Harry. Tuvo la certeza de que, en cuanto tocara la varita, ésta se desharía. Parecía a punto de hacerse astillas entre sus dedos...

Concentró cada célula de su cerebro en obligar al guijarro a retroceder hacia Voldemort, con el canto del fénix en los oídos y los ojos furiosos, fijos. Lentamente, muy lentamente, los guijarros se fueron deteniendo, y luego, con la misma lentitud, comenzaron a desplazarse en sentido opuesto... y entonces fue la varita de Voldemort la que empezó a vibrar con terrible fuerza. Voldemort parecía anonadado y casi temeroso.

Uno de los guijarros de luz temblaba a unos centímetros de distancia de la varita de Voldemort. Harry no sabía por qué lo hacía, no sabía qué podría sacar de aquello... pero se concentró como nunca en su vida en obligar a aquel guijarro de luz a ir hacia la varita de Voldemort, y despacio, muy despacio, el guijarro se movió a través del hilo dorado, tembló por un momento, y luego hizo contacto.

De inmediato, la varita de Voldemort prorrumpió en estridentes alaridos de dolor. A continuación (los rojos ojos de Voldemort se abrieron de terror) una mano de humo denso surgió de la punta de la varita y se desvaneció: el espectro de la mano que le había dado a Colagusano. Más gritos de dolor, y luego empezó a brotar de la punta de la varita de Voldemort algo mucho más grande, algo gris que parecía hecho de un humo casi sólido. Formó una cabeza... a la que siguieron el pecho y los brazos: era el torso de Cedric Diggory.

Esto conmocionó a Harry de tal manera, que si en algún momento podría haber soltado la varita habría sido aquél, pero el instinto se lo impidió, de manera que el rayo de luz dorada siguió intacto, aunque el espeso espectro gris de Cedric Diggory (¿era un espectro?, ¡parecía corpóreo!) salió en su totalidad de la punta de la varita de Voldemort como de un túnel muy estrecho. Y aquella sombra de Cedric se puso de pie, miró a ambos lados el rayo de luz dorada, y habló:

—¡Aguanta, Harry! —dijo.

La voz resonó distante. Harry miró a Voldemort, que contemplaba atónito la escena, con los ojos abiertos como platos. Aquello lo había cogido tan de sorpresa como a Harry. Éste oyó los apagados gritos de terror de los mortífagos, que rondaban fuera de la campana dorada.

Surgieron nuevos gritos de dolor de la varita, y luego algo más brotó de la punta: la densa sombra de una segunda cabeza, rápidamente seguida de los brazos y el torso. Un viejo al que Harry había visto en cierta ocasión en un sueño salía de la punta de la varita exactamente igual que había hecho Cedric... Su espectro, o su sombra, o lo que fuera, cayó junto al de Cedric y, apoyándose sobre su cayado, examinó con alguna sorpresa a Harry, a Voldemort, la red dorada y las varitas conectadas.

—Entonces, ¿era un mago de verdad? —dijo el viejo, fijándose en Voldemort—. Me mató, ése lo hizo... ¡Pelea bien, muchacho!

Pero ya estaba surgiendo una nueva cabeza... y aquélla, gris como una estatua de humo, era la de una mujer. Soportando las sacudidas con ambas manos para no soltar la varita, Harry la vio caer al suelo y levantarse como los otros, observando.

La sombra de Bertha Jorkins contempló con los ojos muy abiertos la batalla que tenía lugar ante ella.

—¡No sueltes! —le gritó, y su voz retumbó al igual que la de Cedric, como si llegara de muy lejos—. ¡No sueltes, Harry, no sueltes!

Ella y los otros dos fantasmas comenzaron a deambular por la parte interior de la campana dorada, mientras los mortífagos hacían algo parecido en la parte de fuera... Las víctimas de Voldemort cuchicheaban rodeando a los duelistas, le susurraban a Harry palabras de ánimo y le decían a Voldemort cosas que Harry no alcanzaba a oír.

Y entonces otra cabeza salió de la punta de la varita de Voldemort... Harry supo quién era en cuanto la vio, lo comprendió como si la hubiera estado esperando desde el momento en que Cedric había surgido de la varita, lo comprendió porque la mujer que salía era la persona en la que más había pensado aquella noche...

La sombra de humo de una mujer joven de pelo largo cayó al suelo tal como había hecho Bertha, se levantó y lo miró... y Harry, con los brazos temblando furiosamente, devolvió la mirada al rostro fantasmal de su madre.

—Tu padre está en camino... —dijo ella en voz baja—. Quiere verte... Todo irá bien... ¡ánimo!...

Y entonces empezó a salir: primero la cabeza, luego el cuerpo, alto y de pelo alborotado como Harry. La forma etérea de James Potter brotó del extremo de la varita de Voldemort, cayó al suelo y se puso de pie como su mujer. Se acercó a Harry, mirándolo, y le habló con la misma voz lejana y resonante que los otros, pero en voz baja, para que Voldemort, cuya cara estaba ahora lívida de terror al verse rodeado por sus víctimas, no pudiera oírlo:

—Cuando la conexión se rompa, desapareceremos al cabo de unos momentos... pero te daremos tiempo... Tienes que alcanzar el traslador, que te llevará de vuelta a Hogwarts. ¿Has comprendido, Harry?

—Sí —contestó éste jadeando, haciendo un enorme esfuerzo por sostener la varita, que se le resbalaba entre los dedos.

—Harry —le cuchicheó la figura de Cedric—, lleva mi cuerpo, ¿lo harás? Llévales el cuerpo a mis padres...

—Lo haré —contestó Harry con el rostro tenso por el esfuerzo.

—Prepárate —susurró la voz de su padre—. Prepárate para correr... ahora...

—¡YA! —gritó Harry.

No hubiera podido aguantar ni un segundo más. Levantó la varita con todas sus fuerzas, y el rayo dorado se partió. La jaula de luz se desvaneció y se apagó el canto del fénix, pero las víctimas de Voldemort no desaparecieron: lo cercaron para servirle a Harry de escudo.

Y Harry corrió como nunca lo había hecho en su vida, golpeando a dos mortífagos atónitos para abrirse paso. Corrió en zigzag por entre las tumbas, notando tras él las maldiciones que le arrojaban, oyéndolas pegar en las lápidas: fue esquivando tumbas y maldiciones, dirigiéndose como una bala hacia el cuerpo de Cedric, olvidado por completo del dolor de la pierna, concentrado con todas sus fuerzas en lo que tenía que hacer.

—¡Aturdidlo! —oyó gritar a Voldemort.

A tres metros de Cedric, Harry se parapetó tras un ángel de mármol para evitar los chorros de luz roja. La punta de una de las alas del ángel cayó rota al ser alcanzada por las maldiciones. Agarrando más fuerte la varita, salió corriendo.

—¡*Impedimenta!* —gritó, apuntando con la varita por encima del hombro a los mortífagos que lo perseguían.

Por un grito amortiguado, pensó que había dado al menos a uno de ellos, pero no tenía tiempo de pararse a mirar. Saltó sobre la Copa y se echó al suelo al oír más maldiciones tras él. Nuevos chorros de luz le pasaron por encima de la cabeza mientras, tumbado, alargaba la mano para coger el brazo de Cedric.

—¡Apartaos! ¡Lo mataré! ¡Es mío! —chilló Voldemort.

La mano de Harry había aferrado a Cedric por la muñeca. Entre él y Voldemort se interponía una lápida, pero Cedric pesaba demasiado para arrastrarlo, y la Copa quedaba fuera de su alcance.

Los rojos ojos de Voldemort destellaron en la oscuridad. Harry lo vio curvar la boca en una sonrisa, y levantar la varita.

—¡*Accio!* —gritó Harry, apuntando a la Copa de los tres magos con la varita.

La Copa voló por el aire hasta él. Harry la cogió por un asa.

Oyó el grito furioso de Voldemort en el mismo instante en que él sentía la sacudida bajo el ombligo que significaba que el traslador había funcionado: se alejaba de allí a toda velocidad en medio de un torbellino de viento y colores, y Cedric iba a su lado. Regresaban...

35

La poción de la verdad

Harry cayó de bruces, y el olor del césped le penetró por la nariz. Había cerrado los ojos mientras el traslador lo transportaba, y seguía sin abrirlos. No se movió. Parecía que le hubieran cortado el aire. La cabeza le daba vueltas sin parar, y se sentía como si el suelo en que yacía fuera la cubierta de un barco. Para sujetarse, se aferró con más fuerza a las dos cosas que estaba agarrando: la fría y bruñida asa de la Copa de los tres magos, y el cuerpo de Cedric. Tenía la impresión de que si los soltaba se hundiría en las tinieblas que envolvían su cerebro. El horror sufrido y el agotamiento lo mantenían pegado al suelo, respirando el olor del césped, aguardando a que alguien hiciera algo... a que algo sucediera... Notaba un dolor vago e incesante en la cicatriz de la frente.

El estrépito lo ensordeció y lo dejó más confundido: había voces por todas partes, pisadas, gritos... Permaneció donde estaba, con el rostro contraído, como si fuera una pesadilla que pasaría...

Un par de manos lo agarraron con fuerza y lo volvieron boca arriba.

—¡Harry!, ¡Harry!

Abrió los ojos.

Miraba al cielo estrellado, y Albus Dumbledore se encontraba a su lado, agachado. Los rodeaban las sombras oscuras de una densa multitud de personas que se empujaban en el intento de acercarse más. Harry notó que el suelo, bajo su cabeza, retumbaba con los pasos.

Había regresado al borde del laberinto. Podía ver las gradas que se elevaban por encima de él, las formas de la gente que se movía por ellas, y las estrellas en lo alto.

Harry soltó la Copa, pero agarró a Cedric aún con más fuerza. Levantó la mano que le quedaba libre y cogió la muñeca de Dumbledore, cuyo rostro se desenfocaba por momentos.

—Ha retornado —susurró Harry—. Ha retornado. Voldemort.

—¿Qué ocurre? ¿Qué ha sucedido?

El rostro de Cornelius Fudge apareció sobre Harry vuelto del revés. Parecía blanco y consternado.

—¡Dios... Dios mío, Diggory! —exclamó—. ¡Está muerto, Dumbledore!

Aquellas palabras se reprodujeron, y las sombras que los rodeaban se las repetían a los de atrás, y luego otros las gritaron, las chillaron en la noche: «¡Está muerto!», «¡Está muerto!», «¡Cedric Diggory está muerto!».

—Suéltalo, Harry —oyó que le decía la voz de Fudge, y notó dedos que intentaban separarlo del cuerpo sin vida de Cedric, pero Harry no lo soltó.

Entonces se acercó el rostro de Dumbledore, que seguía borroso.

—Ya no puedes hacer nada por él, Harry. Todo acabó. Suéltalo.

—Quería que lo trajera —musitó Harry: le parecía importante explicarlo—. Quería que lo trajera con sus padres...

—De acuerdo, Harry... Ahora suéltalo.

Dumbledore se inclinó y, con extraordinaria fuerza para tratarse de un hombre tan viejo y delgado, levantó a Harry del suelo y lo puso en pie. Harry se tambaleó. Le iba a estallar la cabeza. La pierna herida no soportaría más tiempo el peso de su cuerpo. Alrededor de ellos, la multitud daba empujones, intentando acercarse, apretando contra él sus oscuras siluetas.

—¿Qué ha sucedido? ¿Qué le ocurre? ¡Diggory está muerto!

—¡Tendrán que llevarlo a la enfermería! —dijo Fudge en voz alta—. Está enfermo, está herido... Dumbledore, los padres de Diggory están aquí, en las gradas...

584

—Yo llevaré a Harry, Dumbledore, yo lo llevaré...

—No, yo preferiría...

—Amos Diggory viene corriendo, Dumbledore. Viene para acá... ¿No crees que tendrías que decirle, antes de que vea...?

—Quédate aquí, Harry.

Había chicas que gritaban y lloraban histéricas. La escena vaciló ante los ojos de Harry...

—Ya ha pasado, hijo, vamos... Te llevaré a la enfermería.

—Dumbledore me dijo que me quedara —objetó Harry. La cicatriz de la frente lo hacía sentirse a punto de vomitar. Las imágenes se le emborronaban aún más que antes.

—Tienes que acostarte. Vamos, ven...

Y alguien más alto y más fuerte que Harry empezó a llevarlo, tirando de él por entre la aterrorizada multitud. Harry oía chillidos y gritos ahogados mientras el hombre se abría camino por entre ellos, llevándolo al castillo. Cruzaron la explanada y dejaron atrás el lago con el barco de Durmstrang. Harry ya no oía más que la pesada respiración del hombre que lo ayudaba a caminar.

—¿Qué ha ocurrido, Harry? —le preguntó el hombre al fin, ayudándolo a subir la pequeña escalinata de piedra.

Bum, bum, bum. Era *Ojoloco* Moody.

—La Copa era un trasladador —explicó, mientras atravesaban el vestíbulo—. Nos dejó en un cementerio... y Voldemort estaba allí... lord Voldemort.

Bum, bum, bum. Iban subiendo por la escalinata de mármol...

—¿Que el Señor Tenebroso estaba allí? ¿Y qué ocurrió entonces?

—Mató a Cedric... lo mataron...

—¿Y luego?

Bum, bum, bum. Avanzaban por el corredor...

—Con una poción... recuperó su cuerpo...

—¿El Señor Tenebroso ha recuperado su cuerpo? ¿Ha retornado?

—Y llegaron los mortífagos... y luego nos batimos...

—¿Que te batiste con el Señor Tenebroso?

—Me escapé... La varita... hizo algo sorprendente... Vi a mis padres... Salieron de su varita...

—Pasa, Harry... Aquí, siéntate. Ahora estarás bien. Bébete esto...

Harry oyó que una llave hurgaba en la cerradura, y se encontró una taza en las manos.

—Bébetelo... Te sentirás mejor. Vamos a ver, Harry: quiero que me cuentes todo lo que ocurrió exactamente...

Moody lo ayudó a tragar la bebida. Harry tosió por el ardor que la pimienta le dejó en la garganta. El despacho de Moody y el propio Moody aparecieron entonces mucho más claros a sus ojos. Estaba tan pálido como Fudge, y tenía ambos ojos fijos, sin parpadear, en el rostro de Harry:

—¿Ha retornado Voldemort, Harry? ¿Estás seguro? ¿Cómo lo hizo?

—Cogió algo de la tumba de su padre, algo de Colagusano y algo mío —dijo Harry. Su cabeza se aclaraba; la cicatriz ya no le dolía tanto. Veía con claridad el rostro de Moody, aunque el despacho estaba oscuro. Aún oía los gritos que llegaban del distante campo de quidditch.

—¿Qué fue lo que el Señor Tenebroso cogió de ti? —preguntó Moody.

—Sangre —dijo Harry, levantando el brazo. La manga de la túnica estaba rasgada por donde la había cortado Colagusano con la daga.

Moody profirió un silbido largo y sutil.

—¿Y los mortífagos? ¿Volvieron?

—Sí —contestó Harry—. Muchos...

—¿Cómo los trató? —preguntó en voz baja—. ¿Los perdonó?

Pero Harry acababa de recordar repentinamente. Tendría que habérselo dicho a Dumbledore, tendría que haberlo hecho enseguida...

—¡Hay un mortífago en Hogwarts! Hay un mortífago aquí: fue el que puso mi nombre en el cáliz de fuego y se aseguró de que llegara al final del Torneo...

Harry trató de levantarse, pero Moody lo empujó contra el respaldo.

—Ya sé quién es el mortífago —dijo en voz baja.

—¿Karkarov? —preguntó Harry alterado—. ¿Dónde está? ¿Lo ha atrapado usted? ¿Lo han encerrado?

—¿Karkarov? —repitió Moody, riendo de forma extraña—. Karkarov ha huido esta noche, al notar que la Marca Tenebrosa le escocía en el brazo. Traicionó a demasiados fieles seguidores del Señor Tenebroso para querer volver a verlos... pero dudo que vaya lejos: el Señor Tenebroso sabe cómo encontrar a sus enemigos.

—¿Karkarov se ha ido? ¿Ha escapado? Pero entonces... ¿no fue él el que puso mi nombre en el cáliz?

—No —dijo Moody despacio—, no fue él. Fui yo.

Harry lo oyó pero no lo creyó.

—No, usted no lo hizo —replicó—. Usted no lo hizo... no pudo hacerlo...

—Te aseguro que sí —afirmó Moody, y su ojo mágico giró hasta fijarse en la puerta. Harry comprendió que se estaba asegurando de que no hubiera nadie al otro lado. Al mismo tiempo, Moody sacó la varita y apuntó a Harry con ella—. Entonces, ¿los perdonó?, ¿a los mortífagos que quedaron en libertad, los que se libraron de Azkaban?

—¿Qué?

Harry miró la varita con que Moody le apuntaba: era una broma pesada, sin duda.

—Te he preguntado —repitió Moody en voz baja— si él perdonó a esa escoria que no se preocupó por buscarlo. Esos cobardes traidores que ni siquiera afrontaron Azkaban por él. Esos apestosos desleales e inútiles que tuvieron el suficiente valor para hacer el idiota en los Mundiales de quidditch pero huyeron a la vista de la Marca Tenebrosa que yo hice aparecer en el cielo.

—¿Que usted...? ¿Qué está diciendo?

—Ya te lo expliqué, Harry, ya te lo expliqué. Si hay algo que odio en este mundo es a los mortífagos que han quedado en libertad. Le dieron la espalda a mi señor cuando más los necesitaba. Esperaba que los castigara, que los torturara. Dime que les ha hecho algo, Harry... —La cara de Moody se iluminó de pronto con una sonrisa demente—. Dime que reconoció que yo, sólo yo le he permanecido leal... y dispuesto a arriesgarlo todo para entregarle lo que él más deseaba: a ti.

—Usted no lo hizo... No puede ser.

—¿Quién puso tu nombre en el cáliz de fuego, en representación de un nuevo colegio? Yo. ¿Quién espantó a todo aquel que pudiera hacerte daño o impedirte ganar el Torneo? Yo. ¿Quién animó a Hagrid a que te mostrara los dragones? Yo. ¿Quién te ayudó a ver la única forma de derrotar al dragón? ¡Yo!

El ojo mágico de Moody dejó de vigilar la puerta. Estaba fijo en Harry. Su boca torcida sonrió más malignamente que nunca.

—No fue fácil, Harry, guiarte por todas esas pruebas sin levantar sospechas. He necesitado toda mi astucia para que no se pudiera descubrir mi mano en tu éxito. Si lo hubieras conseguido todo demasiado fácilmente, Dumbledore habría sospechado. Lo importante era que llegaras al laberinto, a ser posible bien situado. Luego, sabía que podría librarme de los otros campeones y despejarte el camino. Pero también tuve que enfrentarme a tu estupidez. La segunda prueba... ahí fue cuando tuve más miedo de que fracasaras. Estaba muy atento a ti, Potter. Sabía que no habías descifrado el enigma del huevo, así que tenía que darte otra pista...

—No fue usted —dijo Harry con voz ronca—: fue Cedric el que me dio la pista.

—¿Y quién le dijo a Cedric que lo abriera debajo del agua? Yo. Sabía que te pasaría la información: la gente decente es muy fácil de manipular, Potter. Estaba seguro de que Cedric querría devolverte el favor de haberle dicho lo de los dragones, y así fue. Pero incluso entonces, Potter, incluso entonces parecía muy probable que fracasaras. Yo no te quitaba el ojo de encima... ¡Todas aquellas horas en la biblioteca! ¿No te diste cuenta de que el libro que necesitabas lo tenías en el dormitorio? Yo lo hice llegar hasta allí muy pronto, se lo di a ese Longbottom, ¿no lo recuerdas? *Las plantas acuáticas mágicas del Mediterráneo y sus propiedades*. Ese libro te habría explicado todo lo que necesitabas saber sobre las branquialgas. Suponía que le pedirías ayuda a todo el mundo. Longbottom te lo habría explicado al instante. Pero no lo hiciste... no lo hiciste... Tienes una vena de orgullo y autosuficiencia que podría haberlo arruinado todo.

»¿Qué podía hacer? Pasarte información por medio de otra boca inocente. Me habías dicho en el baile de Navidad que un elfo doméstico llamado Dobby te había hecho un regalo. Así que llamé a ese elfo a la sala de profesores para que recogiera una túnica para lavar, y mantuve con la profesora McGonagall una conversación sobre los retenidos, y sobre si Potter pensaría utilizar las branquialgas. Y tu amiguito el elfo se fue derecho al armario de Snape para proveerte...

La varita de Moody seguía apuntando directamente al corazón de Harry. Por encima de su hombro, en el reflector de enemigos colgado en la pared, vio que se acercaban unas formas nebulosas.

—Tardaste tanto en salir del lago, Potter, que creí que te habías ahogado. Pero, afortunadamente, Dumbledore tomó por nobleza tu estupidez y te dio muy buena nota. Qué respiro.

»Por supuesto, en el laberinto tuviste menos problemas de los que te correspondían —siguió—. Fue porque yo estaba rondando. Podía ver a través de los setos del exterior, y te quité mediante maldiciones muchos obstáculos del camino: aturdí a Fleur Delacour cuando pasó; le eché a Krum la maldición *imperius* para que eliminara a Diggory, y te dejé el camino expedito hacia la Copa.

Harry miró a Moody. No comprendía cómo era posible que el amigo de Dumbledore, el famoso auror, el que había atrapado a tantos mortífagos... No tenía sentido, ningún sentido.

Las nebulosas formas del reflector de enemigos se iban definiendo. Por encima del hombro de Moody vio la silueta de tres personas que se acercaban más y más. Pero Moody no las veía. Tenía su ojo mágico fijo en Harry.

—El Señor Tenebroso no consiguió matarte, Potter, que era lo que quería —susurró Moody—. Imagínate cómo me recompensará cuando vea que lo he hecho por él: yo te entregué (tú eras lo que más necesitaba para poderse regenerar) y luego te maté por él. Recibiré mayores honores que ningún otro mortífago. Me convertiré en su partidario predilecto, el más cercano... más cercano que un hijo...

El ojo normal de Moody estaba desorbitado por la emoción, y el mágico seguía fijo en Harry. La puerta había quedado cerrada con llave, y Harry sabía que jamás conseguiría alcanzar a tiempo su varita para poder salvarse.

—El Señor Tenebroso y yo tenemos mucho en común —dijo Moody, que en aquel momento parecía completamente loco, erguido frente a Harry y dirigiéndole una sonrisa malévola—: los dos, por ejemplo, tuvimos un padre muy decepcionante... mucho. Los dos hemos sufrido la humillación de llevar el nombre paterno, Harry. ¡Y los dos gozamos del placer... del enorme placer de matar a nuestro padre para asegurar el ascenso imparable de la Orden Tenebrosa!

—¡Usted está loco! —exclamó Harry, sin poder contenerse—, ¡está completamente loco!

—¿Loco yo? —dijo Moody, alzando la voz de forma incontrolada—. ¡Ya veremos! ¡Veremos quién es el que está loco, ahora que ha retornado el Señor Tenebroso y que yo estaré a su lado! ¡Ha retornado, Harry Potter! ¡Tú no pudiste con él, y yo podré contigo!

Moody levantó la varita y abrió la boca. Harry metió la mano en la túnica...

—¡*Desmaius*!

Hubo un rayo cegador de luz roja y, con gran estruendo, echaron la puerta abajo.

Moody cayó al suelo de espaldas. Harry, con los ojos aún fijos en el lugar en que se había encontrado la cara de Moody, vio a Albus Dumbledore, al profesor Snape y la profesora McGonagall mirándolo desde el reflector de enemigos. Apartó la mirada del reflector, y los vio a los tres en el hueco de la puerta. Delante, con la varita extendida, estaba Dumbledore.

En aquel momento, Harry comprendió por vez primera por qué la gente decía que Dumbledore era el único mago al que Voldemort temía. La expresión de su rostro al observar el cuerpo inerte de *Ojoloco* Moody era más temible de lo que Harry hubiera podido imaginar. No había ni rastro de su benévola sonrisa, ni del guiño amable de sus ojos tras los cristales de las gafas. Sólo había fría cólera en cada arruga de la cara. Irradiaba una fuerza similar a la de una hoguera.

Entró en el despacho, puso un pie debajo del cuerpo caído de Moody, y le dio la vuelta para verle la cara. Snape lo seguía, mirando el reflector de enemigos, en el que todavía resultaba visible su propia cara. Dirigió una mirada feroz al despacho.

La profesora McGonagall fue directamente hasta Harry.

—Vamos, Potter —susurró. Tenía crispada la fina línea de los labios como si estuviera a punto de llorar—. Ven conmigo, a la enfermería...

—No —dijo Dumbledore bruscamente.

—Tendría que ir, Dumbledore. Míralo. Ya ha pasado bastante por esta noche...

—Quiero que se quede, Minerva, porque tiene que comprender. La comprensión es el primer paso para la aceptación, y sólo aceptando puede recuperarse. Tiene que saber quién lo ha lanzado a la terrible experiencia que ha padecido esta noche, y por qué lo ha hecho.

—Moody... —dijo Harry. Seguía sin poder creerlo—. ¿Cómo puede haber sido Moody?

—Éste no es Alastor Moody —explicó Dumbledore en voz baja—. Tú no has visto nunca a Alastor Moody. El verdadero Moody no te habría apartado de mi vista después de lo ocurrido esta noche. En cuanto te cogió, lo comprendí... y os seguí.

Dumbledore se inclinó sobre el cuerpo desmayado de Moody y metió una mano en la túnica. Sacó la petaca y un llavero. Entonces se volvió hacia Snape y la profesora McGonagall.

—Severus, por favor, ve a buscar la poción de la verdad más fuerte que tengas, y luego baja a las cocinas y trae a una elfina doméstica que se llama Winky. Minerva, sé tan amable de ir a la cabaña de Hagrid, donde encontrarás un perro grande y negro sentado en la huerta de las calabazas. Lleva el perro a mi despacho, dile que no tardaré en ir y luego vuelve aquí.

Si Snape o McGonagall encontraron extrañas aquellas instrucciones, lo disimularon, porque tanto uno como otra se volvieron de inmediato, y salieron del despacho. Dumbledore fue hasta el baúl de las siete cerraduras, metió la primera llave en la cerradura correspondiente, y lo abrió. Contenía una gran cantidad de libros de encantamientos. Dumbledore cerró el baúl, introdujo la segunda llave en la segunda cerradura, y volvió a abrirlo: los libros habían desaparecido, y lo que contenía el baúl era un gran surtido de chivatoscopios rotos, algunos pergaminos y plumas, y lo que parecía una capa invisible que en aquel momento era de color plateado. Harry observó, pasmado, cómo Dumbledore metía la tercera, la cuarta, la quinta y la sexta llaves en sus respectivas cerraduras, y volvía a abrir el baúl para revelar en cada ocasión diferentes contenidos. Luego introdujo la séptima llave, levantó la tapa, y Harry soltó un grito de sorpresa.

Había una especie de pozo, una cámara subterránea en cuyo suelo, a unos tres metros de profundidad, se hallaba el verdadero *Ojoloco* Moody, según parecía profundamente dormido, flaco y desnutrido. Le faltaba la pata de palo, la cuenca que albergaba su ojo mágico estaba vacía bajo el párpado, y en su pelo entrecano había muchas zonas ralas. Atónito, Harry pasó la vista del Moody que dormía en el baúl al Moody inconsciente que yacía en el suelo del despacho.

Dumbledore se metió en el baúl, se descolgó y cayó suavemente junto al Moody dormido. Se inclinó sobre él.

—Está desmayado... controlado por la maldición *imperius*... y se encuentra muy débil —dijo—. Naturalmente, necesitaba conservarlo vivo. Harry, échame la capa del impostor: Alastor está helado. Tendrá que verlo la señora Pomfrey, pero creo que no se halla en peligro inminente.

Harry hizo lo que le pedía. Dumbledore cubrió a Moody con la capa, asegurándose de que lo tapaba bien, y volvió a salir del baúl. Luego cogió la petaca que estaba sobre el escritorio, desenroscó el tapón y la puso boca abajo. Un líquido espeso y pegajoso salpicó al caer al suelo.

—Poción multijugos, Harry —explicó Dumbledore—. Ya ves qué simple y brillante. Porque Moody jamás bebe si no es de la petaca, todo el mundo lo sabe. Por supuesto, el impostor necesitaba tener a mano al verdadero Moody para poder seguir elaborando la poción. Mira el pelo... —Dumbledore observó al Moody del baúl—. El impostor se lo ha estado cortando todo el año. ¿Ves dónde le falta? Pero me imagino que con la emoción de la noche nuestro falso Moody podría haberse olvidado de tomarla con la frecuencia necesaria: a la hora, cada hora... ya veremos.

Dumbledore apartó la silla del escritorio y se sentó en ella, con los ojos fijos en el Moody inconsciente tendido en el suelo. Harry también lo miraba. Pasaron en silencio unos minutos...

Luego, ante los propios ojos de Harry, la cara del hombre del suelo comenzó a cambiar: se borraron las cicatrices, la piel se le alisó, la nariz quedó completa y se achicó; la larga mata de pelo entrecano pareció hundirse en el cuero cabelludo y volverse de color paja; de pronto, con un golpe sordo, se desprendió la pata de palo por el crecimiento de una pierna de carne; al segundo siguiente, el ojo mágico saltó de la cara reemplazado por un ojo natural, y rodó por el suelo, girando en todas direcciones.

Harry vio tendido ante él a un hombre de piel clara, algo pecoso, con una mata de pelo rubio. Supo quién era: lo había visto en el pensadero de Dumbledore, intentando convencer de su inocencia al señor Crouch mientras se lo llevaba una escolta de dementores... pero ya tenía arrugas en el contorno de los ojos y parecía mucho mayor...

Se oyeron pasos apresurados en el corredor. Snape volvía llevando a Winky. La profesora McGonagall iba justo detrás.

—¡Crouch! —exclamó Snape, deteniéndose en seco en el hueco de la puerta—. ¡Barty Crouch!

—¡Cielo santo! —dijo la profesora McGonagall, parándose y observando al hombre que yacía en el suelo.

A los pies de Snape, sucia, desaliñada, Winky también lo miraba. Abrió completamente la boca para dejar escapar un grito que les horadó los oídos:

—Amo Barty, amo Barty, ¿qué está haciendo aquí? —Se lanzó al pecho del joven—. ¡Usted lo ha matado! ¡Usted lo ha matado! ¡Ha matado al hijo del amo!

—Sólo está desmayado, Winky —explicó Dumbledore—. Hazte a un lado, por favor. ¿Has traído la poción, Severus?

Snape le entregó a Dumbledore un frasquito de cristal que contenía un líquido totalmente incoloro: el suero de la verdad con el que había amenazado en clase a Harry. Dumbledore se levantó, se inclinó sobre Crouch y lo colocó sentado contra la pared, justo debajo del reflector de enemigos en el que seguían viéndose con claridad las imágenes de Dumbledore, Snape y McGonagall. Winky seguía de rodillas, temblando, con las manos en la cara. Dumbledore le abrió al hombre la boca y echó dentro tres gotas. Luego le apuntó al pecho con la varita y ordenó:

—¡Enervate!

El hijo de Crouch abrió los ojos. Tenía la cara laxa y la mirada perdida. Dumbledore se arrodilló ante él, de forma que sus rostros quedaron a la misma altura.

—¿Me oye? —le preguntó Dumbledore en voz baja.

El hombre parpadeó.

—Sí —respondió.

—Me gustaría que nos explicara —dijo Dumbledore con suavidad— cómo ha llegado usted aquí. ¿Cómo se escapó de Azkaban?

Crouch tomó aliento y comenzó a hablar con una voz apagada y carente de expresión:

—Mi madre me salvó. Sabía que se estaba muriendo, y persuadió a mi padre para que me liberara como último favor hacia ella. Él la quería como nunca me quiso a mí, así que accedió. Fueron a visitarme. Me dieron un bebedizo de poción multijugos que contenía un cabello de mi madre, y ella tomó la misma poción con un cabello mío. Cada uno adquirió la apariencia del otro.

Winky movía hacia los lados la cabeza, temblorosa.

—No diga más, amo Barty, no diga más, ¡o meterá a su padre en un lío!

Pero Crouch volvió a tomar aliento y prosiguió en el mismo tono de voz:

—Los dementores son ciegos: sólo percibieron que habían entrado en Azkaban una persona sana y otra moribunda, y luego que una moribunda y otra sana salían. Mi padre me sacó con la apariencia de mi madre por si había prisioneros mirando por las rejas.

»Mi madre murió en Azkaban poco después. Hasta el final tuvo cuidado de seguir bebiendo poción multijugos. Fue enterrada con mi nombre y mi apariencia. Todos creyeron que era yo.

Parpadeó.

—¿Y qué hizo su padre con usted cuando lo tuvo en casa?

—Representó la muerte de mi madre. Fue un funeral sencillo, privado. La tumba está vacía. Nuestra elfina doméstica me cuidó hasta que sané. Luego mi padre tuvo que ocultarme y controlarme. Usó una buena cantidad de encantamientos para mantenerme sometido. Cuando recobré las fuerzas, sólo pensé en encontrar otra vez a mi señor... y volver a su servicio.

—¿Qué hizo su padre para someterlo? —quiso saber Dumbledore.

—Utilizó la maldición *imperius*. Estuve bajo su control. Me obligó a llevar día y noche una capa invisible. Nuestra elfina doméstica siempre estaba conmigo. Era mi guardiana y protectora. Me compadecía. Persuadió a mi padre para que me hiciera de vez en cuando algún regalo: premios por mi buen comportamiento.

—Amo Barty, amo Barty —dijo Winky por entre las manos, sollozando—. No debería decir más, o tendremos problemas...

—¿No descubrió nadie que usted seguía vivo? —preguntó Dumbledore—. ¿No lo supo nadie aparte de su padre y la elfina?

—Sí. Una bruja del departamento de mi padre, Bertha Jorkins, llegó a casa con unos papeles para que mi padre los firmara. Mi padre no estaba en aquel momento, así que Winky la hizo pasar y volvió a la cocina, donde me encontraba yo. Pero Bertha Jorkins nos oyó hablar, y escuchó a escondidas. Entendió lo suficiente para comprender quién se escondía bajo la capa invisible. Cuando mi padre volvió a casa, ella se le enfrentó. Para que olvidara lo que había averiguado, le tuvo que echar un encantamiento desmemorizante muy fuerte. Demasiado fuerte: según mi padre, le dañó la memoria para siempre.

—¿Quién le mandó meter las narices en los asuntos de mi amo? —sollozó Winky—. ¿Por qué no nos dejó en paz?

—Hábleme de los Mundiales de quidditch —pidió Dumbledore.

—Winky convenció a mi padre de que me llevara. Necesitó meses para persuadirlo. Hacía años que yo no salía de casa. Había sido un forofo del quidditch. «Déjelo ir!», le rogaba ella. «Puede ir con su capa invisible. Podrá ver el partido y le dará el aire por una vez.» Le dijo que era lo que hubiera querido mi madre. Le dijo que ella había muerto para darme la libertad, que no me había salvado para darme una vida de preso. Al final accedió.

»Fue cuidadosamente planeado: mi padre nos condujo a Winky y a mí a la tribuna principal bastante temprano. Winky diría que le estaba guardando un asiento a mi padre. Yo me sentaría en él, invisible. Tendríamos que salir cuando todo el mundo hubiera abandonado la tribuna principal. Todo el mundo creería que Winky se encontraba sola.

»Pero Winky no sabía que yo recuperaba fuerzas. Empezaba a luchar contra la maldición *imperius* de mi padre. Había momentos en que me liberaba de ella casi por completo. Aquél fue uno de esos momentos. Era como si despertara de un profundo sueño. Me encontré rodeado de gente, en medio del partido, y vi delante de mí una varita mágica que sobresalía del bolsillo de un muchacho. No me habían dejado tocar una varita desde antes de Azkaban. La robé. Winky no se enteró: tiene terror a las alturas, y se había tapado la cara.

—¡Amo Barty, es usted muy malo! —le reprochó Winky. Las lágrimas se le escurrían entre los dedos.

—O sea que usted cogió la varita —dijo Dumbledore—. ¿Qué hizo con ella?

—Volvimos a la tienda. Luego los oímos, oímos a los mortífagos, los que no habían estado nunca en Azkaban, los que nunca habían sufrido por mi señor, los que le dieron la espalda, los que no fueron esclavizados como yo, los que estaban libres para buscarlo pero no lo hacían, los que se conformaban con divertirse a costa de los muggles. Me despertaron sus voces. Hacía años que no tenía la mente tan despejada como en aquel momento, y me sentía furioso. Con la varita en mi poder, quise castigarlos por su deslealtad. Mi padre había salido de la tienda para ir a defender a los muggles, y a Winky le daba miedo verme tan furioso, así que ella usó sus propias dotes mágicas para atarme a ella. Me sacó de la tienda y me llevó al bosque, lejos de los mortífagos. Traté de hacerla volver, porque quería regresar al campamento. Quería enseñarles a los mortífagos lo que significaba la lealtad al Señor Tenebroso, y castigarlos por no haberla observado. Con la varita que había robado proyecté en el aire la Marca Tenebrosa.

»Llegaron los magos del Ministerio, lanzando por todas partes sus encantamientos aturdidores. Uno de esos encantamientos se coló por entre los árboles hasta donde nos encontrábamos Winky y yo. Quedamos los dos desmayados y con las ataduras rotas por el rayo del encantamiento.

»Cuando descubrieron a Winky, mi padre comprendió que yo tenía que estar cerca. Me buscó entre los arbustos donde la habían encontrado a ella y me halló echado en el suelo. Esperó a que se fueran los demás funcionarios, me volvió a lanzar la maldición *imperius*, y me llevó de vuelta a casa. A Winky la despidió porque no había impedido que yo robara la varita y casi me deja también escapar.

Winky exhaló un lamento de desesperación.

—Quedamos solos en la casa mi padre y yo. Y entonces... entonces... —la cabeza de Crouch dio un giro, y una mueca demente apareció en su rostro— mi señor vino a buscarme.

»Llegó a casa una noche, bastante tarde, en brazos de su vasallo Colagusano. Había averiguado que yo seguía vivo. Había apresado en Albania a Bertha Jorkins, la había torturado y le había extraído mucha información: ella le habló del Torneo de los tres magos y de que Moody, el viejo auror, iba a impartir clase en Hogwarts; luego la torturó hasta romper el encantamiento desmemorizante que mi padre le había echado, y ella le contó que yo me había escapado de Azkaban y que mi padre me tenía preso para impedir que fuera a buscar a mi señor. Y de esa forma supo que yo seguía siéndole fiel... quizá más fiel que ningún otro. Mi señor trazó un plan basado en la información que Bertha le había pasado. Me necesitaba. Llegó a casa cerca de medianoche. Mi padre abrió la puerta.

Una sonrisa se extendió por el rostro de Crouch, como si recordara el momento más agradable de su vida. A través de los dedos de Winky podían verse sus ojos desorbitados. Estaba demasiado asustada para hablar.

—Fue muy rápido: mi señor le echó a mi padre la maldición *imperius*. A partir de ese momento fue mi padre el preso, el controlado. Mi señor lo obligó a ir al trabajo como de costumbre y a seguir actuando como si nada hubiera ocurrido. Y yo quedé liberado. Desperté. Volvía a ser yo mismo, vivo como no lo había estado desde hacía años.

—¿Qué fue lo que lord Voldemort le pidió que hiciera?

—Me preguntó si estaba listo para arriesgarlo todo por él. Lo estaba. Ése era mi sueño, mi suprema ambición: servirle, probarme ante él. Me dijo que necesitaba situar en Hogwarts a un vasallo leal, un vasallo que hiciera pasar a Harry Potter todas las pruebas del Torneo de los tres magos sin que se notara, un vasallo que no lo perdiera de vista, que se asegurara de que conseguía la Copa, que convirtiera aquella copa en un trasladador y capaz de llevar ante él a la primera persona que lo tocara. Pero antes...

—Necesitaba a Alastor Moody —dijo Albus Dumbledore. Le resplandecían los ojos azules, aunque la voz seguía impasible.

—Lo hicimos entre Colagusano y yo. De antemano habíamos preparado la poción multijugos. Fuimos a la casa, Moody se resistió, provocó un verdadero tumulto. Justo a tiempo conseguimos reducirlo, así que lo metimos en un compartimiento de su propio baúl mágico, le arrancamos unos pelos y los echamos a la poción. Al beberla me convertí en su doble, le cogí la pata de palo y el ojo, y ya estaba listo para vérmelas con Arthur Weasley, que llegó para arreglarlo todo con los muggles que habían oído el altercado. Cambié de sitio los contenedores de la basura y le dije a Weasley que había oído intrusos en el patio, andando entre los contenedores. Luego guardé la ropa y los detectores de tenebrismo de Moody, los metí con él en el baúl y me vine a Hogwarts. Lo mantuve vivo y bajo la maldición *imperius* porque quería poder hacerle preguntas para averiguar cosas de su pasado y aprender sus costumbres, con la intención de engañar incluso a Dumbledore. Además, necesitaba su pelo para la poción multijugos. Los demás ingredientes eran fáciles. La piel de serpiente arbórea africana la robé de las mazmorras. Cuando el profesor de Pociones me encontró en su despacho, dije que tenía órdenes de registrarlo.

—¿Y qué hizo Colagusano después de que atacaron ustedes a Moody? —preguntó Dumbledore.

—Se volvió para seguir cuidando a mi señor en mi casa y vigilando a mi padre.

—Pero su padre escapó —observó Dumbledore.

—Sí. Después de algún tiempo empezó a resistirse a la maldición *imperius* tal como había hecho yo. Había momentos en los que se daba cuenta de lo que ocurría. Mi señor pensó que ya no era seguro dejar que mi padre saliera de casa, así que lo obligó a enviar cartas diciendo que estaba enfermo. Sin embargo, Colagusano fue un poco negligente, y no lo vigiló bien. De forma que mi padre pudo escapar. Mi señor adivinó que se dirigiría a Hogwarts. Efectivamente, el propósito de mi padre era contárselo todo a Dumbledore, confesar. Venía dispuesto a admitir que me había sacado de Azkaban.

»Mi señor me envió noticia de la fuga de mi padre. Me dijo que lo detuviera costara lo que costara. Yo esperé, atento: utilicé el mapa que le había pedido a Harry Potter. El mapa que había estado a punto de echarlo todo a perder.

—¿Mapa? —preguntó rápidamente Dumbledore—, ¿qué mapa es ése?

—El mapa de Hogwarts de Potter. Potter me vio en él, una noche, robando ingredientes para la poción multijugos del despacho de Snape. Como tengo el mismo nombre que mi padre, pensó que se trataba de él. Le dije que mi padre odiaba a los magos tenebrosos, y Potter creyó que iba tras Snape. Esa noche le pedí a Potter su mapa.

»Durante una semana esperé a que mi padre llegara a Hogwarts. Al fin, una noche, el mapa me lo mostró entrando en los terrenos del castillo. Me puse la capa invisible y bajé a su encuentro. Iba por el borde del bosque. Entonces llegaron Potter y Krum. Aguardé. No podía hacerle daño a Potter porque mi señor lo necesitaba, pero cuando fue a buscar a Dumbledore aproveché para aturdir a Krum. Y maté a mi padre.

—¡Nooooo! —gimió Winky—. ¡Amo Barty, amo Barty!, ¿qué está diciendo?

—Usted mató a su padre —dijo Dumbledore, en el mismo tono suave—. ¿Qué hizo con el cuerpo?

—Lo llevé al bosque y lo cubrí con la capa invisible. Llevaba conmigo el mapa: vi en él a Potter entrar corriendo en el castillo y tropezarse con Snape, y luego a Dumbledore con ellos. Entonces Potter sacó del castillo a Dumbledore. Yo volví a salir del bosque, di un rodeo y fui a su encuentro como si llegara del castillo. Le dije a Dumbledore que Snape me había indicado adónde iban.

»Dumbledore me pidió que fuera en busca de mi padre, así que volví junto a su cadáver, miré el mapa y, cuando todo el mundo se hubo ido, lo transformé en un hueso... y lo enterré cubierto con la capa invisible en el trozo de tierra recién cavada delante de la cabaña de Hagrid.

Entonces se hizo un silencio total salvo por los continuados sollozos de Winky.

Luego dijo Dumbledore:

—Y esta noche...

—Me ofrecí a llevar la Copa del torneo al laberinto antes de la cena —musitó Barty Crouch—. La transformé en un traslador. El plan de mi señor ha funcionado: ha recobrado sus antiguos poderes y me cubrirá de más honores de los que pueda soñar un mago.

La sonrisa demente volvió a transformar sus rasgos, y la cabeza cayó inerte sobre un hombro mientras Winky sollozaba y se lamentaba a su lado.

36

Caminos separados

Dumbledore se levantó y miró un momento a Barty Crouch con desagrado. Luego alzó otra vez la varita e hizo salir de ella unas cuerdas que lo dejaron firmemente atado. Se dirigió entonces a la profesora McGonagall.

—Minerva, ¿te podrías quedar vigilándolo mientras subo con Harry?

—Desde luego —respondió ella. Daba la impresión de que sentía náuseas, como si acabara de ver vomitar a alguien. Sin embargo, cuando sacó la varita y apuntó con ella a Barty Crouch, su mano estaba completamente firme.

—Severus, por favor, dile a la señora Pomfrey que venga —indicó Dumbledore—. Hay que llevar a Alastor Moody a la enfermería. Luego baja a los terrenos, busca a Cornelius Fudge y tráelo acá. Supongo que querrá oír personalmente a Crouch. Si quiere algo de mí, dile que estaré en la enfermería dentro de media hora.

Snape asintió en silencio y salió del despacho.

—Harry... —llamó Dumbledore con suavidad.

Harry se levantó y volvió a tambalearse. El dolor de la pierna, que no había notado mientras escuchaba a Crouch, acababa de regresar con toda su intensidad. También se dio cuenta de que temblaba. Dumbledore lo cogió del brazo y lo ayudó a salir al oscuro corredor.

—Antes que nada, quiero que vengas a mi despacho, Harry —le dijo en voz baja, mientras se encaminaban hacia el pasadizo—. Sirius nos está esperando allí.

Harry asintió con la cabeza. Lo invadían una especie de aturdimiento y una sensación de total irrealidad, pero no hizo caso: estaba contento de encontrarse así. No quería pensar en nada de lo que había sucedido después de tocar la Copa de los tres magos. No quería repasar los recuerdos, demasiado frescos y tan claros como si fueran fotografías, que cruzaban por su mente: *Ojoloco* Moody dentro del baúl, Colagusano desplomado en el suelo y agarrándose el muñón del brazo, Voldemort surgiendo del caldero entre vapores, Cedric... muerto, Cedric pidiéndole que lo llevara con sus padres...

—Profesor —murmuró—, ¿dónde están los señores Diggory?

—Están con la profesora Sprout —dijo Dumbledore. Su voz, tan impasible durante todo el interrogatorio de Barty Crouch, tembló levemente por vez primera—. Es la jefa de la casa de Cedric, y es quien mejor lo conocía.

Llegaron ante la gárgola de piedra. Dumbledore pronunció la contraseña, se hizo a un lado, y él y Harry subieron por la escalera de caracol móvil hasta la puerta de roble. Dumbledore la abrió.

Sirius se encontraba allí, de pie. Tenía la cara tan pálida y demacrada como cuando había escapado de Azkaban. Cruzó en dos zancadas el despacho.

—¿Estás bien, Harry? Lo sabía, sabía que pasaría algo así. ¿Qué ha ocurrido?

Las manos le temblaban al ayudar a Harry a sentarse en una silla, delante del escritorio.

—¿Qué ha ocurrido? —preguntó, más apremiante.

Dumbledore comenzó a contarle a Sirius todo lo que había dicho Barty Crouch. Harry sólo escuchaba a medias. Estaba tan agotado que le dolía hasta el último hueso, y lo único que quería era quedarse allí sentado, que no lo molestaran durante horas y horas, hasta que se durmiera y no tuviera que pensar ni sentir nada más.

Oyó un suave batir de alas. *Fawkes*, el fénix, había abandonado la percha y se había ido a posar sobre su rodilla.

—Hola, *Fawkes* —lo saludó Harry en voz baja. Acarició sus hermosas plumas de color oro y escarlata. *Fawkes* abrió y cerró los ojos plácidamente, mirándolo. Había algo reconfortante en su cálido peso.

Dumbledore dejó de hablar. Sentado al escritorio, miraba fijamente a Harry, pero éste evitaba sus ojos. Se disponía a interrogarlo. Le haría revivirlo todo.

—Necesito saber qué sucedió después de que tocaste el traslador en el laberinto, Harry —le dijo.

—Podemos dejarlo para mañana por la mañana, ¿no, Dumbledore? —se apresuró a observar Sirius. Le había puesto a Harry una mano en el hombro—. Dejémoslo dormir. Que descanse.

Lo embargó un sentimiento de gratitud hacia Sirius, pero Dumbledore desoyó su sugerencia y se inclinó hacia él. Muy a desgana, Harry levantó la cabeza y encontró aquellos ojos azules.

—Harry, si pensara que te haría algún bien induciéndote al sueño por medio de un encantamiento y permitiendo que pospusieras el momento de pensar en lo sucedido esta noche, lo haría —dijo Dumbledore con amabilidad—. Pero me temo que no es así. Adormecer el dolor por un rato te haría sentirlo luego con mayor intensidad. Has mostrado más valor del que hubiera creído posible: te ruego que lo muestres una vez más contándonos todo lo que sucedió.

El fénix soltó una nota suave y trémula. Tembló en el aire, y Harry sintió como si una gota de líquido caliente se le deslizara por la garganta hasta el estómago, calentándolo y tonificándolo.

Respiró hondo y comenzó a hablar. Conforme lo hacía, parecían alzarse ante sus ojos las imágenes de todo cuanto había pasado aquella noche: vio la chispeante superficie de la poción que había revivido a Voldemort, vio a los mortífagos apareciéndose entre las tumbas, vio el cuerpo de Cedric tendido en el suelo a corta distancia de la Copa.

En una o dos ocasiones, Sirius hizo ademán de decir algo, sin dejar de aferrar con la mano el hombro de Harry, pero Dumbledore lo detuvo con un gesto, y Harry se alegró, porque, habiendo comenzado, era más fácil seguir. Hasta se sentía aliviado: era casi como si se estuviera sacando un veneno de dentro. Seguir hablando le costaba toda la entereza que era capaz de reunir, pero le parecía que, en cuanto hubiera acabado, se sentiría mejor.

Sin embargo, cuando Harry contó que Colagusano le había hecho un corte en el brazo con la daga, Sirius dejó escapar una exclamación vehemente, y Dumbledore se levantó tan de golpe que Harry se asustó. Rodeó el escritorio y le pidió que extendiera el brazo. Harry les mostró a ambos el lugar en que le había rasgado la túnica, y el corte que tenía debajo.

—Dijo que mi sangre lo haría más fuerte que la de cualquier otro —explicó Harry—. Dijo que la protección que me otorgó mi madre... iría también a él. Y tenía razón: pudo tocarme sin hacerse daño, me tocó en la cara.

Por un breve instante, Harry creyó ver una expresión de triunfo en los ojos de Dumbledore. Pero un segundo después estuvo seguro de habérselo imaginado, porque, cuando Dumbledore volvió a su silla tras el escritorio, parecía más viejo y más débil de lo que Harry lo había visto nunca.

—Muy bien —dijo, volviéndose a sentar—. Voldemort ha superado esa barrera. Prosigue, Harry, por favor.

Harry continuó: explicó cómo había salido Voldemort del caldero, y les repitió todo cuanto recordaba de su discurso a los mortífagos. Luego relató cómo Voldemort lo había desatado, le había devuelto su varita y se había preparado para batirse.

Cuando llegó a la parte en que el rayo dorado de luz había conectado su varita con la de Voldemort, se notó la garganta obstruida. Intentó seguir hablando, pero el recuerdo de lo que había surgido de la varita de Voldemort le anegaba la mente. Podía ver a Cedric saliendo de ella, ver al viejo, a Bertha Jorkins... a su madre... a su padre...

Se alegró de que Sirius rompiera el silencio.

—¿Se conectaron las varitas? —dijo, mirando primero a Harry y luego a Dumbledore—. ¿Por qué?

Harry volvió a levantar la vista hacia Dumbledore, que parecía impresionado.

—*Priori incantatem* —musitó.

Sus ojos miraron los de Harry, y fue casi como si hubieran quedado conectados por un repentino rayo de comprensión.

—¿El efecto de encantamiento invertido? —preguntó Sirius.

—Exactamente —contestó Dumbledore—. La varita de Harry y la de Voldemort tienen el mismo núcleo. Cada una de ellas contiene una pluma de la cola del mismo fénix. De ese fénix, de hecho —añadió señalando al pájaro de color oro y escarlata que estaba tranquilamente posado sobre una rodilla de Harry.

—¿La pluma de mi varita proviene de *Fawkes*? —exclamó Harry sorprendido.

—Sí —respondió Dumbledore—. En cuanto saliste de su tienda hace cuatro años, el señor Ollivander me escribió para decir que tú habías comprado la segunda varita.

—Entonces, ¿qué sucede cuando una varita se encuentra con su hermana? —quiso saber Sirius.

—Que no funcionan correctamente la una contra la otra —explicó Dumbledore—. Sin embargo, si los dueños de las varitas las obligan a combatir... tendrá lugar un efecto muy extraño: una de las varitas obligará a la otra a vomitar los encantamientos que ha llevado a cabo... en sentido inverso, primero el más reciente, luego los que lo precedieron...

Miró interrogativamente a Harry, y éste asintió con la cabeza.

—Lo cual significa —añadió Dumbledore pensativamente, fijando los ojos en la cara de Harry— que tuvo que reaparecer Cedric de alguna manera.

Harry volvió a asentir.

—¿Volvió a la vida? —preguntó Sirius.

—Ningún encantamiento puede resucitar a un muerto —dijo Dumbledore apesadumbrado—. Todo lo que pudo haber fue alguna especie de eco. Saldría de la varita una sombra del Cedric vivo. ¿Me equivoco, Harry?

—Me habló —dijo Harry, y de repente volvió a temblar—. Me habló el... el fantasma de Cedric, o lo que fuera.

—Un eco que conservaba la apariencia y el carácter de Cedric —explicó Dumbledore—. Adivino que luego aparecieron otras formas: víctimas menos recientes de la varita de Voldemort...

—Un viejo —dijo Harry, todavía con un nudo en la garganta—. Y Bertha Jorkins. Y...

—¿Tus padres? —preguntó Dumbledore en voz baja.

—Sí —contestó Harry.

Sirius apretó tanto a Harry en el hombro que casi le hacía daño.

—Los últimos asesinatos que la varita llevó a cabo —dijo Dumbledore, asintiendo con la cabeza—, en orden inverso. Naturalmente, habrían seguido apareciendo otros si hubieras mantenido la conexión. Muy bien, Harry: esos ecos... esas sombras... ¿qué hicieron?

Harry describió cómo las figuras que habían salido de la varita habían deambulado por el borde de la red dorada, cómo le dio la impresión de que Voldemort les tenía miedo, cómo la sombra de su padre le había indicado qué hacer y la de Cedric, su último deseo.

En aquel punto, Harry se dio cuenta de que no podía continuar. Miró a Sirius, y vio que se cubría la cara con las manos.

Harry advirtió de pronto que *Fawkes* había dejado su rodilla y había revoloteado hasta el suelo. Apoyó su hermosa cabeza en la pierna herida de Harry, y derramó sobre la herida que le había hecho la araña unas espesas lágrimas de color perla. El dolor desapareció. La piel recubrió lisamente la herida. Estaba curado.

—Te lo repito —dijo Dumbledore, mientras el fénix se elevaba en el aire y se volvía a posar en la percha que había al lado de la puerta—: esta noche has mostrado una valentía superior a lo que podríamos haber esperado de ti, Harry. La misma valentía de los que murieron luchando contra Voldemort cuando se encontraba en la cima de su poder. Has llevado sobre tus hombros la carga de un mago adulto, has podido con ella y nos has dado todo lo que podíamos esperar. Ahora te llevaré a la enfermería. No quiero que vayas esta noche al dormitorio. Te vendrán bien una poción para dormir y un poco de paz... Sirius, ¿te gustaría quedarte con él?

Sirius asintió con la cabeza y se levantó. Volvió a transformarse en el perro grande y negro, salió del despacho y bajó con ellos un tramo de escaleras hasta la enfermería.

Cuando Dumbledore abrió la puerta, Harry vio a la señora Weasley, a Bill, Ron y Hermione rodeando a la señora Pomfrey, que parecía agobiada. Le estaban preguntando dónde se hallaba él y qué le había ocurrido.

Todos se abalanzaron sobre ellos cuando entraron, y la señora Weasley soltó una especie de grito amortiguado:

—¡Harry!, ¡ay, Harry!

Fue hacia él, pero Dumbledore se interpuso.

—Molly —le dijo levantando la mano—, por favor, escúchame un momento. Harry ha vivido esta noche una horrible experiencia. Y acaba de revivirla para mí. Lo que ahora necesita es paz y tranquilidad, y dormir. Si quiere que estéis con él —añadió, mirando también a Ron, Hermione y Bill—, podéis quedaros, pero no quiero que le preguntéis nada hasta que esté preparado para responder, y desde luego no esta noche.

La señora Weasley mostró su conformidad con un gesto de la cabeza. Estaba muy pálida. Se volvió hacia Ron, Hermione y Bill con expresión severa, como si ellos estuvieran metiendo bulla, y les dijo muy bajo:

—¿Habéis oído? ¡Necesita tranquilidad!

—Dumbledore —dijo la señora Pomfrey, mirando fijamente el perro grande y negro en el que se había convertido Sirius—, ¿puedo preguntar qué...?

—Este perro se quedará un rato haciéndole compañía a Harry —dijo sencillamente Dumbledore—. Te aseguro que está extraordinariamente bien educado. Esperaremos a que te acuestes, Harry.

Harry sintió hacia Dumbledore una indecible gratitud por pedirles a los otros que no le hicieran preguntas. No era que no quisiera estar con ellos, pero la idea de explicarlo todo de nuevo, de revivirlo una vez más, era superior a sus fuerzas.

—Volveré en cuanto haya visto a Fudge, Harry —dijo Dumbledore—. Me gustaría que mañana te quedaras aquí hasta que me haya dirigido al colegio.

Salió. Mientras la señora Pomfrey lo llevaba a una cama próxima, Harry vislumbró al auténtico Moody acostado en una cama al final de la sala. Tenía el ojo mágico y la pata de palo sobre la mesita de noche.

—¿Qué tal está? —preguntó Harry.

—Se pondrá bien —aseguró la señora Pomfrey, dándole un pijama a Harry y rodeándolo de biombos.

Él se quitó la ropa, se puso el pijama, y se acostó. Ron, Hermione, Bill y la señora Weasley se sentaron a ambos lados de la cama, y el perro negro se colocó junto a la cabecera. Ron y Hermione lo miraban casi con cautela, como si los asustara.

—Estoy bien —les dijo—. Sólo que muy cansado.

A la señora Weasley se le empañaron los ojos de lágrimas mientras le alisaba la colcha de la cama, sin que hiciera ninguna falta.

La señora Pomfrey, que se había marchado aprisa al despacho, volvió con una copa y una botellita de poción de color púrpura.

—Tendrás que bebértela toda, Harry —le indicó—. Es una poción para dormir sin soñar.

Harry tomó la copa y bebió unos sorbos. Enseguida le entró sueño: todo a su alrededor se volvió brumoso, las lámparas que había en la enfermería le hacían guiños amistosos a través de los biombos que rodeaban su cama, y sintió como si su cuerpo se hundiera más en la calidez del colchón de plumas. Antes de que pudiera terminar la poción, antes de que pudiera añadir otra palabra, la fatiga lo había vencido.

Harry despertó en medio de tal calidez y somnolencia que no abrió los ojos, esperando volver a dormirse. La sala seguía a oscuras: estaba seguro de que aún era de noche y de que no había dormido mucho rato.

Luego oyó cuchicheos a su alrededor.

—¡Van a despertarlo si no se callan!

—¿Por qué gritan así? No habrá ocurrido nada más, ¿no?

Harry abrió perezosamente los ojos. Alguien le había quitado las gafas. Pudo distinguir junto a él las siluetas borrosas de la señora Weasley y de Bill. La señora Weasley estaba de pie.

—Es la voz de Fudge —susurraba ella—. Y ésa es la de Minerva McGonagall, ¿verdad? Pero ¿por qué discuten?

Harry también los oía: gente que gritaba y corría hacia la enfermería.

—Ya sé que es lamentable, pero da igual, Minerva —decía Cornelius Fudge en voz alta.

—¡No debería haberlo metido en el castillo! —gritó la profesora McGonagall—. Cuando se entere Dumbledore...

Harry oyó abrirse de golpe las puertas de la enfermería. Sin que nadie se diera cuenta, porque todos miraban hacia la puerta mientras Bill retiraba el biombo, Harry se sentó y se puso las gafas.

Fudge entró en la sala con paso decidido. Detrás de él iban Snape y la profesora McGonagall.

—¿Dónde está Dumbledore? —le preguntó Fudge a la señora Weasley.

—Aquí no —respondió ella, enfadada—. Esto es una enfermería, señor ministro. ¿No cree que sería mejor...?

Pero la puerta se abrió y entró Dumbledore en la sala.

—¿Qué ha ocurrido? —inquirió bruscamente, pasando la vista de Fudge a la profesora McGonagall—. ¿Por qué estáis molestando a los enfermos? Minerva, me sorprende que tú... Te pedí que vigilaras a Barty Crouch...

—¡Ya no necesita que lo vigile nadie, Dumbledore! —gritó ella—. ¡Gracias al ministro!

Harry no había visto nunca a la profesora McGonagall tan fuera de sí: tenía las mejillas coloradas, los puños apretados y temblaba de furia.

—Cuando le dijimos al señor Fudge que habíamos atrapado al mortífago responsable de lo ocurrido esta noche —dijo Snape en voz baja—, consideró que su seguridad personal estaba en peligro. Insistió en llamar a un dementor para que lo acompañara al castillo. Y subió con él al despacho en que Barty Crouch...

—¡Le advertí que usted no lo aprobaría, Dumbledore! —exclamó la profesora McGonagall—. Le dije que usted nunca permitiría la entrada de un dementor en el castillo, pero...

—¡Mi querida señora! —bramó Fudge, que de igual manera parecía más enfadado de lo que Harry lo había visto nunca—. Como ministro de Magia, me compete a mí decidir si necesito escolta cuando entrevisto a alguien que puede resultar peligroso...

Pero la voz de la profesora McGonagall ahogó la de Fudge:

—En cuanto ese... ese ser entró en el despacho —gritó ella, temblorosa y señalando a Fudge— se echó sobre Crouch y... y...

Harry sintió un escalofrío, en tanto la profesora McGonagall buscaba palabras para explicar lo sucedido. No necesitaba que ella terminara la frase, pues sabía qué era lo que debía de haber hecho el dementor: le habría administrado a Barty Crouch su beso fatal. Le habría aspirado el alma por la boca. Estaría peor que muerto.

—¡Pero, por todos los santos, no es una pérdida tan grave! —soltó Fudge—. ¡Según parece, es responsable de unas cuantas muertes!

—Pero ya no podrá declarar, Cornelius —repuso Dumbledore. Miró a Fudge con severidad, como si lo viera tal cual era por primera vez—. Ya no puede declarar por qué mató a esas personas.

—¿Que por qué las mató? Bueno, eso no es ningún misterio —replicó Fudge—. ¡Porque estaba loco de remate! Por lo que me han dicho Minerva y Severus, ¡creía que actuaba según las instrucciones de Voldemort!

—Es que actuaba según las instrucciones de Voldemort, Cornelius —dijo Dumbledore—. Las muertes de esas personas fueron meras consecuencias de un plan para restaurar a Voldemort a la plenitud de sus fuerzas. Ese plan ha tenido éxito, y Voldemort ha recuperado su cuerpo.

Fue como si a Fudge le pegaran en la cara con una maza. Aturdido y parpadeando, devolvió la mirada a Dumbledore como si no pudiera dar crédito a sus oídos. Entonces, sin dejar de mirar a Dumbledore con los ojos desorbitados, comenzó a farfullar:

—¿Que ha retornado Quien-tú-sabes? Absurdo. ¡Dumbledore, por favor...!

—Como sin duda te han explicado Minerva y Severus —dijo Dumbledore—, hemos oído la confesión de Barty Crouch. Bajo los efectos del suero de la verdad, nos ha relatado cómo escapó de Azkaban, y cómo Voldemort, enterado por Bertha Jorkins de que seguía vivo, fue a liberarlo de su padre y lo utilizó para capturar a Harry. El plan funcionó, ya te lo he dicho: Crouch ha ayudado a Voldemort a regresar.

—¡Pero vamos, Dumbledore! —exclamó Fudge, y Harry se sorprendió de ver surgir en su rostro una ligera sonrisa—, ¡no es posible que tú creas eso! ¿Que ha retornado Quien-tú-sabes? Vamos, vamos, por favor... Una cosa es que

Crouch creyera que actuaba bajo las órdenes de Quien-tú-sabes... y otra tomarse en serio lo que ha dicho ese luná-tico...

—Cuando Harry tocó esta noche la Copa de los tres magos, fue transportado directamente ante lord Voldemort —afirmó Dumbledore—. Presenció su renacimiento. Te lo explicaré todo si vienes a mi despacho. —Miró a Harry y vio que estaba despierto, pero añadió—: Me temo que no puedo consentir que interrogues a Harry esta noche.

La sorprendente sonrisa de Fudge no había desaparecido. También él miró a Harry; luego volvió la vista a Dumbledore, y dijo:

—¿Eh... estás dispuesto a aceptar su testimonio, Dumbledore?

Hubo un instante de silencio, roto por el gruñido de Sirius. Se le habían erizado los pelos del lomo, y enseñaba los dientes a Fudge.

—Desde luego que lo acepto —respondió Dumbledore, con un fulgor en los ojos—. He oído la confesión de Crouch y he oído el relato de Harry de lo que ocurrió después de que tocara la Copa: las dos historias encajan y explican todo lo sucedido desde que el verano pasado desapareció Bertha Jorkins.

Fudge conservaba en la cara la extraña sonrisa. Volvió a mirar a Harry antes de responder:

—¿Vas a creer que ha retornado lord Voldemort porque te lo dicen un loco asesino y un niño que...? Bueno...

Le dirigió a Harry otra mirada, y éste comprendió de pronto.

—Señor Fudge, ¡usted ha leído a Rita Skeeter! —dijo en voz baja.

Ron, Hermione, Bill y la señora Weasley se sobresaltaron: ninguno se había dado cuenta de que Harry estaba despierto. Fudge enrojeció un poco, pero su rostro adquirió una expresión obstinada y desafiante.

—¿Y qué si lo he hecho? —soltó, dirigiéndose a Dumbledore—. ¿Qué pasa si he descubierto que has estado ocultando ciertos hechos relativos a este niño? Conque habla pársel, ¿eh? ¿Y conque monta curiosos numeritos por todas partes?

—Supongo que te refieres a los dolores de la cicatriz —dijo Dumbledore con frialdad.

—¿O sea que admites que ha tenido dolores? —replicó Fudge—. ¿Dolores de cabeza, pesadillas? ¿Tal vez... alucinaciones?

—Escúchame, Cornelius —dijo Dumbledore dando un paso hacia Fudge, y volvió a irradiar aquella indefinible fuerza que Harry había percibido en él después de que había aturdido al joven Crouch—. Harry está tan cuerdo como tú y yo. La cicatriz que tiene en la frente no le ha reblandecido el cerebro. Creo que le duele cuando lord Voldemort está cerca o cuando se siente especialmente furioso.

Fudge retrocedió medio paso para separarse un poco de Dumbledore, pero no cedió en absoluto.

—Me tendrás que perdonar, Dumbledore, pero nunca había oído que una cicatriz actúe de alarma...

—¡Mire, he presenciado el retorno de Voldemort! —gritó Harry. Intentó volver a salir de la cama, pero la señora Weasley se lo impidió—. ¡He visto a los mortífagos! ¡Puedo darle los nombres! Lucius Malfoy...

Snape hizo un movimiento repentino; pero, cuando Harry lo miró, sus ojos estaban puestos otra vez en Fudge.

—¡Malfoy fue absuelto! —dijo Fudge, visiblemente ofendido—. Es de una familia de raigambre... y entrega donaciones para excelentes causas...

—¡Macnair! —prosiguió Harry.

—¡También fue absuelto! ¡Y trabaja para el Ministerio!

—Avery... Nott... Crabbe... Goyle...

—¡No haces más que repetir los nombres de los que fueron absueltos hace trece años del cargo de pertenencia a los mortífagos! —dijo Fudge enfadado—. ¡Debes de haber visto esos nombres en antiguas crónicas de los juicios! Por las barbas de Merlín, Dumbledore... Este niño ya se vio envuelto en una historia ridícula al final del curso anterior... Los cuentos que se inventa son cada vez más exagerados, y tú te los sigues tragando. Este niño habla con las serpientes, Dumbledore, ¿y todavía confías en él?

—¡No sea necio! —gritó la profesora McGonagall—. Cedric Diggory, el señor Crouch: ¡esas muertes no son el trabajo casual de un loco!

—¡No veo ninguna prueba de lo contrario! —vociferó Fudge, igual de airado que ella y con la cara colorada—. ¡Me parece que estáis decididos a sembrar un pánico que desestabilice todo lo que hemos estado construyendo durante trece años!

Harry no podía dar crédito a sus oídos. Siempre había visto a Fudge como alguien bondadoso: un poco jactancioso, un poco pomposo, pero básicamente bueno. Sin embargo, lo que en aquel momento tenía ante él era un mago pequeño y furioso que se negaba rotundamente a aceptar cualquier cosa que supusiera una alteración de su mundo cómodo y ordenado, que se negaba a creer en el retorno de Voldemort.

—Voldemort ha regresado —repitió Dumbledore—. Si afrontas ese hecho, Fudge, y tomas las medidas necesarias, quizá aún podamos encontrar una salvación. Lo primero y más esencial es retirarles a los dementores el control de Azkaban.

—¡Absurdo! —volvió a gritar Fudge—. ¡Retirar a los dementores! ¡Me echarían a puntapiés sólo por proponerlo! ¡La mitad de nosotros sólo dormimos tranquilos porque sabemos que ellos están custodiando Azkaban!

—¡A la otra mitad nos cuesta más conciliar el sueño, Cornelius, sabiendo que has puesto a los partidarios más peligrosos de lord Voldemort bajo la custodia de unas criaturas que se unirán a él en cuanto se lo pida! —repuso Dumbledore—. ¡No te serán leales, Fudge, porque Voldemort puede ofrecerles muchas más satisfacciones que tú a sus apetitos! ¡Con el apoyo de los dementores y el retorno de sus antiguos partidarios, te resultará muy difícil evitar que recupere la fuerza que tuvo hace trece años!

Fudge abría y cerraba la boca como si no encontrara palabras apropiadas para expresar su ira.

—El segundo paso que debes dar, y sin pérdida de tiempo —siguió Dumbledore—, es enviar mensajeros a los gigantes.

—¿Mensajeros a los gigantes? —gritó Fudge, recuperando la capacidad de hablar—. ¿Qué locura es ésa?

—Debes tenderles una mano ahora mismo, antes de que sea demasiado tarde —repuso Dumbledore—, o de lo contrario Voldemort los persuadirá, como hizo antes, de que es el único mago que está dispuesto a concederles derechos y libertad.

—No... no puedes estar hablando en serio —dijo Fudge entrecortadamente, negando con la cabeza y alejándose un poco más de Dumbledore—. Si la comunidad mágica sospechara que yo pretendo un acercamiento a los gigantes... La gente los odia, Dumbledore... Sería el fin de mi carrera...

—¡Estás cegado por el miedo a perder la cartera que ostentas, Cornelius! —dijo Dumbledore, volviendo a levantar la voz y con los ojos de nuevo resplandecientes, evidenciando otra vez su aura poderosa—. ¡Le das demasiada importancia, y siempre lo has hecho, a lo que llaman «limpieza de sangre»! ¡No te das cuenta de que no importa lo que uno es por nacimiento, sino lo que uno es por sí mismo! Tu dementor acaba de aniquilar al último miembro de una familia de sangre limpia, de tanta raigambre como la que más... ¡y ya ves lo que ese hombre escogió hacer con su vida! Te lo digo ahora: da los pasos que te aconsejo, y te recordarán, con cartera o sin ella, como uno de los ministros de Magia más grandes y valerosos que hayamos tenido; pero, si no lo haces, ¡la Historia te recordará como el hombre que se hizo a un lado para concederle a Voldemort una segunda oportunidad de destruir el mundo que hemos intentado construir!

—¡Loco! —susurró Fudge, volviendo a retroceder—. ¡Loco...!

Se hizo el silencio. La señora Pomfrey estaba inmóvil al pie de la cama de Harry, tapándose la boca con las manos. La señora Weasley seguía de pie al lado de Harry, poniéndole la mano en el hombro para impedir que se levantara. Bill, Ron y Hermione miraban a Fudge fijamente.

—Si sigues decidido a cerrar los ojos, Cornelius —dijo Dumbledore—, nuestros caminos se separarán ahora. Actúa como creas conveniente. Y yo... yo también actuaré como crea conveniente.

La voz de Dumbledore no sonó a amenaza, sino como una mera declaración de principios, pero Fudge se estremeció como si Dumbledore hubiera avanzado hacia él apuntándole con una varita.

—Veamos pues, Dumbledore —dijo blandiendo un dedo amenazador—. Siempre te he dado rienda suelta. Te he mostrado mucho respeto. Podía no estar de acuerdo con algunas de tus decisiones, pero me he callado. No hay muchos que en mi lugar te hubieran permitido contratar hombres lobo, o tener a Hagrid aquí, o decidir qué enseñar a tus estudiantes sin consultar al Ministerio. Pero si vas a actuar contra mí...

—El único contra el que pienso actuar —puntualizó Dumbledore— es lord Voldemort. Si tú estás contra él, entonces seguiremos del mismo lado, Cornelius.

Fudge no encontró respuesta a aquello. Durante un instante se balanceó hacia atrás y hacia delante sobre sus pequeños pies, e hizo girar en las manos el sombrero hongo. Al final, dijo con cierto tono de súplica:

—No puede volver, Dumbledore, no puede...

Snape se adelantó, levantándose la manga izquierda de la túnica. Descubrió el antebrazo y se lo enseñó a Fudge, que retrocedió.

—Mire —dijo Snape con brusquedad—. Mire: la Marca Tenebrosa. No está tan clara como lo estuvo hace una hora aproximadamente, cuando era de color negro y me abrasaba, pero aún puede verla. El Señor Tenebroso marcó con ella a todos sus mortífagos. Era una manera de reconocernos entre nosotros, y también el medio que utilizaba para convocarnos. Cuando él tocaba la marca de cualquier mortífago teníamos que desaparecernos donde estuviéramos y aparecernos a su lado al instante. Esta marca ha ido haciéndose más clara durante todo este curso, y la de Karkarov también. ¿Por qué cree que Karkarov ha huido esta noche? Porque los dos hemos sentido la quemazón de la Marca. Entonces, los dos supimos que él había retornado. Karkarov teme la venganza del Señor Tenebroso porque traicionó a demasiados de sus compañeros mortífagos para esperar una bienvenida si volviera al redil.

Fudge también se alejó un paso de Snape, negando con la cabeza. Daba la impresión de que no había entendido ni una palabra de lo que éste le había dicho. Miró fijamente, con repugnancia, la fea marca que Snape tenía en el brazo. A continuación, levantó la vista hacia Dumbledore y susurró:

—No sé a qué estáis jugando tú y tus profesores, Dumbledore, pero creo que ya he oído bastante. No tengo más que añadir. Me pondré en contacto contigo mañana, Dumbledore, para tratar sobre la dirección del colegio. Ahora tengo que volver al Ministerio.

Casi había llegado a la puerta cuando se detuvo. Se volvió, regresó a zancadas hasta la cama de Harry.

—Tu premio —dijo escuetamente, sacándose del bolsillo una bolsa grande de oro y dejándola caer sobre la mesita de la cama de Harry—. Mil galeones. Tendría que haber habido una ceremonia de entrega, pero en estas circunstancias...

Se encasquetó el sombrero hongo y salió de la sala, cerrando de un portazo. En cuanto desapareció, Dumbledore se volvió hacia el grupo que rodeaba la cama de Harry.

—Hay mucho que hacer —dijo—. Molly... ¿me equivoco al pensar que puedo contar contigo y con Arthur?

—Por supuesto que no se equivoca —respondió la señora Weasley. Hasta los labios se le habían quedado pálidos, pero parecía decidida—. Arthur conoce a Fudge. Es su interés por los muggles lo que lo ha mantenido relegado en el Ministerio durante todos estos años. Fudge opina que carece del adecuado orgullo de mago.

—Entonces tengo que enviarle un mensaje —dijo Dumbledore—. Tenemos que hacer partícipes de lo ocurrido a todos aquellos a los que se pueda convencer de la verdad, y Arthur está bien situado en el Ministerio para hablar con los que no sean tan miopes como Cornelius.

—Iré yo a verlo —se ofreció Bill, levantándose—. Iré ahora.

—Muy bien —asintió Dumbledore—. Cuéntale lo ocurrido. Dile que no tardaré en ponerme en contacto con él. Pero tendrá que ser discreto. Fudge no debe sospechar que interfiero en el Ministerio...

—Déjelo de mi cuenta —dijo Bill.

Le dio una palmada a Harry en el hombro, un beso a su madre en la mejilla, se puso la capa y salió de la sala con paso decidido.

—Minerva —dijo Dumbledore, volviéndose hacia la profesora McGonagall—, quiero ver a Hagrid en mi despacho tan pronto como sea posible. Y también... si consiente en venir, a Madame Maxime.

La profesora McGonagall asintió con la cabeza y salió sin decir una palabra.

—Poppy —le dijo Dumbledore a la señora Pomfrey—, ¿serías tan amable de bajar al despacho del profesor Moody, donde me imagino que encontrarás a una elfina doméstica llamada Winky sumida en la desesperación? Haz lo que puedas por ella, y luego llévala a las cocinas. Creo que Dobby la cuidará.

—Muy... muy bien —contestó la señora Pomfrey, asustada, y también salió.

Dumbledore se aseguró de que la puerta estaba cerrada, y de que los pasos de la señora Pomfrey habían dejado de oírse, antes de volver a hablar.

—Y, ahora —dijo—, es momento de que dos de nosotros se acepten. Sirius... te ruego que recuperes tu forma habitual.

El gran perro negro levantó la mirada hacia Dumbledore, y luego, en un instante, se convirtió en hombre.

La señora Weasley soltó un grito y se separó de la cama.

—¡Sirius Black! —gritó.

—¡Calla, mamá! —chilló Ron—. ¡Es inocente!

Snape no había gritado ni retrocedido, pero su expresión era una mezcla de furia y horror.

—¡Él! —gruñó, mirando a Sirius, cuyo rostro mostraba el mismo desagrado—. ¿Qué hace aquí?

—Está aquí porque yo lo he llamado —explicó Dumbledore, pasando la vista de uno a otro—. Igual que tú, Severus. Yo confío tanto en uno como en otro. Ya es hora de que olvidéis vuestras antiguas diferencias, y confiéis también el uno en el otro.

Harry pensó que Dumbledore pedía un milagro. Sirius y Snape se miraban con intenso odio.

—Me conformaré, a corto plazo, con un alto en las hostilidades —dijo Dumbledore con un deje de impaciencia—. Daos la mano: ahora estáis del mismo lado. El tiempo apremia, y, a menos que los pocos que sabemos la verdad estemos unidos, no nos quedará esperanza.

Muy despacio, pero sin dejar de mirarse como si se desearan lo peor, Sirius y Snape se acercaron y se dieron la mano. Se soltaron enseguida.

—Con eso bastará por ahora —dijo Dumbledore, colocándose una vez más entre ellos—. Ahora, tengo trabajo que daros a los dos. La actitud de Fudge, aunque no nos pille de sorpresa, lo cambia todo. Sirius, necesito que salgas ahora mismo: tienes que alertar a Remus Lupin, Arabella Figg y Mundungus Fletcher: el antiguo grupo. Escóndete por un tiempo en casa de Lupin. Yo iré a buscarte.

—Pero... —protestó Harry.

Quería que Sirius se quedara. No quería decirle otra vez adiós tan pronto.

—No tardaremos en vernos, Harry —aseguró Sirius, volviéndose hacia él—. Te lo prometo. Pero debo hacer lo que pueda, ¿comprendes?

—Claro. Claro que comprendo.

Sirius le apretó brevemente la mano, asintió con la cabeza mirando a Dumbledore, volvió a transformarse en perro, y salió corriendo de la sala, abriendo con la pata la manilla de la puerta.

—Severus —continuó Dumbledore dirigiéndose a Snape—, ya sabes lo que quiero de ti. Si estás dispuesto...

—Lo estoy —contestó Snape.

Parecía más pálido de lo habitual, y sus fríos ojos negros resplandecieron de forma extraña.

—Buena suerte entonces —le deseó Dumbledore, y, con una mirada de aprehensión, lo observó salir en silencio de la sala, detrás de Sirius.

Pasaron varios minutos antes de que el director volviera a hablar.

—Tengo que bajar —dijo por fin—. Tengo que ver a los Diggory. Tómate la poción que queda, Harry. Os veré a todos más tarde.

Mientras Dumbledore se iba, Harry se dejó caer en las almohadas. Hermione, Ron y la señora Weasley lo miraban. Nadie habló por un tiempo.

—Te tienes que tomar lo que queda de la poción, Harry —dijo al cabo la señora Weasley. Al ir a coger la botellita y la copa, dio con la mano contra la bolsa de oro que estaba en la mesita—. Tienes que dormir bien y mucho. Intenta pensar en otra cosa por un rato... ¡piensa en lo que vas a comprarte con el dinero!

—No lo quiero —replicó Harry con voz inexpresiva—. Cogedlo vosotros. Quien sea. No me lo merezco. Se lo merecía Cedric.

Aquello contra lo que había estado luchando por momentos desde que había salido del laberinto amenazaba con ser más fuerte que él. Sentía una sensación ardorosa y punzante por dentro de los ojos. Parpadeó y miró al techo.

—No fue culpa tuya, Harry —susurró la señora Weasley.

—Yo le dije que cogiéramos juntos la Copa —musitó Harry.

En aquel momento tenía aquella sensación ardorosa también en la garganta. Le hubiera gustado que Ron desviara la mirada.

La señora Weasley posó la poción en la mesita, se inclinó y abrazó a Harry. Él no recordaba que nunca ningún ser humano lo hubiera abrazado de aquella manera, como a un hijo. Todo el peso de cuanto había visto aquella noche pareció caer sobre él mientras la señora Weasley lo aferraba. El rostro de su madre, la voz de su padre, la visión de Cedric muerto en la hierba, todo empezó a darle vueltas en la cabeza hasta que apenas pudo soportarlo y su rostro se tensó para contener el grito de angustia que pugnaba por salir.

Se oyó un ruido como de portazo, y la señora Weasley y Harry se separaron. Hermione estaba en la ventana. Tenía algo en la mano firmemente agarrado.

—Lo siento —se disculpó.

—La poción, Harry —dijo rápidamente la señora Weasley, enjugándose las lágrimas con el dorso de la mano.

Harry se la bebió de un trago. El efecto fue instantáneo. Lo sumergió una ola de sueño grande e irresistible, y se hundió entre las almohadas, dormido sin pensamientos y sin sueños.

37

El comienzo

Incluso un mes después, al rememorar los días que siguieron, Harry se daba cuenta de que se acordaba de muy pocas cosas. Era como si hubiera pasado demasiado para añadir nada más. Las recapitulaciones que hacía resultaban muy dolorosas. Lo peor fue, tal vez, el encuentro con los Diggory que tuvo lugar a la mañana siguiente.

No lo culparon de lo ocurrido. Por el contrario, ambos le agradecieron que les hubiera llevado el cuerpo de su hijo. Durante toda la conversación, el señor Diggory no dejó de sollozar. La pena de la señora Diggory era mayor de la que se puede expresar llorando.

—Sufrió muy poco, entonces —musitó ella, cuando Harry le explicó cómo había muerto—. Y, al fin y al cabo, Amos... murió justo después de ganar el Torneo. Tuvo que sentirse feliz.

Al levantarse, ella miró a Harry y le dijo:

—Ahora cuídate tú.

Harry cogió la bolsa de oro de la mesita.

—Tomen esto —le dijo a la señora Diggory—. Tendría que haber sido para Cedric: llegó el primero. Cójanlo...

Pero ella lo rechazó.

—No, es tuyo. Nosotros no podríamos... Quédate con él.

Harry volvió a la torre de Gryffindor a la noche siguiente. Por lo que le dijeron Ron y Hermione, aquella mañana, durante el desayuno, Dumbledore se había dirigido a todo el colegio. Simplemente les había pedido que dejaran a Harry tranquilo, que nadie le hiciera preguntas ni lo forzara a contar la historia de lo ocurrido en el laberinto. Él notó que la mayor parte de sus compañeros se apartaban al cruzarse con él por los corredores, y que evitaban su mirada. Al pasar, algunos cuchicheaban tapándose la boca con la mano. Le pareció que muchos habían dado crédito al artículo de Rita Skeeter sobre lo trastornado y posiblemente peligroso que era. Tal vez formularan sus propias teorías sobre la manera en que Cedric había muerto. Se dio cuenta de que no le preocupaba demasiado. Disfrutaba hablando de otras cosas con Ron y Hermione, o cuando jugaban al ajedrez en silencio. Sentía que habían alcanzado tal grado de entendimiento que no necesitaban poner determinadas cosas en palabras: que los tres esperaban alguna señal, alguna noticia de lo que ocurría fuera de Hogwarts, y que no valía la pena especular sobre ello mientras no supieran nada con seguridad. La única vez que mencionaron el tema fue cuando Ron le habló a Harry del encuentro entre su madre y Dumbledore, antes de volver a su casa.

—Fue a preguntarle si podías venir directamente con nosotros este verano —dijo—. Pero él quiere que vuelvas con los Dursley, por lo menos al principio.

—¿Por qué? —preguntó Harry.

—Mi madre ha dicho que Dumbledore tiene sus motivos —explicó Ron, moviendo la cabeza—. Supongo que tenemos que confiar en él, ¿no?

La única persona aparte de Ron y Hermione con la que se sentía capaz de hablar era Hagrid. Como ya no había profesor de Defensa Contra las Artes Oscuras, tenían aquella hora libre. En la del jueves por la tarde aprovecharon para ir a visitarlo a su cabaña. Era un día luminoso. Cuando se acercaron, *Fang* salió de un salto por la puerta abierta, ladrando y meneando la cola sin parar.

—¿Quién es? —dijo Hagrid, dirigiéndose a la puerta—. ¡Harry!

Salió a su encuentro a zancadas, aprisionó a Harry con un solo brazo, lo despeinó con la mano y dijo:

—Me alegro de verte, compañero. Me alegro de verte.

Al entrar en la cabaña, vieron delante de la chimenea, sobre la mesa de madera, dos platos con sendas tazas del tamaño de calderos.

—He estado tomando té con Olympe —explicó Hagrid—. Acaba de irse.

—¿Con quién? —preguntó Ron, intrigado.

—¡Con Madame Maxime, por supuesto! —contestó Hagrid.

—¿Habéis hecho las paces? —quiso saber Ron.

—No entiendo de qué me hablas —contestó Hagrid sin darle importancia, yendo al aparador a buscar más tazas.

Después de preparar té y de ofrecerles un plato de pastas, volvió a sentarse en la silla y examinó a Harry detenidamente con sus ojos de azabache.

—¿Estás bien? —preguntó bruscamente.

—Sí —respondió Harry.

—No, no lo estás. Por supuesto que no lo estás. Pero lo estarás.

Harry no repuso nada.

—Sabía que volvería —dijo Hagrid, y Harry, Ron y Hermione lo miraron, sorprendidos—. Lo sabía desde hacía años, Harry. Sabía que estaba por ahí, aguardando el momento propicio. Tenía que pasar. Bueno, ya ha ocurrido, y tendremos que afrontarlo. Lucharemos. Tal vez lo reduzcamos antes de que se haga demasiado fuerte. Eso es lo que Dumbledore pretende. Un gran hombre, Dumbledore. Mientras lo tengamos, no me preocuparé demasiado.

Hagrid alzó sus pobladas cejas ante la expresión de incredulidad de sus amigos.

—No sirve de nada preocuparse —afirmó—. Lo que venga, vendrá, y le plantaremos cara. Dumbledore me contó lo que hiciste, Harry. —El pecho de Hagrid se infló al mirarlo—. Fue lo que hubiera hecho tu padre, y no puedo dirigirte mayor elogio.

Harry le sonrió. Era la primera vez que sonreía desde hacía días.

—¿Qué fue lo que Dumbledore te pidió que hicieras, Hagrid? Mandó a la profesora McGonagall a pediros a ti y a Madame Maxime que fuerais a verlo... aquella noche.

—Nos ha puesto deberes para el verano —explicó Hagrid—. Pero son secretos. No puedo hablar de ello, ni siquiera con vosotros. Olympe... Madame Maxime para vosotros... tal vez venga conmigo. Creo que sí. Creo que la he convencido.

—¿Tiene que ver con Voldemort?

Hagrid se estremeció al oír aquel nombre.

—Puede —contestó evasivamente—. Y ahora... ¿quién quiere venir conmigo a ver el último escreguto? ¡Era broma, era broma! —se apresuró a añadir, viendo la cara que ponían.

La noche antes del retorno a Privet Drive, Harry preparó su baúl, lleno de pesadumbre. Sentía terror ante el banquete de fin de curso, que era motivo de alegría otros años, cuando se aprovechaba para anunciar el ganador de la Copa de las Casas. Desde que había salido de la enfermería, había procurado no ir al Gran Comedor a las horas en que iba todo el mundo, y prefería comer cuando estaba casi vacío para evitar las miradas de sus compañeros.

Cuando él, Ron y Hermione entraron en el Gran Comedor, vieron enseguida que faltaba la acostumbrada decoración: para el banquete de fin de curso solía lucir los colores de la casa ganadora. Aquella noche, sin embargo, había colgaduras negras en la pared de detrás de la mesa de los profesores. Harry no tardó en comprender que eran una señal de respeto por Cedric.

El auténtico *Ojoloco* Moody estaba allí sentado, con el ojo mágico y la pata de palo puestos en su sitio. Parecía extremadamente nervioso, y cada vez que alguien le hablaba daba un respingo. Harry no se lo podía echar en cara: era lógico que el miedo de Moody a ser víctima de un ataque se hubiera incrementado tras diez meses de secuestro en su propio baúl. La silla del profesor Karkarov se encontraba vacía. Harry se preguntó, al sentarse con sus compañeros de Gryffindor, dónde estaría en aquel momento, y si Voldemort lo habría atrapado.

Madame Maxime seguía allí. Se había sentado al lado de Hagrid. Hablaban en voz baja. Más allá, junto a la profesora McGonagall, se hallaba Snape. Sus ojos se demoraron un momento en Harry mientras éste lo miraba. Era difícil interpretar su expresión, pero parecía tan antipático y malhumorado como siempre. Harry siguió observándolo mucho después de que él hubo retirado la mirada.

¿Qué sería lo que Snape había tenido que hacer, por orden de Dumbledore, la noche del retorno de Voldemort? Y ¿por qué... por qué estaba tan convencido Dumbledore de que Snape se hallaba realmente de su lado? Había sido su espía, eso había dicho Dumbledore en el pensadero. Y se había pasado a su lado, «asumiendo graves riesgos personales». ¿Era ése el trabajo que había tenido que hacer? ¿Había entrado en contacto con los mortífagos, tal vez? ¿Había fingido que nunca se había pasado realmente al bando de Dumbledore, que había estado esperando su momento, como el propio Voldemort?

Los pensamientos de Harry se vieron interrumpidos por el profesor Dumbledore, que se levantó de su silla en la mesa de profesores. El Gran Comedor, que sin duda había estado mucho menos bullanguero de lo habitual en un banquete de fin de curso, quedó en completo silencio.

—El fin de otro curso —dijo Dumbledore, mirándolos a todos.

Hizo una pausa, y posó los ojos en la mesa de Hufflepuff. Aquélla había sido la mesa más silenciosa ya antes de que él se pusiera en pie, y seguían teniendo las caras más pálidas y tristes del Gran Comedor.

—Son muchas las cosas que quisiera deciros esta noche —dijo Dumbledore—, pero quiero antes que nada lamentar la pérdida de una gran persona que debería estar ahí sentada —señaló con un gesto hacia los de Hufflepuff—, disfrutando con nosotros este banquete. Ahora quiero pediros, por favor, a todos, que os levantéis y alcéis vuestras copas para brindar por Cedric Diggory.

Así lo hicieron. Hubo un estruendo de bancos arrastrados por el suelo cuando se pusieron en pie, levantaron las copas y repitieron, con voz potente, grave y sorda:

—Por Cedric Diggory.

Harry vislumbró a Cho a través de la multitud. Le caían por la cara unas lágrimas silenciosas. Cuando volvieron a sentarse, bajó la vista a la mesa.

—Cedric ejemplificaba muchas de las cualidades que distinguen a la casa de Hufflepuff —prosiguió Dumbledore—. Era un amigo bueno y leal, muy trabajador, y se comportaba con honradez. Su muerte os ha afligido a todos, lo conocierais bien o no. Creo, por eso, que tenéis derecho a saber qué fue exactamente lo que ocurrió.

Harry levantó la cabeza y miró a Dumbledore.

—Cedric Diggory fue asesinado por lord Voldemort.

Un murmullo de terror recorrió el Gran Comedor. Los alumnos miraban a Dumbledore horrorizados, sin atreverse a creerle. Él estaba tranquilo, viéndolos farfullar en voz baja.

—El Ministerio de Magia —continuó Dumbledore— no quería que os lo dijera. Es posible que algunos de vuestros padres se horroricen de que lo haya hecho, ya sea porque no crean que Voldemort haya regresado realmente, o porque opinen que no se debe contar estas cosas a gente tan joven. Pero yo opino que la verdad es siempre preferible a las mentiras, y que cualquier intento de hacer pasar la muerte de Cedric por un accidente, o por el resultado de un grave error suyo, constituye un insulto a su memoria.

En aquel momento, todas las caras, aturdidas y asustadas, estaban vueltas hacia Dumbledore... o casi todas. Harry vio que, en la mesa de Slytherin, Draco Malfoy cuchicheaba con Crabbe y Goyle. Sintió un vehemente acceso de ira. Se obligó a mirar a Dumbledore.

—Hay alguien más a quien debo mencionar en relación con la muerte de Cedric —siguió Dumbledore—. Me refiero, claro está, a Harry Potter.

Un murmullo recorrió el Gran Comedor al tiempo que algunos volvían la cabeza en dirección a Harry antes de mirar otra vez a Dumbledore.

—Harry Potter logró escapar de Voldemort —dijo Dumbledore—. Arriesgó su vida para traer a Hogwarts el cuerpo de Cedric. Mostró, en todo punto, el tipo de valor que muy pocos magos han demostrado al encararse con lord Voldemort, y por eso quiero alzar la copa por él.

Dumbledore se volvió hacia Harry con aire solemne, y volvió a levantar la copa. Casi todos los presentes siguieron su ejemplo, murmurando su nombre como habían murmurado el de Cedric, y bebieron a su salud. Pero, a través de un hueco entre los compañeros que se habían puesto en pie, Harry vio que Malfoy, Crabbe, Goyle y muchos otros de Slytherin permanecían desafiantemente sentados, sin tocar las copas. Dumbledore, que a pesar de todo carecía de ojo mágico, no se dio cuenta.

Cuando todos volvieron a sentarse, prosiguió:

—El propósito del Torneo de los tres magos fue el de promover el buen entendimiento entre la comunidad mágica. En vista de lo ocurrido, del retorno de lord Voldemort, tales lazos parecen ahora más importantes que nunca.

Dumbledore pasó la vista de Hagrid y Madame Maxime a Fleur Delacour y sus compañeros de Beauxbatons, y de éstos a Viktor Krum y los alumnos de Durmstrang, que estaban sentados a la mesa de Slytherin. Krum, según vio Harry, parecía cauteloso, casi asustado, como si esperara que Dumbledore dijera algo contra él.

—Todos nuestros invitados —continuó, y sus ojos se demoraron en los alumnos de Durmstrang— han de saber que serán bienvenidos en cualquier momento en que quieran volver. Os repito a todos que, ante el retorno de lord Voldemort, seremos más fuertes cuanto más unidos estemos, y más débiles cuanto más divididos.

»La fuerza de lord Voldemort para extender la discordia y la enemistad entre nosotros es muy grande. Sólo podemos luchar contra ella presentando unos lazos de amistad y mutua confianza igualmente fuertes. Las diferencias de costumbres y lengua no son nada en absoluto si nuestros propósitos son los mismos y nos mostramos abiertos.

»Estoy convencido (y nunca he tenido tantos deseos de estar equivocado) de que nos esperan tiempos difíciles y oscuros. Algunos de vosotros, en este salón, habéis sufrido ya directamente a manos de lord Voldemort. Muchas de vuestras familias quedaron deshechas por él. Hace una semana, un compañero vuestro fue aniquilado.

»Recordad a Cedric. Recordadlo si en algún momento de vuestra vida tenéis que optar entre lo que está bien y lo que es cómodo, recordad lo que le ocurrió a un muchacho que era bueno, amable y valiente, sólo porque se cruzó en el camino de lord Voldemort. Recordad a Cedric Diggory.

El baúl de Harry estaba listo. *Hedwig* se encontraba de nuevo en la jaula, y la jaula encima del baúl. Con el resto de los alumnos de cuarto, él, Ron y Hermione aguardaban en el abarrotado vestíbulo los carruajes que los llevarían de vuelta a la estación de Hogsmeade. Era otro hermoso día de verano. Se imaginó que, cuando llegara aquella noche, en Privet Drive haría calor y los jardines estarían frondosos, con macizos de flores convertidos en un derroche de color. Pero pensar en ello no le proporcionó ningún placer.

—¡«Hagui»!

Miró a su alrededor. Fleur Delacour subía velozmente la escalinata de piedra para entrar en el castillo. Tras ella, vio a Hagrid ayudando a Madame Maxime a hacer recular dos de sus gigantescos caballos para engancharlos: el carruaje de Beauxbatons estaba a punto de despegar.

—Nos «volveguemos» a «veg», «espego» —dijo Fleur, tendiéndole la mano al llegar ante él—. «Quiego encontgag tgabajo» aquí «paga mejogag» mi inglés.

—Ya es muy bueno —señaló Ron con la voz ahogada.

Fleur le sonrió. Hermione frunció el entrecejo.

—Adiós, «Hagui» —se despidió Fleur, dando media vuelta para irse—. ¡Ha sido un «placeg conocegte»!

El ánimo de Harry se alegró un poco, mientras contemplaba a Fleur volviendo a la explanada con Madame Maxime. Su plateado pelo ondeaba a la luz del sol.

—Me pregunto cómo volverán los de Durmstrang —comentó Ron—. ¿Crees que podrán manejar el barco sin Karkarov?

—«Karrkarrov» no lo manejaba —dijo una voz ronca—. Se quedaba en el «camarrote» y nos dejaba «hacerr» el «trrabajo». —Krum se había acercado para despedirse de Hermione—. ¿«Podrríamos hablarr»? —le preguntó.

—Eh... claro... claro... —contestó Hermione, algo confusa, y siguió a Krum por entre la multitud hasta perderse de vista.

—¡Será mejor que te des prisa! —le gritó Ron—. ¡Los carruajes llegarán dentro de un minuto!

Pero dejó que Harry se ocupara de mirar si llegaban o no los carruajes, y él se pasó los minutos siguientes levantando el cuello para vigilar a Krum y Hermione por encima de la multitud. No tardaron en volver. Ron observó a Hermione, pero su rostro estaba impasible.

—Me gustaba «Diggorry» —le dijo Krum a Harry de repente—. «Siemprre erra» amable conmigo. «Siemprre.» Aunque yo «estuvierra» en «Durrmstrrang», con «Karrkarrov» —añadió, ceñudo.

—¿Tenéis ya nuevo director? —preguntó Harry.

Krum se encogió de hombros. Tendió la mano como había hecho Fleur, y estrechó la de Harry y la de Ron.

Ron parecía inmerso en una lucha interna. Krum ya se iba cuando él le gritó:

—¿Me firmas un autógrafo?

Hermione se volvió, sonriendo, y observó los carruajes sin caballos que rodaban hacia ellos, subiendo por el camino, mientras Krum, sorprendido pero halagado, le firmaba a Ron un pedazo de pergamino.

El tiempo no pudo ser más diferente en el viaje de vuelta a King's Cross de lo que había sido a la ida en septiembre. No había ni una nube en el cielo. Harry, Ron y Hermione habían conseguido un compartimiento para ellos solos. *Pigwidgeon* iba de nuevo tapado bajo la túnica de gala de Ron, para que no estuviera todo el tiempo chillando. *Hedwig* dormitaba con la cabeza bajo el ala, y *Crookshanks* se había hecho un ovillo sobre un asiento libre, y parecía un peluche de color canela. Harry, Ron y Hermione hablaron más y más libremente que en ningún momento de la semana precedente, mientras el tren marchaba hacia el sur. Parecía que el discurso de Dumbledore en el banquete de fin de curso había hecho desaparecer la reserva de Harry. Ya no le resultaba tan doloroso tratar de lo ocurrido. Sólo dejaron de hablar de lo que Dumbledore podría hacer para detener a Voldemort cuando llegó el carrito de la comida.

Cuando Hermione regresó del carrito y guardó el dinero en la mochila, sacó un ejemplar de *El Profeta* que llevaba en ella.

Harry lo miró, no muy seguro de querer saber lo que decía, pero Hermione, al ver su actitud, le comentó con voz tranquila:

—No viene nada. Puedes comprobarlo por ti mismo: no hay nada en absoluto. Lo he estado mirando todos los días. Sólo una breve nota al día siguiente de la tercera prueba diciendo que ganaste el Torneo. Ni siquiera mencionaron a Cedric. Nada de nada. Si queréis mi opinión, creo que Fudge los ha obligado a silenciarlo.

—Nunca silenciará a Rita Skeeter —afirmó Harry—. No con semejante historia.

—Ah, Rita no ha escrito absolutamente nada desde la tercera prueba —aseguró Hermione con voz extrañamente ahogada—. De hecho, Rita Skeeter no escribirá nada durante algún tiempo. No a menos que quiera que le descubra el pastel.

—¿De qué hablas? —inquirió Ron.

—He averiguado cómo se las arregla para escuchar conversaciones privadas cuando tiene prohibida la entrada a los terrenos del colegio —dijo Hermione rápidamente.

Harry tuvo la impresión de que ella llevaba días muriéndose de ganas de contarlo, pero que se reprimía por todo lo que había ocurrido.

—¿Cómo lo hacía? —preguntó Harry de inmediato.

—¿Cómo lo averiguaste? —preguntó a su vez Ron, mirándola.

—Bueno, en realidad fuiste tú quien me dio la idea, Harry.

—¿Yo? ¿Cómo?

—Con tus micrófonos ocultos —contestó Hermione muy contenta.

—Pero los micrófonos no funcionan...

—No los electrónicos. No, pero Rita Skeeter es ella misma como un minúsculo micrófono negro... Rita Skeeter es una animaga no registrada. Puede convertirse... —Hermione sacó de la mochila un pequeño tarro de cristal cerrado— en un escarabajo.

—¡Bromeas! —exclamó Ron—. Tú no has... Ella no...

—Sí, ella sí —declaró Hermione muy contenta, blandiendo el tarro ante ellos.

Dentro había ramitas, hojas y un escarabajo grande y gordo.

—Eso no puede ser... Nos estás tomando el pelo —dijo Ron, poniendo el tarro a la altura de los ojos.

—No, en serio —afirmó Hermione sonriendo—. Lo cogí en el alféizar de la ventana de la enfermería. Si lo miráis de cerca veréis que las marcas alrededor de la antena son como las de esas espantosas gafas que lleva.

Harry miró y vio que tenía razón. Recordó algo.

—¡Había un escarabajo en la estatua la noche en que oímos a Hagrid hablarle a Madame Maxime de su madre!

—¡Exacto! —confirmó Hermione—. Y Viktor Krum me quitó un escarabajo del pelo después de nuestra conversación junto al lago. Y, si no me equivoco, Rita estaría en el alféizar de la clase de Adivinación el día en que te dolió la cicatriz. Se ha pasado el año revoloteando por ahí en busca de historias.

—Cuando vimos a Malfoy debajo de aquel árbol... —dijo Ron pensativo.

—Estaba contándole cosas, la tenía en la mano —continuó Hermione—. Por supuesto, él lo sabía. Así es como ella ha obtenido esas entrevistas tan encantadoras con los de Slytherin. A ellos les daba igual que ella estuviera haciendo algo ilegal mientras pudieran contarle cosas horribles sobre nosotros y Hagrid.

Hermione cogió el tarro de cristal que le había pasado a Ron, y sonrió al escarabajo, que revoloteaba pegándose furiosos golpes contra el cristal.

—Le he explicado que la dejaré salir cuando lleguemos a Londres. Al tarro le he echado un encantamiento *irrompibilizador*, para que ella no pueda transformarse. Y ya sabe que tiene que estar calladita un año entero. Veremos si puede dejar el hábito de escribir horribles mentiras sobre la gente.

Sonriendo serenamente, Hermione volvió a meter el escarabajo en la mochila.

La puerta del compartimiento se abrió.

—Muy lista, Granger —dijo Draco Malfoy.

Crabbe y Goyle estaban tras él. Los tres parecían más satisfechos, arrogantes y amenazadores que nunca.

—O sea que has pillado a esa patética periodista —añadió Malfoy pensativamente, asomándose y mirándolos con una leve sonrisa en los labios—, y Potter vuelve a ser el niño favorito de Dumbledore. Mola. —Su sonrisa se acentuó. Crabbe y Goyle también los miraban con sonrisas malévolas—. Intentando no pensar en ello, ¿eh? ¿Haciendo como si no hubiera ocurrido?

—Fuera —dijo Harry.

No había vuelto a tener a Malfoy cerca desde que lo había visto cuchichear con Crabbe y Goyle durante el discurso de Dumbledore sobre Cedric. Sintió un zumbido en los oídos. Bajo la túnica, su mano agarró la varita.

—¡Has elegido el bando perdedor, Potter! ¡Te lo advertí! Te dije que debías escoger tus compañías con más cuidado, ¿recuerdas? Cuando nos encontramos en el tren, el día de nuestro ingreso en Hogwarts. ¡Te dije que no anduvieras con semejante chusma! —Señaló con la cabeza a Ron y Hermione—. ¡Ya es demasiado tarde, Potter! ¡Ahora que ha retornado el Señor Tenebroso, los sangre sucia y los amigos de los muggles serán los primeros en caer! Bueno, los primeros no, los segundos: el primero ha sido Digg...

Fue como si alguien hubiera encendido una caja de bengalas en el compartimiento. Cegado por el resplandor de los encantamientos que habían partido de todas direcciones, ensordecido por los estallidos, Harry parpadeó y miró al suelo.

Malfoy, Crabbe y Goyle estaban inconscientes en el hueco de la puerta. Harry, Ron y Hermione se habían puesto de pie después de lanzarles distintos maleficios. Y no eran los únicos que lo habían hecho.

—Quisimos venir a ver qué buscaban estos tres —dijo Fred como sin querer la cosa, pisando a Goyle para entrar en el compartimiento. Había sacado la varita, igual que George, que tuvo buen cuidado de pisar a Malfoy al entrar tras Fred.

—Un efecto interesante —dijo George mirando a Crabbe—. ¿Quién le lanzó la maldición *furnunculus*?

—Yo —admitió Harry.

—Curioso —comentó George—. Yo le lancé el embrujo piernas de gelatina. Se ve que no hay que mezclarlos: se le ha llenado la cara de tentáculos. Vamos a sacarlos de aquí, no pegan con la decoración.

Ron, Harry y George los sacaron al pasillo empujándolos con los pies. No se sabía cuál de ellos tenía peor pinta, con la mezcla de maleficios que les habían echado. Luego volvieron al compartimiento y cerraron la puerta.

—¿Alguien quiere echar una partida con los naipes explosivos? —preguntó Fred, sacando un mazo de cartas.

Iban por la quinta partida cuando Harry se decidió a preguntarles:

—¿Nos lo vais a decir? ¿A quién le hacíais chantaje?

—Ah —dijo George con cierto misterio—. ¡Eso!

—No importa —contestó Fred, moviendo la cabeza hacia los lados—. No tiene importancia. Ya no la tiene, por lo menos.

—Hemos desistido —añadió George encogiéndose de hombros.

Pero Harry, Ron y Hermione siguieron insistiendo, hasta que Fred dijo al fin:

—Bien, de acuerdo. Si de verdad lo queréis saber... se trataba de Ludo Bagman.

—¿Bagman? —exclamó Harry con brusquedad—. ¿Quieres decir que estaba envuelto en...?

—Qué va —repuso George con un dejo sombrío—. Ni mucho menos. Es un cretino. No tiene bastante cerebro para eso.

—¿Entonces? —preguntó Ron.

Fred vaciló un momento antes de responder.

—¿Os acordáis de la apuesta que hicimos con él, en los Mundiales de quidditch? Apostamos a que ganaría Irlanda pero que Krum atraparía la snitch.

—Nos acordamos —dijeron Harry y Ron.

—Bien, el muy cretino nos pagó en oro leprechaun que había cogido de las mascotas del equipo de Irlanda.

—¿Sí?

—Sí —confirmó Fred con malhumor—. Y se desvaneció, claro. A la mañana siguiente, ¡no quedaba nada!

—Pero... habrá sido una equivocación, ¿no? —comentó Hermione.

George se rió con cierta amargura.

—Sí, eso fue lo que pensamos al principio. Creímos que si le escribíamos explicándole el error que había cometido, soltaría la pasta. Pero de eso nada. No hizo caso de nuestra carta. Intentamos repetidamente hablar con él en Hogwarts, pero siempre tenía alguna excusa para marcharse.

—Al final se volvió bastante desagradable —explicó Fred—. Nos dijo que éramos demasiado jóvenes para apostar, y que no nos daría nada.

—Así que le pedimos que al menos nos devolviera nuestro dinero.

—¡No se negaría a eso! —exclamó Hermione casi sin voz.

—¡Ya lo creo que se negó! —dijo Fred.

—Pero ¡eran todos vuestros ahorros!

—No nos lo tienes que explicar —dijo George—. Por supuesto, al final averiguamos lo que ocurría. El padre de Lee Jordan también había tenido muchos problemas para que Bagman le diera el dinero. Resulta que está metido en líos con los duendes. Le prestaron mucho dinero. Una banda de ellos lo acorraló en el bosque después de los Mundiales y le cogió todo el oro que llevaba con él, y aún no bastaba para pagar todo lo que les debía. Lo siguieron a Hogwarts para que no se les escabullera. Lo ha perdido todo en el juego. No tiene dónde caerse muerto. ¿Y sabéis cómo intentó pagar a los duendes?

—¿Cómo? —preguntó Harry.

—Apostó por ti, tío —explicó Fred—. Apostó un montón contra los duendes a que ganabas el Torneo.

—¡Por eso se empeñaba en ayudarme! —exclamó Harry—. Bueno... yo gané, ¿no? ¡Así que ahora puede daros lo que os debe!

—Nones —dijo George, negando con la cabeza—. Los duendes juegan tan sucio como él: dicen que empataste con Diggory, y que Bagman apostó a que ganabas de manera absoluta. Así que Bagman ha tenido que darse a la fuga. Escapó después de la tercera prueba.

George exhaló un hondo suspiro y volvió a repartir cartas.

El resto del viaje fue bastante agradable. Harry hubiera querido que durara todo el verano, de hecho, para no llegar nunca a King's Cross... Pero, como había aprendido aquel último curso, el tiempo no transcurre más despacio cuando nos espera algo desagradable, y el expreso de Hogwarts no tardó en acercarse al andén nueve y tres cuartos aminorando la marcha. La confusión y el alboroto usuales llenaron los pasillos mientras los estudiantes se apeaban. Ron y Hermione pasaron con dificultad los baúles por encima de Malfoy, Crabbe y Goyle. Harry, en cambio, no se movió.

—Fred... George... esperad un momento.

Los dos gemelos se volvieron. Harry abrió su baúl y sacó el dinero del premio.

—Cogedlo —les dijo, y puso la bolsa en las manos de George.

—¿Qué? —exclamó Fred, pasmado.

—Que lo cojáis —repitió Harry con firmeza—. Yo no lo quiero.

—Estás mal del coco —dijo George, tratando de devolvérselo.

—No, no lo estoy. Cogedlo y seguid inventando. Para la tienda de artículos de broma.

—Se ha vuelto majara —dijo Fred, casi con miedo.

—Escuchad: si no lo cogéis, pienso tirarlo por el váter. Ni lo quiero ni lo necesito. Pero no me vendría mal reírme un poco. Tal vez todos necesitemos reírnos. Me temo que dentro de poco nos van a hacer mucha falta las risas.

—Harry —musitó George, sopesando la bolsa—, aquí tiene que haber mil galeones.

—Sí —contestó Harry, sonriendo—. Piensa cuántas galletas de canarios se pueden hacer con eso.

Los gemelos lo miraron fijamente.

—Pero no le digáis a vuestra madre de dónde lo habéis sacado... aunque, bien pensado, tal vez ya no tenga tanto empeño en que os hagáis funcionarios del Ministerio.

—Harry... —comenzó Fred, pero Harry sacó su varita.

—Mira —dijo rotundamente—, si no os lo lleváis, os echo un maleficio. He aprendido algunos bastante buenos. Pero hacedme un favor, ¿queréis? Compradle a Ron una túnica de gala diferente, y decidle que es regalo vuestro.

Salió del compartimiento sin dejarlos decir ni una palabra más, pasando por encima de Malfoy, Crabbe y Goyle, que seguían tendidos en el suelo, con las señales de los maleficios.

Tío Vernon lo esperaba al otro lado de la barrera. La señora Weasley estaba muy cerca de él. Al ver a Harry, ella le dio un abrazo muy fuerte y le susurró al oído:

—Creo que Dumbledore te dejará venir un poco más avanzado el verano. Estaremos en contacto, Harry.

—Hasta luego, Harry —se despidió Ron, dándole una palmada en la espalda.

—¡Adiós, Harry! —le dijo Hermione, e hizo algo que no había hecho nunca: le dio un beso en la mejilla.

—Gracias, Harry —musitó George, mientras Fred, a su lado, asentía fervientemente con la cabeza.

Harry les guiñó un ojo, se volvió hacia tío Vernon y lo siguió en silencio hacia la salida. No había por qué preocuparse todavía, se dijo mientras se acomodaba en el asiento posterior del coche de los Dursley.

Como le había dicho Hagrid, lo que tuviera que llegar, llegaría, y ya habría tiempo de plantarle cara.